ALTIN KİTAPLAR

KİTABIN ORİJİNAL ADI
THE DA VINCI CODE

YAYIN HAKLARI
2003 DAN BROWN ©
AKCALI TELİF HAKLARI AJANSI
ALTIN KİTAPLAR YAYINEVİ
VE TİCARET A.Ş. ©

BASKI
1. 2. BASIM / EKİM 2003
3. 4. BASIM / ARALIK 2003
5. 6. 7. BASIM / OCAK 2004
8. 9. BASIM / ŞUBAT 2004
10. 11. BASIM / MART 2004
12. BASIM / NİSAN 2004
13. - 16. BASIM / MAYIS 2004
17. - 22. BASIM / HAZİRAN 2004
23. - 28. BASIM / TEMMUZ 2004
29. - 31. BASIM / AĞUSTOS 2004
32. - 34. BASIM / EYLÜL 2004
35. 36. BASIM / EKİM 2004
37. 38. BASIM / KASIM 2004
39. 40. BASIM / OCAK 2005
41. 42. BASIM / ŞUBAT 2005
43. BASIM / MART 2005
44. BASIM / NİSAN 2005
45. BASIM / NİSAN 2005

AKDENİZ YAYINCILIK A.Ş.
Matbaacılar Sitesi No: 83
Bağcılar - İstanbul

ISBN 975 - 21 - 0403 - 7

ALTIN KİTAPLAR YAYINEVİ
Celâl Ferdi Gökçay Sk. Nebioğlu İşhanı
Cağaloğlu - İstanbul

Tel: 0.212.513 63 65 / 526 80 12
0.212.520 62 46 / 513 65 18

Faks: 0.212.526 80 11

http://www.altinkitaplar.com.tr
info@altinkitaplar.com.tr

DA VINCI ŞİFRESİ

DAN BROWN

TÜRKÇESİ
PETEK DEMİR

ALTIN KİTAPLAR

YİNE BLYTHE İÇİN...
HER ZAMANKİNDEN DAHA FAZLA

Teşekkür

Öncelikle, bu proje üzerinde bunca çaba sarf ettiği ve kitabın ne hakkında olduğunu tam anlamıyla kavradığı için, dostum ve editörüm Jason Kaufman'a teşekkür ederim. *Da Vinci Şifresi*'nin yorulmak bilmez şampiyonu, olağanüstü temsilcim ve güvenilir dostum Heide Lange'a teşekkür ederim.

Doubleday'deki harika takıma cömertliği, inancı ve fevkalade rehberliğinden ötürü duyduğum minneti kelimelerle ifade edemem. Bu kitaba başından beri inanan Bill Thomas ve Steve Rubin'e özellikle teşekkür ederim. Ayrıca yayınevindeki ilk destekçilerim, Michael Palgon, Suzanne Herz, Janelle Moburg, Jackie Everly ve Adrienne Sparks liderliğindeki gruba, Doubleday'in satış bölümündeki yetenekli insanlarına ve o harika ceket için Michael Windsor'a teşekkür ederim.

Bu kitabın araştırma aşamasındaki cömert yardımlarından ötürü, Louvre Müzesi'ne, Fransa Kültür Bakanlığı'na, Gutenberg Projesi'ne, Fransa Milli Kütüphanesi'ne, Gnostic Cemiyeti Kütüphanesi'ne, Louvre'un Tabloları İnceleme ve Belgeleme Servisi Bölümü'ne, Catholic World Haber'e, Greenwich Kraliyet Rasathanesi'ne, Londra Arşiv Derneği'ne, Westminster Abbey'deki Resmi Belge Koleksiyonu'na, John Pike ve Amerikan Bilim Adamları Federasyonu'na, Opus Dei içindeki tecrübeleriyle ilgili gerek olumlu gerek olumsuz hikâyelerini paylaşan beş (üç faal, iki eski) Opus Dei üyesine teşekkürlerimi sunarım.

Ayrıca araştırma yaptığım kitapları bulup sunan Water Street Kitabevi'ne, Altın Oran ve Fibonacci Dizimi konusundaki yardımlarından ötürü -matematik öğretmeni ve yazar- babam Richard Brown, Stan Planton, Sylvie Baudeloque, Peter McGuigan, Francis McInerney, Margie Wachtel, Andre Vernet, Anchorball Web Media'daki Ken Kelleher, Cara Sottak, Karyn Popham, Esther Sung, Miriam Abromowitz, William Tunstall-Pedoe ve Griffin Wooden Brown'a minnettarım.

Ve son olarak, kutsal dişilere bunca yüklenen bir romanda, hayatıma etkisi olan iki olağanüstü kadından bahsetmemek nankörlük olurdu. Bunlardan ilki annem, Connie Brown - yazı ortağım, beni yetiştiren kadın, müzisyen ve örnek aldığım kişi. Ve eşim Blythe - sanat tarihçisi, ressam, editörlerin en iyisi ve şüphesiz tanıdığım en yetenekli kadın.

GERÇEK:

Sion Tarikatı – 1099 yılında kurulmuş olan gizli Avrupa cemiyeti – gerçek bir topluluktur. 1975 yılında Paris'in Milli Kütüphanesi, Sir Isaac Newton, Botticelli, Victor Hugo ve Leonardo da Vinci de dahil olmak üzere, Sion Tarikatı'nın sayısız üyelerinin isimlerini içeren, *Les Dossiers Secrets*(*) diye bilinen parşömenleri ortaya çıkarmıştır.

Opus Dei olarak bilinen Vatikan Piskoposluğu, beyin yıkama, baskı ve "bedensel çile" denen tehlikeli bir ibadet yapıldığına dair tartışmalar yaratan, koyu dindar bir Katolik mezhebidir. Opus Dei'nin, New York'ta 243 Lexington Caddesi'ndeki 47 milyon dolara mal olan Dünya Merkez Bürosu'nun inşaatı henüz tamamlanmıştır.

Bu romanda bahsi geçen tüm sanat eserleri, mimari yapılar, belgeler ve gizli ayinler gerçektir.

(*) Gizli dosyalar.

Önsöz

Louvre Müzesi, Paris
22.46

Meşhur Müze Müdürü Jacques Saunière, müzedeki Büyük Galeri'nin kemerli geçidinde sendeledi. Görebildiği en yakın tabloya, bir Caravaggio'ya doğru hamle yaptı. Varaklı çerçeveyi kavrayan yetmiş altı yaşındaki adam, sanat şaheserini duvardan çıkıncaya dek kendine doğru çekti ve Saunière, tablonun altına sırtüstü yığıldı.

Yakınlardaki demir parmaklıklı kapı, tahmin ettiği gibi, gürültülü sesler çıkartarak indi ve salonun girişini kapattı. Parke zemin sallanmıştı. Uzak bir mesafede alarm zilleri çalmaya başlamıştı.

Soluk soluğa kalan müze müdürü, bir süre hareketsiz kalarak nefesini dengelemeye çalıştı. Tablonun altından sürünerek çıktı ve kendine saklanacak uygun bir yer aradı.

Tüylerini ürpertecek kadar yakından gelen bir ses duydu. "Kıpırdama."

Elleriyle dizlerinin üstünde duran müze müdürü donakalmıştı. Yavaşça başını çevirdi.

Kilitli kapının dışında, yalnızca beş metre ötede, ona saldıran kişinin devasa silueti durmuş, demir parmaklıklar arasından bakıyordu. Hortlak gibi solgun bir yüze ve beyaz saçlara sahip, uzun boylu, iri cüsseli biriydi. Koyu kırmızı gözbebeklerini pembe iris çevreliyordu. Albino ceketinden çıkardığı silahın namlusunu, parmaklıklar arasından müze müdürüne doğrulttu. "Kaçmamalıydın." Aksanının nereye ait olduğunu anlamak kolay değildi. "Şimdi bana nerede olduğunu söyle."

Galerinin zemininde savunmasız bir halde çömelen müze müdürü, "Sana daha önce de söyledim," diye kekeledi. "Neden bahsettiğin hakkında hiç fikrim yok!"

"Yalan söylüyorsun." Hayalet gözlerindeki pırıltı dışında kıpırtısız duran adam, ona baktı. "Sen ve kardeşlerin, size ait olmayan bir şeye sahipsiniz."

Müze müdürü adrenalinin arttığını hissetmişti. *Adam bunu nasıl biliyor olabilirdi?*

"Bu gece gerçek koruyucularına iade edilecek. Bana saklandığı yeri söylersen yaşarsın." Adam silahı müze müdürünün başını hedef alacak şekilde doğrulttu. "Bu, uğruna öleceğin bir sır mı?"

Saunière nefes alamıyordu.

Adam başını yan yatırarak, silahın namlusundan dikkatle baktı.

Saunière kendini savunarak ellerini kaldırdı. Yavaşça, "Bekle," dedi. "Sana öğrenmek istediğin şeyi söyleyeceğim." Müze müdürü ardından gelen kelimeleri özenle seçti. Söyledikleri, hiçbir zaman ihtiyaç duymamayı ümit ederek, defalarca tekrar ettiği bir yalandan ibaretti.

Müze müdürü konuşmayı bitirdiğinde, saldırganı kendinden emin bir ifadeyle gülümsedi. "Evet. Diğerleri de bana aynen bunları söylemişti."

Saunière pes etmişti. *Diğerleri?*

Dev adam, "Diğerlerini de bulmuştum," diye alay etti. "Üçünü birden. Az önce söylediklerini teyit ettiler."

Bu doğru olamazdı! Diğer üç *sénéchaux*'un kimliğiyle birlikte müze müdürünün gerçek kimliği, sakladıkları eski sır kadar kutsaldı. Saunière şimdi, *sénéchaux*'larının katı kuralları takip ederek, kendi ölümlerinden önce aynı yalanı söylediklerini anlıyordu. Bu, protokolün bir parçasıydı.

Saldırgan bir kez daha silahıyla nişan aldı. "Sen öldüğünde, geriye gerçeği bilen tek kişi ben kalacağım."

Gerçek. Müze müdürü bir anda, durumun gerçek dehşetini kavramıştı. *Ben ölürsem, gerçek sonsuza dek yok olacak.* İçgüdüsel olarak, korunmak için sürünmeye çalıştı.

Silah patladığında, müze müdürü midesine giren merminin yakıcı ısısını hissetti. Yüzüstü düştü... acıya karşı mücadele veriyordu. Saunière yavaşça döndü ve parmaklıkların arkasında, saldırganının bulunduğu yere doğru baktı.

Adam şimdi Saunière'in başına öldürücü bir nişan almıştı.

Saunière gözlerini kapattı, düşüncelerinde korku ve pişmanlık fırtınaları kopuyordu.

Boş bir mermi kovanından gelen ses, koridorda yankılandı.

Müze müdürünün gözleri aniden açılmıştı.

Adam neredeyse şaşkın bir ifadeyle bakışlarını silahına indirdi. İkinci kez ateş etmeye yeltendi ama sonra Saunière'in karnına bakıp sırıtarak, vazgeçti. "Buradaki işim bitti."

Müze müdürü başını eğdiğinde, beyaz pamuklu gömleğindeki kurşun deliğini gördü. Göğüs kemiğinin birkaç santim altında, ince bir kan dairesiyle çevrelenmişti. *Midem.* Kurşun, kalbini insafsızca sıyırmıştı. Bir *Cezayir Savaşı* gazisi olduğundan, müze müdürü bu korkunç uzun ölüme daha önce tanık olmuştu. Mide asitleri göğüs boşluğuna sızıp, onu içten içe yavaşça zehirlerken on beş dakika can çekişecekti.

Adam, "Acı iyidir bayım," dedi.

Ardından gitti.

Artık yalnız kalan Jacques Saunière, bakışlarını bir kez daha demir kapıya yöneltti. Kapana kısılmıştı ve kapılar en azından yirmi dakika daha açılmayacaktı. Bu süreden sonra yanına varan kişi ancak ölüsünü bulabilirdi. Buna rağmen, artık duyduğu korku, ölmekten çok daha büyük bir korkuydu.

Sırrı birine aktarmalıyım.

Güçlükle doğrulurken, öldürülen diğer üç kardeşini hayal etti. Kendilerinden önceki nesli düşündü... göreve getirilecek kadar güvenilen bu insanları.

Kırılmayan bir bilgi zinciri vardı.

Artık, tüm tedbirlere... tüm şaşırtmacalara rağmen, Jacques Saunière geriye kalan tek halka ve saklanan en güçlü sırlardan birinin tek koruyucusuydu.

Titreyerek ayağa kalktı.

Bir yolunu bulmalıyım...

Büyük Galeri'de kısılıp kalmıştı ve yeryüzünde meşaleyi devredebileceği tek bir kişi vardı. Saunière zengin hapishanesinin duvarlarına göz gezdirdi. Dünyanın en ünlü tablolarından oluşan koleksiyon, ona eski bir dost gibi gülümsüyordu.

Yüzünü acıyla buruşturarak, tüm gücünü topladı. Önündeki vahim görevin, geriye kalan hayatının tüm saniyelerini alacağını biliyordu.

1

Robert Langdon yavaşça uyandı.

Karanlıkta bir telefon çalıyordu, tiz ve tanıdık gelmeyen bir zil sesiydi. Başucundaki lambaya doğru uzanıp açtı. Gözlerini kısarak etrafa baktığında, XVI. Louis tarzı mobilyalarla döşenmiş, duvarlarında el boyaması freskler ve maundan yapılmış devasa bir yatak bulunan, lüks bir Rönesans yatak odası gördü.

Hangi cehennemdeyim?

Şifoniyerin üstünde duran koyu kırmızı bornozun üstünde, *HOTEL RITZ PARIS* etiketi vardı.

Sis perdesi yavaşça kalkmaya başlamıştı.

Langdon ahizeyi kaldırdı. "Alo?"

Bir erkek sesi, "Bay Langdon?" dedi. "Umarım sizi uyandırmamışımdır."

Langdon sersemlemiş bir halde başucundaki saate baktı. 00.32'yi gösteriyordu. Yalnızca bir saattir uyuyordu ama kendini ölü gibi hissediyordu.

"Resepsiyondan arıyorum efendim. Rahatsız ettiğim için özür dilerim, fakat bir ziyaretçiniz var. Acil olduğu konusunda ısrar ediyor."

Langdon hâlâ kendine gelememişti. *Bir ziyaretçi mi?* Bakışlaıı, komodinin üstündeki buruşuk el ilanına sabitlendi.

PARIS AMERİKAN ÜNİVERSİTESİ
İftiharla sunar
HARVARD ÜNİVERSİTESİ, DİNİ SİMGEBİLİM PROFESÖRÜ
ROBERT LANGDON ile BİR AKŞAM

Langdon inledi. Bu akşamki seminer -Chartres Katedrali taşları arasına saklanmış bazı pagan sembolleri ile ilgili bir dia gösterisi- seyirciler arasındaki bazı muhafazakâr tipleri kızdırmış olmalıydı. Herhalde koyu dindar bir alim, biraz kavga etmek için onu kaldığı yere kadar takip etmişti.

Langdon, "Üzgünüm," dedi. "Ama çok yorgunum ve..."

Ses tonunu alçaltıp, fısıldayarak konuşan resepsiyon görevlisi, "Fakat efendim," diye ısrar etti. "Ziyaretçiniz önemli bir adam."

Langdon biraz duraksadı. Dini tablolar ve simgebilim kültü hakkında yazdığı kitaplar onu sanat dünyasında istemese de ünlü biri haline getirmişti. Üstelik geçen yıl Vatikan'da karıştığı ve genişçe haber yapılan hadise, ününü yüzlerce kez artırmıştı. O günden beri kapısına dayanan kendini beğenmiş tarihçilerle, sanat meraklılarının arkası kesilmiyordu.

Nezaketi elden bırakmamaya özen gösteren Langdon, "Rica etsem," dedi. "Bu kişinin ismini ve telefon numarasını alıp salı günü Paris'ten ayrılmadan önce kendisini arayacağımı söyleyebilir misiniz? Teşekkür ederim." Resepsiyon görevlisi itiraz edemeden telefonu kapattı.

Artık yatakta oturan Langdon, kapağında IŞIKLAR ŞEHRİNDE BEBEKLER GİBİ UYUYUN. PARIS RITZ'DE UYKU, diyerek övünen *Misafir İlişkileri Broşürü*'ne kaşlarını çatarak baktı. Arkasını dönüp, odanın diğer ucundaki boy aynasına yorgun gözlerle baktı. Karşısında ona bakan adam -saçları dağılmış ve bitkin- bir yabancıydı.

Tatile ihtiyacın var Robert.

Geçen yıl ondan çok şey götürmüştü ama aynaların bunu ispat etmesi hoşuna gitmiyordu. Genelde sert bakan gözleri bu gece bulanık ve içine çökmüş görünüyordu. Kirli sakalı çenesini ve gamzeli yanaklarını örtmüştü. Şakaklarındaki griler artmaya, simsiyah saçlarının içlerine sokulmaya başlamıştı. Bayan meslektaşları, gri saçların bilim adamı görüntüsünü vurguladığı hususunda ısrar etseler de, Langdon durumu çok daha iyi anlıyordu.

Boston Magazine beni böyle bir görseydi.

Geçen ay *Boston Magazine,* Langdon'ı mahcup ederek onun ismini, en fazla merak uyandıran on kişi arasında yazmıştı... ne işe yaradığı anlaşılmaz bu onur onu, Harvard'lı meslektaşlarının attığı taşların hedefi haline getirmişti. Bu gece, evden dört bin beş yüz kilometre uzakta, bu paye onu kendi verdiği seminerde avlamak üzere yeniden yüzeye çıkmıştı.

Paris Amerikan Üniversitesi'nin, Dauphine Salonu'ndaki ev sahibesi, "Bayanlar baylar..." diye duyurmuştu. "Bu akşamki konuğumuzun tanıtılmaya ihtiyacı yok. Kendisi sayısız kitabın yazarıdır: *Gizli Mezheplerin Sembolojileri, Illuminati Sanatı, İdeogramların Kaybolan Dili* ve *Dini İkonoloji* kitaplarının yazarı olduğunu söylediğimde abartmış sayılmam. Pek çoğunuz sınıflarda onun yazdığı kitapları okuyorsunuz."

Kalabalıktaki öğrenciler hararetle başlarını salladılar.

"Bu gece kendisini etkileyici özgeçmişini anlatarak tanıtmayı planlamıştım. Ama..." Muzip bakışlarını sahnede oturan Langdon'a çevirmişti. "Dinleyicilerden biri az önce bana çok daha fazlasını verdi... *ilginç* bir tanıtıma ne dersiniz?"

Boston Magazine'in bir kopyasını elinde tutuyordu.

Langdon korkuyla irkilmişti. *Bunu hangi cehennemden buldu?*

Ev sahibesi budala makaleden seçtiği pasajları okudukça, Langdon sandalyesinde biraz daha büzülüyordu. Otuz saniye sonra kalabalık sırıtmaya başlamıştı ve kadının susmaya niyeti yoktu. "Ayrıca Bay Langdon'ın, geçen yıl Vatikan'daki kardinaller meclisinde aldığı alışılmadık rol konusunda konuşmayı reddetmesi ona merak sayacında daha büyük puanlar kazandırıyor." Ev sahibesi kalabalığı kışkırtıyordu. "Daha fazlasını duymak ister misiniz?"

Kalabalık alkışladı.

Kadın yeniden makaleye daldığında, Langdon adeta yalvarıyordu. *Biri onu durdursun.* "Bazı genç onur konuklarımız gibi yakışıklı ve seksi olmasa da, kırklı yaşlarındaki bu akademisyende bilimsel çekicilikten daha fazlası var. Onun büyüleyiciliği, bayan meslektaşlarının 'kulaklara çikolata' diye nitelendirdiği, alçak ve bariton sesinde yatıyor."

Salon kahkahaya boğulmuştu.

Langdon gülümsemek için kendini zorladı. Bundan sonra ne olacağını biliyordu -"Harris tüviti giyen Harrison Ford" ile ilgili saçma sapan bir dize- ve o akşam Harris tüvitiyle, balıkçıyaka Burberry'sini giymenin sakıncası olmayacağı sonucuna varmış olduğundan, müdahale etmeye karar vermişti.

Langdon zamansız bir anda ayağa kalkıp, onu podyumun kenarına iterken, "Teşekkürler Monique," dedi. "Gerçekten de *Boston Magazine*'in uydurma hikâyeler yazmakta üstüne yok." Utangaç bir tavırla içini çekerek dinleyicilere döndü. "O makaleyi kimin getirdiğini öğrenebilirsem, konsolosluktan sınırdışı etmesini isteyeceğim."

Kalabalık gülmüştü.

"Pekâlâ, arkadaşlar hepinizin bildiği gibi, bu akşam sembollerin gücü hakkında konuşmak için buradayım..."

Langdon'ın otel odasında çalan telefonunun sesi, bir kez daha sessizliği bölmüştü.

Kulaklarına inanamayarak homurdandı ve telefonu açtı. "Evet?"

Tahmin ettiği gibi, arayan resepsiyon görevlisiydi. "Bay Langdon, tekrar özür dilerim. Misafirinizin şu an odanıza doğru gelmekte olduğunu bildirmek için aradım. Sizi uyarmam gerektiğini düşündüm."

Langdon artık iyice ayılmıştı. "*Odama* birini mi gönderdin?"

"Özür dilerim efendim, ama böyle bir adam... onu durduracak yetkim yok."

"Bu adam tam olarak kim?"

Ama resepsiyon görevlisi telefonu kapatmıştı.

Hemen ardından Langdon'ın kapısında güçlü bir yumruk sesi duyuldu.

Ayak parmaklarının sabun köpüğü gibi yumuşak halıya gömüldüğünü hisseden Langdon yataktan güçlükle kalktı. Otel bornozuna sarınıp, kapıya gitti. "Kim o?"

"Bay Langdon? Sizinle konuşmam gerekiyor." Adamın aksanlı bir İngilizcesi vardı. Sesi tiz ve otoriterdi. "İsmim Teğmen Jérôme Collet. Adli Polis Merkezi'nden."

Langdon duraksadı. *Adli polis mi?* DCPJ, ABD'deki FBI'ın dengiydi.

Langdon zincirini çıkarmadan kapıyı birkaç santim araladı. Karşısında durmuş ona bakan yüz, ince ve temizdi. Son derece zayıf olan bu adam, resmi görünüşlü mavi bir üniforma giyiyordu.

Ajan, "İçeri girebilir miyim?" diye sordu.

Yabancının feri sönmüş gözleri kendisine bakarken Langdon ne yapacağına karar veremedi. "Ne hakkındaydı?"

"*Yüzbaşım,* özel bir meselede sizin uzmanlığınıza başvurmak istiyor."

"Şimdi mi?" Langdon ağzından çıkacaklara hâkim oldu. "Saat gece yarısını geçti."

"Bu gece Louvre Müzesi müdürüyle randevunuz olduğu doğru mu?"

Langdon birden kaygılandı. O ve saygın Müze Müdürü Jacques Saunière, Langdon'ın o akşamki seminerinden sonra buluşmayı planlamışlar, ama Saunière randevuya gelmemişti. "Evet. Bunu nasıl bildiniz?"

"Randevu defterinde isminize rastladık."

"Umarım her şey yolundadır."

Ajan derin bir iç çekti ve kapının dar aralığından Polaroid fotoğrafı uzattı.

Langdon fotoğrafı görünce, tüm vücudu kaskatı kesildi.

Langdon tuhaf resme bakarken, ilk başta duyduğu tiksinme ve şok, yerini gittikçe büyüyen bir öfkeye bırakıyordu. "Kim böyle bir şey yapmış olabilir?"

"Simgebilim konusundaki bilginiz ve onunla buluşma planınızı göz önünde bulundurarak, bu soruyu yanıtlamamıza sizin yardımcı olacağınızı ümit ediyorduk."

Langdon resimden gözlerini ayırmıyordu. Duyduğu dehşete şimdi bir de korku eklenmişti. Dehşet verici ve son derece garip fotoğraf, huzurunu bozan bir déjá vu hissi veriyordu. Bir yıl kadar önce Langdon'ın eline bir cesedin fotoğrafı geçmiş ve kendisinden benzeri bir yardım istenmişti. Yirmi dört saat sonra, Vatikan şehrinde neredeyse hayatını kaybediyordu. Bu fotoğraf tamamıyla farklıydı ama yine de senaryodaki bir şey rahatsızlık verecek derecede tanıdık geliyordu.

Ajan saatine baktı. "*Yüzbaşım* bekliyor efendim."

Langdon, onu güçlükle duymuştu. Gözleri hâlâ resme dikilmiş duruyordu. "Buradaki sembol ve vücudunun o kadar tuhaf..."

Ajan, "Duruşu mu?" diye sordu.

Langdon başını salladı. Kafasını kaldırırken ürperdiğini hissetti. "Bunu yapacak kişiyi hayal edemiyorum."

Ajan serinkanlı görünüyordu. "Anlamıyorsunuz Bay Langdon. Bu fotoğrafta gördüklerinizi..." Duraksadı. "Bay Saunière kendi yaptı."

2

Bir kilometre ötede, Silas isimli hantal Albino, Rue La Bruyére'deki lüks taş konutun ön kapısından topallayarak geçti. Uyluklarının hemen üstüne taktığı kancalı *keçe* kemer, etine iyice gömülmüştü ve ruhu, efendisine hizmette bulunmuş olmanın verdiği tatminle mutluluktan uçuyordu.

Acı iyidir.

Konuta girince, kırmızı gözleri lobiyi taradı. Boştu. Arkadaşlarını uyandırmamak için, merdivenleri sessizce çıktı. Yatak odasının kapısı açıktı; burada kilitlemek yasaktı. İçeri girerek, kapıyı arkasından kapattı.

Oda sade döşenmişti. Kaba tahta zeminde yatak olarak kullanılan hasır ve çam ağacından bir şifoniyer vardı. Bu hafta burada misafirdi, New York'ta ise yıllarca benzeri bir mabette kutsanmıştı.

Tanrı bana barınak ve hayatım için bir amaç verdi.

Silas bu gece borcunu geri ödemeye başladığını hissediyordu. Hemen şifoniyerin yanına giderek, en alt çekmecedeki cep telefonunu alarak, bir numara çevirdi.

Bir erkek sesi, "Evet?" diye cevap verdi.

"Öğretmen'im, döndüm."

Ondan haber almaktan hoşnut olduğu anlaşılan ses, "Konuş," diye buyurdu.

"Dördü de öldü. Üç *sénéchaux*... ve *Büyük Üstat*'ın kendisi."

Sanki dua etmek için ayrılmış, kısa bir sessizlik yaşandı. "O halde, herhalde bilgiyi almışsındır, değil mi?"

"Dördünün söylediği birbirini tutuyor. Ayrı ayrı konuştular."

"Ve sen de onlara inandın mı?"

"Söyledikleri rastlantı olamayacak kadar birbirini tutuyor."

Heyecanlı bir nefes sesi. "Mükemmel. Kardeşliğin gizlilik konusundaki namının devam etmesinden korkmuştum."

"Ölüm korkusu güçlü bir motivasyon aracıdır."

"Pekâlâ öğrencim, bana bilmem gerekeni söyle."

Silas kurbanlarından topladığı bilginin şok etkisi yaratacağını biliyordu. "Öğretmen'im, dördü de *clef de voûte*'nin var olduğunu doğruladılar... efsanevi *kilit taşının.*"

Telefonun diğer ucundaki hızlı nefes alışı duydu, Öğretmen'in heyecanını hissedebiliyordu. "*Kilit taşı.* Aynen tahmin ettiğimiz gibi."

İlme göre, kardeşlik taşın -bir *clef de voûte*'nin... ya da *kilit taşının*-kardeşliğin en büyük sırrının nihai mevkiini gösteren gravürlü bir tabletin haritasını yapmıştı... bu bilgi o kadar güçlüydü ki, onun korunması kardeşliğin varoluşunun sebebi haline gelmişti.

Öğretmen, "Kilit taşına sahip olduğumuzda," dedi. "Yalnızca bir adım kalmış olacak."

"Düşündüğünüzden daha yakınız. Kilit taşı burada, Paris'te."

"Paris'te mi? İnanılmaz. Fazlasıyla kolay."

Silas o akşam daha önce meydana gelenleri anlattı... kurbanlarının dördünün birden, ölmeden saniyeler önce, sırlarını açıklayarak Tanrı'sız yaşamlarını nasıl çaresizce geri almaya çalıştıklarını. Her biri Silas'a tıpatıp aynı şeyleri söylemişti -kilit taşı, Paris'teki eski kiliselerden birinin içine ustalıkla saklanmıştı- Saint-Sulpice Kilisesi'ndeydi.

Öğretmen, "Tanrı'nın evinin içine," diye çığlık attı. "Bizimle nasıl da dalga geçmişler!"

"Yüzyıllar boyunca yaptıkları gibi."

Öğretmen bu zafer anını iyice hazmedebilmek için bir süre sessiz kaldı. Sonunda konuştu. "Tanrı'ya büyük bir hizmette bulundun. Bunun için yüzyıllardır bekliyoruz. Taşı benim için ele geçirmelisin. Hemen. Bu gece. Tehlikeleri biliyorsun."

Silas sayısız tehlike olduğunu biliyordu ama Öğretmen'in buyruğunu yerine getirmek olanaksız gibiydi. "Kilise kale gibidir. Özellikle de geceleri. İçeri nasıl gireceğim?"

Öğretmen muazzam nüfuzu olan birinin kendinden emin sesiyle yapılması gerekenleri açıkladı.

Silas telefonu kapattığında, teni beklentinin heyecanıyla ürperiyordu.

Bir saat, dedi minnetle kendine, neyse ki Öğretmen ona, Tanrı'nın evine girmeden önce günah çıkartacak vakti tanımıştı. *Ruhumu bugün işlediği günahlardan arındırmalıyım.* Bugün işlediği günahların kutsal bir amacı vardı. Yüzyıllardır Tanrı'nın düşmanlarına karşı savaş açılıyordu. Bağışlanacağı vaat edilmişti.

Öyle bile olsa, Silas günahlarının bağışlanması için fedakârlıkta bulunması gerektiğini biliyordu.

Perdeleri kapatarak, soyundu ve odanın ortasında diz çöktü. Başını aşağı eğerek, kalçasının etrafına dolanan *keçe* kemere baktı. *Tarîk'*in tüm sadık müritleri bu aleti takarlardı, İsa'nın çektiği acıları hatırlatacak cinsten, ete sürekli batan sivri metal kancalarla dolu, deri bir kayış. Aletin verdiği acı, aynı zamanda bedenin arzularına hâkim olmasına da yarıyordu.

Silas *keçeyi* o gün, gerekli görülen iki saatten daha fazla taktığı halde, bunun sıradan bir gün olmadığını biliyordu. Tokayı kavrayarak, bir diş geri çekince, etine daha fazla batan kancalar yüzünden irkildi. Yavaşça nefes vererek, ıstırabının arındırıcı ayininin tadını çıkarttı.

Acı iyidir, diye fısıldadı Silas. Peder Josemaría Escrivá'nın -Öğretmenlerin Öğretmeni- kutsal mantrasını tekrar ediyordu. Escrivá 1975 yılında öldüğü halde hikmeti devam ediyor, sözleri yere diz çöküp "bedensel çile" diye bilinen kutsal ibadeti yerine getiren binlerce sadık hizmetkâr tarafından fısıldanıyordu.

Silas artık dikkatini, yerde yanında düzgünce sarılı duran, düğümlü ağır ipe vermişti. *Cezalandırma.* Düğümler, kurumuş kanla katılaşmıştı. Kendi ıstırabının etkilerini temizlemek isteyen Silas hızlı bir dua okudu. Ardından, ipin bir ucundan tutarak gözlerini kapattı ve omzunun arkasından sertçe indirirken, düğümlerin sırtına çarpmasını hissetti. Yeniden kendini kırbaçlayarak, omzunun arkasına kuvvetle vurdu. Kamçı darbelerini tekrar, tekrar indirdi.

Bedeni cezalandırma.

Sonunda kanın aktığını hissetti.

3

Citroën ZX, Opera Binası'nın ve Vendôme Meydanı'nın önünden geçip, güneye ilerlerken, kuru nisan havası camdan içeri giriyordu. Yolcu koltuğunda oturan Robert Langdon, düşüncelerinden arınmaya çalışırken, şehrin kendisini fazlasıyla yorduğunu hissediyordu. Tıraş olmak ve duş almak görüntüsünü adama çevirmişti, ama endişesini gidermeye pek yaramamıştı. Müze müdürünün cesedinin ürkütücü görüntüsü aklından çıkmıyordu.

Jacques Saunière öldü.

Langdon, müze müdürünün ölümüyle büyük bir kayba uğradığını hissediyordu. Saunière münzevi bir yaşam sürmekle tanınmasına rağmen, sanata olan tutkunluğu onu saygın bir adam haline getirmişti. Poussin ve Teniers'in tablolarındaki gizli şifreler hakkında yazdığı kitaplar, Langdon'ın en sevdiği ders kitaplarıydı. Langdon bu akşamki görüşmeyi dört gözle beklemiş ve müze müdürünün gelmemesi onda hayal kırıklığı yaratmıştı.

Müze müdürünün cesedinin görüntüsü bir kez daha zihninde canlandı. *Bunu kendine Jacques Saunière mi yaptı?* Langdon görüntüyü zihninden atmak için kendini zorlayarak, başını çevirip pencereden dışarı baktı.

Dışarıdaki şehir uyanmaya başlıyordu, sokak satıcıları, *badem* şekerlemesi arabalarını sürüyor, garsonlar çöp torbalarını kaldırım kenarına taşıyor, geceden kalma âşıklar yasemin kokuları taşıyan meltemde üşümemek için birbirlerine sokuluyorlardı. Citroën kaosun içinden yetkiyle geçerken, iki tonlu ahenksiz sireni trafiği bıçak gibi yarıyordu.

Otelden ayrıldıklarından beri ilk kez konuşan ajan, "*Yüzbaşı,* bu akşam Paris'te bulunduğunuzu öğrenmekten son derece memnun," dedi. "Çok talihli bir tesadüf."

Langdon talihli olmak dışında her şeyi hissediyordu, ayrıca tesadüf, kesinlikle güvenmediği bir kavramdı. Hayatını, farklı amblemlerle ideolojilerin birbirleriyle gizli bağlılıklarını keşfetmekle geçiren biri olarak Langdon dünyayı birbirine iyice dolanmış tarihin ve olayların bir ağı gibi görüyordu. *Bağlantılar görünürde olmayabilir,* diye sık sık tekrarlardı. Harvard'daki simgeleme derslerinde, ama her zaman oradadırlar, yüzeyin hemen altına gömülmüşlerdir.

Langdon, "Sanırım," dedi. "Size kaldığım yeri Paris Amerikan Üniversitesi mi söyledi?"

Şoför başını iki yana salladı. "Interpol."

Interpol, diye düşündü Langdon. Elbette. Avrupa'daki tüm otellerde giriş sırasında pasaport sormanın formaliteden daha fazlası olduğunu unutmuştu, kanunlar böyleydi. Tüm Avrupa'da herhangi bir gece, Interpol yetkilileri kimin nerede uyuduğunu tam olarak tespit edebilirlerdi. Herhalde Langdon'ı Ritz'de bulmak topu topu beş saniyelerini almıştı.

Citroën şehrin güneyine doğru ilerlerken, sağ taraftan gökyüzüne uzanan Eyfel Kulesi'nin aydınlatılmış silueti belirdi. Onu görünce Langdon, Vittoria'yı düşündü. Bir yıl önce, her altı ayda bir, dünyadaki romantik yerlerden birinde buluşmaya söz vermişlerdi. Langdon, Eyfel Kulesi'nin bu listede yer alacağını tahmin ediyordu. Ne yazık ki, Vittoria'yı en son Roma'daki gürültülü bir havaalanında öpeli bir yıldan fazla oluyordu.

Ajan yana dönerek, "Ona bindiniz mi?" diye sordu.

Langdon başını kaldırıp ona göz atarken, yanlış anladığına emindi. "Affedersiniz anlayamadım?"

"Harika, öyle değil mi?" Ajan ön camdan Eyfel Kulesi'ni gösteriyordu. "Ona bindiniz mi?"

Langdon gözlerini devirdi. "Hayır. Kuleye çıkmadım."

"Fransa'nın sembolüdür. Bence mükemmel."

Langdon dalgın bir edayla başını salladı. Simgebilim uzmanları genellikle Fransa'nın -maçoluk, zamparalık, Napolyon ve Cüce Pepin gibi tehlikeli, kısa boylu liderlerle tanınan bir ülkenin- üç yüz metrelik penisten daha uygun bir ulusal amblem seçemeyeceğini söylerlerdi.

Rue de Rivoli kavşağına vardıklarında kırmızı ışık yanıyordu ama Citroën durmadı. Ajan sedanı gazlayarak, ünlü Tuileries Bahçeleri'nin -Paris'in Central Park'ı- kuzey girişi olan Rue Castiglione'nin ağaçlıklı bir bölgesine doğru sürdü. Pek çok turist, yanlış bir tercüme yaparak Jardins des Tuileries ismini burada açan binlerce laleye atfederlerdi ama aslında *Tuileries*'in, daha az romantik bir adı vardı. Bir zamanlar bu park, Paris'li müteahhitlerin şehrin ünlü kırmızı kiremitlerini -ya da *tuiles*- üretmek için kil çıkardıkları devasa bir kazı alanıydı.

Sessiz parka girdiklerinde ajan kontrol panelinin altına uzanarak, acı acı öten sireni kapattı. Langdon ani sessizliğin getirdiği huzurla rahat bir nefes aldı. Arabanın dışında, tekerleklerin engebelerden geçerken çıkardığı çıtırtılı ses uyutucu bir ritim yaratırken, halojen farların soluk ışığı çakıllı bulvarın üstünde gezindi. Langdon her zaman Tuileries'in kutsal bir yer olduğunu düşünmüştü. Burası, Claude Monet'nin biçim ve renkle oynadığı ve gerçek anlamda Empresyonist akımın doğuşuna ilham veren bahçelerdi. Bu gece ise her nedense garip bir şekilde, kötü bir şeylerin habercisi gibiydi.

Citroën batıya yönelerek, parkın merkez bulvarına doğru, sola sapmıştı. Şoför yuvarlak bir gölcüğün etrafından kıvrılıp, ıssız bir caddeden geçerek, arka taraftaki geniş avluya kestirmeden gitti. Langdon şimdi Tuileries Bahçeleri'nin dev bir taş kemerle belirlenmiş bittiği yeri görebiliyordu.

Arc du Carrousel.

Arc du Carrousel'de bir zamanlar yapılan alemlere rağmen, sanat tutkunları bu yere bambaşka bir sebepten ötürü önem verirlerdi. Tuileries'in sonundaki kordondan dünyanın en iyi sanat müzelerinden dördü görülebiliyordu... her biri pusulanın ayrı bir noktasında bulunuyordu.

Langdon sağ taraftaki pencereden Seine ile Quai Voltaire'in arkasındaki, eski tren istasyonunun -şimdiki Musée d'Orsay- çarpıcı derecede aydınlatılmış cephesini görebiliyordu. Sol tarafa göz attığında, Modern Sanat Müzesi'ne ev sahipliği yapan ultramodern Pompidou Center'ın tepesini seçebiliyordu. Langdon arka tarafında batıya doğru ise Musée du

Jeu de Paume'u belirleyen eski Ramses dikili taşının, ağaçların üstünden yükseldiğini biliyordu.

Ama dünyanın en ünlü sanat müzesi haline gelen yekpare taştan yapılmış Rönesans sarayı, doğuya doğru tam önlerinde kemerin gerisindeydi.

Musée du Louvre.

Gözleri büyük yapının tamamını görmek için nafile bir girişimde bulunduğunda, Langdon tanıdık bir merak duydu. Louvre'un görkemli cephesi, insanı hayrete düşürecek kadar geniş meydanın karşısında, Paris semalarına yükselen bir kale gibi duruyordu. Uç uca eklenmiş üç Eyfel Kulesi uzunluğundaki Louvre, at nalı şekliyle Avrupa'daki en uzun binaydı. Müzenin kanatları arasındaki doksan üç bin metrekarelik açık meydan bile, cephenin görkemiyle yarışamazdı. Langdon bir keresinde Louvre'un çevresi etrafında yürüyerek, beş kilometrelik yol kat etmişti.

Bir ziyaretçinin bu binadaki 65.300 sanat eserini beş günlük bir süre içinde görebileceği tahmin edilmesine rağmen, çoğu turist Langdon'ın "Diyet Louvre" diye bahsettiği kısaltılmış bir tur atmayı tercih ediyordu. Bu tur, müzedeki en ünlü üç objeyi -*Mona Lisa, Milo Venüs*'ü ve *Zafer Tanrıçası Nike*'yi- görebilmek için atılan bir sürat koşusuydu. Art Buchwald bir zamanlar üç sanat şaheserini beş dakika elli altı saniyede gördüğünü söyleyerek övünmüştü.

Şoför küçük bir el telsizi çıkartarak kısaltılmış bir Fransızcayla konuşmaya başladı. "*Monsieur Langdon est arrivé. Deux minutes.*"(*)

Telsizden deşifre edilemeyen cızırtılı bir teyit geldi.

Aygıtı yerine koyan ajan, Langdon'a döndü. "*Yüzbaşı* ile ana girişte buluşacaksınız."

Şoför meydanda araç trafiğini yasaklayan işaretleri hiçe sayarak, gaza bastı ve Citroën'i kaldırıma doğru sürdü. Işıklı fıskıyelerin su püskürttüğü yedi üçgen havuzla çevrelenen ana giriş, artık görülebiliyordu.

La Pyramide.

Paris Louvre'un yeni girişi müzenin kendisi kadar ünlü olmuştu. Çin kökenli, Amerikalı mimar I. M. Pei tarafından tasarlanan tartışmalı, dömi-

(*) Bay Langdon geldi. İki dakika sonra oradayız.

modern cam piramidi, Rönesans avlunun asaletini bozduğunu düşünen gelenekçiler tarafından hâlâ hor görülüyordu. Goethe mimariyi müziğin donmuş hali diye tanımlamıştı. Pei'yi eleştirenler ise bu piramide karatahtayı çizen tırnak diyorlardı. Bununla birlikte hayranları, Pei'nin yirmi bir metre uzunluğundaki şeffaf piramidinin, Louvre'un gelecek bin yıla taşınmasına yardımcı olduğunu, eski yapıyla modern metotlar -eskiyle yeni arasında sembolik bir bağ- arasında göz kamaştırıcı bir sinerji yarattığını söyleyerek yüceltiyorlardı.

Ajan, "Piramidimizi beğeniyor musunuz?" diye sordu.

Langdon kaşlarını çattı. Görünüşe bakılırsa Fransızlar bunu Amerikalılara sormaktan hoşlanıyorlardı. Elbette bu soruda bazı anlamlar yüklüydü. Piramidi beğendiğinizi itiraf etmek sizi zevksiz bir Amerikalı yapıyor, beğenmediğinizi söylemekse Fransızlara hakaret gibi algılanıyordu.

Langdon, "Mitterand cesur bir adamdı," diyerek kaçamak bir cevap verdi. Piramidin yapım işini başlatan, merhum cumhurbaşkanında "Firavun Kompleksi" olduğu söyleniyordu. Paris'i Mısır sanatı, el sanatları ve dikili taşlarıyla doldurmaktan tek başına sorumlu olan François Mitterand'ın, Mısır kültürüne olan tutkunluğu o denli aşırıydı ki, Fransızlar ondan hâlâ Sfenks diye bahsediyorlardı.

Langdon konuyu değiştirerek, "Şefinizin ismi nedir?" diye sordu.

Şoför piramidin ana girişine yaklaşırken, "Bezu Fache," dedi. "Biz kendisine *le Taureau* deriz."

Bütün Fransızlara bir hayvan takma adı verilip verilmediğini düşünen Langdon gözlerini ona çevirdi. "Şefinize *Boğa* mı diyorsunuz?"

Adam kaşlarını yay gibi yukarı kaldırdı. "Fransızcanız söylediğinizden daha iyiymiş Bay Langdon."

Langdon, *Fransızcam berbattır,* diye düşündü, ama *Zodyak ikonografim iyidir.* Taurus'un anlamı boğa demekti. Astrolojinin sembolleri tüm dünyada aynıydı.

Ajan arabayı durdurup, parmağıyla iki çeşmenin arasından piramidin yan tarafındaki geniş kapıyı gösterdi. "Giriş burası. İyi şanslar bayım."

"Siz gelmiyor musunuz?"

"Bana sizi burada bırakmam emredildi. Yapmam gereken başka işler var."

Langdon içini çekerek, arabadan indi. *Bu da senin numaran.*

Ajan arabayı gazlayarak uzaklaştı.

Langdon tek başına ayakta durup, uzaklaşan farlara bakarken, avludan kolaylıkla çıkıp, bir taksi çevirebileceğini ve yatağına doğru yol alabileceğini fark etti. Ama içinden bir ses, ona bunun kötü bir fikir olduğunu söylüyordu.

Havuzların yarattığı sise yaklaşırken, başka bir dünyaya açılan hayali bir eşikten geçtiğini hissediyordu. Akşamın rehaveti yeniden bastırmaya başlamıştı. Yirmi dakika öncesine kadar, otel odasında uyuyordu. Şimdi ise Sfenks tarafından yaptırılmış şeffaf piramidin önünde durmuş, Boğa lakaplı bir polisi bekliyordu.

Bir Salvador Dali tablosunda kapana kısıldım, diye düşündü.

Langdon ana girişe doğru yürüdü, devasa döner kapıydı. Arkasında loş ve boş bir fuaye vardı.

Kapıyı çalacak mıyım?

Langdon acaba Harvard'lı ünlü Mısır uzmanları hiç piramidin ön kapısını çalıp, cevap beklemişler midir, diye düşündü. Cama vurmak için elini kaldırdı ama aşağıdaki karanlığın içinden beliren bir figür, döner merdivenden hızla çıkmaya başladı. Koyu renkli, omuzlarına dar gelen kruvaze bir takım elbise giymiş, tıknaz yapılı ve esmer bir adamdı. Güçlü bacaklarının üstünde açıkça anlaşılan bir yetkiyle yürüyordu. Cep telefonuyla konuşuyordu ama kapıya geldiğinde görüşmeyi bitirdi. Langdon'a içeri girmesini işaret etti.

Langdon döner kapıyı iterek içeri girerken, "Ben Bezu Fache," diye kendini tanıttı. "Adli Polis Merkezi şefiyim." Mesleğine uygun bir sesi vardı, yaklaşan fırtınayı andıran... gırtlaktan gelen hırıltılı bir ses.

Langdon tokalaşmak için elini uzattı. "Robert Langdon."

Fache'nin iri eli, Langdon'ınkini ezici bir kuvvetle sardı.

Langdon, "Fotoğrafı gördüm," dedi. "Ajanınız, bunu Jacques Saunière'in *kendisinin* yaptığını söyledi..."

"Bay Langdon," derken Fache'nin gözleri onunkine kilitlenmişti. "Fotoğrafta gördükleriniz, Saunière'in yaptıklarının sadece başlangıcı."

4

Geniş omuzlarını arkaya atıp, çenesini göğsüne gömen Yüzbaşı Bezu Fache, kızgın bir boğa gibi yürüyordu. Geriye doğru taranmış briyantinli koyu renk saçları, geniş alnındaki derin çizgileri vurguluyordu. Yakından bakınca koyu renk saçları, çıkık kaşlarının ortasındaki çizgiyi vurguluyor ve onun, bir savaş gemisinin pruvasına benzemesini sağlıyordu. O yaklaşmadan evvel, koyu renk gözleri nam saldığı ciddiyetini korku verici bir açıklıkla ortaya koyarak, sanki yeryüzünü kasıp kavuruyordu.

Langdon, yüzbaşının peşinden giderek, ünlü mermer basamaklardan cam piramidin altındaki avluya indi. Aşağı inerlerken, makineli tüfekle bekleyen iki adli polis muhafızının arasından geçtiler. Mesaj açıktı: Bu akşam Yüzbaşı Fache'nin izni olmaksızın hiç kimse buraya giremez veya dışarı çıkamazdı.

Zeminin altına indiklerinde Langdon heyecanının arttığını hissetti. Fache'nin davranışları hiç de misafirperver sayılmazdı, ayrıca bu saatte Louvre'un kabristanı andıran bir havası vardı. Merdivenler, karanlık bir sinema salonunun koridoru gibi, her bir basamağa gömülmüş minik döşeme ampulleriyle aydınlatılmıştı. Langdon kendi ayak seslerinin üstlerindeki camda yankı yaptığını duyabiliyordu. Yukarı baktığında, çeşmelerden yayılan sisin şeffaf damın üstünden ince çizgiler halinde geçtiğini görebiliyordu.

Geniş çenesiyle yukarıyı işaret eden Fache, "Siz tasvip ediyor musunuz?" diye sordu.

Oyun oynamak için kendini fazlasıyla yorgun hisseden Langdon derin bir nefes aldı. "Evet, piramidiniz harikulade."

Fache homurdandı. "Paris'in yüz karası."

Birinci darbe. Langdon, ev sahibinin memnun edilmesi zor biri olduğunu fark etmişti. Bu piramidin, Cumhurbaşkanı Mitterrand'ın kesin isteği üzerine, tam olarak 666 cam panodan inşa edildiğini acaba Fache biliyor mudur, diye düşündü. Bu garip istek, 666 sayısının Şeytan'ın sayısı olduğunu iddia eden komplo meraklıları arasında daima ateşli bir tartışma konusu olmuştu.

Langdon konuyu açmamaya karar verdi.

Yerin altındaki fuayeye doğru indikçe, alan karanlıktan yavaşça sıyrılıyordu. Louvre'un, yer seviyesinin on sekiz metre aşağısına yapılmış altı bin beş yüz metrekarelik lobisi, uçsuz bucaksız bir mağarayı andırıyordu. Yukarıdaki bal rengi taşlardan yapılmış cepheyle uyumlu olması açısından, sarı mermer döşenmiş yeraltı koridoru, genellikle gün ışığı ve turistlerle canlanıyordu. Ama bu gece tüm alana soğuk ve esrarlı bir hava veren lobi, ıssız ve karanlıktı.

Langdon, "Peki müzenin her zamanki güvenlik personeline ne oldu?" diye sordu.

"*Geçici olarak uzaklaştırıldılar,*" diye cevap veren Fache'nin sesi, sanki Langdon onun takımının bütünlüğünü sorguluyormuş gibi çıkmıştı. "Bu gece girmemesi gereken birinin içeri girdiği ortada. Tüm personel Louvre'un Sully Kanadı'nda sorgulanıyor. Müzenin güvenliğini bu gece benim ajanlarım devraldı." Fache'ye ayak uydurmakta hızlı davranan Langdon başını evet anlamında salladı.

Yüzbaşı, "Jacques Saunière'i ne kadar iyi tanıyordunuz?" diye sordu.

"Aslına bakarsanız hiç. Bugüne kadar hiç karşılaşmadık."

Fache şaşırmışa benziyordu. "Bu gece ilk kez mi buluşacaktınız?"

"Evet. Verdiğim seminerden sonra Amerikan Üniversitesi'nin resepsiyonunda buluşmayı planlamıştık ama o gelmedi."

Fache küçük not defterine bir şeyler karaladı. Yürürlerken, Langdon, Louvre'un daha az bilinen piramidine -*La Pyramide Inversée*- tavandan aşağı sarkıt gibi ters sarkan dev çatıya göz attı. Fache, Langdon'ı kısa bir merdivenden kemerli bir tünelin ağzına getirdi. Tabelanın üstünde DENON yazıyordu. Denon Kanadı, Louvre'un üç ana bölümü arasında en ünlü olanıydı.

Fache birden, "Bu geceki buluşmayı kim istedi?" diye sordu. "Siz mi o mu?"

Soru garipti. Tünelden içeri girerlerken Langdon, "Bay Saunière istedi," diye yanıtladı. "Birkaç hafta önce sekreteri e-posta vasıtasıyla benimle temas kurdu. Müze müdürünün, bu ay Paris'te seminer vereceğimi duyduğunu ve orada bulunduğum süre içinde benimle bir şeyi tartışmak istediğini söyledi."

"Ne tartışacaktı?"

"Bilmiyorum. Herhalde sanattır. Onunla ortak ilgi alanlarımız var."

Fache kuşkulu görünüyordu. "Görüşmenizin ne hakkında olacağına dair en ufak bir fikriniz *yok mu?*"

Langdon'ın hiç fikri yoktu. O da merak etmiş ama daha açık konuşmasını istemeye cesaret edememişti. Çokça saygı duyulan Jacques Saunière'in gizliliğe düşkün olduğu ve çok az toplantı yaptığı iyi bilinirdi; Langdon, onunla buluşma fırsatına sahip olduğu için minnettardı.

"Bay Langdon cinayet kurbanının öldürüldüğü gece sizinle ne tartışacağını en azından tahmin edemez misiniz? Çok yardımı dokunabilir."

Bu manidar soru Langdon'ı rahatsız etmişti. "Gerçekten bilemiyorum. Sormadım. Temas kurması bile beni gururlandırmıştı. Bay Saunière'in çalışmalarının hayranıyım. Verdiğim derslerde onun kitaplarını kullanırım."

Fache bunu defterine not etti.

Artık iki adam Denon Kanadı'nın giriş tünelinde yarı yola gelmişlerdi. Langdon her ikisi de hareketsiz duran yolun sonundaki yürüyen merdivenleri görebiliyordu.

Fache, "Demek ortak ilgi alanlarınız vardı?" diye sordu.

"Evet. Aslına bakarsanız, geçen yılın çoğunu Bay Saunière'in uzmanlık alanı hakkında yazacağım kitabın taslağına ayırdım. Beynine girmek için sabırsızlanıyordum."

Fache başını kaldırdı. "Pardon?"

Bu deyimin karşılığının bulunmadığı belli oluyordu. "Onun konu hakkındaki düşüncelerini öğrenmek için sabırsızlanıyordum."

"Anlıyorum. Peki konu neydi?"

Langdon tam olarak nasıl izah edeceğinden emin olamadığı için tereddüt etti. "Aslında taslak, tanrıçalara tapınmayı gösteren ikonografi hakkında, dişilerin kutsallığı kavramı, sanat ve bununla ilgili semboller."

Fache tombul elini saçlarında gezdirdi. "Saunière'in bu konu hakkında bilgisi var mı?"

"Herkesten daha fazla."

"Anlıyorum."

Langdon, Fache'nin hiçbir şeyi anlamadığını fark etmişti. Jacques Saunière, dünyadaki en ünlü tanrıça ikonografi uzmanı olarak kabul ediliyordu. Saunière'in bereketle ilgili röliklere, tanrıça kültlerine, Wicca'ya ve kutsal dişilere olan tutkusu bir yana, müze müdürlüğü yaptığı yirmi yıllık memuriyeti süresince Louvre'un dünyadaki en büyük tanrıça sanatı koleksiyonuna sahip olmasını sağlamıştı, Delphi'deki en eski Yunan tapınağından rahibelerin labrys baltaları, altın yılanlı asalar, küçük melekleri andıran yüzlerce Tjet hayat sembolü, eski Mısır'da kötü ruhları kovmak için kullanılan saplı kasnak şeklindeki çıngıraklar ve Tanrıça İsis tarafından tedavi edilen Horus'u gösteren heykelcikler serisi.

Fache, "Belki de Jacques Saunière'in sizin kitap taslağınızdan haberi vardı," diye fikir yürüttü. "Ve kitabınız konusunda size yardımcı olmayı teklif etmek için buluşmak istedi."

Langdon başını iki yana salladı. "Doğrusunu isterseniz kitabımın taslağından henüz kimsenin haberi yok. Hâlâ müsvedde halinde ve editörüm dışında kimseye göstermedim."

Fache sessizleşti.

Langdon müsveddeyi kimseye göstermemesinin *nedenini* açıklamadı. Üç yüz sayfalık müsvedde -*Kayıp Kutsal Dişinin Sembolleri* adını vermeyi düşünüyordu- mevcut dini ikonografilerin geleneklere aykırı yorumlarını sunuyordu ve kesinlikle tartışmalara yol açacaktı.

Langdon hareketsiz yürüyen merdivenlere yaklaştığında, Fache'nin artık yanında olmadığını fark ederek durdu. Arkasını döndüğünde, onun birkaç metre uzaktaki servis asansörünün yanında beklediğini gördü.

Fache asansörün kapıları açılırken, "Asansörü kullanacağız," dedi. "Eminim müzedeki mesafenin yaya dolaşılamayacak kadar uzun olduğunu biliyorsunuzdur."

Langdon asansörün iki katlı Denon Kanadı'na çıkmayı kolaylaştıracağını bildiği halde kıpırdamadı.

"Bir sorun mu var?" Fache kapıyı tutarken, sabırsızlanmışa benziyordu.

Langdon derin bir nefes alarak, havadar yürüyen merdivene hasretle baktı. *Hiçbir sorun yok,* diyerek kendine yalan söyledikten sonra, asansöre doğru zoraki adımlarla yürüdü. Langdon çocukluğunda terk edilmiş bir kuyuya düşmüş ve kurtarılana kadar, o daracık alandaki suyun içinde ölümle mücadele etmişti. O günden beri kapalı yerlerde kalma fobisi vardı, asansörler, metrolar, kapalı tenis salonları. Langdon hiç inanmadığı halde, kendi kendine sürekli, *asansör kesinlikle güvenli bir makine,* diyordu. *Kapalı bir bölmeden sarkan, küçük metal bir kutu!* Nefesini tutarak asansöre bindiğinde, kapılar kapanırken adrenalinin verdiği o tanıdık ürpertiyi hissetti.

İki kat. On saniye.

Asansör hareket etmeye başladığında Fache, "Siz ve Bay Saunière," dedi. "Hiç konuşmadınız mı? Hiç karşılaşmadınız mı? Birbirinize postayla hiçbir şey göndermediniz mi?"

Bir garip soru daha. Langdon başını iki yana salladı. "Hayır. Hiç."

Fache duyduklarını hafızasına alıyormuş gibi başını yana yatırdı. Hiçbir şey söylemeden, gözlerini krom kapılara dikti.

Yukarı çıkarlarken, Langdon dikkatini etrafındaki dört duvar haricinde ne varsa ona vermeye çalıştı. Parlak asansör kapısının yansımasında yüzbaşının kravat iğnesini gördü, on üç siyah oniks iliştirilmiş gümüş bir haç. Langdon bunu son derece şaşırtıcı bulmuştu. *Crux gemmata* -üstünde on üç değerli taş bulunan haç- olarak bilinen bu sembol, İsa ile on iki havarisini simgeleyen bir Hıristiyan ideogramıydı. Langdon nedense Fransız polisinin dini inançlarını bu denli açık biçimde göstermesine şaşırmıştı. Ama ne de olsa burası Fransa'ydı; Hıristiyanlık burada doğmak kadar önemli bir din değildi.

Fache birden, "Bu bir *crux gemmata,*" dedi.

Şaşıran Langdon karşısındaki yansımada Fache'nin gözlerini görebilmek için başını kaldırdı.

Asansör sarsılarak durdu ve kapılar açıldı.

Langdon hemen, Louvre galerilerinin ünlü yüksek tavanları sayesinde ferah olan geniş koridora çıktı. Bununla birlikte, adım attığı dünya beklediği gibi değildi.

Şaşıran Langdon aniden durdu.

Fache, ona baktı. "Anladığım kadarıyla Bay Langdon, Louvre'u kapandıktan sonra hiç görmemişsiniz?"

Sanırım görmedim, diye düşünen Langdon, bulunduğu yeri algılamaya çalıştı.

Genellikle bol ışıkla aydınlatılan Louvre galerileri bu gece son derece karanlıktı. Yukarıdan süzülen beyaz ışığın yerine, süpürgeliklerden kırmızı bir ışık huzmesi yayılıyordu, yer döşemelerine tutturulan aralıklı kırmızı ışık benekleri.

Langdon karanlık koridora baktığında, bu manzarayla karşılaşacağını tahmin etmesi gerektiğini fark etti. Büyük galerilerin hemen hepsi geceleri kırmızı ışık kullanırlardı, aşağı seviyeye yerleştirilen zararsız ışık, personelin koridorlarda dolaşmasına olanak sağlarken, tabloların ışığa maruz kalarak yıpranmasını geciktiriyordu. Bu gece müzeye bir ağırlık çökmüştü. Gölgeler her yere uzanıyor, tonozlu yüksek tavanlar siyah, alçak bir boşluk gibi görünüyordu.

"Buradan," diyen Fache aniden sağa dönerek, birbirine bağlı galerilerden geçmeye başladı.

Gözleri karanlığa alışmaya başlayan Langdon, onu izledi. Büyük ebatlardaki yağlıboyalar, karanlık odada tab edilmiş fotoğraflar gibi canlanıyordu... tablolardaki gözler, odalardan geçerken onu takip ediyorlardı. Müze havasının tanıdık kokusunu -karbon kokusu taşıyan, kuru bir hava- alabiliyordu. Ziyaretçilerin sebep olduğu karbondioksitin aşındırıcı etkilerini önlemek için sanayi tipi, kömür filtreli nem gidericiler yirmi dört saat boyunca çalışırdı.

Duvarların tepelerine yerleştirilen güvenlik kameraları, ziyaretçilere açık bir mesaj gönderiyordu: *Sizi görüyoruz. Hiçbir şeye dokunmayın.*

Langdon kameraları işaret ederek, "Aralarında gerçek olanı var mı?" diye sordu.

Fache başını iki yana salladı. "Elbette yok."

Langdon buna şaşırmamıştı. Bu büyüklükteki müzelerin video kameralarla izlenmesinin fahiş bir maliyeti vardı ve etkili değildi. Kontrol edilmesi gereken binlerce metrekarelik alanıyla Louvre'un gözetleme işi için yüzlerce teknisyene ihtiyacı olacaktı. Büyük müzelerin çoğu artık "çembere alma sistemini" kullanıyorlardı. *Hırsızları dışarıda tutmayı unut. Onları içeride tut.* Çembere alma yöntemi müze kapandıktan sonra devreye sokuluyordu. Davetsiz bir misafir sanat eserlerinden birini yerinden çıkardığında, galerinin etrafındaki çıkış bölmeleri kapanıyor ve hırsız kendini polis gelmeden önce parmaklıkların arkasında buluyordu.

Önlerindeki mermer koridorda sesler yankı yapıyordu. Gürültü, sağ taraftaki geniş kapısız odadan geliyor gibiydi. Parlak bir ışık koridora taşmıştı.

Yüzbaşı, "Müze müdürünün ofisi," dedi.

O ve Fache odaya yaklaştıklarında Langdon kısa koridordan, Saunière'in lüks çalışma odasına göz attı, ahşap kaplama duvarlarda Büyük Usta-lar'ın tabloları, üzerinde altmış santim boyunda zırhlı bir şövalye heykeli bulunan muazzam büyüklükteki antika masa. Bir avuç polis ajanı odada koşuşturuyor, telefon görüşmeleri yapıp notlar alıyorlardı. İçlerinden biri Saunière'in masasına oturmuş, dizüstü bilgisayarda yazı yazıyordu. Müze müdürünün özel ofisinin bu akşam için DCPJ'nin geçici komuta merkezi olduğu anlaşılıyordu.

Fache, "*Monsieurs,*" diye seslendiğinde adamlar dönüp baktılar. "*Ne nous dérangez pas sous aucun prétexte. Entendu?*"(*)

Ofisteki herkes anladığını göstererek başını salladı.

Langdon otel odalarının kapısına, yüzbaşının söylediklerinin ana fikrini anlayacak kadar NE PAS DERANGER yazısı asmıştı. Fache ile Langdon hiçbir suretle rahatsız edilmeyeceklerdi.

Ajanlardan oluşan küçük ekibi geride bırakan Fache ve Langdon karanlık koridorda ilerlediler. İki metre ileride, Louvre'un en popüler bölümünün *-la Grande Galerie-* girişi hayal gibi belirdi. Sonsuz gibi görünen bu koridorda Louvre'un en değerli İtalyan sanat şaheserleri bulunuyordu. Langdon, Saunière'in cesedinin burada bulunacağını önceden sezmişti; Büyük Galeri'nin ünlü parke zemini Polaroid'de kusursuz biçimde görülüyordu.

Yaklaştıklarında Langdon girişin, ortaçağ kalelerinde akın yapan orduları uzak tutmak için kullanılanlara benzer devasa çelik bir kapıyla kapandığını gördü.

Parmaklıkların yanına vardıklarında Fache, "Çembere alma güvenliği," dedi.

(*) Baylar bir şey bahane edip bizi rahatsız etmeyin. Anlaşıldı mı?

Barikat, karanlıkta bile bir tanka dayanabilecek gibi görünüyordu. Langdon parmaklıkların arasından, Büyük Galeri'nin loş bölmelerine göz attı.

"Önden buyurun Bay Langdon," dedi.

Langdon döndü. *Önden nereye buyurayım?*

Fache parmaklıkların dibindeki zemini işaret etti.

Langdon aşağı baktı. Karanlıkta fark etmemişti. Altmış santim kadar yukarı kaldırılan barikatın altında dar bir alan açılmıştı.

Fache, "Burası Louvre güvenliği için hâlâ yasak bölge," dedi. "*Police Technique et Scientifique*'den(*) gelen ekibim araştırmalarını henüz bitirdiler." Açıklığı gösterdi. "Lütfen altından geçiniz."

Langdon ayaklarının dibindeki daracık sürünme aralığına baktıktan sonra gözlerini ağır demir kapıya çevirdi. *Şaka yapıyor, öyle değil mi?* Barikat, izinsiz girenleri ezmek için hazır bekleyen giyotine benziyordu.

Fache Fransızca bir şeyler söylenip saatine baktı. Ardından dizlerinin üstüne çökerek, hantal vücudunu parmaklıkların altından geçirdi. Diğer tarafa geçince ayağa kalkıp, parmaklıkların arasından Langdon'a baktı.

Langdon derin bir nefes aldı. Avuçlarını cilalı parkenin üzerine yerleştirerek, karnının üstüne yattı ve kendini ileri itti. Tam altından geçerken Harris tüvidinin ensesi parmaklıkların altına takıldı ve başının arkasını demirlere çarptı.

Çok hoş Robert, diye düşünürken el yordamıyla kendini kurtarıp, diğer tarafa geçti. Ayağa kalktığında Langdon gecenin çok uzun süreceğinden şüphelenmeye başlamıştı.

(*) Teknik birim.

5

Murray Hill Binası -Opus Dei'nin yeni Dünya Merkez Bürosu ve konferans salonu- New York'ta 243 Lexington Caddesi'nde bulunmaktadır. Indiana kireçtaşı ve kırmızı tuğladan oluşan 12.500 metrekarelik alanı kaplayan gökdelen 47 milyon dolara mal olmuştur. May&Pinska tarafından tasarlanan binada yüzden fazla yatak odası, altı yemek salonu, kütüphaneler, oturma odaları, toplantı salonları ve ofisler bulunmaktadır. İkinci, sekizinci ve on altıncı katlarda, mermerle donatılmış şapeller vardır. On yedinci kat tamamıyla mesken olarak kullanılmaktadır. Erkekler, binaya Lexington Caddesi'ndeki ana kapıdan girerler. Kadınlarsa yan sokaktan giriş yaparlar ve binada bulundukları sürece erkeklerden "akustik ve görsel" olarak ayrılmışlardır.

O akşamın erken saatlerinde Piskopos Manuel Aringarosa, gözlerden uzak teras katındaki dairesinde küçük bir seyahat çantası hazırlayarak, geleneksel siyah cüppesini giymişti. Normalde beline mor kuşağını takması gerekirdi ama o, bu gece halk arasında dolaşacağından sahip olduğu yüksek mevkiiyle dikkat çekmek istemiyordu. Parmağındaki 14 ayar altın etrafı iri elmaslarla çevrili mor ametist taşın üstüne elle piskoposluk arması işlenmiş yüzüğünü, sadece bilen bir göz fark edebilirdi. Seyahat çantasını sırtına alarak, dairesinden çıktı. İçinden bir dua okudu ve kendisini havaalanına götürmek üzere bekleyen şoförünün bulunduğu lobiye indi.

Artık Roma'ya gidecek ticari uçakta oturmakta olan Aringarosa, pencereden dışarıya, karanlık Atlantik'e baktı. Güneş batmıştı ama Aringarosa kendi yıldızının yükseldiğini biliyordu. *Bu gece savaş kazanılacak,* diye düşündü, oysa yalnızca birkaç ay önce, imparatorluğunu yıkmaya kalkışan ellere karşı kendini güçsüz hissediyordu.

Piskopos Aringarosa, Opus Dei'nin genel başkanı olarak, hayatının son on yılını "Tanrı'nın Eseri'nin" -yani *Opus Dei*- mesajını yaymak için harcamıştı. 1928 yılında papaz Josemaría Escrivá tarafından kurulan cemaat, muhafazakâr Katolik değerlerini yeniden hayata geçirmiş ve üyelerini, Tanrı'nın Eseri'ni meydana getirebilmek için, kendi hayatlarından büyük fedakârlıklar yapmaya teşvik etmişti.

Opus Dei'nin gelenekçi felsefesi başlangıçta İspanya'da, Franco rejiminden önce kök salmıştı, ama Josemaría Escrivá'nın 1934'te yayınladığı The Way (*Tarîk*) -Tanrı'nın Eseri'ni meydana getirebilmek kişinin hayatında yapması gereken 999 meditasyon şekli- isimli ruhani kitabıyla birlikte Escrivá'nın mesajı tüm dünyaya yayılmıştı. Artık kırk iki dilde milyonlarca kopyası bulunan Tarîk sayesinde, Opus Dei küresel bir güç haline gelmişti. Opus Dei'ye ait okullara, eğitim merkezlerine ve hatta üniversitelere dünyanın her büyük şehrinde rastlanabilirdi. Opus Dei, dünyadaki en hızlı büyüyen ve mali açıdan en güvenli Katolik organizasyonuydu. Ne yazık ki Aringarosa, dini kinizm, mezhepler ve İncil'in televizyondan öğrenildiği bir çağda, Opus Dei'nin sahip olduğu zenginlikle gücün şüpheleri üstüne çektiğini öğrenmişti.

Muhabirler genellikle, "Pek çok kişi Opus Dei'nin bir beyin yıkama tarikatı olduğunu söylüyor," diye üstüne gelirlerdi. "Bazıları da size aşırı muhafazakâr gizli Hıristiyan cemiyeti diyorlar. Hangisisiniz?"

Piskopos sabırla, "Opus Dei ikisi de değil," diye cevap verirdi. "Bizler bir Katolik Kilisesi'yiz. Bizler, günlük yaşantılarımızda Katolik öğretilerini özenle izlemeyi seçen Katolik bir topluluğuz."

"Tanrı'nın Eseri'nde saflık yeminleri edilmesi, kiliseye zekât vermek, günahlar için kendini döverek ve *keçeyle* kefaret ödenmesi gerekli midir acaba?"

Aringarosa, "Siz Opus Dei'nin sadece küçük bir grubundan bahsediyorsunuz," demişti. "Katılımın farklı seviyeleri vardır. Opus Dei'nin binlerce üyesi evlidir, aileleri vardır ve Tanrı'nın Eseri'ni kendi topluluklarında yaparlar. Diğerleri manastır okullarımızda nefislerini kırarak sade bir hayat yaşarlar. Bu tercihler kişiye aittir ama Opus Dei'deki herkes

Tanrı'nın Eseri'ni yaparak dünyayı daha iyi bir yer haline getirme amacını paylaşırlar. Elbette bu takdir edilecek bir arayıştır."

Buna rağmen, bu mantık nadiren işe yarardı. Medya her zaman skandallar peşinde koşardı ve büyük organizasyonların çoğunda olduğu gibi Opus Dei'nin üyeleri arasında da, tüm grubun namını gölgeleyecek sapkın ruhlar vardı.

İki ay önce, Ortabatı'daki bir üniversitedeki Opus Dei grubu, yeni müritlerin dini bir deneyim gibi algılaması için, onlara kendilerini fazlasıyla zinde hissetmelerini sağlayacak meskalin verirken yakalanmıştı. Bir başka üniversite öğrencisi iğneli *keçe* kemerini tavsiye edilen günlük iki saatten çok daha uzun kullanmış ve sebep olduğu enfeksiyonla kendisini ölümün eşiğine getirmişti. Kısa süre önce Boston'daki genç bir yatırım bankacısı, intihar etmeden önce tüm birikimlerini Opus Dei'ye bırakmıştı.

Yoldan çıkarılmış koyunlar, diye düşündü Aringarosa, onlar için üzülüyordu.

Elbette en büyük utanca, Opus Dei'nin ünlü üyesi ve basının çokça yer verdiği sapık FBI ajanı Robert Hanssen sebep olmuştu. Onun mahkemede yargılanırken, kendi karısıyla sevişmelerini arkadaşlarına seyrettirmek için, yatak odasına gizli video kameraları yerleştirdiği ortaya çıkmıştı. Hakim, "Dindar bir Katolik'in eğlence anlayışı böyle olamaz," demişti.

Ne yazık ki, tüm bu olaylar Opus Dei Farkındalık Şebekesi (ODAN) diye bilinen yeni gözlem grubunun gelişmesine yardımcı olmuştu. Grubun popüler web sitesi -*www.odan.org*- katılımın tehlikeleri konusunda uyarıda bulunan eski Opus Dei üyelerinin korkutucu hikâyelerini açıklıyordu. Artık medya Opus Dei'den "Tanrı'nın Mafyası" ve "İsa Mezhebi" diye bahsediyordu.

Anlamadığımız şeylerden korkarız, diye düşündü Aringarosa bu eleştirmenlerin Opus Dei'nin kaç hayatı zenginleştirdiğini bilip bilmediklerini merak ediyordu. Grup, Vatikan'ın tam onayını almış ve takdis edilmişti. *Opus Dei, Papa'nın kişisel bir piskoposluk makamıdır.*

Bununla birlikte son zamanlarda Opus Dei, medyadan daha kuvvetli bir güç tarafından tehdit ediliyordu... Aringarosa'nın saklanamayacağı beklenmedik bir düşman. Beş ay önce iktidar kaleydoskopu sarsılmıştı ve Aringarosa hâlâ yedikleri darbenin altından kalkmaya çalışıyordu.

Aringarosa uçağın penceresinden aşağıdaki okyanusun karanlığına bakarken kendi kendine, "Nasıl bir savaş başlattıklarını bilmiyorlar," diye fısıldadı. Bir an için gözleri kendi garip yüzünün -esmer ve uzun, genç bir misyonerken İspanya'da yediği yumrukla dağılan, yassı ve eğri bir burun- yansımasına odaklandı. Artık fiziksel kusurların önemi yoktu. Aringarosa ruhani bir dünyada yaşıyordu, bedensel değil.

Jet uçağı Portekiz sahillerinin üstünden uçarken, Aringarosa'nın cüppesinin altındaki cep telefonu sessiz bir şekilde titreşmeye başladı. Uçuş yönetmeliği gereği, uçuşlar sırasında cep telefonlarının kapalı tutulması gerektiği halde Aringarosa bu çağrıya mutlaka cevap vermesi gerektiğini biliyordu. Bu numara sadece bir kişide vardı, telefonu Aringarosa'ya gönderen kişide.

Heyecanlanan piskopos sessizce cevap verdi. "Evet?"

Arayan kişi, "Silas kilit taşının yerini buldu," dedi. "Paris'te. Saint-Sulpice Kilisesi'nde."

Piskopos Aringarosa gülümsedi. "O halde yaklaştık."

"Hemen alabiliriz. Ama senin nüfuzuna ihtiyacımız var."

"Elbette. Bana ne yapmam gerektiğini söyle."

Aringarosa telefonu kapattığında kalbi hızla çarpıyordu. Başlattığı olayların karşısında kendini küçük hissederken, bir kez daha karanlık geceye baktı.

Sekiz yüz kilometre ötede, Silas isimli Albino küçük bir leğenin üzerine eğilmiş, suda dönen kırmızılıkları seyrederken sırtındaki kanları temizliyordu. Mezmurlar'dan, *beni çördükotuyla temizle ve ben arınayım,* duasını okudu. *Beni yıka ve ben kardan daha beyaz olayım.*

Silas önceki hayatından beri hissetmediği bir önseziye sahip olduğunu hissediyordu. Bu onu hem şaşırtıyor, hem de heyecanlandırıyordu. Son on yıldır *Tarîk*'i izliyor, kendini günahlardan arındırıyor... hayatını yeniden kuruyor... geçmişindeki şiddeti siliyordu. Ama bu gece, her şey geri gelmişti. Gömmek için onca uğraştığı nefret yeniden kabarmıştı. Geçmişinin bu kadar çabuk su yüzüne çıkması onu çok şaşırtıyordu. Elbette tüm bunlarla birlikte, becerileri de geri gelmişti. Paslanmıştı ama işe yarıyordu.

İsa'nın mesajı barıştır... vahşete karşıdır... sevgidir. Silas'a başlangıçtan beri öğretilen ve kalbinde taşıdığı mesaj buydu. Ve şimdi, İsa düşmanlarının yok etmeye çalıştıkları mesaj da buydu. *Tanrı'yı şiddetle tehdit edenler şiddetle karşılaşacaklardır. Bunu kaldıracak ve değiştirecek kimse yoktur.*

İsa'nın askerleri iki bin yıl boyunca, değiştirmeye çalışanlara karşı kaderlerini savunmuşlardı. Silas bu gece savaşa çağrılmıştı.

Yaralarını kuruladıktan sonra, ayak bileklerine kadar uzanan kapüşonlu cüppesini giydi. Düz, koyu renk yünden yapılmıştı ve cildiyle, saçının beyazlığını ortaya çıkarıyordu. Kuşağı beline bağladıktan sonra, kapüşonu kaldırdı ve kırmızı gözleriyle aynadaki yansımasını hayranlıkla izledi. *Çarklar dönmeye başlamıştı.*

6

Güvenlik kapısının altından iki büklüm geçen Robert Langdon artık Büyük Galeri girişinde duruyordu. Uzun ve derin bir kanyon ağzına bakıyordu. Galerinin her iki tarafından yükselen dokuz metrelik çıplak duvarlar, yukarıdaki karanlıkta belirsizleşiyordu. Aydınlatmalardan çıkan kırmızımsı ışık, yukarı doğru yayılarak, tavana kablolarla tutturulmuş Da Vincilerden, Titianlardan ve Caravaggiolardan oluşan muhteşem koleksiyonu suni alevlere boğuyordu. Natürmortlar, dini sahneler ve peyzajlar, soylularla, siyasetçilerin portrelerine eşlik ediyordu.

Louvre'un en ünlü İtalyan eserleri Büyük Galeri'de bulunduğu halde, ziyaretçilerin pek çoğu bu kanadın en şaşırtıcı özelliğinin ünlü parke zemini olduğunu düşünürdü. Diyagonal döşenmiş meşe rabıtaların oluşturduğu geometrik desen, optik bir yanılsamaya sebep olurdu, çok boyutlu bu ağ görüntüsü sayesinde ziyaretçiler, attıkları her adımda değişen bir yüzeyde gezindiklerini hissederlerdi.

Langdon'ın gözleri zemini tararken, sol tarafının birkaç metre ilerisinde polis bandıyla çevrelenmiş, yerde yatan beklenmedik bir nesne görüp durdu. Fache'ye doğru döndü. "Bu yerdeki... bir *Caravaggio* mu?"

Fache bakmadığı halde, başıyla onayladı.

Langdon tablonun iki milyon dolar değerinde olduğunu tahmin ediyordu ama buna rağmen, değersiz bir poster gibi yerde duruyordu. "Yerde ne işi var?"

Fache, ona ters ters bakıyordu ama içerlemediği belliydi. "Burası cinayet mahalli Bay Langdon. Hiçbir şeye dokunmadık. Bu tabloyu müze müdürü duvardan çıkarmış. Güvenlik sistemini bu şekilde devreye soktu."

Langdon olanları gözünde canlandırabilmek için arkasını dönüp kapıya baktı.

"Müze müdürü çalışma odasında saldırıya uğramış, Büyük Galeri'ye kaçmış ve bu tabloyu duvardan sökerek güvenlik sistemini devreye sokmuş. Kapı derhal aşağı inerek tüm çıkışları kapatmış. Bu galeriye girmenin ya da buradan çıkmanın tek yolu bu kapı."

Langdon şaşırmıştı. "Yani müze müdürü kendisine saldıranı Büyük Galeri'ye mi kilitledi?"

Fache başını iki yana salladı. "Bu güvenlik kapısı, Saunière ile saldırganını birbirinden *ayırdı.* Katil şuradaki koridorda kaldı ve Saunière'e bu kapıdan ateş etti." Fache altından geçtikleri kapının parmaklıklarından sarkan turuncu etiketi gösterdi. "Teknik bölüm bir silahtan çıkan izler buldu. Parmaklıkların arkasından ateş etmiş. Saunière burada tek başına öldü."

Langdon'ın gözünün önüne Saunière'in cesedinin fotoğrafı geldi. *Bunu kendisinin yaptığını söylemişlerdi.* Langdon önlerindeki devasa koridora baktı. "Peki cesedi nerede?"

Fache haçlı kravat iğnesini sıkıştırarak, yürümeye başladı. "Sizin de bildiğiniz gibi, Büyük Galeri epey uzundur."

Eğer Langdon doğru hatırlıyorsa, tam uzunluğu dört yüz elli metreydi, yani uç uca eklenmiş üç Washington Anıtı uzunluğundaydı. Yan yana iki yolcu trenini içine alabilecek koridorun eni de bir o kadar nefes kesiciydi. Koridorun ortasına, zevkli bir ayraç işlevi gören ve trafiğin sağlı sollu akmasına yardımcı olan devasa bir ayaklı vazo yerleştirilmişti.

Bakışlarını ileri dikerek, koridorun sağından hızlı bir şekilde ilerleyen Fache şimdi sessizdi. Langdon ise bu kadar çok sanat şaheserinin yanından bakmak için bile durmadan geçerek saygısızlık yaptığını düşünüyordu.

Zaten bu ışıkta fazla bir şey göremezdim, diye düşündü.

Ne yazık ki, zayıf kırmızı ışık, Langdon'ın aklına Vatikan Gizli Arşivleri'nin loş ışığında yaşadığı son deneyimi getirmişti. Roma'da ölümle burun buruna geldiği günle bu gece birbirine çok benziyordu. Hayalinde yeniden Vittoria belirdi. Aylardır onu rüyalarında görmüyordu. Langdon yalnızca bir yıl önce Roma'da olduğuna inanmıyordu, ona aradan sanki asırlar geçmiş gibi geliyordu. *Başka bir yaşam.* Vittoria'dan en son aralık ayında mektup almıştı, karmaşık fizik araştırmalarına devam etmek için Cava Denizi'ne gittiğini söyleyen bir kartpostal... kedibalıkları göçlerini takip etmek için uydulardan faydalanmakla ilgili bir şey. Langdon hiçbir zaman, Vittoria Vetre gibi bir kadının onunla üniversite lojmanlarında yaşamaktan mutlu olacağı hayaliyle kendini kandırmamıştı, ama Roma'daki karşılaşmaları onda, asla hissedebileceğini zannetmediği bir özlem duygusu yeşertmişti. Hayatı boyunca tutkunu olduğu bekârlık ve beraberinde getirdiği özgürlükler bir şekilde sarsılmış... yerine, geçen yıl daha da büyüyen beklenmedik bir boşluk duygusu getirmişti.

Hızla yürümeye devam ediyorlardı ama Langdon hâlâ ceset görememişti. "Jacques Saunière bu kadar *ileri* gidebilmiş mi?"

"Bay Saunière'in midesine bir kurşun isabet etmiş. Çok yavaş ölmüş. Yaklaşık on beş ya da yirmi dakika içinde. Çok kuvvetli bir adam olduğu belli."

Langdon afallamış bir ifadeyle döndü. "Güvenliğin buraya gelmesi *on beş* dakika mı almış?"

"Elbette hayır. Louvre güvenliği, alarm çalar çalmaz harekete geçmiş ve Büyük Galeri kapısının kilitli olduğunu görmüş. Kapıdan baktıklarında, koridorun sonunda birinin yürüdüğünü duymuşlar ama kim olduğunu görememişler. Seslenmişler fakat cevap alamamışlar. Bunun sadece suçlu olabileceğini varsayarak protokole uymuş ve adli polisi aramışlar. On beş dakika içinde olay yerine geldik. Geldiğimizde, barikatı altından geçebilecek kadar kaldırdık ve ben içeri bir düzine silahlı ajan gönderdim. İçeri gireni yakalayabilmek için tüm galeriyi aradılar."

"Ve?"

"İçerde hiç kimseyi bulamadılar. Bir ıstisna var..." Koridorun uzak bir noktasını işaret ediyordu. "Onun dışında."

Langdon bakışlarını kaldırarak, Fache'nin uzattığı parmağı takip etti. İlk önce Fache'nin koridorun ortasındaki büyük mermer bir heykeli gösterdiğini sandı. Ama yürümeye devam edince, Langdon heykelin arkasındakini görebildi. Koridorun üç metre ilerisinde, taşınabilir bir heykel kaidesinden zemini aydınlatan spot lamba, galerinin kırmızı ortamında beyaz bir ışık adacığı yaratıyordu. Müze müdürünün çıplak cesedi, parkelerin üstünde ve ışığın tam ortasında, mikroskop altındaki bir böcek gibi yatıyordu.

Fache, "Fotoğrafı görmüştünüz," dedi. "Bu yüzden fazla şaşırtıcı olmamalı."

Cesede yaklaşırlarken Langdon içinde korkunç bir ürperti hissetti. Önünde, o ana dek gördüğü en garip imgelerden biri duruyordu.

Jacques Saunière'in solgun cesedi parke zemin üzerinde, aynı fotoğrafta görüldüğü gibi yatıyordu. Langdon cesedin yanında durup, sert ışığında altında gözlerini kısarken kendine, Saunière'in hayatının son dakikalarını vücuduna bu garip şekli vermekle geçirdiğini hatırlattı.

Saunière onun yaşındaki bir erkek için fazlasıyla formda görünüyordu... ve tüm kasları apaçık görülüyordu. Üstündeki giysilerin hepsini çıkarmış, düzgünce yere koymuş ve geniş koridorun tam ortasına, odanın uzun kenarıyla aynı hizaya gelecek şekilde sırtüstü uzanmıştı. Kollarıyla bacaklarını, karda melek izi çıkartan çocuklar gibi genişçe açmıştı... belki de, görünmeyen bir kuvvet tarafından çekiştirilen bir adam gibi demek daha uygun olur.

Saunière'in göğüs kemiğinin tam altındaki kan lekesi, kurşunun etini deldiği yeri işaret ediyordu. Açılan yara, şaşılacak kadar az kanamış ve kararmış küçük bir kan izi bırakmıştı.

Saunière'in sol işaret parmağı da kanlanmıştı. Kendi korkunç ölüm döşeğinin huzur bozucu sahnesini yaratmak için yarasına batırdığı belli oluyordu; kendi kanını mürekkep, çıplak karnını ise tuval gibi kullanarak, vücuduna basit bir sembol çizmişti -beş köşeli yıldız oluşturacak şekilde çizilmiş beş düz çizgi.

Beş köşeli tılsım yıldızı.

Saunière'in göbeğindeki kanlı yıldız, cesedine gulyabani havası vermişti. Langdon'ın gördüğü fotoğraf yeterince ürkütücüydü ama şimdi, bu sahneyi kendi gözleriyle görmek onu fazlasıyla huzursuzlandırmıştı.

Bunu kendine o yaptı.

"Bay Langdon?" Fache'nin koyu gözleri yine ona çevrilmişti.

Langdon, "Beş köşeli yıldız," derken, sesi engin boşlukta yankılanmıştı. "Dünyadaki en eski sembollerden biri. İsa'dan dört bin yıl öncesinden beri kullanılıyor."

"Peki anlamı ne?"

Langdon bu soruyla karşılaştığında her zaman tereddüt ederdi. Birisine, bir sembolün "ne anlama" geldiğini söylemek, bir şarkının ona kendisini nasıl hissettireceğini söylemekle aynıydı... bu, kişiden kişiye değişirdi. Beyaz bir Ku Klux Klan başlığı Birleşik Devletler'de nefret ve ırkçılık çağrışımları yaparken, aynı kostüm İspanya'da dini inançla ilgili bir anlam taşırdı.

Langdon, "Semboller farklı mekânlarda, farklı anlamlar taşırlar," dedi. "Esasen, beş köşeli yıldız, bir pagan sembolüdür."

Fache başını salladı. "Şeytana tapma."

Langdon, "Hayır," diyerek düzeltti. Seçtiği kelimeleri daha açık kullanması gerektiğini fark etmişti.

Son günlerde *pagan* kelimesi, şeytana tapma ile neredeyse eşanlamlı kullanılıyordu, bu, çok büyük bir yanlış kanıydı. Kelimenin kökleri Latincedeki *paganus* kelimesine kadar gidiyordu ki, taşrada oturanlar anlamına geliyordu. "Paganlar" taşrada bölgelerindeki doğaya tapınan, dinlerine sadık kalan, diğer dini öğretilerden habersiz taşra insanlarıydı. Doğrusunu söylemek gerekirse kilise, taşra köylerinde yaşayanlardan öylesine korkardı ki, masum bir *köylü* "villager" kelimesi bile değişerek *-vilain-* kötü ruhlu adam anlamında kullanılmaya başlanmıştı.

Langdon, "Beş köşeli yıldız," diyerek daha açık konuşmaya başladı. "Doğaya tapınmakla ilgili, İsa öncesinden gelen bir semboldür. Eski çağ insanları, yaşadıkları dünyayı iki yarı halinde düşünürdü, erkek ve dişi. Tanrılarla tanrıçalar bir güç dengesi kurarlardı. Yin ile yang. Erkek ile dişi dengelendiğinde dünyaya ahenk gelirdi. Dengesizlik olduğunda kaos yaşanırdı." Langdon, Saunière'in karnını işaret etti. "Bu beş köşeli yıldız, bütün varlıklardaki *dişiyi* temsil eder, ilahiyat tarihçilerinin 'kutsal dişi' ya da 'ilahi tanrıça' dedikleri bir kavram. Saunière bunu herkesten daha iyi bilirdi."

"Saunière karnına bir *tanrıça* sembolü mü çizmiş?"

Langdon bunun garip göründüğünü kabul etmek zorundaydı. "Beş köşeli yıldız, en bilindik yorumuyla Venüs'ü sembolize eder, cinsel aşk ve güzellik tanrıçası."

Fache çıplak adama göz atarak, homurdandı.

"Eski dinler doğanın ilahi düzenine dayanırdı. Tanrıça Venüs ile Venüs gezegeni aynıydı. Tanrıça gece gökyüzünde yer sahibiydi ve pek çok isimle anılırdı -Venüs, Doğu Yıldızı, Ishtar, Astarte- hepsi de doğa ve Dünya Ana ile bağları olan güçlü dişi kavramlardı."

Fache sanki şeytana tapma fikrini tercih edermiş gibi, şimdi çok daha dertli görünüyordu.

Langdon beş köşeli yıldızın en şaşırtıcı özelliğini onunla paylaşmamaya karar verdi... Venüs'le olan bağlantısının *grafiksel* kökeninden. Langdon genç bir astronomi öğrencisiyken, Venüs gezegeninin her dört yılda bir ekliptik semada beş köşeli *mükemmel* bir yıldız çizdiğini öğrendiğinde çok şaşırmıştı. Eskiler bu fenomeni keşfettiklerinde öylesine büyülenmişlerdi ki, Venüs ile onun beş köşeli yıldızı mükemmellik, güzellik ve cinsel aşkın sembolü haline gelmişlerdi. Eski Yunan'da, Venüs'ün büyüsüne övgü olsun diye, onun dört yıllık devrini Olimpiyat Oyunları'nı düzenlerken kullanmışlardı. Bugünlerde pek az insan, dört yılda bir yapılan modern Olimpiyat Oyunları'nın hâlâ Venüs'ün devrelerini takip ettiğinin farkındadır. Bundan daha da az insan, beş köşeli yıldızın Olimpiyat amblemi olmak üzereyken son anda değiştirildiğini bilir, oyunların çok kapsamlı ruhunu ve ahengini daha iyi yansıtması amacıyla beş köşeli yıldız, iç içe geçen beş halkayla değiştirilmiştir.

Fache birdenbire, "Bay Langdon," dedi. "Beş köşeli yıldızın şeytanla da bir ilgisi olmalı. Sizin Amerikan korku filmleri bunu çok açık gösteriyor."

Langdon kaşlarını çattı. *Teşekkürler Hollywood.* Beş köşeli yıldız, artık şeytani seri katil filmlerinde, genellikle Satanistler'in dairelerindeki duvara diğer şeytani sembollerle birlikte çizilen, görsel bir klişe halini almıştı. Langdon sembolü bu haliyle gördüğünde daima hüsran duyardı; beş köşeli yıldızın gerçek kökenleri oldukça tanrısaldı.

Langdon, "Sizi temin ederim," dedi. "Filmlerde gördüklerinize rağmen, beş köşeli yıldızın şeytani anlamları tarih açısından yanlıştır. Orijinal dişi anlamı doğrudur, fakat beş köşeli yıldız sembolü bin yıl içinde gerçek anlamından saptırılmıştır. Bu davada, kan dökerek."

"Anladığıma pek emin değilim."

Langdon az sonra söyleyeceklerini kelimelere nasıl dökeceğini düşünürken Fache'nin kravatındaki haça baktı. "Kilise, bayım. Semboller oldukça esnektir ama eski Roma Katolik Kilisesi beş köşeli yıldızı değiştirdi. Vatikan'ın pagan dinlerini yok etme ve kitleleri Hıristiyanlaştırma kampanyasının bir parçası olarak kilise, pagan tanrılarıyla tanrıçalarına karşı karalama kampanyası açtı ve onların ilahi sembollerini şeytani anlamlara soktu."

"Devam edin."

Langdon, "Kargaşa zamanlarında buna oldukça sık başvurulur," diyerek devam etti. "Yeni doğan bir güç var olan sembolleri devralır ve anlamlarını yok etmek için zaman içinde onları yıpratır. Pagan sembolleriyle Hıristiyan sembolleri arasındaki savaşta paganlar kaybetti; Poseidon'un çatallı balık zıpkını şeytanın yabası, bilge kocakarının sivri şapkası bir cadı sembolü ve Venüs'ün beş köşeli yıldızı bir şeytan işareti oldu." Langdon durdu. "Maalesef Birleşik Devletler Ordusu da beş köşeli yıldızın anlamını çarpıttı; şu anda bizim en sık kullandığımız savaş sembolü. Sembolü savaş uçaklarının üstüne çiziyor ve generallerin omuzlarına takıyoruz." *Aşk ve güzellik tanrıçası için bu çok acı.*

"İlginç." Fache kanatları açık kartal pozisyonundaki cesede bakıp başını saldı. "Peki ya vücudun pozisyonu? Bundan ne anlam çıkarıyorsunuz?"

Langdon omuzlarını silkti. "Pozisyon, beş köşeli yıldız ve kutsal dişiyle olan bağlantısını kuvvetlendiriyor."

Fache'nin yüzüne düşünceli bir ifade geldi. "Anlayamadım?"

"Yineleme. Bir sembolü tekrar etmek, anlamını kuvvetlendirmenin en basit yoludur. Jacques Saunière, beş köşeli yıldız pozisyonu almış." *Bir tane beş köşeli yıldız iyiyse, iki tane daha iyidir.*

Fache elini yeniden briyantinli saçlarına götürürken, gözleri Saunière'in kolları, bacakları ve başının oluşturduğu beş köşeyi takip etti. "İlginç bir tahlil." Durdu. "Peki ya *çıplaklığı?*" Kelimeyi telaffuz ederken adeta homurdanıyor, yaşlanan bir erkek vücudunu görmekten rahatsız olmuş gibi sesler çıkartıyordu. "Elbiselerini neden çıkarmış?"

İşte bu iyi bir soru, diye düşündü Langdon. Polaroid'i ilk gördüğünden beri aynı şeyi düşünüyordu. En iyi tahmini, çıplak bir insan formunun Venüs fikrini onaylatmanın bir başka yolu olduğuydu, cinsellik tanrıçası. Modern kültür, Venüs'ün erkek/dişi birleşimiyle olan ilişkisini unutturduğu halde, keskin bir kökenbilimsel göz, Venüs'ün "zührevi" kelimesinde işaret ettiği anlamı fark edebilirdi. Langdon bu konuya girmemeye karar verdi.

"Bay Fache, size Bay Saunière'in bu sembolü üzerine neden çizdiğini ya da neden bu şekli aldığını izah edemem, ama Jacques Saunière gibi bir adamın beş koşeli yıldızı, dişi tanrısallığının işareti olarak kabul ettiğini söyleyebilirim. Bu sembolle kutsal dişi arasındaki ilişki, sanat tarihçileriyle simgebilim uzmanları tarafından oldukça iyi bilinir."

"İyi. Peki kendi kanını mürekkep olarak kullanması?"

"Belli ki, yazacak başka malzemesi olmadığı için."

Fache bir süre sessiz kaldı. "Esasen ben, kendi kanını, polisin belli başlı adli metotları uygulaması için kullandığına inanıyorum."

"Affedersiniz?"

"Sol eline bakın."

Langdon'ın gözleri, müze müdürünün renksiz kolundan sol eline kadar olan kısmı taradı ama hiçbir şey göremedi. Ne yapacağını bilmeden cesedin etrafında döndü ve yere çömeldi, artık müze müdürünün büyük bir keçeli kalem tuttuğunu görebiliyordu.

Fache, Langdon'ı olduğu yerde bırakıp, araştırma malzemeleri, kablolar ve elektronik cihazlarıyla dolu birkaç metre ötedeki seyyar masanın yanına giderken, "Saunière'i bulduğumuzda bunu elinde tutuyordu," dedi. Masayı karıştırırken, "Size söylediğim gibi," dedi. "Hiçbir şeye dokunmadık. Bu çeşit kalemleri bilir misiniz?"

Langdon kalemin markasını görebilmek için biraz daha eğildi.

STYLO DE LUMIERE NOIRE.

Şaşkınlık içinde başını kaldırdı.

Siyah ışık kalemi ya da filigran kalemi müzeler, restorasyon mimarları ve sahtecilik polisinin nesneler üzerine görünmeyen işaretler bırakmak için tasarladıkları bir tür özel keçeli kalemdi. İşaret kalemi, sadece siyah ışık altında görülebilen, alkol bazlı çıkmayan floresan bir mürekkeple yazardı. Son zamanlarda müze personeli bu kalemleri, restorasyon gereksinimi duyan tabloların çerçeveleri üzerine görünmeyen işaretler koymak için taşıyorlardı.

Langdon ayağa kalkarken, Fache spot lambanın yanına gidip kapattı. Galeri birden karanlığa gömülmüştü.

Kısa bir körlük yaşayan Langdon'ın şüpheleri artıyordu. Fache'nin parlak mor ışıkla aydınlanan silueti belirdi. Elinde taşıdığı ışık kaynağı onu menekşe rengi bir pusla kaplıyordu.

Gözleri mor ışıkla parlayan Fache, "Bildiğiniz gibi," dedi. "Polis siyah ışık aydınlatmasını, cinayet mahallindeki kan ve diğer adli delilleri araştırmak için kullanır. Bu yüzden ne kadar şaşırdığımızı tahmin edebilirsiniz..." Sonra, aniden ışığı cesede yöneltti.

Aşağı bakan Langdon, şaşkınlıktan yerinde sıçradı.

Önündeki parke zeminde parlayan görüntü yüzünden kalbi hızla çarpıyordu. Müze müdürünün el yazısıyla karalanmış son sözleri, cesedinin yanında mor ışıltılar yayıyordu. Langdon titrek ışıklı metne bakarken, tüm geceyi kaplayan sis perdesinin giderek yoğunlaştığını hissetti.

Langdon mesajı bir kez daha okuduktan sonra Fache'ye baktı. "Bu da ne demek böyle!"

Fache'nin gözlerinin akı parladı. "*Bu,* bayım, cevaplamak için geldiğiniz sorunun ta kendisi."

Az ileride, Saunière'in ofisinde, Louvre'a geri dönen Teğmen Collet, müze müdürünün devasa masasındaki ses konsoluna iyice eğilmişti. Saunière'in masasının köşesinden onu seyrediyor gibi görünen robotumsu ortaçağ şövalyesinin verdiği huzursuzluk dışında, Collet kendini oldukça rahat hissediyordu. AKG kulaklığını taktı ve sabit disk kayıt sistemindeki girdi seviyelerini kontrol etti. Tüm sistemler işliyordu. Mikrofonlar hiç aksamadan çalışıyordu ve ses kalitesi kristal berraklığındaydı.

Le moment de vérité,(*) diye düşündü.

Gülümseyerek gözlerini kapattı ve banda kaydedilen Büyük Galeri'deki konuşmanın geri kalanının tadını çıkartmak için rahat bir pozisyon aldı.

(*) Gerçek şimdi ortaya çıkacak.

7

Saint-Sulpice Kilisesi'nin ikinci katında koro balkonunun sol tarafı meskene ayrılmıştı. Taş zeminli ve içinde az mobilya bulunan iki odalı daire, on yıldan fazladır Rahibe Sandrine Bieil'in eviydi. Resmi evi yakındaki kadınlar manastırındaydı ama o, kilisenin sessizliğinden hoşlanıyor ve üst katta bir yatak, telefon ve küçük bir ocaktan oluşan odada huzur buluyordu.

Kilisenin *conservatrice d'affaires*'ine göre, kilisenin dinle ilgisi olmayan tüm işlerinden Rahibe Sandrine sorumluydu, genel bakım, yardımcı eleman ve bekçi alımı, kapalı olduğu saatlerde kilisenin güvenliği ve komünyon şarabıyla ince bisküvi gibi malzemelerin siparişi.

Bu gece ise küçük yatağında uyurken, telefonun tiz sesiyle uyanmıştı. Yorgun bir halde, ahizeyi kaldırdı.

"*Rahibe Sandrine. Saint-Sulpice Kilisesi.*"

Adam, Fransızca, "Merhaba rahibe," dedi.

Rahibe Sandrine yatağında doğruldu. Saat kaç? Patronunun sesini tanıdığı halde, on beş yıl süresince hiç onun tarafından uyandırılmamıştı. Başrahip, ayinden sonra doğruca evine giden dindar bir adamdı.

Başrahip, mahmur ve sinirleri gergin sesiyle, "Sizi uyandırdıysam özür dilerim rahibe," dedi. "Sizden bir ricada bulunacağım. Belki onu tanıyorsunuzdur. Az önce Amerikan piskoposundan bir telefon aldım. Manuel Aringarosa?"

"Opus Dei'nin başkanı mı?" *Elbette onu tanıyorum. Kiliseden onu bilmeyen mi var?* Son yıllarda Aringarosa'nın piskoposluk makamı güç kazanmıştı. 1982 yılında Papa II. John Paul, tüm ibadetlerini resmen onaylayarak onları "Papa'nın kişisel piskoposluk makamına" getirdiğinde, şerefleri sıçrayarak yükselmişti. Fakat Opus Dei'nin yükselişiyle, zengin mezhebin Vatikan Dini İşler Enstitüsü'ne -daha çok Vatikan Bankası olarak bilinir- yaklaşık bir milyar dolar aktararak, iflastan kurtarışının aynı yıla denk gelmesi şüphe uyandırıcıydı. Kuşku uyandıran bir başka olay ise Papa'nın genellikle yüz yıl süren bekleme dönemini yirmi yıla indirerek Opus Dei kurucusunu azizlik mertebesine hızla yükseltmesiydi. Rahibe Sandrine, Opus Dei'nin Roma'daki makamından şüphe duysa da, Papa'yla tartışacak hali yoktu.

Başrahip, ona huzursuz sesiyle, "Piskopos Aringarosa benden bir iyilik istemek için aramış," dedi. "Bu gece Paris'teki müritlerinden biri..."

Rahibe Sandrine garip ricayı dinlerken şaşkınlığı giderek artıyordu. "Affedersiniz, acaba Opus Dei müridinin bahsettiğiniz ziyareti sabaha kadar bekleyemez mi acaba?"

"Korkarım bekleyemez. Uçağı sabah erkenden kalkıyormuş. Hayatı boyunca Saint-Sulpice'i görmek istemiş."

"Ama kilise gündüzleri çok daha ilgi çekicidir. Saint-Sulpice'i benzersiz kılan şeyler, yuvarlak pençereden giren gün ışığı ile güneş saatinin üstündeki gölgelerdir.".

"Rahibe, size katılıyorum, bununla birlikte eğer bu gece gelmesine izin verirseniz bunu kişisel bir iyilik olarak kabul edeceğim. Orada yaklaşık saat... birde olacak diyelim mi? Yani yirmi dakika sonra."

Rahibe Sandrine kaşlarını çattı. "Elbette. Memnuniyetle."

Başrahip, ona teşekkür ettikten sonra telefonu kapattı.

Şaşkın vaziyetteki Rahibe Sandrine, uyku mahmurluğunu üzerinden atana kadar bir süre sıcak yatağında kaldı. Bu geceki telefon aklına birtakım düşünceler getirmiş olsa da, altmış yaşındaki beden eskiden olduğu kadar hızlı uyanamıyordu. Opus Dei, onu her zaman rahatsız ederdi. Piskoposluğun bedensel çile rituellerine bağlılığı bir yana, kadınlara bakış açıları hâlâ ortaçağ seviyesindeydi. Kadın müritlerin hiçbir ücret almadan erkekler ayindeyken onların kaldığı yerleri temizlemeye zorlandığını; erkekler hasır döşeklerde yatarken, kadınların tahta zeminde uyuduğunu; ve kadınların daha fazla bedensel çile çekmeye mecbur edildiklerini duyduğunda şok geçirmişti... tüm bunlar işlenen ilk günahın bedeliydi. Havva'nın bilgiyi açığa çıkaran elmadan aldığı ısırık, kadınların sonsuza kadar ödemekle yükümlü oldukları bir kefaret gibiydi. Katolik Kilisesi kadın haklarına daha çok değer vermek yolunda ilerlerken, Opus Dei'nin bu gelişmeyi tersine çevirmeye çalışması üzücüydü. Her şeye rağmen Rahibe Sandrine emir almıştı.

Bacaklarını yataktan aşağı sarkıtarak, yavaşça ayağa kalktı. Çıplak ayakları taş zemine temas ettiğinde içi ürperdi. Ürperti vücuduna yayılırken, içini bir korku kapladı.

Kadın sezgisi mi?

Tanrı'nın bir kulu olarak Rahibe Sandrine kendi ruhunun sakinleştirici sesini dinleyerek huzur bulmayı öğrenmişti. Ama bu gece, bu sesler içinde bulunduğu boş kilise kadar sessizdi.

8

Langdon parkeye karalanmış mor metinden gözlerini ayıramıyordu. Jacques Saunière'in son sözleri, Langdon'ın hayal bile edemeyeceği bir veda mesajı niteliğindeydi.

Mesajda şöyle yazıyordu:

13 - 3 - 2 - 21 - 1 - 1 - 8 - 5
On Draco devini al!
On sahte alim!

Bunun ne anlama geldiği konusunda Langdon'ın en ufak fikri olmamasına rağmen, Fache'nin neden ilk anda beş köşeli yıldızı şeytana tapma ile bağdaştırdığını anlıyordu.

On Draco devini al!

Saunière, şeytana gerçekten atıfta bulunmuştu. Sayı serileri de bir o kadar tuhaftı. "Bir kısmı sayısal şifreye benziyor."

"Evet," dedi Fache. "Kriptograflarımız üzerinde çalışıyorlar. Bu sayıların onu öldüren kişiyi bulmamızda anahtar rol oynayacağına inanıyoruz. Belki değiştirilmiş bir telefon numarası ya da bir tür sosyal kimlik numarasıdır. Sayılar size sembolik bir anlam ifade ediyor mu?"

Langdon sayılara yeniden baktığında, herhangi bir sembolik anlam çıkartmasının saatler alacağını anladı. *Eğer Saunière bu niyetle yazdıysa.* Langdon'a sayılar rasgele seçilmiş gibi geliyordu. Birtakım anlamlara gelen sembolik sayı dizilerine alışkındı ama buradaki her şey -beş köşeli yıldız, metin ve sayılar- en basit seviyede birbirinden bağımsızdı.

Fache, "Daha önce," dedi. "Saunière'in burada yaptıklarının bir mesaj iletme çabasında olduğunu iddia etmiştiniz... tanrıçalara tapınma ya da bu tarz bir şey. Bu mesaj iddianızın neresine oturuyor?"

Langdon sorunun tumturaklı olduğunu biliyordu. Kısa mesaj, Langdon'ın tanrıçalara ibadet senaryosunun hiçbir yerine uymuyordu.

On Draco devini al? On sahte alim?

Fache, "Bu metinde bir çeşit suçlama seziliyor. Siz ne dersiniz?" dedi.

Langdon, müze müdürünün ölmek üzere olduğunun bilinciyle Büyük Galeri'de hapis kaldığı son dakikalarını hayal etmeye çalıştı. Mantıklı geliyordu. "Katiline bir suçlamada bulunması mantıklı olabilir, sanırım."

"Elbette benim işim, bu kişiyi isimlendirmek. Size bir soru soracağım Bay Langdon. Sayıları bir kenara bırakırsak, size bu mesajda en garip gelen ne oldu?"

En garip? Ölmek üzere olan bir adam kendini galeriye kilitlemiş, üzerine beş köşeli bir yıldız çizmiş ve yere gizemli bir suçlama karalamıştı. Garip olmasaydı nasıl olurdu acaba?

Aklına ilk geleni söyleyerek, "Draco kelimesi mi?" diye atıldı. Langdon, Draco'ya -MÖ 7. yüzyıldaki acımasız politikacı- atıfta bulunmasının mümkün olmadığına neredeyse emindi. "'Draco devi' garip bir kelime seçimi."

"*Draco mu?*" Fache'nin sesinde artık sabırsızlık kokusu vardı. "Buradaki asıl meselemiz Saunière'in kelime seçimi değil."

Langdon, Fache'nin aklındaki meselenin ne olduğundan emin değildi, ama Draco ile Fache'nin iyi geçineceğini düşünmeye başlamıştı.

Fache tatsız bir tonla, "Saunière bir Fransızdı," dedi. "Paris'te yaşadı. Ama yine de bu mesajı yazmayı tercih etti..."

Yüzbaşının söylemek istediğini yeni yeni fark eden Langdon, "İngilizce," dedi.

Fache başıyla onayladı. "*Tam olarak.* Nedeni konusunda fikriniz var mı?"

Langdon, Saunière'in kusursuz İngilizce konuştuğunu biliyordu ama yine de son sözlerini yazmak için neden bu dili seçtiğini anlayamıyordu. Omuzlarını silkti.

Fache, yeniden Saunière'in karnının üstündeki beş köşeli yıldızı işaret etti. "Şeytana tapmayla hiç ilgisi yok mu? Buna hâlâ emin misiniz?"

Langdon başka bir şeyden bu kadar emin olamazdı. "Sembol ile metin arasında ilişki yok gibi. Üzgünüm daha fazla yardımcı olamayacağım."

"Belki bu biraz açıklık getirir." Fache cesetten uzaklaşarak, siyah ışığı bir kez daha yükseltti, bu kez ışık daha büyük bir çevreyi aydınlatıyordu. "Peki şimdi?"

Langdon'ın şaşkın bakışları altında, basit bir çember müze müdürünün cesedi etrafında parıldadı. Görünüşe göre Saunière yere uzanmış ve kalemle etrafında uzun yaylar çizerek, kendini çemberin tam ortasına yerleştirmişti.

Bir anda anlamı açıklığa kavuşmuştu.

Langdon soluk soluğa, "*Vitruvius Adamı,*" dedi. Saunière, Leonardo da Vinci'nin en ünlü eskizinin gerçek boyutlu bir kopyasını yapmıştı.

Anatomik açıdan zamanının en doğru çizimi olarak kabul edilen Da Vinci'nin *Vitruvius Adamı* tüm dünyada posterlerde, mausepadlerde ve tişörtlerde kendini göstererek, modern kültürün ikonu haline gelmiştir. Bu ünlü eskizde, içine çıplak bir erkek yerleştirilmiş mükemmel bir daire görülür... erkeğin kolları ve bacakları yanlara doğru açıktır.

Da Vinci. Langdon hayretle ürperdi. Saunière'in niyetinin son derece açık olduğu inkâr edilemezdi. Müze müdürü hayatının son dakikalarında giysilerini çıkarmış ve vücudunu Leonardo da Vinci'nin *Vitruvius Adamı* gibi çemberin ortasına yerleştirmişti.

Çember o ana dek eksik olan kritik öğeydi. Dişi bir koruma sembolü ile çıplak adamın etrafındaki daire Da Vinci'nin kastettiği mesajı tamamlıyordu -erkek ve dişi ahengi. Ama şimdi asıl soru, Saunière'in bu ünlü çizimi *neden* taklit ettiğiydi.

Fache, "Bay Langdon," dedi. "Herhalde sizin gibi biri Leonardo da Vinci'nin karanlık sanatlara olan eğiliminden haberdardır."

Langdon, Fache'nin Da Vinci bilgisinden etkilenmişti ve bu bilgi yüzbaşının şeytana tapmayla ilgili şüphelerini oldukça iyi açıklıyordu. Da Vinci tarihçiler için, özellikle Hıristiyan geleneğinde daima zor bir konu olmuştu. Önsezileri kuvvetli bir dâhi olmakla birlikte, göze çarpan bir homoseksüel ve doğanın ilahi düzenine tapan biriydi. Bu ikisi onu Tanrı'ya karşı sürekli günah işleyen biri haline getiriyordu. Ayrıca sanatçının tuhaf davranışları ona şeytani bir hava veriyordu: Da Vinci insan anatomisi üzerinde çalışmak için cesetleri mezardan çıkarır, ters el yazısıyla gizemli günceler tutar, kurşunu altına dönüştürecek simya gücüne sahip olduğuna ve ölümü erteleyecek bir iksir yaratarak Tanrı'yı kandırabileceğine inanırdı. Daha önce hiç düşünülmemiş korkunç savaş ve işkence silahları icat ederdi.

Yanlış anlaşılmalar güvensizliğe sebep olur, diye düşündü Langdon. Da Vinci'nin ortaya koyduğu nefes kesen Hıristiyan sanatı bile, sanatçının çarpık bir ruh dünyasına sahip olduğu yönündeki ününü artırmaktan başka bir işe yaramamıştı. Vatikan'ın verdiği yüzlerce kârlı siparişleri kabul eden Da Vinci, Hıristiyan temalarını kendi inançlarını ifade etmek için değil, ticari birer girişim olarak resmetmişti, savurgan hayat tarzını sürdürebilmek için bir araç olarak kullanmıştı. Ne yazık ki Da Vinci, genellikle onu besleyen eli sinsice ısırarak kendi kendini eğlendiren biriydi. Pek çok Hıristiyan tablosuna, Hıristiyanlıkla ilgisi olmayan gizli semboller yerleştirmişti, böylelikle kendi inançlarını yüceltiyor, kiliseyi ise belli etmeden küçümsüyordu. Langdon bir kere Londra'daki Ulusal Galeri'de "Leonardo'nun Gizli Yaşamı: Pagan Sembolizmi ve Hıristiyan Sanatı" konulu bir seminer bile vermişti.

Langdon, "Kaygılarınızı anlıyorum," dedi. "Ama Da Vinci gerçekte asla karanlık sanatla uğraşmadı. Kiliseyle sürekli ihtilaf halinde de olsa, manevi değerlere fazlasıyla önem veren biriydi." Langdon bunu söylerken aklına garip bir fikir gelmişti. Yeniden yerdeki mesaja baktı. *On Draco devini al! On sahte alim!*

Fache, "Öyle mi?" dedi.

Langdon kelimelerini dikkatle seçti. "Saunière'in Da Vinci ile pek çok ortak manevi ideolojiye sahip olduğunu düşünüyorum, bunlara kilise modern dinden kutsal dişiyi çıkarttığı için duydukları endişe de dahil. Belki de Da Vinci'nin ünlü çizimini taklit ederek, Saunière modern kilisenin tanrıçaları şeytanlaştırması yüzünden duydukları ortak hüsranı dile getiriyordu."

Fache'nin gözleri taş kesilmişti. "Saunière'in kiliseye sahte alim ve Draco devi dediğini mi, düşünüyorsunuz?"

Langdon bunun kulağa abartılı geldiğini ama beş köşeli yıldızın bu fikri onayladığını itiraf etmek zorundaydı. "Sadece Bay Saunière'in hayatını tanrıça tarihini incelemeye adadığını ve bu tarihi silmek için en çok Katolik Kilisesi'nin uğraş verdiğini söylüyorum. Son vedasında Saunière'in hayal kırıklığını ifade etmek istemiş olması muhtemel."

"Hayal kırıklığı mı?" Artık Fache'nin sesinde saldırgan bir hava vardı. "Bu mesaj kulağa hayal kırıklığından daha *öfkeli* gelmiyor mu sizce de?"

Langdon'ın sabrı tükenmek üzereydi. "Yüzbaşı, benden Saunière'in burada söylemeye çalıştığı şeyi tahmin etmemi istediniz ve ben de size bunu söylüyorum."

"Yani bunun kiliseye yapılan bir suçlama olduğunu mu?" Dişlerini kenetleyerek konuşan Fache çenesini sıkıyordu. "Bay Langdon yaptığım işte pek çok cesetle karşılaştım, izin verin size bir şey söyleyeyim. Bir adam başka biri tarafından öldürüldüğünde, aklından geçen son düşüncelerin hiç kimsenin anlamayacağı manevi bir ifade yazmak olduğuna inanmıyorum. Sadece tek bir şey düşündüğüne inanıyorum." Fache'nin fısıltılı sesi havayı ikiye böldü. "*İntikam.* Saunière'in bu notu, bize onu öldüren kişiyi haber vermek için yazdığını düşünüyorum."

Langdon dikkatle bakıyordu. "Ama bunun hiçbir anlamı yok."

"Yok mu?"

Yorgun ve bitap bir şekilde, "Yok," diye cevap verdi. "Bana Saunière'in, belli ki davet ettiği biri tarafından ofisinde saldırıya uğradığını söylemiştiniz."

"Evet."

"O halde müze müdürünün kendisine saldıran kişiyi düşünmek mantıklı olur."

Fache başını salladı. "Devam edin."

"Yani Saunière kendi katilini *tanıyorsa,* bu ne çeşit bir ima olabilir?" Parmağıyla yeri gösterdi. "Şifreli sayılar. Sahte alimler. Draco devleri. Karnındaki beş köşeli yıldız. Hepsi fazlasıyla gizemli."

Fache bu fikir daha önce hiç kendisinin aklına gelmemiş gibi kaşlarını çatıyordu. "Bir fikriniz var sanırım."

Langdon, "Mevcut şartları göz önünde bulundurarak," dedi. "Sanırım eğer Saunière'in niyeti size onu öldüren kişiyi söylemek olsaydı, birisinin *ismini* yazardı."

Langdon bunları söylerken, Fache'nin yüzüne gecenin başından beri ilk kez bir gülümseme yayıldı. Fache, "*Précisément,*" dedi. "*Aynen.*"

Ses cihazlarını kurcalayan ve Fache'nin kulaklıktan gelen sesini dinleyen Teğmen Collet, *bir ustanın çıkarttığı işe tanık oluyorum,* diye düşünüyordu. *Süper ajan,* yüzbaşıyı Fransız emniyet teşkilatının zirvesine bu gibi zamanların yükselttiğini biliyordu.

Fache başka kimsenin cesaret edemediğini yapacak.

Zamanın emniyet teşkilatında, baskı altında insanın kendine son derece hâkim olmasını gerektiren *şaşırtma* sanatı artık var olmayan bir yetenekti. Çok az insan bu işlerde yeteri kadar soğukkanlılığa sahipti ama Fache bu iş için doğmuş gibiydi. Kendine hâkim oluşu ve sabrı, neredeyse mekanikti.

Fache'nin bu geceki yegâne isteği, sanki bu tutuklama kişisel bir meseleymişçesine, cinayeti çözümlemek gibiydi. Fache'nin ajanlarına bir saat önce verdiği brifing her zamankinden çok daha kısa ve sağlamdı. *Jacques Saunière'i kimin öldürdüğünü biliyorum,* demişti Fache. *Ne yapacağınızı biliyorsunuz. Bu gece hata istemiyorum.*

Ve şu ana dek hiç hata yapılmamıştı.

Collet şüphelinin suçuna Fache'nin emin olmasını sağlayan delili henüz öğrenememişti ama Boğa'nın içgüdülerini sorgulamaması gerektiğini iyi biliyordu. Bazı zamanlar Fache'nin sezgileri neredeyse doğaüstü gibiydi. Ajanlardan biri etkileyici bir olayda Fache'nin altıncı hissine şahit olduktan sonra, *Tanrı onun kulağına fısıldıyor,* diye iddia etmişti. Collet eğer Tanrı diye bir şey varsa, Bezu Fache'nin en sevdiği kullar arasında olduğunu kabul etmek zorundaydı. Yüzbaşı dini törenlere ve günah çıkartma ayinlerine sürekli -halkla ilişkileri iyi tutmak adına önemli tatillerde kiliseyi dolduran diğer yetkilerden çok daha sık- giderdi. Birkaç yıl önce Papa Paris'i ziyaret ettiğinde Fache izleyiciler arasında olmak için oldukça gayret göstermişti. Şimdi ise Fache'nin Papa ile çektirdiği fotoğraf ofisinin duvarında asılıydı. Ajanlar kendi aralarında ona gizlice *Papalık Boğası* diyorlardı.

Collet halkın önüne fazla çıkmayan Fache'nin son yıllarda Katolik sübyancılık skandalı yüzünden sözünü sakınmadan kendinden bahsettirmesini ironik buluyordu. *Bu papazları iki kez asmak lazım!* Fache böyle beyanat vermişti. *Birincisinde çocuklara karşı işledikleri suçlar yüzünden. Ve bir kez de Katolik Kilisesi'nin ismini kötüye çıkardıkları için.* Collet'nin içinde, Fache'yi en çok ikincisinin sinirlendirdiğine dair tuhaf bir his vardı.

Dizüstü bilgisayarına dönen Collet, bu gece buradaki sorumluluklarının diğer yarısıyla ilgilenmeye başladı -GPS tarama sistemi. Ekrandaki görüntü, Denon Kanadı'nın Louvre Güvenlik Birimi'nden yüklenen, yapısal şema niteliğindeki ayrıntılı zemin planını veriyordu. Gözlerini, galeriler ve koridorlardan oluşan labirentte gezdirirken, Collet aradığını buldu.

Büyük Galeri'nin tam ortasında küçük kırmızı bir noktacık yanıp sönüyordu.

Nişan.

Fache bu gece avının yularını elinden bırakmıyordu. Akıllıcaydı. Robert Langdon serinkanlı bir müşteri çıkmıştı.

9

Bezu Fache, Bay Langdon ile yapacağı görüşmenin kesilmemesini garantiye almak için cep telefonunu kapattı. Ancak ne yazık ki, iki yönlü telsiz özellikleriyle donatılmış pahalı bir model olduğundan, verdiği emirlere rağmen ajanlarından biri tarafından kendisini takip etmekte kullanılıyordu.

"*Yüzbaşı?*" Telefon kısa mesafeli telsiz gibi cızırdadı.

Fache dişlerinin nefretle birbirine kilitlendiğini hissetti. Collet'nin bu *katil zanlısının soruşturmasını* bölmesine neden olacak kadar önemli bir şey hayal edemiyordu, özellikle de şu kritik noktada.

Langdon'a özür dileyen sakin bir bakış fırlattı. "Bir saniye lütfen." Telefonu kemerinden çıkardı ve telsiz frekansı düğmesine bastı. "*Evet?*"

"*Capitaine, un agent du Département de Cryptographie est arrivé.*"(*)

Fache'nin öfkesi bir anda geçmişti. Bir kriptograf mı? Yanlış zamanlamaya rağmen bu iyi bir haberdi. Yerdeki şifreli metni bulduktan sonra Fache, Saunière'in anlatmaya çalıştıklarını birinin söylemesi umuduyla, cinayet mahallinin fotoğraflarını Kriptografi Birimi'ne göndermişti. Bir şifre çözücü gelmişse, bu, büyük olasılıkla birilerinin Saunière'in mesajını çözdüğü anlamına geliyordu.

Fache ses tonuyla söylediklerinin harfiyen anlaşılmasına olanak sağlayarak, "Şu anda meşgulüm," dedi. "Kriptografa komuta merkezinde beklemesini söyleyin. Adamla işim bittikten sonra konuşurum."

Ses, "Bayan," diye düzeltti. "Ajan Neveu gelmiş."

(*) Yüzbaşı, kriptoloji biriminden bir ajan geldi.

Fache her geçen dakika bu aramadan daha az memnun oluyordu. Sophie Neveu, DCPJ'nin en büyük hatalarından biriydi. İngiltere'deki Royal Holloway'de kriptografi okuyan Paris'li genç *deşifreci* Sophie Neveu, iki yıl önce bakanlığın polis güçlerine daha fazla kadın eleman alma girişimiyle, zorla Fache'nin başına yıkılmıştı. Fache bakanlığın politik düzelmelere girişmesinin birimi zayıflattığını öne sürüyordu. Kadınlar polis işi için yeterli fiziksel güce sahip olmamakla birlikte, getirisi olmayan mevcudiyetleri sahadaki erkeklerin dikkatini dağıtarak tehlikeye atıyordu. Fache'nin korkusuysa, Sophie Neveu'nun hepsinden fazla dikkat dağıtmasıydı.

Otuz iki yaşındaydı ve inatçı bir azimle ilerliyordu. İngiltere'nin kriptolojik metodunu şevkle desteklemesi, kendi üstündeki Fransız kriptografları çileden çıkarıyordu. Fache'ye en ağır geleni ise orta yaşlı erkeklerle dolu bir çalışma yerinde, çekici genç bir kadının gözleri işten alıkoyup kendi üzerine çekeceği evrensel gerçeğiydi.

Telsizdeki adam, "Ajan Neveu sizinle hemen konuşmak konusunda ısrar ediyor yüzbaşı. Onu durdurmaya çalıştım ama galeriye doğru yola çıktı bile," dedi.

Fache duyduklarına inanamayarak tiksintiyle irkildi. "Kabul edilemez! Çok açık belirtmiştim..."

•

Robert Langdon kısa bir süre için Bezu Fache'nin felç geçirdiğini sandı. Yüzbaşı çenesi kapanıp gözleri yerinden fırladığında cümlesinin ortasındaydı. İleri atılan bakışları, Langdon'ın omzunun üstündeki bir şeye sabitlenmiş gibiydi. Langdon ne olduğunu görmek için arkasını dönemeden, bir kadının ahenkli sesini duydu.

"*Excusez-moi, messieurs.*"(*)

Langdon döndüğünde genç bir kadının yaklaştığını gördü. Uzun, akıcı adımlarla koridordan onlara doğru yürüyordu... yürüyüşünde akıldan çıkmayan bir kesinlik vardı. Siyah taytının üstüne diz boyuna uzanan krem rengi süveter giyen, otuz yaşlarında çekici bir kadındı. Omzuna dökülen kızıl sık saçları, yüzünün sıcaklığını çerçeveliyordu. Harvard'ın yurt odalarındaki duvarları süsleyen para avcısı sıska sarışınların aksine, bu

(*) Özür dilerim, baylar.

sağlıklı kadının sade bir güzelliği ve güven duygusunu yansıtan kendine özgü bir havası vardı.

Langdon'ın şaşkın bakışları altında kadın doğruca onun yanına gelerek, elini nazikçe uzattı. "Bay Langdon, ben DCPJ'nin kriptoloji biriminden Ajan Neveu." Kelimeler dudaklarının arasından Anglo-Franko aksanıyla yuvarlanıyordu. "Tanıştığımıza memnun oldum."

Langdon, onun yumuşak elini, avucunun içine aldı ve bir an için kadının güçlü bakışlarına hapsolduğunu sandı. Zeki ve berrak, zeytin yeşili gözlere sahipti.

Sinirle derin bir nefes alan Fache'nin paylamaya başlayacağı anlaşılıyordu.

Hızla dönerek ondan önce davranan kadın, "Yüzbaşı," dedi. "Soruşturmayı böldüğüm için mazur görün ama..."

Fache, "*Ce n'est pas le moment!*"(*) diye kükredi.

"Size telefonla ulaşmaya çalıştım." Sophie, Langdon'a nezaket göstererek sözlerine İngilizce devam etti. "Ama cep telefonunuz kapalıydı."

Fache, "Bilerek kapattım," diye tısladı. "Bay Langdon'la görüşüyorum."

Heyecansız bir tonla, "Sayıları deşifre ettim," dedi.

Langdon kalbinin heyecanla çarptığını hissetti. *Şifreyi mi çözmüş?*

Fache nasıl davranacağını bilemiyor gibi duruyordu.

Sophie, "İzah etmeden önce," dedi. "Bay Langdon'a acil bir mesajım var."

Fache'nin ifadesi derin bir kaygıya dönüşmüştü. "Bay Langdon'a mı?"

Başını sallayıp, Langdon'a döndü. "ABD Büyükelçiliği'yle temas kurmanız gerekiyor Bay Langdon. Size Birleşik Devletler'den bir mesaj varmış."

Langdon şaşırarak tepki vermişti, şifreden dolayı duyduğu heyecan yerini ani bir endişeye bırakıyordu. *Birleşik Devletler'den bir mesaj mı?* Ona kimin ulaşmak isteyebileceğini tahmin etmeye çalıştı. Paris'te bulunduğunu sadece birkaç iş arkadaşı biliyordu.

(*) Şimdi sırası değil.

Fache geniş çenesini duyduğu haberle sıkmıştı. Kuşkulu bir sesle, "ABD Büyükelçiliği mi?" diye sordu. "Bay Langdon'ı *burada* bulacaklarını nereden biliyorlardı?"

Sophie omuzlarını silkti. "Görünüşe bakılırsa Bay Langdon'ın otelini aramışlar ve resepsiyon memuru onlara Bay Langdon'ın bir DCPJ ajanı tarafından götürüldüğünü söylemiş."

Fache'nin canı sıkılmış gibi görünüyordu. "Ve sonra büyükelçilik DCPJ *kriptoloji* birimiyle mi temasa geçti?"

Sophie donuk bir sesle, "Hayır efendim," dedi. "Sizinle görüşmek için DCPJ santralını aradığımda, Bay Langdon'ı bekleyen bir mesaj olduğunu söylediler ve size ulaşırsam bu mesajı iletmemi istediler."

Aklı karıştığı belli olan Fache kaşlarını çattı. Konuşmak için ağzını açtığı sırada, Sophie yeniden Langdon'a dönmüştü.

Cebinden küçük bir kâğıt çıkararak, "Bay Langdon," dedi. "Büyükelçiliğinizin mesaj servis numarası burada yazıyor. Mümkün olduğunca çabuk aramanızı istediler." Manidar bir bakışla kâğıdı ona uzattı. "Ben şifreyi Yüzbaşı Fache'ye açıklarken, sizin bu görüşmeyi yapmanız gerekiyor."

Langdon kâğıdı inceledi. Üzerinde Paris'teki bir telefon numarasıyla dahili hattı yazıyordu. "Teşekkürler," derken biraz tedirginlik hissediyordu. "Nereden telefon edebilirim?"

Sophie süveterinin cebinden telefonunu çıkartmaya başladığı sırada Fache, onu eliyle savuşturdu. Artık patlamak üzere olan Vezüv Yanardağı'na benziyordu. Gözlerini Sophie'den ayırmadan kendi cep telefonunu çıkarıp uzattı. "Bu hat güvenlidir Bay Langdon. Kullanabilirsiniz."

Langdon, Fache'nin genç kadına duyduğu öfkeyi anlamakta güçlük çekiyordu. Rahatsız olduğu halde yüzbaşının telefonunu aldı. Fache derhal Sophie'yi kolundan tutup uzaklaştırarak, onu sessiz biçimde azarlamaya başladı. Yüzbaşıdan gittikçe daha da az hoşlanan Langdon, tuhaf sohbete arkasını dönerek, cep telefonunu açtı. Sophie'nin ona verdiği kâğıda bakarak numarayı çevirdi.

Telefon çalmaya başlamıştı.

Bir kez çaldı... iki kez çaldı... üç kez çaldı...

Sonunda bağlantı sağlanmıştı.

Langdon büyükelçilik santralının cevap vereceğini tahmin ediyordu ama bunun yerine kendini bir telesekreter aletini dinlerken buldu. Kayıttaki sesin tanıdık gelmesi garipti. Bu ses Sophie Neveu'ya aitti.

Kadın sesi, "*Bonjour, vous êtes bien chez Sophie Neveu,*"(*) dedi. "*Je suis absente pour le moment, mais...*"(**)

Langdon şaşkınlık içinde Sophie'ye döndü. "Affedersiniz Bayan Neveu. Sanırım bana verdiğiniz..."

Sophie sanki Langdon'ın şaşkınlığını bekliyormuş gibi hemen atılarak, "Hayır, doğru numara," dedi. "Büyükelçiliğin otomatik mesaj sistemi var. Mesajınızı dinlemek için ulaşım şifrenizi girmeniz gerek."

Langdon gözlerini dikmiş bakıyordu. "Ama..."

"Size verdiğim kâğıttaki üç basamaklı numara."

Langdon garip yanlışlığı açıklamak için ağzını açtı ama Sophie, ona susmasını söyleyen çok kısa bir bakış fırlattı. Yeşil gözleri kristal kadar berrak bir mesaj iletmişti.

Soru sorma. Sadece yap.

Sersemleyen Langdon, kâğıttaki dahili numarayı tuşladı: 454.

Sophie'nin bıraktığı mesaj birden kesildi ve Langdon elektronik bir sesin Fransızca: "Bir yeni mesajınız var," dediğini duydu. Görünüşe bakılırsa 454 Sophie'nin evden uzaktayken mesajlarını dinlemek için kullandığı ulaşım numarasıydı.

Ben bu kadının mesajlarını mı dinleyeceğim?

Langdon artık bandın döndüğünü duyabiliyordu. Sonunda durdu ve makine devreye girdi. Langdon mesajı dinlemeye başlamıştı. Hattaki ses yine Sophie'ye aitti.

Mesaj, korkak bir fısıltıyla, "Bay Langdon," diye başlıyordu. "Bu mesaja tepki vermeyin. Sakince dinleyin. Şu anda tehlikedesiniz. Verdiğim talimatlara harfiyen uyun."

(*) Merhaba, ben Sophie Neveu.

(**) Şimdi size yanıt veremiyorum, ama...

10

Silas, Öğretmen'in onun için kiraladığı siyah Audi'nin direksiyonunda oturuyor ve muhteşem Saint-Sulpice Kilisesi'ne bakıyordu. Aşağıdan projektörlerle aydınlatılmış iki çan kulesi, binanın uzun gövdesinin üstünde sağlam bekçiler gibi duruyorlardı. Her iki yanda, ince desteklerden oluşan gölgeli sıra, güzel bir yaratığın kaburgalarını andırıyordu.

Kâfirler kilit taşını saklamak için Tanrı'nın evini kullandılar. Kardeşlik bir kez daha yanılsama ve düzenbazlık konusundaki efsanevi ününü teyit etmişti. Silas kilit taşını bulup, Öğretmen'e vermek için sabırsızlanıyordu, böylece kardeşliğin uzun zaman önce vefakârlardan çaldığını yerine koyabileceklerdi.

Bu, Opuş Dei'yi çok güçlü kılacak.

Audi'yi Saint-Sulpice'in önüne park eden Silas derin bir nefes alırken kendini, aklını elindeki işten temizlemeye ikna etmeye çalışıyordu. Sırtı hâlâ akşamın erken saatlerinde kendine verdiği bedensel çileden ötürü ağrıyordu ama bu acı, Opus Dei, onu kurtarmadan önceki hayatında çektiği kederlerle kıyaslandığında hafif kalıyordu.

Hatıralar hâlâ ruhunu ele geçirmeye çalışıyorlardı.

Silas kendine, *nefretinden arın,* diye emir verdi. *Sana kötülük yapanları bağışla.*

Saint-Sulpice'in taş kulelerine bakan Silas bu tanıdık akıntıyla... onu gençlik yıllarındaki dünyası olan hapse bir kez daha atarak, geçmişi hatırlatan o güçle mücadele etti. Araf'a dair anılar, her zamanki gibi duygularında fırtınalar kopartarak geldiler... çürüyen lahana kokusu, ölülerin, insan sidiğinin ve dışkıların pis kokusu. Pireneler'in uğuldayan rüzgârına karşı çaresizlik gözyaşları ve unutulmuş adamların hıçkırıkları.

Andorra, diye düşünürken kaslarının gerildiğini hissediyordu.

Silas'ın, İspanya ile Fransa arasındaki o kıraç ve ıssız hükümdarlıkta ölmekten başka hiçbir şey istemediği taş hücresinde titrerken kurtarılması inanılmazdı.

O zamanlar bunu anlamamıştı.

Işık, gök gürültüsünden çok sonra gelir.

Ailesinin kendisine verdiği adı hatırlamamasına rağmen, o zamanlar ismi Silas değildi. Yedi yaşındayken evden ayrılmıştı. İri cüsseli bir rıhtım işçisi olan sarhoş babası, Albino bir evlat sahibi olduğu için öfkeliydi. Oğlanın utanç verici durumundan ötürü annesini suçlayarak, onu sürekli dövüyordu. Çocuk, annesini korumaya kalktığı zaman kötü şekilde dayak yiyordu.

Bir gece korkunç bir kavga olmuştu ve annesi bir daha ayağa kalkamamıştı. Çocuk, annesinin yanında dururken, olanları engelleyemediği için dayanılmaz bir vicdan azabı duymuştu.

Bu benim suçum!

Çocuk vücudu bir şeytan tarafından idare ediliyormuşçasına mutfağa giderek bir kasap bıçağı almıştı. Hipnotize olmuş bir halde, babasının sarhoş yattığı yatak odasına yönelmişti. Çocuk tek kelime etmeden onu sırtından bıçaklamıştı. Babası acı içinde feryat ederek, yan dönmeye çalışmış ama oğlu onu bir kez, bir kez, bir kez daha bıçaklamıştı, ev sessizliğe kavuşana kadar.

Çocuk evden kaçmış, fakat Marsilya sokaklarını bir o kadar düşmanca bulmuştu. Garip görünüşü, onu evden kaçan diğer gençler arasında istenmeyen biri haline getiriyordu. Harap olmuş bir fabrikanın bodrum katında, iskeleden çaldığı meyve ve çiğ balıkla tek başına yaşamak zorunda kalmıştı. Tek arkadaşı çöplükte bulduğu yırtık pırtık dergilerdi ve onları okumayı kendi kendine öğrenmişti. Geçen zamanla birlikte güçlenmişti. On iki yaşına geldiğinde başka bir başıboş -yaşı kendinden iki kat büyük bir kız- sokaklarda onunla dalga geçmiş ve yemeğini çalmaya kalkışmış ve kendini ölümüne dayak yerken bulmuştu. Yetkililer onu kızın üstünden çektiklerinde ona bir ültimatom vermişlerdi -ya Marsilya'yı terk edersin ya da çocuk hapishanesine gidersin.

Çocuk Marsilya'yı terk edip Toulon kentine gitmişti. Zaman geçtikçe sokaklardaki acıyan bakışlar, korku dolu bakışlara dönmüştü. Çocuk güçlü genç bir erkek olmuştu. İnsanlar yanından geçerken, fısıldaştıklarını duyabiliyordu. *Bir hayalet,* diyorlardı, beyaz tenine bakarken gözleri korkudan açılırdı. *Şeytani gözlere sahip bir hayalet!*

Ve o kendini bir hayalet gibi hissediyordu... şeffaftı... bir limandan öbür limana süzülüyordu.

İnsanlar sanki onun içini görüyorlardı.

On sekiz yaşında, bir liman kasabasında kargo gemisinden bir kasa kurutulmuş jambon çalmaya çalışırken, bir çift tayfa tarafından yakalanmıştı. Onu dövmeye başlayan iki denizci tıpkı babası gibi bira kokuyordu. Canavarın korku ve nefret dolu anıları su yüzüne çıkmıştı. Genç adam elleriyle, ilk denizcinin boynunu kırmıştı. İkincisinin aynı kaderi paylaşmasını gelen polisler engellemişti.

İki ay sonra prangalarla Andorra'daki hapishaneye varmıştı.

Gardiyanlar onu çıplak ve üşümüş bir halde içeri tıkarken hücredekiler, *hayalet kadar beyazsın,* diyerek onunla alay etmişlerdi. *Mira el espectro! Belki de hayalet bu duvarlardan geçer!*

Geçen on iki yıl süresince, şeffaflaştığını anlayıncaya kadar bedeni ve ruhu soldu.

Ben bir hayaletim.

Ağırlığım yok.

Yo soy un espectro... pálido como una fantasma... caminando este mundo a solas.

Bir gece hayalet, diğer tutukluların bağırışlarıyla uyanmıştı. Üzerinde uyuduğu zemini hangi görünmez gücün salladığını ya da hücresindeki harçları hangi kuvvetli elin silkelediğini bilmiyordu ama o ayağa fırlar fırlamaz, tam uyuduğu yere iri bir kaya parçası düşmüştü. Taşın geldiği yeri görmek için başını kaldırdığında sallanan duvarda bir delik açıldığını gördü, arkasında on yıldır görmediği bir manzara vardı. Ay.

Yer hâlâ sallanırken, hayalet kendini engin bir manzaraya açılan ve uçurumdan ormana inen, dar bir tünelin içinde ilerlerken buldu. Açlıktan ve yorgunluktan çılgına dönmüş bir halde gece boyunca aşağı doğru koştu.

Bilincini kaybetmek üzereyken, şafak vakti kendini tren raylarının ormanın içinden geçtiği bir açıklıkta buldu. Rayları takip ederken sanki rüyada yürüyordu. Gördüğü boş yük vagonuna sığınmak ve dinlenmek için kıvrıldı. Uyandığında tren hareket ediyordu. *Ne kadar oldu? Ne kadar uzaktayım?* Midesinde bir sancı büyüyordu. *Ölüyor muyum?* Yeniden uyudu. Uyandığında bu kez birisi ona bağırıyor, vuruyor ve yük vagonundan aşağı itiyordu. Kanlar akarken acı içinde, küçük bir köyü yemek arayarak dolaştı. Sonunda, vücudu bir adım daha atamayacak kadar güçsüz düştü, yol kenarına uzandı ve bilincini kaybetti.

Işık yavaşça belirdi ve hayalet kaç zamandır ölü olduğunu tahmin etmeye çalıştı. *Bir gün? Üç gün?* Önemi yoktu. Yatağı bulutlar kadar yumuşaktı ve havada tatlı bir mum kokusu vardı. İsa oradaydı ve ona bakıyordu. *Buradayım,* dedi İsa. *Taş kenara yuvarlandı ve sen yeniden doğdun.*

Uyudu ve uyandı. Zihni bulanmıştı. Cennete hiç inanmamıştı, buna rağmen İsa, onu gözetiyordu. Yatağının yanında yemek belirdi ve hayalet onu yedi, adeta kemiklerinin üstünde et oluştuğunu hissediyordu. Yeniden uyudu. Uyandığında İsa hâlâ ona gülümseyerek konuşuyordu. *Kurtarıldın oğlum. Benim yolumu izleyenler kutsananlardır.*

Bir kez daha uyudu.

Acı dolu bir çığlık hayaleti uykusundan kaldırmıştı. Vücudu yataktan fırlayarak, koridordan seslerin geldiği yere yöneldi. Mutfağa girdiğinde iri bir adamın ufak tefek bir adamı dövdüğünü gördü. Hayalet sebebini bilmeksizin iri adamı yakaladı ve onu duvara fırlattı. Adam kaçtığında hayalet, rahip kıyafeti giymiş yerde yatan genç bir adamın yanında duruyordu. Rahibin burnu fena halde kırılmıştı. Kanlar içindeki adamı yerden kaldıran hayalet, onu koltuğa götürdü.

Rahip garip bir Fransızcayla, "Teşekkürler dostum," dedi. "Bağış parası hırsızları buraya çekiyor. Uykunda Fransızca konuştun. İspanyolca da biliyor musun?"

Hayalet başını hayır anlamında iki yana salladı.

Bozuk Fransızcasıyla, "İsmin nedir?" diyerek devam etti.

Hayalet ailesinin kendisine verdiği ismi hatırlayamıyordu. Tek duyduğu hapishane gardiyanlarının alaycı sözleriydi.

Rahip gülümsedi. "*No hay problema.* Benim adım Manuel Aringarosa. Madrid'li bir misyonerim. Buraya, *Obra de Dios* için bir kilise kurmaya gönderildim."

"Neredeyim?" Sesi derinlerden geliyordu.

"Oviedo. İspanya'nın kuzeyinde."

"Buraya nasıl geldim?"

"Birisi seni kapıma bırakmış. Hastaydın. Günlerdir buradasın."

Hayalet kendisiyle ilgilenen genç adama baktı. Birisi ona iyi davranalı yıllar olmuştu. "Teşekkürler rahip."

Rahip kanlı dudağına dokundu. "Müteşekkir olan benim dostum."

Hayalet ertesi sabah uyandığında, dünyası daha berraktı. Yatağının üstündeki çarmıha baktı. Artık onunla konuşmadığı halde, varlığında huzur buluyordu. Yatağında doğrulunca, komodinin üstünde bulduğu gazete kupürünü görünce şaşırmıştı. Bir haftalık makale Fransızcaydı. Hikâyeyi okuduğunda korku duydu. Dağlardaki bir hapishaneyi yıkan bir depremden ve tehlikeli mahkûmların serbest kaldığından bahsediyordu.

Kalbi çarpmaya başlamıştı. *Rahip kim olduğumu biliyor!* Uzun zamandır duymadığı bir duyguyu yaşıyordu. Utanç. Suçluluk. Bunlara yakalanma korkusu eşlik ediyordu. Yatağından fırladı. *Nereye kaçacağım?*

Kapıdan gelen ses, "Kitabı Mukaddes," dedi.

Hayalet korku içinde döndü.

Genç rahip içeri girerken gülümsüyordu. Burnu garip bir şekilde sargıya alınmıştı ve elinde bir İncil tutuyordu. "Senin için Fransızca bir tane buldum. İşaretli bölüm."

Ne yapacağını bilemeyen hayalet İncil'i aldı ve pederin işaretlediği bölüme baktı.

Afetler 16.

Dizelerde, çıplak ve dövülmüş bir halde hücresinde yatarken Tanrı'ya ilahiler söyleyen Silas isimli bir mahkûm anlatılıyordu. Hayalet 26. dizeye geldiğinde nefesi kesilmişti.

"...*Ve birden büyük bir deprem oldu, böylece hapishanenin temelleri sarsıldı ve tüm kapılar açıldı.*"

Gözlerini rahibinkilere dikmişti.

Rahibin yüzünde sıcak bir tebessüm vardı. "Bundan böyle dostum, eğer başka adın yoksa ben sana Silas diyeceğim."

Hayalet boş bir ifadeyle başını salladı. *Silas*. Ona beden verilmişti. *Benim adım Silas.*

Rahip, "Kahvaltı vakti," dedi. "Bu kiliseyi kurmakta bana yardım edeceksen güce ihtiyacın olacak."

Akdeniz'den 6000 metre yükseklikte, 1618 sefer sayılı Alitalia türbülansa girerek zıpladığında, yolcular tedirginlik içinde kımıldanmışlardı. Piskopos Aringarosa durumu fark etmemiş gibiydi. O, Opus Dei'nin geleceğini düşünüyordu. Paris planının gelişmelerinden haberdar olmak için sabırsızlanırken, Silas'a telefon açabilmeyi diliyordu. Ama bunu yapamazdı. Öğretmen önceden belirtmişti.

Fransız aksanıyla İngilizce konuşan Öğretmen, "Bu sizin kendi güvenliğiniz için," diye açıklamıştı. "Elektronik haberleşmeyi, nasıl dinleneceğini bilecek kadar iyi biliyorum. Sonuçları size felaket getirebilir."

Aringarosa onun haklı olduğunu biliyordu. Öğretmen son derece dikkatli bir adamdı. Kimliğini Aringarosa'dan gizlemesine rağmen kendisine itaat ettirmeyi iyi biliyordu. Ayrıca, bir şekilde çok gizli bir bilgiye ulaşmıştı. *Kardeşliğin en önemli dört üyesinin isimleri!* Bu, Öğretmen'in ortaya çıkaracağını iddia ettiği büyük ödülü alma yetisine gerçekten sahip olduğuna piskoposu ikna eden delillerden biriydi.

Öğretmen, ona, "Piskopos," demişti. "Tüm ayarlamaları yaptım. Planımın başarıya ulaşması için, Silas'ın günler boyunca *sadece* benimle görüşmesine izin vermek zorundasınız. Siz ikiniz konuşmayacaksınız. Ben onunla güvenli kanallardan temasa geçeceğim."

"Ona saygılı davranacak mısınız?"

"İnançlı bir adam en yüksek saygıyı hak eder."

"Mükemmel. O halde kabul ediyorum. Bu iş bitene kadar Silas ve ben konuşmayacağız."

"Ben bunu sizin kimliğinizi, Silas'ın kimliğini ve kendi yatırımlarımı korumak için yapıyorum."

"Yatırımlarınız mı?"

"Piskopos, eğer yeni gelişmeleri öğrenme hırsınız sizi hapse götürürse, ücretimi ödeyemeyeceksiniz."

Piskopos gülümsemişti. "İyi bir nokta. İsteklerimiz birbiriyle örtüşüyor. Tanrı yardımcın olsun!"

Yirmi milyon euro, diye düşündü uçağın penceresinden dışarı bakan piskopos. Bu tutar Amerikan Doları cinsinden aşağı yukarı aynı rakama eşitti. *Bu kadar güçlü bir şey için çok düşük bir ücret.*

Öğretmen ile Silas'ın başarısız olmayacaklarına yeniden güven duydu. Para ve inanç, çok güçlü teşvik unsurlarıydı.

11

"*Une plaisanterie numérique?*" Sophie Neveu'ya inanmayan gözlerle bakan Bezu Fache sinirden mosmor kesilmişti. *Sayısal bir şaka mı?* "Saunière'in şifresiyle ilgili profesyonel görüşünüz, bunun bir çeşit matematiksel şaka olduğu yolunda mı?"

Fache bu kadının küstahlığını kesinlikle anlayamıyordu. Fache'nin işine burnunu izinsiz sokmakla kalmamış, şimdi de onu Saunière'in hayatının son dakikalarında matematiksel bir şaka yaptığına ikna etmeye çalışıyordu.

Sophie, Fransızca, "Bu şifre," dedi. "Saçmalığın basitleştirilmesidir. Jacques Saunière bunu hemen fark edeceğimizi düşünmüş olmalı." Süveterinin cebinden bir kâğıt çıkararak Fache'ye uzattı. "Deşifre edilmiş hali burada."

Fache kâğıda baktı.

1 - 1 - 2 - 3 - 5 - 8 - 13 - 21

"Bu mu?" diye atıldı. "Yaptığınız tek şey, sayıları artan sıraya sokmak mı?"

Sophie kendinden memnun tebessüm edecek kadar cesaretliydi. "Kesinlikle."

Fache'nin ses tonu gırtlaksı bir homurtuya dönüşmüştü. "Ajan Neveu bununla hangi cehenneme varacaksınız bilmiyorum ama bir an önce varsanız iyi olacak." Görünüşünden, hâlâ ABD Büyükelçiliği'ndeki mesajını dinlediği anlaşılan, telefonu kulağına bastırmış Langdon'a bir göz attı. Fache, Langdon'ın benzi atmış ifadesinden haberlerin iyi olmadığını sezinlemişti.

Sophie meydan okuyan tehlikeli bir tonla, "Yüzbaşı," dedi. "Elinizdeki sayı dizimi, tarihteki en ünlü matematiksel dizimlerden biridir."

Fache ünlü olma mertebesine erişecek bir matematik dizimi bulunduğunun farkında bile değildi ve Sophie'nin düşüncesiz ses tonu kesinlikle hoşuna gitmemişti.

Fache'nin elindeki kâğıdı başıyla işaret ederek, "Bu Fibonacci Dizimi," dedi. "Her bir sayının, kendisinden önceki iki sayının toplamına eşit olduğu bir sayı dizisidir."

Fache rakamları inceledi. Her sayı, gerçekten de önceki iki sayının toplamına eşitti ama Fache tüm bunların Saunière'in ölümüyle bağlantısını anlayamıyordu.

"Bu ardışık sayı serisini, on üçüncü yüzyılda, matematikçi Leonardo Fibonacci buldu. Saunière'in yere yazdığı tüm sayıların ünlü Fibonacci Dizimi'ne ait olması kesinlikle tesadüf olamaz."

Fache dakikalarca genç kadına baktı. "Pekâlâ, eğer tesadüf değilse, Jacques Saunière'in neden böyle bir şey yaptığını söyler misin? Ne diyor? Bu ne anlama geliyor?"

Sophie omuzlarını silkti. "Hiçbir şey. Bu basit bir kriptografi şakası. Tıpkı, bir şiirin kelimelerini alıp, herhangi biri kelimelerin ortak paydasını fark edecek mi diye onları gelişigüzel karıştırmak gibi."

Fache öne doğru gözdağı veren bir adım attı ve yüzünü Sophie'ninkine olabildiğince yaklaştırdı. "Umarım bundan daha tatminkâr bir açıklaman vardır."

Geriye doğru eğilirken Sophie'nin yumuşak hatları şaşırtacak kadar sertleşmişti. "Yüzbaşı, bu gece burada olanların ciddiyetini göz önünde bulundurarak, Jacques Saunière'in sizinle oyun oynadığını bilmek isteyeceğinizi düşündüm. Belli ki istemiyormuşsunuz. Kriptoloji müdürüne artık bizim yardımımıza ihtiyacınız olmadığını bildireceğim."

Bunu söyledikten sonra topuklarının üstünde döndü ve geldiği yöne doğru ilerlemeye başladı.

Hayretler içindeki Fache, onun karanlıkta kayboluşunu izledi. *Bu kadın aklını mı kaçırdı?* Sophie Neveu az önce kendi eliyle *profesyonel intiharını* imzalamıştı.

Fache hâlâ telefonda olan Langdon'a baktı. Telefondaki mesajını dikkatle dinlerken, eskisinden daha kaygılı görünüyordu. ABD Büyükelçiliği. Bezu Fache pek çok şeyi küçümserdi... ama çok azı onu ABD Büyükelçiliği kadar öfkelendirebiliyordu.

Fache ile büyükelçi ortak dışişleri mevzularında sıklıkla boynuzlarını birbirine geçiriyordu, en çok çarpıştıkları konu turist Amerikalıların polis güçlerince alıkonulmasıydı. DCPJ, hemen her gün uyuşturucu bulundurmaktan Amerikalı öğrencileri, yaşı küçük fahişelerle birlikte olan *Amerikalı* işadamlarını, dükkânlardan mal çalma ve mülke zarar verme nedenleriyle Amerikalı turistleri tutukluyordu. ABD Büyükelçiliği yasal olarak müdahale edebilir ve suçlu vatandaşların, avuçlarına ufak bir şaplak yemekle paçayı kurtaracakları Birleşik Devletler'e iade edilmesini isteyebilirdi.

Ve büyükelçi istisnasız her olayda bunu yapıyordu.

Fache buna, *l'émasculation de la Police Judiciaire,*(*) diyordu. *Paris Match* Fache'nin, Amerikalı bir suçluyu ısırmaya çalışan, ama ABD Büyükelçiliği'ne bağlı olduğu için bunu beceremeyen bir polis köpeği gibi gösteren karikatürünü yayınlamıştı.

Fache kendi kendine, ama *bu gece değil,* dedi. *Kaybedecek çok şey var.*

Robert Langdon telefonu kapattığında, hasta gibi görünüyordu.

Fache, "Her şey yolunda mı?" diye sordu.

Langdon güçlükle başını iki yana sallayabildi.

Cep telefonunu geri alırken Langdon'ın ter döktüğünü gören Fache, *haberlerin kötü* olduğunu hissetmişti.

Fache'ye garip bir ifadeyle bakan Langdon, "Bir kaza," diye geveledi. "Bir arkadaş..." Tereddüt etti. "Sabah ilk uçakla eve dönmem gerekiyor."

Langdon'ın yüzündeki şok ifadesinin gerçek olduğuna Fache'nin hiç şüphesi yoktu, bununla birlikte bir başka duyguyu daha hissedebiliyordu, sanki Amerikalının gözlerine ani bir korku dolmuş gibiydi. Langdon'ı dikkatle izleyen Fache, "Bunu duyduğuma üzüldüm," dedi. "Oturmak ister misiniz?" Galerideki seyir banklarından birini işaret etti.

Langdon boş bakışlarla başını sallayıp, banka doğru birkaç adım attı. Duruyor, her geçen dakika kafası biraz daha karışmış görünüyordu. "Aslında sanırım, tuvaleti kullansam iyi olacak."

(*) Adli polisi iğdiş etmek.

Fache oyalandıkları için kaşlarını çatmıştı. "Tuvalet. Elbette. Birkaç dakikalık ara verelim." Geldikleri uzun koridorun gerisini gösterdi. "Tuvaletler müze müdürünün ofisinin arka tarafında."

Langdon Büyük Galeri koridorunun diğer tarafına bakarak duraksadı. "Sanırım şu tarafta daha yakın bir tuvalet var."

Fache, Langdon'ın haklı olduğunu fark etti. Yolun üçte ikisini gelmişlerdi ve Büyük Galeri bir çift tuvaletle son buluyordu. "Size eşlik edeyim mi?"

Galeride ilerlemeye başlayan Langdon başını iki yana salladı. "Gerek yok. Sanırım birkaç dakika yalnız kalmaya ihtiyacım var."

Langdon'ın koridorda tek başına ilerlemesi Fache'nin çok da hoşuna gitmemişti ama Büyük Galeri'den tek çıkışın diğer tarafta olduğunu bildiğinden rahattı, altından geçtikleri kapı. Bu büyüklükteki bir yer için Fransız yangın yönetmeliği pek çok acil çıkış merdiveni yapılmasını gerektirdiği halde, Saunière güvenlik sistemini çalıştırdığında bu merdivenler otomatik olarak kilitlenmişti. Evet şimdi sistem sıfırlanmış ve merdivenler yeniden açılmıştı ama önemi yoktu, dış kapılar açılırsa yangın alarmı devreye girecekti, üstelik dışarıda DCPJ ajanları bekliyordu. Fache'nin haberi olmaksızın Langdon'ın dışarı çıkması olası değildi.

Fache, "Bir süreliğine Bay Saunière'in ofisine dönmem gerekiyor," dedi. "Lütfen gelip, doğrudan beni bulun Bay Langdon. Tartışmamız gereken pek çok şey var."

Langdon karanlıkta kaybolurken elini sallar gibi yaptı.

Arkasını dönen Fache, öfkeyle diğer yöne doğru ilerledi. Kapıya geldiğinde altından geçerek Büyük Galeri'den çıktı, koridorda yürüdü ve Saunière'in ofisindeki komuta merkezine fırtına gibi daldı.

"Sophie Neveu'nun bu binaya girmesine kim izin verdi?" diye bağırdı.

İlk cevap veren Collet oldu. "Dışardaki güvenlik görevlilerine şifreyi çözdüğünü söylemiş."

Fache etrafına bakındı. "Gitti mi?"

"Sizinle birlikte değil mi?"

"Gitmiş." Fache karanlık koridora bir göz attı. Belli ki Sophie, dışarı çıkmadan evvel durup diğer görevlilerle sohbet edecek halde değildi.

Fache bir an için, giriş katındaki güvenlik polislerine telsizle Sophie'yi durdurmalarını ve binadan çıkmadan yanına getirmelerini söylemeyi istedi. Bunu bir kez daha düşündü. Konuşan sadece gururuydu... son sözü söylemeyi istiyordu. Bu gece yeterince oyalanmıştı.

Onu kovmak için sabırsızlanırken, kendi kendine *Ajan Neveu ile daha sonra ilgilenirsin,* dedi.

Aklından Sophie'yi çıkartan Fache, bir süre için Saunière'in masasında duran minyatür şövalye heykeline baktı. Sonra Collet'ye döndü. "Onu görüyor musun?"

Collet başını bir kez salladı ve dizüstü bilgisayarını Fache'ye çevirdi. Zemin planındaki kırmızı nokta açıkça seçilebiliyor ve UMUMİ TUVALET yazan odada yanıp sönüyordu.

Bir sigara yakıp, koridora doğru yürüyen Fache, "Güzel," dedi. "Bir telefon açacağım. Langdon tuvaletten başka bir yere gitmesin."

12

Robert Langdon Büyük Galeri'nin sonuna doğru yorgun adımlarla yaklaşırken, sersemlediğini hissediyordu. Sophie'nin telefon mesajını zihninde tekrarlayıp duruyordu. Koridorun sonunda, uluslararası işaret dilinde çöp adamlarla ifade edilen tuvaletin ışıklı tabelaları onu, üzerinde İtalyan çizimlerinin bulunduğu labirent şeklindeki bir dizi bölmeye götürmüştü. Bölmeler tuvaletleri görünürden saklıyordu.

Erkekler tuvaletini bulan Langdon içeri girdi ve ışıkları açtı.

İçerisi boştu.

Lavabonun yanına giderek, yüzüne soğuk su çarptı ve ayılmaya çalıştı. Kuvvetli floresan ışığı çıplak fayanslarda parlıyor ve içerisi amonyak kokuyordu. Yüzünü kurularken, tuvaletin kapısı gıcırdayarak açıldı. Arkasını döndü.

Yeşil gözleri korkuyla parlayan Sophie Neveu içeri girmişti. "Tanrı'ya şükür ki geldiniz. Fazla vaktimiz yok."

Lavaboların yanında duran Langdon, DCPJ Kriptografı Sophie Neveu'ya şaşkınlıkla bakıyordu. Langdon yalnızca dakikalar önce yeni gelen kriptografın deli olduğunu düşünerek, telefondaki mesajını dinlemişti. Ama dinledikçe, Sophie Neveu'nun son derece ciddi olduğunu anlamıştı. *Bu mesaja tepki vermeyin. Sakince dinleyin. Şu anda tehlikedesiniz. Verdiğim talimatlara harfiyen uyun.* Tereddüt eden Langdon, Sophie'nin tavsiyelerine uymaya karar vermişti. Fache'ye, telefonun ülkesinde kaza geçiren bir arkadaşıyla ilgili olduğunu söylemişti. Daha sonra Büyük Galeri'nin sonundaki tuvaleti kullanmak istemişti.

Nefes nefese kalan Sophie, şimdi onun önünde duruyordu. Langdon floresan ışığında onun güçlü havasının yumuşak hatlarından kaynaklandığını görünce şaşırmıştı. Sadece bakışları sertti ve çok katmanlı Renoir portrelerini çağrıştırıyordu... gizemli fakat belirgin, gizem perdesini bir şekilde kaybetmeyen bir yüreklilik.

"Sizi uyarmak istedim Bay Langdon..." diye söze başlayan Sophie hâlâ nefes almaya çalışıyordu. "Siz gözetim altındasınız. Polis sizi gözaltına aldı." Konuşurken, aksanlı İngilizcesi fayans duvarlarda yankılanarak, sesine boğuk bir nitelik kazandırıyordu.

Langdon, "Ama... neden?" diye sordu. Sophie, ona telefonda bir açıklamada bulunmuştu ama bunu, onun ağzından duymak istiyordu.

Ona doğru adım atarken, "Çünkü," dedi. "Fache'nin bu cinayetteki baş şüphelisi sizsiniz."

Langdon'ın kelimelerle arası iyiydi ama yine de son derece mantıksız geliyordu. Sophie'ye göre, Langdon bu gece Louvre'a simgebilim uzmanı olarak değil, bir şüpheli olarak çağrılmıştı ve DCPJ'nin en sık kullandığı sorgu metotlarından birinin -gözetim altındaki suçlu- hedefi olduğunun farkında değildi. Bu usta aldatmacada polis şüpheliyi cinayet mahalline davet eder ve sinirlerine hâkim olamayıp, kendini ele vereceğini ümit ederek onunla mülakat yapardı.

Sophie, "Ceketinizin sol cebine bakın," dedi. "Sizi gözaltına aldıklarına dair bir delil bulacaksınız."

Langdon gittikçe evhamlanıyordu. *Cebime mi bakayım?* Bir çeşit ucuz sihir numarasına benziyordu.

"Sadece bakın."

Şaşkınlık içindeki Langdon, elini tüvit ceketinin sol cebine götürdü, o cebi hiç kullanmazdı. Cebi kurcaladığında hiçbir şey bulamadı. *Ne bekliyordun ki?* Yeniden Sophie'nin deli olabileceğini düşünmeye başlamıştı. O sırada parmakları beklenmedik bir nesneye dokundu. Küçük ve sertti. Minik nesneyi parmaklarıyla tutarak dışarı çıkarttı ve hayretle baktı. Saat pili büyüklüğünde, düğme şeklinde metal bir yuvarlaktı. Daha önce hiç görmediği bir şeydi. "Bu ne?..."

Sophie, "GPS takip noktacığı," dedi. "Bulunduğu yeri devamlı, DCPJ'nin gözlemleyebildiği Küresel Mevki Sistemi'ne gönderir. Bunu, insanların yerini izleyebilmek için kullanırız. Dünyanın herhangi bir yerinde altmış santim hata payıyla tam yerini gösteriyor. Sizi elektronik takibe aldılar.

Otelden sizi almaya gelen ajan, siz odadan çıkmadan önce onu cebinize yerleştirdi."

Langdon otel odasını hatırlamaya çalıştı... aldığı kısa duş, giyinmesi, odadan çıkarlarken DCPJ ajanının Langdon'ın tüvit ceketini tutması. *Dışarısı soğuk Bay Langdon,* demişti ajan. *Paris'te bahar şarkılarda söylediğiniz gibi değildir.* Langdon, ona teşekkür etmiş ve ceketi giymişti.

Sophie'nin zeytin rengi gözleri samimiydi. "Daha önce size takip noktacığından bahsetmedim çünkü cebinizi Fache'nin yanında aramanızı istemedim. Onu bulduğunuzu bilemez."

Langdon'ın nasıl tepki vermesi gerektiğine dair hiçbir fikri yoktu.

"Sizi GPS takibine aldılar çünkü kaçabileceğinizi düşünüyorlardı." Durdu. "Aslında, kaçmanızı umut ettiler; bu şekilde davaları kuvvetlenecekti."

Langdon, "Neden kaçayım ki?" diye sordu. "Ben masumum!"

"Fache tam tersini düşünüyor."

Öfkelenen Langdon takip noktacığını atmak için çöp kovasına doğru yürüdü.

"Hayır!" Sophie, onun kolunu tutarak durdurdu. "Onu cebinizde bırakın. Eğer onu atarsanız sinyal hareket etmeyi kesecek ve noktacığı bulduğunuzu anlayacaklar. Fache'nin sizi yalnız bırakmasının tek sebebi, bulunduğunuz yeri takip edebilmeleri. Eğer ne yaptığını keşfettiğinizi düşünürse..." Sophie cümleyi tamamlamadı. Bunun yerine metal diski Langdon'ın elinden aldı ve tekrar tüvit ceketinin cebine attı. "Noktacık sizinle kalsın. En azından şimdilik."

Langdon hiçbir şey anlayamıyordu. "Fache, benim Jacques Saunière'i öldürdüğümü nasıl düşünebildi?"

"Sizden şüphelenmek için inandırıcı sebepleri var." Sophie'nin yüzünde katı bir ifade vardı. "Burada henüz görmediğiniz bir delil var. Fache bunu sizden dikkatle sakladı."

Langdon bakmakla yetiniyordu.

"Saunière'in yere yazdığı metnin üç satırını hatırlıyor musunuz?"

Langdon evet anlamında başını salladı. Langdon sayılarla kelimeleri beynine yazmıştı.

Sophie artık fısıltıyla konuşuyordu. "Ne yazık ki, sizin gördüğünüz mesajın tamamı değildi. Fache'nin fotoğrafını çektikten sonra, siz gelmeden önce silip temizlediği *dördüncü* bir dize vardı."

Langdon filigran kaleminin çözünür mürekkebinin kolaylıkla çıkartıldığını bildiği halde, Fache'nin delili neden sildiğini tahmin edemiyordu.

Sophie, "Fache, mesajın son dizesinden," dedi. "Sizin haberiniz olmasını istemiyordu." Durdu. "En azından sizinle işi bitene kadar."

Sophie süveterinin cebinden fotoğrafın bilgisayar çıktısını çıkardı ve açmaya başladı. "Fache, Saunière'in mesajında söylediklerini çözebilmemiz umuduyla, bu gece cinayet mahallinin görüntülerini kriptoloji birimine gönderdi. Buradaki, mesajın tamamının fotoğrafı." Sayfayı Langdon'a uzattı.

Langdon hayretle resme baktı. Yakından çekilen fotoğraf, parke zemindeki parıltılı mesajı gösteriyordu. Son dize, Langdon'ın midesine bir yumruk gibi inmişti.

13 - 3 - 2 - 21 - 1 - 1 - 8 - 5
On Draco devini al!
On sahte alim!
P.S. Robert Langdon'ı bul

13

Langdon saniyeler boyunca, Saunière'in dipnotunun göründüğü fotoğrafa hayretle baktı. *P.S. Robert Langdon'ı bul.* Ayaklarının altındaki zemin sallanıyormuş gibi hissediyordu. *Saunière benim ismimi içeren bir dipnot mu bıraktı?* Ne kadar düşünürse düşünsün, nedenini kavrayamıyordu.

Sophie ısrarcı bakışlarla, "Fache'nin bu gece sizi neden buraya getirttiğini ve neden baş şüphelisi olduğunuzu," dedi. "Şimdi anlıyor musunuz?"

Langdon'ın o anda tek anlayabildiği, Saunière'in katilini ismiyle ihbar edeceğini söylediğinde Fache'nin neden o denli memnun göründüğüydü.

Robert Langdon'ı bul.

Langdon, "Saunière bunu neden yazdı?" diye sordu, şaşkınlığı öfkeye dönüşüyordu. "Ben Jacques Saunière'i niye öldürmek isteyeyim?"

"Fache nedenini henüz bulamadı ama belki siz açıklarsınız umuduyla bu geceki tüm konuşmanızı kaydediyordu."

Langdon ağzını açtı ama tek kelime edemedi.

Sophie, "Minyatür bir mikrofon taktı," diye açıkladı. "Sinyali komuta merkezine gönderen cebindeki bir vericiye bağlı."

Langdon, "Bu imkânsız," diye kekeledi. "Şahitlerim var. Seminerden sonra doğruca otelime gittim. Otel resepsiyonuna sorabilirsiniz."

"Fache bunu yaptı bile. Elindeki rapor, resepsiyon görevlisinden oda anahtarınızı saat on buçuk civarında aldığınızı gösteriyor. Ne yazık ki cinayet, saat on birde işlendi. Otel odanızdan rahatlıkla görünmeden ayrılmış olabilirsiniz."

"Bu delilik! Fache'nin elinde hiç delil yok!"

Sophie'nin gözleri, *hiç delil yok mu,* dercesine büyümüştü. "Bay Langdon, isminiz cesedin yanında yerde yazıyordu ve Saunière'in randevu defteri, cinayetin işlendiği saatte onunla birlikte olduğunuzu söylüyor." Durdu. "Fache'nin elinde sorgulama için sizi merkeze götürmeye yetecek kadar kanıt var."

Langdon birden bir avukata ihtiyacı olduğunu anladı. "Bunu ben yapmadım."

Sophie içini çekti. "Bu Amerikan televizyon dizisi değil Bay Langdon. Fransa'da kanunlar polisi korur, suçluyu değil. Ne yazık ki bu davada işin içine medya da giriyor. Jacques Saunière Paris'te tanınan ve sevilen bir kişiydi, cinayet haberi sabah gazetelerinde yer alacaktır. Hemen bir açıklama yapması için Fache'ye baskı yapacaklar, nezarette bir şüpheli bulundurması onun açısından çok daha iyi olur. Suçlu olun ya da olmayın, gerçekten olanları çözene kadar sizi DCPJ'de tutacaklardır."

Langdon kendini kafese tıkılmış bir hayvan gibi hissediyordu. "Bana tüm bunları neden anlatıyorsunuz?"

"Çünkü Bay Langdon, sizin masum olduğunuza inanıyorum." Sophie bir süre uzaklara, daha sonra tekrar onun gözlerine baktı. "Hem ayrıca, başınızın belada olması bir bakıma *benim* suçum."

"Affedersiniz? Saunière'in suçu benim üstüme atması *sizin* suçunuz mu?"

"Saunière suçu sizin üstünüze atmaya çalışmıyordu. Bu bir hataydı. Yerdeki o mesaj aslında bana yazılmıştı."

Langdon'ın bunu kavrayabilmesi bir dakikasını aldı. "Anlayamadım?"

"O mesaj polise yazılmamıştı. Mesajı *bana* yazmıştı. Sanırım her şeyi öylesine hızlı yapması gerekiyordu ki, polisin bundan ne anlayacağını düşünemedi." Durdu. "Sayısal şifrenin bir anlamı yok. Saunière soruşturmaya kriptografların katılması için bunu yazdı, böylece başına gelenlerden hemen haberim olacaktı."

Langdon ilgiyi kurmaya başlamıştı. Sophie Neveu'nun aklını kaçırmış olması bu noktada yoruma açıktı ama en azından kendisine neden yardım etmeye çalıştığını artık anlıyordu. *P.S. Robert Langdon'ı bul.* Müze müdürünün Langdon'ı bulması için kendisine şifreli bir dipnot bıraktığına inandığı belliydi. "Peki ama mesajı neden size bıraktığını düşünüyorsunuz?"

Yavan bir sesle, "*Vitruvius Adamı*," dedi. "Da Vinci'nin çalışmaları arasında en sevdiğim eskiz daima bu olmuştur. Bu gece onu benim dikkatimi çekmek için kullandı."

"Bekle biraz. Yani müze müdürünün, senin en sevdiğin eseri *bildiğini mi* söylüyorsun?"

Başını salladı. "Üzgünüm. Baştan söylemeliydim. Jacques Saunière ve ben..."

Sophie'nin sesi boğulmuştu. Langdon, onun sesinde bir melankoli sezinledi, görünürün altında yatan bir acı vardı. Sophie ile Jacques Saunière'in özel bir ilişkisi bulunduğu belli oluyordu. Fransa'da, yaşlanmaya başlayan erkeklerin genç metresler tuttuğunu bilen Langdon, önünde duran genç ve güzel kadını inceledi. Öyle bile olsa Sophie Neveu kiralık bir kadına hiç benzemiyordu.

Sesi artık fısıltı haline dönüşen Sophie, "On yıl önce kopmuştuk," dedi. "O zamandan beri hemen hemen hiç görüşmedik. Bu gece Kripto telefonla öldürüldüğü haberini alınca ve ben vücudundaki şekillerle yerdeki metni görünce, bana bir mesaj göndermeye çalıştığını fark ettim."

"*Vitruvius Adamı* yüzünden mi?"

"Evet. Ve P.S. harfleri yüzünden."

"*Dipnot mu?*"

Başını hayır anlamında salladı. "P.S. benim ismimin başharfleri."

"Ama senin adın Sophie Neveu."

Sophie başını çevirdi. "Ben onunla yaşarken P.S. benim takma adımdı." Yüzü kızarmıştı. "*Prenses Sophie* anlamına geliyor."

Langdon hiç tepki vermedi.

"Aptalca, biliyorum," dedi. "Ama bu on yıl önceydi. Ben küçük bir *kızken.*"

"Sen onu küçük bir *kızken* mi tanıyordun?"

"Oldukça iyi," derken gözleri dolmuştu. "Jacques Saunière benim büyükbabamdı."

14

Komuta merkezine girerken, sigarasından son bir nefes alan Fache, "Langdon nerede?" diye sordu.

"Hâlâ erkekler tuvaletinde efendim." Teğmen Collet bu sorunun geleceğini tahmin ediyordu.

Yüzbaşı, omzunun üstünden GPS noktasına baktığında, Collet çarkların dönmeye başladığını duyar gibi olmuştu. Fache gidip Langdon'ı kontrol etme arzusunu bastırmaya çalışıyordu. Aslında gözaltına alınan kişiye istediği kadar süre ve mümkün olduğunca özgürlük verilerek, kendini serbest zannetmesi sağlanırdı. Langdon'ın kendi iradesiyle dönmesi gerekiyordu. Yine de aradan on dakika geçmişti.

Çok uzun.

Fache, "Langdon'ın bizi atlatma ihtimali var mı?" diye sordu.

Collet başını iki yana salladı. "Erkekler tuvaletinde hâlâ kıpırdanmalar görüyoruz, bu GPS noktacığını hâlâ taşıdığı anlamına geliyor. Belki de rahatsızlanmıştır. Noktacığı bulmuş olsaydı, çıkartıp kaçmaya çalışırdı."

Fache saatine göz attı. "Güzel."

Fache'nin zihni hâlâ meşgul gibi görünüyordu. Collet gece boyunca yüzbaşıda alışılmadık bir gerginlik hissetmişti. Genellikle olaylara tarafsız bakan ve baskı altında sükûnetini kaybetmeyen Fache bu gece sanki kişisel meselesi gibi davranıyor ve işine duygularını karıştırıyor gibiydi.

Şaşırmamak gerekir, diye düşündü Collet. *Fache'nin bu tutuklamaya fazlasıyla ihtiyacı var.* Son günlerde Bakanlar Kurulu ile medya Fache'nin saldırgan tarzını, önemli büyükelçiliklerle zıtlaşmasını ve yeni teknolojilere yaptığı büyük yatırımları açıkça eleştirir olmuştu. Bu gece bir Amerikalının ileri teknoloji sayesinde, önemli bir suç yüzünden tutuklanması, Fache'ye yönelik eleştirileri uzun bir süre susturacak ve iyi bir ikramiyeyle emekli oluncaya dek görevde kalmasına yardımcı olacaktı. *Bu ikramiyeye ihtiyacı olduğunu Tanrı da biliyor,* diye düşündü Collet. Fache'nin teknoloji tutkusu ona hem mesleki, hem de şahsi alanda zarar vermişti. Tüm birikimlerini teknoloji çılgınlığı uğruna harcadığı ve gömleğini bile kaybettiği söyleniyordu. *Ve Fache sadece en iyi kalite gömlekler giyen bir adamdı.*

Bu gece hâlâ bol vakti vardı. Talihsiz olmasına karşın, Sophie Neveu'nun sebep olduğu kesinti sadece ufak bir pürüzdü. O artık gitmişti ve Fache'nin elinde hâlâ oynayacağı kartlar vardı. Langdon'a isminin yerde yazdığını henüz söylememişti. *P.S. Robert Langdon'ı* bul. Amerikalının bu küçük delil karşısında göstereceği tepki onu ele verecekti.

Ofisteki DCPJ ajanlarından biri onu, "Yüzbaşı," diye çağırdı. "Bu telefona cevap vermeniz iyi olacak sanırım." Kaygılı bir ifadeyle, elinde telefon ahizesini tutuyordu.

Fache, "Kim o?" diye sordu.

Ajan kaşlarını çattı. "Kriptoloji birimi müdürü."

"Ve?"

"Sophie Neveu hakkında efendim. Ters giden bir şeyler var."

15

Zamanı gelmişti.

Siyah Audi'den inerken Silas kendini güçlü hissediyordu. Üstünden kaçan cüppesi, gece esintisiyle hışırdıyordu. *Havada değişim rüzgârları esiyor.* Önündeki işin kuvvetten çok incelik gerektirdiğini biliyordu, bu yüzden silahını arabada bırakmıştı. On üç mermi alan Heckler Koch USP 40'ı ona Öğretmen vermişti.

Tanrı'nın evinde ölüm silahına yer yoktur.

Bu saatte büyük kilisenin önündeki meydan bomboştu. Saint-Sulpice' in bittiği yerde görülebilen tek canlı, gece gezinen turistlere satılık mallarını gösteren ergenlik çağındaki fahişelerdi. Kemale ermiş vücutları Silas'ın beline tanıdık bir ihtiras yayıyordu. İçgüdüsel olarak kasılan uylukları, kancalı *keçe* kemerinin etine batmasına neden oldu.

İhtirası bir anda sönmüştü. Silas on yıldır kendini tüm cinsel zevklerden, hatta kendi kendine yaptıklarından bile uzak tutuyordu. *Tarîk* bunu emrediyordu. Opus Dei'nin izinden gitmek için çok fazla fedakârlıkta bulunduğunu biliyordu ama karşılığında çok daha fazlasını almıştı. Müebbet bekârlık yemini ve tüm şahsi menfaatlerden feragat etmek büyük bir fedakârlık sayılmazdı. İçinden çıktığı yoksulluk ve hapishanede katlandığı cinsel vahşetler düşünüldüğünde, müebbet bekârlık tahammül edilebilir bir bedeldi.

Tutuklanıp, gemi ile Andorra'daki hapishaneye gönderildiğinden beri ilk kez Fransa'ya geri dönen Silas anavatanının, kurtarılmış ruhunda vahşi anıları canlandırarak, kendisini sınadığını hissedebiliyordu. *Yeniden doğdun,* diye hatırlattı kendine. Tanrı'ya bugün sunduğu hizmet bir cinayet günahını gerektirmişti ve Silas biliyordu ki bu, sonsuza kadar kalbinde sessizce taşıması gereken bir fedakârlıktı.

İnancının ölçüsü, katlanabildiğin acılardır, demişti ona Öğretmen. Silas acılara yabancı değildi ve kendini, ona verilen vazifelerin daha yüksek bir makamca emredildiğini söyleyen Öğretmen'e ispat edebilmek için sabırsızlık duyuyordu.

Kilise girişine doğru ilerleyen Silas, "*Hago la obra de Dios,*"(*) diye fısıldadı.

Devasa kapının gölgesinde duraksayıp, derin bir nefes aldı. Yapmak üzere olduğu işi ve kendisini içeride gerçekten neyin beklediğini o ana dek fark etmemişti.

Kilit taşı. Bizi son hedefimize götürecek.

Hayalet beyazı yumruğunu kaldırdı ve kapıya üç kez vurdu.

Dakikalar sonra, devasa ana kapının sürgüleri hareket etmeye başladı.

(*) Tanrı'nın işi.

16

Sophie binadan ayrılmadığını Fache'nin ne zaman anlayacağını düşünüyordu. Langdon'ın tamamıyla altüst olduğunu görünce, kendi kendine onu erkekler tuvaletinde yakalamakla doğru bir iş yapıp yapmadığını sorguladı.

Başka ne yapabilirdim?

Gözünün önüne, büyükbabasının çırılçıplak, kollarını ve bacaklarını açmış yerde yatan cesedini getirdi. Bir zamanlar onun için büyükbabası her şey demekti, ama bu gece Sophie, onun için neredeyse hiç üzülmediğine şaşırıyordu. İlişkileri, yirmi iki yaşındayken mart ayında bir gece aniden sona ermişti. *On yıl önce.* Sophie, İngiltere'de okuduğu üniversiteden eve birkaç gün erken dönmüş ve yanlışlıkla, büyükbabasını görmemesi gereken bir şeyi yaparken görmüştü. Bugüne dek inanmakta güçlük çektiği bir sahneydi bu.

Kendi gözlerimle görmemiş olsaydım...

Büyükbabasının açıklama girişimlerine dayanamayacak kadar utanmış ve şaşırmış olan Sophie, yanına biriktirdiği parayı alarak, derhal ev arkadaşlarıyla kendine küçük bir daire bulmuştu. Gördükleri konusunda kimseyle konuşmamaya yemin etmişti. Büyükbabası kartpostallar ve mektuplar göndererek Sophie'ye ümitsizce ulaşmaya çalışmış ve buluşup bir açıklama yapabilmek için yalvarmıştı. *Nasıl açıklayacaktı?* Sophie, ona bir kez hariç hiç cevap vermemişti, kendisini aramasını veya onunla halk içinde görüşmesini yasaklamıştı. Yapacağı açıklamanın, durumun kendisinden daha dehşet verici olmasından korkuyordu.

Ama Saunière ondan hiç vazgeçmemişti. Şimdi ise Sophie'de, on yıl boyunca biriken bir çekmece dolusu mektup vardı. Büyükbabası sözünde durarak onun isteğine asla karşı gelmemiş ve bir kez olsun telefon etmemişti.

Bu akşamüstüne kadar.

"Sophie?" Büyükbabasının telesekreterindeki sesi, şaşırtıcı derecede yaşlı çıkıyordu. "Bugüne kadar senin isteğini yerini getirdim... ve aramak bana acı veriyor, ama seninle konuşmam lazım. Korkunç bir şey oldu."

Paris'teki dairesinin mutfağında duran Sophie, bunca yıl sonra onun sesini yeniden duyunca bir ürperti hissetmişti. Yumuşak sesi, tatlı çocukluk anılarını aklına getiriyordu.

"Sophie, lütfen dinle." Küçük bir kızken hep yaptığı gibi, onunla yine İngilizce konuşuyordu. *Okulda Fransızca çalış. Evde İngilizce çalış.* "Sonsuza kadar bana kızgın kalamazsın. Yıllardır sana gönderdiğim mektupları okumadın mı? Hâlâ anlamıyor musun?" Durmuştu. "Her şeyi bir anda konuşmamalıyız. Lütfen büyükbabanın bu isteğini yerine getir. Beni Louvre'dan ara. Hemen. Sanırım her ikimiz de büyük tehlikedeyiz."

Sophie telesekreterine bakakalmıştı. *Tehlike mi?* Neden bahsediyordu?

"Prenses..." Büyükbabasının sesi, anlayamadığı bir şekilde titredi. "Senden bazı şeyleri sakladığımı biliyorum ve bu bana, senin sevgine mal oldu. Ama bu senin iyiliğin içindi. Artık gerçeği öğrenmelisin. Lütfen, sana ailen hakkındaki gerçeği anlatmalıyım."

Sophie kendi kalbinin atışını duyabiliyordu. *Ailem mi?* Sophie'nin ebeveynleri o henüz dört yaşındayken ölmüşlerdi. Arabaları köprüden nehre uçmuştu. Büyükannesiyle, erkek kardeşi de arabadaydılar ve Sophie'nin tüm ailesi bir anda yok olup gitmişti. Bunu kanıtlayacak bir kutu dolusu gazete makalesi vardı.

Büyükbabasının sözleri, içini beklenmedik bir özlem duygusuyla doldurmuştu. *Ailem!* O kısacık an içinde Sophie, küçücük bir kızken kendisini uykularından uyandıran rüyadan sahneler görmüştü: *Ailem hayatta! Eve dönüyorlar!* Ama, rüyasında olduğu gibi, sahneler bulanıklaşarak kaybolmuşlardı.

Ailen öldü Sophie. Eve dönmüyorlar.

Büyükbabasının banttaki sesi, "Sophie..." dedi. "Yıllardır sana anlatmak için bekliyordum. Doğru zamanı bekledim ama artık vakit doldu. Beni Louvre'dan ara. Bu mesajı alır almaz. Bütün gece burada bekleyeceğim. Korkarım her ikimiz de tehlikedeyiz. Bilmen gereken o kadar çok şey var ki."

Mesaj sona ermişti.

Sophie sessizlik içinde titreyerek dururken, sanki dakikalar geçmişti. Büyükbabasının bıraktığı mesajı düşününce, sadece bir açıklama mantıklı geliyordu ve gerçek niyeti anlaşılıyordu.

Bu bir yemdi.

Belli ki, büyükbabası onu ümitsizce görmek istiyordu. Her yolu deniyordu. Adama duyduğu tiksinti artmıştı. Sophie, onun ölümcül hastalığa yakalanıp, torununun kendisini son kez ziyaret etmesini sağlamak için aklına gelen her türlü hileye başvurduğunu düşündü. Yine de akıllıca bir seçim yapmıştı.

Ailem.

Şimdi, Louvre'un erkekler tuvaletinde ayakta dururken, akşamüstü aldığı telefon mesajındaki seslerin yankılarını duyabiliyordu. *Sophie her ikimiz de tehlikede olabiliriz. Beni ara.*

Onu aramamıştı. Hatta buna niyet bile etmemişti. Ama şimdi, şüpheciliğinin ona hata yaptırdığını anlıyordu. Büyükbabası, kendi müzesinde öldürülmüştü. Ve yere bir şifre yazmıştı.

Sophie için bir şifre yazılmıştı. Bundan emindi.

Anlamını anlamamış olsa da, Sophie mesajın şifreli tarzından, kelimelerde kendisinden bahsedildiğinden emindi. Sophie'nin kriptoloji tutkusu ve yeteneği, Jacques Saunière ile birlikte büyümenin getirdiği bir sonuçtu, Saunière de şifrelere, kelime oyunlarına ve bulmacalara meraklı biriydi. *Gazetedeki kriptogramları ve bulmacaları çözerek kaç pazar geçirdik?*

Sophie on iki yaşındayken *Le Monde*'un bulmacasını yardım almadan çözebiliyordu. Büyükbabası, ona İngilizce bulmacalar, matematiksel bilmeceler ve şifreli bulmacalar getirmeye başlamıştı. Sophie hepsini bir solukta çözüyordu. Sonunda bu tutkusunu, adli polis için şifre çözücü olarak mesleğe dönüştürmüştü.

Bu gece Sophie'nin kriptograf yanı, büyükbabasının iki yabancıyı bir araya getirmek için kullandığı basit şifreye saygı göstermeye zorluyordu -Sophie Neveu ve Robert Langdon.

Asıl soru şuydu, *niye?*

Ne yazık ki Sophie, Langdon'ın gözlerindeki şaşkın ifadeden, büyükbabasının ikisini bir araya getirme nedeni hakkında Amerikalının da kendisinden fazla bir şey bilmediğini seziyordu.

Yeniden bastırdı. "Siz ve büyükbabam bu gece buluşmayı planlamıştınız. Ne hakkındaydı?"

Langdon allak bullak olmuş gibiydi. "Buluşmayı sekreteri ayarladı ve herhangi bir neden belirtmedi ve ben de sormadım. Fransız katedrallerindeki pagan ikonografileri hakkında seminer vereceğimi duyduğunu düşündüm. O, bu konuyla ilgileniyordu ve konuşmadan sonra içki içmek için buluşmanın eğlenceli olacağını düşünmüştüm."

Sophie bunu yutmamıştı. Bağlantı uydurmaydı. Büyükbabası, pagan ikonografisi hakkında, dünyadaki herkesten daha fazlasını biliyordu. Bunun dışında, neredeyse münzevi bir hayat yaşayan büyükbabası, önemli bir mesele olmadıkça önüne gelen Amerikalı profesörle muhabbet edecek türden bir adam değildi.

Sophie derin bir nefes alıp, biraz daha kurcaladı. "Bu akşamüstü büyükbabam beni arayarak, onun ve benim büyük tehlikede olduğumuzu söyledi. Bu, sizin için bir şey ifade ediyor mu?"

Langdon'ın mavi gözleri kaygıyla dolmuştu. "Hayır, ama olanları göz önüne alırsak..."

Sophie başını salladı. Bu akşamki olaylar düşünüldüğünde, korkmaması aptallık olurdu. Bitap düşmüş bir halde tuvaletin diğer ucundaki küçük dökme camın yanına yürüdü ve camın içine gömülmüş alarm kablolarının ardından sessizce dışarıyı seyretti. Oldukça yüksekteydiler, en azından on iki metre.

İçini çekerek gözlerini kaldırdı ve Paris'in büyüleyici manzarasını seyretti. Sol tarafındaki Seine Nehri'nin karşısında, Eyfel Kulesi duruyordu. Tam önünde Arc de Triomphe.(*) Ve sağ tarafında, Montmarte yamaçlarının tepesinde, beyaz cilalı taşı şaşaalı mabetler gibi parlayan SacréCoeur'un zarif arabesk kubbesi görülüyordu.

Denon Kanadı'nın en batısındaki bu noktada, Louvre'un dış duvarlarıyla arasında yalnızca ayırıcı bir kaldırım bulunan Carrousel Meydanı'nın kuzey-güney geçidi, binayla neredeyse aynı hizadaydı. Şehrin gece-

---

(*) Zafer Anıtı.

leri çalışan nakliye kamyonları, aşağıda trafik ışığının değişmesini beklerken durmuş farlarıyla sanki Sophie'ye göz kırpıyorlardı.

Yanına gelen Langdon, "Ne söyleyeceğimi bilmiyorum," dedi. "Büyükbabanızın bize bir şeyler anlatmaya çalıştığı ortada. Ancak bu kadar yardımcı olabildiğim için üzgünüm."

Langdon'ın derin sesinde samimi bir üzüntü hisseden Sophie, pencereye arkasını döndü. İçinde bulunduğu bunca derde rağmen, ona yardımcı olmak istiyormuş gibi görünüyordu. *İçindeki öğretmen,* diye düşündü Sophie, DCPJ'nin şüpheliler konusunda ne kadar heyecanlı olduğunu anladı. Bu adam anlayışsızlığa ödün vermeyen bir akademisyendi.

Bu da ortak noktamız, diye düşündü Sophie.

Bir şifre çözücü olarak Sophie hayatını anlamsız verilerden anlam çıkartmakla kazanıyordu. Bu gece yapabildiği en iyi tahmin, Robert Langdon'ın farkında olsun ya da olmasın, ihtiyaç duyduğu bilgiye sahip olduğuydu. *Prenses Sophie, Robert Langdon*'ı bul. Büyükbabasının mesajı daha açık olabilir miydi? Sophie'nin Langdon'la daha fazla zamana ihtiyacı vardı. Düşünmek için zamana. Gizemi birlikte çözmek için zamana. Ne yazık ki vakit tükeniyordu.

Başını kaldırıp Langdon'a bakan Sophie, aklına gelen tek oyuna başvurdu. "Bezu Fache sizi her an nezarete götürebilir. Sizi bu müzeden çıkartabilirim. Ama şimdi harekete geçmeliyiz."

Langdon'ın gözleri büyümüştü. "*Kaçmamı mı* istiyorsunuz?"

"Yapabileceğiniz en akıllıca iş bu olur. Eğer Fache'nin şimdi sizi nezarete götürmesine izin verirseniz, DCPJ ile ABD Büyükelçiliği davanıza hangi r ahkemenin bakacağı konusunda kavgalarını bitirene kadar Fransız hapishanesinde kalırsınız. Ama eğer buradan çıkıp büyükelçiliğe giderseniz, o zaman hükümetiniz, siz ve ben bu cinayetle ilginiz olmadığını kanıtlayana kadar sizi korur."

Langdon hiç de ikna olmuşa benzemiyordu. "Unut gitsin! Tüm çıkışlarda Fache'nin silahlı adamları var! Vurulmadan kurtulsak bile, kaçmak beni suçlu göstermekten başka bir işe yaramaz. Fache'ye yerdeki mesajın *size* yazıldığını ve benim ismimin bir suçlama olmadığını anlatmak zorundasınız."

Alelacele konuşan Sophie, "Bunu *yapacağım,*" dedi. "Ama siz ABD Büyükelçiliği'ne güven içinde girdikten sonra. Buradan sadece bir buçuk kilometre uzaklıkta ve arabam müzenin hemen önünde duruyor. Burada Fache'yle başa çıkmaya çalışmak kumar olur. Anlamıyor musunuz? Bu gece sizin suçlu olduğunuzu kanıtlamayı Fache kendine görev edindi. Tutuklanmanızı geciktirmesinin tek sebebi iddiasını kuvvetlendirecek yanlış bir hareket yapmanızı umması."

"Kesinlikle. *Kaçmak gibi.*"

Sophie'nin süveterindeki cep telefonu birden çalmaya başlamıştı. Muhtemelen Fache idi. Elini cebine sokarak telefonu kapattı.

Hızlı konuşarak, "Bay Langdon," dedi. "Size son bir soru sormam gerekiyor." *Ve tüm geleceğin buna bağlı olabilir.* "Yerde yazanlar elbette sizin suçlu olduğunuzu göstermiyor, ama Fache takımına aradığı adamın siz olduğunu söyledi. Suçlu olduğunuza ikna olmasının başka bir sebebi aklınıza geliyor mu?"

Langdon birkaç saniye süresince sessiz kaldı. "Hayır hiç gelmiyor."

Sophie içini çekti. *Demek ki Fache yalan söylüyor.* Sophie nedenini tahmin edemiyordu ama şu noktada asıl konu bu değildi. Asıl konu, Bezu Fache'nin bu gece her ne pahasına olursa olsun Robert Langdon'ı parmaklıkların arkasına tıkmak istemesiydi. Sophie'nin Langdon'a kendisi için ihtiyacı vardı ve bu ikilem onu tek bir sonuca götürüyordu.

Langdon'ı ABD Büyükelçiliği'ne götürmeliyim.

Pencereye dönen Sophie, dökme cama yerleştirilmiş alarm kablolarına ve baş döndürücü on iki metre yükseklikten aşağıdaki kaldırıma baktı. Bu yükseklikten atlarsa Langdon'ın kemikleri kırılacaktı. En iyi ihtimalle.

Yine de Sophie kararını vermişti.

Robert Langdon, istese de, istemese de Louvre'dan kaçacaktı.

17

"Cevap vermiyor da ne demek?" Fache duyduklarına inanmıyormuş görünüyordu. "Cep telefonunu arıyorsun, öyle değil mi? Yanında olduğunu biliyorum."

Collet dakikalardır Sophie'ye ulaşmaya çalışıyordu. "Belki de pili bitmiştir. Ya da zil sesi kapalıdır."

Fache telefonda Kriptoloji müdürüyle konuştuğundan beri endişeli görünüyordu. Kapattıktan sonra Collet'nin yanına gitmiş ve Ajan Neveu'yu telefonla aramasını emretmişti. Collet bunu başaramamıştı, Fache ise kafesin içindeki bir aslan gibi dört dönüyordu.

Collet, "Kripto neden aramış?" demeyi göze aldı.

Fache, ona döndü. "Draco devi ve sahte alimlerle ilgili hiçbir şey bulamadıklarını söylemek için."

"Bu kadar mı?"

"Hayır, ayrıca sayıların Fibonacci Dizimi'ni oluşturduğunu ve hiçbir anlam ifade etmediğini söylemek için aramışlar."

Collet'nin aklı karışmıştı. "Ama bunu söylemesi için zaten Ajan Neveu'yu göndermişlerdi."

Fache başını iki yana salladı. "Neveu'yu onlar göndermedi."

"Ne?"

"Müdürün anlattıklarına göre, emrim üzerine tüm takımına ona gönderdiğim resimleri araştırmalarını söylemiş. Ajan Neveu geldiğinde, Saunière'in fotoğraflarıyla şifreye şöyle bir bakmış ve tek kelime etmeden ofisten ayrılmış. Müdür, onun davranışını sorgulamadığını çünkü fotoğraflardan dolayı üzüntü duyduğunu anladığını söyledi."

"Üzüntü mü? Daha önce hiç ölen birinin cesedini görmemiş mi?"

Fache kısa bir an için sessiz kaldı. "Benim bundan haberim yoktu, görünüşe göre çalışanlardan biri söyleyinceye kadar müdürün de haberi yokmuş, ama Jacques Saunière'in Sophie Neveu'nun büyükbabası olduğu anlaşılıyor."

Collet söyleyecek kelime bulamıyordu.

"Müdür, Neveu'nun ona şimdiye dek Saunière'den hiç bahsetmediğini, ünlü bir büyükbabaya sahip olmaktan dolayı kendisine ayrıcalıklı davranılmasını istemediğinden böyle davrandığını tahmin ettiğini söyledi."

Fotoğrafları görünce üzüldüğüne şaşırmamak gerekir. Collet, genç kadının kendi ailesinden birinin yazdığı şifreyi deşifre etmesi için çağrılmasının ne kadar acı bir tesadüf olduğunu tahmin edebiliyordu. Yine de davranışlarının mantıklı bir açıklaması yoktu. "Ama sayıların Fibonacci Dizimi'ni oluşturduğunu fark ettiği ortada, çünkü buraya gelip bize *söyledi.* Neden bulduğunu kimseye söylemeden ofisten ayrıldığını anlamıyorum."

Collet'nin aklına, sıkıntılı gelişmeleri açıklayacak tek bir senaryo geliyordu. Saunière soruşturmaya kriptografların dahil edilmesi umuduyla yere sayısal bir şifre yazmış ve böylece kendi torununun da dahil edilmesini sağlamıştı. Peki mesajın geri kalan kısmında bir şekilde kendi torunuyla mı haberleşiyordu? Öyleyse, mesaj ona ne söylüyordu? Ve Langdon bulmacanın neresine uyuyordu?

Collet düşüncelerini devam ettiremeden, müzenin sessizliği alarm sesiyle bozuldu. Zil, Büyük Galeri'nin içinden geliyormuş gibi çalıyordu.

Ajanlardan biri, "*Alarme!*" diye bağırdı, bir yandan Louvre'un güvenlik merkezindeki yemine bakıyordu. "*Grande Galerie! Toilettes Messieurs!*"(*)

Fache, Collet'ye döndü. "Langdon nerede?"

"Hâlâ erkekler tuvaletinde!" Collet dizüstü bilgisayarında yanıp sönen kırmızı noktayı gösterdi. "Camı kırmış olmalı!" Collet, Langdon'ın uzağa kaçamayacağını biliyordu. Paris yangın yönetmeliği, halka ait binalarda dört buçuk metreden yüksek pencerelerin kırılabilir camdan yapılmasını gerektirse de, Louvre'un ikinci katındaki bir pencereden kanca ve

(*) Büyük Galeri! Tuvaletler mösyö!

merdiven olmadan çıkmak intihar olurdu. Bundan başka, Denon Kanadı'nın batı ucunda, üstüne atlayacak ağaçlar ya da çimen yoktu. Tuvalet penceresinin tam altında, dış duvarların birkaç metre ilerisinde iki şeritli Carrousel Meydanı yer alıyordu. Ekrana bakan Collet, "Aman Tanrım," diye bağırdı. "Langdon pencere kenarına doğru hareket ediyor!"

Ama Fache çoktan harekete geçmişti bile. Omuz kılıfından Manurhin MR-93'ünü çeken yüzbaşı, ofisten dışarı fırladı.

Yanıp sönen nokta pencere kenarına gelip, beklenmedik bir harekette bulunurken Collet ekranı şaşkınlıkla izliyordu. Nokta, bina cephesinin dışına çıkmıştı.

Neler oluyor, diye düşündü. *Langdon kenarda mı duruyor yoksa...*

"*Tanrım!*" Nokta, duvarın daha da ötesine giderken Collet ayağa fırladı. Sinyal bir süre için titreştikten sonra yanıp sönen nokta binanın *dış* cephesinin yaklaşık bir metre ilerisinde aniden durdu.

Bilgisayarını tarayan Collet, ekrana Paris'in sokak haritasını çağırarak GPS'i yeniden ayarladı. Görüntüyü büyüttüğünde sinyalin tam yerini görebiliyordu.

Artık hareket etmiyordu.

Carrousel Meydanı'nın tam ortasında kıpırdamadan duruyordu.

Langdon atlamıştı.

18

Collet'nin telsizinden yayılan ses, alarm sesini bastırırken Fache, Büyük Galeri'de koşturuyordu.

Collet, "Aşağı atladı!" diye bağırıyordu. "Sinyal Carrousel Meydanı'nın üzerinde görünüyor. Tuvalet penceresinin dışında! Ve şimdi hiç hareket etmiyor! Tanrım, sanırım Langdon az önce intihar etti!"

Fache söylediklerini duymuştu ama mantıklı gelmiyordu. Koşmaya devam etti. Koridor sonsuza kadar devam ediyormuş gibi uzanıyordu. Saunière'in cesedinin yanından geçerken, bakışlarını Denon Kanadı'nın sonundaki bölmelere çevirmişti. Alarm sesi artık daha da yüksek çıkıyordu.

"Bekleyin!" Telsizden bir kez daha Collet'nin sesi yükselmişti. "Hareket ediyor! Tanrım, yaşıyor! Langdon hareket ediyor."

Fache attığı her adımda koridorun uzunluğuna lanet ederek koşmaya devam etti.

"Langdon daha da hızlı hareket ediyor!" Collet hâlâ bağırıyordu. "Carrousel'den aşağı koşuyor. Bekleyin... hızlanıyor. Çok hızlı hareket ediyor!"

Bölmelere varan Fache aralarından geçti ve tuvalet kapısına doğru koştu.

Artık telsizden gelen ses, alarm yüzünden güçlükle işitiliyordu. "Arabaya binmiş olmalı! Sanırım arabada! Ben..."

Fache doğrulttuğu silahıyla erkekler tuvaletinden içeri daldığı anda Collet'nin kelimeleri alarm sesi tarafından yutuldu. Kulak tırmalayıcı ses sebebiyle yüzünü buruşturarak içeriyi taradı.

Tuvaletler boştu. Lavabo kısmında kimse yoktu. Fache'nin gözleri hemen odanın arka tarafındaki kırık cama çevrildi. Açıklığın yanına koştu ve kenardan aşağı baktı. Langdon görünürlerde yoktu. Fache'nin aklı hiç kimsenin böyle bir çılgınlığı deneyeceğini almıyordu. Bu kadar yüksekten düştüyse, kesinlikle çok kötü yaralanmış olmalıydı.

Sonunda alarm sustu ve Collet'nin sesi telsizden yeniden duyulmaya başladı.

"...güneye gidiyor... daha hızlı... Carrousel Köprüsü'nden Seine'i geçiyor!"

Fache sola döndü. Carrousel Köprüsü'nden geçen tek taşıt, Louvre'dan güneye doğru ilerleyen römorklu devasa bir yük kamyonuydu. Kamyonun açık kasasına muşamba bir branda gerilmişti, uzaktan bakıldığında kocaman bir hamağa benziyordu. Fache ürpertici bir endişe duydu. Bu kamyon, sadece dakikalar önce tam tuvalet penceresinin altındaki kırmızı ışıkta durmuştu.

Fache, *delice bir risk,* dedi kendi kendine. Kamyonun o brandanın altında ne taşıdığını Langdon'ın bilmesine imkân yoktu. Ya kamyon çelik taşıyor olsaydı? Ya da beton? Hatta ya çöp taşıyor olsaydı? On iki metrelik bir atlayış. Bu çılgınlıktı.

Collet, "Nokta dönüyor!" diye bağırdı. "Saint-Péres Köprüsü'nden sağa dönüyor!"

Köprüden geçen kamyon yavaşlamıştı ve Saint-Péres Köprüsü'nden sağa dönüyordu. *Demek öyle,* diye düşündü Fache. Hayret içinde kamyonun köşeyi dönerek kayboluşunu seyretti. Collet dışarıdaki ajanlara sürekli, Louvre'un dışına çıkmalarını ve takip için araçlarına binmelerini söylüyor, bu arada telsizle kamyonun değişen mevkiini dakikası dakikasına bildiriyordu.

Fache *artık sonuna geldiklerini* biliyordu. Adamları dakikalar sonra kamyonu çevreleyeceklerdi. Langdon hiçbir yere kaçamayacaktı.

Tabancasını yerine koyan Fache tuvaletten çıkıp, telsizle Collet'yi aradı. "Arabamı getirin. Tutuklama sırasında orada olmak istiyorum."

Fache Büyük Galeri'de koşuştururken, Langdon'ın düşüş sonrasında hayatta kalıp kalmadığını düşünüyordu.

Aslında fark etmezdi.

Langdon kaçtı. Sanık suçludur.

Tuvaletten yalnızca bir buçuk metre uzakta Langdon ile Sophie, sırtlarını tuvaletleri gizleyen büyük bölmelerden birine yaslamış bir halde, Büyük Galeri'nin karanlığında duruyorlardı. Fache elinde tabancasıyla yanlarından hızla geçip banyoya girerken, kendilerini güçlükle saklayabilmişlerdi.

Son altmış saniyenin nasıl geçtiğini bilmiyorlardı.

Sophie dökme cam pencereyi ve içinden geçen alarm kablolarını incelerken, Langdon işlemediği bir suçtan ötürü kaçmayı reddederek erkekler tuvaletinde duruyordu. Ardından Sophie, düşüşü ölçüyormuş gibi dikkatle aşağıdaki sokağa bakmıştı.

Sophie, "Ufak bir gayretle buradan çıkabilirsiniz," dedi.

Gayret mi? Huzursuzlanarak, tuvalet penceresinden dışarı baktı.

Sokakta, çift römorklu devasa bir kamyon, pencerenin altındaki kırmızı ışığa doğru ilerliyordu. Kamyonun kocaman kasasının üstüne, yükü kaplayan mavi bir muşamba gerilmişti. Langdon, Sophie'nin aklından, düşündüklerinin geçmemesini diliyordu.

"Sophie ben buradan kesinlikle atlamam..."

"Takip noktacığını çıkartın."

Şaşkınlık içindeki Langdon elini cebine götürüp, küçük metal yuvarlağı aradı. Sophie, onu elinden alıp, hemen lavabonun yanına gitti. Eline kalın bir sabun kalıbı alıp, parmağıyla iyice içine gömdü. Disk, yumuşak yüzeyin içine gömülünce, deliği kapattı ve böylece aleti sabunun içine iyice yerleştirmiş oldu.

Sabun kalıbını Langdon'a veren Sophie, lavaboların altından ağır ve silindir şeklinde bir çöp kovası aldı. Langdon itiraz edemeden, çöp kovasını elinde koç başı gibi tutarak pencereye koştu. Çöp tenekesinin altını pencerenin tam ortasına vurarak, camı parçalamıştı.

Üstlerindeki alarm kulak tırmalayıcı bir ses seviyesinde çalmaya başlamıştı.

"Bana sabunu verin!" Sophie alarm yüzünden güçlükle duyulan sesiyle bağırıyordu.

Langdon sabunu onun eline tutuşturdu.

Sabunu avuçlayan Sophie, kırık pencereden aşağıda bekleyen kamyona baktı. Hedef oldukça büyüktü -sabit duran kocaman bir tente- ve binayla arasında en fazla üç metre vardı. Sophie trafik ışıkları değişmek üzereyken derin bir nefes aldı ve sabun kalıbını geceye fırlattı.

Kamyona doğru dikine düşen sabun kalıbı, brandanın kenarına indi ve trafik ışığı yeşile dönerken yük kasasının içine doğru kaydı.

Langdon'ı kapıya doğru sürükleyen Sophie, "Tebrikler," dedi. "Az önce Louvre'dan kaçtınız."

Erkekler tuvaletinden kaçıp, Fache tam yanlarından geçerken gölgelere saklandılar.

Yangın alarmı sustuğunda, Langdon, Louvre'dan ayrılan DCPJ sirenlerini duyabiliyordu. *Polis çıkışı.* Fache de koşarak gitmiş ve Büyük Galeri boşalmıştı.

Sophie, "Büyük Galeri'nin yaklaşık beş metre gerisinde bir yangın merdiveni var," dedi. "Artık muhafızlar gittiğine göre, buradan çıkabiliriz."

Langdon gece boyunca başka bir şey söylememeye karar vermişti. Sophie Neveu'nun ondan çok daha akıllı olduğu ortadaydı.

19

Saint-Sulpice Kilisesi'nin Paris'teki en tuhaf tarihe sahip olduğu söylenirdi. Mısır tanrıçası İsis onuruna yapılan eski bir tapınağın üstüne inşa edilen kilise, mimari açıdan Notre Dame'a santimi santimine benziyordu. Bu tapınak, Marquis de Sade ile Baudelaire'in vaftizine ve Victor Hugo'nun evlilik törenine ev sahipliği yapmıştı. Kiliseye bağlı olan ilahiyat fakültesinde karşı gelenekçi tarihe dair çok sayıda belge bulunuyordu ve sayısız gizli cemiyetin toplantı yeri olmuştu.

Bu gece Saint-Sulpice'in o büyük ana nefi mezar kadar sessizdi, yaşama dair tek belirti akşamın erken saatlerinde yapılan ayinden kalma tütsü kokularıydı. Silas kendisini mabede alan Rahibe Sandrine'in tavırlarında bir huzursuzluk sezinlemişti. Aslında buna şaşırmıyordu. Silas, insanların görüntüsünden rahatsız olmalarına alışkındı.

Rahibe, "Amerikalısınız," dedi.

Silas, "Aslen Fransızım," diye yanıtladı. "İspanya'da göreve çağrıldım ve şimdi Birleşik Devletler'de okuyorum."

Rahibe Sandrine başını salladı. Yumuşak gözlere sahip ufak bir kadındı. "Ve Saint-Sulpice'i *hiç* görmediniz mi?"

"Bunun başlı başına bir günah olduğunu düşünüyorum."

"Gündüzleri daha güzeldir."

"Buna eminim. Bununla birlikte, bu gece bana bu fırsatı sunduğunuz için size müteşekkirim."

"Bunu başrahip rica etti. Anlaşılan güçlü dostlarınız var."

Hiçbir şey bilmiyorsun, diye düşündü Silas.

Ana koridorda Rahibe Sandrine'in peşinden giderken, Silas mabedin sadeliğine şaşırmıştı. Renkli fresklere, yaldızlı sunaklara ve ahşabın sıcaklığına sahip Notre Dame'ın aksine, Saint-Sulpice'in İspanya'daki süssüz katedralleri anımsatan bir sadeliği ve boşluğu vardı. Dekore edilmemiş olması, içerisini daha da büyük gösteriyordu. Silas tavanda yükselen tonozlara baktığında, devasa bir gemi teknesinin altında durduğunu hayal etti.

Uygun bir görüntü, diye düşündü. Kardeşlik gemisi sonsuzluğa dek alabora olmak üzereydi. İşe başlamak için sabırsızlanan Silas, Rahibe Sandrine'in yanından ayrılmasını diliyordu. Silas'ın kolaylıkla etkisiz hale getirebileceği ufak bir kadındı ama gerekli olmadıkça güç kullanmamak için yemin etmişti. *O, takva sahibi bir kadın ve kardeşliğin, kilit taşını saklamak için kilisesini seçmesi onun suçu değil. Başkalarının günahı yüzünden o cezalandırılmamalı.*

"Benim yüzümden uykusuz kalmanız beni çok mahcup etti rahibe."

"Hiç önemli değil. Paris'teki vaktiniz kısıtlı. Saint-Sulpice'i kaçırmamalıydınız. Kilisenin daha çok mimarisiyle mi yoksa tarihiyle mi ilgileniyorsunuz?"

"Doğrusu rahibe, ben ruhani yanıyla ilgileniyorum."

Rahibe hoş bir kahkaha attı. "Söylemeye gerek bile yok. Turunuza nereden başlamam gerektiğini düşünüyordum."

Silas gözlerinin sunak üzerine odaklandığını hissetti. "Tura gerek yok. Fazlasıyla nezaket gösterdiniz. Etrafı kendim gezebilirim."

"Sorun değil," dedi. "Zaten uyandım artık."

Silas yürümeyi durdurdu. Artık en ön sıraya gelmişlerdi ve sunak sadece dört buçuk metre ötede duruyordu. Dev gibi vücudunu ufak kadına çevirdi, kırmızı gözlerine bakarken kadının geri çekildiğini hissedebiliyordu. "Eğer kabalık olmazsa rahibe, Tanrı'nın evinde yürüyüp tur atmaya alışkın değilim. Etrafa bakmadan önce biraz yalnız kalıp dua etmemin sakıncası var mı?"

Rahibe Sandrine tereddüt etti. "Oh, elbette. Sizi kilisenin arka tarafında bekleyeceğim."

Silas ağır elini yumuşak bir hareketle kadının omzuna koydu ve aşağı doğru baktı. "Rahibe, sizi uyandırdığım için zaten suçluluk duyuyorum. Sizi uykunuzdan daha fazla alıkoymak istemem. Lütfen yatağınıza dönün. Ben sunağın keyfini çıkartır, sonra da kiliseden çıkarım."

Rahibe rahatsız olmuş gibiydi. "Sizinle ilgilenilmediğini düşünmeyeceğinize emin misiniz?"

"Hayır kesinlikle. Dua yalnız yapılacak bir iştir."

"Nasıl isterseniz."

Silas elini kadının omzundan çekti. "İyi uykular rahibe. Tanrı'nın huzuru sizinle olsun."

"Ve sizinle." Rahibe Sandrine merdivenlere yöneldi. "Lütfen dışarı çıkarken, kapının arkanızdan iyice kapandığından emin olun."

"Dikkat edeceğim." Silas, onun merdivenlerden çıkarak gözden kayboluşunu seyretti. Sonra arkasını dönüp, ön sırada diz çökerken, *keçe* kemerin bacağına battığını hissetti.

Ulu Tanrım, bugün yapacağım işi senin rızan için yapıyorum...

Sunağın üstündeki koro balkonunun karanlığında çömelen Rahibe Sandrine, sessizce tırabzandan aşağı bakıp, tek başına diz çöken cüppeli keşişi seyrediyordu. Ruhunda hissettiği ani korku, hareketsiz kalmasını güçleştiriyordu. Kısa bir an için, bu gizemli ziyaretçinin, onu hakkında uyardıkları düşman olabileceğinden şüphelendi. Bu gece, yıllardır taşıdığı emri yerine getirmek zorunda kalabilirdi. Karanlıkta saklanıp, onun her hareketini izlemeye karar verdi.

20

Gölgelerin arasından fırlayan Langdon ile Sophie, Büyük Galeri'nin boş koridorunda yangın merdiveni çıkışının bulunduğu yere doğru usulca ilerlediler.

Langdon ilerlerken, kendisini karanlıkta yapboz bulmacası çözmeye çalışıyormuş gibi hissetti. Bu bilmecenin son boyutu fazlasıyla can sıkıcıydı: *Adli polis şefi beni cinayet sebebiyle içeri tıkmaya çalışıyor.*

"Sence," diye fısıldadı. "Yerdeki mesajı Fache yazmış olabilir mi?"

Sophie, ona bakmak için dönmedi bile. "İmkânsız."

Langdon o kadar emin değildi. "Suçlu görünmem için oldukça ısrarlı gibi. Belki de ismimin yerde yazmasının davasını güçlendireceğini düşünmüştür."

"Fibonacci Dizimi? P.S.? Tüm o Da Vinci ve tanrıça sembolleri? Bu büyükbabamın işi *olmalı.*"

Langdon, onun haklı olduğunu biliyordu. İzlerdeki semboller birbirlerine mükemmel uyum sağlıyorlardı -beş köşeli yıldız, *Vitruvius Adamı,* Da Vinci, tanrıça ve hatta Fibonacci Dizimi. İkonograflar buna *Eşevreli Sembolik Set* derlerdi. Hepsi de kördüğüm olmuş biçimde birbirine bağlıydı.

Sophie, "Ve bu akşamüstü beni telefonla araması," diye ekledi. "Bana bir şey anlatması gerektiğini söyledi. Louvre'daki mesajın bana önemli bir şey anlatmak için harcadığı son çaba olduğuna eminim, anlamama yardımcı olacağınız bir şey olmalı."

Langdon kaşlarını çattı. *On Draco devini al! On sahte alim!* Hem Sophie'nin, hem de kendi iyiliği için mesajı anlayabilmeyi isterdi. Bakışlarını gizemli kelimelere çevirdiği andan itibaren her şey sarpa sarmıştı. Tuvalet penceresinden yaptığı sahte atlayış, Fache'nin gözündeki popülaritesini bir nebze olsun arttırmayacaktı. Belki de Fransız polis şefi, tutuklamak için bir kalıp sabun peşine düşmenin esprili bir yanını görebilirdi.

Sophie, "Çıkış kapısına az kaldı," dedi.

"Sence büyükbabanın mesajındaki *sayılar,* diğer satırları anlamakta anahtar olabilir mi?" Langdon bir zamanlar, şifrenin bazı satırlarının diğer satırları deşifre edecek ipuçları veren, Bacon[*] el yazmaları üzerinde çalışmıştı.

"Gece boyunca sayıları düşündüm. Toplamları, bölümleri, çarpımları. Hiçbir şey çıkartamadım. Matematiksel olarak rasgele yerleştirilmişler. Kriptografik anlamsızlık."

"Ama yine de tüm sayılar Fibonacci Dizimi'ne ait. Bu tesadüf olamaz."

"Değil. Fibonacci sayılarını kullanmak, büyükbabamın bana seslenişinin bir başka yoluydu; mesajı İngilizce yazmak, en sevdiğim çizimdeki gibi yatmak ya da üstüne beş köşeli yıldız çizmek gibi. Tüm bunları benim dikkatimi çekmek için yaptı."

"Beş köşeli yıldızın senin için bir anlamı var mı?"

"Evet. Anlatmaya fırsat bulamadım ama ben büyürken beş köşeli yıldız büyükbabamla aramızdaki özel bir semboldü. Eğlence olsun diye Tarot kartlarıyla oynardık ve benim kartım *her seferinde* tılsımlardan çıkardı. Desteyi kendisinin dizdiğine eminim, ama beş köşeli yıldızlar bizim aramızdaki küçük şakaydı."

Langdon bir ürperti hissetti. *Tarot mu oynamışlardı?* Ortaçağa ait İtalyan kâğıt oyununda geleneklere karşı o kadar çok sembol vardı ki, Langdon yeni kitabında bir bölümü tamamıyla Tarot'a ayırmıştı. Oyunun yirmi iki kartının *Başrahibe, İmparatoriçe* ve *Yıldız* gibi isimleri vardı. İlk başlarda Tarot, kilisenin yasakladığı ideolojileri aşmak için gizli bir yol olarak tasarlanmıştı. Şimdilerde ise Tarot'un gizemli özellikleri modern falcılara devredilmişti.

Tarot'ta dişilerin kutsallığını beş köşeli yıldızlar temsil eder, diye düşündü Langdon. Eğer Saunière oyun kartlarını torununa eğlence olsun diye kendisi dizdiyse, yıldızları kullanarak uygun bir şaka yapmıştı.

---

[*] İngiliz bilim adamı.

Yangın merdivenine geldiklerinde Sophie, açık kapıyı dikkatle çekti. Alarm çalmamıştı. Sadece dışarı açılan kapılar alarma bağlıydı. Sophie, Langdon'ı dar bir döner merdivenden aşağıya doğru indiriyor, basamaklardan indikçe hızını arttırıyordu.

Arkasından koşuşturan Langdon, "Büyükbaban," dedi. "Sana beş köşeli yıldızı anlattığında, tanrıçalara tapınmaktan ya da Katolik Kilisesi'ne duyduğu içerlemeden hiç bahsetti mi?"

Sophie başını iki yana salladı. "Ben işin matematiksel kısmıyla daha fazla ilgileniyordum, Altın Oran, PHI, Fibonacci Dizimi, bu gibi şeyler."

Langdon şaşırmıştı. "Büyükbaban sana PHI sayısını öğretti mi?"

"Elbette. Altın Oran." Donuk bir ifade takınmıştı. "Aslında, benim de yarı altın olduğum konusunda şaka yapardı... bilirsiniz, ismimdeki harfler yüzünden."

Langdon bunu biraz düşündükten sonra mırıldandı.

s-o-PHI-e

Aşağı inerlerken, Langdon aklını PHI'a vermişti. Saunière'in verdiği ipuçlarının, ilk başta düşündüğünden çok daha tutarlı olduğunu anlamaya başlamıştı.

Da Vinci... Fibonacci sayıları... beş köşeli yıldız.

Tüm bunların, Langdon'ın sınıflarında defalarca dersini verdiği sanat tarihinin temelini oluşturan tek bir kavramla bağlantılı olması inanılmazdı.

PHI.

Kendini birden Harvard'da, "Sanatsal Sembolizm" dersi verirken tahtaya en sevdiği sayıyı yazıyormuş gibi hissetti.

1.618

Langdon hevesli öğrencilerini görmek için arkasını dönüyordu. "Bana bu sayının ne olduğunu kim söyleyebilir?"

Arka sırada oturan matematik bölümü son sınıf öğrencilerinden biri elini kaldırıyordu. "Bu PHI sayısı." Sayıyı fi diye okumuştu.

Langdon, "İyi iş çıkardın Stettner," diyordu. "Herkes PHI ile tanışsın."

Stettner sırıtarak, "PI ile karıştırılmasın," diye eklemişti. "Biz matematikçiler şöyle deriz: PHI, PI'den H kat daha havalıdır!"

Langdon gülmüştü ama espriyi başka kimse anlamamıştı.

Stettner yerine çöktü.

Langdon, "Bu PHI sayısı," diye devam etti. "Bir nokta altı yüz on sekiz, sanatta çok önemli bir sayıdır. Bana nedenini kim söyleyebilir?"

Stettner düştüğü durumu kurtarmaya çalışıyordu. "Çok hoş olduğu için mi?"

Herkes güldü.

Langdon, "Doğrusu," dedi. "Stettner yine haklı. Evrendeki en güzel sayının PHI olduğu varsayılır."

Kahkahalar aniden kesilince, Stettner gurur duymuştu.

Langdon projeksiyon makinesine diyaları yerleştirirken, PHI sayısının Fibonacci Dizimi'nden türetildiğini anlatıyordu, yalnızca her rakam, kendisinden önceki iki sayının toplamına eşit olduğu için değil, aynı zamanda komşu sayıların *bölümleri* aşağı yukarı 1.618-PHI sayısını verdiği için ünlü olan bir dizemdi.

Langdon PHI'nın asıl akıl karıştıran yanının gizemli matematiksel doğuşunun dışında, doğadaki temel yapı taşı olduğunu açıkladı. Bitkiler, hayvanlar ve hatta insanlardaki boyutlar hep aynı orana, PHI'nın 1'e oranına kesinlikle bağlı kalıyordu.

Işıkları kapatan Langdon, "PHI'nın doğada her yerde bulunması," dedi. "Elbette tesadüfün çok ötesindedir ve bu yüzden eskiler PHI sayısının evrenin yaratıcısı tarafından önceden tasarlandığına inanmışlardır. Eski bilim adamları bir-nokta-altı-yüz-on-sekiz sayısının *Altın Oran* olduğunu ilan etmişlerdi."

Ön sırada oturan genç bir bayan, "Bir dakika," dedi. "Ben biyoloji son sınıf öğrencisiyim ve doğada daha önce bu Altın Oran'a hiç rastlamadım."

"Öyle mi?" Langdon sırıtmıştı. "Hiç arı kovanındaki erkek ve dişi arılar arasındaki ilişkiyi incelediniz mi?"

"Elbette. Dişi arıların sayısı her zaman erkek arılardan fazladır."

"Doğru. Peki, dünyadaki herhangi bir arı kovanında yaşayan dişi arıların sayısını erkek arıların sayısına böldüğünüzde hep aynı sayıyı elde ettiğinizi biliyor muydunuz?"

"Öyle mi oluyor?"

"Ya. PHI."

Kızın ağzı açık kalmıştı. "İMKÂNI YOK!"

Langdon spiral deniz kabuklarının diyalarını gösterip gülümserken, "Var!" diye misilleme yaptı. "Bunu tanıdınız mı?"

Biyoloji öğrencisi, "Sedefli deniz helezonu," dedi. "Batmazlığını sağlayabilmek için etrafındaki kabuğuna gaz pompalayan kafadan bacaklı bir kabukludur."

"Doğru. Peki her bir spiral çapının diğerine oranının ne olduğunu tahmin edebilir misiniz?"

Kız deniz kabuklusunun ortak merkezli çemberlerine şüpheyle bakıyordu.

Langdon başını salladı. "PHI. Altın Oran. Bir-nokta-altı-yüz-on-sekizin bire oranı."

Kız şaşkın görünüyordu.

Langdon bir sonraki diyaya geçmişti, ayçiçeğinin yakından bir görünüşü. "Ayçiçeği çekirdekleri zıt spirallerle büyürler. Her birinin çapının diğerine oranını tahmin edebilir misiniz?"

Herkes, "PHI mı?" dedi.

"Bingo." Langdon diyaları ardı ardına göstermeye başlamıştı, spiral çam kozalakları, bitki saplarındaki yaprak düzenleri, böcek kesitleri. Hepsi de Altın Oran'a hayrete düşürecek derecede uyuyordu.

Birisi, "Bu çok şaşırtıcı," diye haykırdı.

Bir başkası, "Evet," dedi. "Ama bunun sanatla ne ilgisi var?"

Langdon, "Aha!" dedi. "Sormanıza sevindim." Bir başka diya gösterdi -Leonardo da Vinci'nin ünlü çıplak erkeğini gösteren soluk sarı bir parşömen-*Vitruvius Adamı*. Bu ismi *De Architectura* metninde Altın Oran'ı öven Romalı muhteşem mimar Marcus Vitruvius'dan almıştı.

"Kimse insan vücudunun ilahi yapısını Da Vinci kadar iyi anlayamadı. Da Vinci insan kemik yapısının tam oranlarını ölçmek için cesetleri mezardan çıkarırdı. İnsan vücudunun, oranları *her zaman* PHI sayısına eşit olan yapı taşlarından meydana geldiğini ilk o bulmuştur."

Sınıftaki herkes ona kuşkuyla bakıyordu.

"Bana inanmıyor musunuz?" Langdon meydan okuyordu. "Duşa bir daha girdiğinizde, yanınıza bir mezura alın."

Birkaç futbol oyuncusu kıs kıs güldü.

Langdon, "Sadece siz güvensiz sporcular değil," diye hatırlattı. "*Hepiniz.* Kızlar ve erkekler. Deneyin. Başınızdan yere kadar olan mesafeyi ölçün. Bunu, göbek deliğinizden yere kadar olan mesafeye bölün. Bilin bakalım hangi sayıyı elde edeceksiniz?"

Sporculardan biri inanmayan bir sesle, "PHI değil tabii ki!" diye ağzından kaçırdı.

Langdon, "Evet PHI," diye cevap verdi. "Bir-nokta-altı-yüz-on-sekiz. Başka örnek ister misiniz? Omzunuzdan parmak uçlarınıza kadar olan mesafeyi ölçün, daha sonra bunu, dirseğinizden parmak uçlarınıza kadar olan mesafeye bölün. Yine PHI. Başka bir tane? Kalçadan yere kadar olan mesafeyi, dizden yere kadar olan mesafeye bölün. Yine PHI. Parmak eklemleri. Ayak parmakları. Belkemiği bölümleri. PHI. PHI. PHI. Dostlarım, her biriniz Altın Oran'ın yürüyen birer armağanısınız."

Karanlık olduğu halde, Langdon hepsinin şok olduğunu görebiliyordu. Bunda tanıdık bir sıcaklık hissediyordu. Ders vermesinin sebebi de buydu. "Dostlarım, anlayacağınız gibi, dünyadaki kaosun altında bir düzen vardır. Eskiler PHI'ı keşfettiklerinde Tanrı'nın dünya yapı taşıyla karşılaştıklarına emindiler ve doğaya bu yüzden taptılar. Sebebi anlaşılıyor. Doğada Tanrı'nın elinin var olduğu açıktır, günümüzde bile paganlar mevcuttur... Toprak Ana'ya saygı duyan dinler. Pek çoğumuz doğa için paganlar gibi bayram yapar, ama bunun farkına varmayız. Mesela 1 Mayıs buna mükemmel bir örnektir, baharın kutlanışı... cömertliğini sunmak için toprağın canlanması. Altın Oran'ın özünde var olan sihir, zamanın başlangıcında yazılmıştır. İnsan doğanın kurallarına göre oynar ve insan *sanatla,* Yaradan'ın elinin güzelliğini taklit etmeye çalıştığından, bu dönem sanatta Altın Oran'a bol bol rastlayacağımızı tahmin edebilirsiniz."

Sonraki yarım saat süresince Langdon onlara Michelangelo'nun, Albrecht Dürer'in, Da Vinci'nin ve diğerlerinin sanat eserlerine ait diyaları göstermiş ve her sanatçının, kompozisyonunda Altın Oran'a bilinçli ve dikkatli bir biçimde bağlı kaldığını açıklamıştı. Langdon, Yunan Partenonu'nun, Mısır piramitlerinin ve hatta New York'taki Birleşmiş Milletler binasının mimari ölçülerinin PHI sayısına uyduğunu söylemişti. PHI, Mozart'ın sonatlarının düzenlemelerinde, Beethoven'ın Beşinci Senfonisi'nde, Bartók'un, Debussy'nin ve Schubert'in eserlerinde görülüyordu.

Langdon onlara, Stradivarius'un bile ünlü kemanlarındaki f-deliklerinin yerlerini belirlemekte PHI sayısını kullandığını anlatmıştı.

Tahtaya doğru yürüyen Langdon, "Sonuç olarak," demişti. "Yeniden *sembollere* dönüyoruz." Beş köşeli yıldız oluşturacak şekilde birbiriyle kesişen birkaç doğru çizmişti. "Bu dönem göreceğiniz en güçlü sembollerden biri bu. *Beş köşeli* yıldız olarak bilinen bu sembol, pek çok kültür tarafından hem kutsal, hem de sihirli kabul edilmiştir. Bana nedenini söyleyebilir misiniz?"

Matematik öğrencisi Stettner elini kaldırdı. "Çünkü beş köşeli yıldız çizerseniz, doğrular kendiliğinden Altın Oran'a bağlı olarak kısımlara ayrılır."

Langdon, çocuğa bakıp gururla başını sallamıştı. "Gayet iyi. Evet, beş köşeli yıldızdaki *tüm* doğru parçalarının oranları PHI'ı verir. Bu sembol Altın Oran'ın *en yüksek* ifadesidir. Bu yüzden, tanrıça ve kutsal dişi ile ilintili olan beş köşeli yıldız, daima güzellik ile mükemmelliğin sembolü olmuştur."

Sınıftaki kızların yüzü sevinçle parlamıştı.

"Bir hatırlatma çocuklar. Bugün Da Vinci'ye şöyle bir değindik, ama bu dönem onun hakkında çok fazla şey göreceğiz. Leonardo eski tanrıçalara çok düşkün biriydi. Yarın size, tanrıçalara sunulan görüp görebileceğiniz en hayret verici armağan olan *Son Akşam Yemeği* freskini göstereceğim."

Birisi, "Şaka mı yapıyorsunuz?" dedi. "*Son Akşam Yemeği*'nin İsa ile ilgili olduğunu zannediyordum."

Langdon göz kırptı. "Hiç tahmin edemeyeceğiniz yerlerde gizli semboller var."

Sophie, "Haydi," diye fısıldadı. "Ne oldu? Neredeyse geldik. Acele edin."

Kendini uzak rüyalardan kopup gelmiş gibi hisseden Langdon, başını kaldırdı. Merdiven basamaklarında durduğunu ve ani buluşunun etkisiyle donakalmış olduğunu fark etti.

On Draco devini al! On sahte alim!

Sophie dönmüş ona bakıyordu.

Bu kadar basit olamaz, diye düşündü Langdon.

Ama elbette öyle olduğunu biliyordu.

Louvre'un derinliklerinde... aklında PHI ve Da Vinci düşünceleri dolaşan Robert Langdon, ansızın Saunière'in şifresini çözmüştü.

"On Draco devini al!" dedi. "On sahte alim! Bu en basit şifre biçimi!"

Sophie merdivenlerde onun önünde durmuş, şaşkınlıkla bakıyordu. *Şifre mi?* Gece boyunca kelimeleri incelemiş ve herhangi bir şifreye rastlamamıştı. Özellikle de basit bir şifreye.

"Kendin söyledin." Langdon'ın heyecanı sesine yansıyordu. "Fibonacci sayıları sadece sıraya dizildiklerinde bir anlam ifade ediyorlar. Öteki türlü matematiksel anlamsızlıktan öteye gitmezler."

Ne hakkında konuştuğuna dair Sophie'nin en ufak fikri yoktu. *Fibonacci sayıları mı?* Bu sayıların, Kriptografi Birimi'nin işe dahil edilmesi için yazıldığına emindi. *Başka bir anlamı da mı var?* Elini cebine daldırdı ve bilgisayar çıktısını çıkararak, büyükbabasının mesajını yeniden incelemeye koyuldu.

13 - 3 - 2 - 21 - 1 - 1 - 8 - 5
O n D r a c o d e v i n i a l !
O n s a h t e a l i m !

Sayılar ne demek olabilir ki?

Kâğıdı eline alan Langdon, "Karıştırılmış Fibonacci Dizimi bir ipucuydu," dedi. "Sayılar, mesajın geri kalanını deşifre etmek için yol gösteriyor. Metne de aynını uygulamamız için diziyi sırasına göre yazmadı. On Draco devini al? On sahte alim? Bu satırların hiç anlamı yok. Bunlar sadece karışık yazılmış *harfler.*"

Langdon'ın ima ettiğini algılayabilmesi Sophie'nin sadece bir saniyesini almış ve bunu gülünecek kadar basit bulmuştu. "Yani sence mesaj... *bir anagram mı?*" Langdon'a bakıyordu. "Gazetedeki karıştırılmış kelime bulmacaları gibi mi?"

Langdon, Sophie'nin yüzündeki şüpheyi görebiliyor ve bunu anlayabiliyordu. Çok az kişinin fark edebildiği anagramlar modern zamanın eğlencesi haline gelmesine rağmen, kutsal sembolizm konusunda oldukça zengin bir tarihe sahipti.

Gizemli Kabala öğretileri anagramlara dayanırdı, yeni anlamlar türetmek için İbranice kelimelerin harflerinin yerini değiştirmek. Rönesans dönemindeki Fransız kralları anagramların sihirli bir güce sahip olduklarına öylesine inanırlardı ki, önemli evraklardaki kelimeleri inceleyerek daha iyi karar vermelerine yardımcı olmaları için anagram uzmanları görevlendirirlerdi. Romalılar anagram ilmine *ars magna* derlerdi... "büyük sanat."

Langdon gözlerini Sophie'ninkilere dikmişti. "Baştan beri büyükbabanın söylemeye çalıştığı gözümüzün önündeydi ve bunu anlayabilmemiz için bize yeterince ipucu bırakmıştı."

Langdon başka bir şey söylemeden ceketinin cebinden bir kalem çıkardı ve satırlardaki harfleri yeniden sıraya dizdi.

O n D r a c o d e v i n i a l !
O n s a h t e a l i m !

Şu dizelerin mükemmel bir anagramıydı....

L e o n a r d o d a V i n c i !
M o n a L i s a !

21

Mona Lisa.

Yangın merdivenlerinde duran Sophie, bir an için Louvre'dan dışarı çıkmaya çalıştığını unutmuştu.

Anagramla ilgili yaşadığı şaşkınlığa, şimdi bir de mesajı kendisinin deşifre edememesinin verdiği utanç eşlik ediyordu. Sophie'nin karmaşık şifre analizindeki uzmanlığı basit kelime oyunlarını görmesini engellemişti ama bunu anlaması gerektiğini biliyordu. Her şeyden önce anagramlara yabancı değildi, özellikle de İngilizce olanlarına.

Küçüklüğünde, İngilizce imla bilgisini geliştirmek için büyükbabası ona anagram oyunları getirirdi. Bir keresinde İngilizce "planets" kelimesini yazmış ve aynı harfleri kullanarak çeşitli uzunluklarda bu kelimeden altmış iki farklı kelime türetilebileceğini söylemişti. Sophie hepsini buluncaya kadar İngilizce sözlüğünü araştırarak üç gün geçirmişti.

Bilgisayar çıktısına bakan Langdon, "İnanamıyorum," dedi. "Büyükbaban ölmeden önceki son dakikalarında nasıl olmuş da böylesine karmaşık bir anagram yazmış?"

Sophie bunun açıklamasını biliyordu ve bunu fark ettiğinde kendini daha da kötü hissetti. *Anlamalıydım!* Şimdi -kelime oyunlarına düşkün ve sanat tutkunu- büyükbabasının ünlü sanat eserlerinden anagramlar yaratarak kendini eğlendirdiğini hatırlıyordu. Doğrusu, Sophie henüz küçük bir kızken, yazdığı anagramlardan biri Saunière'in başını belaya sokmuştu. Bir Amerikan sanat dergisiyle röportaj yaparken, Picasso'nun *Les Demoiselles d'Avignon*(*) adlı sanat eserinin, saçma sapan karalamalar anla-

(*) Avignon'lu Kadınlar.

mına gelen *vile meaningless doodles* cümlesinin mükemmel bir anagramı olduğunu söyleyerek, modern Kübist hareketinden hoşlanmadığını belirtmişti. Bu, Picasso hayranlarının hiç hoşuna gitmemişti.

Başını kaldırıp Langdon'a bakan Sophie, "Büyükbabam bu *Mona Lisa* anagramını daha önceden bulmuş olmalı," dedi. *Ve bu gece, şifre olarak kullanmak zorunda kalmıştı.* Büyükbabasının sesi ürpertici bir açıklıkla sesleniyordu.

Leonardo da Vinci!

Mona Lisa!

Sophie, onun son sözleriyle neden ünlü bir tabloya seslendiğini anlayamıyordu ama aklına gelen bir neden vardı. Rahatsız edici bir neden.

Bunlar onun son sözleri değildi...

Mona Lisa'yı görmesi mi gerekiyordu? Büyükbabası, ona orada bir mesaj mı bırakmıştı? Bu ihtimal kesinlikle akla yakındı. Ama her şeyden önce tablo Devlet Salonu'nda duruyordu... yani sadece Büyük Galeri'den girilebilen özel odada. Sophie odaya açılan kapıların, büyükbabasının cesedinin bulunduğu yerin sadece yirmi metre ötesinde olduğunu fark etmişti.

Ölmeden hemen önce kolaylıkla Mona Lisa'nın yanına gitmiş olabilirdi.

Sophie yeniden merdivenlere baktığında kararsız kalmıştı. Langdon'ı müzeden hemen kaçırması gerektiğini biliyordu ama içgüdüleri ona tam tersini söylüyordu. Denon Kanadı'na çocukluğunda yaptığı ilk ziyaret aklına geldiğinde, büyükbabasının kendisine söyleyecek bir sırrı varsa, yeryüzünde Da Vinci'nin *Mona Lisa*'sından daha uygun bir yer olmadığını anlamıştı.

Büyükbabası müze kapandıktan sonra, küçük ellerinden tutup Sophie'yi boş koridorda yürütürken, "Biraz daha ilerde," diye fısıldıyordu.

Sophie henüz altı yaşındaydı. Devasa tavanlara ve baş döndürücü zemine baktığında kendini ufacık hissetmişti. Boş müze onu korkutmuştu ama bunu büyükbabasına belli etmeye niyeti yoktu. Dişlerini sıkıp büyükbabasının elini bırakmıştı.

Louvre'un en ünlü odasına yaklaşırlarken, büyükbabası "İlerde Devlet Salonu'nda duruyor," demişti. Büyükbabasının aşikâr heyecanına rağmen Sophie eve gitmek istiyordu. *Mona Lisa*'nın resimlerini kitaplarda görmüş ve hiç de beğenmemişti. İnsanların neden bu kadar abarttıklarını anlayamıyordu.

Sophie, "*Can sıkıcı*," diye yakındı.

Büyükbabası, "Sıkıcı," diye düzeltti. "Okulda Fransızca. Evde İngilizce."

"*Louvre benim evim!*" diye ısrar etti.

Büyükbabası bitkin bir kahkaha attı. "Haklısın. O zaman sadece eğlence olsun diye İngilizce konuşalım."

Sophie suratını asıp yürümeye devam etti. Devlet Salonu'na girdiklerinde, gözleriyle dar odayı taradı ve onur köşesine gelince durdu, sağ taraftaki duvarın ortasındaki koruyucu pleksiglas bölmenin arkasında bir portre tek başına asılı duruyordu. Büyükbabası eşikte durup, tabloyu gösterdi.

"Haydi git Sophie. Çok az insan onu tek başına görme şansına sahiptir."

Sophie telaşını bastırarak, odada yavaşça ilerledi. *Mona Lisa* hakkında duyduklarından sonra, kendini kral ailesinin huzuruna çıkıyormuş gibi hissediyordu. Koruyucu bölmenin önüne geldiğinde nefesini tutup başını kaldırdı ve her şeyi bir anda anlamaya çalıştı.

Ne hissetmeyi umduğundan emin değildi ama bunları hissedeceğini düşünmediği kesindi. Hiçbir şekilde şaşırmamıştı. Hayret duymuyordu. O ünlü yüz, kitaplardaki gibi görünüyordu. Bir şeylerin olmasını sessizce beklerken, zaman ona sonsuzluk gibi gelmişti.

Tam arkasına gelen büyükbabası, "Söyle bakalım ne düşünüyorsun?" diye fısıldadı. "Güzel, öyle değil mi?"

"Çok küçük."

Saunière gülümsemişti. "Sen de küçük ve güzelsin."

Ben güzel değilim, diye düşünmüştü. Sophie kızıl saçlarından ve çillerinden nefret ediyordu, ayrıca sınıftaki tüm erkeklerden daha iriydi. *Mona Lisa*'ya yeniden bakıp başını iki yana salladı. "Kitaplardakinden bile daha kötü. Yüzü... sisli."

Büyükbabası, "Hafif puslu," diye ders verdi.

"Hafif puslu," diye yineleyen Sophie, yeni kelimeyi tekrar etmeden konuşmanın sona ermeyeceğini biliyordu.

Büyükbabası, ona, "Buna resim sanatında *sfumato* tarzı denir," demişti. "Ve bunu yapmak çok zordur. Leonardo da Vinci bu konuda herkesten iyiydi."

Sophie yine de resmi beğenmiyordu. "Bir şey biliyormuş gibi görünüyor... okuldaki çocukların bir sırrı olduğu zamanlardaki gibi."

Büyükbabası gülmüştü. "Ünlü olmasının bir nedeni de bu. İnsanlar neden gülümsediğini tahmin etmeyi seviyorlar."

"*Sen* neden gülümsediğini biliyor musun?"

"Belki." Büyükbabası göz kırpmıştı. "Bir gün sana onun hakkında her şeyi anlatacağım."

Sophie ayağını yere vurdu. "Sana sırlardan hoşlanmadığımı söylemiştim!"

"Prenses," diyerek gülümsemişti. "Hayat sırlarla doludur. Hepsini birden öğrenemezsin."

Sesi merdivenlerde yankılanan Sophie, "Ben geri dönüyorum," dedi.

Langdon, "*Mona Lisa*'ya mı?" diye geri çekildi. "*Şimdi mi?*"

Sophie tehlikeyi gözden geçirmişti. "Ben cinayet zanlısı değilim. Şansımı deneyeceğim. Büyükbabamın bana ne anlatmaya çalıştığını anlamam gerekiyor."

"Peki ya büyükelçiliğe ne oldu?"

Sophie, Langdon'ı kaçak durumuna düşürüp sonra da terk ettiği için pişmanlık duyuyor ama başka çare bulamıyordu. Merdivenlerin aşağısındaki metal kapıyı işaret etti. "O kapıdan geçip, ışıklı çıkış işaretlerini takip edin. Büyükbabam beni buradan geçirirdi. İşaretler sizi güvenlik turnikelerine çıkartacak. Tek yönlüdür ve dışarı açılırlar." Langdon'a araba anahtarlarını uzattı. "Benimki, personel bölümündeki kırmızı araba. Merdiven kapısının tam önünde duruyor. Büyükelçiliğe nasıl gideceğinizi biliyor musunuz?"

Elindeki anahtarlara göz atan Langdon başını evet anlamında salladı.

Sesi yumuşayan Sophie, "Dinleyin," dedi. "Büyükbabamın bana *Mona Lisa*'nın bulunduğu yerde bir mesaj bıraktığını düşünüyorum... onu kimin öldürdüğüne dair bir ipucu olabilir. Veya neden tehlikede olduğumu anlatıyordur." *Ya da aileme ne olduğunu.* "Gidip görmeliyim."

"Ama sana neden tehlikede olduğunu anlatmak istediyse, neden bunu öldüğü yere yazmadı? Bu karmaşık kelime oyununa ne gerek var?"

"Büyükbabamın bana anlatmaya çalıştığı şeyi başkalarının duymasını istediğini sanmıyorum. Polisin bile." Büyükbabasının, *ona* çok özel bir mesaj iletmek için sahip olduğu tüm imtiyazları kullandığı belli oluyordu. Bunu şifre halinde yazmış, isminin başharflerini eklemiş ve ona Robert Langdon'ı bulmasını söylemişti... Amerikalı simgebilimcinin şifreyi çözdüğü düşünülecek olursa, gerçekten akıllıca bir fikirdi. "Kulağa her ne kadar garip gelse de," dedi. "Sanırım *Mona Lisa*'ya herkesten önce benim ulaşmamı istiyor."

"Ben de geliyorum."

"Hayır! Büyük Galeri'nin daha ne kadar boş kalacağını bilmiyoruz. Sizin gitmeniz gerek."

Langdon tereddüt ediyordu. Akademik merakı mantığına galip gelip onu yeniden Fache'nin ellerine atmak istiyor gibiydi.

"Şimdi. Gidin." Sophie, ona minnetle gülümsedi. "Sizinle büyükelçilikte buluşacağım Bay Langdon."

Langdon hoşnutsuz görünüyordu. Sert bir sesle, "Seninle orada bir şartla buluşurum," diye cevap verdi.

Duraksayan Sophie şaşırmıştı. "Peki nedir bu şart?"

"Bana Bay Langdon demeyi bırakacaksın."

Sophie, Langdon'ın yüzündeki çarpık gülümsemeyi fark ettiğinde gülümseyerek karşılık verdi. "Bol şans Robert."

Langdon basamakların altındaki zemine indiğinde, beziryağı ve alçı kokusu burnuna dolmuştu. İlerideki ışıklı SORTIE/ÇIKIŞ tabelası, uzun bir koridoru işaret ediyordu.

Langdon koridora girdi.

Sağ tarafta, çeşitli onarım aşamalarındaki heykeller ordusunun doluştuğu karanlık bir restorasyon stüdyosu yer alıyordu. Solda ise Langdon, Harvard'daki resim sınıflarını andıran stüdyolar gördü -şövaleler, tablolar, paletler, çerçeve malzemeleri- yani bir sanat montaj hattı.

Langdon koridorda ilerlerken, Cambridge'deki yatağında uyanmasına imkân olup olmadığını düşünüyordu. Bütün gece garip bir rüya gibiydi. *Louvre'dan kaçmak üzereyim... bir kaçak gibi.*

Saunière'in zekice yazılmış anagram mesajı hâlâ aklındaydı ve Langdon, Sophie'nin *Mona Lisa*'da ne bulacağını merak ediyordu... bir şey bulursa tabii. Büyükbabasının o ünlü tablonun yanına bir kez daha gitmesini istediğinden emindi. Bu her ne kadar mantıklı gelse de, Langdon rahatsız edici bir çelişkiye düşmüştü.

P.S. Robert Langdon'ı bul.

Saunière, Sophie'nin onu bulmasını isteyerek, Langdon'ın ismini yere yazmıştı. Ama neden? Sadece anagramı çözmesine yardım etmesi için mi?

Böyle olmamalıydı.

Her şeyden önce Saunière'in, Langdon'ın özellikle anagram konusunda uzman olduğunu düşünmesine bir neden yoktu. *Şahsen tanışmadık bile.* Daha da önemlisi, Sophie anagramı kendisinin çözmesi gerektiğini söylemişti. Fibonacci Dizimi'ni fark etmesi gereken kişi Sophie idi ve hiç şüphesiz Sophie biraz daha zamanı olsaydı, Langdon'ın yardımı olmaksızın şifreyi de çözecekti.

Anagramı Sophie'nin tek başına çözmesi gerekiyordu. Langdon bundan giderek daha da emin olmaya başlamıştı ve vardığı bu kanı, Saunière'in eylemlerinin mantık zincirinde bir boşluk bırakıyordu.

Neden ben? Koridorda ilerlerken Langdon nedenini merak ediyordu. *Saunière son nefesini verirken yıllardır görüşmediği torunundan neden beni bulmasını istedi? Saunière neyi bildiğimi düşünüyordu?*

Langdon beklenmedik bir şaşkınlıkla aniden durdu. Gözlerini iri iri açarak elini cebine götürdü ve bilgisayar çıktısını çıkardı. Saunière'in mesajının son iki satırına bakıyordu.

P.S. Robert Langdon'ı bul.

Gözlerini iki harfe dikmişti.

P.S.

O anda Saunière'in bulmacalı sembollerinin gerçek anlamını çözmüştü. Sembolizm ve tarih hakkındaki mesleki dağarcığı bir anda beyninde şimşek gibi çakmıştı. Jacques Saunière'in bu gece yaptıklarının mükemmel bir anlamı vardı.

Gizli imaların ne anlama geldiğini anlayıp bir araya getirmeye çalışırken Langdon'ın zihni hızla çalışıyordu. Geri dönerek, geldiği yöne doğru baktı.

Vakit var mı?

Önemi olmadığını biliyordu.

Langdon hiç tereddüt etmeden, uzun adımlarla merdivenlere doğru koştu.

22

En öndeki sırada diz çöken Silas mabette etrafını gözleriyle tararken dua ediyormuş gibi davranıyordu. Çoğu kilise gibi Saint-Sulpice de büyük bir Roma haçı şeklinde inşa edilmişti. Ortadaki uzun bölüm -ana nef- doğrudan ana sunağa gidiyor ve orada kanat diye bilinen daha kısa bölümle çaprazlamasına kesişiyordu. Nef ile kanadın ana kubbenin altında kesiştiği yer, kilisenin kalbi olarak kabul edilirdi... en kutsal ve mistik noktası.

Bu gece değil, diye düşündü Silas. *Saint-Sulpice'in sırrı başka bir yerde saklı.*

Başını sağ tarafa çevirerek, son sıraların arkasındaki açık alana doğru güney kanadına baktı. Kurbanlarının bahsettiği nesneye bakıyordu.

İşte orada.

Gri granit zeminin içine gömülmüş, cilalı ince bir şerit parıldıyordu... kilisenin zemininde beliren altın çizgi. Çizginin üstünde, cetvelde olduğu gibi bazı işaretler vardı. Silas'a bunun basit bir şemsiye, paganların güneş saati gibi kullandığı astronomik bir aygıt olduğu söylenmişti. Tüm dünyada yaşayan turistler, bilim adamları, tarihçiler ve paganlar, bu ünlü çizgiyi görmek için Saint-Sulpice'e gelirlerdi.

Gül Çizgisi.

Silas gözleriyle sağdan sola doğru ilerleyen ve kilisenin simetrisiyle uyuşmayan garip bir açıyla önünde beliren pirinç çizgiyi yavaşça takip etti. Ana sunağın karşısından geçen çizgiyi Silas güzel bir yüzdeki bıçak izine benzetmişti. Şerit, komünyon parmaklığını ikiye ayırıyor ve enine doğru uzanarak, sonunda kuzey kanadına erişiyordu. Burada ise, beklenmedik bir objenin karşısına varıyordu.

Heybetli bir Mısır dikilitaşı.

Parlak Gül Çizgisi burada doksan derecelik *dikey* bir dönüş yaparak, dikilitaşın üzerinde ilerliyor, piramidin tepesine kadar dokuz metre çıktıktan sonra sona eriyordu.

Gül Çizgisi, diye düşündü Silas. *Kardeşlik kilit taşını Gül Çizgisi'ne sakladı.*

O akşamın daha erken saatlerinde Silas, Öğretmen'e kilit taşının Saint-Sulpice'de saklandığını söylediğinde Öğretmen'in sesi şüpheli çıkmıştı. Ama Silas dört kardeşin de kendisine tam olarak aynı yeri tarif ettiğini söyleyip Saint-Sulpice'deki sarı çizgiden bahsettiğinde, Öğretmen bir nefeste o ismi söylemişti. "Sen Gül Çizgisi'nden bahsediyorsun."

Öğretmen, Silas'a çabucak Saint-Sulpice'in benzersiz ünlü mimarisini anlatmıştı, mabedi mükemmel bir kuzey-güney eksenine ayıran pirinç çizgi. Bir çeşit eski güneş saati, bir zamanlar aynı yerde duran pagan tapınağının işaretiydi. Güney duvarındaki yuvarlak pencereden giren güneş ışınları, zamanın aktığını göstererek, gündönümünden gündönümüne çizgi boyunca her gün biraz daha ilerliyordu.

Bu kuzey-güney şeridi Gül Çizgisi olarak biliniyordu. Gül sembolü yüzyıllar boyunca haritalarla ve doğru yolu gösteren ruhlarla ilişkilendirilmişti. Hemen her haritanın üzerine çizilen pusula gülü, Kuzey, Doğu, Güney ve Batı'yı gösterirdi. Rüzgargülü olarak bilinen sembol, sekiz ana rüzgâr, sekiz ara rüzgâr ve on altı çeyrek rüzgâr olmak üzere, toplam otuz iki rüzgârın geldiği yönü gösterirdi. Bir dairenin içine yerleştirildiğinde, pusulanın bu otuz iki noktası mükemmel bir biçimde otuz iki yapraklı geleneksel gülü andırırdı. Kuzey ucu okbaşıyla işaretlenmiş yön gösteren çizim, günümüze kadar pusula gülü olarak anılmıştı... ya da daha çok fleur-de-lis(*) sembolü.

Yerkürenin üstünde Gül Çizgisi -meridyen ya da boylam- Kuzey Kutbu'ndan Güney Kutbu'na çizilen hayali bir çizgiydi. Elbette sonsuz sayıda Gül Çizgileri vardı çünkü, yerkürenin herhangi bir yerinden, Kuzey ve Güney kutuplarını birbirine bağlayan herhangi bir çizgi çekilebilirdi. İlk denizciler bu çizgilerden hangisinin Gül Çizgisi -sıfır boylamı- ol-

---

(*) Fransa'nın eski arması.

duğunu bulmaya çalışmışlardı, yani dünyadaki tüm diğer boylamların hesaplanabileceği çizgiyi.

Bugün ise bu çizgi İngiltere, Greenwich'teydi.

Ama her zaman orada olmamıştı.

Greenwich başlangıç meridyeni olarak seçilmeden çok önceleri, tüm dünyanın sıfır meridyeni doğruca Paris'in ve Saint-Sulpice Kilisesi'nin üstünden geçerdi. Saint-Sulpice'deki pirinç işaret dünyanın ilk başlangıç meridyeninin bir anısıydı ve Greenwich bu şerefi Paris'in elinden 1888 yılında aldığı halde, asıl Gül Çizgisi'ni görmek hâlâ mümkündü.

Öğretmen, Silas'a, "Demek efsane gerçekmiş," dedi. "Tarikatın kilit taşının 'Gül İşareti'nin altında' olduğu söylenir."

Sıralardan birinde hâlâ diz çökmekte olan Silas etrafta kimsenin bulunmadığından emin olmak için gözlerini kilisede gezdirdi. Bir an için koro balkonundan bir hışırtı geldiğini sandı. Dönüp birkaç dakika boyunca o yöne baktı. Hiçbir şey yoktu.

Yalnızım.

Ayağa kalkarak, yüzünü sunağa döndü ve üç kez diz çöktü. Sonra sola döndü ve kuzeye dikilitaşa doğru uzanan parlak Gül Çizgisi'ni izledi.

O sırada Roma'daki Leonardo da Vinci Havaalanı'nda, iniş pistine çarpan tekerlek sesleri Piskopos Aringarosa'yı uykusundan uyandırdı.

Dalmışım, diye düşündü, uyuyacak kadar rahatlamış olduğuna şaşırmıştı.

Uçakta, "*Benvenuto a Roma,*"(*) diye anons edildi.

Doğrulup oturan Aringarosa siyah cüppesini düzeltti ve yüzüne bir gülücük yerleştirdi. Bu yolculuğu yaptığına memnundu. *Çok uzun zamandır savunmadaydım.* Ama bu gece, kurallar değişmişti. Daha beş ay önce Aringarosa kaderin geleceğinden endişeleniyordu. Artık, Tanrı'nın da izniyle, çözüm kendiliğinden oluşuyordu.

İlahi müdahale.

Eğer bu gece işler Paris'te planladığı gibi yürürse, Aringarosa yakında Hıristiyanlık dünyasında onu en güçlü adam haline getirecek bir şeye sahip olacaktı.

(*) Roma'ya hoş geldiniz.

23

Sophie nefes nefese, Devlet Salonu'nun -*Mona Lisa*'nın bulunduğu oda- geniş tahta kapılarının önüne varmıştı. İçeri girmeden önce, koridorun iki metre kadar ötesinde, büyükbabasının cesedinin spot ışığı altında yattığı yere doğru gönülsüz bir bakış attı.

Duyduğu vicdan azabı öylesine şiddetli ve aniydi ki, suçluluk duygusuna derin bir üzüntü eşlik ediyordu. Bu adam son on yıl içinde onu defalarca aramış, ama Sophie hiçbir şey yapmamıştı, gönderdiği mektuplarla paketleri açmadan bir çekmeceye tıkmış ve onu görmek için harcadığı çabaları geri çevirmişti. *Bana yalan söyledi! Korkunç sırlar sakladı! Ne yapmam gerekiyordu?* Ve işte böylece onu hayatından çıkarmıştı. Tamamen.

Artık büyükbabası ölmüştü ve onunla mezarından konuşuyordu.

Mona Lisa.

Büyük tahta kapılara uzanıp itti. Kapı gıcırdayarak açıldı. Bir süre için kapı eşiğinde duran Sophie önündeki büyük dörtgen odaya göz gezdirdi. Burası da hafif bir kırmızı ışıkla aydınlatılmıştı. Devlet Salonu müzenin en nadir *culs-de-sac*'larından(*) biriydi. Büyük Galeri'nin ortasında bulunan ve çıkışı olmayan tek oda. Odanın tek girişi olan bu kapı, karşı duvardaki dört buçuk metrelik dev bir Boticelli'ye bakıyordu. Bunun altında, parke zeminin ortasına, Louvre'un en değerli hazinelerini hayranlıkla izleyen ziyaretçilerin bacaklarını uzatıp dinlenebilmeleri için çok büyük sekizgen bir divan yerleştirilmişti.

Sophie içeri girmeden önce bir şeyi yanına almayı unuttuğunu biliyordu. *Siyah ışık.* Koridordan, uzaktaki ışıkların altında yatan ve etrafı

(*) Çıkmaz sokak.

elektronik cihazlarla çevrili büyükbabasına baktı. Eğer buraya bir şey yazmışsa, bunu mutlaka filigran kalemiyle yazmış olmalıydı.

Derin bir nefes alan Sophie bol ışıkla aydınlatılmış cinayet mahalline koşuşturdu. Büyükbabasına bakamıyordu, dikkatini sadece teknik bölümün kullandığı cihazlara vermişti. Küçük bir kızılötesi fener bularak süveterinin cebine attı ve koridordan aceleyle Devlet Salonu'nun açık kapılarına geri koştu.

Sophie köşeyi dönerek, eşiğe adımını atmıştı. Ama onun girişini, odanın içinden kendisine doğru gelen beklenmedik ayak sesleri karşıladı. *Burada biri var!* Kırmızı sisin içinde birden hayaletimsi bir figür belirmişti. Sophie sıçrayarak geri çekildi.

"İşte buradasın!" Langdon'ın silueti Sophie'nin önüne çıktığında, boğuk fısıltısı duyulmuştu.

Sophie'nin içi sadece kısa bir süre için rahatlamıştı. "Robert, sana buradan çıkmanı söylemiştim! Eğer Fache..."

"Neredeydin?"

"Siyah ışık bulmam gerekiyordu," diye fısıldarken, eliyle havaya kaldırmıştı. "Eğer büyükbabam bana bir mesaj bıraktıysa..."

"Sophie, dinle." Langdon mavi gözlerini ona dikmiş nefesini tutuyordu. "P.S. harfleri... sana başka bir şey ifade ediyor mu? Herhangi bir şey?"

Seslerinin koridorda yankılanmasından endişe eden Sophie, onu Devlet Salonu'ndan içeri çekip devasa çift kapıyı sessizce kapattı ve içeriden kilitledi. "Sana söylemiştim, Prenses Sophie'nin ilk harfleri."

"Biliyorum, ama başka bir yerde daha gördün mü? Büyükbaban P.S. harflerini başka bir şekilde kullanmış mıydı? Monogram olarak kullanmış ya da şahsi eşyalarının üstüne yazmış olabilir mi?"

Bu soru Sophie'yi şaşırtmıştı. *Robert bunu nasıl bilebilir?* Sophie, gerçekten de P.S. harflerini daha önce bir çeşit monogramda görmüştü. Dokuzuncu yaşgününden bir gün önceydi. Doğum günü hediyelerini bulmak için gizlice evi arıyordu. O zamanlar bile kendisinden saklanan sırlardan hoşlanmazdı. *Bu yıl Grand-père bana ne aldı?* Rafları ve çekmecelerin içini aramıştı. *Bana istediğim bebeği aldı mı? Nereye saklamış olabilir?*

Tüm evi arayıp, hiçbir şey bulamayan Sophie, büyükbabasının yatak odasına gizlice girme cesaretini göstermişti. Onun odaya girmesi yasaktı ama büyükbabası aşağıdaki kanepede uyuyordu.

Bir göz atıp çıkacağım!

Gıcırdayan parkenin üstünde parmaklarının ucuna basarak dedesinın gardırobuna gitmiş ve elbiselerinin arkasındaki rafları aramıştı. Hiçbir şey yoktu. Ardından yatağın altına baktı. Hâlâ bir şey yoktu. Çalışma masasının yanına gitmiş ve çekmeceleri teker teker açarak, dikkatlice karıştırmaya başlamıştı. *Buralarda benim için bir şey olmalı!* Son çekmeceye geldiğinde hâlâ oyuncak bebeğe dair bir ize rastlayamamıştı. Keyifsiz bir şekilde son çekmeceyi açtı ve büyükbabasının giydiğini hiç görmediği siyah kıyafetleri bir kenara itti. Çekmecenin arka tarafında parlayan altın gözüne iliştiğinde çekmeceyi kapatmak üzereydi. Köstekli bir cep saatine benziyordu, ama büyükbabasının bunlardan kullanmadığını biliyordu. Ne olduğunu anlamaya çalışırken kalbi hızla çarpıyordu.

Bir kolye!

Sophie zinciri dikkatle çekmeceden çıkardı. Ucundan sarkan harika altın anahtarı gördüğünde çok şaşırmıştı. Ağırdı ve parlıyordu. Büyülenmiş bir halde yukarı kaldırdı. Daha önce gördüğü anahtarlara hiç benzemiyordu. Genellikle anahtarlar yassı ve çentikli olurdu ama bunun her tarafı kabarcıklı üçgen bir gövdesi vardı. Büyük altın başı haç biçimindeydi ama normal bir haça benzemiyordu. Artı işareti gibi, eşit uzunlukta kolları vardı. Haçın ortasına garip bir sembol yerleştirilmişti -çiçeğe benzer bir desenle iç içe geçmiş iki harf.

Harfleri okuyup, kaşlarını çatarken, "P.S.," diye fısıldadı. *Bu ne olabilirdi ki?*

"Sophie?" Büyükbabasının sesi kapı eşiğinden gelmişti.

İrkilerek dönerken anahtar yere düşmüş ve yüksek bir ses çıkarmıştı. Büyükbabasının yüzüne bakmaya korkarak, gözlerini yerdeki anahtara dikmişti. Başını kaldırıp, "Ben... doğum günü hediyemi arıyordum," derken, onun güvenine ihanet ettiğini biliyordu.

Büyükbabası, sonsuzluk kadar uzun gelen bir süre boyunca eşikte sessizce durmuştu. Sonunda sıkıntıyla uzun bir nefes almıştı. "Anahtarı yerden al Sophie."

Sophie anahtarı tekrar eline almıştı.

Büyükbabası içeri girmişti. "Sophie, başkalarının özel hayatına saygı göstermelisin." Nazik bir şekilde çömelip anahtarı ondan almıştı. "Bu anahtar çok özeldir. Eğer onu kaybetseydin..."

Büyükbabasının yumuşak sesi onun kendini daha da kötü hissetmesine neden olmuştu. "Üzgünüm *Grand-père.* Gerçekten üzgünüm." Durmuştu. "Bunun doğum günüm için bir kolye olduğunu sanmıştım."

Büyükbabası, ona bir süre baktı. "Bunu bir kez daha söyleyeceğim Sophie, çünkü önemli. Başkalarının özeline saygı duymayı öğrenmelisin."

"Evet *Grand-père.*"

"Bunu başka zaman konuşuruz. Şimdi bahçenin temizlenmesi gerekiyor."

Sophie aceleyle günlük işinin başına koşmuştu.

Ertesi sabah Sophie, büyükbabasından hiçbir doğum günü hediyesi almamıştı. Yaptığından sonra almayı beklemiyordu. Ama büyükbabası gün boyunca onu tebrik bile etmemişti. O gece üzgün bir ruh haliyle yatağına girmişti. Ama yatağa girdiğinde, yastığının üstünde onu bekleyen bir kart bulmuştu. Kartın üstünde basit bir bilmece yazıyordu. Bilmeceyi henüz çözmeden gülümsemeye başlamıştı. *Bunun ne olduğunu biliyorum!* Büyükbabası aynını onun için son yılbaşı sabahı yapmıştı.

Bir define avı!

Çözene kadar bilmeceyi azimle okumuştu. Cevap, onu evin başka bir bölümüne götürüyordu, orada da başka bir kart ve başka bir bilmece bulmuştu. Bu bilmeceyi de çözerek, bir sonraki karta koşmuştu. Evin içinde çılgınca ileri geri koşuşturuyor, bir ipucundan diğerine geçiyordu. Son bulduğu ipucu onu doğruca kendi yatak odasına yöneltmişti. Sophie merdivenleri atlayarak çıkmış, yatak odasından içeri dalmış ve sonunda durmuştu. Odanın ortasında, gidonuna kurdele bağlanmış kırmızı bir bisiklet duruyordu. Sevinçle çığlık atmıştı.

Odanın köşesinden gülümseyen büyükbabası, "Oyuncak bebek istediğini biliyorum," demişti. "Bundan daha çok hoşlanacağını düşündüm."

Ertesi gün büyükbabası patikada yanından koşarak, ona nasıl bisiklete binileceğini öğretmişti. Sophie çimenlerin arasına dalıp dengesini kaybedince ikisi birden otların üstüne yuvarlanmış ve gülmüşlerdi.

Sophie, onu kucaklayarak, "*Grand-père,*" demişti. "Anahtar için gerçekten özür dilerim."

"Biliyorum tatlım. Affedildin. Sana kızgın kalamam. Büyükbabalarla torunlar daima birbirlerini bağışlarlar."

Sophie sormaması gerektiğini biliyor ama kendini tutamıyordu. "O neyi açıyor? Daha önce hiç öyle bir anahtar görmedim. Çok güzeldi."

Büyükbabası bir süre sessiz kalmıştı. Sophie, onun nasıl cevap vereceğini düşündüğünü anlayabiliyordu. *Grand-père asla yalan söylemez.* "Sonunda, "Bir kutuyu açıyor," demişti. "Orada pek çok sır saklıyorum."

Sophie suratını asmıştı. "Sırlardan nefret ediyorum!"

"Biliyorum, ama bunlar önemli sırlar. Ve bir gün sen de onlara benim kadar saygı göstermeyi öğreneceksin."

"Anahtarın üstünde harfler ve bir çiçek gördüm."

"Evet, o benim en sevdiğim çiçek. Adı *Fleur-de-lis*. Bahçede onlardan var. Beyaz olanlar. İngilizcede bu çiçeklere zambak deniyor."

"Onları biliyorum! *Benim de* en sevdiğim çiçekler!"

"O zaman seninle bir anlaşma yapacağım." Büyükbabasının kaşları, ona her nasihat verişinde olduğu gibi iyice yukarı kalkmıştı. "Eğer anahtarımı sır olarak saklayabilirsen ve bu konuda ne benimle, ne de bir başkasıyla bir daha *asla* konuşmazsan bir gün onu sana veririm."

Sophie kulaklarına inanamamıştı. "*Verecek misin?*"

"Söz veriyorum. Zamanı geldiğinde anahtar senin olacak. Üstünde senin ismin yazıyor."

Sophie kaşlarını çattı. "Hayır yazmıyor. P.S. yazıyor. Benim ismim P.S. değil!"

Büyükbabası sesini alçaltarak, kimsenin duymadığına emin olmak istiyormuş gibi etrafa bakmıştı. "Peki Sophie, P.S.'in bir şifre olduğunu bilmen gerekiyor. Bunlar senin isminin gizli başharfleri."

Gözleri büyümüştü. "Benim gizli başharflerim mi var?"

"Elbette. Torunların *her zaman* sadece büyükbabalarının bildiği gizli başharfleri vardır."

"P.S. mi?"

Büyükbabası onu gıdıkladı. "*Prenses Sophie.*"

Sophie kıkırdamıştı. "Ben prenses değilim!"

Büyükbabası göz kırpmıştı. "Benim için öylesin."

O günden sonra bir daha asla anahtar hakkında konuşmamışlardı. Ve ismi Prenses Sophie olmuştu.

Sophie, Devlet Salonu'nda sessizce durmuş, kaybının acısına katlanıyordu.

Ona garip bir şekilde bakan Langdon, "Başharfler," diye fısıldadı. "Onları görmüş müydün?"

Sophie müzenin koridorlarında fısıldayan büyükbabasının sesini duyar gibi oldu. *Bu anahtar hakkında asla konuşma Sophie. Ne benimle, ne de bir başkasıyla.* Bağışlama konusunda büyükbabasına karşılık veremediğini biliyor ve güvenini yeniden sarsıp sarsmayacağını düşünüyordu. *P.S. Robert Langdon'ı bul.* Büyükbabası Langdon'ın yardım etmesini istemişti. Sophie başını evet anlamında salladı. "Evet daha önce P.S. harflerini bir kez görmüştüm. Çok küçükken."

"Nerede?"

Sophie tereddüt etti. "Onun için çok önemli olan bir şeyin üstünde."

Langdon gözlerini onunkilere dikmişti. "Sophie bu çok önemli. Bana harflerin yanında bir sembol olup olmadığını söyleyebilir misin? Mesela bir *fleur-de-lis* olabilir mi?"

Sophie hayretten geriye doğru sendeler gibi oldu. "Ama... bunu nereden biliyor olabilirsin?"

Langdon rahat bir nefes alıp, sesini alçalttı. "Büyükbabanın gizli bir cemiyet üyesi olduğundan emin gibiyim. Çok eski bir gizli kardeşlik."

Sophie karnında bir şeyin düğümlendiğini hissetti. O da bundan emindi. On yıl süresince, bu dehşet verici gerçeği teyit eden olayı unutmaya çalışmıştı. Akla gelmeyecek bir olaya tanık olmuştu. *Bağışlanamazdı.*

Langdon, "Fleur-de-lis," dedi. "P.S. harfleri ile bir araya geldiğinde, kardeşliğin resmi armasını meydana getirir. Onların logosunu."

"Sen bunu nereden biliyorsun?" Sophie içinden, Langdon'ın da bir üye olduğunu söylememesi için dua ediyordu.

"Bu grup hakkında bir kitap yazmıştım," derken sesi heyecandan titriyordu. "Gizli cemiyetlerin sembollerini araştırmak benim uzmanlık alanım. Kendilerine *Prieuré de Sion* -Sion Tarikatı- diyorlar. Merkezleri burada Fransa'da ve tüm Avrupa'da çok güçlü üyeleri var. Aslına bakarsan, dünyadaki en eski gizli cemiyetlerden biri."

Sophie daha önce onlar hakkında hiçbir şey duymamıştı.

Langdon artık hızla konuşuyordu. "Tarikatın üyeleri arasında tarihin en kültürlü isimleri vardı: Boticelli, Sir Isaac Newton, Victor Hugo gibi adamlar." Durdu, ardından akademik coşkuyla, "Ve Leonardo da Vinci," dedi.

Sophie, ona bakıyordu. "Da Vinci gizli bir cemiyet üyesi miydi?"

"Da Vinci, kardeşliğin Büyük Üstat'ı olarak 1510 ile 1519 yılları arasında tarikata başkanlık etti. Bu da büyükbabanın Leonardo'nun çalışmalarına yönelik tutkusunu açıklayabilir. İkisi arasında tarihi bir kardeşlik bağı var. Ve her şey, tanrıça ikonolojisi, paganizm, dişi ilahlar ve kiliseyi küçük görmeye olan meraklarını mükemmel bir biçimde açıklıyor. Tarikatın tarih boyunca kutsal dişilere karşı büyük bir saygı gösterdiğine dair pek çok vesika var."

"Bana bu topluluğun tanrıçalara tapan bir çeşit pagan mezhebi olduğunu mu söylüyorsun?"

"Daha çok tanrıçalara tapan pagan mezhebi olduklarını söylüyorum. Ama daha da önemlisi, çok eski bir sırrın muhafızları olarak bilinirler. Bu da onları tahmin edilemeyecek kadar güçlü kılar."

Langdon'ın gözlerindeki inanca rağmen, Sophie kesinlikle inanmayan bir ifade takınmıştı. *Gizli bir pagan mezhebi mi? Leonardo da Vinci'nin başkanlık ettiği bir mezhep mi?* Kulağa tamamıyla saçma geliyordu. Ve unutmaya çalıştığı halde, zihni on yıl geriye gitmeye çalışıyordu -yanlışlıkla büyükbabasını bastığı ve hâlâ kabul edemediği o olaya şahit olduğu geceye. *Açıklaması bu olabilir miydi?*

Langdon, "Yaşayan tarikat üyelerinin kimlikleri son derece gizli tutulur," dedi. "Ama çocukken gördüğün P.S. ve fleur-de-lis bunun kanıtıydı. Bu *sadece* tarikatla ilgili olabilir."

Sophie artık Langdon'ın, büyükbabası hakkında daha önce tahmin ettiğinden çok daha fazlasını bildiğini anlıyordu. Bu Amerikalının onunla paylaşması gereken çok şey olduğu belliydi ama burası yeri değildi. "Seni yakalamalarına izin veremem Robert. Konuşmamız gereken çok şey var. Gitmen gerek!"

Langdon, onun sesini ancak belli belirsiz bir mırıltı olarak duyabiliyordu. Hiçbir yere gitmeyecekti. Şimdi başka bir yerde kaybolmuştu. Eski sırların yüzeye çıktığı bir yerde. Unutulmuş tarihin gölgelerden sıyrıldığı bir yerde.

Langdon suyun altında hareket ediyormuş gibi yavaşça başını çevirdi ve kırmızı sisin arasından *Mona Lisa'*ya baktı.

Fleur-de-lis... Lisa çiçeği... Mona Lisa.

Hepsi birbirinin içine girmişti, Sion Tarikatı ile Leonardo da Vinci'nin en derin sırlarını aktaran sessiz bir senfoni gibiydi.

Birkaç kilometre ötede, Les Invalides'in ardındaki nehir kenarında, çift römorklu kamyonun silah zoruyla durdurulan şoförü şaşkınlıktan ağzı bir karış açık, adli polis şefinin bir kalıp sabunu hırsla Seine Nehri'nin kabarmış sularına fırlatmasını seyrediyordu.

24

Silas Saint-Sulpice'deki dikilitaşın üst tarafına doğru bakarken, heybetli mermerin gövde uzunluğunu hesaplamaya çalışıyordu. Kasları zindeleşerek gerilmişti. Yalnız olduğundan emin olmak için bir kez daha kilisede etrafına iyice baktı. Daha sonra mecburiyetten değil de, daha çok saygısından heykelin altında diz çöktü.

Kilit taşı Gül Çizgisi'nin altında saklı.

Sulpice dikilitaşının altında.

Tüm kardeşler bunu teyit etmişlerdi.

Artık dizlerinin üstünde duran Silas ellerini taş zeminin üstünde gezdirdi. Karolardan birinin çıkabileceğini gösteren herhangi bir ize rastlamamıştı, bu yüzden yumruğuyla yere yavaşça vurmaya başladı. Sarı çizgiyi takip ederek dikilitaşa biraz daha yaklaştığında, çizgiye komşu olan her karoya vurdu. Sonunda birinin sesi diğerlerinden farklı gelmişti.

Yerin altında boş bir alan var!

Silas gülümsedi. Kurbanları doğruyu söylemişlerdi.

Ayağa kalkıp, mabette yer karosunu kırmaya yardımcı olacak bir şey aradı.

Silas'ın tepesindeki balkonda duran Rahibe Sandrine güçlükle soluk alıyordu. En büyük korkusu gerçekleşmişti. Bu ziyaretçi göründüğü gibi değildi. Gizemli Opus Dei keşişi Saint-Sulpice'e başka bir amaçla gelmişti.

Gizli bir amaç için.

Sırları olan tek kişi sen değilsin, diye düşündü.

Rahibe Sandrine Bieil, bu kilisenin sadece bakıcısı değildi. Ve bu gece, eski çarklar dönmeye başlamıştı. Bu yabancının dikilitaşın altına gelmesi, kardeşlikten bir işaretti.

Sessiz bir tehlike alarmıydı.

25

Paris'teki ABD Büyükelçiliği, Champs-Elysées'nin hemen güneyinde, Avenue Gabriel'deki küçük bir sitedir. Üç dönümlük arazi ABD toprağıymış gibi kabul edilir, yani bu arazinin üstünde duran herkes, Birleşik Devletler'deki kanunlara tabi tutulur ve aynı korunma haklarına sahiptir.

Büyükelçilikte gece vardiyasında çalışan santral memuru, telefon çaldığında *Time* dergisinin uluslararası baskısını okuyordu.

"ABD Büyükelçiliği," diye cevap verdi.

"İyi akşamlar." Arayan kişi Fransız aksanıyla İngilizce konuşuyordu. "Yardıma ihtiyacım var." Adamın kullandığı nazik kelimelere rağmen, ses tonu sert ve resmiydi. "Bana, otomatik sisteminizde benim için bir mesaj olduğu söylendi. İsmim Langdon. Ne yazık ki, üç haneli erişim şifremi unuttum. Yardımcı olabilirseniz, çok sevinirim."

Santral memuru şaşırarak susmuştu. "Üzgünüm efendim. Mesajınız oldukça eski olmalı. Bu sistem iki yıl önce güvenlik tedbirleri nedeniyle kaldırıldı. Ayrıca tüm erişim şifreleri beş haneliydi. Size mesajınız olduğunu kim söyledi?"

"Yani otomatik telesekreter sisteminiz yok mu?"

"Hayır efendim. Size gelen mesajlar hizmet bölümümüzde el yazısıyla alınır. İsminiz neydi?"

Ama adam telefonu kapatmıştı.

Bezu Fache, Seine Nehri'nin kıyısında aşağı yukarı volta atarken kendini sersem gibi hissediyordu. Langdon'ı yerel bir numarayı çevirirken, sonra üç haneli bir şifreyi girerken ve sonra da bir kaydı dinlerken gördüğüne emindi. *Ama Langdon eğer büyükelçiliği aramadıysa, kimi aramış olabilirdi?*

İşte o anda, cep telefonuna bakan Fache, cevabı ellerinde tuttuğunu fark etti. *Langdon bu aramayı benim telefonumdan yaptı.*

Cep telefonunun mönüsüne girerek, son aranan numaralardan Langdon'ın yaptığı aramayı buldu.

Üç haneli 454 sayısının takip ettiği bir Paris numarasıydı.

Numarayı yeniden arayan Fache hattın çalmasını bekledi.

Sonunda bir kadın sesi cevap verdi. Kayıttaki ses, "*Bonjour, vous êtes bien chez Sophie Neveu,*" diyordu. "*Je suis absente pour le moment, mais...*"

Fache rakamları tuşlarken kanı kaynamaya başlamıştı 4... 5... 4.

26

O muazzam ününe rağmen, *Mona Lisa* sadece yetmiş sekiz santime elli üç santim ebatındaydı... Louvre'un hediyelik eşya dükkânında satılan posterlerinden bile daha küçüktü. Devlet Salonu'nun kuzeybatı duvarında, altı santim kalınlığındaki pleksiglas panelin arkasında asılı duruyordu. Kavak ağacından yapılmış bir tahta panonun üstüne boyanan resmin o buğulu havası Da Vinci'nin, birbirinin içinde kaybolan formlar anlamına gelen *sfumato* tarzındaki ustalığını ortaya koyuyordu.

Mona Lisa -ya da Fransa'da dedikleri gibi *La Jaconde*- Louvre'a getirildikten sonra iki kez çalınmıştı. En son 1911 yılında Louvre'un "*salle impénétrable*" Carré Salonu'ndan çalınmıştı. Paris'liler sokaklarda ağlamış ve hırsızların tabloyu iade etmeleri için gazetelere ilanlar vermişlerdi. *Mona Lisa* iki yıl sonra Floransa'da bir otel odasındaki sandığın altındaki sahte bölmelerin içinde bulunmuştu.

Sophie'ye açıkça bir yere gitmeyeceğini belirtmiş olan Langdon, Devlet Salonu'nda onunla birlikte hareket ediyordu. Sophie siyah ışığı açtığında *Mona Lisa* hâlâ iki metre ötede duruyordu. Fenerden çıkan mavi ışık önlerinde yelpaze gibi açılmıştı. Sophie, bir maden arayıcısı gibi ışığı yerde ileri geri hareket ettirirken, gazışıl mürekkebin izine rastlamaya çalışıyordu.

Onun yanından yürüyen Langdon sanat şaheserleriyle karşılaşmanın verdiği tatlı ürpertiyi hissetmeye başlamıştı bile. Sophie'nin elindeki siyah ışıktan çıkan morumsu ışığın ötesini görebilmek için kendini zorladı. Sol tarafta, boş parke denizindeki karanlık bir adaya benzeyen, sekizgen divan görülüyordu.

Langdon artık duvardaki karanlık cam paneli görmeye başlamıştı. Onun arkasında, özel hücresinin duvarları arasında, dünyanın en ünlü tablosunun asılı durduğunu biliyordu.

Langdon, *Mona Lisa*'nın dünyadaki en ünlü tablo olarak ün kazanmasının, muammalı gülümseyişiyle ilgisi olmadığını biliyordu. Sanat tarihçileri veya komplo meraklıları tarafından onun hakkında yapılan gizemli yorumlarla da ilgisi yoktu. *Mona Lisa*'nın bu kadar ünlü olmasının nedeni çok basitti, çünkü Leonardo da Vinci, onun en büyük başarısı olduğunu söylemişti. Gittiği her yere bu tabloyu beraberinde taşır ve nedeni sorulduğunda dişi güzelliğinin en yüce ifadesinden ayrılmanın ona zor geldiğini söylerdi.

Buna rağmen pek çok sanat tarihçisi Da Vinci'nin *Mona Lisa*'ya duyduğu saygının, sanatsal ustalığıyla ilgisi olmadığından şüphelenmişti. Gerçekte bu tablo, sıradan bir *sfumato* portresiydi. Pek çokları Da Vinci'nin bu esere duyduğu saygının çok daha derin bir şeyden kaynaklandığını iddia etmişti: resmin içinde saklı gizli bir mesaj. Doğrusu *Mona Lisa* içinde en çok espri barındıran resimlerden biriydi. Tablonun içerdiği çift anlamlar ve eğlendirici kinayeler, sanat tarihi kitaplarında açıklanmıştı ama, inanılmaz bir şekilde insanların büyük bir kısmı onun gülüşünü büyük bir gizem olarak nitelendiriyordu.

Langdon ilerlerken, *hiç de gizemli değil,* diye düşündü, tablonun belirsiz çerçevesi şekillenmeye başlamıştı. *Hiç de gizemli değil.*

Langdon, *Mona Lisa*'nın sırrını son olarak alışılmadık bir toplulukla paylaşmıştı -Essex İlçe Cezaevi'ndeki bir düzine hükümlüyle. Langdon'ın hapiste verdiği seminer, Harvard'ın hapishanelere eğitim ulaştırma programının bir parçasıydı. Langdon'ın meslektaşları buna *Mahkûmlar İçin Kültür* diyordu.

Karanlık hapishane kütüphanesinde projektörün başında duran Langdon, *Mona Lisa*'nın sırrını seminere gelen mahkûmlarla paylaşıyordu. Onların konuyla ilgilenmelerine oldukça şaşırmıştı, üstün körü dinliyorlardı ama akıllıydılar. *Mona Lisa*'nın kütüphane duvarındaki ışıktan görüntüsüne doğru yürüyen Langdon, "Fark edebileceğiniz gibi," demişti. "Yüzünün arkasında eşit olmayan bir fon var." Langdon dikkat çekici tutarsızlığı gösteriyordu. "Da Vinci sol taraftaki ufuk çizgisini sağdakinden belirgin derecede aşağıda çizmişti."

Mahkûmlardan biri, "Yüzüne gözüne mi bulaştırmış yani?" diye sormuştu.

Langdon kıkırdayarak gülmüştü. "Hayır. Da Vinci bunu sık yapmazdı. Doğrusu, bu Da Vinci'nin başvurduğu ufak bir hileydi. Da Vinci sol taraftaki kır planını daha aşağıda tutarak, *Mona Lisa*'nın sağ tarafta olduğundan daha büyük görünmesini sağlamıştı. Resmin içindeki küçük bir Da Vinci şakası. Tarihte erkeklere ve dişilere atfedilmiş yönler vardır, sol dişi, sağ erkektir. Da Vinci dişi ilkelerin büyük bir hayranı olduğundan, *Mona Lisa*'yı *sol* tarafta, sağdan daha büyük görünecek şekilde çizmişti."

Keçisakallı ufak bir adam, "Ben onun o biçim olduğunu duymuştum," demişti.

Langdon yüzünü buruşturmuştu. "Tarihçiler genellikle böyle demezler ama evet, Da Vinci bir homoseksüeldi."

"Bu yüzden mi dişilere kafayı bu kadar takmıştı?"

"Aslına bakılırsa Da Vinci, erkekle dişi arasındaki *dengeyi* vurgulardı. İnsan ruhunun, erkek ve dişi unsurlar bir arada olmadan aydınlanamayacağına inanırdı."

Birisi, "Yani piliçlerle babafingolar gibi," diye seslenmişti.

Bu sözler abartılı kahkahalara neden olmuştu. Langdon hermaphrodite kelimesinin kökenbilimsel açıklamasını yapıp, Hermes ve Afrodit'le olan bağlantısını anlatmayı düşünmüş ama içinden bir ses ona sözlerinin bu kalabalıkta kaybolacağını söylemişti.

İri kıyım bir adam, "Hey, Bay Langford," dedi. "*Mona Lisa*'nın Da Vinci'nin kadın kılığında kendi resmi olduğu doğru mu? Bunun doğru olduğunu duydum."

Langdon, "Bu doğru olabilir," demişti. "Da Vinci şakacı biriydi ve *Mona Lisa* ile Da Vinci'nin kendi yüzüne ait çizdiği portreler bilgisayarda karşılaştırıldığında önemli benzerlikler bulundu. Da Vinci her neyin peşinde olursa olsun," demişti. "Onun *Mona Lisa*'sı ne dişi, ne de erkekti. Içinde ince bir androjen mesajı var. Her ikisinin birbirinin içinde erimiş hali."

"Bunun, *Mona Lisa*'nın çirkin bir piliç olduğunu söylemenin Harvard'casi olmadığına emin misin?"

Langdon gülmüştü. "Haklı olabilirsin. Ama Da Vinci tablonun androjen olduğuna dair pek çok ipucu bırakmıştı. Aranızda hiç Amon diye bir Mısır tanrısı duyan var mı?"

İri adam, "Evet ya!" demişti. "Erkek bereket tanrısı!"

Langdon etkilenmişti.

"Bütün kutu Amon prezervatiflerinin üstünde böyle yazıyor." İri adam arsızca sırıtmıştı. "Ön tarafta elinde koç başı tutan bir erkek var üstünde Mısır bereket tanrısı olduğu yazıyor."

Langdon bu markaya aşina değildi ama korunma üreticinin hiyeroglifleri doğru kullandığına memnun olmuştu. "Aferin. Amon gerçekten de koç başı tutan bir erkekle ifade edilir ve onun rasgele cinsel ilişkileriyle kıvrımlı boynuzları, günümüzün cinsel argosu 'azgın' ile ilişkilidir."

"Atma!"

"Atmıyorum," demişti Langdon. "Peki Amon'un karşı cinsteki denginin kim olduğunu biliyor musunuz? Mısır bereket *tanrıçası?*"

Sorunun ardından saniyeler süren bir sessizlik hâkim olmuştu.

Elinde bir keçeli kalem tutan Langdon onlara, "İsis," dedi. "Demek bir erkek tanrı Amon var." Bunu yazmıştı. "Ve bir de dişi tanrıça İsis, eski resim yazılarında bir zamanlar ona L'ISA denirdi."

Langdon yazma işini bitirince, projektörden uzaklaştı.

A M O N L ' I S A

"Çağrışım yapıyor mu?" diye sormuştu.

Birisi soluk soluğa, "Mona Lisa... tanrı aşkına," demişti.

Langdon başını sallamıştı. "Beyler, *Mona Lisa*'nın sadece yüzü androjen olmakla kalmaz, ismi de erkek ile dişinin ilahi birleşiminin bir anagramıdır. Ve işte *bu* dostlarım, Da Vinci'nin küçük sırrı ve Mona Lisa'nın bilmiş gülümsemesinin nedenidir."

Mona Lisa'dan üç metre kadar ötede birden dizlerinin üstüne çöken Sophie, "Büyükbabam buradaydı," dedi. Siyah ışığı usulca parkedeki bir noktaya tuttu.

İlk başta Langdon hiçbir şey görememişti. Ama sonra onun yanında diz çöktüğünde, parıldayan ufak bir damlacık gördü. Mürekkep mi? Birden, siyah ışığın aslında ne iş için kullanıldığı aklına gelmişti. *Kan.* Tüyleri ürpermişti. Sophie haklıydı. Jacques Saunière ölmeden önce *Mona Lisa*'yı ziyaret etmişti.

Ayağa kalkan Sophie, Bir nedeni olmasaydı buraya gelmezdi," diye fısıldadı. "Burada bana bir mesaj bıraktığını biliyorum." *Mona Lisa'*ya doğru son adımlarını hızla atarak, tablonun hemen önündeki yere ışık tuttu. Işığı çıplak parkenin üstünde ileri geri hareket ettiriyordu.

"Burada hiçbir şey yok!"

Langdon o sırada, *Mona Lisa'*nın önündeki koruyucu camın üstünde mor bir parıltı görmüştü. Eğilerek Sophie'yi bileğinden tuttu ve ışığı yavaşça tablonun üstüne doğrulttu.

Her ikisi de donakalmışlardı.

Camın üstünde, tam olarak *Mona Lisa'*nın yüzüne gelecek şekilde karalanan dört kelime mor ışıkla parlıyordu.

27

Saunière'in masasında oturan Teğmen Collet, duyduklarına inanamadığından, telefonu kulağına iyice bastırıyordu. *Fache'yi doğru mu duydum?* "Bir kalıp sabun mu? Ama Langdon'ın GPS noktacığından nasıl haberi olmuş olabilir?"

Fache, "Sophie Neveu," diye karşılık verdi. "O söyledi."

"Ne! Neden?"

"İyi soru ama az önce onun ispiyonladığını kanıtlayacak bir kayıt dinledim."

Collet söyleyecek kelime bulamıyordu. *Neveu ne düşünüyordu?* Fache'nin elinde Sophie'nin bir DCPJ operasyonuna mani olduğuna dair kanıt vardı. Sophie Neveu kovulmakla kalmayacak, aynı zamanda hapse atılacaktı. "Ama yüzbaşım... peki o zaman Langdon şimdi nerede?"

"Orada hiç yangın alarmı çaldı mı?"

"Hayır efendim."

"Büyük Galeri kapısının altından geçen kimse de olmadı değil mi?"

"Hayır. Kapıda Louvre güvenlik görevlisi duruyor. Sizin emrettiğiniz gibi."

"Peki, o zaman Langdon hâlâ Büyük Galeri'de olmalı."

"İçerde mi? Ama ne yapıyor ki?"

"Louvre güvenlik görevlisi silahlı mı?"

"Evet efendim. Kıdemli bir memur."

Fache, "Onu içeri gönderin," diye emretti. "Adamlarımı birkaç dakikadan önce o bölgeye gönderemem ve Langdon'ın kaçmasını istemiyorum." Fache durdu. "Ayrıca görevliye Sophie Neveu'nun da onunla birlikte olacağını haber versen iyi olur."

"Ajan Neveu'nun gittiğini sanıyorum."

"Onun gittiğini tam olarak gördün mü?"

"Hayır efendim, ama..."

"İyi, oradaki kimse de gittiğini görmedi. Sadece içeri girdiğini gördüler."

Collet, Sophie Neveu'nun cesareti karşısında küçük dilini yutmuştu. *O hâlâ binanın içinde mi?*

Fache, "Bu işi hallet," diye emretti. "Oraya geldiğimde Langdon ile Neveu'yu namlunun ucunda istiyorum."

Römorklu kamyon uzaklaşırken, Yüzbaşı Fache adamlarını topladı. Robert Langdon çetin ceviz çıkmıştı ve şimdi Ajan Neveu, ona yardım ediyordu. Onu yakalamak düşündüğünden daha zor olabilirdi.

Fache işi şansa bırakmamaya kararlıydı.

Kesin emirler vererek, adamlarının yarısının Louvre'a geri gitmelerini istedi. Diğer yarıyı, Langdon'ın Paris'te sığınacağı tek olası limanı beklemeye gidecekti.

28

Langdon, Devlet Salonu'nda pleksiglasın üstünde parlayan dört kelimeye hayretle bakıyordu. Mona Lisa'nın gizemli gülüşüne çentikli bir gölge düşüren kelimeler, havada uçuşuyor gibiydi.

Langdon, "Tarikat," diye fısıldadı. "Bu, büyükbabanın bir üye olduğunu ispatlıyor!"

Sophie, ona aklı karışmış bir ifadeyle bakıyordu. "Sen bunu *anladın mı?*"

Düşünceleri budaklanırken Langdon başını sallayarak, "Kusursuz," dedi. "Tarikatın en temel felsefelerinden birini açıklıyor!"

Sophie, *Mona Lisa*'nın yüzüne karalanan pırıltılı mesaja merakla baktı.

KARA RİYA AKLI BİLSEK

Langdon, "Sophie," dedi. "Tarikatın tanrıçalara tapınma geleneğini sürdürmesi, eski Hıristiyan kilisesindeki iktidar sahibi kimselerin, kadınların değerini düşürecek ve durumu erkekler lehine çevirecek yalanlar söyleyerek dünyayı aldattığı inancına dayanır."

Kelimelere bakan Sophie sessizliğini sürdürüyordu.

"Tarikat, Constantin ile erkek veliahtlarının, kutsal dişileri şeytan gibi gösterecek bir propaganda başlatarak dünyayı dişil paganizmden erkek Hıristiyanlığa döndürdüğüne ve tanrıçaları modern dinden sonsuza dek çıkardığına inanır."

Sophie kuşkulu bir ifadeyle bakıyordu. "Büyükbabam buraya beni bunu bulmam için gönderdi. Daha fazlasını söylemeye çalışmış olmalı."

Langdon, onun ne demek istediğini anlıyordu. *Bunun bir başka şifre olduğunu düşünüyor.* Langdon orada gizli bir anlam olup olmadığını bir anda söyleyemeyecekti. Aklı hâlâ Saunière'in bıraktığı mesajın açık yürekliliğiyle boğuşuyordu.

Kara riya aklı bilsek, diye düşündü. *Gerçekten de çok kara.*

Modern kilisenin günümüzün karmaşık dünyasına getirdiği onca iyilikleri hiç kimse reddedemezdi ama bununla birlikte, kilisenin hilekâr ve vahşi bir geçmişi vardı. Pagan ve dişilere tapan dinleri "imana getirmek" için başlattıkları merhametsiz haçlı seferleri üç yüzyıl sürmüştü.

Katolik Engizisyonu, hiç tartışmasız insanlık tarihinin en fazla kana bulanmış kitabını yayınlamıştı. *Malleus Maleficarum* -ya da *Cadının Balyozu-* dünyaya "serbest düşünen kadınların tehlikelerini" bildirmiş ve papazlara onları nasıl bulacaklarını, işkence edeceklerini ve yok edeceklerini anlatmıştı. Kilisenin belirttiği bu sözde "cadıların" hepsi kadın alimlerden, rahibelerden, çingenelerden, mistiklerden, doğa âşıklarından, bitki toplayıcılardan ve "doğal hayata şüphe çekici şekilde uyum sağlayan" kadınlardan oluşuyordu. Ayrıca ebeler de doğum sırasındaki sancıyı azaltacak, doktrinlere karşı gelen tıp bilgisini kullandıkları için öldürülüyorlardı -kilise, bu acının Havva'nın Bilgi Elması'nı yediği ve böylece İlk Günah fikrine sebep olduğu için verilen bir ceza olduğunu iddia ediyordu. Üç yüzyıl boyunca cadı avı sırasında kilise beş *milyon* kadın yakmıştı.

Yapılan propagandalar ve kan dökümü işe yaramıştı.

Günümüz dünyası bunun bir kanıtıydı.

Bir zamanlar ruhani aydınlanmanın mutlak yarısı olarak saygı duyulan kadın, dünyadaki mabetlerden kovulmuştu. Hiç kadın Ortodoks haham, Katolik papaz, Müslüman imam yoktu. Bir zamanların kutsal Hieros Gamos'u -erkek ile kadın arasındaki doğal cinsel birlik, bu sayede her biri ruhen bütünleniyordu- utanç verici bir davranış şekline sokulmuştu. Bir zamanlar Tanrı ile söyleşmek için dişi meslektaşlarıyla cinsel birleşmeye ihtiyaç duyan kutsal adamlar, artık şeytanın işi olarak gördükleri doğal seks güdülerinden korkuyorlardı. Çünkü şeytan en sevdiği suç ortağıyla işbirliği içindeydi... *kadınlarla.*

Kadın ile *sol taraf* ilişkisi bile kilisenin karalamalarından nasibini almıştı. Fransa ve İtalya'da "sol" *-gauche* ve *sinistra-* kelimelerinin ima ettiği anlamlar olumsuzdu, fakat sağ taraf için kullanılan kelimeye *dürüstlük,* ustalık ve doğruluk gibi anlamlar yüklenmişti. Günümüze kadar radikal düşüncelere *sol* kanat, mantıksız düşüncelere *sol* beyin ve şeytani olan her şeye netameli *sinister* denildi.

Tanrıçaların günleri sona ermişti. Saat durmuştu. Toprak Ana, *erkeklerin* dünyası haline gelmişti ve devir, yıkım ile savaş tanrılarının devriydi. Erkek egosu dişi dengi tarafından iki bin yıl başıboş bırakılmıştı. Sion Tarikatı, modern zamanda kutsal dişilerin bu şekilde silinmesinin, Hopi Yerli Amerikalıların *koyanisquatsi* "dengesiz hayat" dediği şeye sebep olduğuna inanıyordu. Yakıtı testosteron olan savaşların, kadından nefret eden cemiyetlerin artmasının ve Toprak Ana'ya karşı giderek artan bir saygısızlığın oluşturduğu dengesiz bir duruma sebep olduğunu düşünüyorlardı.

Sesi arka taraftan gelen Sophie, "Robert," diye fısıldadı. "Biri geliyor!"

Langdon koridordan gelen ayak seslerini duydu.

"Buraya!" Sophie siyah ışığı kapatıp, Langdon'ın gözünün önünden adeta kaybolmuştu.

Langdon geçici bir körlük yaşadı. *Nereye!* Gözleri seçmeye başladığında, Sophie'nin odanın ortasına doğru koşturup, sekizgen divanın arkasına saklanan siluetini gördü. Arkasından fırlamak üzereyken duyduğu gürleyen ses onu olduğu yere çiviledi.

Kapıda duran adam, "*Arrêtez!*"(*) diye seslendi.

Louvre'un güvenlik görevlisi, Langdon'ın göğsüne nişan aldığı silahını ileri doğrultmuş bir halde Devlet Salonu'ndan içeri girmişti.

Langdon'ın kolları içgüdüsel olarak havaya kalktı.

Muhafız, "*Couchez-vous!*" diye emretti. "Yere yat!"

Langdon birkaç saniye içinde yüzükoyun yere uzanmıştı. Muhafız hemen yanına gelerek bacaklarını tekmeleriyle birbirinden ayırdı.

Silahını Langdon'ın sırtına bastırarak, "*Mauvaise idée, Monsiur Langdon,*" (**) dedi. "*Mauvaise idée.*"

Parkenin üstünde elleri ve kolları yanlara açılmış bir halde yatan Langdon durumu bir parça komik bulmuştu. *Vitruvius Adamı,* diye düşündü. *Ama yüzükoyun yatıyor.*

(*) Dur.

(**) Çok kötü fikir mösyö.

29

Silas Saint-Sulpice'de sunaktan aldığı ağır demir şamdanı tutmuş dikilitaşa doğru taşıyordu. Şamdanın gövdesi tokmak görevi görecekti. Yerdeki boşluğu örten gri mermere bakınca, kapağı ses çıkartmadan kıramayacağını anladı.

Mermer ve demir. Sesi tonozlu tavanlarda yankılanacaktı.

Rahibe onu duyar mıydı? Şimdiye dek uyumuş olmalıydı. Öyle bile olsa, bu Silas'ın almamayı tercih ettiği bir riskti. Demirin ucuna saracak bir bez bulmak için etrafına baktı ama sunaktaki keten örtüden başka bir şey göremedi, onu da kirletmek istemiyordu. *Cüppem,* diye düşündü. Koca kilisede tek başına olduğunu bildiğinden cüppesini çözdü ve üstünden çıkardı. Çıkartırken, yün liflerin sırtındaki açık yaralara battığını hissediyordu.

Kasık bağı haricinde çıplak kalan Silas cüppesini demir şamdanın alt ucuna doladı. Ardından, yer karosunun tam ortasını hedef alarak vurdu. Boğuk bir ses çıktı. Taş kırılmamıştı. Şamdanın gövdesiyle yeniden vurdu. Yine hafif bir ses çıktı ama bu kez bir çatlak oluşmuştu. Kapak üçüncü sallayışında nihayet parçalandı ve taş parçaları yerin altındaki boşluğa döküldüler.

Bir bölme!

Kalan parçaları çabucak çekip kaldıran Silas boşluğa bir göz attı. Yanında diz çökerken kalbi hızla çarpıyordu. Soluk avucunu kaldırıp, içeri daldırdı.

İlk başta hiçbir şey hissetmedi. Bölmenin zemininde sadece taş vardı. Daha sonra elini biraz daha derinlere soktuğunda, Gül Çizgisi'nin altında bir şeye dokundu! Kalın bir taş tablet. Parmaklarıyla ucundan kavrayarak, tableti yavaşça dışarı çıkardı. Ayakta durup bulduğu nesneyi incelerken, üzerine kelimeler kazınmış yontma bir taş levha tuttuğunu fark etti. Bir an için kendini modern zamanın Musa'sı gibi hissetmişti.

Silas tabletin üstündeki kelimeleri okurken şaşkınlık içindeydi. Kilit taşının bir harita, bir dizi talimatlar ya da şifrelerden oluşmasını bekliyordu. Buna rağmen kilit taşında en basit yazıtlardan biri vardı.

Eyub 38:11

Bir İncil ayeti mi? Silas bu sadelik karşısında hayrete düşmüştü. Aradıkları şeyin saklandığı gizli yer bir İncil ayetinde mi açıklanmıştı? Kardeşlik, doğrulukla alay etmek için hiçbir şeyden çekinmemişti!

Eyub. Otuz sekizinci sure. On birinci ayet.

Silas on birinci ayetin sözlerini tam olarak hatırlamasa da, Eyub Kitabı'nın Tanrı inancı birçok sınavdan başarıyla geçen bir adamın öyküsünü anlattığını biliyordu. *Çok uygun,* diye düşünürken heyecanını bastırmakta güçlük çekiyordu.

Dönüp omzunun üstünden bakınca, parıldayan Gül Çizgisi'ni gördü ve gülümsemesini engelleyemedi. Ana sunağın üstündeki yaldızlı rahlede, deri kaplı açık bırakılmış kocaman bir İncil duruyordu.

Rahibe Sandrine yukarıdaki balkonda titriyordu. Aşağıdaki adam cüppesini çıkardığı sırada rahibe, uzaklaşıp aldığı emirleri yerine getirmek üzereydi. Onun kaymak beyazı tenini gördüğünde dehşete düşmüştü. Geniş ve solgun sırtı kan kırmızı sıyrıklarla doluydu. Bulunduğu yerden bile yaraların yeni olduğunu görebiliyordu.

Bu adam merhametsizce kırbaçlanmış!

Ayrıca kalçasının etrafındaki kanlı *keçe* kemeri ve altındaki yaradan damlayan kanı görmüştü. *Nasıl bir Tanrı bir vücudun böyle cezalandırılmasını ister?* Rahibe Sandrine, Opus Dei'nin hayatı boyunca anlayamayacağı bir şey olduğunu biliyordu. Ama o anda öncelikli kaygısı bu değildi. *Opus Dei kilit taşını arıyor.* Rahibe Sandrine düşünecek vakti olmadığını bildiği halde, bunu nereden bildiklerini tahmin edemiyordu.

Kanlar içindeki keşiş şimdi yeniden cüppesini giyiyordu. Sunağa ve üstündeki İncil'e doğru ilerlerken mükafatını sıkıca kavramıştı.

Rahibe Sandrine nefesini tutarak balkondan ayrıldı ve koridordan kaldığı odaya koşuşturdu. Elleriyle dizlerinin üstüne çökerek, ahşap karyolasının altına uzandı ve üç yıl önce oraya sakladığı mühürlü zarfı aldı.

Zarfı yırtarak açınca, içinden dört tane Paris telefon numarası çıktı. Titreyerek numaraları çevirmeye başladı.

Aşağıda ise, Silas taş tableti sunağın üstüne bırakmış, hevesli ellerini deri İncil'e çevirmişti. Uzun beyaz parmakları sayfaları çevirirken terliyordu. Eski Ahit'e geçerek, Eyub Kitabı'nı buldu. Otuz sekizinci sureyi açtı. Parmaklarını metinde aşağı doğru kaydırırken, okuyacağı kelimeleri tahmin etmeye çalışıyordu.

Onlar liderlik yapacaklar!

On birinci ayeti bulan Silas cümleyi okudu. Sadece yedi kelimeden oluşuyordu. Aklı karışmış bir halde yeniden okurken, bir şeylerin son derece yanlış gittiğini sezinliyordu. Ayette şu basit kelimeler yazıyordu:

B U R A Y A K A D A R G E L E C E K S İ N,
A M A D A H A İ L E R İ D E Ğ İ L.

30

Güvenlik görevlisi Claude Grouard, *Mona Lisa'*nın önünde yüzükoyun yatan esirinin başında dikilirken, öfkeden kuduruyordu. *Bu hergele Jacques Saunière'i öldürdü!* Saunière, Grouard ve adamları için çok sevdikleri bir baba gibiydi.

Grouard tetiği çekip, Robert Langdon'ın sırtına bir kurşun saplamaktan başka bir şey istemiyordu. Kıdemli bir memur olan Grouard, dolu silah taşıyan az sayıdaki görevliden biriydi. Kendi kendine Langdon'ı öldürmenin, Bezu Fache ve Fransız hapishanelerinin çektireceği ıstırapla karşılaştırıldığında çok hafif kalacağını hatırlattı.

Grouard kemerinden küçük telsizini çıkarıp destek istemeye çalıştı. Ama tek duyduğu parazitli bir sesti. Bu odadaki elektronik güvenlik, bekçilerin iletişim sistemini çalışmaz hale getiriyordu. *Kapıya doğru gitmeliyim.* Grouard silahını Langdon'a doğrultmuş bir halde, yavaşça kapı eşiğine doğru gerilemeye başladı. Üçüncü adımında, onu durduran bir şeye rastlamıştı.

Bu da ne böyle!

Odanın ortasında belirsiz bir görüntü beliriyordu. Bir siluet. Odada bir başkası mı vardı? Karanlıkta hareket eden bir kadın, sol taraftaki duvara doğru yürüyordu. Renkli fenerle yerde bir şey arıyormuş gibi, önünde morumsu bir ışık demeti ileri geri hareket ediyordu.

"*Kim var orada?*" diye soran Grouard, son otuz saniye içinde adrenalininin ikinci kez tavana vurduğunu hissetmişti. Birden silahını nereye doğrultacağına veya hangi yöne doğru hareket edeceğine karar veremedi.

Elindeki ışıkla hâlâ yeri tarayan kadın sakin bir tonla, "Teknik bölüm," diye cevap verdi.

Police Technique et Scientifique. Grouard terliyordu. *Ben tüm ajanların gittiğini sanıyordum!* Artık kızıl ötesi mor ışığın teknik bölümle bağdaştığını fark etmişti ama yine de DCPJ'nin burada neden delil aradığını anlayamıyordu.

Grouard, "*Votre nom!*" diye seslendi. İçgüdüleri ona bir şeyin gerektiği gibi olmadığını söylüyordu. "*Répondez!*"(*)

Ses, sakin Fransızca, "*C'est moi,*"(**) diye karşılık verdi. "*Sophie Neveu.*"

Grouard'ın zihninin derinliklerinde bir yerlerde bu isim kayıtlıydı. *Sophie Neveu?* Bu, Saunière'in torununun ismiydi, öyle değil mi? Küçük bir kızken buraya gelirdi ama bu yıllar önceydi. *Bu kesinlikle o olamaz!* Hem Sophie Neveu bile olsa, bu ona güvenmek için yeterli bir sebep değildi; Grouard, torunuyla Saunière arasındaki hüzünlü ayrılığı duymuştu.

Kadın, "Beni tanıyorsun," diye seslendi. "Ve büyükbabamı Robert Langdon öldürmedi. İnan bana."

Memur Grouard *bunu* yutacak kadar saf değildi. *Desteğe ihtiyacım var!* Bir kez daha telsizini deneyip, parazit sesleri duydu. Kapı girişi hâlâ altı metre arkasındaydı, bu yüzden silahını yerde yatan adamdan ayırmadan yavaşça gerilemeye başladı. Grouard adımlarını geri geri atarken, odanın diğer tarafındaki kadının UV ışığını yukarı kaldırarak, Devlet Salonu'nun arka kısmında, *Mona Lisa*'nın tam karşısında asılı duran resmi incelediğini gördü.

Hangi resme baktığını gören Grouard yutkundu.

Tanrı aşkına ne yapıyor bu kadın?

Odanın arka tarafındaki Sophie Neveu, alnından soğuk terler damladığını hissediyordu. Langdon hâlâ kolları ve bacakları açık bir halde yerde yatıyordu. *Dayan Robert. Geldim.* Muhafızın her ikisini de vurmayacağını bildiğinden, Sophie dikkatini elindeki işe verdi ve özellikle bir sanat eserinin -bir başka Da Vinci- etrafındaki alanı iyice gözden geçirdi. Ama UV ışığı sıradışı bir ize rastlamamıştı. Ne yerde, ne duvarlarda, ne de tablonun üstünde.

Burada bir şey olmalı!

(*) Cevap verin.

(**) Benim.

Sophie, büyükbabasının şifrelerini doğru çözdüğüne kesinlikle emindi.

Başka ne kastetmiş olabilir?

İncelediği başyapıt bir buçuk metrelik bir tabloydu. Da Vinci'nin resmettiği tuhaf sahnede, tehlikeli çıkıntılı kayalıklar üzerinde kucağında Bebek İsa'yla oturan Bakire Meryem, Vaftizci Yahya ve Azrail Meleği görülüyordu. Sophie küçükken *Mona Lisa*'ya yaptığı her ziyarette büyükbabası onu kolundan sürükleyerek bu ikinci tablonun başına getirirdi.

Grand-père, ben buradayım! Ama göremiyorum!

Sophie arkasında duran görevlinin telsizinden yardım istemeye çalıştığını duyabiliyordu.

Düşün!

Mona Lisa'nın koruyucu camına karalanan mesajı gözünde canlandırdı. *Kara riya aklı bilsek.* Karşısındaki tablonun önünde, mesaj yazılacak koruyucu herhangi bir cam yoktu ve Sophie, büyükbabasının bir başyapıtın üstüne yazı yazarak asla zarar vermeyeceğini iyi biliyordu. Durdu. En azından önüne değil. Gözlerini yukarı, tabloyu taşımak için tavandan sarkan uzun kablolara dikti.

Olabilir mi? Ahşap çerçeveyi sol tarafından kavrayarak kendine doğru çekti. Tablo oldukça büyüktü. Sophie, onu duvardan çekerken tablonun arka tarafı duvardan ayrılmıştı. Sophie başıyla omuzlarını tablonun arkasına sokup arka yüzeyi incelemek için siyah ışık tuttu.

Sezilerinin yanlış olduğunu anlaması yalnızca birkaç saniyesini almıştı. Tablonun arkası boştu. Mor yazılar yoktu, sadece eskiyen tuvalin küflü kahverengi arka yüzeyi...

Dur biraz.

Sophie'nin gözleri, ahşap çerçevenin alt kenarına yerleştirilmiş parlak bir metalin ışıltısına takılmıştı. Bu küçük nesne, tuval ile çerçevenin buluştuğu kısımdaki açıklığın içine sıkıştırılmıştı. Arasından parlak altın bir zincir sarkıyordu.

Sophie zincirin tanıdık altın bir anahtara bağlı olduğunu görünce hayrete düştü. Geniş ve oymalı baş kısım haç şeklindeydi ve üstüne Sophie'nin dokuz yaşından beri görmediği mühür basılmıştı. P.S. harfleriyle birlikte bir fleur-de-lis. Sophie o anda büyükbabasının hayaletinin kulağına fısıldadığını hissetti. *Vakti geldiğinde anahtar senin olacak.* Büyükbabasının öldüğü halde verdiği sözü tutması, boğazının düğümlenmesine neden oldu. Büyükbabasının sesi, *bu anahtar bir kutuyu açıyor,* diyordu, *orada pek çok sırrımı saklıyorum.*

Sophie artık o geceki kelime oyununun sadece bu anahtar için oynandığını anladı. Büyükbabası öldüğünde yanında bu anahtar vardı. Polisin eline düşmesini istemediğinden, onu bu tablonun arkasına saklamıştı. Sonra, sadece Sophie'nin bulması için dâhice bir hazine avı planlamıştı.

Güvenlik görevlisinin sesi, "*Au secours!*"(*) diye bağırdı.

Sophie anahtarı tablonun arkasından aşırarak, UV feneriyle birlikte cebine attı. Tuvalin arkasından bakarken, görevlinin ümitsizce hâlâ telsizinden birilerine ulaşmaya çalıştığını görebiliyordu. Langdon'ı hedef alan silahını ondan ayırmadan kapı girişine doğru geriliyordu.

Telsizine bir kez daha, "*Au secours!*" diye bağırdı.

Parazit.

Buraya gelen turistlerin *Mona Lisa*'yı gördüklerini övünerek anlatmak için evi aramaya çalıştıklarında, cep telefonlarının çalışmadığını hatırlayan Sophie, *telsizi çalışmıyor,* diye düşündü. Duvarlardaki yoğun izleme tertibatı yüzünden, koridora çıkmadıkça herhangi bir haberleşme sisteminin işlemesine imkân yoktu. Görevli hızla çıkışa doğru ilerliyordu ve Sophie çabuk davranması gerektiğini biliyordu.

Arkasında durduğu büyük tabloya başını kaldırıp baktığında, o gece Leonardo da Vinci'nin bir kez daha yardımına koştuğunu gördü.

Silahını adama doğrultmuş olan Grouard kendi kendine, *birkaç metre kaldı*, diyordu.

Odanın diğer tarafında duran kadının sesi, "*Arrêtez! Ou je la détruis!*"(**) diye yankılandı.

Grouard o tarafa bakıp durdu. "*Mon dieu, non!*"(***)

(*) İmdat.

(**) Dur! Yoksa buna zarar veririm!

(***) "Aman Tanrım, hayır!"

Kırmızımsı sis bulutunun içinden, kadının büyük tabloyu kablolardan çıkartıp yere indirdiğini görebiliyordu. Bir buçuk metre yüksekliğindeki tablo, kadının tüm vucudunu gizliyordu. Grouard ilk önce tablonun yerinden oynayan kablolarının neden alarmları çalıştırmadığını düşündü ama sonra, kablo vericilerinin alarm için yeniden çalıştırılması gerektiğini anladı. *Ne yapıyor!*

Gördüğünde kanı dondu.

Tablo ortasından bel vermeye, Bakire Meryem, Bebek İsa ve Vaftizci Yahya çarpılmaya başlamıştı.

Paha biçilemez Da Vinci'nin büküldüğünü dehşetle seyreden Grouard, "*Non!*" diye çığlık attı. Kadın dizini arka taraftan tablonun ortasına bastırıyordu. "*NON!*"

Grouard dönerek, tabancasını kadına doğrulttu ama hemen o anda bunun boş bir tehdit olduğunun farkına vardí. Tablo sadece bir bez parçasıydı ama kesinlikle delinemezdi -üstüne altı milyon dolarlık bir zırh giyiyordu.

Bir Da Vinci'ye kurşun sıkamam!

Kadın soğukkanlı bir sesle Fransızca, "Silahınla telsizini yere bırak," dedi. "Yoksa dizimi bu tabloya geçiririm. Sanırım.büyükbabamın bu konuda neler hissedeceğini iyi biliyorsundur."

Grouard sersemlemişti. "Hayır... lütfen. Bu *Kayalıklar Bakiresi!*" Silahıyla telsizini yere bırakıp, ellerini başının üstüne kaldırdı.

Kadın, "Teşekkürler," dedi. "Şimdi söylediklerimi tam olarak yap ki, her şey yolunda gitsin."

Birkaç dakika sonra, Sophie ile birlikte yangın merdiveninden zemin kata koşarak inen Langdon'ın kalbi hâlâ gümbürdeyerek atıyordu. Yerde titreyerek yatan görevliyi Devlet Salonu'nda bıraktıklarından beri ikisi de tek kelime etmemişti. Şimdi görevlinin silahını sıkıca tutan Langdon, ondan kurtulmak için sabırsızlanıyordu. Silah ağırdı ve ona son derece yabancı geliyordu.

Basamakları çifter çifter atlayan Langdon, neredeyse mahvetmek üzere olduğu tablonun ne kadar değerli olduğu konusunda Sophie'nin bir fikri olup olmadığını merak ediyordu. Yaptığı sanatsal seçim, bu geceki macerayla son derece örtüşüyordu. Eline aldığı Da Vinci, tıpkı *Mona Lisa* gibi, sanat tarihçileri arasında gizli pagan sembolleri içerdiği düşüncesiyle oldukça ünlüydü.

Koşarlarken, "Çok değerli bir rehine seçtin," dedi.

"*Kayalıklar Bakiresi,*" diye cevap verdi. "Ama onu ben değil, büyükbabam seçti. Tablonun arkasında benim için bir şey bırakmış."

Langdon, ona şaşkın bir bakış fırlattı. "Ne! Ama hangi tablo olduğunu nereden anladın? Neden *Kayalıklar Bakiresi?*"

"Kara riya aklı bilsek." Yüzüne zafer kazanmış bir gülümseme oturmuştu. "İlk iki anagramı göremedim Robert. Üçüncüyü kaçıramazdım."

31

Rahibe Sandrine, Saint-Sulpice'deki odasında telefona, "Hepsi öldü!" diye kekeledi. O sırada bir telesekretere mesaj bırakıyordu. "Lütfen açın! Hepsi öldü!"

Listedeki ilk üç telefon numarası korkunç sonuçlar doğurmuştu -histerik bir dul, cinayet davası üzerinde geç saatlere kadar çalışan bir dedektif ve matemli bir aileyi teselli eden ciddi bir rahip. Her üç bağlantı da ölmüştü. Ve şimdi de, dördüncü numarayı aradığında -ilk üçüne ulaşılamadığı müddetçe aranmayacak olan numara- karşısına telesekreter çıkmıştı. Karşılama mesajında hiçbir isim verilmiyor, sadece arayan kişinin mesajını bırakması isteniyordu.

Mesajı bırakırken, "Yerdeki karo kırıldı!" diye yalvardı. "Diğer üçü öldü!"

Rahibe Sandrine, koruduğu dört adamın kimliklerini bilmiyordu, ama yatağının altına tıkıştırdığı özel telefon numaraları tek bir koşulda aranabilirdi.

Yüzü olmayan haberci ona, *eğer bu yer karosu kırılırsa,* demişti, *üst kademeye erişildi demektir. İçimizden biri ölümle tehdit edilmiş ve ümitsiz bir yalan söylemek zorunda kalmıştır. Numaraları ara. Diğerlerini uyar. Bizi bu konuda yüzüstü bırakma.*

Bu sessiz bir alarmdı. Basit olduğu kadar sağlam ve güvenilirdi. İlk duyduğunda plan onu hayrete düşürmüştü. Kardeşlerden birinin kimliği tehlikeye girdiğinde, diğerlerini uyarmaya yarayan mekanizmayı başlatacak bir yalan söyleyecekti. Ama bu gece, bir kişiden fazlasının kimliği tehlikeye düşmüş gibiydi.

Korkuyla, "Lütfen cevap verin," diye fısıldadı. "Neredesiniz?"

Kapıdan gelen derin bir ses, "Telefonu kapat," dedi.

Dehşetle arkasını dönünce, dev cüsseli keşişi gördü. Ağır şamdanı elinde tutuyordu. Rahibe, titreyen elleriyle telefonu yerine koydu.

Keşiş, "Öldüler," dedi. "Dördü birden. Ve beni aptal yerine koydular. Bana kilit taşının yerini söyle."

Rahibe Sandrine gerçeği söyleyerek, "Bilmiyorum!" dedi. "Sırrı diğerleri saklıyordu." *Ölmüş olan diğerleri!*

Beyaz yumruğuyla demir şamdanı kavrayan adam, ona doğru ilerledi. "Sen bir kilise rahibesisin, buna rağmen *onlara* mı hizmet ediyorsun?"

Rahibe Sandrine meydan okuyan bir tavırla, "İsa'nın gerçek bir mesajı vardı," dedi. "Ben bu mesajı Opus Dei'de göremedim."

Keşişin gözlerinde birden gazap fırtınaları koptu. Şamdanı sopa gibi sallayarak bir hamle yaptı. Rahibe Sandrine yere düşerken, aklından son geçen düşünceler, kötü bir şeylerin olacağıydı.

Dördü birden öldü.

Kıymetli gerçek sonsuza dek kayboldu.

32

Denon Kanadı'nın batı ucundaki güvenlik alarmı, Langdon ile Sophie Paris akşamının kucağına koşarken, yakındaki Tuileries Bahçeleri'ndeki güvercinleri ürkütüp kaçırmıştı. Sophie'nin meydanın karşı tarafında duran arabasına koşarlarken, Langdon uzaklardan gelen polis sirenlerini duyabiliyordu.

Meydanda park halinde duran iki kişilik kırmızı arabayı işaret eden Sophie, "İşte şuradaki," dedi.

Şaka yapıyor öyle değil mi? Araç, Langdon'ın hayatında gördüğü en küçük arabaydı.

Sophie "SmartCar," dedi. "Yüz kilometrede bir litre yakıyor."

Sophie arabayı çalıştırıp, çakıl taşlarından kaldırıma çıkana kadar, Langdon kendini yan koltuğa ancak atabilmişti. Araba kaldırımda ilerleyip, Carrousel de Louvre'daki adacığın bulunduğu yere sıçrayarak inerken arabanın ön paneline tutundu.

Sophie bir an için merkezi çevreleyen taflanların arasından geçip adacıktan dümdüz giderek kısa yolu kullanmayı ve böylelikle ortadaki geniş çimenlik alana ulaşmayı düşündü.

Carrousel du Louvre'un etrafındaki taflanların ortadaki tehlikeli çukuru *-La Pyramide Inversée-* saklamaya yaradığını bilen Langdon, "Hayır!" diye bağırdı. Baş aşağı duran bu gökdelen piramidi daha önce müzenin içinden görmüştü. Tek bir lokmada SmartCar'ı yutabilecek büyüklükteydi. Bereket versin ki, Sophie geleneksel yolu tercih edip direksiyonu sağa kırmış ve dışarı çıkıncaya kadar daire çizmişti. Daha sonra sola döndü ve kuzey şeridini takip ederek, Rue de Rivoli'ye doğru hızlandı.

Arkalarındaki iki tonlu polis sirenlerinin sesi artık daha yüksek gelmeye başlamıştı ve Langdon yan aynadan baktığında farları görebiliyordu. Sophie, Louvre'dan daha hızlı uzaklaşabilmek için gaza basınca SmartCar'ın motoru itiraz etti. Elli metre ileride, Rivoli'deki ışık kırmızıya döndü. Sessizce küfreden Sophie hızını kesmeden devam etti. Langdon kaslarının gerildiğini hissediyordu.

"Sophie?"

Kavşağa geldiklerinde çok az yavaşlayan Sophie farlarını açtı ve yeniden gaza basıp, boş kavşaktan sola keskin bir dönüş yapmadan önce her iki yöne de şöyle bir baktı. Batıya doğru beş yüz metre kadar gittikten sonra Sophie geniş bir adanın etrafından sağa saptı. Kısa süre içinde Champs-Elysées Bulvarı'nın karşı tarafında ilerlemeye başlamışlardı.

Düz yolda gitmeye başladıktan sonra Langdon yan pencereden boynunu uzatıp Louvre'a doğru baktı. Arkalarından polis takip ediyormuş gibi görünmüyordu. Müzenin önünde bir mavi ışıklar denizi toplanmaya başlamıştı.

Kalp atışı sonunda yavaşlayan Langdon önüne döndü. "Bu ilginçti," dedi.

Sophie, onu duymuşa benzemiyordu. Gözlerini, Paris'in Beşinci Cadde'si diye bilinen lüks mağazaların yer aldığı üç kilometrelik Champs-Elysées Bulvarı'na dikmişti. Büyükelçilik sadece bir buçuk kilometre uzaklıktaydı. Langdon koltuğuna yerleşti.

Kara riya aklı bilsek.

Sophie'nin aklını bu kadar hızlı çalıştırması gerçekten etkileyiciydi.

Kayalıklar Bakiresi.

Sophie, büyükbabasının onun için tablonun arkasına bir şey sakladığını söylemişti. *Son bir mesaj mı?* Langdon, Saunière'in zekice düşünülmüş saklama yerine hayranlık duymaktan kendini alamıyordu; *Kayalıklar Bakiresi* o gecenin birbirine bağlı sembol zincirine tam olarak uyuyordu. Öyle görünüyordu ki Saunière, her seferinde Leonardo Da Vinci'nin karanlık ve muzip yönüne duyduğu hayranlığı dile getirmişti.

Kayalıklar Bakiresi teklifi Da Vinci'ye Lekesiz Doğum Kardeşler Birliği diye bilinen bir kuruluştan gelmişti. Milano'daki San Francesco kiliselerindeki sunakta bulunan üçlemenin ortası için bir tabloya ihtiyaç duyuyorlardı. Rahibeler, Leonardo'ya tablonun tam ebatlarını ve istedikleri temayı belirtmişlerdi... bir mağaraya sığınan Bakire Meryem, Vaftizci Bebek Yahya, Azrail ve Bebek İsa. Da Vinci onların istediği gibi çalıştığı halde, işi teslim ettiğinde grup dehşete düşmüştü. Tabloyu tartışmalı ve rahatsız edici ayrıntılarla doldurmuştu.

Tabloda, kolunu bebek İsa olduğu tahmin edilen bir çocuğa dolamış mavi sabahlık içindeki Bakire Meryem görünüyordu. Meryem'in karşısında, yine bir çocukla, ki onun da Vaftizci Yahya olduğu tahmin ediliyordu, Azrail oturuyordu. Bununla birlikte, alışıldık Yahya'yı vaftiz eden İsa betimlemesinin yerine bu kez bebek *Yahya*, İsa'yı vaftiz ediyordu... ve İsa yetkisini ona veriyordu! Bundan daha da sıkıntı verici olan, Meryem'in bir elini bebek Yahya'nın başının üstünde tutması ve tehditkâr bir tavır içinde olmasıydı -elleri, görünmeyen bir başı kavrayan kartal pençesi gibiydi. Son olarak, en belirgin ve en korkutucu görüntü: Meryem'in kıvrılmış parmaklarının tam altında Azrail'in yaptığı kesme işaretiydi -sanki Meryem'in pençemsi elinin tuttuğu görünmeyen başı boynundan kesip ayırıyor gibiydi.

Langdon'ın öğrencileri, Da Vinci'nin ikinci bir tablo yaparak kardeşler cemiyetini yumuşattığını öğrendiklerinde daima şaşırırlardı. Bu "hafifletilmiş" *Kayalıklar Bakiresi*'nde tüm bireyler daha geleneksel bir şekilde tasvir edilmişlerdi. İkinci tablo şimdi Londra'daki Ulusal Galeri'de sergileniyordu ama Langdon yine de Louvre'da yer alan daha ilgi çekici resmi tercih ediyordu.

Sophie arabayı Champs-Elysées'de hızla sürerken Langdon, "Tablonun arkasında ne vardı?" diye sordu.

Sophie gözlerini yoldan ayırmadı. "Büyükelçiliğe güven içinde girdikten sonra sana göstereceğim."

"Bana *gösterecek misin?*" Langdon şaşırmıştı. "Sana maddi bir nesne mi bırakmış?"

Sophie ters ters başını salladı. "Üstünde fleur-de-lis ve P.S. harfleri var."

Langdon kulaklarına inanamıyordu.

Sophie arabanın direksiyonunu sağa kırıp, lüks Hôtel de Crillon'un önünden Paris'in üç şeritli diplomatik mahallesine hızla dönerken, *bu işi başaracağız,* diye düşünüyordu. Artık büyükelçiliğe bir kilometreden az kalmıştı. Sophie sonunda nefesinin yeniden normale döndüğünü hissetti.

Arabayı sürerken bile Sophie'nin aklı cebindeki anahtardaydı. Yıllar önce onu gördüğü ana ait hatıralar, kolları eşit haç biçimindeki altın baş kısım, üçgen gövde, içerlek yazılar, kabartmalı çiçek mühür ve P.S. harfleri.

Geçen yıllar süresince anahtar Sophie'nin aklına nadiren gelmiş olsa da, istihbarat camiasında yaptığı görev ona güvenlik hakkında pek çok şey öğretmişti ve artık anahtarın garip görüntüsü ona çok şaşırtıcı gelmiyordu. *Lazerle işlenmiş bir matris. Kopyalanması imkânsız.* Kilidi döndüren dişler yerine bu anahtarda yer alan lazerle yapılmış karmaşık kabarcıklar elektronik bir göz tarafından inceleniyordu. Eğer göz, altıgen kabarcıkların doğru aralıklarla yerleştirildiğine ve çevrildiğine karar verirse kilit açılacaktı.

Sophie böylesi bir anahtarın neyi açacağını tahmin edemiyor ama Robert'ın söyleyebileceğini sezinliyordu. Her şeyden önce, daha görmeden anahtarın üstündeki kabartmalı mührü tarif etmişti. Üst taraftaki çarmıh formu, anahtarın bir tür Hıristiyan örgütüne ait olduğunu gösteriyordu ama Sophie lazer işlemeli matris kullanan bir kilise bilmiyordu.

Ayrıca büyükbabam Hıristiyan değildi...

Sophie on yıl önce bunun ispatına tanık olmuştu. Ne gariptir ki, büyükbabasının asıl tabiatını ona gösteren bir başka anahtar -çok daha normal bir anahtar- olmuştu.

Charles de Gaulle Havaalanı'na inip, eve giden bir taksiye atladığında ılık bir akşamüstüydü. *Grand-père az sonra beni gördüğüne çok şaşıracak,* diye düşünüyordu. İngiltere'deki okulundan bahar tatili dolayısıyla eve birkaç gün erken dönen Sophie, onu görmek ve çalıştığı deşifre metotlarını ona anlatmak için sabırsızlanıyordu.

Ama nedense Paris'teki eve vardığında büyükbabasını orada bulamamıştı. Hayal kırıklığına uğramıştı ama gelmesini beklemediğini biliyordu. Belki de Louvre'da çalışıyordu. *Ama bugün cumartesi,* diye hatırladı. Hafta sonlarında nadiren çalışırdı. Hafta sonlarında genellikle...

Sophie sırıtarak garaja koşmuştu. Elbette arabası orada değildi. Hafta sonuydu. Jacques Saunière şehirde araba kullanmaktan hoşlanmazdı. Arabayı tek bir yöne gitmek için almıştı -Paris'in kuzeyinde, Normandiya'daki şatosuna gitmek için. Sophie Londra'nın keşmekeşinde geçirdiği aylardan sonra doğa kokusunu almak ve hemen yola çıkmak için sabırsızlanıyordu. Akşamın erken saatleri olduğundan, derhal yola koyulup ona sürpriz yapmaya karar vermişti. Bir arkadaşının arabasını ödünç alan Sophie, kuzeye yönelerek Cruelly yakınlarındaki ıssız dağlara doğru yol aldı. Büyükbabasının inziva köşesine giden özel araba yoluna saptığında saat onu biraz geçiyordu. Yol yaklaşık bir buçuk kilometre uzunluğundaydı ve Sophie ancak yolu yarıladığında ağaçların arasından evi görmeye başlamıştı -bir dağ kenarındaki ormanın içine yapılmış, dev gibi eski taş bir şato.

Sophie bu saatte büyükbabasının uyuyor olabileceğini aklından geçirmişti ama evin ışıklarının parıldadığını görünce oldukça heyecanlandı. Park edilmiş arabalarla dolu garaja vardığında sevinci şaşkınlığa dönüşmüştü -Mercedes'ler, BMW'ler, Audi'ler ve bir Rolls-Royce.

Sophie bir müddet baktıktan sonra kahkaha krizine tutuldu. Benim *grand-père'm, ünlü münzevi!* Görünüşe bakılırsa Jacques Saunière göründüğü kadar münzevi biri değildi. Sophie okuldayken bir partiye ev sahipliği yaptığı belli oluyordu ve arabaların görünüşüne bakılırsa, Paris'in en nüfuzlu kişileri partiye katılmışlardı.

Ona sürpriz yapmak için sabırsızlanan Sophie hemen ön kapıya koştu. Kapıya vardığında kilitli olduğunu gördü. Kapıyı yumrukladı. Kimse cevap vermedi. Şaşkın bir halde evin etrafında döndü ve arka kapıyı denedi. Cevap yoktu.

Aklı karışmış bir şekilde biraz durup dinledi. Tek duyduğu, vadinin etrafında dönerken hafif uğultular çıkaran serin Normandiya havasıydı.

Müzik çalmıyordu.

Ses yoktu.

Hiçbir şey duyulmuyordu.

Sophie ormanın sessizliği içinde evin yan tarafına gidip, bir ağaç gövdesine tırmanarak yüzünü oturma odasının penceresine dayadı. İçeride gördükleri bir anlam ifade etmiyordu.

"Burada kimse yok!"

Birinci katın tamamı bomboş görünüyordu.

İnsanlar nerede?

Kalbi hızla çarpan Sophie, odunluğa gidip büyükbabasının çıra kutusunun altında sakladığı yedek anahtarı aldı. Ön kapıya koşup içeri girdi. Boş antreye adımını attığında güvenlik sisteminin kontrol paneli yanıp sönmeye başlamıştı... içeri giren kimsenin, güvenlik alarmı çalmaya başlamadan doğru şifreyi tuşlaması için 10 saniyesi olduğunu gösteren uyarı.

Parti verirken alarmı mı çalıştırmıştı?

Sophie çabucak şifreyi girdi ve sistemi kapattı.

İçeri girdiğinde tüm evin bomboş olduğunu gördü. Yukarı katta da kimse yoktu. Bir kez daha boş oturma odasına indiğinde bir süre sessizce durdu ve neler olduğunu anlamaya çalıştı.

İşte o anda derinden gelen sesleri duydu. Ve bu sesler aşağıdan geliyor gibiydi. Sophie bir anlam veremiyordu. Eğilerek kulağını yere dayadı ve dinledi. Evet, sesler kesinlikle aşağıdan geliyordu. *Şarkı söylüyor* gibiydiler... Korkmuştu. Sesten daha ürkütücü olan, bu evin bir bodrum katı olmadığını hatırlamasıydı.

En azından benim bildiğim bir bodrumu yok.

Arkasını dönüp oturma odasını gözleriyle tarayan Sophie, evde yerinde durmayan tek bir nesneye rastlamıştı -büyükbabasının en sevdiği antika Aubusson duvar halısı. Genellikle doğu duvarında şöminenin arkasında asılı dururdu ama o gece pirinç kornişinden kenara çekilmişti ve arkasındaki duvarı gözler önüne seriyordu.

Çıplak lambri duvara doğru yürüyen Sophie şarkı seslerinin yükseldiğini hissetti. Tereddüt ederek kulağını duvara yasladı. Artık sesler daha berraktı. İnsanlar kesinlikle şarkı söylüyor... Sophie'nin anlayamadığı kelimeler kullanıyorlardı.

Bu duvarın arkasında bir boşluk var!

Panelin kenarlarını eliyle yoklayan Sophie gizli bir oyuk buldu. Titizlikle işlenmişti. Kayarak açılan bir kapı. Kalbi deli gibi çarparken parmağını deliğe yerleştirdi ve çekti. Ağır duvar ses çıkartmadan yana kaydı. İlerideki karanlıkta şarkı söyleyen sesler yankılanıyordu.

Kapıdan geçen Sophie kendini dönerek aşağı inen, kaba taş bir merdivende buldu. Çocukluğundan beri bu eve gelirdi ama bu merdivenin varlığından bile haberi yoktu!

Aşağı indikçe hava serinlemişti. Sesler daha da belirginleşti. Artık kadın ve erkek seslerini duyuyordu. Döner basamaklar görüş açısını engelliyordu ama son basamakta önü açılmıştı. Arka tarafta bodrum katının küçük bir parçasını görebiliyordu, titreşen turuncu alevlerle aydınlanan taş.

Nefesini tutan Sophie birkaç adım daha yaklaştı ve neler olduğunu görmek için çömeldi. Gördüklerini anlayabilmesi birkaç saniyesini almıştı.

Burası bir yeraltı odasıydı, dağdaki granitten oyulmuş kaba bir odaya benziyordu. İçerideki tek ışık, duvarlardaki meşalelerden geliyordu. Alevlerin aydınlattığı odanın ortasında yaklaşık otuz kişi çember oluşturacak şekilde duruyordu.

Hayal görüyorum, dedi Sophie kendi kendine. *Bu bir rüya. Başka ne olabilir?*

Odadaki herkes maske takmıştı. Kadınlar beyaz tül gecelikler ve altın ayakkabılar giymişlerdi. Maskeleri beyazdı ve ellerinde altın küreler tutuyorlardı. Erkekler uzun siyah tunikler giymişlerdi ve maskeleri siyahtı. Dev bir satranç tahtasındaki piyonlara benziyorlardı. Çemberdeki herkes ileri geri sallanıp yerde duran bir şeyi huşu içinde zikrediyorlardı... Sophie'nin göremediği bir şeyi.

Şarkı yeniden başlamıştı. Hızlandı. Artık gürlüyordu. Daha hızlı. Katılımcılar içeri doğru birer adım atıp, diz çöktüler. Sophie o sırada neye tanıklık ettiklerini görebilmişti. Dehşetle gerilediği halde, bu manzara hafızasından sonsuza kadar silinmeyecekti. Tiksinti duyan Sophie arkasını dönüp, taş duvarlara tutunarak merdiveni tırmanmıştı. Kapıyı çekerek kapattıktan sonra evden kaçtı ve gözyaşları içinde Paris'e geri döndü.

O gece hayal kırıklığına ve ihanete uğramış bir halde eşyalarını toplayıp evden ayrıldı. Yemek odasındaki masanın üstüne bir not bırakmıştı.

O R A D A Y D I M. B E N İ B U L M A Y A Ç A L I Ş M A.

Notun yanına şatonun odunluğunda duran yedek anahtarı bıraktı.

"Sophie!" Langdon'ın sesi düşüncelerini bölmüştü. "Dur! Dur!"

Hatıralarından uyanan Sophie aniden frene asıldı ve araba patinaj yaparak durdu. "Ne? Ne oldu?"

Langdon önlerindeki uzun caddeyi gösteriyordu.

Gördüğünde Sophie'nin kanı dondu. Yüz metre kadar ilerideki kavşak DCPJ polis arabalarıyla kapatılmıştı. Çarpık park edilmişlerdi ve niyetleri belliydi. *Gabriel Bulvarı'nı kapatmışlar!*

Langdon içini çekti. "Bu gece büyükelçilik yasak bölge mi ilan edildi?"

Sokağın aşağısında, arabalarının yanında duran iki DCPJ polisi şimdi onların bulunduğu yöne doğru bakıyorlardı. Önlerindeki caddede böylesine tuhaf biçimde duran farların ne olduğunu merak ettikleri ortadaydı.

Pekâlâ Sophie, yavaşça dön.

SmartCar'ı geri vitese takarak, üç puanlık bir dönüş yaptı ve arabayı aksi istikamete döndürdü. Uzaklaşırken, arkasından patinaj yapan tekerleklerin sesini duydu. Sirenler çalmaya başlamıştı.

Sophie küfrederek gaza bastı.

33

Sophie'nin SmartCar'ı diplomatik semtteki büyükelçilikler ve konsoloslukların önünden hızla ilerledi. Sonunda bir yan sokağa saparak sağa dönüş yaptı ve tekrar görkemli Champs-Elysées Bulvarı'na çıktı.

Yumruklarını bembeyaz oluncaya kadar sıkan Langdon yolcu koltuğunda iki büklüm oturuyor ve peşlerinden gelen polis olup olmadığını kontrol etmek için arka tarafa bakıyordu. Birden kaçma kararını vermemiş olmayı diledi. Sonra kendine, bu kararı *sen vermedin,* diye hatırlattı. GPS noktacığını tuvalet penceresinden attığında bu kararı onun adına Sophie vermişti. Şimdi büyükelçilikten tam gaz uzaklaşıp Champs-Elysées'nin hafif trafiğinde yılankavi kıvrımlar çizerken Langdon seçeneklerinin daha da kötüye gittiğini hissediyordu. Sophie polisi atlatmış gibi görünüyordu ama Langdon en azından o an için, şanslarının devam edeceğinden şüpheliydi.

Direksiyon başında oturan Sophie, elini süveterinin cebine daldırıp küçük metal bir nesne çıkartarak Langdon'a uzattı. "Robert, şuna bir baksan iyi olacak. Büyükbabamın *Kayalıklar Bakiresi*'nin arkasında bana bıraktığı şey bu."

Aklına gelen çağrışımlardan ötürü tüyleri ürperen Langdon nesneyi eline alıp inceledi. Ağırdı ve çarmıh biçimindeydi. İlk önce bir cenaze *pieu*'su -mezarlıkta toprağa gömmek için tasarlanan bir tür minyatür anı çivisi- tuttuğunu düşündü. Ama daha sonra haçtan devam eden gövdenin üçgen ve prizma formunda olduğunu fark etti. Ayrıca gövdenin üstünde titizlikle işlenerek gelişigüzel dağıtılmış gibi görünen yüzlerce minik altıgen kabarcık vardı.

Sophie, ona, "Lazerle kesilmiş bir anahtar," dedi. "Elektrikli bir göz bu altıgenleri okuyor."

Bir anahtar mı? Langdon daha önce böyle bir şeyi hiç görmemişti.

Şerit değiştirip kavşaktan dönerken Sophie, "Arka tarafına bak," dedi.

Langdon anahtarı çevirdiğinde hayretten ağzı bir karış açık kaldı. Haçın tam ortasına, bir fleur-de-lis ile P.S. harfleri özenle kabartılarak işlenmişti. "Sophie," dedi. "Sana bahsettiğim mühür bu! Sion Tarikatı'nın resmi amblemi."

Sophie başını salladı. "Anahtarı çok uzun zaman önce gördüğümü sana söylemiştim. Bana bundan bir daha asla bahsetmememi söylemişti."

Langdon'ın gözleri kabartmalı anahtar üstüne çakılı kalmıştı. İleri teknoloji üretimiyle üstündeki asırlık semboller, eski ve yeni dünyayı birbirine kaynaştırmıştı.

"Bana bu anahtarın, pek çok sırrı sakladığı bir kutuyu açtığını söylemişti."

Langdon, Jacques Saunière gibi bir adamın ne tür sırlar saklayabileceğini düşününce bir ürperti hissetti. Eski bir kardeşliğin, fütürist bir anahtarla ne işi olduğunu tahmin edemiyordu. Tarikatın varoluşunun tek sebebi bir sırrı korumaktı. İnanılmaz güce sahip bir sırrı. *Bu anahtarın bir ilgisi olabilir mi?* Bu düşünce tüm zihnini sarmıştı. "Neyi açtığını biliyor musun?"

Sophie hayal kırıklığına uğramış gibi görünüyordu. "Senin bildiğini sanıyordum."

Langdon elindeki haçı döndürüp, incelerken bir süre sessiz kaldı.

Sophie, "Hıristiyan işine benziyor," diye ısrar etti.

Langdon bundan o kadar da emin değildi. Anahtarın baş kısmı geleneksel uzun kollu Hıristiyan Haçı'na değil de, Hıristiyanlıktan bin beş yüz yıl önceki *kare* -dört kolu da eşit uzunlukta- haçlara benziyordu. Bu tür haçların uzun kollu Latin Haçı'yla gösterilen çarmıhla hiç ilgisi yoktu. İlk olarak Romalılar tarafından bir işkence aleti olarak kullanılmıştı. Langdon kullandıkları sembolün tarihte çok vahşi bir ismi yansıttığını, "çarmıha" bakan Hıristiyanların çok az bir kısmının bilmesine her zaman hayret etmişti. "Haç" ve "çarmıh" kelimeleri Latincedeki *cruciare* fiilinden geliyordu... yani işkence.

"Sophie," dedi. "Sana söyleyebileceğim tek şey, bunun gibi eşit kollu haçların *barışçıl* haçlar olarak kabul edildiği. Kare biçimleri, çarmıha germe işlemi için elverişli değildir, ayrıca dengeli dikey ve yatay eksenleri erkek ile dişinin doğal birleşimini gösterir. Böylece sembolik olarak tarikatın felsefesiyle örtüşürlör."

Sophie, ona bezgin bir ifadeyle baktı. "Hiç fikrin yok, öyle değil mi?"

Langdon kaşlarını çattı. "En ufak bir çağrışım bile yapmıyor."

"Pekâlâ, yoldan çıkmamız gerekiyor." Sophie dikiz aynasını kontrol etti. "Bu anahtarın neyi açtığını bulmak için güvenli bir yere gitmemiz gerek."

Langdon hasretle Ritz'deki konforlu odasını düşündü. Ama seçenekler arasında olmadığı gayet açıktı. "Paris Amerikan Üniversitesi'ndeki ev sahiplerime ne dersin?"

"Anlaşılır. Fache onları kontrol edecektir."

"Tanıdıkların olmalı. Burada yaşıyorsun."

"Fache telefonumu araştırıp, iş arkadaşlarımla konuşacaktır. Benim tanıdıklarım tehlikeli olur, ayrıca otel bulmak da iyi bir fikir değil, çünkü kimlik soruyorlar."

Langdon bir kez daha, Louvre'dayken Fache'nin kendisini tutuklamasına izin vermenin daha iyi olacağını düşünüyordu. "Büyükelçiliği arayalım. Durumu açıklayabilirim, büyükelçilik de bizimle bir yerde buluşması için birini gönderebilir."

"Bizimle buluşmak mı?" Sophie dönüp, ona deliymiş gibi bakıyordu. "Robert, sen hayal görüyorsun. Büyükelçiliğinin kendi arazisi dışında hiçbir yetkisi yok. Bizi alması için birini göndermeleri, Fransız hükümetinden kaçan birine yardım etmek olur. Olmaz. Eğer büyükelçiliğine gidip, geçici sığınma hakkı isteseydin bu olabilirdi ama onlardan Fransız emniyet güçlerine karşı harekete geçmelerini nasıl istersin?" Başını iki yana salladı. "Büyükelçiliğini şimdi ararsan sana başını daha fazla belaya sokmaktan kaçınmanı ve Fache'ye teslim olmanı söyleyeceklerdir. Ardından adil bir mahkeme yapılması için diplomatik kanalları kullanacaklarına söz verecekler." Başını kaldırıp, Champs-Elysées'deki şık dükkân vitrinlerine baktı. "Yanında ne kadar nakit var?"

Langdon cüzdanına baktı. "Yüz dolar. Birkaç euro. Neden?"

"Kredi kartın yok mu?"

"Elbette var."

Sophie gaza basarken, Langdon onun bir plan yaptığını sezmişti. Tam önlerinde, Champs-Elysées'nin bitiminde, Fransa'nın en geniş adacığıyla çevrelenmiş Arc de Triomphe -Napoleon'un askeri gücünü övmek için yapılan elli metrelik anıt- duruyordu.

Adacığa yaklaşırlarken, Sophie'nin gözleri yine dikiz aynasındaydı. "Şimdilik onları atlattık," dedi. "Ama bu arabada kalırsan beş dakika geçmeden enseleniriz."

Langdon, *demek başka bir araba çalacağız,* diye düşüncelere dalmıştı, *artık iyice suçlu olduk.* "Ne yapacaksın?"

Sophie SmartCar'ı adacığa doğru sürdü. "Güven bana."

Langdon, hiç tepki vermedi. Güven duygusu, bu gece ona fazla bir şey kazandırmamıştı. Ceketinin kolunu geriye sıyırarak saatine baktı -onuncu yaş gününde ebeveynlerinin armağan ettiği Mickey-Mouse marka bir koleksiyon üretimiydi. Çocuksu kadranı genellikle tuhaf bakışları üzerinde toplasa da, Langdon asla başka bir saat almamıştı; biçim ve renk büyüsüyle ilk olarak Disney animasyonları sayesinde tanışmıştı. Şimdi ise Mickey her gün, Langdon'ın ruhen genç kalmasını sağlıyordu. Ama o anda Mickey'nin kolları garip bir açı yaparak, bir o kadar garip bir zamanı gösteriyordu.

Sabaha karşı 02.15.

Bileğine bakıp SmartCar'ı geniş adacığın etrafından döndüren Sophie, "İlginç bir saat," dedi.

Langdon ceketinin kolunu aşağı çekerken, "Uzun hikâye," diye cevap verdi.

"Öyle olduğunu tahmin edebiliyorum." Sophie, ona bakıp çabucak gülümsedikten sonra, adacıktan ayrıldı ve şehir merkezinden uzağa, kuzeye doğru yol aldı. İki yeşil ışığı güç bela yakaladıktan sonra üçüncü kavşağa ulaştı ve Malesherbes Bulvarı'na doğru keskin bir sağ dönüş yaptı. Diplomatik semtin zengin görünüşlü ağaçlı yollarından çıkmışlardı. Artık daha karanlık olan sanayi mahallesinde ilerliyorlardı. Sophie sola döndükten kısa bir süre sonra Langdon nerede olduklarını anladı.

Gare Saint-Lazare.

Önlerinde duran cam çatılı tren istasyonu, uçak hangarıyla bir tür seranın garip uzantısını andırıyordu. Avrupa'daki tren istasyonlarına hiç uymuyordu. Bu saatte bile ana girişin yanında yaklaşık yarım düzine taksi bekliyordu. Sırt çantalı çocuklar istasyondan çıkıp adeta hangi şehirde olduklarını hatırlamaya çalışıyormuş gibi gözlerini ovuştururken, sandviç ve su satan satıcılar el arabalarını sürüyorlardı. Yolun ilerisinde bir çift şehir polisi, yolunu şaşırmış turistlere yön tarif ediyordu.

Sophie SmartCar'ını taksilerin arkasına çekip yolun karşı tarafındaki park alanı yerine kırmızı bölgeye park etti. Langdon henüz neler olduğunu sormaya fırsat bulamadan, Sophie arabadan inmişti. Önlerinde duran taksinin penceresine koştu ve şoförle konuşmaya başladı.

Langdon arabadan indiğinde Sophie'nin taksi şoförüne bir tomar para verdiğini gördü. Taksi şoförü başını salladıktan sonra Langdon'ın şaşkın bakışları altında arabaya onları almadan uzaklaştı.

Taksi uzaklaşırken, kaldırımda Sophie'nin yanına giden Langdon, "Neler oldu?" diye sordu.

Sophie tren istasyonu girişine doğru ilerlemeye başlamıştı bile. "Haydi. Paris'ten ayrılan ilk trene iki bilet alacağız."

Langdon onun yanından aceleyle koşuşturdu. ABD Büyükelçiliği'ne giden bir buçuk kilometrelik yolculuk, artık tam anlamıyla Paris'ten kaçma operasyonuna dönüşmüştü. Langdon bu fikirden gittikçe daha az hoşlanıyordu.

34

Piskopos Aringarosa'yı Leonardo da Vinci Uluslararası Havaalanı'ndan alan şoför, küçük ve gösterişsiz siyah bir Fiat sedanla gelmişti. Aringarosa, tüm Vatikan araçlarının, üzerinde Papa'nın mührünü taşıyan bayraklar ve madalyonlarla süslü, büyük lüks arabalardan oluştuğu günleri hatırladı. *O günler geride kaldı.* Vatikan arabaları artık az gösterişliydiler ve genellikle işaret taşımıyorlardı. Vatikan bunun daha iyi hizmet verebilmek için masraflardan kısmak niyetiyle yapıldığını söylese de, Aringarosa daha çok bir güvenlik meselesi olduğunu düşünüyordu. Dünya çılgına dönmüştü ve Avrupa'nın pek çok yerinde Hazreti İsa'yı sevdiğini ilan etmek, arabanın üstüne hedef tahtası resmi çizmek gibi bir şeydi.

Aringarosa siyah cüppesini eteklerinden toplayarak arka koltuğa bindi ve Castel Gandolfo'ya giden uzun yolculuk için yerine iyice yerleşti. Beş ay önce yaptığı yolculuğun bir benzeri olacaktı.

Geçen yıl Roma'ya yaptığım yolculuk, diye düşündü. *Hayatımın en uzun gecesiydi.*

Vatikan beş ay önce telefon ederek, Aringarosa'nın derhal Roma'ya gelmesini buyurmuştu. Hiçbir açıklama yapmamışlardı. *Biletlerin havaalanında.* Papa gizem perdesini kapalı tutmak için elinden geleni yapmıştı, en yüksek rütbeli papaz için bile.

Aringarosa gizemli çağrının, Opus Dei'nin son zamanlarda halkla ilişkilerde kazandığı başarıyı -New York'taki Dünya Merkezi'nin tamamlanması- kutlamak amacıyla Papa ile diğer Vatikan yetkililerinin fotoğraflarının çekilebileceğini düşünmüştü. *Architectural Digest,* Opus Dei'nin binası için, "Katolikliğin, modern manzarayla yüce bir şekilde bağdaşan parlak feneri" diye bahsetmişti ve son zamanlarda Vatikan "modern" kelimesini içeren her şeye karşı yakınlık duyuyor gibi görünüyordu.

Aringarosa'nın, istemeden de olsa daveti kabul etmekten başka çaresi yoktu. Çoğu muhafazakâr papaz gibi, mevcut Papalık yönetiminin bir hayranı sayılmayan Aringarosa, yeni Papa'nın makama geldiği ilk yılı derin kaygıyla izlemişti. Görülmemiş bir liberal olan Papa Cenapları, Vatikan tarihindeki en tartışmalı ve alışılmadık kardinaller meclisi sayesinde Papalığa atanmıştı. Daha sonra ise beklenmedik bir anda iktidara geldiği için mütevazı olacağı yerde, Hıristiyanlığın en yüksek makamıyla ilgisi olan tüm bilekleri bükmekte hiç vakit kaybetmemişti. Kardinaller Meclisi'nden sürekli liberal destek alan Papa, Papalık misyonunun "Vatikan doktrinlerini çağdaşlaştırmak ve Katolikliği üçüncü bin yıla hazırlamak" olduğunu ilan ediyordu.

Aringarosa, söylediği sözlerle bu adamın, Tanrı'nın yasalarını yeniden yazabileceğine ve gerçek Katolikliğin gerektirdiklerinin modern dünyaya ters düştüğüne inananların kalplerini yeniden kazanacağına inanacak kadar küstah olmasından korkuyordu.

Aringarosa, Papa ile danışmanlarını, kilisenin kurallarını yumuşatmanın sadakatsizlik ve korkaklıkla kalmayıp aynı zamanda siyasi bir intihar olacağına ikna etmek için, tüm siyasi nüfuzunu -Opus Dei'nin seçmenleriyle banka hesabının miktarı düşünüldüğünde oldukça büyük sayılırdı- kullanıyordu. Kilise kanunlarını bir önceki yumuşatma girişiminin -2. Vatikan fiyaskosu- geriye zarar verici bir miras bıraktığını hatırlatıyordu: Artık kiliseye gelenlerin sayısı her zamankinden daha düşüktü, bağışlar sıfırı tüketmek üzereydi ve kiliselere atayacak yeterli sayıda Katolik papaz yoktu.

Aringarosa *insanların kilisenin yol göstermesine ihtiyacı var,* diye ısrar etmişti, *sırtlarını sıvazlayıp şımartmasına değil.*

Aylar önce o gece, Fiat havaalanından ayrılırken Aringarosa, Vatikan Şehri yerine doğudaki dolambaçlı bir dağ yoluna gittiklerini görünce şaşırmıştı. Şoförüne, "Nereye gidiyoruz?" diye sormuştu.

Adam, "Alban Dağları'na," diye yanıtlamıştı. "Toplantınız Castel Gandolfo'da."

Papa'nın yazlık evi mi? Aringarosa daha önce oraya hiç gitmemiş ve gitmek de istememişti. On altıncı yüzyıldan kalma hisar, Papa'nın yazlık evi olmasının yanı sıra, Avrupa'daki en gelişmiş astronomi gözlemevlerinden biri olan Specula Vaticana'ya -Vatikan Rasathanesi- ev sahipliği yapıyordu. Aringarosa, Vatikan'ın bilimle uğraşmasını bir türlü içine sindirememişti. Bilimle inancı kaynaştırmanın mantığı ne olabilirdi ki? Tanrı inancı taşıyan bir adam, bilimle tarafsız uğraşamazdı. İmanın ise fiziksel olarak teyit edilmesine gerek yoktu.

Yıldızlarla kasım gökyüzüne doğru yükselen Castel Gandolfo görüş alanına girdiğinde, *yine de geldik işte,* diye düşündü. Garaj yolundan bakıldığında Gandolfo, intihar atlayışı yapmayı düşünen devasa bir taş canavara benziyordu. Uçurumun tam kenarına inşa edilmiş şato, İtalyan medeniyetinin beşiğine doğru eğilmişti, Roma'yı kurmadan önce Curiazi ile Orazi kabilelerinin uzun zaman savaştıkları vadi.

Gandolfo'nun silueti bile görülecek bir manzaraydı... bu coşku verici uçurum sahnesinin etkisini artıran etkileyici bir mimarisi vardı. Aringarosa şimdi, Vatikan'ın bina çatısına iki dev alüminyum teleskop kubbesi yerleştirerek mahvettiğini görmekten üzüntü duyuyordu. Bir zamanların bu mağrur yapısını adeta, komik şapka giymiş gururlu bir savaşçı konumuna düşürmüşlerdi.

Aringarosa arabadan indiği sırada bir Cizvit rahibi koşuşturarak, karşılamak için yanına geldi. "Hoş geldiniz piskopos. Ben Peder Mangano. Bir gökbilimciyim."

Ne kadar iyi. Aringaroso homurdanarak onu selamladıktan sonra, ev sahibinin peşinden şatonun antresine girdi, Rönesans sanatıyla astronomi görüntülerinin zevksiz karışımından oluşan geniş ve açık bir alan. Kendisine eşlik eden rahibi traverten merdivenlerde takip eden Aringarosa konferans salonları, derslikler ve turist bilgilendirme hizmetlerine ait işaretler gördü. Vatikan'ın her seferinde ruhani gelişim için mantıklı rehberlik hizmetinden geri kalıp, turistlere astrofizik dersleri vermeye bir şekilde vakit bulduğunu düşünmek onu şaşırtmıştı.

Aringarosa, genç rahibe, "Söylesene," dedi. "Kuyruk ne zaman köpeği sallamaya başladı?"

Rahip, ona tuhaf bir biçimde baktı. "Efendim?"

Bu gece yine o tartışmayı açmamak düşüncesiyle Aringarosa konuyu kapattı. *Vatikan delirmiş.* Taviz vermeden ona değerleri öğretmek yerine, şımarık çocuklarının kaprislerine boyun eğen üşengeç ebeveynler gibi, kilise de gittikçe yumuşuyor, doğru yoldan sapan bir kültüre ayak uydurmaya çalışıyordu.

Üst kattaki geniş koridor oldukça lüks döşenmişti ve pirinç tabelalı meşe kapıların bulunduğu yöne doğru ilerliyordu.

ASTRONOMİ KÜTÜPHANESİ

Aringarosa burada -Vatikan Astronomi Kütüphanesi- Copernicus, Galileo, Kepler, Newton ve Secchi'nin nadir bulunan çalışmaları da dahil olmak üzere, yirmi beş binden fazla eser bulunduğunu duymuştu. İddia edildiğine göre Papa'nın kıdemli çalışanları da burada özel toplantılar düzenliyorlardı...Vatikan Şehri sınırları içinde yapmak istemedikleri toplantıları.

Kapıya yaklaşan Piskopos Aringarosa, içeride duyacağı haberi ya da harekete geçireceği olaylar zincirini kesinlikle tahmin etmiyordu. Bir saat sonra toplantıdan sendeleyerek çıkarken, kötü olaylara dair imalar yerine oturmaya başlamıştı. *Bundan altı ay sonra!* diye düşünmüştü. *Tanrı yardımcımız olsun!*

Şimdi Fiat'ta oturmakta olan Piskopos Aringarosa, o toplantıyı düşünürken yumruklarını sıktığını fark etti. Yumruğunu gevşetip, yavaşça derin bir nefes aldı ve kaslarını gevşetti.

Fiat dağlara tırmandıkça, kendi kendine, *her şey yolunda gidecek,* dedi. Yine de cep telefonunun çalmasını diliyordu. *Öğretmen beni neden aramadı? Silas şu ana kadar kilit taşına ulaşmış olmalıydı.*

Sinirlerini yatıştırmaya çalışan piskopos, yüzüğündeki mor ametist taşa bakarak meditasyon yaptı. Piskoposluk arması işlenmiş yüzüğünün ve elmasların dokusunu hissederek, kendi kendine bu yüzüğün yakında sahip olacağı güçten çok daha küçük bir gücün sembolü olduğunu hatırlattı.

35

Gare Saint-Lazare'ın içi, Avrupa'daki diğer tren istasyonlarına benziyordu. Her zamanki müdavimleriyle -mukavva kutular taşıyan evsizler, sırt çantalarının üstünde uyuyup MP3 çalarlarını dinleyen gözleri çapaklanmış kolej öğrencileri ve sigara içen mavi üniformalı hademeler- dolu büyük bir ambardan ibaretti.

Sophie başını kaldırıp yukarıda asılı duran sefer tablosuna baktı. Siyah beyaz kutucuklar bilgi yenilendikçe dönerek değişiyordu. Listenin en üstünde şöyle yazıyordu:

LILLE–HIZLI TREN– 03.06

Sophie, "Keşke daha erken hareket etseydi," dedi. "Ama Lille işimizi görür."

Daha erken mi? Langdon saatine baktığında 02.59 olduğunu gördü. Tren yedi dakika sonra hareket edecekti ve henüz biletlerini bile almamışlardı.

Sophie, Langdon'ı bilet gişesine doğru sürükleyerek, "Kredi kartınla bize iki bilet al," dedi.

"Kredi kartı harcamalarının takip edildiğini sanıyordum..."

"Kesinlikle."

Langdon, Sophie Neveu'ya yetişmeye çalışmaktan vazgeçti. Visa kartını kullanarak Lille'e iki bilet aldı ve Sophie'ye uzattı.

Sophie, onu Lille yolcularının trene binmeleri için son çağrının yapıldığı peronların bulunduğu yöne doğru götürdü. Önlerinde on altı farklı peron ayrımı uzanıyordu. Sağ taraftaki üçüncü peronda Lille treni ayrılmak üzere düdüğünü öttürüyordu, ama Sophie, Langdon'ı kolundan tutup tam ters istikamete sürüklemeye başlamıştı bile. Hızla yan taraftaki lobiye dönerek, gece boyunca açık bir kafeteryanın önünden geçtiler. Sonunda yan kapıdan istasyonun batı tarafındaki sessiz sokağa çıkmışlardı.

Bir taksi tek başına kapının önünde bekliyordu.

Şoför, Sophie'yi görünce farlarını yakıp söndürdü.

Sophie arka koltuğa atladı. Langdon, onun ardından bindi.

Taksi istasyondan uzaklaşırken Sophie yeni satın aldıkları biletleri çıkartarak yırttı.

Langdon derin bir nefes aldı. *Yetmiş doları çok güzel harcadık.*

Gerçekten kaçtıklarını Langdon ancak, taksi Rue de Clichy'den kuzeye giden düz bir yola çıktıktan sonra anlamıştı. Sağ taraftaki camdan Montmarte'yi ve Sacré-Coeur'un güzel kubbesini görebiliyordu. Bu manzarayı, karşı istikametten geçen polis arabasının ışıkları böldü.

Sirenler uzaklaşana kadar Langdon ile Sophie başlarını aşağı eğdiler.

Sophie, taksi şoförüne sadece şehir dışına çıkmasını söylemişti. Langdon, onun çenesini sıktığını gördüğünde, bir sonraki adımı hesapladığını sezinlemişti.

Langdon haç şeklindeki anahtarı cama tutarak yeniden incelemeye koyuldu. Anahtarın nerede yapıldığını belirten herhangi bir işaret bulmak amacıyla gözlerine yaklaştırdı. Aralıklı sokak lambalarının ışığında tarikat mührü dışında hiçbir işarete rastlayamadı.

Sonunda, "Hiçbir anlam ifade etmiyor," dedi.

"Hangi kısmı?"

"Büyükbabanın, ne yapacağını bilmediğin bir anahtar bulman için bunca zahmete girmesi."

"Sana katılıyorum."

"Tablonun arkasında başka bir şey yazmadığına emin misin?"

"Her yeri aradım. Hepsi bu kadar. Bu anahtar tablonun arkasına sıkıştırılmıştı. Tarikat mührünü gördüm, cebime attım ve sonra çıktık."

Şimdi üçgen gövdenin kör ucuna bakmakta olan Langdon kaşlarını çattı. *Hiçbir şey.* Gözlerini kısarak anahtarı yaklaştırdı ve baş kısmın kenarına baktı. Orada da bir şey yoktu. "Sanırım bu anahtar yakın zaman önce temizlenmiş."

"Neden?"

"Tuvalet ispirtosu gibi kokuyor."

Sophie, ona döndü. "Anlamadım?"

"Sanki birisi buna temizleyici sıvı sürmüş gibi." Langdon anahtarı burnuna götürerek kokladı. "Diğer tarafta daha keskin." Arka tarafı çevirdi. "Evet, alkol bazlı, bir temizleyiciyle ya da..." Langdon durdu.

"Ne?"

Anahtarı ışığa tutarak, haçın üzerindeki pürüzsüz yüzeye baktı. Bazı yerlerde parıldıyordu... sanki ıslakmış gibi. "Cebine atmadan önce bu anahtarın arkasına ne kadar iyi baktın?"

"Ne? İyi bakmadım. Acele ediyorum."

Langdon, ona döndü. "Siyah ışık hâlâ yanında mı?"

Sophie elini cebine sokarak, UV feneri çıkardı. Langdon feneri eline alıp açtı ve ışığı anahtarın arka tarafına tuttu.

Anahtarın arka tarafı hemen renklenmişti. Bir yazı görünüyordu. Aceleyle yazılmıştı ama okunuyordu.

Langdon gülümseyerek, "Evet," dedi. "Sanırım ispirto kokusunun nereden geldiğini biliyoruz."

Sophie anahtarın arkasındaki mor yazıya hayretle bakıyordu.

24 Rue Haxo

Bir adres! Büyükbabam bir adres yazmış!

Langdon, "Nerede burası?" diye sordu.

Sophie'nin hiç fikri yoktu. Tekrar öne doğru eğildi ve taksi şoförüne heyecanla, "*Connaissez-vous la Rue Haxo?*"(*) diye sordu.

Şoför kısa bir süre düşündükten sonra başını salladı. Sophie'ye bu adresin, Paris'in batı tarafındaki dış mahallerinde bulunan tenis stadyumuna yakın olduğunu söyledi. Sophie, şoförden onları hemen oraya götürmesini istedi.

Şoför, ona Fransızca, "En çabuk Bois de Boulogne'den gideriz," dedi. "Olur mu?"

(*) Haxo Sokağı'nı biliyor musunuz?

Sophie kaşlarını çattı. Aklına daha az sakıncalı yollar da geliyordu ama bu gece fazla seçici davranamayacaktı. "Oui." *Amerikalı turisti biraz şaşırtabiliriz.*

Yeniden anahtara bakan Sophie, 24 Rue Haxo'da ne bulabileceklerini tahmin etmeye çalıştı. *Bir kilise mi? Bir çeşit tarikat merkezi mi?*

Aklına tekrar on yıl önce bodrum katında tanık olduğu gizli ayin görüntüleri geldi ve içini çekti. "Robert, sana anlatacağım çok şey var." Durdu, taksi batıya doğru hızla yol alırken gözlerini ona dikmişti. "Ama önce bana Sion tarikatı hakkında bildiğin her şeyi anlatmanı istiyorum."

36

Louvre güvenliğinden Grouard Devlet Salonu'nun önünde, Sophie ile Langdon'ın onu nasıl etkisiz hale getirdiklerini anlatırken Bezu Fache ateş püskürüyordu. *Lanet tabloya neden ateş etmedin!*

"Yüzbaşım?" Komuta odasının bulunduğu yönden atılan Teğmen Collet'nin sesi duyuldu. "Yüzbaşım şimdi öğrendim. Ajan Neveu'nın arabasının yerini tespit etmişler."

"Büyükelçiliğe ulaşmış mı?"

"Hayır. Tren istasyonuna gitmiş. İki bilet almış. Tren az önce hareket etmiş."

Fache, Memur Grouard'ı başından savarak Collet'yi yakındaki küçük odaya çekti ve en alçak sesiyle konuşmaya başladı. "Hangi yöne gitmişler?"

"Lille."

"Yem olabilir." Fache plan yaparken içini çekti. "Pekâlâ, bir sonraki istasyonu uyar, her ihtimale karşı treni durdurup arasınlar. Arabasını olduğu yerde bırakın ve geri dönmeleri ihtimaline karşı sivil polisler yerleştirin. Yaya kaçma ihtimaline karşı istasyon civarındaki sokakları aramaları için adam gönderin. İstasyondan kalkan otobüs var mı?"

"Bu saatte yok efendim. Sadece taksiler var."

"Güzel. Şoförleri sorgulayın. Bakın bakalım herhangi bir şey görmüşler mi? Daha sonra taksi şirketiyle temas kurup eşkallerini bildirin. Ben Interpol'ü arayacağım."

Collet şaşkın görünüyordu. "Tüm teşkilata haber verecek misiniz?"

Fache duyacağı mahcubiyete üzülüyor, ama başka çare göremiyordu.

Kafesi hemen ve sıkı kapat.

İlk saat çok önemliydi. Kaçakların firar ettikten sonraki ilk saat yapacakları tahmin edilebilirdi. Her zaman aynı şeylere ihtiyaç duyarlardı. *Yolculuk. Barınak. Nakit.* Kutsal Üçlü. Interpol'ün üçünü birden göz açıp kapayıncaya kadar yapacak gücü vardı. Paris'teki seyahat acentelerine, otellere ve bankalara Sophie ile Langdon'ın fotoğraflarını fakslamak onları kapana kıstıracaktı, şehirden kaçamayacak, hiçbir yerde saklanamayacak ve tanınmadan nakit para çekemeyeceklerdi. Firariler genellikle sokaklarda panikler ve aptalca bir şey yaparlardı. Araba çalmak gibi. Dükkân soymak gibi. Çaresizlikle bir banka kartı kullanmak gibi. Hangi hatayı yaparlarsa yapsınlar, yetkililerin yerlerini saptamasını kolaylaştırırlardı.

Collet, "Sadece *Langdon,* öyle değil mi?" diye sordu. "Sophie Neveu'nun peşinde olamazsınız. O bizim ajanımız."

"Elbette onun peşindeyim!" diye parladı Fache. "Sophie onun tüm pis işlerini yaparken, sadece Langdon'ı yakalamak ne işimize yarar? Neveu'nun personel dosyasını incelemeyi düşünüyorum, arkadaşları, ailesi, tanıdıkları, yardımını isteyebileceği herhangi birini. Orada ne yaptığını sandığını bilmiyorum ama ona işinden daha fazlasına mal olacak!"

"Benim telefon başında mı olmamı istersiniz yoksa takipte mi?"

"Takipte ol. Tren istasyonuna git ve takımı koordine et. Dizginler sende ama benimle konuşmadan harekete geçme."

"Peki efendim." Collet dışarı çıktı.

Küçük odada dururken Fache kendini gergin hissediyordu. Pencerenin dışında, parlayan piramidin yansımaları havuzda dalgalanıyordu. *Ellerimin arasından kaçıverdiler.* Kendini sakin olmaya davet etti.

Interpol'ün uygulayacağı baskıdan eğitimli bir ajan bile kolay kurtulamazdı.

Kadın bir kriptografla bir öğretmen mi?

Şafak sökmeden yakayı ele verirlerdi.

37

Bois de Boulogne, diye bilinen ormanlık parkın pek çok ismi vardı ama Paris'in eskileri ona "Dünyevi Zevkler Bahçesi" derlerdi. Bu övgü dolu sözlere rağmen, gerçek bunun tam tersiydi. Bosch'un aynı isimli tablosunu gören herkes kinayeyi anlıyordu; orman gibi resim de karanlık ve sapkındı, sapıklarla fetişistler için bir Araf gibiydi. Geceleri ormanın rüzgârlı patikaları, insanın ağıza alınmayan en derin tutkularını gerçekleştirmek için dünyevi zevkler sunan pırıltılı kiralık vücutlarla dolardı... kadın, erkek ve arada kalan diğerleri.

Langdon, Sion Tarikatı hakkında Sophie'ye anlatacaklarını aklında toparlarken, bindikleri taksi parkın ağaçlı girişinden geçip, kaldırım taşlarının üzerinden batıya yöneliyordu. Parkın gece müdavimleri gölgelerin arasından sıyrılıp, mallarını farların ışığında sergilerken Langdon dikkatini toplamakta güçlük çekiyordu. İlerideki iki üstsüz ergen kız, taksiye gözleri yuvalarından fırlayarak baktılar. Arkalarında duran iyice yağlanmış tanga külotlu adam arkasını dönüp kalçalarını gerdi. Yanındaki dev gibi sarışın kadın mini eteğini kaldırarak, aslında kadın olmadığını gösteriyordu.

Tanrım bana yardım et! Langdon bakışlarını taksinin içine çevirerek, derin bir nefes aldı.

Sophie, "Bana Sion Tarikatı'nı anlat," dedi.

Langdon başını sallarken, anlatacağı efsane için aklına daha uygunsuz bir yer gelmiyordu. Nereden başlayacağını düşündü. Kardeşlik tarihi bin yıldan daha eskiydi... sırlar, şantaj, ihanet ve hatta öfkeli bir Papa'nın merhametsiz işkenceleriyle dolu bir tarih.

"Sion Tarikatı," diye başladı. "Şehri fethetmesinin hemen ardından, 1099 yılında Kudüs'te Fransız kralı Godefroi de Bouillon tarafından kuruldu."

Sophie gözlerini ondan ayırmadan başını salladı.

"İddialara göre Kral Godefroi çok güçlü bir sırra sahipti... İsa zamanından beri ailesinin sakladığı bir sırra. Öldükten sonra sırrının kaybolacağı endişesiyle, gizli bir kardeşlik kurdu -Sion Tarikatı- ve onlara sırrını nesilden nesile gizlice aktararak koruma görevini verdi. Tarikat Kudüs'te bulunduğu zaman boyunca, bir zamanlar Süleyman Mabedi'nin bulunduğu yerin üstüne inşa edilmiş Herod Tapınağı'nın yıkıntıları altına gömülü gizli belgeleri öğrendiler. Bu belgelerin, Godefroi'nin güçlü sırrını teyit ettiğine ve kilisenin bu tehlikeli sırrı ele geçirmek için her şeyi yapacağına inandılar."

Sophie'nin bakışlarından tam anlayamadığı belli oluyordu.

"Tarikat, ne kadar vakit alırsa alsın bu belgeleri tapınağın altından kurtarmaya ve sonsuza dek korumaya yemin etti, böylece gerçek asla yok olmayacaktı. Tarikat, belgeleri yıkıntılar arasından kurtarmak için askeri bir kuvvet oluşturdu -İsa'nın Fakir Şövalyeleri ve Süleyman Mabedi Tarikatı isminde dokuz şövalyeden oluşan bir gruptu." Langdon durdu. "Daha çok Tapınak Şövalyeleri ismiyle bilinirler."

Sophie duyduğu ismi hatırlayınca başını kaldırıp şaşkınlıkla baktı.

Langdon verdiği seminerlerden, dünyadaki herkesin en azından ismen Tapınak Şövalyeleri'ni duyduğunu biliyordu. Akademisyenler için Tapınakçılar'ın tarihi, gerçeklerin, ilmin ve yanlış bilginin salt gerçeği içinden ayıklanamayacak kadar iç içe geçmiş, bulanık bir dünyaydı. Son zamanlarda Langdon, Tapınak Şövalyeleri'nden bahsetmekten bile çekiniyordu, çünkü komplo teorileriyle dolu imalı soru yağmurlarına tutuluyordu.

Sophie sıkılmışa benziyordu. "Yani Tapınak Şövalyeleri'nin, gizli belgeleri kurtarmak için Sion Tarikatı tarafından mı kurulduğunu söylüyorsun? Ben Tapınakçılar'ın Kutsal Topraklar'ı korumak için oluşturulduğunu sanıyordum."

"Ortak bir yanlış yargı. Tapınakçılar görevlerini, hacıları korumak *kisvesi* altında yürütüyorlardı. Kutsal Topraklar'daki asıl amaçları, tapınağın altındaki belgeleri ele geçirmekti."

"Peki bulmuşlar mı?"

Langdon sırıttı. "Bunu kimse tam olarak bilmiyor, ama tüm akademisyenler şu konuda hemfikirler: Şövalyeler yıkıntıların altında *bir şey* buldular... onları, hayal edilebilenin çok ötesinde zengin ve güçlü kılan bir şey."

Langdon, Sophie'ye Tapınak Şövalyeleri'nin kabul edilen tarihini akademik bir dille anlatarak, İkinci Haçlı Seferleri sırasında Şövalyeler'in Kutsal Topraklar'daki durumunu ve Kral II. Baldwin'e orada bulunma sebeplerinin yoldan geçen hacıları korumak olduğunu söylediklerini açıkladı. Maaş almadıkları ve fakirlik yemini ettikleri halde, Şövalyeler kraldan barınacak yer ve tapınağın altındaki ahırlarda kalmak için izin istemişlerdi. Kral Baldwin askerlerin isteğini kabul etmiş ve Şövalyeler harap tapınakta zor şartlar altında yaşamaya başlamışlardı.

Langdon barınmak için seçtikleri yerin tuhaflığının tesadüf olmadığını açıkladı. Şövalyeler, tarikatın aradığı belgelerin yıkıntılar altında gömülü olduğuna inanıyorlardı... Kudsülakdas'ın, yani Tanrı'nın bizzat oturduğuna inanılan kutsal odanın altında. Yahudi inanışının temelinde bu yatıyordu. Şövalyeler yaklaşık on yıl yıkıntılar arasında yaşamış ve büyük bir gizlilik içinde kazı yapmışlardı.

Sophie, ona bir göz attı. "Ve sen onların bir şey keşfettiğini söylemiştin."

Langdon, "Evet elbette keşfettiler," diyerek kazıların dokuz yıl sürmesinin sebebini ve Şövalyeler'in sonunda aradıklarını bulduklarını açıkladı. Hazineyi mabetten alarak Avrupa'ya götürmüşlerdi ve orada nüfuzları bir gecede artmıştı.

Şövalyeler'in Vatikan'a şantaj yapıp yapmadığını ya da Kilise'nin onlara sus payı verip vermediğini kimse bilmiyordu ama Papa II. Innocent hemen Tapınak Şövalyeleri'ne sınırsız güç veren bir Papalık bildirgesi yayınlamış ve onların "kendilerine münhasır yasalara tabi olduklarını" ilan etmişti -gerek dini, gerek siyasi anlamda tüm krallıklardan ve piskoposluklardan bağımsız özerk bir ordu.

Vatikan'dan yeni aldıkları kayıtsız şartsız salahiyetle Tapınak Şövalyeleri, gerek sayı, gerekse siyasi güç bakımından inanılmaz bir hızla büyümüşler ve bir düzineden fazla ülkede sayısız mülk edinmişlerdi. İflas eden soylulara kredi sağlayıp, karşılığında faiz alarak modern bankacılığı oturtmuşlar ve zenginlikleriyle nüfuzlarını kat kat arttırmışlardı.

1300'lere gelindiğinde Vatikan'ın sağladığı ayrıcalıklar Şövalyeler'in o kadar fazla güç kazanmasına yardımcı olmuştu ki, Papa V. Clement bir şeyler yapılması gerektiğine karar vermişti. Fransa Kralı IV. Philippe ile işbirliği yapan Papa, Tapınakçılar'ı ortadan kaldırıp hazinelerini ele geçirmek için dâhice bir plan hazırladı. Böylece sahip oldukları sırrın idaresi Vatikan'a geçecekti. Papa Clement, CIA'e taş çıkartacak askeri bir hileyle, tüm Avrupa'daki askerlerinin 13 Ekim 1307 Cuma günü, aynı anda açacakları mühürlü emir mektupları yollamıştı.

Ayın on üçünde şafak sökerken mühürler açılmış ve içindeki dehşet ortaya çıkmıştı. Clement mektubunda Tanrı'nın kendisine şahsen göründüğünü ve Tapınak Şövalyeleri'nin şeytana tapmak, homoseksüellik, çarmıhı karalamak, hemcinslerine düşkünlük ve Tanrı'ya küfreden diğer davranışlarından ötürü günahkâr oldukları konusunda uyardığını iddia etmişti. Tanrı, Papa Clement'ten Şövalyeler'i yakalayarak dünyayı onlardan temizlemesini ve Tanrı'ya karşı işledikleri suçu itiraf edinceye kadar işkence etmesini istemişti. Clement'in sinsi operasyonu saat gibi işlemişti. O gün sayısız Şövalye yakalanmış, merhametsizce işkence görmüş ve günahkâr oldukları gerekçesiyle yakılmıştı. Bu trajedinin yankıları modern zamana kadar gelmişti; günümüzde bile ayın on üçüne gelen cuma günleri uğursuz sayılıyordu.

Sophie aklı karışmış bir ifadeyle bakıyordu. "Tapınak Şövalyeleri yok mu edildi? Ben Tapınak kardeşlerinin hâlâ var olduğunu sanıyordum."

"Varlar, farklı isimler altında. Clement'in sahte suçlamalarına ve onları silip süpürmek için gösterdiği çabalara rağmen Şövalyeler'in güçlü ittifakları vardı ve içlerinden bazıları Vatikan'ın temizlik operasyonundan kurtulmayı başardılar. Tapınakçılar'ın gücünün temelini oluşturan belgelerden oluşan hazinesi Clement'in asıl hedefiydi, ama onu elinden kaçırdı. Belgeler uzun zaman önce Tapınakçılar'ın gölge mimarlarına teslim edilmişti, yani Sion Tarikatı'na. Onların gizlilik perdesi Vatikan katliamından kurtulmalarına yardımcı oldu. Vatikan yaklaştığında, tarikat talimatlara uyarak gece vakti belgeleri Paris'ten, Tapınakçılar'ın La Rochelle'deki gemilerine kaçırdı."

"Belgeler nereye gitti?"

Langdon omuzlarını silkti. "Bu sırrın cevabını sadece Sion Tarikatı biliyor. Belgeler bugün bile tartışmalara ve spekülasyonlara yol açtığından, yerlerinin defalarca değiştirildiğine ve tekrar saklandığına inanılıyor. Son zamanlardaki spekülasyonlara göre belgeler İngiltere'de bir yerde gizli."

Sophie endişeli görünüyordu.

Langdon, "Bu sırra ait efsaneler," diye devam etti. "Bin yıl devam etti. Belgeler, onun gücü ve açıkladığı sırrın tümü tek bir isimle biliniyor... Sangreal. Hakkında yüzlerce kitap yazıldı. Çok az gizem tarihçilerin Sangreal kadar ilgisini çekmiştir."

"Sangreal mi? Fransızcadaki *sang* ya da İspanyolcadaki *sangre* kelimesiyle bir ilgisi var mı? Yani kan?"

Langdon başını salladı. Sangreal'in bel kemiği kandı ama Sophie'nin anladığı şekilde değil. "Efsanenin anlaşılması güç, ama unutulmaması gereken en önemli şey, tarikat muhafızlarının gerçeği açıklamak için tarihteki doğru anı bekliyor oldukları."

"Hangi gerçeği? Hangi sır bu kadar güçlü olabilir?"

Langdon derin bir nefes alarak, gölgelerden sıyrılan Paris manzarasına baktı. "Sophie, *Sangreal* kelimesi çok eski bir kelimedir. Yıllar içinde bir başka deyişe dönüşmüştür... daha modern bir kelimeye." Durdu. "Sana günümüzde kullanılan ismini söylediğimde, bildiğini anlayacaksın. Aslında, dünyada yaşayan herkes Sangreal'in hikâyesini biliyor."

Sophie şüpheyle bakıyordu. "Ben hiç duymadım."

"Elbette duydun." Langdon gülümsedi. "Sadece ondan 'Kutsal Kâse' diye bahsedilmesine alışkınsın, o kadar."

38

Sophie taksinin arka koltuğunda Langdon'ı baştan aşağı inceledi. *Şaka yapıyor.* "Kutsal Kâse mi?"

Langdon ciddi bir ifadeyle başını evet anlamında salladı. "Kutsal Kâse, *Sangreal* kelimesinin gerçek manasıdır. Deyim, Fransızcadaki Sangraal kelimesinden türeyerek Sangreal şeklini almış. Ve sonra da iki kelimeye bölünmüş, *San Greal* olmuş."

Kutsal Kâse. Sophie dilbilimsel bağları hemen fark etmemiş olduğuna şaşırmıştı. Ama yine de Langdon'ın iddiaları onun için bir anlam ifade etmiyordu. "Ben Kutsal Kâse'nin bir *kadeh* olduğunu düşünüyordum. Ama sen bana Sangreal'in bir çeşit karanlık sırrı açıklayan belgelerden oluştuğunu söyledin."

"Evet, ama Sangreal Belgeleri Kutsal Kâse hazinesinin sadece *yarısı.* Geri kalanı Kâse ile birlikte gömülü... ve gerçek anlamını açıklıyorlar. Belgelerin Tapınak Şövalyeleri'ne bunca güç vermesinin nedeni, sayfalarda Kâse'nin gerçek tabiatının açıklanmasıydı."

Kâse'nin gerçek tabiatı mı? Sophie artık ipin ucunu iyice kaçırmıştı. Kutsal Kâse'nin, Son Akşam Yemeği'nde İsa'nın içmek için kullandığı ve Arimatea'lı Yusuf'un çarmıha gerilen İsa'nın kanını doldurduğu kadeh olduğunu sanıyordu. "Kutsal Kâse, İsa'nın Kadehi," dedi. "Daha basit olamazdı."

Ona doğru eğilen Langdon, "Sophie," diye fısıldadı. "Sion Tarikatı için Kutsal Kâse bir kâse değil. Kâse efsanesinin -ayinde kullanılan *kadeh-* dâhice düşünülmüş bir alegori olduğunu iddia ediyorlar. Kâse efsanesindeki ayinde kullanılan *kadeh,* başka bir şeyin, çok daha güçlü bir şeyin mecazi hali." Durdu. "Büyükbabanın kutsal dişilere yaptığı sembolik atıflar da dahil, bu gece bize anlatmaya çalıştığı her şeyle mükemmel uyum sağlıyor."

Hâlâ emin olmayan Sophie, Langdon'ın yüzündeki sabırlı gülümsemeden onun aklının karışmasını anlayışla karşıladığını sezmişti, ama Langdon'ın gözleri yine de ciddiyetini koruyordu. Sophie, "Peki Kutsal Kâse bir kadeh değilse," diye sordu. "O zaman nedir?"

Langdon bu sorunun geleceğini tahmin etmesine rağmen, ona nasıl anlatacağına karar veremiyordu. Cevabı tarihsel sıralamaya uygun biçimde vermezse, Sophie şaşırıp kalacaktı. Birkaç ay önce üzerinde çalıştığı kitabın müsveddelerini editörüne verdiği zamanda adam aynı tepkiyi göstermişti.

"Bu çalışma neyi iddia ediyor?" Editörü neredeyse boğuluyordu. Elindeki şarap kadehini bırakmış, tabağında yarım kalan yemeğine bakarak, "Ciddi olamazsın," demişti.

"Bir yıl araştırma yapacak kadar ciddiyim."

New York'un ünlü Editörü Jonas Faukman, keçisakalını sinirli bir edayla kaşımıştı. Faukman'ın önüne, meslek hayatı boyunca bazı tehlikeli kitaplar geldiğine hiç şüphe yoktu ama bu, ona küçük dilini yutturacak cinstendi.

Faukman sonunda, "Robert," demişti. "Beni yanlış anlama. Senin çalışmalarına bayılıyorum ve birlikte çok iyi işler çıkardık. Ama böylesi bir fikri yayınlayacak olursam, ofisimin önünde insanlar aylarca gösteri yaparlar. Ayrıca senin ününü de zedeler. Tanrı aşkına, sen Harvard'lı bir tarihçisin, hızla şöhret olmak isteyen bir popçu değil. Bunun gibi bir teoriyi destekleyecek geçerli delilleri nereden bulmuş olabilirsin?"

Langdon kendinden emin bir gülümsemeyle tüvit ceketinin cebinden bir kâğıt parçası çıkarmış ve Faukman'a uzatmıştı. Kâğıtta, çoğu en çok satan akademik kitaplardan olmak üzere, elliden fazla başlık kaynak gösterilerek sıralanmıştı -kimi yeni, kimi yüzyıllar öncesine ait tanınmış tarihçilerin kitapları. Tüm kitap isimleri, Langdon'ın öne sürdüğü teoriyi destekliyordu. Faukman listeyi incelerken, dünyanın düz olduğunu henüz keşfetmiş bir adam gibi görünüyordu. "Bu yazarlardan bazılarını *tanıyorum.* Bunlar... gerçek tarihçiler!"

Langdon sırıtmıştı. "Gördüğün gibi Jonas, bu sadece benim teorim değil. Uzun zamandır mevcut. Ben sadece üzerine eklemeler yapıyorum. Şimdiye dek hiçbir kitapta Kutsal Kâse efsanesi sembolik açıdan ele alınmadı. Teoriyi desteklemek için bulduğum ikonografik delil, şey, son derece ikna edici."

Faukman hâlâ listeye bakıyordu. "Tanrım, bu kitaplardan biri Sir Leigh Teabing tarafından yazılmış... İngiliz Kraliyet Tarihçisi."

"Teabing hayatının büyük kısmını Kutsal Kâse üzerinde çalışarak geçirdi. Onunla tanışmıştım. En büyük ilhamı ondan aldım. Bu listedeki tüm isimler gibi Jonas, o da inananlardan biriydi."

"Yani şimdi sen bana bu tarihçilerin hepsinin şeye inandığını..." Kelimeleri söylemeye dili varmayan Faukman yutkunmuştu.

Langdon bir kez daha sırıtmıştı. "Kutsal Kâse insanlık tarihinde en çok aranan hazine olmuştur. Kâse efsanelere, savaşlara ve bitmek tükenmek bilmeyen sorulara neden oldu. Sadece bir kadeh olması mantıklı geliyor mu? Eğer öyleyse, diğer kutsal *hazineler* de aynı ya da daha büyük ilgi uyandırmalıydı -Dikenli Taç, Çarmıhta kullanılan Gerçek Haç, Titulus- ama öyle değiller. Tarih boyunca aralarında en özeli Kutsal Kâse olmuş." Langdon sırıttı. "Artık nedenini biliyorsun."

Faukman hâlâ başını iki yana sallıyordu. "Ama yazılan bunca kitaba rağmen, bu teori neden bilinmiyor?"

"Bu kitaplar yüzyıllar boyunca oluşan tarihle yarışamazlar, özellikle de bu tarih tüm zamanların en çok satan kitabı tarafından onaylanmışsa."

Faukman'ın gözleri büyümüştü. "Bana *Harry Potter*'ın Kutsal Kâse' den bahsettiğini söylemeyeceksin, değil mi?"

"Ben İncil'den bahsediyordum."

Faukman geri çekildi. "Bunu biliyordum."

"*Laissez-lai!*" Sophie'nin haykırışı taksinin içinde çınlamıştı. "Bırak onu!"

Sophie öne eğilerek taksi şoförüne bağırırken, Langdon yerinden sıçradı. Langdon, şoförün telsiz mikrofonunu eline alıp konuştuğunu görmüştü.

Sophie arkasını dönüp, elini Langdon'ın tüvit ceketinin cebine daldırdı. Langdon neler olduğunu anlayamadan, silahı çekip şoförün ensesine dayamıştı. Şoför o anda telsizi elinden bıraktı ve boşta olan elini başının üstüne kaldırdı.

Langdon, "Sophie!" diye hayretle bağırdı. "Sen ne halt..."

Sophie, şoföre, "*Arrêtez!*" diye emretti.

Titreyen taksi şoförü emre itaat edip arabayı durdurdu ve park etti.

Langdon taksi şirketinin ön konsoldan gelen metalik sesini duydu. Telsiz, "*...qui s'appelle Agent Sophie Neveu...*"(*) diye cızırdadı. "*Et un Américain, Robert Langdon...*"(**)

Langdon kaskatı kesilmişti. Bizi bu kadar çabuk mu buldular?

Sophie, "*Descendez,* in," dedi.

Şoför taksiden çıkarken kollarını titreyerek başının üstüne götürdü ve geriye doğru birkaç adım attı.

Sophie camını indirmiş ve silahını pencereden, hayret içindeki taksi şoförüne doğrultmuştu. Alçak bir sesle, "Robert," dedi. "Direksiyona geç. Sen kullanacaksın."

Langdon silah tutan bir kadınla tartışacak değildi. Arabadan inip, direksiyona geçti. Elleri hâlâ başının üstünde duran taksi şoförü küfredip duruyordu.

Arka koltuktaki Sophie, "Robert," dedi. "Sanırım sihirli ormanımızı yeterince gördün."

Başını salladı. *Gereğinden fazla.*

"Güzel. Bizi buradan çıkart."

Arabanın kumanda cihazlarına bakan Langdon tereddüt etti. *Kahretsin.* Langdon arabanın vitesiyle debriyaj pedalını yokladı. "Sophie? Belki de sen..."

Sophie, "Yürü!" diye bağırdı.

Dışarıdaki birkaç fahişe, neler olup bittiğini görmek için onlara doğru yaklaşıyordu. Kadınlardan biri telefonuyla bir numarayı arıyordu. Langdon debriyaja basarak vitesi, birinci vites olmasını ümit ettiği dişliye geçirdi. Gaz pedalına basarak kontrol etti.

Langdon debriyaj pedalını bırakmıştı. Taksi öne doğru sıçrarken tekerlekler uğuldadı. Araba yalpalarken kalabalık saklanacak yer bulmak için kaçışıyordu. Cep telefonlu kadın ağaçların arasına koşarak, ezilmekten son anda kurtulmuştu.

Araba sallanarak yola çıktığında Sophie, "*Doucement!*" dedi. "Yavaşla, ne yapıyorsun?"

Langdon gıcırdayan tekerlek seslerini bastırmak için bağırarak, "Seni uyarmaya çalıştım," dedi. "Ben otomatik araba kullanıyorum!"

(*) Ajanın ismi Sophie Neveu.

(**) Amerikalının ismi Robert Langdon.

39

Rue la Bruyère'deki taş binanın boş odası pek çok kedere şahit olduğu halde Silas solgun bedeninin o an çektiği ıstıraba eşdeğer bir acı düşünemiyordu. *Kandırıldım. Her şeyi kaybettik.*

Silas tuzağa düşmüştü. Kardeşler, gerçek sırlarını açıklamak yerine ölmeyi tercih ederek yalan söylemişlerdi. Silas'ın Öğretmen'i aramaya mecali yoktu. Silas kilit taşının saklı olduğu yeri bilen dört kişiyi öldürmekle kalmamış, Saint-Sulpice'deki rahibeyi de öldürmüştü. *O, Tanrı'ya karşı geliyordu! Opus Dei'yi küçük görüyordu!*

Düşünmeden işlenmiş bir cinayet, kadının ölümü işleri haddinden fazla karıştıracaktı. Silas'ın Saint-Sulpice'e girmesini sağlayan telefonu Piskopos Aringarosa açmıştı; rahibenin öldürüldüğünü keşfettiğinde başrahip neler düşünecekti? Silas, onu yatağına yatırdığı halde, başındaki yara izi belirgindi. Silas yerdeki kırık karoları da yerine koymaya çalışmıştı ama verdiği bu hasar da fazlasıyla belli oluyordu. Oraya birinin gittiğini anlayacaklardı.

Buradaki işi bittiğinde Silas, Opus Dei'de saklanmayı planlıyordu. *Piskopos Aringarosa beni korur.* Silas, onu Opus Dei'nin New York merkezinin duvarları arasında meditasyon yapıp ve dua ederek geçireceği hayattan daha fazla mutlu edecek bir yaşam düşünemiyordu. Bir daha dışarı adımını atmayacaktı. İhtiyaç duyacağı her şey o mabette bulunacaktı. *Beni kimse özlemeyecek.* Ne yazık ki Silas, Piskopos Aringarosa gibi bir adamın bu kadar kolay unutulmayacağını biliyordu.

Piskoposu tehlikeye attım. Silas dalgın gözlerle yere bakarken, kendi hayatına kıymayı düşünüyordu. Her şeyden önce... İspanya'daki o küçük kilisede onu eğitip, bir amaç edindirerek Silas'a hayat veren Aringarosa idi.

Aringarosa, ona, "Dostum," demişti. "Sen bir Albino olarak doğdun. Başkalarının seni bunun için ayıplamasına izin verme. Bunun seni ne kadar özel kıldığını anlamıyor musun? Nuh'un da bir Albino olduğunun farkında değil misin?"

"Geminin Nuh'u mu?" Silas bunu daha önce hiç duymamıştı.

Aringarosa gülümsüyordu. "Evet, Geminin Nuh'u. Bir Albino'ydu. Senin gibi, onun da teni melekler kadar beyazdı. Bunu iyi düşün. Nuh dünyadaki hayatı kurtardı. Sen büyük işler yapmak için dünyaya geldin Silas. Rab, seni bir neden için özgür bıraktı. Çağrıyı duydun. İşini yapman için Rabbi'n sana ihtiyacı var."

Silas zaman geçtikçe kendine farklı bir açıdan bakmayı öğrenmişti. *Ben safım. Beyazım. Güzelim. Bir melek gibi.*

Ama o anda konuttaki odasında, babasının geçmişten gelen hayal kırıklığına uğramış fısıldayan sesini duydu.

Tu es un désastre. Un spectre.(*)

Silas tahta zeminde diz çökerek bağışlanmak için dua etti. Ardından, cüppesini çıkararak bir kez daha kendini cezalandırmaya başladı.

(*) Sen bir felaketsin. Bir hayaletsin.

40

Vites koluyla mücadele eden Langdon arabayı sadece iki kez stop ettirerek kaçırdıkları taksiyi Bois de Boulogne'nin sonuna kadar götürmeyi başardı. Ne yazık ki, durumun komikliği, telsizle sürekli şoförlerini arayan taksi şirketinin sesiyle gölgeleniyordu.

"*Araç beş-altı-üç. Neredesin? Yanıt ver!*"

Langdon parkın çıkışına ulaştığında gururunu ayaklar altına alarak frenlere asıldı. "Sen kullansan daha iyi olur."

Sophie direksiyona geçtiğinde rahatlamışa benziyordu. Birkaç saniye içinde, Dünyevi Zevkler Bahçesi'ni geride bırakarak, arabayı Allée de Longchamp'dan batıya doğru sürmeye başlamıştı.

Langdon, Sophie'nin hız ibresini saatte yüz kilometreye çıkarmasını seyrederken, "Rue Haxo hangi yönde?" diye sordu.

Sophie gözlerini yoldan ayırmıyordu. "Taksi şoförü Roland Garros Tenis Stadyumu'na yakın olduğunu söylemişti. O bölgeyi biliyorum."

Langdon bir kez daha ağır anahtarı cebinden çıkardı ve avucunda tarttı. Çok önemli bir nesne olduğunu hissedebiliyordu. Belki de kendi özgürlüğü bile bu anahtara bağlıydı.

Langdon, Sophie'ye Tapınak Şövalyeleri'nden bahsederken, bu anahtarın üstünde tarikat mührünü taşımasının yanı sıra, Sion Tarikatı'yla daha derin bağa sahip olduğunu fark etmişti. Eşit kollu haç denge ve uyum sembolüydü ama aynı zamanda Tapınak Şövalyeleri'ni simgeliyordu. Üzerine eşit kollu kırmızı haçlar işlenmiş beyaz tunikli Tapınak Şövalyeleri resimlerini herkes görmüştü. Aslında Tapınakçılar'ın haçının kolları uçlarda biraz genişliyordu ama yine de eşit uzunluktaydılar.

Kare haç. Tıpkı bu anahtarın üstünde olduğu gibi.

Langdon ne bulacaklarını tahmin etmeye çalışırken hayal gücünün çılgına döndüğünü hissetti. *Kutsal Kâse.* Neredeyse bunun saçmalığına kahkahalarla gülecekti. Kâse'nin İngiltere'de bir yerlerde olduğuna ve en azından 1500 senesinden beri, Tapınakçılar'a ait pek çok kiliseden birinin altındaki odada gömülü olduğuna inanılıyordu.

Büyük Usta Da Vinci'nin dönemi.

Tarikat önemli belgelerini güven içinde saklamak için önceki yüzyıllarda pek çok kez yerlerini değiştirmek zorunda kalmıştı. Tarihçiler, Kudüs'ten Avrupa'ya geldiğinden beri Kâse'nin altı kez yer değiştirdiğini düşünüyorlardı. Kâse son olarak 1447 yılında görülmüştü. Sayısız tanık, bir yangın çıktığını ve belgelerin, her birini ancak altı adamın taşıyabildiği dört dev sandığa yüklenerek yanmaktan son anda kurtarıldığını anlatmıştı. Bunun ardından bir daha Kâse'yi gördüğünü iddia eden biri çıkmamıştı. Artık sadece belgelerin Büyük Britanya'da, Kral Arthur'un ve Yuvarlak Masa Şövalyeleri'nin topraklarında olduğu fısıldanıyordu.

Her nerede olursa olsun, iki temel gerçek vardı:

Leonardo yaşarken Kâse'nin nerede olduğunu biliyordu.

Saklandığı bu yer, günümüze kadar muhtemelen değişmemişti.

İşte bu yüzden, Kâse tutkunları hâlâ Kâse'nin yerini açığa çıkaran gizli bir ipucuna rastlayabilmek için, Da Vinci'nin eserleriyle günlüklerini derinlemesine inceliyorlardı. Kimileri, *Kayalıklar Bakiresi*'ndeki dağlık arka planın, İskoçya'daki mağaralarla dolu dağların topografyasıyla uyuştuğunu iddia ediyordu. Kimileri ise *Son Akşam Yemeği*'ndeki havarilerin şüpheli oturuş düzeninin bir çeşit şifre olduğu konusunda ısrar ediyordu. Bazıları ise *Mona Lisa*'nın röntgen filmlerinden, aslında İsis'in lapislazuli taşlı küpesini takarken resmedildiğinin anlaşıldığını iddia ediyordu... Da Vinci daha sonra bu ayrıntının üstünü boyamaya karar vermişti. Langdon küpenin var olduğuna dair hiçbir ispata rastlamamış, öyle olsa bile Kutsal Kâse ile bağlantısını anlayamamıştı, ama Kâse meraklıları hâlâ internetteki ilan panolarında ve sohbet odalarında bıkıp usanmadan bu konuyu tartışıyorlardı.

Sırlara herkes bayılır.

Ve sırlar devam ediyordu. Bunlardan en yenisi elbette, Da Vinci'nin ünlü *Adoration of the Magi*'sinin[*] boya katmanlarının altında korkunç bir gerçek sakladığının keşfedilmesiydi. İtalyan sanat uzmanı Maurizio Seracini, *New York Times Magazine*'ın "Leonardo Sahteciliği" başlığıyla anlattığı hikâyeyi ortaya çıkaran kişi olmuştu.

Seracini, şüpheye hiç mahal bırakmadan, resimdeki gri-yeşil fonun gerçekten Da Vinci'nin çalışması olduğunu ama resmin ona ait olmadığını ortaya koymuştu. Gerçek şuydu ki, ismi bilinmeyen bir ressam, Da Vinci'nin ölümünden yıllar sonra onun eskizlerinin üzerinden geçerek resmi doldurmuştu. Ama sahtekârın yaptığı resmin altındaki şey çok daha rahatsızlık vericiydi. Kızılötesi reflektografi makineleri ile çekilen fotoğraflar ve röntgen filmleri, bu hilekâr ressamın, Da Vinci'nin eskiz çalışmasını doldururken, altta kalan resimden şüphe çekecek farklılıklar çizdiğini gösteriyordu... sanki Da Vinci'nin asıl niyetini gizlemeye çalışmıştı. Resmin altında her ne varsa, halkın bilmeye hakkı vardı. Ama Floransa'daki Uffizi Galeri yetkilileri durumdan mahcubiyet duyarak, resmi derhal sokağın karşısındaki bir depoya göndermişlerdi. Galerinin Leonardo salonuna giren ziyaretçiler, bir zamanlar *Tapınma*'nın bulunduğu yerde yanıltıcı ve özür içermeyen madeni bir levha buluyorlardı.

BU ESER, RESTORASYON ÇALIŞMALARINA HAZIRLIK AMACIYLA TANI TESTLERİNDEN GEÇMEKTEDİR.

Çağdaş Kâse avcılarının garip yeraltı dünyasında, Leonardo da Vinci hâlâ en büyük muammaydı. Onun eserleri bir sırrı açıklayacak gibi görünüyordu ve belki bir kat boyanın altında, belki açık bir manzarada şifrelenmiş bir halde veya belki de hiçbir yerde, hâlâ saklı duruyordu. Da Vinci'nin boş ümitler uyandıran ipuçları, meraklıları hayal kırıklığına uğratmak ve bilmiş *Mona Lisa*'nın yüzüne halinden memnun bir gülümseme oturtmaktan başka bir amaç gütmüyor olabilirdi.

Sophie, Langdon'ı düşüncelerinden ayırarak, "Elinde tuttuğun anahtarın," diye sordu. "Kutsal Kâse'nin saklı olduğu yeri açması mümkün mü?"

---

[*] Madonna'ya Tapınma.

Langdon zorlama bir kahkaha attığının kendisi bile farkına varmıştı. "Gerçekten hiç sanmıyorum. Ayrıca Kâse'nin İngiltere'de saklı olduğuna inanılıyor, Fransa'da değil." Sophie'ye hikâyeyi kısaca anlattı.

Sophie, "Ama tek mantıklı cevap Kâse'ymiş gibi geliyor," diye ısrar etti. "Elimizde tarikat mührünü taşıyan son derece gizli bir anahtar var, ayrıca bize Sion Tarikatı üyelerinden biri tarafından iletildi... ki, sen bana onların Kutsal Kâse muhafızları olduğunu söylemiştin."

Langdon, onun iddiasının mantıklı olduğunu kabul ediyordu ama sezgileri bunu kabul edemeyeceğini söylüyordu. Tarikatın Kâse'yi bir gün nihai dinlenme yeri olarak Fransa'ya getireceklerine dair yemin ettiklerini anlatan söylentiler vardı ama bunun olduğuna dair hiçbir tarihi kanıt bulunmamıştı. Tarikat Kâse'yi Fransa'ya getirmiş olsa bile, tenis stadyumunun yanındaki 24 Rue Haxo adresi pek de soylu bir nihai dinlenme yerine benzemiyordu. "Sophie, bu anahtarın Kutsal Kâse'yle nasıl bir ilişkisi olabileceğini gerçekten kestiremiyorum."

"Çünkü Kâse İngiltere'de olmalı, öyle değil mi?"

"Sadece bu değil. Kutsal Kâse'nin yeri tarih boyunca en iyi saklanan sırlardan biridir. Tarikat üyeleri kardeşliğin üst kademelerine ulaşmadan önce güvenilir olduklarını kanıtlayıp, Kâse'nin bulunduğu yeri öğrenmek için yıllarca beklerler. Bu sır, bölümlere ayrılmış karmaşık bir sistemle korunur ve tarikat kardeşliği oldukça geniş olduğu halde, herhangi bir zamanda yalnızda *dört* üye Kâse'nin nerede olduğunu bilir... Büyük Üstat ile onun üç *sénéchaux*'u. Büyükbabanın en yukarıdaki bu dört kişiden biri olma ihtimali oldukça zayıf."

Gaz pedalına iyice basarken Sophie, *büyükbabam onlardan biriydi,* diye düşündü. Büyükbabasının kardeşlikteki konumunu şüpheye hiç yer bırakmayacak şekilde teyit eden bir görüntü hafızasına kazınmıştı.

"Büyükbaban üst kademelerde *olsa bile,* kardeşlik dışından hiç kimseye hiçbir şey açıklamasına izni olmazdı. Seni iç çembere alması olanaksız."

Bodrumdaki ayini gözlerinde canlandıran Sophie, *ben oraya girdim bile,* diye düşündü. Normandiya'daki şatoda o gece şahit olduklarını Langdon'a anlatmanın vakti gelip gelmediğini düşündü. Duyduğu utanç, on yıldır tek bir Tanrı'nın kuluna bile anlatmasına engel olmuştu. Düşünmek dahi tüylerini ürpertmişti. Uzaklarda bir yerlerde sirenler çalarken, yorgunluğunun giderek arttığını hissetti.

İleride beliren Roland Garros tenis stadyumunu görmenin heyecanını duyan Langdon," Işte orada!" dedi.

Sophie yolunu stadyuma doğru değiştirdi. Birkaç denemeden sonra Rue Haxo kavşağını buldular ve daha az sayı içeren tabelaların gösterdiği yöne saptılar. Yoldaki sanayi siteleri ve iş merkezleri artmıştı.

Yirmi dört numarayı bulmamız gerekiyor, diye düşünen Langdon gizliden gizliye ufukta bir kilise kulesi aramakta olduğunu fark etti. *Saçmalama. Bu mahallede Tapınakçılar'ın kilisesi mi olabilir mi hiç?*

Sophie parmağıyla işaret ederek, "İşte orada!" diye çığlık attı.

Langdon'ın gözleri önlerinde uzanan yapıya kaydı.

Bu da ne böyle?

Modern bir binaydı. Ön cephesinin üstü dev bir neon kare haçla donatılmış bir kaleye benziyordu. Haçın altında şu kelimeler yazıyordu:

ZÜRIH EMANET BANKASI

Langdon, Tapınakçılar kilisesi hayallerini Sophie'yle paylaşmadığına memnundu. Hiçbir anlam içermeyen sembollerden gizli anlamlar çıkarmaya çalışmakla geçen bir meslek hayatı, insanı böyle yapıyordu. Langdon bu kez de, eşit kollu barışçıl haçın, İsviçre bayrağının sembolü olarak seçildiğini unutmuştu.

En azından gizem çözülmüştü.

Sophie ile Langdon, ellerinde İsviçre bankasındaki bir kasanın anahtarını tutuyorlardı.

41

Castel Gandolfo'nun önünde, uçurumun ve kayalıkların üstünde dönen soğuk dağ havası, Fiat'tan dışarı adımını atan Piskopos Aringarosa'yı karşıladı. *Bu cüppeden daha kalın bir şey giymeliydim,* diye düşünürken, üşüdüğünü belli etmemeye çalışıyordu. Bu gece ihtiyaç duyacağı son şey zayıf ya da ürkmüş görünmekti.

Şatonun en üst katında, sevimsiz bir aydınlık yayan pencereler hariç tüm bina karanlıktı. *Kütüphane,* diye düşündü Aringarosa. *Uyanıklar ve bekliyorlar.* Rüzgâra karşı yürürken başını öne eğdi ve rasathane kubbelerine bakmamaya çalışarak yoluna devam etti.

Onu kapıda karşılayan rahip uykulu görünüyordu. Beş ay önce onu karşılayan yine aynı rahipti ama bu gece daha az misafirperver davranıyordu. Saatine bakarken, endişeliden çok rahatsız olmuşa benzeyen rahip, "Sizi merak ettik piskopos," dedi.

"Özrümü kabul edin. Bugünlerde havayollarına güven olmuyor."

Rahip anlaşılmayan bir şeyler mırıldandıktan sonra, "Yukarda bekliyorlar. Size eşlik edeceğim," dedi.

Kütüphane, yerden tavana kadar koyu renk lambri kaplı kare şeklinde geniş bir salondu. Her tarafta tıka basa dolu yüksek kitaplıklar vardı. Siyah bazaltla süslenmiş kehribar mermer yerler, insana burasının bir zamanlar saray olduğunu hatırlatıyordu.

Odanın karşı tarafından gelen bir erkek sesi, "Hoş geldiniz piskopos," dedi.

Aringarosa konuşan kişiyi görmeye çalıştı ama ışıklar yeterli değildi... her yerin ışıl ışıl parladığı ilk ziyaretinde olduğundan çok daha loştu.

Uyanış gecesi. Bu gece insanlar, ortaya çıkacak olandan utanıyormuş gibi gölgelere saklanmışlardı.

Aringarosa oldukça yavaş, krallara yakışan adımlarla içeri girdi. Odanın arka tarafındaki uzun masada oturan üç erkeğin şekillerini görebiliyordu. Ortada oturan adamın silueti hemen seçiliyordu... obez Vatikan sekreteri, Vatikan Şehri'ndeki tüm resmi işlerden sorumlu yetkili. Diğer ikisi yüksek rütbeli İtalyan kardinallerdi.

Aringarosa kütüphaneden geçerek, onlara yaklaştı. "Vaktinde gelemediğim için özürlerimi sunarım. Farklı zaman dilimlerindeyiz. Yorgun olmalısınız."

Elleri muazzam göbeğinde kavuşmuş duran sekreter, "Hiç değiliz," dedi. "Buraya kadar geldiğiniz için müteşekkiriz. Uyanık kalıp sizi karşılamak yapabileceklerimizin asgarisidir. Size kahve ya da kendinize getirecek başka bir şey ikram edebilir miyiz?"

"Sıradan bir ziyaretmiş gibi davranmamayı tercih ederim. Diğer uçağa yetişmem gerekiyor. Hemen meseleye girebilir miyiz?"

Sekreter, "Elbette," dedi. "Tahmin ettiğimizden çok daha çabuk davrandınız."

"Öyle mi yaptım?"

"Daha bir ayınız vardı."

Aringarosa, "Kaygılarınızı beş ay önce dile getirdiniz," dedi. "Beklememe gerek var mıydı?"

"Hakikaten. Bulduğunuz çözümden son derece memnunuz."

Aringarosa gözleriyle uzun masayı takip ederek, büyük siyah bir çantaya baktı. "İstediğim şey bu mu?"

"Evet." Sekreterin sesi huzursuz gibiydi. "Bununla birlikte, isteğinizden kaygı duyduğumuzu itiraf etmeliyim. Biraz şey gibi..."

Kardinallerden biri, "Tehlikeli," diye cümleyi tamamladı. "Bunu sizin için bir yere havale edemeyeceğimizden emin misiniz? Yüklü bir meblağ."

Özgürlük pahalıdır. "Kendi güvenliğim hususunda hiçbir endişem yok. Tanrı benimle birlikte."

Adamlar şüpheyle bakıyorlardı.

"Tam olarak istediğim fonlar mı?"

Sekreter başını salladı. "Vatikan Bankası'ndaki bağış bonoları. Dünyanın her yerinde nakitle değiştirilebilir."

Aringarosa masanın sonuna yürüyerek, evrak çantasını açtı. İçinde, Vatikan mührünü ve taşıyan kişiye ödeme yapılmasını garantileyen PORTATORE başlığını taşıyan iki kalın bono destesi vardı.

Sekreter gergin görünüyordu. "Bu fonları nakde çevirmiş olsaydık, hepimizin çok daha az endişeleneceğini söylemeliyim piskopos."

Çantayı kapayan Aringarosa, *o kadar nakdi taşıyamam,* diye düşündü. "Bonolar nakde çevrilebiliyor. Bunu siz söylediniz."

Kardinaller birbirlerine huzursuz bakışlar fırlattıktan sonra, içlerinden biri sonunda, "Evet ama bu bonoların Vatikan Bankası'ndan çıktığı hemen anlaşılacaktır."

Aringarosa içinden gülüyordu. Öğretmen'in Aringarosa'ya parayı Vatikan bonoları şeklinde almasını söylemesinin asıl sebebi de buydu. *Bu işin içinde hepimiz varız.* Aringarosa, "Bu son derece yasal bir işlem," diye savundu. "Opus Dei, Vatikan Şehri'nin şahsi piskoposluk makamıdır ve Papa Hazretleri parayı uygun gördüğü şekilde harcayabilir. Herhangi bir kanun çiğnenmiş olmuyor."

"Doğru ama..." Sekreter öne doğru eğilince oturduğu sandalyenin altından çatırtılar geldi. "Bu fonlarla ne yapmayı amaçladığınız hakkında hiç bilgimiz yok ve eğer bir şekilde yasal değilse..."

Aringarosa, "Benden istediğiniz şey göz önüne alınacak olursa," diye karşılık verdi. "Bu parayla yapacaklarım sizi ilgilendirmez."

Uzun bir sessizlik oldu.

Haklı olduğumu biliyorlar, diye düşündü Aringarosa. "Şimdi sanırım benden bir şey imzalamamı isteyeceksiniz."

Hepsi sanki hemen gitmesini istiyormuş gibi ayağa fırlayarak kâğıdı ona doğru ittiler.

Aringarosa önünde duran kâğıda bir göz attı. Üzerinde Papalık mührü vardı. "Bana gönderdiğiniz kopyanın aynı mı?"

"Kesinlikle."

Aringarosa belgeyi imzalarken ne kadar az duygulandığına şaşırmıştı. Buna rağmen diğer üç adam rahat bir nefes almış gibiydiler.

Sekreter, "Teşekkürler piskopos," dedi. "Kiliseye vermiş olduğunuz hizmet asla unutulmayacak."

Evrak çantasını kaldıran Aringarosa umudun ve yetkinin ağırlığını hissediyordu. Dört adam söyleyecek başka bir şey varmış gibi bir süre birbirlerine baktılar ama görünüşe göre yoktu. Aringarosa arkasını dönerek, kapıya yöneldi.

Aringarosa kapı eşiğine geldiğinde kardinallerden biri, "Piskopos?" diye seslendi.

Aringarosa duraksayıp döndü. "Evet?"

"Buradan nereye gideceksiniz?"

Aringarosa bu sorunun içeriğinde coğrafi değil, ruhani bir anlam taşıdığını sezmişti ama bu saatte ahlak tartışmaya niyeti yoktu. "Paris," diyerek dışarı çıktı.

42

Zürih Emanet Bankası, İsviçre'nin geleneksel mevduat bankacılığında modern isimsiz hesap hizmeti sağlayan, yirmi dört saat açık bir *Geldschrank* bankasıydı. Zürih, Kuala Lumpur, New York ve Paris'te şubeleri bulunan banka, son yıllar içerisinde isimsiz ve resimsiz hesaplar için bilgisayar kaynaklı şifre ve dijital destek hizmeti vermeye başlamıştı.

Bu operasyonun can damarı en eski ve en basit hizmetlerden biri olan *-anonyme Lager-* sorgusuz sualsiz emanet hizmetine ya da diğer adıyla isimsiz banka kasası hesaplarına dayanıyordu. Hisse senedinden, değerli tablolara kadar mal varlıklarını isimsiz açtırdıkları kasalarda saklamak isteyen müşteriler, ileri teknoloji sayesinde gizlilik perdesi altında, istedikleri zaman yine isim vermeden emanetlerini geri alabiliyorlardı.

Sophie taksiyi son duraklarının önüne çekerken, binanın kaba mimarisine bakan Langdon, Zürih Emanet Bankası'nın çok az espri anlayışına sahip olduğunu düşündü. Tamamen çelikten yapılmış gibi görünen dörtgen binanın hiç penceresi yoktu. Devasa bir metal tuğlayı andıran yapının ön cephesinde parıldayan dört buçuk metre yüksekliğinde neon bir kare haç vardı.

İsviçre'nin bankacılıkta gösterdiği gizlilik hakkında sağladığı ün, ülkenin en fazla gelir getiren ithal ürünlerinden biri olmuştu. Bu gibi tesisler sanat camiasında tartışmalara yol açıyordu çünkü, sanat hırsızlarının ortalık sakinleşene kadar çaldıkları sanat eserlerini yıllarca saklayabilecekleri mükemmel bir yer sağlıyorlardı. Gizlilik kanunları uyarınca emanetler polis teftişlerinden korunduğu ve hesaplar isimler yerine numaralara açıldığı için, hırsızlar mallarının güvende olduğunun ve asla bulunamayacaklarının bilinciyle rahata eriyorlardı.

Sophie taksiyi, bankanın garaj yolunu - binanın altına doğru inen beton rampa- kesen görkemli kapının önünde durdurdu. Yukarıdaki video kamerası onlara çevrilmişti. Langdon nedense, buradakı kameranın Louvre'dakinin aksine gerçek olduğunu hissediyordu.

Sophie camı indirerek, şoför tarafındaki elektronik podyumu inceledi. Bir LCD ekranda yedi farklı dilde talimatlar yazıyordu. Listenin en üstündeki yazı İngilizceydi.

A N A H T A R I S O K U N

Sophie lazer işi anahtarı cebinden çıkararak, dikkatini yeniden podyuma verdi. Ekranın altında üçgen bir delik vardı.

Langdon, "İçimden bir ses, uyacak diyor," dedi.

Sophie anahtarın üçgen gövdesini delikle hizalayarak içine soktu ve gövde tamamen girinceye kadar itti. Bu anahtarı çevirmeye gerek olmadığı ortadaydı. Kapı o anda açılmaya başladı. Sophie ayağını frenden çekerek, ikinci bir kapıya ve podyuma ilerledi. Arkalarındaki kapı kapandığında, yükseltme havuzundaki gemi gibi kapana kısılmışlardı.

Langdon bu kıstırılmışlık hissinden hoşlanmamıştı. *Dua edelim de, ikinci kapı da çalışsın.*

İkinci podyumda da aynı talimatlar yazıyordu.

A N A H T A R I S O K U N

Sophie anahtarı soktuğu anda ikinci kapı hemen açıldı. Birkaç dakika içinde, aşağı meyilli rampadan, binanın içine doğru ilerlemeye başlamışlardı.

Yaklaşık bir düzine araç kapasiteli garaj küçük ve loştu. Ziyaretçileri, metalden yapılmış dev bir kapıya kadar uzanan, beton zeminin üstündeki kırmızı halı karşılıyordu.

Zıt mesajlara bak, diye düşündü Langdon. *Hoş geldiniz ve içeri girilmez.*

Sophie girişe yakın bir yere taksiyi park edip, motoru durdurdu. "Silahı burada bıraksan iyi olur."

Memnuniyetle, diye düşünen Langdon silahı koltuğun altına itti.

Sophie ile Langdon kırmızı halının üstünden çelik kapıya doğru yürüdüler. Kapının kolu yoktu ama yanındaki duvarda bir başka üçgen delik duruyordu.

Langdon, "Yavaş öğrenenler girmesin," dedi.

Gergin görünen Sophie kahkaha attı. "İşte giriyoruz." Anahtarı deliğe yerleştirince, kapı içeri doğru hafifçe gıcırdayarak açıldı. Birbirlerine bakan Sophie ile Langdon içeri girdiler. Kapı arkalarından ses çıkartarak kapandı.

Zürih Emanet Bankası'nın antresi, Langdon'ın o güne dek hiç görmediği görkemli bir şekilde döşenmişti. Çoğu banka alışıldık cilalı mermer ve granitle yetinirken, burada duvardan duvara metal ve kabara kullanılmıştı.

Bunların dekoratörü kim, diye düşündü Langdon. *Birleşik Çelikçiler mi?*

Sophie'nin gözleri lobiyi tararken, aynı oranda şaşırmış görünüyordu.

Her taraf gri metalden yapılmıştı... yer, duvarlar, tezgâhlar, kapılar, hatta lobi merdivenleri bile kalıptan çıkmış metale benziyordu. Etkileyici bir etki yaratıyordu. Mesaj açıktı: Banka kasasına giriyorsunuz.

Onlar içeri girerken, tezgâhın arkasında duran iriyarı bir adam başını kaldırarak baktı. Seyretmekte olduğu küçük televizyonu kapattı ve onları hoş bir gülümsemeyle selamladı. Devasa kaslarına ve taşıdığı tabancaya rağmen, diksiyonundan yontulmuş bir İsviçreli komi olduğu anlaşılıyordu.

"*Bonsoir,*" dedi. "Size nasıl yardımcı olabilirim?"

İki farklı dille yapılan karşılama töreni, Avrupalı evsahibinin yeni konukseverlik numarasıydı. Hiçbir ima içermeyen karşılama, ziyaretçiye istediği dille cevap verme fırsatını tanıyordu.

Sophie herhangi bir dille cevap vermedi. Altın anahtarı adamın önündeki tezgâha bırakmakla yetindi.

Önüne bakan adam derhal duruşunu dikleştirdi. "Elbette. Asansörünüz koridorun sonunda. Oraya gittiğinizi birine bildireceğim."

Sophie başını sallayarak anahtarı geri aldı. "Hangi kat?"

Adam, ona garip bir bakış fırlattı. "Anahtarınız asansöre hangi kata çıkacağınızı söyleyecektir."

Sophie gülümsedi. "Ah, evet."

Görevli yeni gelen iki ziyaretçinin asansöre ilerlemesini, anahtarı yerleştirmesini, binmelerini ve görünürden kaybolmalarını izledi. Kapılar kapanır kapanmaz, telefonu eline aldı. Geldiklerini hiç kimseye bildirecek değildi; buna gerek yoktu. Müşterinin anahtarı giriş kapısına girdiği anda, kasa görevlisi otomatik olarak ikaz edilmişti zaten.

Görevli, bankanın gece müdürünü arıyordu. Telefon hattı çalarken, televizyonunu yeniden açtı ve seyretmeye başladı. Seyretmekte olduğu haberler sona eriyordu. Önemli değildi. Televizyondaki iki yüze yeniden baktı.

Müdür telefona cevap verdi. "*Oui?*"

"Burada bir durum oluştu."

Müdür, "Neler oluyor?" diye sordu.

"Fransız polisi bu gece iki kaçağın peşinde."

"Yani?"

"Her ikisi de az önce bankamızdan içeri girdiler."

Müdür alçak bir sesle küfretti. "Tamam. Hemen Mösyö Vernet ile temas kuracağım."

Görevli telefonu kapatarak, başka bir numara çevirdi. Bu kez Interpol'u arıyordu.

Langdon asansörün yukarı çıkmak yerine aşağı iniyormuş gibi bir his uyandırmasına şaşırmıştı. Kapılar açılana kadar Zürih Emanet Bankası'nın kaç kat altına indiklerini anlayamadı. Umurunda değildi. Asansörden çıkmış olduğuna memnundu.

Onları karşılamak için bekleyen görevli, etkileyici bir neşe içindeydi. Ütüsü son derece muntazam, flanel bir takım elbise giyen yaşlıca ve tatlı biriydi, yüksek teknoloji dünyasında, eski zaman bankacılarına benziyordu.

Adam, "*Bonsoir,*" dedi. "İyi geceler. Beni izleyebilir misiniz, *s'il vous plaît?*" Cevap vermelerini beklemeden topuklarının üstünde döndü ve metal koridorda canlı adımlarla yürümeye başladı.

Langdon yanında Sophie'yle birlikte bir dizi koridorlardan ve yanıp sönen ana bilgisayarların bulunduğu geniş odaların önünden geçti.

Çelik kapının önüne gelen adam, "*Voici,*" diyerek kapıyı onlar için açtı. "İşte geldik."

Langdon ile Sophie, bir başka dünyaya adım atmışlardı. Önlerinde duran küçük oda, iyi bir otelin lüks oturma odasına benziyordu. Metaller ve perçinler gitmiş, yerini şark halıları, koyu meşe mobilyalar ve yastıklı sandalyeler almıştı. Odanın ortasındaki geniş masanın üstünde, hâlâ baloncuklar çıkarmakta olan bir şişe Perrier'in yanında iki kristal bardak duruyordu. Yanındaki makinede kahve pişiyordu.

Saat gibi çalışıyorlar, diye düşündü Langdon. *Saat işini İsviçrelilere bırakmak lazım.*

Adamın yüzünde anlayışlı bir gülümseme belirmişti. "Anladığım kadarıyla bu bize yaptığınız ilk ziyaret," dedi.

Sophie tereddüt ettikten sonra başını salladı.

"Anlıyorum. Anahtarlar genellikle miras olarak bırakılırlar, bu yüzden ilk kez gelen kullanıcılar protokolü bilmezler." İçeceklerin durduğu masayı gösterdi. "Odayı dilediğiniz kadar kullanabilirsiniz."

Sophie, "Anahtarların miras olarak bırakılabileceğini söylemiştiniz, değil mi?" diye sordu.

"Evet. Anahtarınız bir İsviçre sayı hesabına aittir ve genellikle nesilden nesile miras bırakılırlar. Altın hesapların en kısa kasa kiraları elli yıldır. Peşin ödenirler. Bu yüzden aile içinde pek çok kez elden ele geçtiğini görürüz."

Langdon, ona bakıyordu. "*Elli yıl mı?*"

Adam, "En az," diye yanıt verdi. "Elbette daha uzun dönem için kasa kiralanabilir ama pek kullanışlı değildir. Hesapta elli yıl süresince hareket görülmezse, kasadakiler otomatik olarak imha edilirler. Kasanıza ulaşmanız için işlemleri başlatayım mı?"

Sophie başını salladı. "Lütfen."

Görevli kolunu lüks salona doğru salladı. "Burası sizin özel görüş odanız. Ben odadan çıktıktan sonra, kasanın içindekileri görmek ve değiştirmek için istediğiniz kadar vakit harcayabilirsiniz, kasa kutunuz... buraya gelecek." Havaalanlarındaki bagaj bantlarını andıran bir taşıyıcı bandın odaya giriş yaptığı arka taraftaki duvara yürüdü. "Anahtarınızı buradaki yuvaya sokacaksınız..." Taşıyıcı banda bakan geniş bir elektronik konsolu gösterdi. Konsolun üstünde benzer bir üçgen delik vardı. "Bilgisayar anahtarınızın üstündeki işaretleri onayladığında hesap numaranızı gireceksiniz ve kasa kutunuz banka kasasından buraya gönderilecek. Kasayla işiniz bittiğinde yeniden taşıyıcı bandın üzerine bırakıp, anahtarınızı sokun ve işlemi tersten tekrar edin. Her şey otomatiğe bağlandığından, işlemleriniz bu banka personelinden bile gizlidir. Herhangi bir şeye ihtiyacınız olursa, odanın ortasındaki masanın üstünde duran çağrı düğmesine basın."

Telefon çaldığı sırada Sophie bir soru sormak üzereydi. Adam şaşkın ve mahcup görünüyordu. "İzninizle lütfen." Masadaki kahveyle Perrier'in yanında duran telefonun başına gitti.

"*Oui?*" diye cevap verdi.

Arayan kişiyi dinlerken kaşları çatılıyordu. "*Oui... oui... d'accord.*" Kapattıktan sonra zorla gülümsedi. "Üzgünüm, şimdi yanınızdan ayrılmam gerekiyor. Evinizdeymiş gibi hareket edin." Hemen kapıya yöneldi.

Sophie, "Affedersiniz?" diye seslendi. "Gitmeden önce bir şeyi açıklığa kavuşturabilir misiniz? Bir hesap numarası gireceğimizden bahsetmiştiniz, öyle değil mi?"

Kapıda duran adam solgun görünüyordu. "Evet elbette. Çoğu İsviçre bankasında olduğu gibi, kasa kutuları bir sayıya bağlıdırlar, isme değil. Sadece sizin bileceğiniz bir hesap numaranız ve bir anahtarınız var. Anahtar, kimliğinizin sadece yarısını oluşturur. Şahsi hesap numaranız diğer yarısıdır. Aksi takdirde, anahtarınızı kaybettiğinizde bir başkası onu kullanabilirdi."

Sophie duraksadı. "Peki ya bana miras bırakan kişi bir hesap numarası vermediyse?"

Bankacının kalbi tekledi. *O zaman burada hiç işiniz yok demektir!* Onlara soğukkanlılıkla gülümsedi. "Birinden size yardım etmesini isteyeceğim. Kısa süre içinde burada olur."

Odadan çıkan bankacı, kapıyı arkasından kapatarak ağır kilidi çevirince onları içeriye kilitlemişti.

Şehrin diğer ucunda Collet telefonu çaldığı sırada Gare du Nord Tren İstasyonu'nda duruyordu.

Arayan Fache idi. "Interpol bir ipucu bulmuş," dedi. "Treni unut. Langdon ile Sophie, Zürih Emanet Bankası'nın Paris şubesine gitmişler. Adamlarını hemen oraya göndermeni istiyorum."

"Saunière'in Ajan Neveu ile Robert Langdon'a ne anlatmaya çalıştığına dair bir gelişme var mı?"

Fache'nin ses tonu soğuktu. "Sen onları tutuklayınca Teğmen Collet, ben onlara bizzat soracağım."

Collet mesajı almıştı. "Yirmi dört Rue Haxo. Hemen yüzbaşım." Telefonu kapatarak, adamlarını telsizle bilgilendirdi.

43

Zürih Emanet Bankası Paris Şubesi Başkanı André Vernet, bankanın üstünde lüks bir dairede yaşıyordu. Sahip olduğu ihtişamlı eve rağmen, her zaman L'Ile Saint-Louis'de nehir kıyısındaki dairelerden birinde yaşamak istemişti. Burada karşılaştığı pis zenginler yerine, orada gerçek *ekabirlerle* görüşeceği bir hayat sürebilirdi.

Emekli olduğumda, diyordu Vernet kendi kendine, *bodrumumu en nadide Bordeaux şaraplarıyla dolduracağım, salonumu bir Fragonard ya da bir Boucher ile süsleyeceğim ve günlerimi Quartier Latin'de antika mobilyalar ve kitaplar aramakla geçireceğim.*

Vernet uyanalı sadece altı buçuk dakika olmuştu. Buna rağmen bankanın yeraltındaki koridorlarında koştururken, terzisiyle berberinin yanından yeni çıkmış gibi görünüyordu. Kusursuz bir ipek takım giyen Vernet yürürken ağız spreyini sıktı ve kravatını düzeltti. Farklı zaman dilimlerinden gelen müşterilerini karşılamak için uykusundan uyanmaya yabancı olmayan Vernet, uyku alışkanlıklarını Maasai savaşçılarına göre düzenlemişti... en derin uykularından uyandıktan sonra, saniyeler içinde savaşa hazır olmalarıyla ünlü Afrika kabilesi.

Vernet *savaşa hazırım,* diye düşünürken, sözlerinin bu geceki duruma uymasından korkuyordu. Altın anahtar sahibi müşteriler her zaman fazladan ilgi isterlerdi, ama adli polisin peşinde olduğu bir altın anahtar müşterisi, son derece hassas bir mevzuydu. Bankanın, suçlu olduklarına dair ispat olmadığı müddetçe müşterilerinin gizlilik haklarını koruması yüzünden güvenlik güçleriyle sürekli kavga halindeydiler.

Vernet kendi kendine, *beş dakika,* dedi. *Polis gelmeden bu insanları bankadan çıkartmalıyım.*

Çabuk hareket ederse, yakında olması muhtemel bu felaketten ustalıkla kurtulabilirdi. Vernet polise, kaçakların belirtildiği gibi bankasına gerçekten girdiğini ama müşteri olmadıkları ve hesap numaraları olmadığı için geri çevrildiklerini söyleyebilirdi. Lanet bekçinin Interpol'ü aramamış olmasını diliyordu. Ama saatte on beş euro kazanan bir bekçide takdir yetkisi olması beklenemezdi.

Kapı eşiğine geldiğinde derin bir nefes aldı ve kaslarını gevşetti. Ardından, yüzüne zorla yumuşak bir gülümseme oturtarak kapının kilidini açtı ve odadan içeri ılık bir meltem gibi girdi.

Gözleri müşterileri bulur bulmaz, "İyi geceler," dedi. "Ben André Vernet. Size nasıl yard..." Cümlenin geri kalanı boğazının bir yerine düğümlenmişti. Önünde duran kadın, Vernet'nin karşılaşmayı hiç ummadığı bir ziyaretçiydi.

Sophie, "Affedersiniz, tanışıyor muyuz?" diye sordu. Sophie bankacıyı tanıyamamıştı ama bir an için adam hayalet görmüş gibi olmuştu.

Banka başkanı, "Hayır..." diye kekeledi. "Öyle olduğunu... sanmıyorum. Hizmet verdiğimiz müşterileri tanımayız." Nefes verdikten sonra soğukkanlılıkla gülümsedi. "Yardımcım bana bir altın anahtarınız olduğunu ama hesap numarasını bilmediğinizi söyledi. Bu anahtara nasıl sahip olduğunuzu sorabilir miyim?"

Adamı dikkatle inceleyen Sophie, "Büyükbabam verdi," diye yanıtladı. Adamın rahatsızlığı artık daha da açık anlaşılıyordu.

"Öyle mi? Büyükbabanız size anahtarı verdi ama hesap numarasını vermeyi unuttu mu?"

Sophie, "Vakti kalmadığını sanıyorum," dedi. "Bu gece öldürüldü."

Sophie'nin kullandığı kelimeler adamın geriye doğru sendelemesine neden olmuştu. "Jacques Saunière öldü mü?" diye sorarken gözleri dehşetle dolmuşu. "Ama... nasıl?!"

Şimdi hayretten sendeleme sırası Sophie'deydi. "Büyükbabamı *tanıyor muydunuz?*"

Bankacı André Vernet bir o kadar şaşkın görünüyordu, bir sehpaya tutunarak dengesini korumaya çalıştı. "Jacques ve ben arkadaştık. Bu olay ne zaman oldu?"

"Bu akşamın erken saatlerinde. Louvre'da."

Vernet deri sandalyenin yanına giderek, adeta içine gömüldü. "Her ikinize de çok önemli bir soru sormalıyım." Başını kaldırıp önce Langdon'a, sonra Sophie'ye baktı. "İkinizden birinin bu ölümle bir ilgisi var mı?"

Sophie, "Hayır!" diye haykırdı. "Kesinlikle yok."

Vernet yüzünü buruşturup duraksadı ve düşünmeye başladı. "Resimleriniz Interpol tarafından her yere dağıtılıyor. Sizi bu şekilde tanıdım. Cinayetten aranıyorsunuz."

Sophie yıkılmıştı. *Fache Interpol'e mi haber verdi?* Yüzbaşının Sophie'nin tahmin ettiğinden daha hırslı olduğu belli oluyordu. Vernet'ye kısaca Langdon'ın kim olduğunu ve o gece Louvre'da yaşananları anlattı.

Vernet şaşkın görünüyordu. "Ve büyükbabanız ölürken, size Bay Langdon'ı bulmanızı söyleyen bir mesaj mı bıraktı?"

"Evet. Ve bu anahtarı." Sophie altın anahtarı tarikat mührü arka tarafta kalacak şekilde Vernet'nin önündeki masaya bıraktı.

Vernet anahtara baktı ama dokunmak için hiçbir eylemde bulunmadı. "Size sadece bu anahtarı mı bırakmış? Başka bir şey yok mu? Herhangi bir kâğıt parçası?"

Sophie, Louvre'dayken aceleye geldiğini biliyordu ama *Kayalıklar Bakiresi*'nin arkasında başka hiçbir şey görmediğine emindi. "Hayır. Sadece anahtar."

Vernet çaresizce içini çekti. "Korkarım her anahtar, şifre olarak geçen on haneli bir hesap numarasıyla birlikte işlevlik kazanıyor. O sayı olmadan anahtarınız hiçbir işe yaramaz."

On hane. Sophie gönülsüzce olasılıkları hesapladı. *On milyardan fazla seçenek vardı.* DCPJ'nin en güçlü çözümleme bilgisayarlarını bile getirse, şifreyi kırması yine de haftalar alırdı. "Ama elbette mösyö, bu şartlar altında siz bize yardımcı olabilirsiniz."

"Üzgünüm. Gerçekten hiçbir şey yapamam. Müşteriler güvenli bir terminalden kendi hesap numaralarını kendileri seçerler, bu da hesap numaralarını sadece müşterilerle bilgisayarların bildiği anlamına geliyor. Müşteri gizliliğini bu şekilde sağlıyoruz. Ve tabii çalışanlarımızın güvenliğini."

Sophie anlamıştı. Lüks mağazalar da aynı şeyi yapıyorlardı. ÇALIŞANLARDA KASA ANAHTARI YOKTUR. Bu banka birisinin anahtarı çalması halinde, çalışanlardan birini hesap numarası için rehin alma riskini ortadan kaldırmıştı.

Langdon'ın yanına oturan Sophie başını indirip anahtara, sonra da Vernet'ye baktı. "Büyükbabamın bankanızda ne sakladığına dair fikriniz var mı?"

"Hayır hiç fikrim yok. *Geldschrank* bankasının anlamı budur."

Sophie, "Monsieur Vernet," diye ısrar etti. "Bu gece vaktimiz kısıtlı. Olabildiğince açık konuşmaya çalışacağım." Altın anahtara uzanarak tersini çevirdi. Tarikat mührünü gösterirken adamın vereceği tepkileri izliyordu. "Anahtarın üstündeki bu sembolün sizin için bir anlamı var mı?"

Fleur-de-lis'e bakan Vernet hiç tepki vermedi. "Hayır, ama müşterilerimizin çoğu anahtarlarının üstüne şirket logolarını ya da isimlerinin başharflerini işletirler."

Hâlâ adamı dikkatle incelemekte olan Sophie, içini çekti. "Bu mühür, Sion Tarikatı diye bilinen gizli bir cemiyetin sembolü."

Vernet yine hiç tepki vermemişti. "Bu konu hakkında hiçbir şey bilmiyorum. Büyükbabanız arkadaşımdı ama daha çok işten bahsederdik." Gergin görünen adam, şimdi kravatını düzeltiyordu.

Sophie sesini biraz daha sertleştirerek, "Monsieur Vernet," diye bastırdı. "Büyükbabam beni bu gece arayarak, benim ve kendisinin büyük bir tehlikede olduğumuzu söyledi. Bana bir şey vermesi gerektiğini söyledi. Bana bankanıza ait bir anahtar verdi. Şimdi o öldü. Bize söyleyeceğiniz herhangi bir şeyin faydası dokunabilir."

Vernet terlemeye başlamıştı. "Bu binadan çıkmalıyız. Korkarım polis kısa süre sonra burada olur. Bekçim Interpol'ü araması gerektiğini düşünmüş."

Sophie de bundan korkuyordu. Şansını son bir kez daha denedi. "Büyükbabam bana ailem hakkındaki gerçeği anlatması gerektiğini söylemişti. Bu size bir şey ifade ediyor mu?"

"Mademoiselle, aileniz siz küçükken bir araba kazasında öldü. Üzgünüm. Büyükbabanızın sizi çok sevdiğini biliyorum. İlişkinizi kesmenizden ötürü ne kadar acı çektiğini bana defalarca anlatmıştı."

Sophie nasıl karşılık vereceğine karar veremiyordu.

Langdon, "Bu hesabın Sangreal'le ilgili bir şeyler içermesi mümkün mü?" diye sordu.

Vernet, ona garip bir bakış fırlattı. "Ne olduğu hakkında hiç fikrim yok." Tam o sırada Vernet'nin cep telefonu çaldı ve o da, telefonu kemerinden çıkardı. "*Oui?*" Dinlerken yüzündeki şaşkın ifade giderek endişeye dönüştü. "Polis mi? Bu denli çabuk mu?" Küfrettikten sonra Fransızca birtakım talimatlar verip, az sonra lobide olacağını söyledi.

Telefonu kapattıktan sonra Sophie'ye döndü. "Polis her zamankinden daha hızlı davranmış. Biz konuşurken yola çıkmışlar bile."

Sophie'nin oradan eli boş ayrılmaya niyeti yoktu. "Onlara çoktan gelip gittiğimizi söyleyin. Bankayı aramak isterlerse, arama emrini sorun. Böylece biraz zaman kazanırız."

Vernet, "Dinleyin," dedi. "Jacques dostumdu ve bankamın bu türden bir baskıya hiç ihtiyacı yok. İşte bu iki sebepten ötürü, bu tutuklamanın benim alanım dahilinde gerçekleşmesini istemiyorum. Bana bir dakika verirseniz, yakalanmadan bu bankadan çıkmanıza nasıl yardımcı olabileceğimi düşüneceğim. Bunun haricinde, ben bu işe karışmam." Ayağa kalkıp, kapıya yürüdü. "Burada kalın. Bazı ayarlamalar yapıp hemen döneceğim."

Sophie, "Ama kasa kutusu," diye yineledi. "Bırakıp gidemeyiz."

Kapıya doğru acele eden Vernet, "Yapabileceğim bir şey yok," dedi. "Üzgünüm."

Sophie, onun arkasından bakarken, büyükbabasının yıllar boyunca gönderdiği ve kendisinin açmadığı sayısız mektup ya da paketin herhangi birinde hesap numarasını verip vermediğini düşünüyordu.

Langdon aniden ayağa kalktığında, Sophie, onun gözlerindeki beklenmedik parıltıyı sezinlemişti.

"Robert? Gülümsüyorsun?"

"Büyükbaban bir dâhiydi."

"Anlayamadım?"

"On hane dedi, değil mi?"

Neden bahsettiği hakkında Sophie'nin en ufak fikri yoktu.

"Hesap numarası," derken tanıdık bir gülümseme yüzüne yayılmaya başlamıştı. "Numarayı bize bıraktığına eminim."

"Nerede?"

Langdon cinayet sahnesi fotoğrafının bilgisayar çıktısını çıkarıp, sephanın üstüne koydu. Langdon'ın haklı olduğunu anlamak için Sophie'nin ilk satırı okuması yeterliydi.

13-3-2-21-1-1-8-5
On Draco devini al!
On sahte alim!
P.S. Robert Langdon'ı bul

44

Bilgisayar çıktısını incelerken, kriptograf duyuları harekete geçen Sophie, "On hane," dedi.

13 - 3 - 2 - 21 - 1 - 1 - 8 - 5

Grand-père bu hesap numarasını Louvre'da yere yazmıştı!

Sophie karıştırılmış Fibonacci Dizimi'ni parkenin üstünde ilk gördüğünde, yazılmasının tek amacının DCPJ'nin kriptografları aramasını sağlayarak, Sophie'yi işe karıştırmak olduğunu düşünmüştü. Daha sonra sayıların, diğer satırları deşifre etmek için ipucu verdiğini görmüştü... *düzensiz bir dizi... sayısal anagram.* Şimdi ise hayretten şaşkına dönmüş bir şekilde sayıların çok daha önemli bir anlamı olduğunu görüyordu. Büyükbabasının gizemli kasa kutusunu açacak son anahtar bu sayılardı.

Langdon'a dönen Sophie, "Çift anlamlı bilmecelerde ustaydı," dedi. "Çok anlam içeren her şeye bayılırdı. Şifrelerin içindeki şifrelere."

Langdon taşıyıcı bandın yanındaki elektronik konsola doğru yürümeye başlamıştı bile. Sophie bilgisayar çıktısını eline alarak onun peşinden gitti.

Konsolda, bankaların ATM terminallerindekine benzer bir tuş takımı vardı. Ekranda bankanın haç şeklindeki logosu görünüyordu. Tuş takımının yanında üçgen bir delik bulunuyordu. Sophie hiç vakit yitirmeden anahtar gövdesini yuvaya soktu.

Ekran o anda değişti.

HESAP NUMARASI:

_ _ _ _ _ _ _ _ _ _ _ _ _ _ _ _ _ _

İmleç yanıp sönüyor, bekliyordu.

On hane. Sophie bilgisayar çıktısındaki sayıları okurken, Langdon tuşladı.

HESAP NUMARASI:
1332211185

Langdon son haneyi girdikten sonra ekran tekrar yenilendi. Birkaç farklı dilde yazılmış bir mesaj görünüyordu. En üstteki İngilizceydi.

UYARI:
Giriş tuşuna basmadan önce lütfen hesap numaranızı hatasız girdiğinizden emin olunuz. Kendi güvenliğiniz için, bilgisayar hesap numaranızı tanımadığı takdirde sistem kendiliğinden kapanacaktır.

Sophie kaşlarını çatarak, "*Fonction terminer,*" dedi. "Tek şansımız var gibi görünüyor." Standart ATM makineleri, banka kartını alıkoymadan önce doğru PIN kodunu girmek için üç deneme hakkı verirdi. Bunun sıradan bir nakit çekme makinesi olmadığı ortadaydı.

Ekrana girdikleri sayıyla elindeki bilgisayar çıktısını dikkatle karşılaştıran Langdon, "Sayıyı doğru girdik sanırım," dedi. Eliyle GİRİŞ tuşunu işaret etti. "Ateşleyelim bakalım."

İşaret parmağını tuş takımına uzatan Sophie aklına gelen garip düşünceyle tereddüt etti.

Langdon, ona, "Hadisene," diyerek hızlandırmaya çalıştı. "Vernet az sonra burada olur."

"Hayır." Sophie elini geri çekmişti. "Asıl hesap numarası bu değil."

"Elbette bu! On haneli. Başka ne olabilir ki?"

"Fazlasıyla gelişigüzel."

Gelişigüzel mi? Langdon bu fikre kesinlikle katılmıyordu. Bankalar müşterilerinden PIN kodlarını gelişigüzel sayılardan seçmelerini isterdi, böylece numarayı kimse tahmin edemezdi. Elbette *buradaki* müşteriler de hesap numaralarını gelişigüzel sayılardan seçeceklerdi.

Sophie ekrana yazdığı her şeyi sildi ve kendinden emin bir ifadeyle Langdon'a baktı. "Bu *gelişigüzel* sayının, Fibonacci Dizimi'nden seçilmiş olması büyük bir tesadüf olurdu."

Langdon, onun haklı olabileceğini fark etmişti. Sophie daha önce bu sayıyı Fibonacci Dizimi'ni oluşturacak şekilde sıralamıştı. Bunun olabilme ihtimali gerçekten çok düşüktü.

Sophie sanki hesap numarası ezberindeymiş gibi bir kez daha tuş takımına uzanmış, yeni bir sayı giriyordu. "Ayrıca büyükbabamın sembollere ve şifrelere olan tutkusu göz önüne alınırsa, mutlaka kendisi için anlam ifade eden bir hesap numarası seçmiş olmalı, kolaylıkla hatırlayabileceği bir şey." Sayıyı yazmayı bitirdikten sonra sinsi bir ifadeyle gülümsedi. "Gelişigüzel gibi görünen... ama *olmayan* bir şey."

Langdon ekrana baktı.

H E S A P N U M A R A S I :
1 1 2 3 5 8 1 3 2 1

Ekrana baktığı anda Sophie'nin haklı olduğunu anlaması Langdon'ın sadece saniyelerini almıştı.

Fibonacci Dizimi.

1-1-2-3-5-8-13-21

Fibonacci Dizimi, on haneli tek bir sayı haline getirildiğinde kesinlikle ne olduğu anlaşılmıyordu. *Hatırlaması kolay ama görünüşü gelişigüzel.* Saunière'in asla unutamayacağı on haneli dâhice bir şifre. Bunun dışında, Louvre'un zeminindeki karışık sayıların sıraya sokulduğunda ünlü diziyi meydana getirmesini mükemmel bir biçimde açıklıyordu.

Sophie uzanarak GİRİŞ tuşuna bastı.

Hiçbir şey olmadı.

En azından fark edebilecekleri bir şey olmadı.

O sırada, bankanın altlarında bulunan yeraltı mahzenindeki robotumsu bir pençe harekete geçmişti. Tavana bağlı çift eksenli bir taşıma sisteminde kayarak hareket eden pençe, aldığı koordinatlara doğru ilerliyordu. Aşağıdaki beton zeminde, devasa bir ızgaranın üstünde yan yana dizilmiş plastik kasalar duruyordu... bir yeraltı odasına sıralanmış küçük tabutları andırıyorlardı.

Pençe, doğru noktaya geldiğinde durup alçaldı, bu sırada elektrikli bir göz, kutunun üstündeki barkod numarasını okuyordu. Ardından, pençe bir bilgisayar hassasiyetiyle ağır kulpu kavradı ve kutuyu diklemesine kaldırdı. Devreye giren yeni cihazların yardımıyla pençe kutuyu odanın diğer ucuna taşıdı ve taşıyıcı bandın üzerine geldiğinde durdu.

Sonra kol kutuyu nazikçe bırakarak, geri çekildi.

Kol devre dışı kaldıktan sonra taşıyıcı bant dönmeye başladı...

Yukarıda, Sophie ile Langdon taşıyıcı bandın hareket etmeye başladığını görünce rahatlamışlardı. Bandın yanında dururlarken, kendilerini içinden ne çıkacağını bilmedikleri gizemli bir bavulu bekleyen yorgun tatilciler gibi hissediyorlardı.

Taşıyıcı bant odaya, sağ taraflarındaki hareketli kapının altındaki dar aralıktan girdi. Metal kapı yukarı kayarak açıldığında, taşıyıcı bandın gerilerinde muazzam bir plastik kutu belirmişti. Bu siyah ve plastik kutu, Sophie'nin tahmin ettiğinden çok daha büyüktü. Uçaklarda evcil hayvan taşımaya yarayan kafeslerin deliksiz olanlarına benziyordu.

Kutu, tam önlerine gelince durdu.

Orada sessizce duran Sophie ile Langdon, gizemli kutuya gözlerini dikmişlerdi.

Bankadaki diğer her şey gibi, bu kutu da sanayi yapımıydı, metal menteşeleri, üzerinde bir barkod etiketi ve ağırlığa dayanıklı kulpları vardı. Sophie, onu dev bir alet çantasına benzetmişti.

Sophie hiç vakit kaybetmeden, önünde duran iki tokayı çözdü. Sonra Langdon'a göz attı. Ağır kapağı birlikte kaldırarak, arkaya doğru ittiler.

Öne doğru yaklaşarak, kasanın içine dikkatle baktılar.

Sophie ilk baktığında kutunun boş olduğunu sanmıştı. Ardından bir şey gördü. Kutunun en altında duruyordu. Tek bir nesne.

Ayakkabı kutusu büyüklüğündeki cilalı tahta kutunun menteşeleri oymalıydı. Parlak mor ağacın koyu damarları vardı. Sophie bunun *gül ağacı* olduğunu fark etti. Büyükbabasının en sevdiği. Kapağında güzel bir gül deseni bulunuyordu. Sophie ile Langdon birbirlerine şaşkınlıkla baktılar. Sophie eğilip kutuyu kavrayarak, dışarı çıkardı.

Tanrım, ne kadar ağır!

Büyük bir dikkatle geniş masanın üstüne taşıyıp, bıraktı. Langdon, onun yanında duruyordu. Her ikisi de, büyükbabasının bulmaları için gönderdiği küçük hazine sandığına gözlerini dikmişti.

Langdon kapaktaki el oyması beş yapraklı güle hayretle bakıyordu. Bu türden gül şekillerini pek çok kez görmüştü. "Beş yapraklı gül," diye fısıldadı. "Tarikatın Kutsal Kâse için kullandığı semboldür."

Sophie dönüp ona baktı. Langdon, onun ne düşündüğünü anlayabiliyor, kendisi de aynı şeyi düşünüyordu. Kutunun boyutları, içindekinin ağırlığı ve tarikatın kullandığı Kâse sembolü kuşkusuz tek bir sonuca götürüyordu. *İsa'nın Kadehi bu sandığın içinde.* Langdon bir kez daha kendisine bunun mümkün olmadığını söyledi.

Sophie, "Bu bir," diye fısıldadı. "Kadehi koymak için en uygun boyut."

O bir kadeh olamaz.

Sophie kutuyu açmaya hazırlanarak, sandığı masanın üstünde kendine doğru çekti. Fakat o kutuyu hareket ettirirken beklenmedik bir şey oldu. Kutudan garip lıkır lıkır bir ses geldi.

Langdon iyice anlamak için kulağını eğdi. *İçinde sıvı mı var?*

Sophie de aynı derecede şaşırmış görünüyordu. "Sen de duydun mu?..."

Langdon boş bir ifadeyle başını salladı. "Sıvı."

İleriye uzanan Sophie yavaşça kopçayı açtı ve kapağı kaldırdı.

İçindeki nesne, Langdon'ın o güne dek gördüğü hiçbir şeye benzemiyordu. Ama her ikisi de bir şeyi o anda iyice anlamıştı. Bu kesinlikle İsa'nın Kadehi *değildi.*

45

Bekleme odasından içeri giren André Vernet, "Polis yolları kapatıyor," dedi. "Sizi buradan çıkartmak zor olacak." Kapıyı arkasından kapatırken, taşıyıcı bandın üzerindeki plastik çantayı görünce, olduğu yerde sıçradı. *Tanrım! Saunière'in hesap numarasını mı buldular?*

Sophie ile Langdon masadaki büyük ahşap bir mücevher kutusuna benzeyen şeyin başında birbirlerine sokulmuşlardı. Sophie hemen kapağı kapatıp başını kaldırdı. "En başından beri hesap numarası bizdeydi," dedi.

Vernet'nin sesi soluğu kesilmişti. Bu her şeyi değiştiriyordu. Gözlerini saygıyla kutudan kaçırdı ve bir sonraki hareketini planlamaya çalıştı. *Onları bankadan çıkartmalıyım!* Ama polis yolları kapatmış olduğundan, Vernet'nin aklına bunu yapmanın tek bir yolu geliyordu. "Mademoiselle Neveu, sizi bankadan güven içinde çıkartabilirsem, bu nesneyi yanınızda mı götüreceksiniz, yoksa ayrılmadan önce kasaya iade mi edeceksiniz?"

Sophie, Langdon'a bir bakış fırlattıktan sonra Vernet'ye döndü. "Yanımızda götürmemiz gerekiyor."

Vernet başını salladı. "Çok güzel. O halde bu nesne her ne ise, koridorda yürürken onu ceketinize sarmanızı tavsiye ederim. Başka birinin görmesini istemem."

Langdon ceketini çıkarırken, Vernet taşıyıcı bandın yanına giderek boş kasayı kapattı ve ekrana bir dizi emirler girdi. Taşıyıcı bant, üzerindeki plastik kasayla birlikte aşağıdaki mahzene doğru hareket etmeye başladı. Vernet altın anahtarı konsoldan çıkararak, Sophie'ye uzattı.

"Bu yoldan lütfen. Acele edin."

Arka taraftaki yükleme havuzuna gittiklerinde Vernet polis arabası ışıklarının yeraltındaki garajı doldurduğunu gördü. Kaşlarını çattı. Rampayı kapatıyor olmalıydılar. *Gerçekten bu işi alnımın akıyla başaracak mıyım?* Artık terlemeye başlamıştı.

Vernet bankanın küçük zırhlı araçlarından bırını ışaret ettı. *Transport sûr,* Zürih Emanet Bankası'nın sunduğu diğer bir hizmetti. Büyük ve ağır arka kapıyı açarken, "Kargo kısmına geçin," diyerek, eliyle parlayan çelik bölmeyi gösterdi. "Hemen dönerim."

Sophie ile Langdon araca binerlerken, Vernet yükleme havuzu denetçisinin ofisine girerek kamyonun anahtarlarını aldı ve kendine bir şoför üniformasıyla şapkası buldu. Ceketiyle kravatını çıkararak, şoför ceketini giymeye başladı. Her ihtimale karşı, üniformasının altına omuz tabancası kılıfını taktı. Dışarı çıkarken şoförün tüfekliğinden bir tabanca aldı ve kılıfa yerleştirdi, üniformasını üstüne çekti. Kamyona geri dönen Vernet şapkayla yüzünü iyice örterek dikkatle, boş çelik kasanın içinde oturmakta olan Sophie ile Langdon'a baktı.

"Bunun açık durmasını istersiniz herhalde," diyen Vernet, içeriye uzanıp, tavandaki tek ampulü yakmak için duvardaki düğmeyi çevirdi. "Ayrıca otursanız iyi olur. Kapıya giderken hiç sesinizi çıkartmayın."

Sophie ile Langdon metal yere oturdular. Langdon tüvit ceketine sarmalanmış olan hazineyi kucağına aldı. Vernet ağır kapıları örterek onları içeri kilitledi. Ardından direksiyona geçip, motoru çalıştırdı.

Zırhlı kamyon rampayı çıkarken Vernet şapkasının altında biriken terleri hissetmeye başlamıştı. Ön tarafta tahmin ettiğinden daha fazla polis ışığı olduğunu görebiliyordu. Kamyon rampayı çıkmaya başladığında, geçişlerine izin vermek için kapılar içeri doğru açıldı. Vernet ilerleyip bir sonraki bilgisayar mekanizmasına gelmeden önce kapının arkasından kapanmasını bekledi. İkinci kapı kalktığında, çıkış yolu açılmıştı.

Rampanın önünü kesen polis arabası dışında.

Vernet alnını silip, aracı ileri doğru sürdü.

Leylek gibi bir polis memuru dışarı çıkıp, barikatın birkaç metre ilerisinde ona durmasını işaret etti. Dışarıda dört devriye arabası park etmişti.

Vernet durdu. Şoför şapkasını daha da aşağı indirerek, kültürlü terbiyesinin elverdiğince kaba görünmeye çalıştı. Direksiyonun başından ayrılmadan kapıyı açtı ve sert yüzlü ajana baktı.

Vernet sert bir ses tonuyla, "*Geçiş iznin var mı?*" diye sordu.

Ajan, "*Je suis Jérome Collet,*" dedi. "Adli polisten teğmen." Kamyonun yük kasasını işaret etti. "Bunun içinde ne var?"

Vernet bozuk bir Fransızcayla, "Nerden bileyim?" diye karşılık verdi. "Ben sadece bir şoförüm."

Collet etkilenmişe benzemiyordu. "İki suçluyu arıyoruz."

Vernet güldü. "O halde doğru yere gelmişsiniz. Şoförlüğünü yaptığım bu heriflerden bazılarının o kadar çok parası var ki, mutlaka suçlu olmalılar."

Ajan, Robert Langdon'ın pasaport resmini kaldırdı. "Bu adam bu gece bankanıza geldi mi?"

Vernet omuzlarını silkti. "Hiç fikrim yok. Bizim müşterilerin yanına girmemize izin vermiyorlar. İçeri girip ön masaya sormanız gerekiyor."

"Bankanız içeri girmek için bizden arama belgesi istiyor."

Vernet tiksintili bir ifade takındı. "Müdürler. Ağzımı açtırmayın benim."

"Kamyonu açın lütfen." Collet yük kasasını gösteriyordu.

Vernet, ajana bakarak, iğrenç bir kahkaha attı. "Kamyonu açmak mı? Bende anahtarlar var mı sanıyorsunuz? Bize güvendiklerini mi düşünüyorsunuz? Bana ödedikleri bozuklukları görmeniz lazım."

Ajan şüpheli bir ifadeyle, başını yana doğru eğmişti. "Kendi kamyonunuzun anahtarlarının sizde olmadığını mı söylüyorsunuz?"

Vernet başını iki yana salladı. "Yük kasasının anahtarları yok. Sadece kontak anahtarı. Bu kamyonlar, yükleme havuzundaki denetçiler tarafından mühürleniyor. Sonra birisi yük kasasının anahtarını varış yerine götürene kadar kamyon yerinde bekliyor. Anahtarların alıcıya ulaştığı çağrısını aldıktan sonra, yola çıkmak için onay alıyoruz. Daha önce değil. Hiçbir zaman ne taşıdığımı bilmem."

"*Bu* kamyon ne zaman mühürlendi?"

"Saatler önce olmalı. Bu gece St. Thurial'a kadar gideceğim. Kargo anahtarları oraya ulaşmış."

Ajan hiç cevap vermeden susuyor, gözleriyle adeta Vernet'nin zihnini okumaya çalışıyordu.

Bir ter damlası Vernet'nin burnundan aşağı akmak üzereydi. Burnunu ceketinin koluyla silip, yolunu kesen polis arabasını işaret ederken, "Sakıncası var mı?" diye sordu. "Çok uzun bir yolum var."

Ajan, Vernet'nin kolunu göstererek, "Bütün şoförler Rolex mi takıyor?" diye sordu.

Vernet başını eğip baktığında, ceket kolunun altından parlayan son derece pahalı saatinin kayışını gördü. *Merde.* "Bu bok mu? St. Germain des Prés'teki Tayvanlı sokak satıcısından yirmi euroya aldım. Size kırka satarım."

Ajan biraz duraksadıktan sonra kenara çekildi. "Hayır teşekkürler. Güvenli yolculuklar."

Kamyon sokağın elli metre uzağına gidene kadar Vernet nefes almadı. Şimdi başka bir sorunu vardı. Yükü. *Onları nereye götüreceğim?*

46

Odasındaki hasır kilimin üstünde yüzükoyun yatmış olan Silas taze kırbaç yaralarının pıhtılaşmasını bekliyordu. Bu gece kendine verdiği ikinci cezalandırma onu sersemletmiş ve güçsüz bırakmıştı. Ayrıca *keçe* kemerini artık çıkartması gerekiyordu, kalçalarının iç kısımlarından kan aktığını hissedebiliyordu. Yine de kayışı çıkartmak hakkını kendinde görmüyordu.

Kiliseye ihanet ettim.

Daha da kötüsü, piskoposa ihanet ettim.

Bu gecenin Piskopos Aringarosa'nın kurtuluş gecesi olması gerekiyordu. Piskopos beş ay önce Vatikan Rasathanesi'nden döndüğünde, onu derinden değiştirecek olan bir şey öğrenmişti. Haftalarca depresyonda gezen Aringarosa, en sonunda haberi Silas'la paylaşmıştı.

Silas, "Ama bu imkânsız!" diye haykırmıştı. "Bunu kabul edemem!"

Aringarosa, "Doğru," demişti. "İnsanın aklına gelecek türden değil, ama doğru. Sadece altı ay var."

Piskoposun sözleri Silas'ı dehşete düşürmüştü. Kurtulmak için dua etti ve o karanlık günlerde bile Tanrı'ya ve *Tarîk*'e olan inancını kaybetmedi. Bir ay sonra bulutlar mucizevi bir şekilde aralanmış ve umut ışığı doğmuştu.

Aringarosa buna, *ilahi müdahale* demişti.

Piskopos ilk kez umutlu görünüyordu. "Silas," diye fısıldamıştı. "Tanrı bize *Tarîk*'i korumamız için bir fırsat sunuyor. Tüm mücadeleler gibi bizim mücadelemiz de fedakârlık gerektirecek. Sen Tanrı'nın neferi olacak mısın?"

Silas, Aringarosa'nın -ona yeni bir hayat veren adamın- önünde diz çökmüş ve, "Ben Tanrı'nın kuzusuyum. Beni yüreğinizin dilediği gibi güdün," demişti.

Aringarosa ortaya çıkan fırsatı anlattığında Silas bunun sadece Tanrı'nın yardımıyla olabileceğini anlamıştı. *Mucizevi kader!* Aringarosa, Silas'a planı yapan adamla -kendine Öğretmen diyen bir adam- temas kurdurtmuştu. Öğretmen ile Silas asla yüz yüze gelmedikleri halde, her telefon konuşmalarında Silas, onun hem inancına, hem de gücünün büyüklüğüne korkuyla karışık saygı duyuyordu. Öğretmen, her yerde gözü ve kulağı olan, her şeyi bilen bir adama benziyordu. Silas, Öğretmen'in bu bilgileri nasıl topladığını bilmiyordu, ama Aringarosa'nın ona büyük bir güveni vardı ve Silas'a da aynını yapmasını söylemişti. Piskopos, Silas'a, "Öğretmen'in söylediklerini yap," demişti. "O zaman zafere ulaşırız."

Zafer. Silas şimdi çıplak zemine bakarken zaferin ellerinden kaçmış olmasından korkuyordu. Öğretmen aldatılmıştı. Kilit taşı meselesi dolambaçlı bir çıkmaza dönüşmüştü. Ve bu düzenin içinde tüm umutlar yok olmuştu.

Silas, Piskopos Aringarosa'yı arayıp onu uyarmak istiyordu, ama Öğretmen o gece için doğrudan yapacakları tüm iletişimi yasaklamıştı. *Kendi güvenliğimiz için.*

Sonunda dayanılmaz korkularını yenen Silas ayağa kalkıp, yerde duran cüppesini aldı. Cebinden telefonunu çıkardı. Başını utançla sallarken telefon numarasını çevirdi.

"Öğretmen," diye fısıldadı. "Her şeyi kaybettik." Silas, adama nasıl tuzağa düşürüldüğünü tüm dürüstlüğüyle anlattı.

Öğretmen, "İnancını çok çabuk kaybediyorsun," diye karşılık verdi. "Yeni bir haber aldım. Beklenmedik ama iyi bir haber. Sır devam ediyor. Jacques Saunière ölmeden önce sırrı devretmiş. Seni yakında arayacağım. Bu geceki işimiz henüz bitmedi."

47

Zırhlı kamyonun loş yük kasasında yolculuk yapmak, hücrenin içinde müebbet hapse götürülmek gibi bir histi. Langdon kapalı yerlerde gelip kendisini vuran o tanıdık heyecan duygusuyla boğuşuyordu. *Vernet bizi şehirden güvenli bir mesafeye götüreceğini söyledi. Nereye? Ne kadar uzağa?*

Langdon'ın bacakları yerde bağdaş kurup oturmaktan uyuştuğundan, vücudunun alt kısmında kan dolaşımını sağlayacak yeni bir pozisyon aldı. Kollarıyla bankadan aldıkları garip hazineye sıkı sıkı sarılmıştı.

Sophie, "Sanırım artık otoyola çıktık," dedi.

Aynı şeyi Langdon da hissetmişti. Kamyon, rampanın sonundaki cesaret kırıcı duraklamanın ardından sola dönmüş, bir iki dakika sonra sağa sapmıştı. Şimdi ise son süratle gidiyor gibiydi. Altlarındaki kurşun geçirmez lastikler yumuşak asfalt üzerinde vızıldıyordu. Dikkatini zorla kollarında tuttuğu gül ağacından kutuya vermeye çalışan Langdon kıymetli bohçasını yere bıraktı, ceketini açtı ve içinden kutuyu çıkararak kendine çekti. Sophie yan yana oturacakları şekilde pozisyonunu değiştirmişti. Langdon birden kendilerini, yılbaşı ağacının altında birbirine sokulmuş iki çocuk gibi hissetti.

Gül ağacı kutunun sıcak renkleriyle tezat oluşturacak soluk bir ağaçtan, muhtemelen dişbudaktan yapılmış olan gül işlemesi, loş ışıkta belirgin biçimde parlıyordu. *Gül.* Gizli cemiyetler gibi pek çok ordu ve din de bu sembol üstüne kurulmuştu. *Rozenkruzlar. Gül Haçı Şövalyeleri.*

Sophie, "Devam et," dedi. "Aç şunu."

Langdon derin bir nefes aldı. Elini kapağa uzatırken, hayranlık uyandırıcı ağaç oymasına son bir kez daha baktı ve sonra kancayı açarak kapağı kaldırdı ve içindeki nesneyi ortaya çıkardı.

Langdon bu kutunun içinde bulabilecekleri nesneye dair pek çok fantezi kurmuştu ama bütün tahminleri yanlış çıkmıştı. Kutunun yumuşak koyu kırmızı ipek iç yüzeyinin üstüne yerleştirilen nesne, Langdon'ın anlayabileceği türden bir şey değildi.

Cilalı beyaz mermerden oyulmuş, tenis topu kutusu büyüklüğünde taş bir silindirdi. Bununla birlikte tek bir gövdeden oluşmak yerine, taş silindir pek çok parçadan oluşuyor gibiydi. Amerikan şekerli çöreği büyüklüğündeki beş mermer yuvarlak, ince bir pirinç karkas üzerine yerleştirilip bir araya getirilmişti. Boru şeklindeki bir kaleydeskopa benziyordu. Silindirin her iki ucu da, içi görülmeyecek şekilde mermer bir kapakla örtülmüştü. İçindeki sıvı sesini duyan Langdon silindirin içinin oyuk olduğunu tahmin etti.

Tüpün etrafındaki oymalar da ilk bakışta, silindirin gizemli yapısı kadar Langdon'ın dikkatini çekmişti. Beş diskin her birine, diğerinden farklı harfler kazınmıştı... tüm alfabe. Üzerinde harfler bulunan silindir Langdon'a çocukluğunda en sevdiği oyuncağını hatırlatmıştı... farklı kelimeler türetmek için çevrilebilen harf tabletleri takılı bir sopa.

Sophie, "Etkileyici, öyle değil mi?" diye fısıldadı.

Langdon başını kaldırıp ona baktı. "Bilmiyorum. Bu da ne böyle?"

Şimdi gözleri parlayan Sophie idi. "Büyükbabam hobi olarak bunları yapardı. Leonardo da Vinci tarafından icat edildiler."

Sophie loş ışıkta bile Langdon'ın gözlerindeki şaşkınlığı görebiliyordu.

Silindire yeniden bakan Langdon, "Da Vinci mi?" diye mırıldandı.

"Evet. Buna *kripteks* deniyor. Büyükbabamın anlattığına göre planları Da Vinci'nin gizli günlüklerinden birinde bulunmuş."

"Ne işe yarıyor?"

Sophie, o gece olanlar düşünüldüğünde cevabın ilginç bir anlam içerdiğini biliyordu. "Bu bir kasa," dedi. "Gizli bilgileri saklamak için."

Langdon'ın gözleri daha da büyüdü.

Sophie, büyükbabasının en sevdiği hobisinin Da Vinci'nin icatlarının modellerini yapmak olduğunu açıkladı. Ahşap ve maden atölyesinde saatler geçiren yetenekli bir zanaatkâr olan Jacques Saunière, ünlü ustaların taklitlerini yapmaktan hoşlanırdı... çeşitli emaye işleriyle Fabergé Yumurtaları ve Leonardo da Vinci'nin sanattan çok pratik çalışmaları.

Da Vinci'nin günlüklerine şöyle bir bakmak bile, neden dehasıyla olduğu kadar başladığı işi bitirmemekle ünlü olduğunu anlamaya yeterdi. Da Vinci asla yapmadığı yüzlerce icadın modelini çizmişti. Jacques Saunière'in en büyük uğraşı, Da Vinci'nin çapraşık icatlarını hayata geçirmekti... saatler, su pompaları, kripteksler ve hatta şimdi gururla masasının üstünde duran eklemli ortaçağ Fransız şövalyesi. Anatomi ve vücut hareketi çalışmalarının bir ürünü olarak Da Vinci'nin 1495 yılında tasarladığı robot şövalyenin iç mekanizması, yanlışsız eklemler ve tendonlar içeriyordu. Ayrıca dik oturabilecek, kollarını açabilecek, bükülebilir boynu üzerindeki başını oynatabilecek ve anatomik yapısı doğru bir çeneyi açıp kapayabilecek şekilde tasarlanmıştı. Sophie daima bu zırhlı şövalyenin, büyükbabasının yaptığı en güzel nesne olduğunu düşünmüştü... bu gül ağacı kutunun içindeki kripteksi görene kadar.

Sophie, "Küçükken bana bunlardan bir tane yapmıştı," dedi. "Ama bu kadar süslüsünü ve büyüğünü hiç görmedim."

Langdon gözlerini kutudan ayırmıyordu. "Ben hiç kripteks diye bir şey duymadım."

Sophie şaşırmamıştı. Leonardo'nun üretmediği icatlarının üstünde hiçbir zaman çalışılmamış ya da onlara isim verilmemişti. *Kripteks* terimi büyükbabasının uydurduğu bir kelime olmalıydı. Parşömen kâğıtları ya da *kodeks* üstüne yazılı bilgiyi saklamak için *kriptoloji* bilimini kullanan bu alet için uygun bir terimdi.

Sophie pek sık bahsedilmese de, Da Vinci'nin bir kriptoloji öncüsü olduğunu biliyordu. Sophie'nin üniversitedeki öğretmenleri, veri saklamak için bilgisayarda şifreleme yöntemlerini anlatırlarken, Zimmerman ve Schneier gibi çağdaş kriptografları övmüşler fakat asırlar önce ilk şifreleme biçimlerini icat etmiş olan Leonardo'dan bahsetmemişlerdi. Bunu Sophie'ye anlatan kişi elbette büyükbabası olmuştu.

Zırhlı kamyon otoyolda gürleyerek ilerlerken Sophie, Langdon'a, kripteksin uzun mesafelere güvenli mesajlar göndermek için Da Vinci'nin bulduğu çözüm olduğunu açıkladı. Telefonların ve e-postaların olmadığı bir dönemde, insanların uzaktaki birilerine özel bilgi göndermek için yazı yazmaktan ve taşıyan kişiye güvenmekten başka çaresi yoktu. Ne yazık ki ulak, mektupta değerli bir bilgi olduğundan kuşkulandığında, mektubu yerine ulaştırmak yerine içindeki bilgiyi rakiplere satarak daha çok para kazanabileceğini düşünürdü.

Tarihteki pek çok büyük zekâ, bilginin korunması için kriptolojik çözümler üretmişlerdi: Jül Sezar, Sezar Kutusu adlı bir şifreli yazım tekniği geliştirmişti; İskoç Kraliçesi Mary, icat ettiği sırası değiştirilmiş şifrelerle hapisten gizli bildiriler göndermişti; ve dâhi Arap bilim adamı Ebu Yusuf İsmail al-Kindi sırlarını, zekice tasarladığı çok alfabeli bir şifreleme sistemi sayesinde korumuştu.

Bununla birlikte Da Vinci *mekanik* bir çözüm üretmek için matematikten ve kriptolojiden uzak durmuştu. Kripteks. Mektupları, haritaları, şemaları ve akla gelebilecek her şeyi güvenlikle saklayabilecek bir muhafaza. Bilgi kripteksin içine yerleştirildikten sonra, ancak doğru parolayı bilen kişi ona erişebilirdi.

Sophie disklerin üstündeki harfleri göstererek, "Bir parolaya ihtiyacımız var," dedi. "Bir kripteksin çalışma sistemi bisiklet kilitlerine benzer. Numaralar doğru sırayı oluşturacak şekilde dizildiğinde kilit açılır. Bu kriptekste ise beş harf var. Doğru sıra dizildiğinde içerdeki dişler yerine oturur ve silindir ayrılır."

"Peki içinde ne olur?"

"Silindir açıldıktan sonra ortadaki boş bölmeye ulaşabilirsin. Orada da genellikle gizli kalmasını istediğin bilginin yazılı olduğu kâğıt rulosu bulunur."

Langdon inanmıyormuş gibi görünüyordu. "Ve büyükbaban küçükken sana bunlardan yaptı, öyle mi?"

"Daha ufaklarından, evet. Doğum günlerimde birkaç kez bana kripteks verip bir bilmece sormuştu. Bilmecenin cevabı kripteksin parolası olurdu. Cevabı bulduktan sonra açıp doğum günü kartımı alırdım."

"Bir kart için fazla uğraştırıcı."

"Hayır, kartlarda genellikle başka bir bilmece ya da ipucu yazılı olurdu. Büyükbabam evin içinde hazine avı oynamaya bayılırdı, gerçek hediyeme giden ipucu zincirleri. Her hazine avı, ödülümü alacağımı temin eden bir karakter ve erdem sınavıydı. Ve sınavlar asla kolay olmazdı."

Tekrar alete bakan Langdon hâlâ şüpheli görünüyordu. "Peki, ama niye ortadan ikiye ayırmıyorsun ki? Ya da kırmıyorsun? Metal hassas görünüyor, ayrıca mermer de yumuşak bir kaya."

Sophie gülümsedi. "Çünkü Da Vinci bundan çok daha akıllıydı. Kripteks herhangi bir şekilde zorlanarak açılacak olursa, içindeki bilgi kendi kendini yok edecek şekilde tasarlamıştı. İzle." Sophie kutuya uzanarak, dikkatle silindiri çıkardı. "İçeri konulacak olan bilgi ilk önce papirüs kâğıdına yazılır."

"Tirşeye değil mi?"

Sophie başını iki yana salladı. "Papirüs. O günlerde koyun tirşesinin daha sık kullanıldığını ve daha dayanıklı olduğunu biliyorum ama mutlaka papirüs olması gerekiyordu. Ne kadar ince olursa o kadar iyi."

"Tamam."

"Papirüs, kripteksin içindeki bölmeye yerleştirilmeden önce, kırılgan cam bir şişenin etrafına sarılırdı." Sophie parmağıyla kriptekse hafifçe vurunca içindeki sıvıdan ses geldi. "İçi sıvı dolu bir şişe."

"*Ne* sıvısı?"

Sophie gülümsedi. "Sirke."

Langdon kısa bir süre duraksadıktan sonra başını salladı. "Dâhice."

Sirke ve papirüs, diye düşündü Sophie. Herhangi biri kripteksi zorla açmaya kalkıştığı takdirde cam şişe kırılacak ve sirke çabucak papirüsü eritecekti. Gizli mesaja ulaşan kişinin elinde bir topak kâğıt hamurundan başka bir şey olmayacaktı.

Sophie, "Anlayacağın gibi," dedi. "İçindeki bilgiyi öğrenmenin tek yolu beş harfli şifreyi bulmak." Aklından çabucak değişimleri hesapladı. "On iki milyondan fazla ihtimal var."

Aklından yaklaşık on iki milyon soru geçiyormuş gibi görünen Langdon, "Sen öyle diyorsan öyledir," dedi. "İçinde nasıl bir bilgi olduğunu tahmin ediyorsun?"

"Her ne ise, büyükbabamın çok gizli bir sır olarak saklamak istediği ortada." Kutunun kapağını kapatıp, üstündeki beş yapraklı gül oymasına bakarak duraksadı. Onu rahatsız eden bir şey vardı. "Sen gülün Kâse için kullanılan bir sembol olduğunu mu söylemiştin?"

"Kesinlikle. Tarikat sembollerinde gül ve Kâse aynı anlama gelirler."

Sophie kaşlarını çattı. "Bu çok garip, çünkü büyükbabam bana her zaman gülün *gizlilik* anlamına geldiğini söylerdi. Evdeyken gizli bir telefon görüşmesi yaptığında benim odasına girmemi istemediği zamanlarda, kapısına bir gül asardı. Benim de aynını yapmamı söylerdi." *Tatlım, de-*

mişti büyükbabası, birbirimize kapıları kilitlemek yerine, rahatsız edilmek istemediğimiz zamanlarda kapımıza bir gül -la fleur des secrets- asabiliriz. Bu şekilde birbirimize saygı duyup güvenmeyi öğrenebiliriz. Gül asmak eski bir Roma geleneğidir.

"*Sub rosa,*" dedi Langdon. "Romalılar, toplantılarının gizli olduğunu belirtmek için gül asarlardı. Böylece toplantıya katılanlar gülün altında -ya da *sub rosa*- konuşulanların sır olarak kalması gerektiğini bilirlerdi."

Langdon çabucak, tarikatın gülü Kâse sembolü olarak kullanmasının tek nedeninin sadece gizlilik düşüncesinden kaynaklanmadığını açıkladı. En eski gül türlerinden biri olan *rosa rugosa*nın, aynı Venüs yıldızı gibi beş yaprağa ve beşgen bir simetriye sahip olması güle, *kadınlıkla* güçlü ikonografik bağlar sağlıyordu. Bununla birlikte gülün "doğru yön" ve yol bulmak kavramlarıyla çok yakın bağları vardı. Pusula gülü, aynı Gül Çizgisi gibi, seferilere haritalardaki boylamlara bakarak yön bulmakta yardımcı oluyordu. Bu yüzden dişi kadeh ve gizli gerçeğe götüren yıldız anlamındaki gül, pek çok açıdan -gizlilik, kadınlık ve yön tayini- Kâse'yi tanımlayan bir sembol olarak kabul edilmişti.

Langdon açıklamasını bitirdiğinde, yüz ifadesi birden dondu.

"Robert? İyi misin?"

Gözlerini gül ağacı kutuya dikmişti. Yüzündeki korkulu şaşkınlık ifadesiyle, "*Sub... rosa,*" diye mırıldandı. "Olamaz."

"Ne?"

Langdon gözlerini yavaşça yukarı kaldırdı. "Gül işaretinin altında," diye fısıldadı. "Bu kripteks... Sanırım bunun ne olduğunu biliyorum."

48

Bu taş silindiri onlara *kimin* verdiğini, *nasıl* verdiğini düşünen Langdon kendi tahminine güçlükle inanıyor ve kutunun üstündeki gül oymasına baktıkça tek bir sonuca varabiliyordu.

Tarikatın kilit taşını tutuyorum.

Efsane açıktı.

Kilit taşı, gül işaretinin altındaki şifreli bir taştır.

"Robert?" Sophie, onu inceliyordu. "Neler oluyor?"

Düşüncelerini toparlayabilmek için Langdon'ın biraz zamana ihtiyacı vardı. "Büyükbaban hiç sana *la clef de voûte* diye bir şeyden bahsetti mi?"

Sophie, "Kasa anahtarı mı?" diye tercüme etti.

"Hayır, bu tam tercümesi oluyor. *Clef de voûte* sık kullanılan bir mimari terimdir. *Voûte* banka kasası değil, tonoz anlamında kullanılır. Tonozlu tavanlar gibi."

"Ama tonozlu tavanların anahtarı olmaz."

"Doğrusunu istersen vardır. Her taş kemerin ortasında, takoz görevi görerek parçaları birbirine tutturan ve tüm yükü taşıyan bir taş vardır. Mimari anlamda bu taş, kemerin anahtarıdır. İngilizcede biz buna *kilit taşı* diyoruz." Langdon anladığından emin olmak için Sophie'nin gözlerine baktı.

Bakışlarını kriptekse indiren Sophie omuzlarını silkti. "Ama bunun bir kilit taşı olmadığı ortada."

Langdon nereden başlaması gerektiğini bilemiyordu. Bir duvarcılık tekniği olarak taş kemerler yapmakta kullanılan kilit taşları, eski Mason kardeşliğinin en iyi korunan sırlarından biriydi. *Kraliyet Kemeri Derecesi.*

Mimari. Kilit taşları. Hepsi birbirine bağlıydı. Kemerli geçit yapmakta kullanılan kilit taşlarının nasıl kullanılacağına ait gizli bilgi, Masonların bu kadar zengin olmalarına yardımcı olan bilginin bir parçasıydı ve titizlikle korunan bir sırdı. Kilit taşları her zaman için bir gizlilik geleneği olmuştu. Ama yine de gül ağacı sandığın içindeki silindir bambaşka bir şeye benziyordu. Tarikatın kilit taşı -eğer ellerindeki şey gerçekten buysa- kesinlikle Langdon'ın tahmin ettiği gibi bir şey değildi.

Langdon, "Tarikatın kilit taşı benim uzmanlık alanım değil," diye itirafta bulundu. "Benim Kutsal Kâse'ye olan ilgim daha çok sembolik anlamda, bu yüzden onun nasıl bulunacağına dair verilen bilgileri hiç önemsemedim."

Sophie'nin kaşları keman yayı gibi gerilmişti. "Kutsal Kâse'yi *bulmak mı?*"

Langdon başını kaygıyla sallarken, kullanacağı kelimeleri dikkatle seçti. "Sophie, tarikat ilmine göre, kilit taşı şifreli bir harita... Kutsal Kâse'nin saklandığı yeri gösteren bir harita."

Sophie'nin yüzündeki ifade donmuştu. "Bunun o olduğunu mu söylüyorsun?"

Langdon ne söyleyeceğini bilmiyordu. Kendisine bile inanılmaz geliyordu ama bununla birlikte aklına gelen tek mantıklı cevap kilit taşıydı. *Gül işaretinin altına saklanmış şifreli bir taş.*

Kripteksin Leonardo da Vinci -Sion Tarikatı'nın Büyük Ustası- tarafından tasarlanmış olması, bunun gerçekten tarikatın kilit taşı olduğunu gösteren bir işaretti. *Eski Büyük Usta'nın taslakları... yüzyıllar sonra bir başka tarikat üyesi tarafından hayata geçirilmiş.* Aradaki bağ göz ardı edilemeyecek kadar aşikârdı.

Tarihçiler son on yıldır kilit taşını Fransız kiliselerinde arıyorlardı. Tarikatın şifreli terimlerine aşina olan Kâse avcıları, *la clef de voûte*'un, bir kilisedeki kemere yerleştirilmiş oymalı ve şifreli gerçek bir kilit taşı olduğu sonucuna varmışlardı. *Gül işaretinin altında.* Mimaride kullanılan güller dipsiz kuyuydu. *Gül pencereleri. Gül rölyefleri.* Ve elbette bolca rastlanılan *beşparmakotu...* kemerlerin en tepesindeki kilit taşının üstünde görülen beş yapraklı dekoratif çiçekler. Saklama yeri şeytana taş çıkartacak cinstendi. *Bilinmeyen bir kilisenin kemerine yerleştirilmiş Kutsal Kâse haritası, altından geçen kör kilise cemaatiyle alay ediyordu.*

Sophie, "Kripteks bir kilit taşı *olamaz,*" diye itiraz etti. "Yeterince eski değil. Bunu büyükbabamın yaptığına eminim. Eski Kâse efsanesinin bir parçası olamaz."

Bedenini bir heyecan kapladığını hisseden Langdon, "Doğrusu," dedi. "Kilit taşının yakın zaman önce tarikat tarafından yapıldığına inanılıyor."

Duyduklarına inanamayan Sophie'nin gözleri parlamıştı. "Ama eğer bu kripteks Kutsal Kâse'nin saklandığı yeri açıklıyorsa, büyükbabam, onu *bana* niye versin? Onu nasıl açacağımı ya da onunla ne yapacağımı bilmiyorum. Hatta Kutsal Kâse'nin ne *olduğunu* bile bilmiyorum."

Langdon, onun haklı olduğunun farkındaydı. Sophie'ye Kutsal Kâse'nin gerçek tabiatını anlatmaya fırsat bulamamıştı. Bu hikâyenin beklemesi gerekiyordu. Şu anda dikkatlerini kilit taşına vermişlerdi.

Eğer bu gerçekten oysa...

Langdon altlarından gelen kurşun geçirmez tekerlek vızıltılarını bastırarak Sophie'ye, kilit taşı hakkında duyduğu her şeyi çabucak anlattı. Yüzyıllardır, tarikatın en büyük sırrının -Kutsal Kâse'nin yeri- asla bir yere yazılmadığı iddia ediliyordu. Güvenlik tedbiri olarak bu bilgi, gizli bir ayin sırasında yeni *sénéchal*'e şifahen aktarılıyordu. Bununla birlikte son yüzyıl içerisinde tarikat politikasının değiştiği fısıldanıyordu. Belki de yeni elektronik dinleme tertibatları gerekçesiyle tarikat, kutsal saklama yerini bir daha asla *konuşmamaya* ant içmişti.

Sophie, "Peki o zaman sırrı nasıl aktardılar?" diye sordu.

Langdon, "İşte kilit taşı o zaman devreye girdi," diye açıkladı. "En üstteki dört üyeden biri öldüğünde, geriye kalan üçü aşağıdaki kademelerden birini yeni *sénéchal* adayı olarak seçecekti. Yeni *sénéchal*'e Kâse'nin yerini *söylemek* yerine onu, bu bilgiyi hak ettiğini kanıtlayacak bir sınava sokarlardı."

Sophie bu duyduklarından tedirgin olmuş gibi görünüyordu. Langdon birden büyükbabasının onun için hazine avları *-preuves de mérite-* düzenlediğinden bahsettiğini hatırladı. Kilit taşı kavramı da aynıydı. Ayrıca, bu gibi sınavlar gizli cemiyetler arasında oldukça yaygındı. En iyi bilineni, üyelerin bir sırrı saklayabildiklerini kanıtlayıp, yıllar boyunca bir dizi erdem sınavlarından geçerek üst kademelere yükseldiği Masonlardı. Adaylar en üst seviye olan otuz ikinci derece Mason mertebesine erişinceye kadar verilen görevler gittikçe ağırlaşırdı.

Sophie, "Demek kilit taşı bir *preuves de mérite*," dedi. "Yeni *sénéchal* onu açtığında, içindeki bilgiyi hak ettiğini kanıtlamış oluyor."

Langdon başını salladı. "Bu tip şeylere yabancı olmadığını unutmuşum."

"Sadece büyükbabam sayesinde değil. Kriptolojide buna 'kendini yetkilendirme lisanı' denir. Yani, eğer onu okuyacak kadar akıllıysan, orada söylenenleri okumaya hak kazanırsın."

Langdon bir süre tereddüt etti. "Sophie eğer bu gerçekten kilit taşıysa, büyükbabanın buna sahip olması Sion Tarikatı'nda çok yetkili biri olduğunu gösterir, farkında mısın? En üstteki dört üyeden biri olmalı."

Sophie içini çekti. "Gizli bir cemiyette yetki sahibiydi. Buna eminim. Ama bunun tarikat olduğunu sadece tahmin edebilirim."

Langdon, onun söylediklerini sonradan kavrayabilmişti. "Onun gizli bir cemiyette üye olduğunu *biliyor muydun?*"

"On yıl önce, görmemem gereken bir şeyler gördüm." Durdu. "Büyükbabam grubun sadece üst kademelerinde değildi... sanırım en yüksek dereceli üye oydu."

Langdon, Sophie'nin az önce söylediklerine inanamıyordu. "Büyük Üstat mı? Ama... senin bunu bilmene imkân yok!"

"Bundan bahsetmemeyi yeğlerim." Sophie başını çevirdi. Yüzünde kararlı olmakla beraber, acı dolu bir ifade vardı.

Langdon şaşkınlığından nutku tutulmuş bir halde oturuyordu. *Jacques Saunière mi? Büyük Üstat mı?* Doğru çıktığı takdirde büyük yankılar uyandıracağı halde, Langdon son derece mantıklı olduğunu hissediyordu. Her şeyden önce, eski Tarikat Büyük Üstatları da sanatçı ruha sahip tanınmış kişilerdi. Bu gerçeğin ispatı yıllar önce Paris'teki *Milli Kütüphane'de* bulunan ve *Les Dossiers Secrets* diye bilinen belgelerle ortaya çıkmıştı.

Tüm tarikat tarihçileri ve Kâse meraklıları *Dossiers*'i okumuştu. 4° lm' 249 numarasıyla katalogda yerini alan *Dossiers Secrets,* pek çok uzman tarafından tasdik edilmiş ve tarihçilerin uzun zamandır şüphelendiği şeyi doğrulamıştı: Tarikatın Büyük Üstatları arasında Leonardo da Vinci,

Botticelli, Sir Isaac Newton, Victor Hugo ve Parisli ünlü ressam Jean Cocteau yer alıyordu.

Neden Jacques Saunière olmasın?

Langdon'ın şüpheleri, bu gece Saunière ile *buluşacağını* hatırladığında yoğunlaştı. *Tarikatın Büyük Üstat'ı benimle buluşmak istedi. Neden? Sanat hakkında sohbet etmek için mi?* Birden bu ihtimalin düşük olduğunun farkına vardı. Her şeyden önce, eğer Langdon'ın sezileri doğruysa, Sion Tarikatı'nın Büyük Üstat'ı kardeşliğin efsanevi kilit taşını torununa devretmiş ve aynı zamanda ondan Robert Langdon'ı bulmasını istemişti.

Anlaşılmaz!

Langdon'ın hayal gücü, Saunière'in davranışını açıklayacak koşulları tahmin edemiyordu. Saunière kendi ölümünden endişe duymuş olsa bile, sırrı bilen ve böylece tarikatın güvenliğini garantileyen üç *sénéchaux* daha vardı. Saunière, kilit taşını torununa vermek gibi büyük bir riski neden göze almıştı, özellikle de ikisinin iyi anlaşamadığı düşünülecek olursa? Ve ayrıca neden Langdon'ı işe karıştırmıştı... tamamıyla yabancı birini?

Bu bulmacanın bir parçası eksik, diye düşündü Langdon.

Cevapların beklemesi gerektiği ortadaydı. Yavaşlayan motor sesi, her ikisinin de başını kaldırmasına neden olmuştu. Lastiklerin ezdiği çakıl taşı sesleri duyuluyordu. *Neden şimdiden kenara çekiyor*, diye düşündü Langdon. Vernet onları şehrin iyice uzağında, güvende olacakları bir yere götüreceğini söylemişti. Kamyon hızını kesmişti ve bozuk bir yoldan ilerliyordu. Sophie, Langdon'a endişeli bir bakış fırlattıktan sonra kripteks kutusunu aceleyle kapatarak, kapağı mandalladı. Langdon ceketini giydi.

Kamyon durduğunda, arka kapı kilidinin açıldığını duydular ama motor hâlâ çalışıyordu. Kapılar iki yana açıldığında, yoldan iyice uzakta ormanlık bir alana park etmiş olduklarını gören Langdon şaşırmıştı. Vernet gözlerini kısmış bir halde karşısına dikildi. Elinde bir tabanca tutuyordu.

Vernet, "Bunun için üzgünüm," dedi. "Gerçekten başka seçeneğim yok."

49

André Vernet elinde tabancayla gerçekten tuhaf görünüyordu ama Langdon, onun gözlerinde gördüğü kararlılığı sınamamak gerektiğini anlamıştı.

Kamyon kasasının arka kısmında oturan Langdon ve Sophie'ye silahını doğrulturken, "Korkarım ısrar etmek zorundayım," dedi. "Kutuyu bırakın."

Sophie kutuyu göğsüne bastırdı. "Büyükbabamla arkadaş olduğunuzu söylemiştiniz."

Vernet, "Görevim büyükbabanızın mevduatını korumak," diye yanıt verdi. "Ve şu anda tam olarak bunu yapıyorum. Şimdi kutuyu yere bırakın."

Sophie, "Büyükbabam bunu bana emanet etti," diye ısrar etti.

Silahını daha yukarı kaldıran Vernet, "Dediğimi yapın," diye emir verdi.

Sophie kutuyu ayağının dibine bıraktı.

Langdon silah namlusunun kendisine çevrilmesini izledi.

Vernet, "Bay Langdon," dedi. "Kutuyu bana siz getireceksiniz. Ve şunu bilin ki, bunu *sizden* istiyorum çünkü ateş etmekten çekinmeyeceğim kişi sizsiniz."

Langdon inanmayan gözlerle bankacıya bakıyordu. "Bunu neden yapıyorsunuz?"

Vernet, "Neden olduğunu tahmin ediyorsunuz?" diye aksanlı İngilizcesiyle karşılık verdi. "Müşterimin mal varlığını korumak için."

Sophie, "Artık müşteriniz *biziz,*" dedi.

Vernet büyük bir değişim geçirmişti, gözleri artık buz gibi bakıyordu. "Mademoiselle Neveu, bu gece bu anahtarla hesap numarasını *nasıl* ele geçirdiğinizi bilmiyorum ama işin içine bir cinayet karıştığı ortada. İşlediğiniz suçların boyutunu bilseydim, bankadan çıkmanıza asla izin vermezdim."

Sophie, "Size söyledim," dedi. "Büyükbabamın öldürülmesiyle bizim hiçbir ilgimiz yok!"

Vernet, Langdon'a baktı. "Ama radyoda sizin sadece Jacques Saunière'in değil, *diğer* üç kişinin de katili olarak arandığınız iddia ediliyor."

"Ne!" Langdon hayretten ağzı açık kalmıştı. *Üç cinayet daha mı?* Sayının kendisi, onu baş şüpheli olması gerçeğinden daha fazla etkilemişti. Bunun tesadüf olma ihtimali yok gibi görünüyordu. Üç *sénéchaux* mu? Langdon bakışlarını gül ağacı kutuya indirdi. Eğer *sénéchaux öldürüldüyse, Saunière'in başka şansı yoktu. Kilit taşını birine devretmesi gerekiyordu.*

Vernet, "Ben sizi teslim ettiğimde bunu polis halleder," dedi. "Bankam bu işe gereğinden fazla karıştı."

Sophie, Vernet'ye baktı. "Bizi teslim etmeye niyetiniz olmadığı belli. Bizi bankaya geri götürmeliydiniz. Ama onun yerine buraya getirip, silah çekiyorsunuz."

"Büyükbabanız beni bir sebepten ötürü seçti... mal varlıklarının güvende ve gizli kalması için. Bu kutunun içinde her ne varsa, onun polis soruşturmasında kataloğa alınan bir delil parçası olmasını istemiyorum. Bay Langdon, kutuyu bana getirin."

Sophie başını iki yana salladı. "Yapma."

Patlayan mermi sesiyle, kurşun üstündeki duvarı deldi. Boş mermi kovanı yük kasasının zeminine düşerken, yankı sesi kamyonun arkasını sallamıştı.

Kahretsin! Langdon olduğu yerde kaldı.

Artık Vernet kendinden daha emin bir tavırla konuşuyordu. "Bay Langdon, kutuyu alın."

Langdon kutuyu kaldırdı.

"Şimdi bana getirin." Vernet arka tamponun önünde durmuş, öne doğru uzattığı silahıyla içeri doğru nişan almıştı.

Langdon elinde kutuyla birlikte açık kapıya doğru yürüdü.

Bir şeyler yapmalıyım, diye düşündü Langdon. *Tarikatın kilit taşını başkasına vermek üzereyim!* Langdon kapıya doğru ilerlerken, yukarıda durduğu daha da belirgin bir hal almıştı. Bu durumu avantaja çevirip çeviremeyeceğini düşündü. Vernet silahını yukarı kaldırdığı halde, Langdon'ın diz hizasına geliyordu. *İyi bir tekme mesela?* Ama ne yazık ki Langdon yaklaşınca tehlikeli durumu fark eden Vernet, geriye doğru adım atarak yaklaşık iki metre uzaklaştı. Yeterince uzağa çekilmişti.

Vernet, "Kutuyu kapının yanına bırakın," diye emretti.

Başka seçenek göremeyen Langdon çömelerek, gül ağacı kutuyu kapının tam önüne bıraktı.

"Şimdi ayağa kalkın."

Langdon ayağa kalkmaya hazırlanırken, kapı eşiğinin yanında duran boş ve küçük mermi kovanını görünce duraksadı.

"Ayağa kalkın ve kutudan uzaklaşın."

Metal eşiğe bakan Langdon biraz daha duraksadı. Daha sonra ayağa kalktı. Bunu yaparken, kovanı dikkatle kapının alt eşiğindeki dar çıkıntıya ayağıyla iteledi. Tamamen ayağa kalkınca geriye adım attı.

"Arka duvara kadar gidip arkanızı dönün."

Langdon söylediğini yaptı.

Vernet kalbinin hızla çarptığını hissediyordu. Silahı sağ eliyle tutarken, sol elini tahta kutuya doğru uzattı. Kutunun fazlasıyla ağır olduğunu fark etmişti. *İki elimi kullanmalıyım.* Bakışlarını yeniden tutsaklarına çevirerek, riskleri hesapladı. Her ikisi de yük kasasının arka duvarında, en azından dört metre uzaktaydılar. Silahını aceleyle tamponun üstüne bırakarak, kutuyu iki eliyle kaldırdı ve yere bıraktı. Sonra silahını yeniden kavrayıp, kasanın içine doğrulttu. Esirleri kıpırdamamıştı.

Mükemmel. Şimdi geriye kapıları kapatıp kilitlemek kalıyordu. Kutuyu kısa bir süre için yerde bırakarak, ağır metal kapıyı tutup kapatmaya başladı. Kapıyı önünden aşırırken, itilmesi gereken sürgüyü tutmak için uzandı. Kapı gürültü çıkartarak kapanınca Vernet sürgüyü kavrayarak sola itti. Sürgü birkaç santim hareket ettikten sonra, beklenmedik bir şeye takılarak, karşı kola girmedi. *Neler oluyor?* Vernet yeniden itti ama sürgü kapanmıyordu. Mekanizma eşit hizada değildi. *Kapı tam kapanmadı!* Panikleyen Vernet kapıya yaslanarak sertçe itti ama yerinden kıpırdamıyordu. *Bir şey engelliyor!* Vernet kapıya omuz atmak için yan döndüğü sırada, kapı dışarı doğru aniden açılarak Vernet'nin suratına çarptı ve onu arkaüstü yere yapıştırdı. Burnu kırılmış ve acıyordu. Vernet elini yüzüne götürüp, burnundan akan kanı hissederken silahı elinden uçmuştu.

Robert Langdon yakınlarında bir yerlere atladığında Vernet ayağa kalkmaya çalıştı ama göremiyordu. Gözleri bulandı ve tekrar sırtüstü düştü. Sophie Neveu bağırıyordu. Birkaç dakika sonra Vernet üzerinde bir toz ve egzoz dumanı hissetti. Tekerleklerin çakıl taşlarını ezdiğini duyduğunda dik oturdu ve tam o anda kamyonun geniş dingil mesafesi yüzünden dönüşü tamamlayamadığını gördü. Duyulan ezilme sesiyle birlikte ön tampon bir ağaca çarpmıştı. Motordan hırıltılar geldi, ağaç eğildi. Sonunda yarısı yerde kalan ön tampon oldu. Zırhlı kamyon, ön tamponunu yerde sürükleyerek uzaklaştı. Kamyon asfalt yola ulaştığında, aracın farları geceyi aydınlatmıştı.

Vernet gözlerini yeniden kamyonu park ettiği yere çevirdi. Zayıf ay ışığında bile orada hiçbir şey kalmadığını görebiliyordu.

Tahta kutu gitmişti.

50

Castel Gandolfo'dan ayrılan armasız Fiat sedan, Ablan Dağları'ndan aşağıdaki vadiye doğru kıvrılarak ilerliyordu. Arka koltukta oturan Piskopos Aringarosa, kucağındaki evrak çantasının içinde bulunan bonoların ağırlığını hissederek gülümsedi. Öğretmen ile değiş tokuşu yapmasına ne kadar zaman kaldığını merak ediyordu.

Yirmi milyon euro.

Kucağındaki para Aringarosa'ya bundan çok daha değerli bir güç satın alacaktı.

Araba Roma'ya geri dönerken Aringarosa bir kez daha Öğretmen'in kendisini neden henüz aramadığını düşündü. Cüppesinden cep telefonunu çıkararak, şebeke sinyalini kontrol etti. Hiç sinyal yoktu.

Dikiz aynasından ona bakan şoför, "Şebeke burada çekmiyor," dedi. "Yaklaşık beş dakika içinde dağdan inmiş oluruz, o zaman şebeke çekecektir."

"Teşekkür ederim." Aringarosa birden kaygılandı. *Dağlarda çekmiyor mu?* Belki de Öğretmen tüm bu süre boyunca kendisine ulaşmaya çalışmıştı. Belki de bir şeyler yanlış gitmişti.

Aringarosa hemen telefonunun sesli mesaj kutusunu kontrol etti. Hiçbir şey yoktu. Sonra yeniden Öğretmen'in asla kayıtlı bir mesaj bırakmayacağını fark etti; haberleşme konusunda muazzam tedbirler alan bir adamdı. Bu modern dünyada açıkça konuşmanın sakıncalarını Öğretmen'den daha iyi kimse bilemezdi. Sahip olduğu şaşırtıcı gizli bilgileri toplamasında elektronik dinleme cihazları büyük rol oynamıştı.

Bu yüzden sıkı önlemler alıyor.

Ne yazık ki Öğretmen'in ihtiyat tedbirleri arasında Aringarosa'ya herhangi bir çağrı numarası vermemesi de yer alıyordu. Öğretmen, ona, *teması ben kuracağım,* demişti. *Bu yüzden telefonunu yanından ayırma.* Şimdi telefonunun doğru çalışmadığını fark eden Aringarosa, Öğretmen'in sürekli arayıp cevap almamış olmasından korkuyordu.

Bir sorun olduğunu düşünecek.

Ya da bonoları alamadığımı sanacak.

Piskopos terlemeye başlamıştı.

Ya da daha kötüsü... parayı alıp kaçtığımı düşünecek!

51

Saatte altmış kilometre gibi düşük bir hızla ilerlediği halde, zırhlı kamyonun aşağı sarkan ön tamponu boş banliyö yoluna sürtünerek, motor kapağına kıvılcımlar saçıyordu.

Yoldan çıkmalıyız, diye düşündü Langdon.

Nereye gittiklerini bile güçlükle görebiliyordu. Kamyonun işleyen tek farı ortasından kırılmıştı ve otoyolun kenarındaki ağaçlara çarpık bir ışık demeti yayıyordu. Bu "zırhlı kamyondaki" *zırhların* önde değil, sadece yük bölümünde bulunduğu belli oluyordu.

Yolcu koltuğunda oturan Sophie, kucağındaki gül ağacı kutuya boş gözlerle bakıyordu.

Langdon, "İyi misin?" diye sordu.

Sophie sarsılmışa benziyordu. "Ona inanıyor musun?"

"Diğer üç cinayet hakkında mı? Kesinlikle. Pek çok soruyu cevaplıyor... büyükbabanın kilit taşını çaresizce devretmeye çalışmasını ve Fache'nin beni yakalama azmini."

"Hayır, Vernet'nin bankasını korumaya çalışmasından bahsediyordum."

Langdon, ona baktı. "Aslında ne olduğunu düşünüyorsun?"

"Kilit taşını kendisinin almak istediğini."

Langdon bunu aklına bile getirmemişti. "Bu kutuda ne olduğunu nereden bilebilir ki?"

"Bankasında saklıydı. Büyükbabamı tanıyordu. Belki de olanları biliyordur. Kâse'yi kendi almak istemiş olabilir."

Langdon başını iki yana salladı. Vernet o tip birine benzemiyordu. "Tecrübelerimden öğrendiğim kadarıyla, insanlar Kâse'yi sadece iki sebepten ötürü isterler. Ya saftırlar ve İsa'nın uzun zamandır kayıp olan kadehini aradıklarına inanırlar..."

"Ya da?"

"Ya da gerçeği bilirler ve bu yüzden tehdit altındadırlar. Tarihte Kâse'yi yok etmek isteyen pek çok grup olmuştur."

Aralarında yaşanan sessizlik, yere sürten tampon sesinin iyice duyulmasına yardımcı olmuştu. Birkaç kilometre yol kat etmişlerdi. Kamyonun önünden gelen kıvılcımları seyreden Langdon tehlikeli olup olmadığını düşünüyordu. Yine de başka bir arabaya bindikleri takdirde dikkat çekeceklerdi. Langdon kararını vermişti.

"Şu tamponu geri takmaya çalışacağım."

Bankete çekerek, kamyonu durdurdu.

Sesler sonunda kesilmişti.

Langdon kamyonun önüne doğru yürürken kendini hiç alışmadığı bir şekilde gergin hissediyordu. Bu gece bir başka silahın namlusuna bakmak onu kendine getirmişti. Ciğerlerine derin derin gece havası çekti ve aklını başına toplamaya çalıştı. Aranan biri olmanın verdiği vahametin yanı sıra, şimdi bir de taşıdığı sorumluluğun ağırlığını hissetmeye başlamıştı. O ve Sophie, tüm zamanların en büyük gizemine giden şifreli talimatları taşıyor olabilirlerdi.

Bu yük yeterli değilmiş gibi, Langdon şimdi de kilit taşını tarikata iade etme şansının yok olduğunu görüyordu. Diğer üç cinayet haberinin korkunç bir anlamı vardı. *Tarikat çözüldü. Tehlikedeler.* Kardeşliğin izlendiği ya da aralarında bir muhbir olduğu anlaşılıyordu. Saunière'in kilit taşını Sophie ile Langdon'a devretmesini açıklıyordu... kardeşliğin *dışından* kimseler, tahmin edilemeyeceklerini bildiği kişiler. *Kilit taşını kardeşliğe iade edemeyiz.* Langdon'ın herhangi bir tarikat üyesini nasıl bulacağına dair bir fikri olsa bile, kilit taşını almak için adım atacak kişinin düşman çıkma olasılığı da vardı. En azından şu an için, isteseler de istemeseler de kilit taşı Sophie ile Langdon'daydı.

Kamyonun ön tarafı Langdon'ın tahmin ettiğinden daha berbat görünüyordu. Sol far artık yoktu, sağ far ise yuvasından dışarı fırlamış bir göze benziyordu. Langdon, onu düzeltti ama tekrar fırladı. Tek iyi haber, ön tamponun neredeyse düşmek üzere olduğuydu. Langdon sıkı bir tekme savurunca, tamamen kırıp yerinden çıkarabileceğini anladı.

Çarpılmış metale peş peşe tekmeler savururken, Sophie ile daha önce yaptığı konuşmayı hatırladı. Sophie, ona, *büyükbabam telefonuma bir mesaj bırakmış,* demişti. *Bana ailem hakkındaki gerçeği açıklayacağını söylemiş.* O an için hiçbir şey ifade etmemişti ama şimdi Sion Tarikatı'nın işin içinde olduğunu bildiğinden, Langdon yeni bir olasılığın söz konusu olduğunu hissediyordu.

Tampon birden gürültülü bir ses çıkartarak koptu. Langdon nefes almak için durdu. En azından kamyon artık Dört Temmuz maytapları gibi görünmeyecekti. Tamponu kaldırarak, ağaçların arasına sürüklerken, buradan nereye gideceklerini düşünüyordu. Kripteksi nasıl açacaklarına ya da Saunière'in bunu onlara neden verdiğine dair hiç fikirleri yoktu. Ne yazık ki, bu gece hayatta kalmaları bu çok önemli soruların cevaplarına bağlı gibiydi.

Yardıma ihtiyacımız var. Langdon kararını vermişti. *Profesyonel yardıma.*

Kutsal Kâse ve Sion Tarikatı dünyasında, bu tek bir adam anlamına geliyordu. Ama elbette asıl sorun bu fikri Sophie'ye kabul ettirmekti.

Zırhlı aracın içinde Langdon'ın dönmesini bekleyen Sophie, kucağındaki gül ağacı kutunun ağırlığını hissederek yakınıyordu. *Büyükbabam bunu bana niye verdi?* Onunla ne yapacağına dair en ufak bir fikri yoktu.

Düşün Sophie! Aklını kullan. Grand-père sana bir şey anlatmaya çalışıyor.

Kutuyu açarak, kripteksin üstündeki harflere baktı. *Hak ettiğini ispatlamak.* Bunda büyükbabasının parmağının olduğunu hissedebiliyordu. *Kilit taşı, sadece uygun kişinin izleyebileceği bir haritadır.* Halis muhlis büyükbabasının işi gibiydi.

Kripteksi kutudan çıkaran Sophie, parmaklarını harflerin üzerinde gezdirdi. Beş harf. Yuvarlakları teker teker çevirdi. Mekanizma yavaşça hareket etti. Diskleri, seçtiği harfler kripteks silindirinin her iki ucunda bulunan iki pirinç hiza çubuğu arasında sıralanacak şekilde döndürdü. Şimdi yuvarlaklar, Sophie'nin fazlasıyla bariz olduğunu bildiği beş harfli bir kelime oluşturmuşlardı.

K-A-D-E-H

Silindiri nazikçe iki ucundan tuttu ve hafif bir baskı uygulayarak çekti. Kripteks açılmıyordu. İçindeki sirkeden sesler geldiğini duyunca durdu. Sonra tekrar denedi.

V-I-N-C-I

Yine hiç hareket yoktu.

K-E-M-E-R

Hiçbir şey olmamıştı. Kripteks sapasağlam kilitli duruyordu.

Kaşlarını çatarak gül ağacı kutuya yerleştirdi ve kapağını kapattı. Dışarıda duran Langdon'a bakarak, bu gece onunla birlikte olduğu için minnet duydu. *P.S. Robert Langdon'ı bul.* Büyükbabasının onu da işin içine karıştırma mantığı şimdi açıkça anlaşılıyordu. Sophie, büyükbabasının niyetini anlayacak kadar bilgiye sahip değildi, bu yüzden Robert Langdon'ı ona rehber atamıştı. Eğitimini üstlenecek bir özel öğretmen. Fakat ne yazık ki Langdon, bu gece öğretmenlikten çok daha fazlasını yapmak zorunda kalmıştı. Bezu Fache'nin hedefi haline gelmişti... ve Kutsal Kâse'yi ele geçirmek isteyen bilinmeyen bir gücün.

Kâse sonunda ne çıkacaktı?

Sophie bunun cevabını bulmanın hayatını tehlikeye atmaya değip değmeyeceğini düşündü.

Zırhlı kamyon tekrar hızlandığında Langdon artık onu çok daha rahat kullanabildiği için halinden memnundu. "Versailles'e nasıl gidildiğini biliyor musun?"

Sophie yan gözle ona baktı. "Dolaşmak için mi?"

"Hayır, bir planım var. Tanıdığım bir din tarihçisi Versailles yakınlarında yaşıyor. Yerini tam olarak hatırlamıyorum ama bulabiliriz. İsmi Leigh Teabing. Eski bir İngiliz Kraliyet Tarihçisi."

"Paris'te mi yaşıyor?"

"Teabing'in en büyük tutkusu Kâse'dir. On beş yıl önce tarikat kilit taşıyla ilgili fısıltılar ayyuka çıktığında, onu kiliselerde arayıp bulma ümidiyle Fransa'ya taşındı. Kilit taşı ve Kâse hakkında bazı kitaplar yazdı. Onu nasıl açacağımıza ve sonra onunla ne yapacağımıza yardımcı olabilir."

Sophie kaygılı gözlerle bakıyordu. "Ona güvenebilir misin?"

"Ne için güvenebilir miyim? Bilgiyi çalmayacağına mı?"

"Ve bizi ele vermeyeceğine?"

"Ona polis tarafından arandığımızı söylemek niyetinde değilim. Her şeyi yoluna sokana kadar bizi evine kabul edeceğini sanıyorum."

"Robert, Fransa'daki tüm televizyon kanallarının resimlerimizi yayınlamak için hazırlık yaptığının bilmem farkında mısın? Bezu Fache medyayı daima kendi lehine kullanır. Tanınmadan etrafta dolaşmamızı imkânsızlaştıracağına eminim."

Fevkalade, diye düşündü Langdon. *Fransız televizyonunda ilk sahne alışım "Paris'in En Çok Arananları"* dizisinde olacak. En azından Jonas Faukman bu işe sevinecekti; Langdon haberlere her konu oluşunda kitap satışları artıyordu.

Sophie, "Bu adam yeterince iyi bir arkadaş mı?" diye sordu.

Langdon, Teabing'in özellikle de bu saatte televizyon seyreden biri olduğunu sanmıyordu ama yine de dikkate alınacak bir soruydu. Sezgileri Langdon'a Teabing'in kesinlikle güvenilecek biri olduğunu söylüyordu. Sığınılacak ideal bir liman. Şartları göz önüne alınca Teabing onlara mümkün olduğunca yardım etmeye çalışacaktı. Sadece Langdon'a iyilik borcu olduğu için değil, aynı zamanda bir Kâse araştırmacısı olduğu için. Üstelik bir de Sophie, büyükbabasının Sion Tarikatı'nın Büyük Üstat'ı olduğunu söylüyordu. Bunu duyduğunda, sorunu çözmelerine yardımcı olmak için Teabing'in ağzının suyu akacaktı.

Langdon, "Teabing güçlü bir müttefik olabilir," dedi. *Tabii ona ne kadarını söylemek istediğine bağlı.*

"Fache para ödülü koyabilir."

Langdon güldü. "İnan bana bu adamın ihtiyacı olan son şey para." Leigh Teabing'in serveti, küçük ülkelerin zenginliği ile boy ölçüşebilirdi. İngiltere'nin ilk Lancester Dükü'nün torunu olan Teabing, sahip olduğu parayı eski moda bir yolla elde etmişti... miras yoluyla. Paris yakınlarındaki on yedinci yüzyıl sarayında kendisine ait iki özel göl vardı.

Langdon onunla ilk kez, yıllar önce İngiliz Radyo Televizyon Yayın Şirketi vasıtasıyla tanışmıştı. Teabing BBC'ye, televizyon seyircilerine Kutsal Kâse'nin tartışmalar yaratacak tarihini açıklayacağı bir tarih belgeseli teklifiyle gelmişti. BBC prodüktörleri Teabing'in önerisine sıcak bakmışlar, araştırmalarına ve dayanaklarına bayılmışlardı ama o kadar şaşırtıcı ve hazmedilmesi o kadar zor bir konuydu ki, kaliteli yayıncılık ünlerine leke gelmesinden çekinmişlerdi. BBC itibar korkularını Teabing'in, hepsi de kendi yaptıkları araştırmalarla Kutsal Kâse'nin şaşırtıcı yapısını doğrulayan, dünyanın saygın tarihçilerinden üç uzman çağrılması teklifiyle çözmüştü.

Langdon seçilenler arasındaydı.

BBC, Langdon'ı film çekimi için Teabing'in Paris'teki malikânesine göndermişti. Teabing'in zengin görünüşlü kabul salonunda kameraların karşısına geçerek kendi hikâyesini paylaşmış, farklı bir Kutsal Kâse hikâyesini ilk duyduğunda şüphelendiğini itiraf ederek, doğru olduğuna ikna oluncaya dek yıllarca araştırma yaptığını anlatmıştı. Langdon en sonunda kendi araştırmalarından bazılarını açıklamıştı... tartışmalı iddiaları kuvvetle destekleyen bir dizi sembolik bağlar.

Program Britanya'da gösterime girdiğinde, zengin kadrosuna ve kaynak gösterilen delillere rağmen, iddialar popüler Hıristiyan inancına öylesine zıttı ki, anında şimşekleri üzerine çekmişti. Birleşik Devletler'de hiç yayınlanmadığı halde, yankıları Atlantik'i aşmıştı. Langdon kısa süre sonra eski bir arkadaşından bir posta kartı almıştı... Philadelphia Katolik Piskoposu. Kartta sadece şunlar yazıyordu: *Sen de mi, Robert?*

Sophie, "Robert," diye sordu. "Bu adama güvenebileceğimizden *emin misin?*"

"Kesinlikle. Meslektaşımın paraya ihtiyacı yok, ayrıca Fransız yetkililerinden hoşlanmadığını biliyorum. Fransız Hükümeti tarihi bir arazi satın aldığı için ondan fahiş vergi alıyor. Fache ile işbirliği yapmak için acele etmeyecektir."

Sophie karanlık yola baktı. "Ona gidersek, ne kadarını anlatmak istiyorsun?"

Langdon kayıtsız görünüyordu. "İnan bana, Leigh Teabing Kutsal Kâse ve Sion Tarikatı hakkında bu dünyada yaşayan herkesten daha fazlasını biliyordur."

Sophie, ona baktı. "Büyükbabamdan da mı fazla?"

"Kardeşliğin *dışındaki* herkesten demek istedim."

"Teabing'in kardeşlik üyesi olmadığını nereden biliyorsun?"

"Teabing tüm hayatını Kutsal Kâse hakkındaki gerçeği açıklamaya çalışmakla geçirdi. Tarikat ise onun özyapısını saklı tutmaya yeminli."

"Bana çıkar çatışması gibi geldi."

Langdon, onun kaygılarını anlıyordu. Saunière kripteksi doğrudan Sophie'ye vermişti ve içinde ne olduğunu veya onunla ne yapacağını bilmediği halde, işin içine tamamen yabancı birini sokmaya tereddüt ediyordu. İçinde barındırdığı bilgi gözönüne alındığında bu doğru bir içgüdü sayılırdı. "Teabing'e hemen kilit taşından bahsetmemiz gerekmez. Hatta belki de hiç bahsetmemiz gerekmez. Evinde saklanıp düşünebiliriz ve belki onunla Kâse hakkında konuştuğumuzda büyükbabanın bunu sana neden verdiği hakkında bir fikir edinebilirsin."

"*Bize,*" diye düzeltti Sophie.

Langdon mütevazı bir gurur duydu ve tekrar Saunière'in neden kendisini bu işe karıştırdığını merak etti.

Sophie, "Bay Teabing'in aşağı yukarı nerede oturduğunu biliyor musun?" diye sordu.

"Château Villette adında bir yer."

Sophie, ona dönerek, inanmayan gözlerle baktı. "Château Villette *mi* dedin?"

"Evet o."

"İyi arkadaşmış."

"Orayı biliyor musun?"

"Evet. Şatoların olduğu bölgede. Buradan yirmi dakika uzakta."

Langdon kaşlarını çattı. "O kadar uzak mı?"

"Evet, bu arada sen de bana Kutsal Kâse'nin *gerçekten* ne olduğunu anlatabilirsin."

Langdon duraksadı. "Sana bunu Teabing'de anlatırım. O ve ben efsanenin farklı alanlarında uzmanız, bu yüzden ikimiz birlikteyken tam hikâyeyi öğrenebilirsin." Langdon gülümsedi. "Ayrıca Kâse Teabing'in hayatı sayılır, Kutsal Kâse hikâyesini ondan dinlemek, İzafiyet Teorisi'ni Einstein'dan dinlemek gibi olacaktır."

"Dua edelim de Leigh gece yarısı misafirlerinden rahatsız olmasın."

"Unutmadan söyleyeyim, Sir Leigh." Langdon bu hataya yalnızca bir kez düşmüştü. "Teabing ilginç biridir. Yıllar önce York Sarayı'nın zengin tarihini yazdıktan sonra kraliçe tarafından şövalye payesi verilmişti."

Sophie dikkatle ona baktı. "Şaka yapıyorsun, değil mi? Şimdi bir *şövalyeyi* mi ziyaret edeceğiz?"

Langdon beceriksizce sırıttı. "Kâse'nin peşindeyiz Sophie. Bize bir şövalyeden daha fazla kim yardımcı olabilir?"

52

Versailles yakınlarındaki 185 dönümlük Château Villette, Paris'in yirmi beş dakika kuzeybatısındaydı. 1668 yılında Françis Mansart tarafından Aufflay Kontu için tasarlanan malikâne, Paris'in en önemli tarihi şatolarından biriydi. Château Villette, tasarımını Le Nôtre'un yaptığı iki dörtgen göl ve bahçeleriyle, bir malikâneden çok mütevazı bir kaleyi andırıyordu. İnsanlar buraya sempatiyle *la Petite Versailles* diyorlardı.

Langdon zırhlı kamyonu, garaj yolunda titreterek durdurdu. Görkemli güvenlik kapısının ardındaki çayırlarda Sir Leigh Teabing'in malikânesi yükseliyordu. Kapıdaki tabela İngilizceydi: ÖZEL MÜLKTÜR. GİRİLMEZ.

Teabing evinin kendisine ait bir İngiliz adası olduğunu göstermek istercesine, tabelaları İngilizce yazmakla yetinmemiş, kapının dahili haberleşme sistemini kamyonun *sağ tarafına* gelecek şekilde yerleştirmişti... İngiltere hariç dünyanın her yerinde yolcu koltuğunun bulunduğu tarafa.

Sophie yanlış yerde duran sisteme tuhaf bir bakış fırlattı. "Ya şoförün yanında kimse yoksa?"

"Sorma." Langdon bu konuyu Teabing'le daha önceden tartışmıştı. "Her şeyin vatanındaki gibi olmasını tercih ediyor."

Sophie camını aşağı indirdi. "Robert, sen konuşsan daha iyi olur."

Langdon düğmeye basmak için Sophie'nin bulunduğu tarafa doğru eğildi. Bunu yaptığı sırada Sophie'nin iç gıcıklayıcı parfüm kokusu burun deliklerinden sızınca, ne kadar yakın olduklarının farkına vardı. Garip bir şekilde eğilmiş beklerken, küçük hoparlörden çalan telefon sesi duyulmaya başlamıştı.

Sonunda cızırtıların ardından, sinirli bir adam aksanlı Fransızcasıyla cevap verdi. "Château Villette. Kim arıyor?"

Sophie'nin üstüne abanmış olan Langdon, "Ben Robert Langdon," diye seslendi. "Sir Leigh Teabing'in bir dostuyum. Yardımına ihtiyacım var."

"Efendim uyuyor. Ben de öyle yapıyordum. Onunla ne işiniz vardı?"

"Özel bir konu. Kendisini çok ilgilendirecek bir konu."

"O halde eminim yarın sabah sizi memnuniyetle kabul edecektir."

Langdon ağırlığını biraz daha vererek uzandı. "Çok önemli."

"Şu anda Sir Leigh uyuyor. Eğer arkadaşıysanız, sağlığının iyi olmadığından haberiniz vardır."

Sir Leigh Teabing küçükken, çocuk felci geçirmişti ve şimdi koltuk değnekleriyle yürüyordu, fakat son ziyaretinde Langdon, onu o kadar canlı ve neşeli bir adam olarak görmüştü ki, bunun bir hastalık olduğunu unutmuştu. "Lütfen kendisine Kâse ile ilgili yeni bir bilgi edindiğimi söyleyin. Sabaha kadar bekleyemeyecek bir bilgi."

Uzun bir sessizlik oldu.

Kamyon gürültüler çıkartarak yerinde sayarken, Langdon ile Sophie beklediler.

Tam bir dakika geçmişti.

Sonunda birisi konuştu. "Sevgili dostum, zannedersem hâlâ Harvard Standart saatine göre yaşıyorsun." Kendinden emin ve yumuşak bir ses konuşuyordu.

Ağır İngiliz aksanını tanıyan Langdon gülümsedi. "Leigh bu münasebetsiz saatte uyandırdığım için özürlerimi kabul et."

"Uşağım bana, Paris'te bulunmakla kalmayıp, bir de Kâse'den bahsettiğini söyledi."

"Bunun seni yatağından kaldıracağını düşündüm."

"Öyle yaptı."

"Eski bir dostun için kapıyı açma ihtimalin var mı?"

"Gerçeği arayanlar arkadaştan ötedir. Onlar kardeştir."

Teabing'in dramatik konuşmaları yeğlemesine alışkın olan Langdon gözlerini Sophie'ye çevirdi.

Teabing, "Aslına bakarsan kapıyı açacağım," dedi. "Ama ilk önce kalbinin doğruluğundan emin olmalıyım. Bir şeref sınavı. Üç soruyu cevaplandıracaksın."

İniltiler çıkaran Langdon, Sophie'ye fısıldadı. "Buna tahammül edeceksin. Sana ilginç bir tip olduğunu söylemiştim."

Herkül gibi bir ses tonuyla, "İlk sorun," dedi Teabing. "Sana çay mı yoksa kahve mi ikram edeyim?"

Langdon, Teabing'in Amerikalıların kahve alışkanlığı hakkındaki duygularını biliyordu. "Çay," diye cevap verdi. "Earl Grey."

"Mükemmel. İkinci soru. Süt mü şeker mi?"

Langdon tereddüt etti.

Sophie kulağına, "Süt," diye fısıldadı. "Sanırım İngilizler sütlü içiyor."

Langdon, "Süt," dedi.

Sessizlik.

"Şeker?"

Teabing cevap vermedi.

Bekle! Son yaptığı ziyarette kendisine ikram edilen acı içeceği hatırlayan Langdon, bu sorunun bir aldatmaca olduğunu fark etmişti. "*Limon!*" dedi. "*Limonlu* Earl Grey."

"Doğru." Teabing gerçekten keyiflenmişe benziyordu. "Ve son olarak, en ciddi soruyu sormalıyım." Teabing durup, resmi bir sesle konuşmaya başladı. "Harvard'lı kürekçi Henley'de en son hangi senede Oxford'lu birini geçti?"

Langdon'ın hiç fikri yoktu ama sorunun tek bir sebepten sorulmuş olduğunu düşünebiliyordu. "Elbette böyle bir rezalet hiç yaşanmadı."

Kapı açılmıştı. "Kalbin doğru dostum. Girebilirsin."

53

"*Monsieur Vernet!*" Zürih Emanet Bankası'nın gece müdürü, telefonda başkanın sesini duyunca rahatlamıştı. "Nereye gittiniz efendim? Polis burada, herkes sizi bekliyor."

Banka başkanı kaygılı bir sesle, "Ufak bir sorunum vardı," dedi. "Acil yardımınıza ihtiyacım var."

Müdür, *ufak bir sorundan daha fazlası var,* diye düşündü. Polis bankayı tamamen kuşatmıştı, ayrıca DCPJ şefinin bizzat bankanın istediği arama emriyle geleceğini söylüyorlardı. "Size nasıl yardım edebilirim efendim?"

"Üç numaralı zırhlı kamyon. Onu bulmalıyım."

Müdür şaşkınlıkla dağıtım çizelgesini inceledi. "Burada. Aşağıdaki yükleme havuzunda."

"Doğrusunu istersen hayır, orada değil. Kamyon, polisin peşine düştüğü iki kişi tarafından çalındı."

"Ne? Dışarı nasıl çıktılar?"

"Telefonda ayrıntılara girmeyeceğim. Yalnız şu anda banka için son derece talihsiz olabilecek bir durumla karşı karşıyayız."

"Ne yapmamı istiyorsunuz efendim?"

"Kamyonun acil durum vericisini devreye sokmanı istiyorum."

Gece müdürünün gözleri, odanın karşı tarafındaki LoJack kontrol kutusuna gitti. Bankanın tüm kamyonları, pek çok zırhlı araba gibi, bankadan harekete geçirilebilen uzaktan kumandalı bir telsiz sistemiyle donatılmıştı. Müdür, bir kaçırılma olayının ardından bunu sadece bir kez kullanmak zorunda kalmıştı ve sistem kusursuz bir şekilde işlemişti... kamyonun yerini tespit edip, koordinatları otomatik olarak yetkililere iletmişti. Ama müdür bu gece, başkanın biraz daha tedbirli davranmak istediği izlenimine kapılmıştı. "Efendim, LoJack sistemini devreye soktuğum anda, vericinin yetkililere bir sorunumuz olduğunu haber vereceğinin farkındasınızdır."

Vernet birkaç saniye sessiz kaldı. "Evet, biliyorum. Yine de yap. Üç numaralı kamyon. Bekliyorum. Tespit ettiğin anda kamyonun tam yerini bilmek istiyorum."

"Hemen efendim."

Otuz saniye sonra, kırk kilometre ötedeki zırhlı kamyonun yük kasasının altına gizli küçük vericinin ışığı yanarak çalışmaya başladı.

54

Langdon ile Sophie zırhlı kamyonu, kenarında kavak ağaçlarının dizildiği kavisli yoldan eve doğru sürerlerken, Sophie kaslarının gevşediğini hissetmeye başlamıştı bile. Yoldan çıkmış olmak rahatlatıcıydı, ayrıca iyi huylu yabancının sahip olduğu bu özel malikâneden daha güvenli bir yer aklına gelmiyordu.

Geniş araba yoluna saptıklarında, Château Villette sağ taraflarında belirmişti. Üç katlı ve en azından altmış metre yüksekliğindeki yapının gri taş cephesi, dışarıdaki spot ışıklarıyla aydınlatılıyordu. Mükemmel bakımlı bahçeleriyle, cam gibi parıldayan durgun gölet kaba cepheyle yan yana duruyordu.

İçerideki ışıklar yanmaya başlamıştı.

Langdon ön kapıya kadar sürmek yerine, aracı yeşillikler arasındaki parka çekti. "Yoldan fark edilmeye gerek yok," dedi. "Ya da Leigh'i neden zırhlı bir araçla geldiğimiz konusunda meraklandırmaya."

Sophie başını salladı. "Kripteksi ne yapacağız? Burada bırakamayacağımız ortada ama Leigh görürse, ne olduğunu bilmek isteyecektir."

Arabadan inerken ceketini çıkaran Langdon, "Endişelenme," dedi. Tüvit ceketini kutunun etrafında sararak, bebeği kucaklar gibi kolunun altına aldı.

Sophie kuşkulu görünüyordu. "Anlaşılır."

"Teabing kapıyı asla kendisi açmaz; salona konuğundan sonra girmeyi tercih eder. O bize katılmadan önce bunu saklayacak bir yer bulurum." Langdon duraksadı. "Aslında, onunla tanışmadan önce seni uyarmalıyım. Sir Leigh'in, diğer insanların biraz... garip bulduğu bir espri anlayışı vardır."

Sophie bu gece artık onu başka bir şeyin şaşırtabileceğini sanmıyordu.

Ana girişe giden patika çakıl taşlarıyla döşenmişti. Kıvrılarak, greyfurt büyüklüğünde pirinç bir kapı tokmağı olan, meşe ve kiraz ağacından yapılmış kapıya doğru gidiyordu. Sophie tokmağa uzandığı sırada, kapı içeriden açıldı.

Üstüne henüz geçirdiği belli olan beyaz kravatıyla smokinindeki son düzeltmeleri yapan, resmi ve zarif bir uşak karşılarında duruyordu. Elli yaşlarında görünüyordu ve zarif bir çehresi vardı. Yüzündeki sert ifade, orada bulunmalarına hiç memnun olmadığını şüpheye yer bırakmayacak kadar iyi anlatıyordu.

Ağır Fransız aksanıyla, "Sir Leigh birazdan aşağıda olacak," dedi. "Giyiniyor. Ziyaretçilerinin karşısına gecelikle çıkmaktan hoşlanmaz. Ceketinizi alabilir miyim?" Langdon'ın kollarındaki sarmalanmış tüvit cekete doğru uzandı.

"Teşekkürler, ben rahatım."

"Elbette öylesiniz. Buradan lütfen."

Uşak onları lüks mermer antreden geçirerek, püsküllü Victoryan abajurların hafifçe aydınlattığı, ince bir zevkle döşenmiş kabul salonuna götürdü. İçeride pipo tütünü, çay yaprakları, sıcak İspanyol şarabı ve taş yapının kendine has kokusunun bileşiminden oluşan bir çeşit saray kokusu hâkimdi. Arka duvardaki pırıltılı iki zırhlı elbisenin ortasında, öküz çevirmeye yetecek büyüklükte bir şömine duruyordu. Şömineye doğru yürüyen uşak çömelerek, önceden yerleştirilmiş meşe kütükleriyle çıraların üstüne bir kibrit attı. Ateş hemen yanmaya başlamıştı.

Adam ayağa kalkarak ceketini düzeltti. "Efendim kendinizi evinizde hissetmenizi istedi." Bunu söyledikten sonra Sophie ile Langdon'ı yalnız bırakarak, odadan ayrıldı.

Sophie şöminenin yanındaki hangi antikaya oturacağına karar vermeye çalışıyordu... kadife Rönesans divan mı, rustik kartal pençesi ayaklı salıncaklı sandalye mi, yoksa Bizans mabedinden alınmış gibi görünen taş sıralara mı?

Kripteksi ceketinden çıkaran Langdon kadife divanın yanına giderek, tahta kutuyu görünmeyecek şekilde altına itti. Ardından ceketini silkeleyerek yeniden giydi, klapalarını düzeltti ve sakladığı hazinenin üstüne otururken Sophie'ye gülümsedi.

Divana, diye düşünen Sophie, Langdon'ın yanına geçti.

Sophie büyüyen alevlere bakıp, sıcağın keyfini çıkarırken, büyükbabasının bu odaya bayılacağını düşündü. Koyu lambri kaplı duvarlarda eski ustaların tabloları asılıydı. Sophie bunlardan birinin, büyükbabasının en sevdiği ikinci ressam olan Poussin'e ait olduğunu fark etmişti. Şöminenin üstündeki örtünün üzerinde, İsis'in kaymaktaşından yapılmış bir büstü odayı seyrediyordu.

Mısır tanrıçasının altındaki şömineninin içinde, ayaklık olarak kullanılan iki taş gargoyle(*) tehditkâr boğazlarını göstermek için ağızlarını açmışlardı. Sophie küçüklüğünde gargoyle'lerden hep korkmuştu; ta ki yağmurlu bir günde büyükbabası onu Notre Dame Katedrali'nin tepesine çıkartana kadar. Ağızlarından yağmur suyu püskürten gargoyle oluklarını göstererek, "Prenses, bak ne kadar aptal yaratıklar," demişti. "Boğazlarından gelen komik sesi duyuyor musun?" Boğazlarından gelen gurultulu sesi duyan Sophie gülümseyerek başını sallamıştı. Büyükbabası, ona, "*Gargara yapıyorlar,*" demişti. "*Gargaracı!* Bu aptal 'gargoyle' ismini bu yüzden almışlar." Sophie bir daha onlardan korkmamıştı.

Acı cinayet gerçeği aklına yeniden geldiğinde, bu tatlı hatıra Sophie'yi hüzünlendirdi. *Grand-pére* gitti. Divanın altındaki kripteksi gözünde canlandırırken, Teabing'in onun nasıl açılacağını bilip bilmediğini merak etti. *Hatta acaba ona sormalı mıyız?* Büyükbabası son sözleriyle ona Robert Langdon'ı bulmasını tembihlemişti. Başka birini karıştırmaktan hiç bahsetmemişti. Robert'ın takdirine güvenmeye karar veren Sophie, *saklanacak bir yere ihtiyacımız vardı,* diye düşündü.

Arkalarından gelen bir ses, "Sir Robert," diye seslendi. "Bakıyorum bir bayanla seyahat ediyorsun."

Langdon ayağa kalktı. Sophie de peşinden dikildi. Ses, ikinci katın karanlıklarına kıvrılarak çıkan bir merdivenin tepesinden gelmişti. Basamakların en üstündeki kişi karanlıklar arasında hareket ederken sadece silueti seçiliyordu.

(*) Gotik mimaride su oluklarını süsleyen ağzı açık insan ya da hayvan şeklindeki süslemeler.

Langdon, "İyi geceler," diye seslendi. "Sir Leigh, size Sophie Neveu'yu takdim edeyim."

"Şeref duyarım." Teabing ışığa çıkmıştı.

"Bizi kabul ettiğiniz için teşekkür ederim," diyen Sophie, artık adamın metal bacak süspansiyonları ve koltuk değneği kullandığını görebiliyordu. Her seferinde bir basamak iniyordu. "Hayli geç olduğunun farkındayım."

"O kadar geç ki hayatım, artık erken sayılır." Güldü. "*Amerikalı mısınız?*"

Sophie başını iki yana salladı. "*Parisienne.*"

"İngilizceniz fevkalade."

"Teşekkür ederim. Royal Holloway'de okudum."

"Bu her şeyi açıklıyor." Teabing topallayarak aşağı iniyordu. "Belki Robert size Oxford yollarını aşındırdığımı söylemiştir." Langdon'a şeytani bir gülümsemeyle baktı. "Ama garanti olsun diye Harvard'a da başvurmuştum."

Basamakların sonuna inen ev sahibi, Sir Elton John'dan daha fazla şövalye gibi görünmüyordu. Şişman ve kırmızı yüzlü Sir Leigh Teabing'in kızıl gür saçları ve konuşurken parıldayan neşeli ela gözleri vardı. Pilili bir pantolonla, yeleğinin altına bol bir ipek gömlek giymişti. Bacağındaki alüminyum desteklere rağmen, bilinçli bir çaba göstererek değil de sanki gerçekten soylu olduğu için taşıdığı bir asalet vardı.

Teabing, Langdon'ın yanına giderek elini uzattı. "Robert, kilo vermişsin."

Langdon sırıttı. "Sen de almışsın."

Tombul göbeğine hafifçe vuran Teabing, bir kahkaha patlattı. "*Touché.* Son günlerdeki tek bedeni zevkim mutfak." Daha sonra Sophie'ye dönerek, elini yavaşça kaldırdı, başını hafifçe eğerek nefesini usulca parmaklarına verdi ve gözlerinin içine baktı. "Leydim."

Zamanda geçiş mi yaptığını yoksa tımarhaneye mi geldiğini kestiremeyen Sophie, Langdon'a baktı.

Kapıyı açan uşak, elinde çay tepsisiyle içeri girerek, şöminenin önündeki masaya yerleştirdi.

Teabing, "Bu Rémy Legaludec," dedi. "Uşağım."

Zayıf uşak resmi bir baş hareketiyle yeniden odadan ayrıldı.

Teabing çaresiz bir hastalıktan bahsediyormuş gibi, "Rémy *Lyon'lu,*" dedi. "Ama çok güzel soslar yapıyor."

Langdon şaşırmışa benziyordu. "Ben İngiliz çalışanlar getirteceğini sanmıştım."

"Tanrı aşkına, hayır! Fransız vergi memurlarından sonra, isteyeceğim son kişi İngiliz bir aşçı." Sophie'ye baktı. "*Özür dilerim,* Mademoiselle Neveu. Fransızlara duyduğum hoşnutsuzluk, emin olun politikacılar ve futbolcularla sınırlı. Hükümetiniz paramı çalıyor ve futbol takımınız bizi küçük düşürdü."

Sophie, ona yumuşak bir ifadeyle gülümsedi.

Bir süre Sophie'ye bakan Teabing, daha sonra Langdon'a döndü. "Bir şeyler olmuş. Her ikiniz de sarsılmışa benziyorsunuz."

Langdon başını salladı. "Çok ilginç bir gece geçirdik Leigh."

"Hiç şüphem yok. Kâse'den bahsederek, gecenin bir yarısı haber vermeden kapıma geliyorsunuz. Söylesene, bu gerçekten Kâse'yle mi ilgili, yoksa gece yarısı beni ayağa kaldırabilecek tek şey olduğunu bildiğin için mi bu yalanı kullandın?"

Koltuğun altındaki kripteksi gözünde canlandıran Sophie, *her ikisi de,* diye düşündü.

Langdon, "Leigh," dedi. "Seninle Sion Tarikatı hakkında konuşmak istiyoruz."

Teabing'in gür kaşları yay gibi olmuştu. "Koruyucular. Demek gerçekten Kâse hakkındaymış. Bilgi getirdiğinizi söylememiş miydiniz? Yeni bir şeyler mi var Robert?"

"Olabilir. Pek emin değiliz. Önce senden bilgi edinebilirsek, belki fikrimiz daha iyi oluşur."

Teabing parmağını salladı. "Seni kurnaz Amerikalı. Karşılıklı bir oyun demek. Pekâlâ. Hizmetinizdeyim. Size ne anlatabilirim?"

Langdon içini çekti. "Bayan Neveu'ya Kutsal Kâse'nin gerçek tabiatını anlatma nezaketinde bulunursun diye düşünmüştüm."

Teabing şaşırmışa benziyordu. "*Bilmiyor mu?*"

Langdon başını salladı.

Teabing'in yüzündeki gülümseme gittikçe yayılıyordu. "Robert, bana bir *bakire mi* getirdin?"

Sophie'ye kaçamak bir bakış atan Langdon yüzünü buruşturdu. "*Bakire,* Kâse hayranlarının, gerçek Kâse hikâyesini hiç duymayanlar için kullandıkları bir terimdir."

Teabing hevesle Sophie'ye döndü. "Ne kadar biliyorsun, hayatım?"

Sophie çabucak Langdon'ın kendisine açıklamış olduklarının kısa bir özetini verdi... Sion Tarikatı, Tapınak Şövalyeleri, Sangreal Belgeleri ve pek çoklarının bir kadeh değil... çok daha güçlü bir şey olduğunu iddia ettiği Kutsal Kâse.

"Bu *kadar mı?*" Teabing, Langdon'a ayıplayan bir bakış fırlattı. "Robert, senin centilmen olduğunu sanıyordum. Onu en zevkli kısmından mahrum bırakmışsın!"

"Biliyorum, düşündüm de belki sen ve ben..." Langdon yakışıksız mecazın yeterince uzadığını fark etmişti.

Teabing ise çoktan Sophie'yi pırıltılı bakışlarının etkisi altına almıştı. "Sen bir Kâse bakiresisin hayatım. Ve inan bana, ilk tecrübeni asla unutmayacaksın."

55

Divanda Langdon'ın yanında oturan Sophie çayını içip küçük çörekleri yerken, kafeinle yemeğin verdiği keyfin tadını çıkarıyordu. Bacak destekleri taş şömine duvarına çarpan Sir Leigh Teabing, ateşin önünde aşağı yukarı yürüyordu.

Vaaz verir gibi bir sesle, "Kutsal Kâse," dedi. "İnsanların çoğu bana onun *yerini* sorar. Korkarım bu soruyu asla cevaplayamayacağım." Dönerek, bakışlarını doğruca Sophie'ye çevirdi. "Bununla birlikte... asıl yerinde olan soru: Kutsal Kâse'nin *ne* olduğudur."

Sophie şimdi her iki erkek arkadaşında da akademik bir hava sezinliyordu.

Teabing, "Kâse'yi tam olarak anlayabilmek için," diye devam etti. "İlk önce İncil'i anlamalıyız. Yeni Ahit'i ne kadar iyi biliyorsun?"

Sophie omuzlarını silkti. "Pek fazla değil. Beni Leonardo da Vinci'ye tapan bir adam büyüttü."

Teabing hem şaşırmış, hem de memnun olmuş gibiydi. "Aydınlanmış bir ruh. Fevkalade. O halde Leonardo da Vinci'nin Kutsal Kâse sırrını saklayanlardan biri olduğunu biliyorsundur. Ve sanatında birtakım ipuçları verdiğini."

"Robert bana bu kadarını anlattı, evet."

"Peki Da Vinci'nin Yeni Ahit hakkındaki görüşlerini?"

"Hiç fikrim yok."

Odanın sonundaki kitaplığı gösterirken, Teabing'in gözleri neşeyle parlamıştı. "Robert, rica etsem yapabilir misin acaba? En alt rafta. *La Storia di Leonardo.*"

Odanın karşı tarafına giden Langdon büyük bir sanat kitabı bularak yanlarına getirdi ve aralarındaki masaya bıraktı. Teabing kitabın yüzü Sophie'ye gelecek şekilde çevirdi ve ağır kapağı açarak, arka kapaktaki alıntıları gösterdi. Özellikle bir alıntıyı işaret eden Teabing, "Da Vinci'nin polemikler ve spekülasyonlar hakkındaki defterinden," dedi. "Sanırım bunun konumuzla ilgili olduğunu düşüneceksin."

Sophie kelimeleri okumaya başladı.

Pek çokları, aptal kalabalığı aldatarak, yanılsamalardan ve sahte mucizelerden gelir elde etmiştir.
-LEONARDO DA VINCI

Başka bir alıntıyı işaret eden Teabing, "İşte bir başkası," dedi.

Kara cehalet bizi yanlış yola götürür.
Ey! Biçare ölümlüler, gözlerinizi açın!
-LEONARDO DA VINCI

Sophie ufak bir ürperti hissetti. "Da Vinci İncil'den mi bahsediyor?"

Teabing başını salladı. "Leonardo'nun İncil hakkındaki hisleri, doğrudan Kutsal Kâse ile bağlantılıydı. Aslında Da Vinci gerçek Kâse'yi resmetmişti, sana biraz sonra göstereceğim, ama önce İncil'den bahsetmeliyiz." Teabing gülümsedi. "Ve İncil hakkında bilmen gereken her şeyi Katedral Meclisi üyesi ünlü Martyn Percy'den dinleyebiliriz." Teabing boğazını temizleyerek, "İncil cennetten faksla inmedi," dedi.

"Affedersiniz, anlayamadım?"

"İncil, *insan* ürünüdür hayatım. Tanrı'nın gönderdiği bir şey değildir. İncil mucizevi bir şekilde göklerden inmedi. İnsanoğlu onu çalkantılı zamanların tarihini tutmak için var etti, sonra sayısız tercümelere çevrildi, eklemeler ve yenilemeler yapıldı. Gerçek tarih asla tam olarak bu kitapta anlatıldığı gibi değildi."

"Peki."

"İsa Mesih, insanlara son derece tesir edebilen tarihi bir kişiliktir. Belki de dünyaya gelmiş en gizemli ve telkin yeteneği en güçlü liderdi. Vahiy alan bir Mesih olarak İsa kralları devirdi, milyonları peşinden sürükledi ve yeni felsefeler buldu. Kral Süleyman ve Kral Davut'un soyundan geldiği için, Yahudi Krallığı tahtında hak iddia edebiliyordu. Bilindiği gibi, yaşamı, ülke çapındaki binlerce müridi tarafından kaleme alındı." Teabing çayından bir yudum aldıktan sonra, örtünün üstüne geri koydu. "Yeni Ahit için *seksenden* fazla İncil yazıldı, ama bunlardan birkaçı kabul edildi... Matta, Markos, Luka ve Yuhanna bunlardan bazıları."

Sophie, "Hangi İncillerin kabul edileceğini kim belirledi?"

Teabing, "Aha!" diyerek şevkle parladı. "Hıristiyanlık tarihinin cilvesi! Bugün bildiğimiz İncil, pagan Roma imparatoru büyük Constantine tarafından yazdırıldı."

Sophie, "Ben Constantine'in Hıristiyan olduğunu sanıyordum," dedi.

Teabing, "Hemen hemen," diye alay etti. "Karşı koyamayacağı ölüm döşeğinde vaftiz edilene kadar bir pagan olarak yaşadı. Constantine zamanında Roma'nın resmi dini güneşe tapınmaktı -*Sol Invictus* mezhebi ya da Yenilmez Güneş- ve Constantine başrahipti. Roma'da yeni bir dinin yayılması onun için talihsizlik olmuştu. İsa, Mesih'in çarmıha gerilmesinden üç yüz yıl sonra İsa müritleri katlanarak artıyordu. Hıristiyanlarla paganlar savaşmaya başlamışlardı ve anlaşmazlık o boyutlara gelmişti ki, Roma'yı ikiye bölmekle tehdit ediyordu. Constantine bir şeyler yapılması gerektiğine karar verdi. 325 yılında Roma'yı tek bir din altında birleştirmeye karar verdi. Hıristiyanlık."

Sophie şaşırmıştı. "Pagan bir imparator resmi din olarak neden Hıristiyanlığı seçsin?"

Teabing kıkırdadı. "Constantine çok iyi bir işadamıydı. Hıristiyanlığın yükselişe geçtiğini görebiliyordu, bu yüzden kazanacak ata oynadı. Tarihçiler hâlâ Constantine'in güneşe tapan paganları Hıristiyanlığa nasıl döndürdüğüne hayret ederler. Pagan sembollerini, tarihlerini ve ayinlerini büyüyen Hıristiyan geleneğine yerleştirerek, her iki tarafın da kabul edebileceği karma bir din yaratmıştı."

Langdon, "Büyücü değişikliği," dedi. "Hıristiyan sembollerinde pagan dinine ait izler inkâr edilemez. Mısırlıların güneş çemberleri Katolik azizlerin haleleri oldu. İsis'in mucizevi bir şekilde gebe kaldığı oğlu Horus'u emzirdiğini resmeden harfler, Bakire Meryem'in Bebek İsa'yı emzirdiği modern sahnelere dönüştü. Ve Katolik ayinindeki tüm görsel unsurlar -piskoposluk tacı, sunak, ilahi okumak ve komünyon, 'Tanrı'yı yeme' töreni- doğrudan eski pagan dinlerinden alındı."

Teabing iniltili bir ses çıkardı. "Bir simgebilimcinin Hıristiyan ikonaları üzerine konuşmaya başlamasına izin vermeyeceksin. Hıristiyanlıktaki hiçbir şey orijinal değildir. Hıristiyanlık öncesi tanrı Mithra -*Tanrı'nın Oğlu* ve *Dünya Işığı* diye bilinir- 25 Aralık'ta doğmuştu, sonra bir taş mezara gömüldü ve üç gün sonra yeniden dirildi. Bu arada 25 Aralık aynı zamanda Osiris'in, Adonis'in ve Dionisos'un doğum günüdür. Krişna doğduğunda beraberinde altın, tütsü ve laden reçinesiyle gelmişti. Hıristiyanlığın kutsal günü bile paganlardan çalıntıdır."

"Ne demek istiyorsunuz?"

Langdon, "Aslında," dedi. "Hıristiyanlıkta Yahudilerin Şabatı olan cumartesi günü kutsaldır ama Constantine, onu, paganların güneş kutlaması günüyle çakışması için değiştirmişti." Sırıtarak duraksadı. "Günümüzdeki kilise cemaatinin çoğu, pagan güneş tanrısının övüldüğü gün olduğunu bilmeden pazar -*Sunday*-(*) ayinlerine giderler."

Sophie'nin başı dönüyordu. "Tüm bunların Kâse'yle ilgisi var mı?"

Teabing, "Oldukça," dedi. "Henüz bitmedi. Dinlerin harmanlandığı bu dönemde, Constantine'in yeni Hıristiyan geleneğini sağlamlaştırması gerekiyordu, bu yüzden Nikaia Konseyi diye bilinen ünlü bir ekümenik toplantısı düzenledi."

Sophie bunu sadece İznik Amentüsü'nün(**) doğduğu yer olarak biliyordu.

Teabing, "Bu toplantıda," dedi. "Hıristiyanlık pek çok açıdan ele alınıp, oylama yapıldı... Paskalya tarihi, piskoposların rolleri, kutsal tören yönetimi ve elbette İsa'nın *Tanrısallığı.*"

"Tam anlayamadım. Tanrısallığı mı?"

Teabing, "Hayatım," dedi. "Tarihin *o* anına kadar Mesih, müritleri tarafından ölümlü bir peygamber olarak kabul ediliyordu... büyük ve güçlü bir adam ama sonuçta bir *insandı.* Bir ölümlü."

"Tanrı'nın Oğlu değil yani?"

Teabing, "Doğru," dedi. "Mesih'in Tanrı'nın Oğlu olduğu Nikaia Konseyi'nde teklif edilmiş ve oylanmıştı."

(*) Güneş günü.

(**) İznik'te 325 yılında kurulan kilise meclisinin kararlaştırdığı Hıristiyanlık umdeleri.

"Durun biraz. İsa'nın Tanrısallığının *oylama* sonucu ortaya çıktığını mı söylüyorsunuz?"

Teabing, "Oybirliğiyle de denilebilir," diye ilave etti. "Yine de, İsa'ya Tanrısallık tanımak Roma İmparatorluğu'yla yeni Vatikan üssünü birleştirmekte önemli bir rol oynamıştı. Constantine, Mesih'i resmen Tanrı'nın Oğlu kabul etmekle İsa'yı insan dünyasının ötesinde var olan bir ilaha, gücüne karşı konulmaz bir varlığa dönüştürmüştü. Böylece paganların Hıristiyanlığa daha fazla karşı gelmelerini engellemekle beraber, artık İsa inananlarının kendilerini *sadece* kutsal bir kanal vasıtasıyla bağışlanmaları sağlanmış oldu... Katolik Roma Kilisesi."

Sophie kendisine bakınca, Langdon başını hafifçe sallayarak duyduklarını onayladı.

Teabing, "Her şey güçle ilgiliydi," diye devam etti. "İsa'nın Mesih olması kilise ile devletin işlemesi için elzemdi. Pek çok alim, kilisenin İsa'yı müritlerinden *çaldığını,* insanlığa getirdiği mesajı kaçırdığını, anlaşılmaz bir Tanrısallık perdesine sardığını ve kendi gücünü yaymak için onu kullandığını iddia eder. Bu konuda pek çok kitap yazdım."

"Sanırım dindar Hıristiyanlar bu yüzden size her gün nefret mektupları yolluyordur."

Teabing, "Bunu neden yapsınlar?" diye karşı geldi. "Eğitimli Hıristiyanların büyük çoğunluğu inandıkları dinin tarihini biliyorlar. İsa gerçekten büyük ve güçlü bir adamdı. Constantine'in el altından yürüttüğü politik manevralar İsa'nın hayatının ihtişamına gölge düşürmez. Kimse İsa'nın sahtekâr olduğunu söylemiyor ya da dünyayı etkisi altına alıp insanlara daha iyi hayatlar sunduğunu inkâr etmiyor. Tek söylediğimiz, Constantine'in İsa'nın nüfuzundan ve öneminden faydalandığı. Ve böyle yaparak, Hıristiyanlığı bugün bildiğimiz şekline soktu."

Sophie bakışlarını önünde duran sanat kitabına çevirdi. Açıp, Da Vinci'nin Kutsal Kâse resmini görmek için sabırsızlanıyordu.

Teabing daha hızlı konuşarak, "Düğüm burada," dedi. "Constantine Mesih'in statüsünü, ölümünden yaklaşık dört yüzyıl *sonra* yükselttiği için, halihazırda onun hayatını *ölümlü* bir adam olarak anlatan binlerce belge bulunuyordu. Constantine tarih kitaplarını yeniden yazmak için cesur bir hamle yapması gerektiğini biliyordu. İşte Hıristiyanlık tarihinin en büyük anı o zaman oluştu." Teabing gözlerini Sophie'ye dikerek durdu. "Constaintine, İsa'nın *insani* özelliklerini anlatan kutsal kitapları lanetleyen ve onu tanrı gibi gösteren İncilleri yücelten, yeni bir İncil yazılmasını istedi. Eski İnciller yasaklanmıştı, toplatılıp yakıldılar."

Langdon, "İlginç bir şey ekleyeyim," dedi. "Yasaklanmış İncilleri Constantine'in yazdırdığına tercih edenler kâfir ilan ediliyordu. Kâfir *-heretic-* kelimesi tarihin bu döneminden gelir. Latincedeki haereticus kelimesi 'seçim' anlamına geliyordu. İsa'nın asıl tarihini 'seçenler', dünyanın ilk kâfirleriydi."

Teabing, "Constantine'in ortadan kaldırmaya çalıştığı İncillerden bazılarının," dedi. "Günümüze kadar gelmesi tarihçiler için büyük bir şanstır. Lut Gölü Yazmaları, 1950'lerde Yahuda Çölü'nde Kurman Vadisi yakınlarındaki bir mağarada saklı bulundu. Ve tabii bir de 1945'te Nag Hammadi'de bulunan Kıpti Yazmaları. Bu yazmalar gerçek Kâse hikâyesini anlatmakla kalmıyor, İsa'nın peygamberliğini insansı terimler içinde açıklıyordu. Elbette yanlış bilgilendirme geleneğini sürdüren Vatikan, bu yazmaların duyulmasını engellemek için elinden geleni yaptı. Neden yapmayacaklardı ki? Yazmalar, tarihi uyuşmazlıklarla uydurmasyonları gün ışığına çıkartarak, yeni İncil'in siyasi çıkarlar güden adamlar tarafından derlenip düzenlendiğini açıkça ortaya koyuyordu -İsa Mesih'i Tanrısallaştırarak, onun nüfuzunu kendi iktidarlarını sağlamlaştırmak için kullanmışlardı."

Langdon, "Bununla birlikte," diye karşı geldi. "Modern kilisenin bu belgeleri saklamaya çalışma çabasının, yerleşmiş samimi bir İsa inancından kaynaklandığını unutmamak gerekir. Vatikan bu tezat yazmaların sahte ahitten başka bir şey olmadığına gerçekten inanan, dindar adamlarla doludur."

Teabing, Sophie'nin karşısındaki sandalyeye otururken kıkırdadı. "Gördüğün gibi profesörümüzün kalbi Roma'ya karşı benden daha yumuşak. Yine de, günümüz papazlarının bu belgelerin sahte olduğuna inandıkları konusunda haklı. Bu anlaşılır bir şey. Asırlarca Constantine İncili'nin gerçek olduğuna inandılar. Hiç kimse bir fikre, fikrin esaslarını aşılayandan daha fazla inanmaz."

Langdon, "Demek istiyor ki," dedi. "Atalarımızın tanrılarına taparız."

Teabing, "Demek istiyorum ki," diye itiraz etti. "Atalarımızın bize İsa hakkında öğrettiği hemen her şey *yanlış*. Kutsal Kâse hikâyelerinde olduğu gibi."

Sophie bir kez daha önündeki Da Vinci alıntısına baktı. *Kara cehalet bizi yanlış yola götürür. Ey! Biçare ölümlüler, gözünüzü açın!*

Kitabı eline alan Teabing, ortasını açtı. "Ve son olarak, sana Da Vinci'nin Kutsal Kâse resmini göstermeden önce, şuna bir bakmanı istiyorum." Her iki sayfayı kaplayan renkli bir resim açmıştı. "Sanırım bu freski tanımışsındır."

Şaka yapıyor öyle değil mi? Sophie, tüm zamanların en ünlü freskine -Son Akşam Yemeği- Milano yakınlarındaki Santa Maria dele Grazie duvarındaki efsanevi Da Vinci resmine bakıyordu. Yıpranmış freskte, içlerinden birinin kendisine ihanet edeceğini açıkladığı sırada Mesih ile havarileri betimlenmişti. "Bu freski biliyorum, evet."

"O halde belki şu küçük oyunu benimle oynarsın. Gözlerini kapatabilir misin?"

Sophie tereddüt ederek gözlerini kapadı.

Teabing, "Mesih nerede oturuyor?" diye sordu.

"Ortada."

"Güzel. Peki o ve havarileri hangi yiyeceği kırıp yiyorlar?"

"Ekmek." *Elbette.*

"Muhteşem. Peki hangi içecek?"

"Şarap. Şarap içmişlerdi."

"Harika. Ve son soru. Masada kaç şarap bardağı var?"

Aldatmacalı bir soru olduğunu fark eden Sophie duraksadı. *Ve yemekten sonra, Mesih şarap kadehini alarak havariyle paylaştı.* "Bir bardak," dedi. "Kadeh." *İsa'nın Kadehi. Kutsal Kâse.* "Mesih tek bir şarap kadehini diğerlerine geçirmişti, komünyon törenlerinde günümüz Hıristiyanlarının yaptığı gibi."

Teabing içini çekti. "Gözlerini aç."

Sophie gözlerini açtı. Teabing kendinden memnun bir ifadeyle tebessüm ediyordu. Sophie başını eğip resme baktığında, İsa dahil, masadaki *herkesin* bir şarap bardağı olduğunu görünce şaşırmıştı. On üç bardak. Ayrıca bardaklar küçük, sapsız ve camdan yapılmışlardı. Resimde kadeh yoktu. Kutsal Kâse yoktu.

Teabing'in gözleri parladı. "Hem İncil'de, hem de Kâse efsanesinde bu an Kutsal Kâse'nin ortaya çıkış anı olarak anlatıldığı düşünüldüğünde biraz garip, sence de öyle değil mi? Herhalde Da Vinci İsa'nın Kadehi'ni çizmeyi unutmuş."

"Sanat alimleri bunun farkına mutlaka varmışlardır."

"Da Vinci'nin bu resimde, çoğu alimin görmediği veya görmezden gelmeyi yeğlediği anomalilerini duysan şaşarsın. Bu fresk aslında Kutsal Kâse gizeminin anahtarıdır. Da Vinci *Son Akşam Yemeği'*nde her şeyi gözler önüne sermiştir."

Sophie eseri hevesle inceledi. "Bu fresk bize Kâse'nin gerçekte *ne* olduğunu anlatıyor mu?"

Teabing, "*Ne* olduğunu değil," diye fısıldadı. "*Kim* olduğunu. Kutsal Kâse bir nesne değildir. O aslında bir... kişidir."

56

Sophie uzunca bir süre Teabing'e baktıktan sonra Langdon'a döndü. "Kutsal Kâse bir insan mı?"

Langdon başını salladı. "Aslında bir kadın." Langdon, Sophie'nin yüzündeki boş ifadeden onun iyice koptuğunu anladı. İlk duyduğunda kendisi de benzer bir tepki vermişti. Kâse'nin ardındaki *sembolik* anlamı kavradıktan sonra kadın bağlantısı daha açık görülüyordu.

Teabing de aynı şekilde düşünüyordu. "Robert, belki de artık simgebilimcinin açıklama yapma zamanı gelmiştir, ne dersin?" Yakındaki bir masadan aldığı kâğıdı Langdon'ın önüne koydu.

Langdon cebinden bir kalem çıkardı. "Sophie, çağdaş dişi ve erkek sembollerini biliyor musun?" Bilindik erkek sembolü ♂ ve dişi sembolünü ♀ çizdi.

Sophie, "Elbette," dedi.

Alçak bir sesle, "Bunlar," dedi. "Orijinal erkek ve dişi sembolleri değiller. Pek çokları erkek sembolünün kalkan ve mızraktan, dişi sembolünün ise güzelliği yansıtan bir aynadan geldiği yanılgısına düşer. Doğrusu semboller, tanrı gezegen Mars ve tanrıça gezegen Venüs için kullanılan eski astronomi sembollerinden gelir. İlk semboller çok daha basitti." Langdon kâğıda bir başka ikona çizdi.

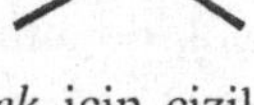

Ona, "Bu sembol, *erkek* için çizilen orijinal ikonadır," dedi. "Gelişmemiş bir penis."

Sophie, "Tam isabet," dedi.

Teabing, "Sanki," diye ekledi.

Langdon devam etti. "Bu ikona *bıçak ağzı* olarak bilinir ve saldırganlıkla erkekliği temsil eder. Doğrusunu istersen bu penis sembolü günümüzdeki askeri üniformalarda rütbe nişanı olarak hâlâ kullanılıyor."

"Gerçekten." Teabing sırıtıyordu. "Ne kadar çok penisin varsa, rütben o kadar yüksektir. Erkekler erkektir."

Langdon yüzünü buruşturdu. "Devam edecek olursak, dişi sembolü tahmin edeceğin gibi tam tersidir." Kâğıda başka bir sembol çizdi. "Buna *kadeh* denilir."

Başını kaldırıp bakan Sophie şaşkın görünüyordu.

Langdon onun bağlantıyı anladığını görebiliyordu. "Kadeh," dedi. "Bir kâseye ya da tasa benzer ya da daha önemlisi kadın rahmini andırır. Bu sembol dişilik, kadınlık ve doğurganlıkla ilgilidir." Langdon şimdi doğruca ona bakıyordu. "Sophie, efsane bize Kutsal Kâse'nin bir kadeh olduğunu söylüyor... bir tas. Ama Kâse'nin *kadeh* olarak tasvir edilmesi, Kutsal Kâse'nin asıl yapısını korumak için uydurulmuş bir alegoriydi. Yani, efsanede kadeh, çok daha önemli bir şeyin *mecazı* olarak kullanılıyor."

Sophie, "Bir kadın," dedi.

"Kesinlikle." Langdon gülümsüyordu. "Kâse aslında eski bir kadınlık sembolüdür. Kutsal Kâse kutsal dişiyi ve elbette şimdi kilise tarafından tamamen yok edilmiş olan tanrıçayı temsil eder. Kadının gücü ve onun hayat verebilme yetisi bir zamanlar kutsaldı ama erkek egemen kilisenin yükselişine tehdit oluşturuyordu. Bu yüzden kutsal dişi şeytanlaştırıldı ve ona günahkâr dendi. Havva'nın elmayı yiyerek insan ırkını çöküşe uğrattığı 'ilk günah' kavramını yaratan Tanrı değil, *insandı.* Bir zamanlar hayat veren kutsal kadın artık düşman olmuştu."

Teabing, "Şunu eklemeliyim ki," dedi. "Kadının hayat vermesi kavramı ilk dinin temelini atmıştır. Çocuk doğumu mistik ve güçlü bir şeydi. Ne yazık ki Hıristiyan felsefesi biyolojik gerçeği görmezden gelerek kadının yaratıcı gücünü zimmetine geçirmiş ve Yaratıcı'yı *erkek* ilan etmiştir. Başlangıç'ta bize Havva'nın Adem'in kaburgasından yaratıldığı anlatılır.

Kadınlar erkeklerin bir yan ürünü olmuştu. Ve ayrıca günahkâr. Başlangıç, tanrıça için sonun başlangıcı olmuştu."

Langdon, "Kâse," dedi. "Kayıp tanrıçanın sembolüdür. Hıristiyanlık ortaya çıktığında, eski pagan dinleri hemen yok olmadı. Kayıp Kâse'yi arayan şövalye efsaneleri, aslında kayıp kutsal dişinin arandığını anlatan yasak hikâyelerdi. 'Kadehi aradığını' iddia eden şövalyeler, kadınlara boyun eğdiren, tanrıçaları dışlayan, inanmayanları yakan ve paganların kutsal dişiye saygı göstermesini yasaklayan bir kiliseden korunmak için şifreli bir biçimde konuşuyorlardı."

Sophie başını iki yana salladı. "Affedersiniz, Kutsal Kâse'nin bir kişi olduğunu söylediğinizde ben onu gerçek bir insan sanmıştım."

Langdon, "Öyle," dedi.

Heyecanla ayağa kalkmaya çalışan Teabing, "Ama *herhangi* bir kadın değil," diye ağzından kaçırdı. "Taşıdığı sır öylesine güçlü ki, açıklandığında Hıristiyanlığı temelinden sarsmakla tehdit ediyor."

Sophie duygularına kapılmış gibiydi. "Peki bu kadın tarihte tanınmış biri mi?"

"Oldukça." Teabing koltuk değneklerini alarak, koridora yöneldi. "Ve eğer çalışmayı başka bir yerde sürdürebilirsek dostlarım, size onun Da Vinci'nin çizdiği resmini göstermekten şeref duyarım."

İki oda ötedeki mutfakta uşak Rémy Legaludec sessizce bir televizyonun önünde duruyordu. Haber kanalı bir adamla bir kadının fotoğraflarını gösteriyordu... Rémy'nin az önce çay ikram ettiği iki kişiyi.

57

Zürih Emanet Bankası'nın dışındaki barikatta duran Teğmen Collet, Fache'nin bir arama emriyle gelmesinin neden bu kadar uzun sürdüğünü merak ediyordu. Bankacıların bir şey sakladığı belli oluyordu. Langdon ile Neveu'nun daha önce geldiğini ve doğru hesap numarasını bilmedikleri için geri çevrildiklerini iddia etmişlerdi.

Peki o zaman neden içeri girip bakmamıza izin vermiyorlar?

Sonunda Collet'nin cep telefonu çaldı. Arama Louvre'daki komuta merkezinden yapılıyordu. Collet, "Hâlâ arama emri çıkaramadınız mı?" diye sordu.

Ajan, ona, "Bankayı unut," dedi. "Yeni bir ipucu aldık. Langdon ile Neveu'nun saklandığı yeri tam olarak tespit ettik."

Collet kendini arabasının kaportasına sertçe bırakarak oturdu. "Şaka yapıyorsun."

"Banliyöde bir adres aldım. Versailles yakınlarında."

"Yüzbaşı Fache biliyor mu?"

"Henüz bilmiyor. Önemli bir telefon görüşmesi yapıyor."

"Yola çıkıyorum. Müsait olduğunda beni aramasını sağla." Collet adresi alarak arabasına atladı. Bankadan uzaklaşırken, Langdon'ın bulunduğu yeri DCPJ'ye *kimin* ihbar ettiğini sormayı unuttuğunu fark etti. Önemli de değildi. Collet şüpheciliğinin ve eski kırdığı potların bedelini ödeme şansına sahip oluyordu. Meslek hayatının en önemli tutuklamasını gerçekleştirmek üzereydi.

Collet kendisine eşlik eden diğer beş arabaya telsizle bildiri yaptı. "Siren çalmayın. Langdon geldiğimizi anlamamalı."

Siyah bir Audi, kırk kilometre ilerideki bir taşra yolunda kenara çekmiş ve bir tarlanın kenarında gölgeler arasına park etmişti. Silas dışarı çıkarak, önünde duran muazzam yapıyı çevreleyen demir parmaklıklara göz gezdirdi. Uzaktaki şatoya giden, ay ışığının vurduğu eğime baktı.

Aşağı katın tüm ışıkları yanıyordu. *Bu saat için pek de alışıldık değil,* diye düşünen Silas gülümsedi. Öğretmen'in ona verdiği bilginin doğruluğu ortadaydı. *Bu evden kilit taşını almadan çıkmayacağım,* diye ant içti. *Piskoposu ve Öğretmen'i yüzüstü bırakmayacağım.*

Heckler Koch'undaki on üç mermilik şarjörünü kontrol ettikten sonra, parmaklıkların arasından iterek çimenlik araziye düşürdü. Ardından, parmaklıkları üst kısmından kavrayarak kendini yukarı çekti ve diğer tarafa atladı. *Keçe* kemerinin verdiği acıyı dikkate almayan Silas silahını kavrayarak çimenli yokuştan yukarı uzun yürüyüşüne başladı.

58

Teabing'in "çalışma odası", Sophie'nin hayatında gördüğü hiçbir çalışma odasına benzemiyordu. Şövalyenin, en lüks ofis odalarındakilerden en az altı, yedi kat daha geniş *çalışma masası*, fizik laboratuvarı, arşiv kütüphanesi ve kapalı bit pazarının garip bir karışımını andırıyordu. Yukarıdan sarkan üç avizeyle aydınlatılmıştı. Uçsuz bucaksız yer karosunun üstünde, kitapların, sanat eserlerinin, el sanatlarının ve elektronik cihazların -bilgisayarlar, projektörler, mikroskoplar, fotokopi makineleri ve tarayıcılar- altında kaybolan çalışma masaları vardı.

Ayaklarını sürüyerek odaya girerken utangaç görünen Teabing, "Burası balo salonuydu," dedi. "Dans etmekle ilgili ufak bir sorunum var."

Sophie tüm gecenin, hiçbir şeyin beklediği gibi çıkmadığı bir alacakaranlık kuşağına dönüştüğünü hissediyordu. "Hepsi çalışmalarınız için mi?"

Teabing, "Gerçeği öğrenmek hayatımın aşkı oldu," dedi. "Ve en sevdiğim metresim Sangreal."

Kutsal Kâse bir kadın, diye düşünen Sophie'nin aklı, hiçbir anlam ifade etmeyen birbiriyle bağlantılı fikirlerin karmaşası içindeydi. "Kutsal Kâse olduğunu iddia ettiğiniz bu kadının sizde bir *resmi* olduğunu söylemiştiniz."

"Evet ama bu kadının Kâse olduğunu ben *iddia* etmiyorum. Bunu İsa kendisi iddia etti."

Gözleriyle duvarları tarayan Sophie, "Bu tablo hangisi?" diye sordu.

"Hmmm..." Teabing unutmuş gibi yaptı. "Kutsal Kâse. Sangreal. Kadeh." Birden dönüp arkasındaki duvarı gösterdi. Oraya *Son Akşam Yeme-*

ği'nin iki buçuk metre uzunluğunda bir baskısı asılmıştı, yani Sophie'nin az önce baktığı resmin aynı. "İşte orada!"

Sophie bir şeyleri kaçırdığına emindi. "Bana az önce gösterdiğiniz resmin aynı."

Teabing göz kırptı. "Biliyorum, ama büyütülmüş hali çok daha heyecan verici. Sen de öyle düşünmüyor musun?"

Sophie yardım istercesine Langdon'a döndü. "Ben koptum."

Langdon gülümsedi. "Kâse'nin gerçekten *Son Akşam Yemeği*'nde görüldüğü ortaya çıktı. Leonardo onu göze çarpacak bir şekilde tabloya dahil etmişti."

Sophie, "Dur biraz," dedi. "Bana Kutsal Kâse'nin bir *kadın* olduğunu söylediniz. *Son Akşam Yemeği,* on üç erkeğin gösterildiği bir resim."

"Öyle mi?" Teabing kaşlarını yukarı kaldırdı. "Yakından bak."

Sophie tereddüt ederek resmin yanına gidip on üç figürü inceledi -ortada İsa Mesih, solunda altı havari ve sağında altı havari. "Hepsi de erkek," diye teyit etti.

"Ya?" dedi Teabing. "Peki Hz. İsa'nın sağ yanında, onur koltuğunda oturana ne demeli?"

Sophie, Mesih'in hemen sağındaki figürü dikkatle inceledi. Bu kişinin yüzüne ve vücuduna bakarken, içinde büyük bir şaşkınlık uyandı. Omuzlarına dökülen kızıl saçları, narince kıvrılmış elleri ve göğüsleri olduğuna dair bir ipucu vardı. Bu hiç şüphesiz... bir kadındı.

Sophie, "Bu bir kadın!" diye çığlık attı.

Teabing gülüyordu. "Sürpriz, sürpriz. İnan bana bu bir hata değil. Leonardo cinsler arasındaki farkları boyamakta bir ustaydı."

Sophie gözlerini İsa'nın yanındaki kadından ayıramıyordu. *Son Akşam Yemeği'nde on üç erkek olması gerekiyor. Bu kadın kim?* Sophie bu klasik resmi defalarca gördüğü halde bu bariz uyuşmazlığı hiç fark etmemişti.

Teabing, "Herkesin gözünden kaçar," dedi. "Bu sahne hakkındaki inancımız o kadar sabittir ki, zihnimiz uyuşmazlığı görmemizi engeller."

Langdon, "Buna *skitoma* denilir," dedi. "Beyin güçlü semboller karşısında bunu bazen yapar."

Teabing, "Bu kadını fark etmemiş olmanın bir sebebi de," dedi. "Sanat kitaplarındaki fotoğrafların çoğunun 1954 yılından önce çekilmiş olmasıdır, o zamanlar ayrıntılar hâlâ kir katmanlarının altında saklıydı ve on sekizinci yüzyılda resmin üzerinde beceriksiz eller tarafından restorasyon çalışmaları yapılmıştı. Ama artık fresk, Da Vinci'nin asıl boyadığı kata kadar temizlendi." Fotoğrafı gösterdi. "*İşte.*"

Sophie resme daha da yaklaştı. Mesih'in yanındaki dindar ifadeli, ağırbaşlı bir yüze sahip, kızıl saçlı genç bir kadındı ve ellerini nazikçe kavuşturmuştu. *Kiliseyi tek başına parçalayacak olan kadın bu mu?*

Sophie, "Kim bu kadın?" diye sordu.

Teabing, "Bu kadın hayatım," diye yanıt verdi. "Magdalalı Meryem."

Sophie, ona döndü. "Fahişe mi?"

Teabing bu kelime kendisini şahsen yaralamış gibi kısa bir nefes aldı. "Magdalene öyle biri değildi. Bu talihsiz yanlış kavram, eski kilisenin başlattığı karalama kampanyasından miras kaldı. Tehlikeli sırrını -yani Kutsal Kâse rolünü- örtbas etmek için kilisenin Magdalalı Meryem'i karalaması gerekiyordu."

"*Rolünü mü?*"

Teabing, "Dediğim gibi," diye açıklama yaptı. "Eski kilisenin tüm dünyayı ölümlü İsa'nın *Tanrısal* olduğuna inandırması gerekiyordu. Bu yüzden Mesih'in *dünyevi* özelliklerini anlatan tüm surelerin İncil'den çıkarılması lazımdı. Fakat özellikle bir dünyevi temanın surelerde sürekli yenilenmesi, eski editörlerin canını sıkmıştı. Magdalalı Meryem." Durdu. "Daha da önemlisi, İsa Mesih'le olan evliliği."

"Affedersiniz anlayamadım?" Sophie'nin gözleri önce Langdon'a sonra Teabing'e çevrildi.

Teabing, "Tamamen tarihi kayıtlara dayanıyor," dedi. "Ve Da Vinci bu gerçeğin kesinlikle farkındaydı. *Son Akşam Yemeği,* özellikle izleyicisinin yüzüne İsa ile Magdalalının bir çift olduğunu haykırır."

Sophie freske yeniden baktı.

"Mesih ile Magdalalının giysilerinin, birbirlerinin aynadaki yansıması gibi olduğuna dikkatini çekerim." Teabing freskin ortasındaki iki figürü gösterdi.

Sophie büyülenmişti. Elbette giysilerindeki renkler yer değiştirmişti. Mesih kırmızı bir elbise ile mavi harmani giyerken, Magdalalı Meryem'in elbisesi mavi harmanisi de kırmızıydı. *Yin ve yang.*

Teabing, "Daha da tuhaf olan kısmına gelecek olursak," dedi. "Mesih ile eşinin kalça kısmından birleşmiş olduğunu ve geriye doğru karşılıklı yaslanarak, aralarında ters bir boşluk oluşturduklarını görürüz."

Teabing henüz konturların üzerinden geçmeden, Sophie boşluğu görmüştü... resmin odak noktasındaki şekilin su götürür yanı yoktu. Langdon'ın az önce Kâse, kadeh ve kadın rahmi için çizdiği sembolle aynıydı.

Teabing, "Son olarak," dedi. "Eğer Mesih ile Magdalalıya insan gibi değil de, kompozisyon unsurları olarak bakarsan, başka bir biçimin ortaya çıktığını göreceksin." Durdu. "Alfabedeki bir *harf*."

Sophie ilk bakışta görmüştü. Harfi okumak, onu olduğundan hafife almak gibi olacaktı. Birden Sophie'nin resimde görebildiği tek şey bu harf olmuştu. Resmin tam ortasında, koskocaman kusursuz bir M harfi belirginleşiyordu.

Teabing, "Tesadüf olamayacak kadar mükemmel, öyle değil mi?" diye sordu.

Sophie hayrete düşmüştü. "Neden orada?"

Teabing omuzlarını silkti. "Komplo teorisyenleri bu harfin *Matrimonio* ya da *Magdalalı Meryem*'i temsil ettiğini söylüyorlar. Doğrusunu istersen, bundan hiç kimse emin değil. Emin olunan tek şey orada saklı duran M harfi. Kâse'yle ilgili sayısız eserde saklı bir M harfi vardır... filigran olarak, resmin altında saklı olarak ya da kompozisyonda yanılsamalar yaratarak. Ama elbette en belirgin M harfi, Sion Tarikatı'nın eski Büyük Üstat'ı Jean Cocteau'nün yaptığı, Londra'daki sunağı süsleyen Paris'li Meryem'inde görülür."

Sophie aldığı bilgiyi düşünüp tarttı. "Mesih'in Magdalalı ile olan evliliğinin kanıtı olduğu iddia edilemese de, gizli M harflerinin merak uyandırıcı olduğunu itiraf etmeliyim."

Üstü kitaplarla dolu, yakındaki bir masaya doğru ilerleyen Teabing, "Hayır, hayır," dedi. "Daha önce de söylediğim gibi, Mesih ile Magdalalı Meryem'in evlilikleri tarihi tutanakların bir parçası." Kitap koleksiyonunu karıştırmaya başlamıştı. "Ayrıca İsa'nın evli bir adam olması, İncil'deki bekâr İsa görüşünden çok daha mantıklı."

Sophie, "Neden?" diye sordu.

Teabing kitaplarını karıştırırken konuşmayı kısa süreliğine devralan Langdon, "Çünkü Mesih bir Yahudiydi," dedi. "Ve o zamanlardaki sosyal kültür, Yahudi bir erkeğin bekâr kalmasını yasaklıyordu. Yahudi geleneklerine göre evlenmemek ayıptı, Yahudi bir babanın oğlu için uygun bir eş bulması zorunluydu. Eğer İsa evli olmasaydı, İncil ayetleri bundan mutlaka bahseder ve normal olmayan bekârlığının bir açıklamasını yapardı."

Teabing bulduğu koca bir kitabı kendine doğru çevirdi. Deri kaplı baskı, dev bir atlas büyüklüğündeydi. Kapakta şöyle yazıyordu: *Gnostik İlahileri.* Teabing kapağı kaldırarak açtığında Langdon ile Sophie yanına gittiler. Sophie eski yazılardan alınmışa benzeyen büyütülmüş pasaj fotoğraflarını görebiliyordu, el yazısıyla yazılmış yırtık pırtık papirüsler. Eski dili tanımamıştı ama yan sayfada tercümeleri yazıyordu.

Teabing, "Bunlar daha önce bahsettiğim Nag Hammadi ve Lut Gölü yazmaları," dedi. "En eski Hıristiyan kayıtları. Ne yazık ki İncil'deki ayetlerle uyuşmuyorlar." Kitabın orta kısmını açarak, parmağıyla bir pasajı işaret etti. "Filippos Suresi başlamak için iyi bir yer."

Sophie pasajı okudu:

> *Ve Kurtarıcı'nın yoldaşı Magdalalı Meryem'dir. İsa, onu tüm müritlerden daha fazla sever ve genellikle onu dudaklarından öperdi. Diğer müritler bu duruma içerler ve kınadıklarını ifade ederlerdi. Ona, "Neden onu hepimizden daha fazla seviyorsun?" derlerdi.*

Okudukları Sophie'yi şaşırtmıştı ama kesin bir yargı uyandırmıyorlardı. "Evlilik hakkında hiçbir şey söylemiyor."

"*Au contraire.*" İlk satırı gösteren Teabing gülümsedi. "Herhangi bir Arami uzmanı sana o günlerde *yoldaş* kelimesinin, *eş* anlamında kullanıldığını söyleyecektir."

Langdon başını sallayarak onayladı.

Sophie ilk satırı tekrar okudu. Ve *Kurtarıcı'nın yoldaşı Magdalalı Meryem'*dir.

Teabing kitabı karıştırarak diğer pasajları gösterdi. Magdalalı ile Mesih'in romantik bir ilişkisi olduğunu gören Sophie oldukça şaşırmıştı. Pasajları okurken, küçüklüğünde büyükbabasının kapısını hınçla çalan kızgın papazı hatırlamıştı.

Kapıyı açan küçük Sophie'ye ters bir bakış fırlatan papaz, "Burası Jacques Saunière'in evi mi?" diye sormuştu. "Bu yazısı hakkında onunla konuşmak istiyorum." Papaz bir gazeteyi tutuyordu.

Sophie, büyükbabasını çağırmış ve iki adam çalışma odasına girerek, kapıyı kapatmışlardı. *Büyükbabam gazeteye bir şey mi yazdı?* Sophie hemen mutfağa koşup, sabah gazetesinin sayfalarını karıştırmaya başlamıştı. İkinci sayfadaki makalede büyükbabasının ismini görmüştü. Okudu. Sophie yazılan her şeyi anlayamamıştı ama sanki, papazların baskısı altındaki Fransız Hükümeti'nin, Mesih'in Magdalalı Meryem isimli bir kadınla seviştiğini konu edinen *İsa'nın Son Günahı* adlı bir Amerikan sinema filmini yasakladığı anlatılıyordu. Büyükbabası makalesinde kilisenin küstahlık yaptığını ve yasaklamakla hata ettiğini söylemişti.

Papazın tepesinin attığına şaşırmak gerekir, diye düşündü Sophie.

"Bu pornografi! Dine saygısızlık!" diye bağıran papaz çalışma odasından fırlayarak, ön kapıya yönelmişti. "Bunu nasıl onaylarsın? Bu Amerikalı Martin Scorsese Tanrı'ya küfrediyor, kilise onun Fransa'da hiçbir şekilde isim yapmasına izin vermeyecek!" Papaz dışarı çıkarken kapıyı arkasından çarparak kapatmıştı.

Büyükbabası mutfağa girdiğinde, Sophie'nin elinde gazeteyle kaşlarını çattığını görmüştü. "Hızlı davranmışsın."

Sophie, "Sence İsa Mesih'in kız arkadaşı mı vardı?"

"Hayır hayatım, ben kilisenin bize hangi fikirleri benimseyip benimsemeyeceğimizi dayatmamalı dedim."

"Mesih'in kız arkadaşı var mıydı?"

Büyükbabası bir süre sessiz kalmıştı. "Olsaydı çok mu kötü olurdu?"

Sophie düşündükten sonra omuzlarını silkmişti. "Bence sakıncası yok."

Sir Leigh Teabing hâlâ konuşuyordu. "Seni Mesih ile Magdalalı Meryem'in birlikteliğine dair sayısız referansla sıkmayacağım. Modern tarihçiler bunu cılkını çıkartıncaya kadar araştırdılar. Yine de bir şeyi belirtmek isterim." Başka bir pasaj gösterdi. "Bu Magdalalı Meryem Suresi'nden."

Sophie, Magdalalı adını taşıyan bir sure olduğunu bilmiyordu. Metni okudu:

Ve Petros dedi ki: "Kurtarıcı bizim bilgimiz olmayan bir şeyi gerçekten bir kadınla mı konuştu? Hepimiz şimdi o kadını mı dinleyeceğiz? O kadını bize tercih mi etti?"

Ve Levi cevap verdi. "Petros, sen her zaman çabuk sinirlenen biri olmuşsundur. Şimdi senin o kadınla bir rakip gibi uğraştığını görüyorum. Eğer Kurtarıcı, onu değerli kılmışsa, sen kim oluyorsun da o kadını reddediyorsun? Elbette Kurtarıcı o kadını çok iyi tanıyor. Onu bizden daha fazla sevmesinin nedeni bu."

Teabing, "Bahsettikleri kadın," dedi. "Magdalalı Meryem. Petros, onu kıskanıyordu."

"Mesih, Meryem'i tercih ettiği için mi?"

"Sadece bu değil. İşin ciddiyeti sevgiden çok daha büyüktü. Surenin bu kısmında Mesih'in yakında yakalanıp, çarmıha gerileceğinden şüphe ettiği anlatılır. Bu yüzden Magdalalı Meryem'e kendisi öldükten sonra kilisesini nasıl devam ettireceğine dair talimatlar verir. Sonuç olarak Petros bir kadının arkasında ikinci sırada bulunmaktan ötürü hoşnutsuzluğunu dile getirir. Zannedersem Petros cinsiyet ayrımcılığı yapıyordu."

Sophie duyduklarını kavramaya çalışıyordu. "Bu *Aziz Petros* değil mi? Mesih'in kilisesini inşa ettiği kayalık."

"Aynı ama işin içinde bir bityeniği var. Değiştirilememiş olan bu dizelere göre İsa, Hıristiyan Kilisesi'nin kuruluş direktiflerini Petros'a vermemişti. Verdiği kişi *Magdalalı Meryem*'di."

Sophie, ona baktı. "Yani Hıristiyan Kilisesi'nin bir *kadın* tarafından devam ettirileceğini mi söylüyorsunuz?"

"Plan buydu. İsa ilk feministti. Kilisesinin Magdalalı Meryem'e emanet edilmesini istemişti."

Son Akşam Yemeği'ne işaret eden Langdon, "Ve Petros'un bu konuda bir rahatsızlığı vardı," dedi. "Buradaki Petros. Da Vinci'nin onun Magdalalı Meryem'e duyduğu hislerin bilincinde olduğunu anlayabilirsin."

Sophie'nin bir kez daha nutku tutulmuştu. Resimde Petros tehditkâr bir şekilde Magdalalı Meryem'e doğru eğiliyor ve bıçak gibi tuttuğu eliyle onun boynunu kesiyormuş gibi yapıyordu. *Kayalıklar Bakiresi*'ndeki aynı tehditkâr el hareketi!

Petros'un yanındaki havarileri işaret eden Langdon, "Ve burada," dedi. "Biraz netameli gibi, değil mi?"

Sophie gözlerini kısarak baktığında, havarilerin arasından bir el çıktığını gördü. "Bu el bir *hançer* mi tutuyor?"

"Evet. Yine de biraz garip, eğer kolları sayarsan bu elin... hiç kimseye ait olmadığını göreceksin. Vücudu yok. Belirsiz."

Sophie'nin aklı fazlasıyla karışmıştı. "Affedersiniz, ben tüm bunların Magdalalı Meryem'i nasıl Kutsal Kâse yaptığını hâlâ anlayamadım?"

Teabing yeniden, "Aha!" diye bağırdı. "İşte asıl mesele de bu!" Bir kez daha masaya dönerek, geniş bir çizelge çıkarttı ve Sophie'nin önüne açtı. Ayrıntılı bir şecere görülüyordu. "Çok az kişi Magdalalı Meryem'in İsa'nın sağ kolu olmasının yanı sıra, zaten güçlü bir kadın olduğunu bilir."

Sophie şimdi soyağacının başlığını görebiliyordu.

B E N J A M I N A İ L E S İ

Soyağacının üst kısımlarında bir yeri gösteren Teabing, "Magdalalı Meryem burada," dedi.

Sophie şaşırmıştı. "Benjamin Hanedanı'ndan biri miydi?"

Teabing, "Evet," dedi. "Magdalalı Meryem soylu biriydi."

"Ama ben Magdalalı Meryem'in fakir olduğu izlenimini edinmiştim."

Teabing başını iki yana salladı. "Güçlü aile bağlarının kanıtlarını yok etmek için Magdalalıyı bir fahişe gibi tanıtmışlardı."

Sophie kendini yeniden Langdon'a bakarken buldu, o da tekrar başını salladı. Sonra Teabing'e döndü. "Peki ama Magdalalı Meryem'in soylu olmasının eski kilise için ne gibi bir *sakıncası* vardı?"

Britanyalı gülümsedi. "Sevgili çocuğum, kiliseyi bu kadar kaygılandıran Magdalalı Meryem'in soylu olması değil, yine soylu bir kan taşıyan İsa ile birlikte olmasıydı. Bildiğin gibi Matta İncil'inde bize Mesih'in Davut Hanedanı'ndan geldiği söylenir. Aynı zamanda Kral Süleyman'ın -Yahudi Kralı- torunudur. İsa, güçlü Benjamin Hanedanı'ndan biriyle evlenerek iki soylu kanı birbirine harmanlamış oldu, böylece tahtta yasal hak iddia edebilecek ve Süleyman zamanında olduğu gibi krallıkları canlandıracak potansiyel bir siyasi birlik yaratmıştı."

Sophie sonunda onun bunu asıl konuya bağlayacağını sezinlemişti.

Teabing şimdi heyecanlı görünüyordu. "Kutsal Kâse efsanesi, asil kanı anlatan bir efsanedir. Kâse hikâyesinde bahsedilen 'İsa'nın kanı ile dolu olan kadeh' ...aslında Magdalalı Meryem'i anlatır... Mesih'in soylu neslini taşıyan kadın rahmini."

Kelimeler Sophie'nin aklına kazınmadan önce balo salonunda yankılanarak geri dönmüş gibiydi. *Magdalalı Meryem, İsa Mesih'in soylu neslini mi taşıyordu?* "Ama İsa'nın nasıl nesli olur, onların?..." Durup Langdon'a baktı.

Langdon tebessüm etti. "Çocukları olmalıydı."

Sophie donup kalmıştı.

Teabing, "Şuraya bakın," diye veryansın etti. "İnsanlık tarihindeki en büyük örtbas buydu. İsa Mesih evlenmekle kalmamış, aynı zamanda baba olmuştu. Tatlım, Magdalalı Meryem, Kutsal Kâse'ydi. İsa Mesih'in asil nesli ile dolu olan kadehti. Soyu taşıyan rahim ve kutsal meyvenin çıktığı üzüm bağıydı."

Sophie kollarındaki tüylerin diken diken olduğunu hissediyordu. "Ama *bu* kadar büyük bir sır, bunca yıl boyunca nasıl saklı kalmış?"

Teabing, "Tanrı aşkına!" dedi. "Kesinlikle *saklı* tutulmadı! İsa Mesih'in soylu nesli, tüm zamanların en çok anlatılan efsanesidir... Kutsal Kâse. Magdalalı Meryem'in hikâyesi yüzyıllarca her türlü mecaz ve lisan kullanılarak avaz avaz dünyaya ilan edildi. Gözlerini açtığın anda onun hikâyesini her yerde görebilirsin."

Sophie, "Peki Sangreal Belgeleri?" diye sordu. "Onlar da Mesih'in soylu neslini ispatlıyorlar mı?"

"Evet."

"O halde Kutsal Kâse efsanesi tamamıyla soylu nesille ilgili."

Teabing, "Harfi harfine," dedi. "*Sangreal* kelimesi *San Greal*'den gelir... ya da Kutsal Kâse'den. Ama Sangreal kelimesinin en eski bölünme şekli farklıydı." Teabing bir müsvedde kâğıdına yazarak, Sophie'ye uzattı.

Sophie, onun yazdığını okudu.

S a n g R e a l

Sophie o anda tercümeyi fark etmişti.

Sang Real aslında *Asil Kan* anlamına geliyordu.

59

New York'taki Lexington Caddesi'nde bulunan Opus Dei merkezinin lobisindeki erkek resepsiyon görevlisi telefonda Piskopos Aringarosa'nın sesini duyunca şaşırmıştı. "İyi geceler efendim."

Alışılmadık bir şekilde endişeli konuşan piskopos, "Bana mesaj bırakan oldu mu?" diye sordu.

"Evet efendim. Aradığınıza çok memnun oldum. Size dairenizden ulaşamadım. Yarım saat kadar önce acil bir telefon mesajı aldınız."

"Öyle mi?" Aldığı haberle rahatlamış gibiydi. "Arayan kişi ismini bıraktı mı?"

"Hayır efendim, sadece bir numara." Santral numarayı verdi.

"Ülke kodu otuz üç mü? Fransa'nın kodu öyle değil mi?"

"Evet efendim, Paris arayan kişi onunla hemen bağlantı kurmanızın çok önemli olduğunu söyledi."

"Teşekkür ederim. Bu telefonu bekliyordum." Aringarosa görüşmeyi hemen bitirdi.

Resepsiyon görevlisi ahizeyi yerleştirirken, Aringarosa'nın telefon hattından neden cızırtılı sesler geldiğini merak etti. Piskoposun günlük planı, onun bu hafta sonu New York'ta olacağını gösteriyordu ama sesi dünyanın bir ucundan geliyor gibiydi. Resepsiyon görevlisi omuzlarını silkti. Piskopos Aringarosa son birkaç aydır oldukça tuhaf davranıyordu.

Fiat, Roma'daki Ciampino Charter Havaalanı'na yaklaşırken Aringarosa, *cep telefonum çekmemiş olmalı,* diye düşündü. *Öğretmen bana ulaşmaya çalışıyordu.* Aringarosa telefonu kaçırdığı için endişelenmekle beraber, Öğretmen'in Opus Dei merkezini aramakta sakınca görmemesinden cesaret almıştı.

Bu gece Paris'te işler yolunda gitmiş olmalı.

Aringarosa numarayı çevirirken, yakında Paris'te olacağı için heyecanlanıyordu. *Şafak sökmeden ayak basmış olacağım.* Aringarosa'nın kiraladığı uçak Fransa'ya gitmek için onu bekliyordu. Bu saatte ticari havayolu şirketlerini kullanmayı düşünemezdi, özellikle de evrak çantasındakileri gözönünde bulundurduğunda.

Hat çalmaya başlamıştı.

Bir kadın sesi cevap verdi. "*Direction Centrale Police Judiciaire.*"

Aringarosa tereddüt etti. Bu beklenmedik bir şeydi. "Ah, evet... Benden bu numarayı aramam istenmiş."

Kadın, "*Qui êtes-vous?*" dedi. "İsminiz?"

Aringarosa ismini verip vermemek konusunda kararsızdı. *Fransız adli polisi mi?*

Kadın, "İsminiz monsieur?" diye ısrar etti.

"Piskopos Manuel Aringarosa."

"*Un moment.*" Hatta bir klik sesi duyuldu.

Uzun bir bekleme süresinin ardından, sert ve kaygılı sesiyle bir başka adam telefonu cevapladı. "Piskopos, sonunda size ulaştığıma çok memnun oldum. Sizinle tartışmamız gereken pek çok konu var."

60

Sangreal... *Sang Real... San Greal... Asil Kan...* Kutsal Kâse.
Hepsi iç içe geçmişti.
Kutsal Kâse Magdalalı Meryem... İsa Mesih'in asil soyunun annesi.
Sophie sessiz balo salonunda durup Robert Langdon'a bakarken, yeni bir dalganın zihnini karıştırmaya başladığını hissediyordu. Teabing ile Langdon bu gece masaya ne kadar delil koyarsa, bulmaca o kadar belirsizleşiyordu.

Bir kitap rafını karıştıran Teabing, "Anlayacağın hayatım," dedi. "Kutsal Kâse hakkındaki gerçeği dünyaya anlatmak isteyen tek kişi Leonardo değildi. İsa Mesih'in asil soyu, çok sayıda tarihçi tarafından geniş kapsamlı biçimde anlatılmıştır." Parmağını düzinelerce kitabın üstünde gezdirdi.

Başını yana eğen Sophie kitap isimlerine göz gezdirdi.

TAPINAKÇI KEŞFİ:
İsa'nın Gerçek Kimliğinin Gizli Bekçileri

KAYMAKTAŞI KAVANOZU TAŞIYAN KADIN:
Magdalalı Meryem ve Kutsal Kâse

DİZELERDEKİ TANRIÇA
Kutsal Dişiyi Geri İstemek

Kitapların arasından kalın kapaklı, yırtık pırtık birini çıkarıp, Sophie'ye uzatan Teabing, "En çok duyulanı bu olmalı," dedi.

Kapakta şöyle yazıyordu:

KUTSAL KAN, KUTSAL KÂSE
Alkışlanan Uluslararası En Çok Satan

Sophie başını kaldırıp baktı. "Uluslararası en çok satan mı? Ben bunu hiç duymadım."

"Sen daha küçüktün. Bin dokuz yüz seksenlerde ortalığı fena halde karıştırmıştı. Bana göre yazarlar incelemelerinde bazı belirsiz boşluklar bırakmış ama temel iddiaları oldukça kuvvetli, ayrıca sonunda İsa'nın bir nesli olduğu fikrini açığa çıkarmış oldular."

"Kilisenin bu kitaba tepkisi nasıl oldu?"

"Elbette çok öfkelendiler. Ama bu beklenen bir şeydi. Her şeyden önce, Vatikan bu sırrı dördüncü yüzyılda örtbas etmeye çalışmıştı. Haçlı Seferleri'nin bir sebebi de buydu. Bilgileri toplayıp, yok etmek. Magdalalı Meryem'in eski kilisenin erkeklerine karşı oluşturduğu tehdit yıkıcıydı. Mesih'in kilise kurma görevini verdiği kadın olmakla kalmıyor, kilisenin yeni ilan ettiği *ilahın* aslında ölümlü nesiller dünyaya getirdiğinin fiziksel ispatını taşıyordu. Magdalalı Meryem'in gücüne karşı kendini korumak isteyen kilise, onu bir fahişe olarak tanıttı ve İsa'nın onunla evlendiğine dair tüm delilleri sakladı. Böylece İsa'nın yaşayan vârisleri bulunduğu ve ölümlü bir peygamber olduğunu iddia edecek kimse kalmayacaktı."

Sophie başını sallayan Langdon'a baktı. "Sophie bunu doğrulayan tarihi deliller oldukça sağlam."

Teabing, "İtiraf etmeliyim ki," dedi. "İddialar müthiş ama bu örtbas olayına başvurmak için kiliseyi harekete geçirecek güçlü unsurlar vardı. Halkın kanbağını öğrenmesi durumunda, kilisenin sürekliliği mümkün değildi. Mesih'in bir çocuğunun var olması, İsa'nın Tanrısallığına ve dolayısıyla kendini, Tanrı katına ulaşmanın ve cennet krallığına girmenin tek yolu olarak ilan eden Hıristiyan Kilisesi'ne zarar verecekti."

Aniden Teabing'in kitaplarından birinin sırtını işaret eden Sophie, "Beş yapraklı gül," dedi. *Gül ağacı kutunun üstündeki kabartmayla aynı desen.*

Langdon'a göz atan Teabing sırıttı. "Gözünden hiçbir şey kaçmıyor." Yeniden Sophie'ye döndü. "Bu tarikatın Kâse sembolüdür. Magdalalı Meryem. İsmi kilise tarafından yasaklandığı için onu pek çok gizli takma isimle andılar -Kadeh, Kutsal Kâse ve Gül." Durdu. "Gülün, Venüs'ün beş köşeli yıldızı ve kılavuz Pusula Gülü'yle bağları vardır. Bu arada gül kelimesi İngilizce, Fransızca, Almanca ve diğer pek çok dilde birbirine benzer."

Langdon, "Gül," diye ilave etti. "Aynı zamanda Eros'un anagramıdır, Yunan cinsel aşk tanrısı."

Teabing konuşmaya devam ederken, Sophie, Langdon'a hayretle baktı.

"Gül, daima dişi cinselliğinin en önemli sembolü olmuştur. İlkel tanrıça mezheplerinde beş yaprak, dişi hayatının beş evresini temsil ederdi... doğum, âdet, annelik, menopoz ve ölüm. Modern çağlarda çiçek açan gülün, kadınlıkla olan bağlarının çok daha görsel olduğu kabul edildi." Robert'a bir göz attı. "Belki bunu simgebilimcimiz açıklayabilir."

Robert tereddüt ediyordu. Fazlasıyla uzun sürmüştü.

Teabing, "Ah, Tanrım," diye yakındı. "Siz Amerikalılar fazlasıyla erdemlik taslıyorsunuz." Yeniden Sophie'ye baktı. "Robert'ın geveleđiği şey, açmakta olan çiçeğin kadın cinsellik organına benzediği, insanoğlunun dünyaya adım attığı yüce çiçek. Georgia O'Keeffe'nin resimlerini görmüşsen, ne demek istediğimi anlarsın."

Yeniden kitap rafını işaret eden Langdon, "Burada asıl konu," dedi. "Tüm bu kitapların aynı tarihi iddiayı ispatladığı."

"İsa bir babaydı." Sophie hâlâ emin olamıyordu.

Teabing, "Evet," dedi. "Ve Magdalalı Meryem, onun asil soyunu taşıyan rahimdi. Sion Tarikatı günümüze kadar Magdalalı Meryem'e Tanrıça, Kutsal Kâse, Gül ve İlahi Anne olarak tapmıştır."

Sophie'nin aklına yeniden bodrum katında gördüğü ayin gelmişti.

Teabing, "Tarikata göre," diyerek devam etti. "Çarmıh olayı sırasında Magdalalı Meryem hamileydi. İsa'nın doğmamış çocuğunun güvenliği için Kutsal Topraklar'dan(*) kaçmaktan başka çaresi yoktu. Mesih'in güvendiği amcası Arimatea'lı Yusuf'un yardımıyla Magdalalı Meryem, o zamanlar gizlice Gaul olarak bilinen Fransa'ya gelmişti. Oradaki Yahudiler arasında kendine sığınacak güvenli bir yer buldu. Kızına doğum yaptığı yer burası, yani Fransa'ydı. İsmi Sarah idi."

Sophie başını kaldırıp baktı. "Çocuğun *ismini* gerçekten biliyorlar mı?"

"Bundan çok daha fazlası biliniyor. Yahudi koruyucular Magdalalı ile Sarah'nın hayatlarını dikkatle inceleyip kaleme almışlardı. Magdalalının çocuğunun Yahudi kralları -Davut ve Süleyman- soyundan geldiğini

(*) Filistin.

unutmamak gerekir. Bu yüzden Fransa'daki Yahudiler Magdalalının kutsal asaleti olduğunu kabul ettiler ve ona soylu kralların atası olarak saygı gösterdiler. O dönemde sayısız alim Magdalalı Meryem'in Fransa'da geçirdiği günleri, Sarah'nın doğumu ve gelecek kuşakların aile ağacı da dahil olmak üzere, tarihsel bir dille yazmıştı."

Sophie şaşkına dönmüştü. "İsa Mesih'in *soyağacı* mı var?"

"Doğru. Ayrıca Sangreal Belgeleri'nin köşe taşlarından biri olduğu düşünülüyor. İsa'nın ilk torunlarının tam şeceresi."

Sophie, "Ama İsa'nın torunlarını yazan bir şecere varsa ne olacak yani?" diye sordu. "Bu hiçbir şeyi kanıtlamaz. Tarihçiler doğruluğunu ispatlayamazlar."

Teabing kendi kendine güldü. "İncil'in gerçekliğini ispatlayamayacakları gibi."

"Yani?"

"Yani tarih daima kazananlar tarafından yazılır. İki kültür çarpıştığında, kaybeden silinir ve tarih kitaplarını kazanan taraf yazar... kendi davalarını yücelten ve kaybeden düşmanı küçük düşüren bir tarih. Napolyon bir zamanlar, 'Tarih, üzerinde anlaşmaya varılan bir masaldan başka nedir ki?' demişti." Gülümsedi. "Tarih, yapısı itibariyle daima tek taraflı bir tutanaktır."

Sophie hiç böyle düşünmemişti.

"Sangreal Belgeleri, İsa hikâyesinin *diğer* yüzünü anlatır. Sonunda hikâyenin hangi tarafına inanacağın imanına ve kişisel takdirine bağlıdır, ama en azından bilgiler günümüze kadar gelmiştir. Sangreal Belgeleri, on bin sayfalık bilgi içerir. Sangreal hazinesinin görgü tanıkları, dört dev kasada taşındıklarını söylemişlerdir. Bu kasalarda *Purist Belgeleri*'nin olduğu sanılmaktadır... İsa'nın ilk inananları tarafından yazılan, Constantine öncesi değiştirilmemiş binlerce sayfalık belge. İsa'dan tamamıyla insan bir öğretmen ve peygamber diye bahsediyorlardı. Ayrıca hazinenin bir kısmının efsanevi *'Q' Belgeleri*'nden -Vatikan'ın bile var olduğuna inandığını itiraf ettiği el yazmaları- oluştuğu söylentiler arasındadır. İddia edildiğine göre, kendi el yazısıyla yazılmış İsa öğretileri."

"İsa'nın kendi el yazısı mı?"

Teabing, "Elbette," dedi. "Mesih kendi papazlığının tarihini neden tutmasın? O günlerde pek çok kişi bunu yapardı. Hazinenin içinde bulunduğuna inanılan bir başka belge de *Magdalalı Günlüğü* diye bilinen el yazmaları. Magdalalı Meryem'in İsa ile olan ilişkisini, çarmıha gerilişini ve Fransa'da geçirdiği günleri anlatan kendi yazıları."

Sophie bir süre sessiz kaldı. "Bu dört sandık belge, Tapınak Şövalyeleri'nin Süleyman Mabedi'nin altında bulduğu hazine mi?"

"Kesinlikle. Şövalyeleri bu denli güçlü kılan belgeler. Tarih boyunca sayısız Kâse araştırmasına konu olan belgeler."

"Ama Kutsal Kâse'nin *Magdalalı Meryem* olduğunu söylemiştiniz. Eğer insanlar belgeleri arıyorlarsa, neden Kutsal Kâse'yi aradıklarını söylüyorsunuz?"

Teabing göz ucuyla ona bakarken, ifadesi yumuşuyordu. "Çünkü Kutsal Kâse'nin saklandığı yerde bir lahit var."

Dışarıda rüzgâr ağaçlar arasında uğulduyordu.

Teabing artık daha alçak sesle konuşuyordu. "Kutsal Kâse arayışı, aslında Magdalalı Meryem'in kemikleri önünde diz çökme arayışıdır. Dışlanan birinin, kayıp kutsal dişinin ayakları dibinde dua etmek için çılan bir yolculuk."

Sophie birden meraklanmıştı. "Kutsal Kâse'nin saklandığı yer... bir mezar mı?"

Teabing'in ela gözleri buğulanmıştı. "Öyle. Magdalalı Meryem'in cesedinin ve onun gerçek hayat hikâyesi yazan belgelerin bulunduğu bir mezar. Kutsal Kâse arayışı, her zaman için Magdalalı arayışı olmuştur -Suçlanan Kraliçe, ailesinin haklı iktidar talebinin kanıtıyla birlikte gömüldü."

Teabing kendini toparlarken, Sophie biraz düşündü. Büyükbabası hakkındaki bunca şey hâlâ bir anlam ifade etmiyordu. Sophie sonunda, "Tarikat üyeleri," dedi. "Bu kadar yıl süresince, Sangreal Belgeleri'yle Magdalalı Meryem'in mezarını korumak görevini mi yerine getirdi?"

"Evet, ama kardeşliğin daha önemli bir görevi daha vardı... *nesli* korumak. İsa'nın soyu sürekli tehlike altındaydı. Eski kilise, onun neslinin artmasından, Mesih ile Magdalalı sırrının açığa çıkmasından ve temel Katolik öğretilerine meydan okumasından korkuyordu... kadınlarla arkadaşlık etmeyen ve cinsel ilişki kurmayan ilahi bir Mesih." Duraksadı. "Her şeye karşın İsa'nın nesli, on beşinci yüzyıldaki cesur bir harekete kadar Fransa'da gizlice çoğaldı. Fransız asillerinden biriyle evlenildi ve Merovingian Hanedanı diye bilinen bir soy oluştu."

Bu haber Sophie'yi şaşırtmıştı. Fransa'daki her öğrenciye Merovingian terimi öğretilirdi. "Merovingianlar Paris'i kurdular."

"Evet. Kâse efsanesinin Fransa'da bu kadar ünlü olmasının nedeni de bu. Vatikan'ın Kâse arayışları, aslında bu asil hanedan üyelerini gizlice yok etme girişimleridir. Kral Dagobert'i duydun mu?"

Sophie bu ismi tarih dersindeki tüyler ürpertici bir hikâyeden şöyle böyle hatırlıyordu. "Dagobert bir Merovingian kralıydı, öyle değil mi? Uyurken gözlerinden hançerlenmişti."

"Kesinlikle. Vatikan'ın Pepin d'Heristal ile ortak suikast girişimi. On yedinci yüzyıl sonları. Dagobert'in cinayetiyle Merovingian Hanedanı neredeyse yok oluyordu. Bereket versin ki, Dagobert'in oğlu Sigisbert saldırıdan kaçmayı başarmış ve nesli devam ettirmişti. Aileye daha sonra Godefroi de Bouillon da eklenmişti... Sion Tarikatı'nın kurucusu."

Langdon, "Tapınak Şövalyeleri'ne," dedi. "Sangreal Belgeleri'ni Süleyman Mabedi'nin altından almalarını söyleyen adam. Böylece Merovingianların İsa Mesih ile kan bağı olduğunun ispatını elinde bulunduracaktı."

İçini ağır ağır çeken Teabing başını salladı. "Günümüzdeki Sion Tarikatı'nın ciddi bir vazifesi var. Onların yükü üç katı ağır. Kardeşlik Sangreal Belgeleri'ni korumak zorunda. Magdalalı Meryem'in mezarını korumak zorundalar. Ve elbette İsa soyunu yetiştirip, korumak zorundalar... Merovingian Hanedanı'ndan günümüze kadar gelen birkaç soylu üyeyi."

Kelimeler boşlukta asılı kaldı. Sophie kemikleri yeni bir tür gerçekle yankılanıyormuş gibi tuhaf bir titreme hissetti. *Günümüze kadar yaşamış olan İsa torunları.* Büyükbabasının sesi yine kulağına fısıldamaya başlamıştı. *Prenses, sana ailen hakkındaki gerçeği anlatmalıyım.*

Vücudunu bir ürperti kapladı.

Asil kan.

İnanamıyordu.

Prenses Sophie.

"Sir Leigh?" Uşağın kelimeleri duvardaki dahili haberleşme sisteminden cızırdayarak yükseldiğinde Sophie yerinden sıçradı. "Acaba mutfakta bana bir süre eşlik edebilir misiniz?"

Teabing vakitsiz kesinti yüzünden kaşlarını çattı. Cihazın yanına gidip düğmeye bastı. "Rémy, bildiğin gibi misafirlerimle ilgileniyorum. Eğer bu gece mutfaktan başka bir şeye ihtiyaç duyarsak kendimiz alabiliriz. Teşekkürler ve iyi geceler."

"Odama çekilmeden önce sizinle görüşmem gerekiyor efendim. Lütfen."

Teabing söylenerek düğmeye bastı. "Çabuk ol Rémy."

"Evle ilgili bir mesele efendim. Misafirlerin duyması hoş olmayabilir."

Teabing inanamıyormuş gibi bakıyordu. "Sabaha kadar bekleyemez mi?"

"Hayır efendim. Sorum bir dakikanızı bile almayacak."

Teabing gözlerini yuvarlayarak Langdon ile Sophie'ye baktı. "Bazen kimin kime hizmet ettiğini merak ediyorum." Düğmeye yeniden bastı. "Hemen geliyorum Rémy. Gelirken bir şey getirmemi ister misin?"

"Sadece baskıdan kurtaracak özgürlük efendim."

"Rémy hâlâ yanımda çalışmanın tek sebebinin çok lezzetli biberli bonfile pişirmek olduğunun farkında mısın?"

"Teveccühünüz efendim. Teveccühünüz."

61

Prenses Sophie.

Teabing'in koltuk değneklerinin koridorda giderek azalan tıkırtılarını dinlerken, Sophie içinden bir şeylerin koptuğunu hissediyordu. Uyuşmuş bir halde arkasını dönünce, boş balo salonunda Langdon ile karşılaştı. Langdon, onun aklını okuyormuşçasına, başını iki yana sallıyordu.

"Hayır Sophie," diye fısıldarken, gözleriyle adeta onu temin ediyordu. "Büyükbabanın tarikatta olduğunu ve sana ailen hakkında bir sır vermek istediğini öğrendiğimde aynı düşünce benim de aklımdan geçti. Ama bu imkânsız." Langdon durdu. "Saunière bir Merovingian ismi değil."

Sophie rahatlaması mı yoksa hayal kırıklığı duyması mı gerektiğine karar veremedi. Daha önce Langdon, ona annesinin genç kızlık soyadı gibi alışılmadık bir soru sormuştu. Chauvel. Sorunun anlamı şimdi ortaya çıkmıştı. Gergin bir ifadeyle, "Peki ya Chauvel?" diye sordu.

Langdon bir kez daha başını iki yana salladı. "Üzgünüm. Bunun senin için bazı soruları cevaplayacağını biliyorum. Merovingianların sadece iki bağlantısı kaldı. Onların da soy isimleri Plantard ve Saint-Clair. Her iki aile de saklanıyor, tarikat tarafından korunuyor olmalılar."

Sophie isimleri içinden tekrarladıktan sonra başını hayır anlamında salladı. Ailesinde Plantard ya da Saint-Clair adında kimse yoktu. Şimdi akıntıya karşı kürek çektiğini hissediyordu. Büyükbabasının kendisine açıklamak istediklerini anlamaya, Louvre'da olduğundan daha yakın değildi. Büyükbabasının o akşamüstü ailesinden hiç bahsetmemiş olmasını diledi. Eski yaraları yeniden açmıştı. *Öldüler Sophie. Geri gelmeyecekler.* Annesinin uyuması için geceleri ona ninni söylemesini, babasının onu omuzlarında gezdirmesini, büyükannesiyle erkek kardeşinin yeşil gözleriyle ona bakıp gülümsemelerini hatırladı. Hepsi gitmişti. Geriye yalnızca büyükbabası kalmıştı.

Ve şimdi o da gitti. Yalnızım.

Sessizce *Son Akşam Yemeği'*ne dönen Sophie, Magdalalı Meryem'in uzun kızıl saçlarına ve sakin gözlerine baktı. Kadının ifadesinde, sevdiği birini kaybetmenin yansıması görülüyordu. Bunu Sophie de hissedebiliyordu.

Yumuşak bir sesle, "Robert?" dedi.

Langdon, ona yaklaştı.

"Leigh'in Kâse hikâyesinin her yerde olduğunu söylediğini biliyorum ama ben bu gece ilk kez duydum."

Langdon teselli edici bir tavırla elini omzuna atmak istiyor gibi baktı ama kendini tuttu. "Hikâyeyi daha önce duydun Sophie. Herkes duymuştur. Sadece duyduğumuz zaman fark etmeyiz."

"Anlamıyorum."

"Kâse hikâyesi her yerde var ama gizli bir şekilde. Kilise, Magdalalı Meryem'den bahsetmeyi yasakladığında, onun hikâyesi ve önemi daha tedbirli kanallarla gelecek kuşaklara aktarılmalıydı... mecaz ve sembolizm içeren kanallarla."

"Elbette. Sanat."

Langdon *Son Akşam Yemeği'*ni işaret etti. "Mükemmel bir örnek. Günümüze kadar gelen pek çok sanat, edebiyat ve müzik eseri gizlice Magdalalı Meryem'le İsa'nın hikâyesini anlatır."

Langdon, ona kısaca Da Vinci, Botticelli, Poussin, Bernini, Mozart ve Victor Hugo'nun yasaklanan kutsal dişinin arandığını fısıldayan çalışmalarını anlattı. Sir Gawain ve Yeşil Şövalye, Kral Arthur ve Uyuyan Güzel gibi efsaneler, Kâse alegorileriydi. Victor Hugo'nun *Notre Dame'ın Kamburu* ve Mozart'ın *Sihirli Flüt'*ü Mason sembolleri ve Kâse sırlarıyla doluydu.

Langdon, "Bir kez Kutsal Kâse'yi aramaya başladın mı," dedi. "Her yerde onu görürsün. Resimlerde. Müzikte. Kitaplarda. Hatta çizgi filmlerde, çocuk parklarında ve sevilen filmlerde."

Langdon, Mickey Mouse saatini kaldırarak, Walt Disney'in yaptığı işte hayatı boyunca Kâse hikâyesini gelecek nesillere aktarmaya çalıştığını söyledi. Disney yaşadığı müddetçe, 'modern zamanın Leonardo da Vinci'si' diye övülmüştü. Her iki adam da yaşadıkları zamanın ötesinde, yetenekli birer sanatçı, gizli cemiyet üyeleri ve en önemlisi şakacı insanlardı. Leonardo gibi Walt Disney de sanatına gizli mesajlar ve semboller yerleştirmeye bayılırdı. Eğitimli bir simgebilimci, eski Disney filmlerini seyrederken bir kinaye ve mecaz yağmuruna tutulduğunu hissederdi.

Disney'in çoğu gizli mesajı din, pagan mitleri ve eziyet gören tanrıça hikâyeleriyle ilgili olurdu. Disney'in *Sinderella, Uyuyan Güzel* ve *Pamuk Prenses* gibi masalları yeniden ele alması bir tesadüf değildi -hepsi de kutsal dişinin hapsedilmesini anlatıyordu. Ayrıca *Pamuk Prenses*'teki sembolik elmanın -zehirli elmadan ısırık alan prensesin kendinden geçmesi- Havva'nın Cennet Bahçesi'nden kovulmasına açık bir gönderme olduğunu anlamak pek de zor değildi. *Uyuyan Güzel*'deki Prenses Aurora ise -şifreli ismi "Gül" idi ve onu kötü cadıdan korumak için ormanın derinliklerinde saklanıyordu- çocuklar için yazılmış bir Kâse hikâyesiydi.

Disney'in şirket imajına karşın, çalışanlarının eğlenceli bir yanı vardı ve sanatçılar Disney ürünlerine gizli semboller karıştırmaya bayılırlardı. Langdon öğrencilerinden birinin *Aslan Kral* DVD'sini sınıfa getirdiği günü unutamıyordu. Öğrenci filmi bir sahnesinde dondurduğunda, Simba'nın başının üstünde uçuşan toz taneciklerinin belirgin bir şekilde SEKS kelimesini oluşturduğu görülüyordu. Langdon bunun pagan cinselliğine yapılan bir gönderme olmak yerine, çizgi film sanatçısının çocukça şakası olduğunu düşünse de, Disney'in sembolizm anlayışını küçümsememek gerektiğini öğrenmişti. *Küçük Denizkızı*'ndaki dini semboller tanrıça ile öylesine özdeşleşiyordu ki, tesadüf olması mümkün değildi.

Langdon, *Küçük Denizkızı*'nı ilk gördüğünde, Ariel'in denizin altındaki evindeki resmin, on yedinci yüzyıl sanatçılarından George de la Tour'un *Tövbekâr Magdalalı* -yasaklı Magdalalı Meryem'e hürmeten yapılmış ünlü bir tablo- tablosunun aynısı olduğunu ve tüm dekorun doksan dakika boyunca açıkça İsis'in, Havva'nın, balık tanrıça Pisces'ın ve tekrar tekrar Magdalalı Meryem'in kutsallığına sembolik göndermeler yaptığını fark edince nefesi kesilmişti. *Küçük Denizkızı*'na verilen Ariel isminin, kutsal dişiyle güçlü bağları vardı ve İşaya Kitabı'ndaki "kuşatma altındaki Kutsal Şehir" ile aynı anlamdaydı. Ve elbette *Küçük Denizkızı*'nın dalgalanan kızıl saçları bir tesadüf değildi.

Koridordan koltuk değneklerinin sesleri duyulan Teabing, alışılmadık biçimde canlı adımlarla yürüyordu. Çalışma odasına giren ev sahibinin yüzü sertti.

Soğuk bir sesle, "Açıklama yapsan iyi olur Robert," dedi. "Bana karşı dürüst davranmadın."

62

Soğukkanlılığını bozmamaya çalışan Langdon, "Leigh, suçu benim üstüme atıyorlar," dedi. "*Beni tanırsın. Kimseyi öldüremem.*"

Teabing'in sesi yumuşamamıştı. "Robert, Tanrı aşkına, seni televizyonda gösteriyorlar. Yetkililerin seni aradığını biliyor muydun?"

"Evet."

"O zaman güvenimi suiistimal ettin. Buraya gelerek beni tehlikeye atmana ve evimde saklanabilmek için Kâse hakkında sorular sormana şaşırıyorum."

"Ben kimseyi öldürmedim."

"Jacques Saunière öldü ve polis senin yaptığını söylüyor." Teabing üzgün görünüyordu. "Sanata o kadar katkıda bulunan biriydi ki..."

"Efendim?" Uşak çalışma odasının kapısında, Teabing'in arkasında ellerini kavuşturmuş bir halde duruyordu. "Onlara yolu göstereyim mi?"

"Ben yaparım." Teabing topallayarak çalışma odasında yürüdü, cam kapıların kilidini açtı ve arka bahçeye giden yolu gösterdi. "Lütfen arabanıza binip, burayı terk edin."

Sophie yerinden kıpırdamadı. "Elimizde *clef de voûte* hakkında bilgi var. *Tarikatın kilit taşı.*"

Birkaç saniye ona bakan Teabing alaycı bir tavır takındı. "Ümitsiz bir hile. Robert, onu ne kadar aradığımı biliyor."

Langdon, "Söyledikleri gerçek," dedi. "Bu gece buraya gelişimizin nedeni, seninle kilit taşını konuşmaya geldik."

Uşak müdahale etti. "Burayı terk edin yoksa yetkililere haber vereceğim."

Langdon, "Leigh," diye fısıldadı. "Yerini biliyoruz."

Teabing'in sert tutumu bozuluyor gibiydi.

Rémy odanın ortasına doğru sert adımlarla yürüdü. "Hemen gidin! Yoksa zor kullanmak..."

Arkasını dönüp, lafı uşağının ağzına tıkayan Teabing, "Rémy!" dedi. "Bize biraz izin ver."

Uşağın ağzı açık kalmıştı. "Efendim? Karşı çıkmak zorundayım. Bu insanlar..."

"Bu konuyla ben ilgileneceğim." Teabing koridoru gösteriyordu.

Şok etkisi altındaki birkaç saniyenin ardından Rémy, başını öne eğerek azarlanmış bir köpek gibi dışarı çıktı.

Açık kapılardan gelen serin akşam rüzgârında Teabing, yüzündeki tedbirli ifadeyle Sophie ile Langdon'a döndü. "Böylesi daha iyi. Kilit taşı hakkında ne biliyorsunuz?"

Teabing'in çalışma odasının dışındaki sık taflanların arasında saklanan Silas silahına sarılmış, cam kapıdan içeri bakıyordu. Birkaç dakika önce evin etrafında dolaşırken, Langdon ile kadını geniş çalışma odasında konuşurlarken görmüştü. O harekete geçemeden, koltuk değnekli bir adam içeri girip, Langdon'a bağırmaya başlamış, kapıları iterek açmış ve misafirlerinden gitmelerini istemişti. *Sonra kadın kilit taşından bahsetmiş ve her şey değişmişti.* Bağırtılar fısıltılara dönüşmüştü. Tutumlar yumuşamıştı. Ve cam kapılar çabucak kapanmıştı.

Şimdi taflanların arasına saklanan Silas, camdan içeri bakıyordu. *Kilit taşı evin içinde bir yerlerde.* Silas bunu hissedebiliyordu.

Konuşulanları duymaya can atarken, karanlığın içinde cama biraz daha yaklaştı. Onlara beş dakika süre tanıyabilirdi. Kilit taşının yerini açıklamazlarsa, içeri girip onlara zorla söyletecekti.

Çalışma odasındaki Langdon, ev sahibinin şaşkınlığını hissedebiliyordu.

Sophie'ye bakan Teabing, "Büyük Üstat mı?" diyerek yutkundu. "Jacques Saunière mi?"

Onun gözlerindeki şaşkınlığı gören Sophie başını salladı.

"Ama bunu bilemezsin!"

"Jacques Saunière benim büyükbabamdı."

Teabing koltuk değneklerinin üstünde sendelerken, başını sallayarak onaylayan Langdon'a göz attı. Teabing yeniden Sophie'ye döndü. "Bayan Neveu, nutkum tutuldu. Eğer bu doğruysa, kaybınız için gerçekten üzgünüm. İtiraf etmem gerekiyor ki, Paris'te tarikat üyesi olabilecek kişilerin bir listesini tutmuştum. Pek çoklarıyla birlikte Jacques Saunière de bu listedeydi. Ama Büyük Üstat diyorsunuz kabullenmek zor." Teabing bir süre sessiz kaldıktan sonra başını iki yana salladı. "Yine de mantıklı gelmiyor. Büyükbabanız tarikatın Büyük Üstat'ı olsa ve kilit taşını kendisi yaratmış olsa bile, onu nasıl bulacağınızı size asla söylemedi. Kilit taşı kardeşliğin nihai hazinesine giden yoldur. Torunu olun ya da olmayın, bu bilgiye ulaşmaya yetkili değilsiniz."

Langdon, "Bay Saunière bilgiyi devrederken ölmek üzereydi," dedi. "Çok az seçeneği vardı."

Teabing, "Seçeneğe ihtiyacı yoktu," diyerek karşı çıktı. "Aynı sırrı bilen üç *sénéchaux* daha var. Sistemin güzelliği burada. İçlerinden biri Büyük Üstat'lığa terfi eder ve aralarına yeni bir *sénéchal* alarak, kilit taşı sırrını paylaşırlar."

Sophie, "Sanırım haberleri tamamen dinlememişsiniz," dedi. "Büyükbabamın yanı sıra, bugün *üç* önemli Parisli daha öldürüldü. Hepsi birbiriyle bağlantılı gibi görünüyor."

Teabing'in ağzı açık kalmıştı. "Ve siz de onların şey olduğunu düşünüyorsunuz..."

Langdon, "*Sénéchaux,*" dedi.

"Ama nasıl? Katilin Sion Tarikatı'nın en üst dört üyesinin birden kimliklerini öğrenmesi imkânsız! *Bana* bakın, ben onları yıllardır arıyorum ama hâlâ bir üyenin ismini bile bilmiyorum. Üç *sénéchaux* ile Büyük Üstat'ı bulup aynı gün içinde öldürdüklerine inanmak biraz zor."

Sophie, "Sanırım bilgiyi bir gün içinde edinmişler," dedi. "Kulağa, iyi planlanmış bir *suikast* gibi geliyor. Organize cinayet örgütleriyle mücadele etmek için kullandığımız bir tekniktir. DCPJ belirli bir gruba karşı harekete geçmek isterse, aylarca onları dinleyip gözetleriz, tüm başrol oyuncularını tespit eder ve hepsini aynı anda ele geçiririz. Çıban başını yakalamak. Lideri olmayan grup kargaşaya düşer ve diğer bilgileri açık verir. Birinin, en baştaki kişilerin kilit taşının yerini açıklayacağını umarak tarikatı sabırla izlemesi ve sonra saldırmış olması muhtemel."

Teabing ikna olmuşa benzemiyordu. "Ama kardeşler asla konuşmazlar. Gizlilik yeminleri var. Öleceklerini bilseler bile."

Langdon, "Kesinlikle," dedi. "Yani eğer sırrı asla açıklamadılar ve öldürüldülerse..."

Teabing yutkundu. "O zaman kilit taşının yeri sonsuza dek kaybolacaktı!"

Langdon, "Ve beraberinde," dedi. "Kutsal Kâse'nin yeri."

Langdon'ın ağzından çıkan kelimelerle Teabing'in vücudu adeta sallandı. Ardından daha fazla ayakta durmaya mecali yokmuş gibi, kendini bir sandalyeye bırakıp, pencereden dışarı baktı.

Yanına giden Sophie yumuşak bir sesle konuşuyordu. "Büyükbabamın içinde bulunduğu durum gözönüne alınırsa, tamamen ümitsizlik içinde sırrı, kardeşliğin dışından birine geçirmeye çalıştığı düşünülebilir. Güvenebileceğini düşündüğü birine. Ailesinden birine."

Teabing'in benzi atmıştı. "Ama böyle bir saldırıyı yapabilecek kişi... kardeşlik hakkında bunca bilgiyi öğrenebilecek biri..." Durdu, farklı bir korku duymaya başlamıştı. "Tek bir gücün işi olabilir. Bu tip bir sızıntıyı ancak tarikatın en eski düşmanı yapabilir."

Langdon başını kaldırdı. "Kilise."

"Başka kim olabilir? Roma yüzyıllardır Kâse'yi arıyor."

Sophie kuşku duyuyordu. "Büyükbabamı kilisenin öldürdüğünü mü düşünüyorsunuz?"

Teabing, "Kilisenin kendisini korumak için tarihte işlediği ilk cinayet bu değil. Kutsal Kâse'nin beraberindeki belgeler çok tehlikeli ve kilise onları yıllardır yok etmek istiyor," diye yanıtladı.

Langdon, Teabing'in, bu belgeleri elde etmek için kilisenin insanları alenen öldürdüğü iddiasını kabullenmekte güçlük çekiyordu. Yeni Papa ve kardinallerin çoğu ile tanışmış olan Langdon, onların asla bir suikast planlamayacak, dinine derinden bağlı adamlar olduklarını biliyordu. *Tehlikeler ne olursa olsun.*

Sophie'nin de aklından benzer düşünceler geçiyor gibiydi. "Tarikat üyelerinin kilise *dışından* biri tarafından öldürülmeleri olası değil mi? Kâse'nin gerçekten ne olduğunu bilmeyen biri? Her şeyden önce İsa'nın Kadehi çekici bir hazine. Hazine avcıları çok daha azı için bile cinayet işliyor."

Teabing, "Tecrübelerimden öğrendiğim kadarıyla," dedi. "İnsanlar ulaşmak istediklerini elde etmekten çok, korktuklarının başlarına gelmemesi için daha büyük tehlikeleri göze alırlar. Ben bu suikastta tarikata karşı ümitsiz bir saldırı sezinliyorum."

Langdon, "Leigh," dedi. "Önermede paradoks var. Katolik papazları, eğer bu belgelerin sahte olduklarına inanıyorlarsa, onları bulup yok etmek amacıyla neden tarikat üyelerini *öldürsünler?*"

Teabing kıkırdayarak güldü. "Harvard'ın fildişi kuleleri seni yumuşatmış Robert. Evet, Roma'daki papazların imanı çok kuvvetli ve bu yüzden inançları, kutsal saydıkları her şeye karşı çıkan bu belgeler de dahil olmak üzere, her türlü felakete karşı koyabilir. Ama ya dünyanın geri kalanı? Kesin itikat sahibi olmayanlara ne olacak? Dünyadaki zorbalıklara bakıp bugün Tanrı nerede diyenlere ne olacak? Kilise skandallarına bakıp kendi papazlarının çocuklara cinsel taciz yaptığını saklamak için yalan söyleyen bu adamlar kim oluyor da İsa hakkındaki gerçeği konuştuklarını iddia ediyor, diyenlere ne olacak?" Teabing durdu. "Bu insanlar Robert, bilim kilisenin İsa hikâyesinin yalan olduğunu ispatladığında, kendilerine anlatılan en büyük hikâyenin, tüm zamanların en çok *satan* hikâyesi olduğunu düşünecekler."

Langdon cevap vermedi.

Teabing, "Belgeler ortaya çıkarsa sana ne olacağını söyleyeyim," dedi. "Vatikan iki bin yıllık tarihinde görülmemiş bir inanç kriziyle karşılaşacak."

Uzun bir sessizliğin ardından Sophie, "Ama bu saldırının sorumlusu kilise ise, neden şimdi harekete geçtiler? Neden bunca yıldan sonra? Tarikat Sangreal Belgeleri'ni saklı tutuyor. Kiliseye tehdit oluşturmuyorlar ki."

Sıkıntıyla içini çeken Teabing, Langdon'a baktı. "Robert sanırım sen tarikatın son hamlesini biliyorsundur?"

Langdon düşündüğü anda nefesinin kesildiğini hissetti. "Biliyorum."

Teabing, "Bayan Neveu," dedi. "Kilise ile tarikat arasında yıllardır sözlü bir anlaşma vardı. Kilise tarikata saldırmayacak, tarikat da Sangreal Belgeleri'ni gizli tutacaktı." Durdu. "Ama tarikat tarihinin bir bölümünde sırrı açıklamak için yapılan bir plan hep vardır. Tarihteki o özel gün geldiğinde, kardeşlik sessizliği bozmayı ve Sangreal Belgeleri'ni dünyaya açıklayıp, İsa Mesih'in gerçek hikâyesini haykırarak en büyük zaferine ulaşmayı planlamıştır."

Sophie sessizce Teabing'e bakıyordu. Sonunda o da oturdu. "Ve siz bugünün yaklaştığını mı düşünüyorsunuz? Yani kilise bunu biliyor mu?"

Teabing, "Spekülasyon," dedi. "Ama çok geç olmadan belgeleri bulmak için kiliseyi saldırıya teşvik edebilecek bir olasılık."

Langdon, Teabing'in söylediklerinin akla yatkın olmasından huzursuzlanmıştı. "Sence kilise gerçekten tarikatın gizli tarihini öğrenmiş olabilir mi?"

"Neden olmasın... eğer kilisenin tarikat üyelerinin kimliklerini öğrendiğini varsayabiliyorsak, o halde mutlaka planlarını da öğrenmiş olmalı. Kesin tarihi bilmeseler bile, batıl inançları onları bu yargıya götürmüş olabilir."

Sophie, "Batıl inançları mı?" diye sordu.

Teabing, "Kehanet," dedi. "Büyük bir değişiklik çağındayız. Yakın zaman önce bin yıl sona erdi ve onunla birlikte iki bin yıllık Balık Burcu Çağı da kapandı... aynı zamanda Mesih'in burcu. Herhangi bir astroloji simgebilimcisinin söyleyeceği gibi, Balık Burcu'na göre, insana ne yapması gerektiği yüksek makamlarca söylenmelidir, çünkü insan kendisi için neyin iyi olduğunu düşünme yeteneğine sahip değildir. Dolayısıyla hararetli bir din devri yaşanmıştır. Fakat şimdi, Kova Burcu Çağı'na giriyoruz, bu burca göre insan *gerçeği* öğrenecek ve kendi adına düşünme yeteneğine sahip olacaktır. Aradaki ideolojik değişim çok büyük ve gerçekleşmeye başladı."

Langdon ürperdiğini hissetti. Astrolojik kehanetler onun için hiçbir zaman ilginç ya da kayda değer olmamıştı ama kilisede yakın takipçileri olduğunu biliyordu. "Kilise bu geçiş dönemine Zamanın Sonu diyor."

Sophie şüpheyle bakıyordu. "Dünyanın sonu gibi mi? Kıyamet mi?"

Langdon, "Hayır," diye cevap verdi. "Bu ortak bir yanılgı. Pek çok dinde Zamanın Sonu'ndan bahsedilir. Bahsedilen dünyanın sonu değil, çağın sonudur, İsa'nın doğumuyla başlayan Balık Çağı iki bin yıl sürdü ve kapanan bin yılla sona erdi. Şimdi Kova Çağı'na geçtik, Zamanın Sonu geldi."

Teabing, "Kâse tarihçilerinin çoğu," diye ekledi. "Tarikat sahiden gerçeği açıklamayı planlıyorsa, tarihin bu anının sembolik açıdan uygun olacağına inanıyor. Çoğu tarikat uzmanı, ki bunlara ben de dahilim, kardeşliğin yapacağı açıklamanın yeni bin yılla çakışacağını tahmin ediyordu. Öyle olmadığı ortada. Kabul etmek gerekir ki, Roma takvimi astrolojik tarihlerle tam olarak uyuşmaz, bu yüzden kehanette bazı karanlık alanlar var. Kilise kesin tarihin yaklaştığını içerden mi haber aldı yoksa astrolojik kehanet yüzünden endişeye mi kapıldı bilemiyorum. Zaten hiç önemli değil. Her iki senaryo da kilisenin kendini müdafaa etmek için tarikata karşı saldırıya geçmesinin nedenini açıklıyor." Teabing kaşlarını çattı. "Ve inan bana, eğer kilise Kutsal Kâse'yi bulursa onu yok edecek. Beraberinde belgeleri ve Magdalalı Meryem'in kalıntılarını." Gözleri yaşarmıştı. "İşte o zaman hayatım, yok olan Sangreal Belgeleri'yle birlikte tüm kayıtlar kaybolacak. Kilise binlerce yıllık tarihi yeniden yazmak savaşını kazanmış olacak. Geçmiş sonsuza dek silinecek."

Sophie yavaşça haç şeklindeki anahtarı süveterinin cebinden çıkararak Teabing'e uzattı.

Anahtarı eline alan Teabing, dikkatle baktı. "Aman Tanrım. Tarikat mührü. Bunu nereden buldunuz?"

"Bu gece büyükbabam ölmeden önce bana verdi."

Teabing parmaklarını haçın üstünde gezdirdi. "Bir kilise anahtarı mı?"

Sophie derin bir nefes aldı. "Bu anahtar kilit taşına ulaşmaya yarıyor."

Teabing yüzündeki inanmayan ifadeyle başını aniden yukarı kaldırdı. "İmkânsız! Hangi kiliseyi atlamış olabilirim? Fransa'daki bütün kiliseleri aradım!"

Sophie, "Kilisede değildi," dedi. "Bir İsviçre emanet bankasındaydı."

Teabing'in heyecanlı görüntüsü kaybolmuştu. "Kilit taşı bir bankada mıydı?"

Langdon, "Kasa," diye düzeltti.

"Bir banka kasası mı?" Teabing başını hızla iki yana salladı. "Bu imkânsız. Kilit taşının gül işareti altında saklı olması gerekiyordu."

Langdon, "Öyle," dedi. "Beş yapraklı gül kabartmalı gül ağacından bir kutunun içinde saklıydı."

Teabing iyice afallamıştı. "Siz kilit taşını *gördünüz mü?*"

Sophie başını salladı. "Bankaya gittik."

Gözleri korkuyla dolan Teabing yanlarına yaklaştı. "Dostlarım, bir şeyler yapmalıyız. Kilit taşı tehlikede! Onu korumak bizim görevimiz. Peki ya başka anahtarlar varsa? Mesela öldürülen sénéchaux'larda? Eğer kilise de sizin yaptığınız gibi bankaya girebilirse..."

Sophie, "O zaman çok geç kalmış olurlar," dedi. "Kilit taşını biz aldık."

"Ne! Kilit taşını saklandığı yerden çıkardınız mı?"

Langdon, "Endişelenme," dedi. "Kilit taşı iyi bir yerde saklı."

"Umarım, *fazlasıyla* iyi bir yerdedir!"

Kendini tutamadan sırıtan Langdon, "Aslında," dedi. "Koltuğunun altındaki tozları hangi sıklıkta temizlediğine bağlı."

Château Villette'in dışında esen rüzgâr artmış ve pencerenin yanına emekleyerek yaklaşan Silas'ın cüppesini havalandırmıştı. Konuşulanların çoğunu duyamadığı halde, kilit taşı kelimesi pek çok kez camdan dışarı sızmıştı.

İçeride.

Öğretmen'in sözleri kelimesi kelimesine aklındaydı. *Château Villette'ye gir. Kilit taşını al. Kimseye zarar verme.*

Şimdi Langdon ile diğerleri aniden başka bir odaya geçerek, çalışma odasının ışıklarını söndürmüşlerdi. Silas avına yaklaşan bir panter gibi cam kapıya doğru sürünerek ilerledi. Kilitli olmadıklarını görünce içeri girerek, kapıları arkasından sessizce kapattı. Diğer odadan gelen boğuk sesleri duyabiliyordu. Silahı cebinden çıkaran Silas emniyeti açtı ve koridorda ilerlemeye başladı.

63

Teğmen Collet, Leigh Teabing'in garaj yolunun başında tek başına durmuş, heybetli eve bakıyordu. *Issız. Karanlık. Saklanmak için iyi bir yer.* Collet yarım düzine adamının sessizce çitlerin etrafını sardığını gördü. Üzerinden aşıp, evi birkaç dakika içinde kuşatabilirlerdi. Langdon, Collet'nin adamlarının ani baskın yapması için daha uygun bir yer seçemezdi.

Sonunda telefonu çaldığında, Collet, Fache'yi kendisi aramak üzereydi.

Fache, gelişmelerden Collet'nin tahmin ettiği kadar memnun değildi. "Neden kimse bana Langdon'ın yerini tespit ettiğimizi söylemedi?"

"Telefonda görüşüyordunuz ve..."

"Tam olarak neredesin Teğmen Collet?"

Collet, ona adresi verdi. "Arazi, Teabing isimli bir İngilize ait. Langdon buraya gelmek için hatırı sayılır bir yol kat etmiş, araç güvenlik kapısının ardında. İçeriye zorla girildiğine dair bir belirti yok, yani Langdon ev sahibini tanıyor olabilir."

Fache, "Geliyorum," dedi. "Yerinizden ayrılmayın. Bu meseleyle şahsen ilgileneceğim."

Collet'nin ağzı bir karış açık kaldı. "Ama yüzbaşım, yirmi dakika uzaktasınız! Hemen harekete geçmemiz gerekli. Onu köşeye sıkıştırdım. Toplam sekiz adamım var. Dördü tüfekli, diğerlerinin tabancası var."

"Beni bekleyin."

"Yüzbaşım, ya içerde Langdon birini rehin almışsa? Ya bizi görüp yaya kaçmaya karar verirse? *Şimdi* harekete geçmemiz gerek! Adamlarım pozisyonlarını aldı ve hazır bekliyorlar."

"Teğmen Collet, harekete geçmek için benim gelmemi bekleyeceksiniz. Bu bir emirdir." Fache telefonu kapatmıştı.

Hayret içindeki Teğmen Collet, telefonunu kapattı. *Fache ne diye beklememi istiyor?* Collet cevabı biliyordu. Sezilerinin kuvvetli olmasıyla ün yapmasına rağmen, Fache gururuna fazlasıyla düşkün biriydi. *Fache tutuklama vesilesiyle itibarını artırmak istiyor.* Televizyonlarda Amerikalı kadar kendi yüzünün de gösterilmesini istiyordu. Patron gelip günü kurtarana kadar Collet'nin vazifesi kaleyi kollamaktı.

Beklerken, Fache'nin gecikmesinin başka bir nedeni aklına geldi. *Hasar kontrolü.* Emniyet teşkilatında, bir kaçağın tutuklanması sadece bir nedenden ötürü geciktirilirdi, şüphelinin suçundan emin olmadıkları zamanlarda. *Fache, Langdon'ın aradığımız adam olmadığından mı şüpheleniyor?* Bu düşünce korkutucuydu. Yüzbaşı Fache, Langdon'ı tutuklamak için o gece herkesi seferber etmişti... Interpol bile cinayet zanlısını arıyordu. Ayrıca Fransız televizyonunda tanınmış bir Amerikalıyı cinayet suçuyla haksız yere yargılarsa, bu işin siyasi sonuçlarından Bezu Fache bile kurtulamazdı. Eğer Fache şimdi bir hata yaptığını fark etmişse, Collet'ye harekete geçmemesini söylemesi mantıklı olurdu. Fache'nin ihtiyaç duyacağı son şey Collet'nin masum bir İngilizin özel mülküne yıldırım baskını yaparak Langdon'ı silah zoruyla almasıydı.

Collet bununla birlikte, Langdon'ın masum olmasının davadaki en garip paradokslardan birini açıkladığını fark ediyordu: Kurbanın *torunu* Sophie Neveu, neden katil zanlısına yardım etmişti? Langdon'ın haksız yere suçlandığını bilmediği müddetçe tabii. Fache bu gece Sophie'nin tuhaf tutumunu açıklamak için tüm açıklamaları düşünmüştü. Bunlara, Saunière'in tek vârisi olan Sophie'nin gizli âşığı Robert Langdon'ı miras parası için büyükbabasını öldürmeye ikna etmiş olması da vardı. Saunière bundan şüphelendiyse, polise P. S. Robert Langdon'ı bul, diye bir mesaj bırakmış olabilirdi. Collet işin içinde başka bir iş olduğundan emindi. Sophie Neveu, böylesine alçak bir işe karışmayacak kadar güvenilir biriydi.

"Teğmenim?" Ajanlardan biri koşarak yanına geldi. "Bir araba bulduk."

Collet, ajanın peşinden garaj yolunun yaklaşık elli metre arkasına yürüdü. Ajan, yolun karşı tarafındaki geniş banketi işaret etti. Orada, çalılıklar arasında siyah bir Audi, neredeyse görünmeyecek biçimde park edilmişti. Kiralık araba plakası vardı. Collet kaportayı tuttu. Isı hâlâ hissediliyordu. Hatta sıcaktı.

Collet, "Langdon bununla gelmiş olmalı," dedi. "Araba kiralama şirketini arayın. Çalınmış mı öğrenin."

"Peki efendim."

Parmaklıkların bulunduğu taraftan bir başka ajan, Collet'ye seslendi. "Teğmenim, şuna bir bakar mısınız?" Collet'ye bir çift gece görüş gözlüğü uzattı. "Garaj yolunun bitimindeki koruluğa bakın."

Collet gözlüğü tepeye doğru kaldırdı ve görüş ayarlarıyla oynadı. Yeşilimsi şekiller yavaşça belirginleşmeye başlamıştı. Garaj yolundaki virajdan başlayarak, yukarı doğru takip etti ve korunun olduğu yerde durdu. Bakakalmıştı. Orada, ağaçların arasında zırhlı bir kamyon duruyordu. Collet'nin o gece Zürih Emanet Bankası'ndan ayrılmasına izin verdiği kamyonun aynıydı. Bunun bir çeşit garip rastlantı olmasını diliyor, ama olmadığını biliyordu.

Ajan, "Her şey ortada," dedi. "Langdon ile Neveu bankadan bu kamyonla kaçmışlar."

Collet'nin sesi kesilmişti. Barikatta durdurduğu zırhlı kamyonun şoförünü düşündü. Rolex. Gitmek için sabırsızlanması. *Yük kasasını kontrol etmedim.*

Collet bankadan birinin Langdon ile Sophie'nin bulunduğu yer hakkında yalan söyleyip, kaçmalarına yardımcı olduğunu fark etmişti. *Ama kim? Ve neden?* Belki de Fache, *bu* yüzden Collet'nin henüz harekete geçmesini istemiyordu. Belki de Fache bu akşamki olaya Langdon ile Sophie'den daha fazla kişinin karıştığını düşünüyordu. *Peki Langdon ve Sophie zırhlı kamyonla geldiyse, siyah Audi'yle kim geldi?*

Yüzlerce kilometre güneyde, kiralık bir Beechcraft Baron 58 Tiren Denizi üstünden kuzeye doğru uçuyordu. Gökyüzü sakin olduğu halde, her an midesinin bulanabileceğini hisseden Piskopos Aringarosa, elinde koltuğun arkasındaki torbayla hazır bekliyordu. Paris'le yaptığı görüşmenin beklediği telefonla ilgisi yoktu.

Küçük kabinde tek başına oturan Aringarosa, parmağındaki altın yüzüğü döndürdü ve duyduğu korku ve ümitsizlik hislerini bastırmaya çalıştı. *Paris'te her şey ters gitti.* Gözlerini kapayan Aringarosa, Bezu Fache'nin durumu düzeltebilmesi için bir dua okudu.

64

Divanda oturan Teabing, kucağındaki tahta kutuyu bebek beşiği gibi tutarken, kapaktaki özenle işlenmiş gül kabartmasına hayranlıkla bakıyordu. *Bu gece hayatımın en tuhaf ve en sihirli gecesi oldu.*

Teabing'in başında, Langdon ile yan yana duran Sophie, "Kapağı açın," diye fısıldadı.

Teabing gülümsedi. *Bana acele ettirme.* Kilit taşını arayarak geçirdiği yıllardan sonra, bu anın her salisesinin tadını çıkartmak istiyordu. Avucunu tahta kapağın üstünde gezdirirken, kabartmalı çiçeğin dokusunu hissediyordu.

"Gül," diye fısıldadı. *Gül, Magdalalıdır, Kutsal Kâse'dir. Gül, yolu gösteren pusuladır.* Teabing kendini sersemlemiş gibi hissediyordu. Kilit taşını aradığı yıllar boyunca, Fransa'daki tüm kiliselerin ve katedrallerin gizli geçitlerine, gül pencerelerin altındaki yüzlerce kemere bakmıştı. *La clef de voûte... Gül işaretinin altındaki taş anahtar.*

Teabing yavaşça kapağın kilidini açarak, kaldırdı.

Bakışları sonunda kutunun içindekiyle karşılaştığı anda, bunun kilit taşı olabileceğini anlamıştı. Birbiriyle bağlantılı döner harflerle bezenmiş taş bir silindire bakıyordu. Gördüğü nesne ona şaşırtıcı derecede tanıdık geliyordu.

Sophie, "Da Vinci'nin günlüklerine bakarak tasarlandı," dedi. "Büyükbabamın hobisi bunları yapmaktı."

Elbette, diye düşündü Teabing. Eskizlerini ve taslaklarını görmüştü. *Kutsal Kâse'ye götüren anahtar bu taşın altında yatıyor.* Teabing nazikçe tuttuğu ağır kripteksi kutudan kaldırdı. Silindirin nasıl açılacağına dair en ufak fikri olmamasına rağmen, kendi kaderinin içinde durduğunu hissediyordu. Ümitsizliğe kapıldığı anlarda Teabing hayatını adadığı bu arayışın ödüllendirilip ödüllendirilmeyeceğini sorgulamıştı. Artık bu şüpheler sona ermişti. Eski kelimeleri duyabiliyordu... Kâse efsanesinin doğuşunu:

Vous ne trouvez pas le Saint-Graal, c'est le Saint-Graal qui vous trouve.

Kâse'yi sen bulamazsan, Kâse seni bulur.

Ve bu gece inanılmaz bir şekilde, Kutsal Kâse'yi bulmak için gerekli olan anahtar, ön kapısından içeri girmişti.

Sophie ile Teabing kripteks ile oturup, sirkeden, harflerden ve şifrenin ne olabileceğinden bahsederlerken, Langdon gül ağacı kutuya daha iyi bakabilmek için, odanın arka tarafındaki aydınlık bir masaya götürdü. Teabing'in az önce söylediği sözler, Langdon'ın zihninde tekrarlıyordu.

Kâse'nin anahtarı gül işaretinin altında gizli.

Langdon kutuyu ışığa tutarak, gül kabartmasını inceledi. Ahşap işleri ve kabartmalı mobilyalar sanattaki uzmanlık alanına girmese de, Madrid yakınlarındaki İspanyol manastırının mozaik kaplı ünlü tavanının, yapımından üç yüzyıl sonra dökülerek, keşişler tarafından alttaki sıvaya yazılan kutsal metinleri açığa çıkarttığını hatırlıyordu.

Langdon güle bir kez daha baktı.

Gülün altında.

Sub Rosa.

Sır.

Koridorda duyduğu bir çarpma sesi Langdon'ın arkasını dönmesine neden oldu. Teabing'in uşağı geçmiş olmalıydı. Langdon yeniden kutuya döndü. Gülü çıkarıp çıkaramayacağını düşünürken parmaklarını kabartmanın kenarlarında gezdiriyordu, ama işçilik mükemmeldi. Gül işlemesiyle, üzerine yerleştirildiği içi oyulmuş katman arasına keskin bir bıçak sokabileceğini düşündü.

Kutuyu açarak, kapağın içini inceledi. Girinti çıkıntısı yoktu. Kutunun pozisyonunu değiştirdiğinde ışık, kapağın altında ve tam ortasında küçük deliğe benzeyen bir şeyi aydınlatmıştı. Langdon kapağı kapatarak, kabartmalı sembolü üst tarafından inceledi. Delik yoktu.

İçinden geçmiyor.

Kutuyu masanın üstünde bırakarak, gözleriyle odayı aradı ve ataşla tutturulmuş bir kâğıt destesi gördü. Ataşı alarak kutunun yanına gitti. Kapağı açıp, deliği yeniden inceledi. Ataşı düzleştirip bir ucunu dikkatle delikten içeri soktu. Nazikçe itti. Fazla kuvvet harcamasına gerek kalmamıştı. Masanın üstüne düşen bir şeyin sesini duymuştu. Bakmak için kapağı kapattı. Yapboz parçalarına benzeyen küçük bir tahta parçasıydı. Tahta gül kapaktan çıkarak, masanın üstüne düşmüştü.

Sesi soluğu kesilen Langdon, kapakta gülün çıktığı noktaya bakıyordu. Oraya, kusursuz bir el tarafından, daha önce hiç görmediği bir dilde dört satırlık bir metin kazınmıştı.

Sami dili karakterlerine benziyor, diye düşündü Langdon ama *lisanı tanıyamadım.*

Arkasında hissettiği ani bir hareket dikkatini çekmişti. Başına yediği apansız bir darbe onu dizlerinin üstüne yuvarlamıştı.

Yere düşerken, silah tutan, soluk bir hayaletin etrafında dolaştığını gördüğünü sandı. Ardından her taraf simsiyah oldu.

65

Sophie Neveu emniyet teşkilatında çalıştığı halde o geceye kadar kendisine hiç silah doğrultulmamıştı. Şimdi bakmakta olduğu silah, uzun beyaz saçlı, devasa bir Albino'nun soluk elinde duruyordu. Ürkütücü kırmızı gözlerle Sophie'ye bakıyordu. Üzerine giydiği yün cüppe ve belindeki ip kuşakla, ortaçağdan kalma papazları andırıyordu. Sophie, adamın kim olduğu konusunda tahmin yürütemediği halde Teabing'in, işin arkasında kilisenin yer aldığı hakkındaki şüphelerine saygı duymaya başlamıştı.

Keşiş boğuk sesiyle, "Ne için geldiğimi biliyorsunuz," dedi.

Sophie ile Teabing, saldırganın isteği üzere kollarını havaya kaldırmış bir halde divanda oturuyorlardı. Langdon inleyerek yerde yatıyordu. Keşiş gözlerini derhal Teabing'in kucağındaki kilit taşına çevirdi.

Teabing'in meydan okuyan bir sesi vardı. "Bunu açamazsın."

Silahını bir Sophie'ye bir Teabing'e çeviren keşiş, biraz daha yaklaşarak, "Öğretmen'im çok akıllıdır," diye cevap verdi.

Sophie, Teabing'in uşağının nerede olduğunu merak ediyordu. *Robert'ın düştüğünü duymadı mı?*

Teabing, "Öğretmen'in kim?" diye sordu. "Belki sorunu parayla çözebiliriz."

"Kâse'ye paha biçilemez." Biraz daha yaklaştı.

Teabing, keşişin bacağından akan kanın toplandığı bileğini göstererek, sakin bir tonla, "Kanaman var," dedi. "Ve topallıyorsun."

Teabing'in yanı başında duran metal koltuk değneklerini gösteren keşiş, "Senin gibi," diye yanıtladı. "Şimdi kilit taşını bana ver."

Teabing şaşkın bir sesle, "Sen kilit taşını biliyor musun?" diye sordu.

"Benim ne bildiğimi boş ver. Şimdi yavaşça ayağa kalk ve onu bana ver."

"Ayağa kalkmakta güçlük çekiyorum."

"Çok iyi. Kimsenin ani hareket yapmamasını tercih ederim."

Teabing sağ eliyle koltuk değneklerinden birini, sol eliyle kilit taşını tuttu. Ağır silindiri sol eliyle taşırken yalpalayarak ayağa kalktı ve sonra sağ koltuk değneğinin üzerine doğru eğildi.

Keşiş doğrudan Teabing'in başına doğru tuttuğu tabancasıyla ona otuz santim kadar yaklaştı. Keşiş silindire doğru uzanırken, Sophie kendini son derece çaresiz hissediyordu.

Teabing, "Başaramayacaksın," dedi. "Bu taşı ancak uygun kişi açabilir."

Uygun kişinin kim olduğuna Tanrı karar verir, diye düşündü Silas.

Kolu titremeye başlayan koltuk değnekli adam, "Biraz ağır," dedi. "Hemen almazsan, korkarım yere düşüreceğim!" Tehlikeli bir şekilde sallandı.

Silas taşı almak için öne doğru adım attı, fakat o bunu yaptığı sırada koltuk değnekli adam dengesini kaybetmişti. Koltuk değneği kayınca, sağ yanına doğru yıkılmaya başladı. *Hayır!* Taşı kurtarmak için atılan Silas, bu sırada silahını indirmişti. Ama kilit taşı ondan uzağa doğru hareket ediyordu. Adam sağ tarafa düşerken, sol eli arkaya gitti ve silindir avucundan kayarak koltuğun üstüne fırladı. Aynı anda, adamın altından kayan koltuk değneği havada geniş bir kavis çizerek Silas'ın bacağına doğru yöneldi.

Koltuk değneği *keçe* kemerine çarptığında, taze yaralarına batan kancalar Silas'ın bedenine muazzam bir acı vermişti. İki büklüm kalan Silas dizlerinin üstüne çökünce, kemerin daha da batmasına neden olmuştu. Kulakları sağır edecek bir sesle patlayan silahtan çıkan kurşun, Silas yere düşerken kimseye zarar vermeden döşeme tahtalarına saplanmıştı. Silahını kaldırıp, yeniden ateş etmeye fırsat bulamadan, kadının tekmesini çenesine yedi.

Garaj yolunun sonunda duran Collet patlama sesini duymuştu. Boğuk ateş sesi, damarlarındaki kanın hızlanmasına neden oldu. Fache yola çıkmış olduğundan, Langdon'ı bu gece tek başına yakalama hayalleri zaten suya düşmüştü. Ama Fache görevini ihmal ettiği gerekçesiyle onu Yürütme Tetkik Kurulu'nun önüne çıkartırsa, Collet'nin işi bitecekti.

Evde bir silah patladı! Ve sen garaj yolunun sonunda mı bekledin?

Collet gizli baskın şansının çoktan kaçtığını biliyordu. Ama aynı zamanda orada bir saniye daha hiçbir şey yapmadan durursa, sabaha meslek hayatı diye bir şey kalmayacağını da biliyordu. Mülkün demir kapısına bakarken kararını verdi.

"Aşağı indirin."

Robert Langdon sersemlemiş başının derinliklerinde silah sesini duymuştu. Ayrıca bir de feryat duymuştu. Kendi feryadı mı? Kafatası arkasından matkapla deliniyormuş gibi hissediyordu. Yakınlarda bir yerlerde, insanlar konuşuyorlardı.

Teabing, "Neredeydin sen?" diye bağırıyordu.

Uşak telaşla içeri girmişti. "Neler oldu? Aman Tanrım! Bu kim? Polisi arayacağım."

"Kör olası! Polisi arama. Bir işe yara da, git şu canavarı bağlayacağımız bir şeyler getir."

Sophie arkasından, "Ve biraz buz," diye seslendi.

Langdon yine kendinden geçmişti. Daha çok ses. Hareketler. Şimdi divanda oturuyordu. Sophie, onun başına bir buz torbası koymuştu. Kafatası ağrıyordu. Sonunda Langdon'ın gözündeki bulanıklık gittiğinde, yerde yatan birini gördü. *Hayal mi görüyorum?* Albino keşişin dev cüssesi bağlanmış ve ağzına yapışkanlı bant yapıştırılmıştı. Çenesi yarılmış ve sağ kalçasının olduğu taraf kan içinde kalmıştı. O da kendine yeni geliyor gibiydi.

Langdon, Sophie'ye döndü. "Bu kim? Ne... oldu?"

Teabing topallayarak yanına geldi. "Acme Ortopedi tarafından yapılan bir Excalibur sallayan şövalye hàyatını kurtardı."

Ha? Langdon dik oturmaya çalıştı.

Sophie'nin duyarlı dokunuşu onu kendine getirdi. "Sakin ol, Robert."

Teabing, "Korkarım," dedi. "Bayan arkadaşına içinde bulunduğum durumun tatsız faydalarını gösterdim. Sanırım herkes durumumu hafife alıyor."

Langdon oturduğu divandan keşişe bakıp, neler olduğunu tahmin etmeye çalıştı.

Teabing, "*Keçe* kemer takıyordu," diye açıkladı.

"Ne takıyordu?"

Teabing yerde duran kanlanmış kancalı deri kayışı gösterdi. "Nefsini terbiye kemeri. Kalçasının üstüne takmıştı. Çok dikkatli nişan aldım."

Langdon başını ovuşturdu. Nefis terbiye kemerlerini biliyordu. "Ama nasıl... bildin?"

Teabing sırıtıyordu. "Hıristiyanlık benim uzmanlık alanım Robert ve bazı tarikatlar duygularını fazlasıyla belli ediyorlar." Koltuk değneğiyle keşişin cüppesinden sızan kanı işaret etti. "Bunun gibi mesela."

Kısa süre önce medyada gösterilen Opus Dei üyesi Boston'lı ünlü işadamlarını hatırlayan Langdon, "Opus Dei," diye mırıldandı. Endişeli iş arkadaşları bu adamları üç parçalı takım elbiselerinin altına terbiye kemerleri taktıkları gerekçesiyle halkın gözü önünde suçlamışlardı. Aslında üç adamın böyle bir şey yaptığı yoktu. Opus Dei'nin pek çok üyesi gibi, bu işadamları da önemsiz kişilerdi ve bedensel ceza ibadetinde bulunmuyorlardı. Dindar birer Katolik, çocuklarına bağlı birer baba ve cemaatin müdavim üyeleriydiler. Ama medya elbette, onların mezheple olan ruhani bağına değinir değinmez, mezhebin daha katı olan "asıl" üyelerini... şu anda Langdon'ın önünde yatan keşiş gibi üyelerini sayıp dökmeye başlamıştı.

Teabing kanlı kemere yakından bakıyordu. "Ama Opus Dei neden Kutsal Kâse'nin peşinde olsun?"

Langdon bunu düşünemeyecek kadar sersemlemişti.

Tahta kutunun yanına yürüyen Sophie, "Robert," dedi. "Bu nedir?" Langdon'ın kapaktan çıkarttığı gül kabartmasını tutuyordu.

"Kapaktaki oymalı yazının üstünde duruyordu. Alttaki metnin bize kilit taşını açmak için ipucu vereceğini sanıyorum."

Sophie ile Teabing henüz cevap veremeden, bir kilometrelik garaj yolunun aşağısında aniden sirenler ve mavi polis ışıkları belirmişti.

Teabing kaşlarını çattı. "Dostlarım, sanırım bir karar vermemiz gerekiyor. Ve bunu çabuk yapsak iyi olacak."

66

Collet ile ajanları, ellerinde silahlarıyla Sir Leigh Teabing'in ön kapısından içeri daldılar. Dağılarak, birinci kattaki tüm odaları aramaya başladılar. Kabul salonunun zemininde bir kurşun deliği, biraz kan, kancalı tuhaf bir kemer ve kısmen kullanılmış yapışkanlı bant rulosu buldular. Birinci kat tamamen boş gibi görünüyordu.

Collet, adamlarını ikiye bölüp bodrum katıyla, evin arka tarafını arayacağı sırada, üst kattan sesler geldiğini duydu.

"Yukardalar!"

Geniş merdivenlerden koşarak yukarı çıkan Collet ve adamları, karanlık yatak odalarıyla koridorlardan geçerek sesin geldiği yere yaklaşırken, kocaman evi oda oda aradılar. Sesler, uzun bir koridorun sonundaki odadan geliyor gibiydi. Çıkış yollarını kapatan ajanlar, koridorda ağır adımlarla ilerlediler.

Son odaya geldiklerinde, Collet kapının ardına kadar açık olduğunu gördü. Sesler aniden kesilmiş, yerini makine sesini andıran bir gürültü almıştı.

Collet kolunu yana kaldırarak işaret verdi. Usulca kapının önüne gelerek, ışık düğmesini açtı. Dönerek odaya girmiş, adamları arkasından içeri dalmış ve Collet bağırarak silahını... hiçbir şeye doğrultmuştu.

Boş bir misafir odası. El değmemiş.

Gürültülü araba motoru sesleri, yatağın yanındaki duvara monte edilmiş siyah bir elektronik panelden geliyordu. Collet, evin diğer yerlerinde de bunlardan görmüştü. Bir çeşit dahili haberleşme sistemiydi. Hemen yanına gitti. Panelin üstünde yaklaşık bir düzine düğme vardı:

S A L O N... M U T F A K... Ç A M A Ş I R H A N E... K İ L E R...
Peki araba sesi hangi cehennemden geldi?

Y A T A K O D A S I... C A M E K Â N L I O D A... A M B A R...
K Ü T Ü P H A N E

Ambar! Collet saniyeler içinde aşağı inmiş ve yolun üstündeki adamlarından birini yanına alarak arka kapıya koşmuştu. Adamlar arka taraftaki çimenleri geçerek, soluk soluğa yıpranmış gri ambarın önüne vardılar. Collet daha içeri girmeden, uzaklaşan bir arabanın motor sesini duyabiliyordu. Silahını çekerek, içeri girdi ve ışıkları açtı.

Ambarın sağ tarafı, basit bir atölyeden oluşuyordu -çim biçme makineleri, otomobil gereçleri, bahçe malzemeleri. Yakındaki duvarda benzer bir haberleşme paneli vardı. Düğmelerden biri aşağı inmiş, içerideki sesleri gönderiyordu.

M İ S A F İ R O D A S I I I.

Collet öfkeyle gerisin geriye döndü. *Haberleşme sistemiyle bizi yanılttılar!* Ambarın diğer tarafına baktığında, at ahırlarını gördü. At yoktu. Ev sahibinin başka türden beygir gücünü tercih ettiği belli oluyordu; ahırlar etkileyici bir araba parkına dönüştürülmüştü. Harika bir koleksiyondu... siyah bir Ferrari, yepyeni bir Rolls-Royce, antika bir spor Aston Martin, bir Porsche 356.

Son ahır boştu.

Derhal oraya koşan Collet, yerdeki yağ lekelerini gördü. *Arazinin dışına çıkamazlar.* Garaj yolu ve kapı, bu gibi durumları önlemek için iki devriye arabası tarafından kapatılmıştı.

"Efendim?" Ajan ahırların bittiği yeri gösteriyordu.

Ambarın arka kapısı sonuna kadar açılmıştı. Ambarın arkasındaki karanlık, çamurlu ve engebeli arazi görülüyordu. Kapıya koşan Collet karanlıkta bir şeyler görmeye çalıştı. Görebildiği tek şey, uzaktaki ormanın zayıf gölgesiydi. Araba farları yoktu. Bu ağaçlıklı vadide düzinelerce yangın yolu ve av patikası olmalıydı ama Collet onların ormana ulaşamayacağından emindi. "Birkaç adam al ve o bölgeye yayılın. Yakınlarda bir yerde çakılıp kalmışlardır. Bu spor arabalar engebeli arazide fazla gidemez."

"Şey, efendim?" Ajan, pek çok anahtarın asılı durduğu kancalı paneli gösteriyordu. Anahtarların üstünde tanıdık marka isimleri yazıyordu.

DAIMLER...ROLLS-ROYCE...ASTONMARTIN...
PORSCHE...

Son anahtar kancası boştu.

Collet anahtarın üstündeki marka adını okuduğunda, başının dertte olduğunu anlamıştı.

67

Java Black Pearl modeli, dört çekerli Range Rover'ın düz vitesi, dayanıklı polipropilen farları, bir sürü arka far ayarı ve sağ tarafta direksiyonu vardı.

Langdon aracı kullanmadığına memnundu.

Teabing'in uşağı Rémy, efendisinden aldığı emirler üzerine, Château Villette'nin arkasındaki ay ışığının aydınlattığı arazide, aracı oldukça etkileyici bir ustalıkla idare ediyordu. Farlarını açmadan bir tepeciğin üstünden geçmişti ve şimdi araziden uzaklaşarak uzun bir yokuştan aşağı iniyordu. Uzaklardaki orman siluetine doğru gidiyor gibiydi.

Kilit taşına iyice sarılan Langdon yolcu koltuğunda arkasını dönerek, Sophie ile Teabing'e göz attı.

Sophie kaygılı bir sesle, "Başın nasıl Robert?" diye sordu.

Langdon acıyla gülümsemeye çalıştı. "Daha iyi, teşekkürler." Ağrıdan ölüyordu.

Sophie'nin yanında oturan Teabing, omzunun üstünden koltuğun arasındaki bagaj bölmesinde bağlı yatan keşişe baktı. Kucağında keşişin tabancasıyla oturan Teabing, eski bir fotoğrafta avının başında poz veren safariye çıkmış bir İngilize benziyordu.

Yıllardır ilk kez eğleniyormuş gibi sırıtan Teabing, "Bu gece çıkıp gelmene çok sevindim Robert," dedi.

"Seni bu işe karıştırdığım için üzgünüm Leigh."

"Oh, lütfen, hayatım boyunca bu işe karışmak için bekledim." Teabing, Langdon'ın arkasındaki ön camdan uzun çitlerin gölgesine baktı. Rémy'nin omzuna hafifçe dokundu. "Unutma fren ışığı istemiyorum. Çok ihtiyaç duyarsan el frenini kullan. Ormanın içine kadar girmek istiyorum. Evden bizi görecekleri şekilde bir riske girmemize gerek yok."

Rémy yokuş aşağı inerken, Range Rover'ı çitlerin arasındaki bir boşluktan geçirmişti. Araç yalpalayarak üzerinde çimenlerin bittiği patikaya vardığında, önlerindeki ağaçlar ay ışığını kesti.

Önlerindeki herhangi bir şeyi seçmeye çalışan Langdon, *hiçbir şey göremiyorum,* diye düşündü. Etraf simsiyahtı. Aracın sol tarafına ağaç dalları sürttüğünde Rémy diğer tarafa doğru manevra yaptı. Direksiyonu olabildiğince düz tutarak otuz metre kadar ilerledi.

Teabing, "Harika iş çıkarıyorsun Rémy," dedi. "Yeterince uzaklaştık sanırım. Robert şuradaki havalandırmanın altındaki küçük mavi düğmeye basabilir misin? Görebiliyor musun?"

Langdon düğmeyi bularak bastı.

Yolun üstüne yayılan zayıf sarı ışık demeti, patikanın her iki tarafındaki çalılıkları görünür kılmıştı. Langdon *sis farlarını* yaktıklarını fark etti. Yolu görebilecekleri kadar ışık sağlamakla birlikte, ormanın yeterince içine girdikleri için bu farlarla uzaktan görünmeyeceklerdi.

Teabing mutlu bir edayla, "Ee, Rémy," dedi. "Farları açtık. Artık hayatımız sana emanet."

Sophie, "Nereye gidiyoruz?" diye sordu.

Teabing, "Bu yol, ormanda yaklaşık üç kilometre kadar devam eder," dedi. "Arazinin ortasından geçer ve kuzeye doğru kavis çizer. Suya saplanmaz veya yolu kapayan ağaç kütüklerine çarpmazsak, beşinci otoyola sağ salim çıkarız."

Sağ salim. Langdon başka şeyler düşünmeye çalıştı. Gözlerini, kilit taşının tahta kutusunun içinde güvenle durduğu kucağına çevirdi. Kapaktaki gül kabartması yerine takılmıştı. Zihni karmakarışık olduğu halde, Langdon kabartmayı yeniden çıkartıp, altındaki oyma yazıyı incelemek için sabırsızlanıyordu. Teabing, elini omzuna koyduğunda kapaktaki kabartmayı kaldırmak üzereydi.

Teabing, "Sabırlı ol Robert," dedi. "Zıplayıp duruyoruz ve üstelik ışık yok. Dua edelim de bir şeyleri kırmayalım. Aydınlıktayken o lisanı tanıyamadıysan, karanlıkta daha iyisini yapamazsın. İstersen şimdi tek parça halinde buradan uzaklaşmaya konsantre olalım. Yakında bu iş için yeterince vakit bulacaksın."

Langdon, onun haklı olduğunu biliyordu. Başını bir kez sallayarak kapağı kilitledi.

Arka tarafta bağlarından kurtulmaya çalışan keşiş, inliyordu. Sonra aniden tekmelenmeye başladı.

Arkasını dönen Teabing, silahı koltuğun üstünden ona doğrulttu. "Şikâyetinizin nedenini anlayamıyorum bayım. Evime izinsiz girip, sevgili dostumun kafasına kötü bir darbe indirdin. Aslında seni hemen vurup, cesedini ormanda çürümeye terk edebilirim."

Keşiş sesini kesmişti.

Langdon, "Onu yanımızda götürmemiz gerektiğine emin misin?" diye sordu.

Teabing, "Katiyetle eminim," diye sesini yükseltti. "Cinayetten aranıyorsun Robert. Bu hergele senin özgürlük biletin. Polis seni yakalamayı, peşinden evime gelecek kadar çok istiyor."

Sophie, "Benim hatam," dedi. "Büyük ihtimalle zırhlı aracın ileticisi vardı."

Teabing, "Konu bu değil," dedi. "Polisin sizi bulmasına şaşırmıyorum, Opus Dei'nin bulmasına şaşırdım. Bana anlattıklarınızdan sonra, bu adamın adli poliste ya da Zürih Emanet Bankası'nda bir bağlantısı yoksa, evime kadar sizi nasıl takip ettiğini anlayamıyorum."

Langdon bunu biraz düşündü. Bezu Fache bu geceki cinayet için bir günah keçisi bulmaya kesinlikle kararlıydı. Vernet ise onlara aniden düşman olmuştu. Langdon'ın dört cinayetle suçlandığını bildiği düşünülürse, bankacının fikrini değiştirmesi anlaşılır bir şeydi.

Teabing, "Bu keşiş yalnız çalışmıyor Robert," dedi. "Ve tüm bunların arkasında *kim* olduğunu öğrenene kadar her ikiniz de tehlikedesiniz. İyi haberse dostum, şimdi güç senin elinde. Arkamdaki canavar bu bilgiye sahip ve ipler her kimin elindeyse, şu anda fazlasıyla gergin olmalı."

Yola alışmaya başlayan Rémy hızını arttırıyordu. Bir çeşit su birikintisinin içinden geçtikten sonra, hafif bir rampa aşıp, yeniden inmeye başladılar.

"Robert bana şu telefonu uzatabilir misin acaba?" Teabing ön konsoldaki telefonu işaret ediyordu. Teabing bir numara çevirdi ve açılması için uzun süre bekledi. "Richard? Seni uyandırdım mı? Elbette uyandırdım. Aptal bir soruydu. Üzgünüm. Ufak bir sorunum var. Kendimi pek iyi hissetmiyorum. Tedavim için Rémy ile birlikte Isles'a gitmemiz gerekiyor. Şey, doğrusunu istersen, hemen. Bu kadar geç haber verdiğim için üzgünüm. Elizabeth'i yirmi dakika içinde hazırlayabilir misin? Biliyorum, elinden geleni yap. Görüşürüz." Telefonu kapattı.

Langdon, "Elizabeth mi?" dedi.

"Uçağım. Ona verdiğim parayla kraliçenin fidyesi ödenirdi."

Langdon arkasını dönüp ona baktı.

Teabing, "Ne?" diye hayret etti. "Adli polis peşinizdeyken Fransa'da kalmayı düşünemezsiniz. Londra çok daha emniyetli."

Sophie de Teabing'e dönmüştü. "Ülkeden ayrılmamız gerektiğini mi düşünüyorsunuz?"

"Dostlarım, medeni dünyada, Fransa'da olduğundan çok daha fazla sözüm geçer. Bununla birlikte, Kâse'nin Büyük Britanya'da olduğuna inanılıyor. Kilit taşını açabilirsek, eminim doğru yerde olduğumuzu gösterecek bir harita bulacağız."

Sophie, "Bize yardım etmekle," dedi. "Büyük bir tehlikeye atılıyorsunuz. Fransız polisinde dostunuz kalmayacak."

Teabing yüzünü buruşturdu. "Fransa'yla işim bitti. Buraya kilit taşını bulmak için taşınmıştım. O iş artık halloldu. Bundan sonra Château Villette'yi bir daha görüp görmemek umurumda değil."

Sophie kuşkuyla sordu. "Havaalanı güvenliğinden nasıl geçeceğiz?"

Teabing kıkır kıkır güldü. "Ben Le Bourget'den havalanıyorum -buradan fazla uzak olmayan özel bir hava sahasıdır. Fransız doktorlar beni sinirlendiriyor, bu yüzden tedavi görmek için on beş günde bir İngiltere'ye uçuyorum. Her iki tarafta da bazı imtiyaz hakları için ödeme yapıyorum. Uçağa bindikten sonra, ABD Büyükelçiliği'nden biriyle görüşüp görüşmeyeceğinize karar verirsiniz."

Langdon aniden büyükelçilikle hiçbir şekilde görüşmek istemediğini fark etti. Düşünebildiği tek şey kilit taşı, yazılar ve sonunda Kâse'ye ulaşıp ulaşamayacaklarıydı. Teabing'in İngiltere konusunda haklı olabileceğini düşündü. Gerçekten de en yeni efsanelerde Kâse'nin Birleşik Krallık'ta olduğu anlatılıyordu. Hatta Kral Arthur efsanesindeki Kâse zengini Avalon Adası'nın bile İngiltere, Glastonbury'den başka bir yer olmadığına inanılıyordu. Kâse her nerede olursa olsun, Langdon bir gün onu şahsen göreceğini hiç tahmin etmemişti. *Sangreal Belgeleri. İsa Mesih'in gerçek hikâyesi. Magdalalı Meryem'in mezarı.* Bir an için, o gece kendini bir çeşit alaçakaranlık kuşağına düşmüş gibi hissetti... sanki gerçek dünyanın erişemeyeceği bir baloncuğun içindeydi.

Rémy, "Efendim?" dedi. "Gerçekten İngiltere'ye bir daha dönmemek üzere gitmeye kararlı mısınız?"

Teabing, onu, "Rémy endişelenmene gerek yok," diye telkin etti. "Kraliçenin ülkesine dönmem, zevklerimden vazgeçip hayatımın geri kalanını ziyan edeceğim anlamına gelmiyor. Kısa süre içinde yanımda temelli kalacağını tahmin ediyorum. Devonshire'da muhteşem bir villa satın almayı planlıyorum, bütün eşyalarını getirtiriz. Macera olacak Rémy. Kesinlikle bir macera!"

Langdon gülümsemesine engel olamadı. Teabing, İngiltere'ye yapacağı zaferli dönüşün planlarını yaparken, Langdon kendini onun bulaşıcı heveslerine kaptırmıştı.

Camdan dışarı boş gözlerle bakarak, sis farlarının zayıf sarı ışığında geçip giden ağaçları seyretti. Ağaç dallarının yaladığı yan ayna içeri dönmüştü. Langdon arka koltukta sessizce oturan Sophie'nin yansımasını gördü. Onu uzun süre seyrettikten sonra beklenmedik bir memnuniyet duydu. Gece boyunca yaşadığı sıkıntılara rağmen, Langdon böyle hoş bir arkadaş bulmuş olduğuna minnettardı.

Sophie dakikalar sonra, Langdon'ın gözlerini üzerinde aniden hissetmiş gibi öne doğru eğilerek elini onun omzuna koydu ve sıvazladı. "İyi misin?"

Langdon, "Evet," dedi. "Bir şekilde."

Sophie koltuğuna geri yaslandığında, Langdon, onun dudaklarında belli belirsiz bir gülümseme gördü. Sonra kendisinin de sırıttığının farkına vardı.

Range Rover'ın arkasına tıkıştırılmış olan Silas güçlükle nefes alıyordu. Kolları arkadan bağlanmıştı, ayak bileklerine kadar çamaşır ipi ve yapışkanlı bantla sarılmıştı. Yoldaki her sarsıntı, çarpık duran omuzlarında şiddetli ağrılara sebep oluyordu. Onu tutsak alanlar en azından *keçe* kemerini çıkartmışlardı. Yapışkanlı bant yüzünden ağzından nefes alamadığı için, iki büklüm kıvrıldığı bagaj bölümündeki tozları içine çekerek ancak burnundan soluyabiliyordu. Öksürmeye başladı.

Fransız şoför kaygılı bir sesle, "Sanırım boğuluyor," dedi.

Silas'a koltuk değneğiyle vurmuş olan İngiliz, dönüp koltuğun üzerinden çatık kaşlarıyla Silas'a baktı. "İngilizler insanın medeniyetini dostlarına gösterdiği merhametle değil, düşmanlarına gösterdiği merhametle ölçtüğü için şanslısın." İngiliz eğilip, Silas'ın ağzındaki yapışkanlı bandı tuttu. Hızlı bir hareketle, yerinden çıkardı.

Silas dudaklarının yandığını hissetti ama ciğerlerine dolan hava Tanrı'nın lütfu gibiydi.

İngiliz adam, "Kim için çalışıyorsun?" diye sordu.

Silas, kadının tekmelediği çenesindeki acıyla, "Tanrı'nın işini yapıyorum," diye tersledi.

Adam, "Sen Opus Dei'densin," dedi. Bu bir soru değildi.

"Kim olduğum hakkında hiçbir şey bilmiyorsun."

"Opus Dei kilit taşını neden istiyor?"

Silas'ın cevap vermeye hiç niyeti yoktu. Kilit taşı Kutsal Kâse'ye götüren bağdı, Kutsal Kâse ise yazgıyı korumanın anahtarı.

Ben Tanrı'nın işini yapıyorum. Tarîk tehlikede.

Şimdi Range Rover'da bağlarıyla mücadele eden Silas, Öğretmen'le piskoposun ümitlerini boşa çıkarmış olmaktan korkuyordu. Onlarla temas kurmasının ve korkunç gelişmeleri anlatmasının imkânı yoktu. *Kilit taşı beni tutsak alan kişilerde! Kâse'ye bizden önce ulaşacaklar!* Silas karanlıkta dua etti. Hissettiği acının yakarışlarını arttırmasına izin verdi.

Bir mucize Tanrım. Bir mucizeye ihtiyacım var. Silas saatler sonra bir mucizeye tanık olacağını bilmiyordu.

"Robert?" Sophie hâlâ onu seyrediyordu. "Yüzünde komik bir ifade belirdi."

Dönüp ona bakan Langdon, çenesini sıkmış olduğunu ve kalbinin hızla çarptığını fark etti. Aklına inanılmaz bir fikir gelmişti. *Açıklaması gerçekten bu kadar basit olabilir mi?* "Cep telefonunu kullanmam gerek Sophie."

"Şimdi mi?"

"Sanırım bir şey buldum."

"Ne?"

"Sana birazdan anlatacağım. Telefonuna ihtiyacım var."

Sophie endişeli görünüyordu. "Fache görüşmeleri dinliyor olabilir. Her ihtimale karşı bir dakikadan kısa tut." Ona telefonu verdi.

"Amerika'yı nasıl arayacağım?"

"Ödemeli araman gerekecek. Benim hattım denizaşırı aramalara kapalı."

Langdon sonraki altmış saniyenin gece boyunca aklını meşgul eden soruyu cevaplayabileceğinin bilinciyle sıfırı tuşladı.

68

Telefon çaldığında New York'ta editörü Jonas Faukman yatağına henüz girmişti. Ahizeyi kaldırırken, *aramak için biraz geç,* diye mırıldandı.

Bir santral memuru, ona, "Robert Langdon'dan gelen ödemeli aramayı kabul ediyor musunuz?" diye sordu.

Şaşıran Jonas ışığı açtı. "Ha... elbette, tamam."

Hatta klik sesi duyuldu. "Jonas?"

"Robert? Gece yarısı beni uyandırıp, bir de bana mı ödetiyorsun?"

Langdon, "Jonas, beni affet," dedi. "Çok kısa keseceğim. Gerçekten öğrenmem gerekiyor. Sana verdiğim müsvedde. Sende..."

"Robert, üzgünüm, redaksiyon yapılmış halini sana bu hafta göndereceğimi söylemiştim ama işim başımdan aşkın. Gelecek pazartesi. Söz veriyorum."

"Ben redaksiyonu sormuyorum. Bana söylemeden kopyalarını tanıtım için göndermiş olabilir misin?"

Faukman tereddüt etti. Langdon'ın son çalışmasında -tanrıçalara tapınma tarihi hakkında bir araştırma- Magdalalı Meryem hakkında bazılarını hayrete düşürecek pek çok bölüm vardı. İçerik bolca kaynağa dayandırıldığı ve diğerleri tarafından desteklendiği halde, Faukman en azından ciddi tarihçilerden ve sanat duayenlerinden onay almadan Langdon'ın kitabını basmaya niyetli değildi. Jonas sanat dünyasından on büyük isim seçmiş ve her birine kapak için kısa bir onay yazısı yazmalarını rica ettiği mektupla birlikte Langdon'ın çalışmasının tüm bölümlerini göndermişti. Faukman tecrübelerinden öğrendiği kadarıyla, kitapta isimlerinin görünmesi için hepsi bu fırsata balıklama atlayacaktı.

Langdon, "Jonas?" diye yeniden sordu. "Müsveddeyi gönderdin, öyle değil mi?"

Langdon'ın bundan memnun olmadığını sezinleyen Faukman kaşlarını çattı. "Müsveddeler temizdi Robert, ayrıca harika övgülerle sana sürpriz yapmak istedim."

Sessizlik. "Paris Louvre müze müdürüne de gönderdin mi?"

"Ne zannediyordun? Çalışmanda onun Louvre'daki koleksiyonundan sıkça bahsetmişsin, kaynakçanda onun kitapları var ve bu adam yurtdışı satışlarında oldukça etkili. Saunière büyük bir danışmandı."

Hattın diğer ucundaki sessizlik uzun sürdü. "Ne zaman gönderdin?"

"Bir ay kadar önce. Ayrıca yakında Paris'e gideceğinden bahsettim ve ikinizin buluşmasını önerdim. Görüşmek için seni aradı mı?" Gözlerini ovuşturan Faukman durdu. "Bekle biraz, senin bu hafta Paris'te olman gerekmiyor muydu?"

"Paris'teyim."

Faukman yatağında doğruldu. "Beni Paris'ten mi ödemeli arıyorsun?"

"Telif hakkımdan kesersin Jonas. Saunière sonra sana geri döndü mü? Çalışmayı beğenmiş mi?"

"Bilmiyorum. Henüz beni aramadı."

"Şey, sen uykuna devam et. Şimdi kapatmam gerek ama bu çok şeyi açıkladı. Teşekkürler."

"Robert..."

Ama Langdon telefonu kapatmıştı.

İnanamayan bir edayla kafasını sallayan Faukman telefonu yerine koydu. *Yazarlar,* diye düşündü. *Akıllıları bile kaçık.*

Leigh Teabing, Range Rover'da nahoş bir kahkaha attı. "Robert, gizli bir cemiyeti araştıran bir araştırma yazıyorsun ve editörün kopyasını bu gizli cemiyete gönderiyor, öyle mi?"

Langdon koltuğuna gömüldü. "Öyle görünüyor."

"Kötü bir tesadüf dostum."

Langdon *bunun tesadüfle alakası olmadığını biliyordu.* Jacques Saunière'den tanrıça tarihi hakkındaki bir çalışmayı onaylamasını istemek, golf hakkında yazılmış bir kitabı Tiger Woods'a sormak gibiydi. Ayrıca tanrıça tapınmasıyla ilgili herhangi bir kitapta Sion Tarikatı'ndan bahsedileceği neredeyse garanti gibiydi.

Hâlâ kıkırdamakta olan Teabing, "İşte bir milyon dolarlık soru," dedi. "Tarikat hakkındaki görüşlerin olumlu muydu, olumsuz mu?"

Langdon, Teabing'in asıl sormak istediğini anlayabiliyordu. Pek çok tarihçi, tarikatın Sangreal Belgeleri'ni neden hâlâ gizli tuttuğunu sorguluyordu. Bazıları bilginin dünyayla çoktan paylaşıldığına inanıyordu. "Ben tarikatın tutumu hakkında yorum yapmadım."

"Yani görmezden geldin."

Langdon omuzlarını silkti. Teabing'in belgelerin halka açıklanması gerektiğine inandığı belli oluyordu. "Ben kardeşlik tarihini yazdım ve onları tanrıçaya tapınan modern bir cemiyet, Kâse koruyucuları ve eski belgelerin bekçileri diye anlattım."

Sophie, ona baktı. "Kilit taşından bahsettin mi?"

Langdon yüzünü buruşturdu. Bahsetmişti. Pek çok kez. "Ben bahsedilen kilit taşından, tarikatın Sangreal Belgeleri'ni korumak için yapacaklarına bir örnek olarak bahsettim."

Sophie şaşırmış görünüyordu. "Sanırım *P. S. Robert Langdon'ı bul,* böylece açıklanmış oluyor."

Langdon, Saunière'in ilgisini asıl çekenin araştırmada yazan başka bir şey olduğunu hissediyordu ama bu konuyu Sophie'yle yalnız kaldığında tartışabilirdi.

Sophie, "Demek," dedi. "Yüzbaşı Fache'ye yalan söyledin."

Langdon, "Ne?" diye sordu.

"Ona büyükbabamla hiç karşılaşmadığını söylemiştin."

"Karşılaşmadım. Çalışmamı editörüm göndermiş."

"Düşün Robert. Yüzbaşı Fache, editörünün gönderdiği zarfı bulmadıysa, onu senin gönderdiğin sonucuna varmıştır." Durdu. "Ya da daha kötüsü, elden verdiğini ve yalan söylediğini düşünmüştür."

Le Bourget Havaalanı'na vardıklarında Rémy Range Rover'ı pistin sonundaki küçük bir hangara doğru sürdü. Onlar yaklaşırken haki renkli pantolon giyen dağınık saçlı bir adam hangardan dışarı koşturarak el salladı ve oluklu dev metal kapıyı açarak, içerideki beyaz jet uçağını gözler önüne serdi.

Langdon parıldayan uçak gövdesine baktı. "Elizabeth *bu mu?*"

Teabing sırıttı. "Kör olası Manş'ı bile geçer."

Farlar yüzünden gözlerini kırpıştıran hakili adam onlara yaklaştı. İngiliz aksanıyla, "Neredeyse hazır efendim," diye seslendi. "Gecikme için özür dilerim ama beni hazırlıksız yakaladınız ve..." Arabadakiler inmeye başlayınca lafı kısa kesti. Sophie ile Langdon'a baktıktan sonra Teabing'e döndü.

Teabing, "Ortaklarımla Londra'da acil bir işimiz var. Kaybedecek vaktimiz yok. Lütfen hemen kalkışa hazırlan." Teabing konuşurken silahı arabadan alıp, Langdon'a uzattı.

Tabancayı gören pilotun gözleri yuvalarından fırladı. Teabing'in yanına giderek, "Efendim, affedin ama diplomatik uçuş iznime göre sadece sizi ve uşağınızı götürebilirim, misafirlerinizi alamam," dedi.

Teabing sıcak bir tebessümle, "Richard," dedi. "İki bin sterlin ve bu dolu tabanca misafirlerimi götürebileceğini söylüyor." Range Rover'ı gösterdi. "Ve arkadaki talihsiz herifi."

69

Hawker 731'in Garrett TFE-731 ikiz motorları gürleyerek, uçağı muazzam bir kuvvetle havalandırmıştı. Pencerenin dışındaki Le Bourget Havaalanı şaşırtıcı bir süratle geride kalıyordu.

Vücudu deri koltuğunda gücün etkisiyle geriye giden Sophie, *ülkeden kaçıyorum,* diye düşündü. O ana kadar, Fache ile oynadığı kedi fare oyununun bir şekilde Savunma Bakanlığı'na açıklanabilir olduğuna inanmıştı. *Masum bir adamı korumaya çalışıyordum. Büyükbabamın ölmeden önceki son isteğini yerine getirmeye çalışıyordum.* Sophie bu fırsat kapısının artık kapandığını biliyordu. Aranan bir adamın yanında, haber vermeden ve bağlı bir rehineyle ülkeden ayrılıyordu. Eğer bir "mantık sınırı" varsa, o sınırı aşmıştı. *Hem de ses hızında.*

Sophie kabinin ön kısmında -kapıdaki altın madalyada yazdığına göre *Fan Jet Elite Design*- Langdon ve Teabing ile yan yana oturuyordu. Pelüş döner koltuklar yerdeki raylar üzerine oturtulmuştu ve dörtgen bir ahşap masanın etrafında yerleri değiştirilebilecek şekilde tasarlanmıştı. Ufak bir toplantı odası. Fakat bu şahane dekor, uçağın arka tarafında, tuvaletin yanındaki ayrı bir bölümde Teabing'in emirleri üzerine yerde kanlar içinde yatan keşişin başında elinde silahla nöbet bekleyen Rémy'nin pek de şahane olmayan görüntüsünü kamufle etmeye yetmiyordu.

Teabing, "Dikkatimizi kilit taşına vermeden önce," dedi. "İzin verirseniz birkaç kelime etmek istiyorum." Çocuklarına kuşlardan böceklerden bahsedecek bir baba gibi ciddi görünüyordu. "Dostlarım, bu yolculukta sadece bir misafir olduğumun farkındayım ve bu beni onurlandırıyor. Bununla birlikte, hayatını Kâse'yi aramakla geçirmiş biri olarak, geri dönüşü olmayan bir yola adımınızı attığınızı size hatırlatmam gerektiğini düşünüyorum." Sophie'ye döndü. "Bayan Neveu, büyükbabanız Kutsal Kâse sırrını devam ettirmeniz umuduyla bu kripteksi size verdi."

"Evet."

"Bu yol her nereye götürecekse gitmeye kararlı olduğunuz anlaşılıyor."

Sophie içinde bir başka dürtünün de alev aldığının bilinciyle başını salladı. *Ailem hakkındaki gerçek.* Langdon kilit taşının onun geçmişiyle hiçbir bağlantısı olamayacağı konusunda telkin edici açıklamalar yapmış olsa da, Sophie hâlâ bu gizemle kişisel bir bağlantısı bulunduğunu hissediyordu. Sanki büyükbabası tarafından ona emanet edilen bu kripteksi onunla konuşup, yıllar boyunca onu etkisi altına alan boşluğa bir çözüm getirmeye çalışıyordu.

Teabing, "Bu gece büyükbabanız ve diğer üç kişi öldü," diyerek devam etti. "Bunu, kilit taşını kiliseye kaptırmamak için yaptılar. Opus Dei'nin bu gece ona ulaşması an meselesiydi. Umarım bunun sizi, son derece mesuliyet isteyen bir pozisyona soktuğunun farkındasınızdır. Meşale size verildi. Sönmesine izin verilemeyecek iki bin yıllık bir alev. Bu meşale yanlış ellere devredilemez." Bakışlarını gül ağacı kutuya çevirerek durdu. "Bu konuda size başka şans tanınmadığını görüyorum Bayan Neveu, ama buradaki tehlikeler düşünülecek olursa, ya bu sorumluluğu olduğu gibi kabul edeceksiniz... ya da bu sorumluluğu başka birine vereceksiniz."

"Büyükbabam kripteksi bana verdi. Sorumluluğu kaldırabileceğimi düşündüğüne eminim."

Teabing duyduklarından cesaret almış fakat ikna olmamış gibiydi. "Güzel. Hırs gerekli. Bununla birlikte, kilit taşını açmanın, beraberinde çok daha ağır bir sorumluluk getireceğini anladığınıza emin değilim."

"Nasıl yani?"

"Tatlım, aniden elinizde Kutsal Kâse'nin yerini gösteren bir harita tuttuğunuzu farz edin. O anda, tarihi sonsuza dek değiştirecek gerçeğe sahip olursunuz. İnsanların yüzyıllardır aradıkları bir gerçeğin koruyucusu olacaksınız. Bu gerçeği dünyaya açıklama sorumluluğu sizin olacak. Bunu yapan kişiyi pek çokları yerecek, pek çokları övecek. Asıl soru, bu görevi taşımaya yetecek güce sahip olup olmadığınız."

Sophie duraksadı. "Bunun benim kararım olacağına emin değilim."

Teabing'in kaşları yukarı kalkmıştı. "Değil mi? Kilit taşını elinde tutan kişinin kararı değilse, kimin kararı olabilir?"

"Sırrı bunca zaman başarıyla koruyan kardeşliğin."

"Tarikat mı?" Teabing kuşkuyla bakıyordu. "Ama nasıl? Kardeşlik bu gece dağıldı. *Boynu vuruldu* demek daha doğru olur. İster konuşmaları gizlice dinlenmiş olsun, ister içlerinden biri casusluk yapmış olsun, bunu asla bilemeyiz. Ama gerçek şu ki, biri onları buldu ve en üstteki dört üyenin kimliklerini öğrendi. Bu noktadan sonra kardeşlikten herhangi birine ben olsam güvenmezdim."

Langdon, "Peki ne öneriyorsun?" diye sordu.

"Robert, tarikatın bunca yıldır gerçeği sonsuza kadar tozlansın diye saklamadığını sen de en az benim kadar biliyorsun. Sırlarını paylaşmak için tarihteki doğru zamanın gelmesini bekliyorlardı. Dünyanın gerçeği kaldırmaya hazır olduğu zamanı."

Langdon, "Ve sen bu zamanın geldiğine mi inanıyorsun?" diye sordu.

"Kesinlikle. Daha bariz olamazdı. Tüm tarihi işaretler uyuyor, ayrıca eğer tarikat gerçeği yakında açıklamaya karar vermediyse kilise neden saldırsın?"

Sophie, "Keşiş henüz bize amacını anlatmadı," diye karşı çıktı.

Teabing, "Keşişin amacı, kilisenin amacı," diye yanıt verdi. "O büyük yanılgıyı açıklayan belgeleri ortadan kaldırmak. Kilise bu gece amacına her zamankinden daha çok yaklaştı. Tarikat sana güvendi Bayan Neveu. Kutsal Kâse'yi kurtarmak görevi, tarikatın gerçeği dünyayla paylaşmak isteğini gerçekleştirmeyi de içeriyor."

Langdon müdahale etti. "Leigh, Sophie'den bu kararı vermesini istemek, Sangreal Belgeleri'nin varlığını yalnızca bir saat önce öğrenen biri için biraz fazla."

Teabing iç geçirdi. "Baskı yapıyorsam özür dilerim Bayan Neveu. Doğruyu söylemek gerekirse, ben bu belgelerin her zaman halka duyurulmasından yanaydım, ama karar yine de sizin. Sadece kilit taşını açabilirsek, olabilecekler hakkında fikir sahibi olmanızı istedim."

Sophie ciddi bir sesle, "Baylar," dedi. "Sizin de söylediğiniz gibi, 'Kâse'yi sen bulmazsan, Kâse seni bulur.' Bir nedenden ötürü Kâse'nin beni bulduğuna ve zamanı geldiğinde ne yapmam gerektiğini bileceğime inanıyorum."

Her ikisi de şaşırmış gibiydi.

Sophie gül ağacı kutuyu işaret ederek, "O halde," dedi. "Haydi başlayalım."

70

Château Villette'in kabul salonunda duran Teğmen Collet sönmekte olan ateşi seyrederken kendini çaresiz hissediyordu. Dakikalar önce gelen yan odadaki Yüzbaşı Fache telefonda kayıp Range Rover'ın yerini tespit etmeleri için gerekli talimatları verirken bağırıp duruyordu.

Collet *şimdiye kadar herhangi bir yere gitmiş olabilir,* diye düşündü.

Fache'nin verdiği emirlere itaat etmeyen ve Langdon'ı ikinci kez elinden kaçıran Collet, teknik bölümün yerde kurşun deliği bulmasına seviniyordu, en azından Collet'nin silah sesi duyduğuna dair iddialarını desteklemişti. Yine de Fache'nin suratı asılmıştı ve Collet ortalık sakinleştikten sonra daha büyük yankılar duyacağını hissedebiliyordu.

Ne yazık ki burada buldukları ipuçları, neler olduğunu ya da işe kimin karıştığını aydınlatacak bir bilgi vermiyordu. Dışarıdaki Audi, sahte bir isim ve sahte bir kredi kartıyla kiralanmıştı, ayrıca bulunan parmak izleri Interpol'ün veri bankasındakilerle uyuşmamıştı.

Bir başka ajan salondan içeri telaşla girdi. "Yüzbaşı Fache nerede?"

Collet gözlerini korlardan güçlükle ayırıp, başını kaldırabildi. "Telefonda."

Odadan içeri hışımla giren Fache, "Telefonda değilim," diye müdahale etti. "Ne oldu?"

İkinci ajan, "Efendim, Zürih Emanet Bankası'ndan André Vernet az önce merkezi aramış. Sizinle özel olarak görüşmek istiyormuş. Hikâyesini değiştirmiş."

Fache, "Ya?" dedi.

Şimdi Collet de başını kaldırmıştı.

"Vernet bu gece Langdon ile Neveu'nın bir süre bankasında bulunduklarını itiraf etmiş."

Fache, "Biz bunu zaten biliyorduk," dedi. "Vernet neden yalan söylemiş?"

"Sadece sizinle konuşacağını söylemiş ama tam işbirliği yapmayı kabul etmiş."

"Neyin karşılığında?"

"Bankasının ismini haberin dışında tutmamız ve çalınan eşyayı bulmasına yardımcı olmamız karşılığında. Langdon ile Neveu, Saunière'in hesabından bir şey çalmış gibi görünüyor."

Collet, "Ne?" diye patladı. "Nasıl?".

Fache gözlerini ikinci ajandan ayırmadan, vücudunu biraz geri çekti. "Ne çalmışlar?"

"Vernet ayrıntılara girmedi ama onu geri almak için her şeyi yapmaya razı gibi."

Collet olanları zihninde açıklamaya çalıştı. Langdon ile Neveu, bir banka çalışanını silahla zorlamış olabilirler miydi? Belki de Vernet'yi Saunière'in hesabını açmaya ve zırhlı araçla kaçmalarına yardımcı olmaya zorlamışlardı. Her ne kadar mantıklı gelse de, Collet, Sophie Neveu'nun böyle bir şeye karışacağına inanmakta güçlük çekiyordu.

Bir başka ajan mutfaktan Fache'ye seslendi. "Yüzbaşım? Bay Teabing'in hızlı arama kayıtlarını incelerken, Le Bourget Havaalanı'na ulaştım. Kötü haberlerim var."

Fache otuz saniye sonra Château Villette'den ayrılmak üzere hazırlanmaya başlamıştı. Teabing'in yakınlardaki Le Bourget Havaalanı'nda özel bir uçağı olduğunu ve yaklaşık yarım saat önce havalandığını öğrenmişti.

Telefondaki Bourget temsilcisi uçakta kimlerin bulunduğunu ve nereye gittiğini bilmediğini iddia etmişti. Uçuş önceden planlanmamıştı ve uçuş planı bildirilmemişti. Küçük bir hava sahası için bile oldukça yasadışıydı. Fache doğru baskıyı uygularsa aradığı cevapları bulabileceğine inanıyordu.

Kapıya yönelen Fache, "Teğmen Collet," diye gürledi. "Buradaki teknik bölüm soruşturmasının başına seni bırakıyorum. Tüm yetki sende. Benim gitmem gerek. Kendini bağışlatmak için doğru bir şeyler yapmaya çalış."

71

Hawker rotasını düzeltip burnunu İngiltere'ye çevirdiğinde Langdon kalkıştan beri kucağında koruduğu gül ağacı kutuyu dikkatle kaldırdı. Kutuyu masanın üstüne koyarken, Sophie ile Teabing'in merakla öne doğru eğildiğini hissedebiliyordu.

Kapağı kaldırıp kutuyu açan Langdon, dikkatini kripteksin üstündeki harflere değil, kapağın altındaki minik deliğe vermişti. Bir kalemin ucunu kullanarak, üstteki gül kabartmasını dikkatle çıkarıp, altındaki metni açığa çıkardı. *Sub rosa,* diye mırıldanırken, metne dikkatle yeniden bakınca anlayacağını ümit ediyordu. Langdon tüm enerjisini yoğunlaştırarak, tuhaf metni inceledi.

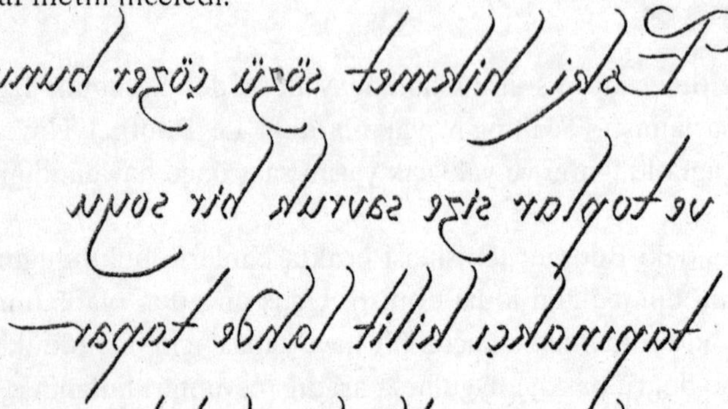

Bir süre sonra, ilk hissettiği hüsran duyguları yeniden canlanmaya başlamıştı. "Leigh, hiçbir şeye benzetemiyorum."

Sophie masanın karşısında oturduğu yerden metni göremediği halde, Langdon'ın lisanı hemen tanıyamaması onu hayrete düşürmüştü. *Büyükbabam bir simgebilimcinin bile tanımlayamadığı bir lisan mı konuşuyordu?* Sonra hemen bunun o kadar da şaşırtıcı olmaması gerektiğini fark etti. Jacques Saunière'in torunundan sakladığı tek sır bu olmamalıydı.

Sophie'nin karşısındaki Leigh Teabing patlamak üzereydi. Metni görmek için sabırsızlanırken heyecanla titreyerek, kamburunu çıkartıp kutuyu kapatmış olan Langdon'ın arkasından yazıyı görmek için öne doğru eğildi.

Langdon dalgın bir edayla, "Bilmiyorum," dedi. "İlk tahminim Sami diliydi ama şimdi o kadar emin değilim. Pek çok Sami dilinde *harekeler* vardır. Bunda yok."

Teabing, "Belki de çok eskidir," diye tahminde bulundu.

Sophie, "*Hareke* mi?" diye sordu.

Teabing gözlerini kutudan bir an olsun ayırmıyordu. "Çağdaş Sami alfabelerinin çoğunda ünlü harfler yoktur ve ünsüz harfle hangi ünlünün beraberinde kullanılacağını göstermek için *hareke* kullanırlar, ünsüz harflerin altına veya yanına eklenen minik noktalar ya da kesme işaretleri. Tarih açısından bakacak olursak, *hareke*ler lisana yakın zaman önce eklenmişlerdir."

Langdon hâlâ kıpırdamadan yazıyı inceliyordu. "Belki de başka alfabeyle yazılmış Sefardik dilidir..."

Teabing daha fazla dayanamayacaktı. "Belki ben..." Uzanarak kutuyu Langdon'ın önünden kendine doğru çekti. Langdon'ın bilinen eski dillere -Yunan, Latin, Roma- aşina olduğuna hiç şüphe yoktu ama kısa bir süre bakabildiği bu lisan Teabing'e daha karmaşık bir dili, belki Raşi ya da STA"M[*] yazısını andırıyordu.

Teabing derin bir nefes alarak, gözlerini oymalı yazıya dikti. Uzun süre tek kelime etmedi. Teabing her geçen saniyede, kendine duyduğu güvenin kaybolduğunu hissediyordu. "Çok şaşkınım," dedi. "Bu lisan şimdiye dek gördüğüm hiçbir şeye benzemiyor!"

Langdon koltuğuna yığıldı.

Sophie, "Görebilir miyim?" diye sordu.

---

[*] İbranice şifreli el yazmaları.

Teabing, onu duymamış gibi davrandı. "Robert, daha önce buna benzer bir şey *gördüğünü* söylememiş miydin?"

Langdon'ın canı sıkkın gibiydi. "Öyle sanmıştım. Emin değilim. El yazısı bir şekilde tanıdık geliyor."

Tartışmaya dahil edilmediğine pek sevinmediği anlaşılan Sophie, "Leigh?" diye tekrar etti. "Büyükbabamın yaptığı kutuya bakabilir miyim?"

Kutuyu ona doğru iten Teabing, "Elbette hayatım," dedi. Niyeti onu küçümsemek değildi ama Sophie Neveu'nun onunla aynı kefeye konulması için bir fırın ekmek yemesi lazımdı. Eğer bir İngiliz Kraliyet Tarihçisi ve Harvard'lı bir simgebilimci bile lisanı tanımlayamıyorlarsa...

Sophie kutuyu inceledikten saniyeler sonra, "Aaa," dedi. "Tahmin etmeliydim."

Teabing ile Langdon aynı anda dönüp ona baktılar.

Teabing, "*Neyi* tahmin etmeliydin?" diye sordu.

Sophie omuzlarını silkti. "*Bunun* büyükbabamın kullandığı lisan olduğunu."

Teabing, "Şimdi bu metni *okuyabildiğini* mi söylüyorsun?" diye sesini yükseltti.

Eğlenmeye başladığı anlaşılan Sophie, neşeyle, "Hem de çok kolay," dedi. "Büyükbabam bu dili bana altı yaşındayken öğretti. Çok iyi biliyorum." Masanın öbür tarafına doğru eğilerek, Teabing'e ters ters baktı. "Ve samimi olmak gerekirse bayım, kraliyet ailesine bu kadar bağlı olmanıza rağmen yazıyı tanıyamamanıza çok şaşırdım."

Langdon bir anda anlamıştı.

El yazısının bu kadar tanıdık gelmesine şaşmamak lazım!

Langdon yıllar önce Harvard'ın Fogg Müzesi'ndeki bir davete katılmıştı. Harvard'daki eğitimini yarım bırakan Bill Gates, paha biçilmez edinimlerinden birini müzeye vermek için eski okuluna dönmüştü... Armand Hammer Vakfı'ndaki açık arttırmadan satın aldığı on sekiz sayfayı.

Arttırmayı kazandığı fiyat... 30.8 milyon dolar gibi sağlam bir rakamdı.

Sayfaların yazarı... Leonardo da Vinci, idi.

Bu on sekiz sayfa -şimdilerde *Leicester El Yazmaları* olarak bilinen ve adını eski sahibi Leicester Kontu'ndan alan- Leonardo'nun büyüleyici not defterlerinden geriye kalan son sayfalardı. Denemeler, Da Vinci'nin astronomi hakkındaki teorilerinin çizimleri, jeoloji, arkeoloji ve hidroloji konusunda yaptığı çalışmaların özetiydi.

Langdon sırada bekledikten sonra, paha biçilmez parşömeni ilk gördüğü anı asla unutamıyordu. Mutlak hayal kırıklığı. Sayfalar anlaşılmazdı. Güzel korunmuş ve düzgün bir el yazısıyla -krem rengi kâğıt üstüne kırmızı mürekkeple- yazılmış olmasına rağmen, yazılar anlamsız görünüyordu. Langdon ilk başta, Da Vinci defterlerine arkaik İtalyancayla yazdığı için okuyamadığını sanmıştı. Ama daha yakından inceledikten sonra, tek bir İtalyanca kelimeyi, hatta harfi bile tanıyamadığını fark etmişti.

Sergi tezgâhının başında duran bayan doçent, "Bunu deneyin efendim," diye fısıldamıştı. Tezgâhın üstünde zincirle asılı duran el aynasını göstermişti. Langdon aynayı eline alıp, aynadaki metni incelemeye koyulmuştu.

Her şey bir anda anlaşılır olmuştu.

Langdon, büyük düşünürün fikirlerini okumaya öylesine heveslenmişti ki, onun sayısız sanatsal yeteneğinden biri olan tersten yazma üslubunu unutmuştu. Böylece yazdıklarını kendisinden başka kimse anlayamıyordu. Tarihçiler hâlâ Da Vinci'nin eğlence olsun diye mi yoksa omzundan yazdıklarını okuyup fikirlerini çalmaya çalışanları uzak tutmak için mi böyle yazdığı konusunda tartışıyorlardı ama gerçek olan bir şey vardı. Da Vinci canının istediğini yapmıştı.

Robert'ın kendisini anladığını fark eden Sophie tebessüm etti. "İlk birkaç kelimeyi okuyabiliyorum," dedi. "İngilizce."

Teabing heyecanlanmıştı. "Neler oluyor?"

Langdon, "Tersten yazılmış," dedi. "Bir aynaya ihtiyacımız var."

Sophie, "Hayır yok," dedi. "Bu ağacın yeterince ince olduğunu zannediyorum." Gül ağacı kutuyu duvardaki ışığa tutarak, kapağın altını incelemeye başladı. Büyükbabası aslında tersten yazamıyordu, bu yüzden önce *normal* yazıp, sonra kâğıdı ters çevirerek yazıların üstünden geçmek gibi bir hileye başvuruyordu. Sophie, büyükbabasının metni bir tahtanın üstüne yakarak düzden yazdıktan sonra tahtanın arkası kâğıt inceliğine gelene kadar zımparaladığını tahmin ediyordu. Böylece tahtaya yakılarak kazınan yazı tersten bakıldığında okunur olacaktı. Ardından tahta parçasını ters çevirip yerine yerleştirmiş olmalıydı.

Sophie kapağı ışığa iyice yaklaştırdığında haklı olduğunu gördü. Işık ince tahtadan süzülmüş ve kapağın arkasındaki yazı meydana çıkmıştı.

Yazı okunuyordu.

Başını utançla sallayan Teabing, "İngilizce," dedi. "Anadilim."

Uçağın arkasında oturan Rémy Legaludec, ön tarafta konuşulanları duymak için kendini zorluyor ama motor sesinden duyamıyordu. Rémy gecenin akış şeklinden hoşlanmamıştı. Hem de hiç. Ayaklarının dibinde bağlı bir şekilde uzanan keşişe baktı. Adam hiç kıpırdamadan duruyordu, bir çeşit kabullenme haline geçmiş ya da sanki kurtuluş için sessiz bir dua okuyor gibiydi.

72

Langdon yerden en az bin altı yüz elli metre yükseklikte, dikkatini Saunière'in kapağın arkasından ışıldayan ayna etkili şiirine verirken, gerçek dünyayla bağlarını koparttığını hissediyordu.

Eski hikmet sözü çözer bunu
ve toplar size savruk bir soyu
tapınakçı kilit lahde tapar—
gerçek neyse atbash ışık tutar—

Hemen bir kâğıt parçası bulan Sophie, yazıyı aynen aktardı. Bitirdiğinde, üçü de sırayla metni okudular. Bir çeşit arkeolojik bilmeceye benziyordu... kripteksin nasıl açılacağını vaat eden bir bilmece. Langdon mısraları yavaşça okudu.

Eski hikmet sözü çözer bunu... ve toplar size savruk bir soyu... tapınakçı kilit lahde tapar... gerçek neyse atbash ışık tutar.

Langdon mısraların hangi eski şifreyi anlatmaya çalıştığını düşünmeye başlamadan önce, çok daha belirgin bir tını sezinlemişti. *Bir kısa bir uzun beş heceli ölçü.*

Langdon, Vatikan Gizli Arşivleri'nde geçirdiği geçen yıl da dahil olmak üzere Avrupa'daki gizli cemiyetleri araştırdığı yıllar süresince bu hece ölçüsüyle oldukça sık karşılaşmıştı. Bir kısa bir uzun beş heceli ölçü, eski Yunan yazar Archilochus'tan, Shakespeare'e, Milton'a, Chaucer'e ve Voltaire'e kadar, tüm dünyada yüzyıllarca tercih edilen bir şiir ölçüsü olmuştu. Bu kişiler sosyal yapıtlarını, çoğu çağdaşlarının mistik özellere sahip olduğunu düşündüğü bir ölçüyle yazacak kadar cesurdular. Bir kısa bir uzun beş heceli ölçünün kökleri paganlara dayanıyordu.

Bir kısa bir uzun hece ölçüsü. Zıt vurgulu iki hece. Vurgulu ve vurgusuz. Yin yang. Dengeli bir çift. Beşli dizgi içinde. Beş heceli mısra. Venüs'ün ve kutsal dişinin beş köşeli yıldızına ithafen beş sayısı.

Langdon'a dönen Teabing, "Beş heceli mısra!" deyiverdi. "Ayrıca mısralar İngilizce! *La Lingua pura!*"

Langdon başını evet anlamında salladı. Kiliseyle geçinemeyen pek çok Avrupalı gizli cemiyet gibi tarikat da, yüzyıllar boyunca İngilizcenin tek *saf* Avrupa dili olduğunu kabul etmişti. Latin -Vatikan dili, kökenli Fransızca, İspanyolca ve İtalyancadan farklı olarak İngilizce, Roma'nın propaganda makinesinden ayrı tutulmuş ve böylece kardeşliğin öğrenmesini gerektirecek kutsal ve gizli bir dil haline gelmişti.

Teabing, "Bu şiir," diye methetmeye başladı. "Sadece Kâse'den değil, aynı zamanda Tapınak Şövalyeleri'nden ve Magdalalı Meryem'in dağılan ailesinden bahsediyor! Daha başka ne isteyebilirdik?"

Yeniden şiire bakan Sophie, "Şifre," dedi. "Eski bir hikmet sözüne ihtiyacımız olduğu belli."

Gözlerini kırpıştıran Teabing, "Abrakadabra olabilir mi?" diye dalga geçti.

Beş harfli bir kelime, diye düşünen Langdon *hikmet sözü* olarak nitelendirilebilecek eski kelimeleri aklından geçiriyordu... mistik tilavetlerden bölümler, astrolojik kehanetler, gizli cemiyet talimatları, Wicca sihirleri, Mısır büyü kelimeleri, pagan mantraları. Liste dipsiz bir kuyuydu.

Sophie, "Şifrenin," dedi. "Tapınakçılarla bir ilgisi var gibi görünüyor." Metni yüksek sesle okudu. "Tapınakçı kilit lahde tapar."

Langdon, "Leigh," dedi. "Tapınakçı uzmanı sensin. Fikrin var mı?"

Teabing uzun süre sessiz kaldıktan sonra içini çekti. "Şey, kilit lahit bildiğimiz mezar taşlarından olmalı. Şiir, Tapınakçılar'ın kutsal saydığı Magdalalı Meryem'in mezarından bahsediyor olabilir. Ama bize fazla yardımcı olmuyor çünkü mezarın yerini bilmiyoruz."

Sophie, "Son mısra," dedi. "Gerçeğe *atbash* ışık tutacak diyor. Bu kelimeyi duymuştum. *Atbash.*"

Langdon, "Hiç şaşırmadım," diye cevap verdi. "Kriptoloji 101 dersinde duymuş olmalısın. Atbash Şifresi, insanlığın bildiği en eski şifredir."

Elbette, diye düşündü Sophie. *Ünlü İbrani şifreleme yöntemi.*

Atbash Şifresi gerçekten Sophie'nin kriptoloji eğitiminin bir parçası olmuştu. MÖ 500 tarihine kadar giden şifreleme yöntemi, artık sınıflarda yer değiştirmeli temel döngü düzenine örnek olarak kullanılıyordu. Musevi kriptogramının sık rastlanan bir biçimi olan Atbash Şifresi, yirmi iki harfli İbrani alfabesine dayanan basit bir yer değiştirme şifresiydi. İlk harf son harfle, ikinci harf sondan ikinci harfle yer değiştiriyor ve böylece sürüp gidiyordu.

Teabing, "Atbash son derece uygun," dedi. "Atbash ile şifrelenen metinlere Kabala'da, Lut Gölü Yazmaları ve hatta Eski Ahit'te bile rastlandı. Musevi alimlerle mistikler, Atbash'ı kullanarak hâlâ gizli anlamlar çıkarıyorlar. Elbette tarikat da öğretilerinin bir parçası olarak Atbash Şifresi'ni kullanacaktı."

Langdon, "Tek sorun," dedi. "Elimizde şifreyi uygulayabileceğimiz hiçbir şey yok."

Teabing içini çekti. "Mezar taşının üstünde şifreli bir kelime olmalı. Tapınakçılar'ın kutsal saydığı bu mezar taşını bulmalıyız."

Sophie, Langdon'ın yüzündeki tatsız ifadeden, Tapınakçılar'ın mezar taşını bulmanın yabana atılacak bir iş olmadığını anlamıştı.

Anahtar Atbash, diye düşündü Sophie. *Ama kapımız yok.*

Üç dakika sonra Teabing hüsranla derin bir nefes alarak başını salladı. "Dostlarım, ne yapacağımı şaşırdım. Rémy ile misafirimizi kontrol edip, bir şeyler atıştırırken bunu düşünmeme müsaade edin." Ayağa kalkıp uçağın arkasına doğru ilerledi.

Arkasından ona bakan Sophie kendini yorgun hissediyordu.

Pencerenin dışındaki şafak öncesi karanlık mükemmeldi. Sophie nereye ineceğini bilmeden kendini uzay boşluğuna fırlatılmış gibi hissediyordu. Büyükbabasının hazırladığı bilmecelerle büyümüş olduğundan, önlerinde duran bu şiirin, henüz fark edemedikleri bir bilgi içerdiğini hissedebiliyordu.

Orada daha fazlası var, dedi kendi kendine. *Ustalıkla gizlenmiş... ama yine de var.*

Ona rahatsızlık veren düşünceler arasında, kripteksin içinde bulacakları nesnenin "Kutsal Kâse'ye götüren bir harita" kadar basit bir şey olmadığı da vardı. Langdon ile Teabing, gerçeğin mermer silindirin içinde bulunduğuna her ne kadar emin olsalar da, Sophie, büyükbabasının hazine avlarını, Jacques Saunière'in sırlarını kolaylıkla açıklamadığını bilecek kadar çok çözmüştü.

73

Adli polis yüzbaşısı, kapıdan içeri rüzgâr gibi girdiğinde, Bourget Havaalanı'nın gece vardiyasında çalışan hava trafiği kontrol memuru, boş bir radar ekranının önünde uyukluyordu.

Küçük kuleyi adımlarıyla arşınlayan Bezu Fache, "Teabing'in jet uçağı," dedi. "Nereye gitti?"

İngiliz müşterisinin gizliliğini korumaya çalışan kontrol memurunun ilk yanıtı gevelemek oldu. İngiliz adam, havaalanının en saygın müşterilerinden biriydi. Ama başaramadı.

Fache, "Pekâlâ," dedi. "Uçuş planını bildirmeden özel bir uçağın kalkmasına izin verdiğin için seni tutukluyorum." Fache'nin işaret verdiği bir başka memur kelepçelerle yaklaşmaya başlayınca trafik kontrol memuru paniğe kapıldı. Polis yüzbaşısının bir kahraman mı yoksa bir başbelası mı olduğunu tartışan gazeteleri gözünün önüne getirdi. Bu soruya çoktan cevap verilmişti.

Kontrol memuru kelepçelerle karşılaştığında, "Bekleyin!" diye atıldı. "Size şu kadarını söyleyebilirim. Sir Leigh Teabing tıbbi tedavileri için Londra'ya sık sık uçar. Kent'teki Biggin Hill Özel Havaalanı'nda bir hangarı var. Londra'nın dış mahallelerinde."

Fache kelepçeleri tutan adamı el işaretiyle uzaklaştırdı. "Bu gece gideceği yer Biggin Hill mi?"

Kontrol memuru tüm dürüstlüğüyle, "Bilmiyorum," diye cevap verdi. "Uçak her zamanki rotasından kalktı ve son radar bağlantısı Birleşik Krallık'ı gösteriyor. Biggin Hill olması son derece kuvvetli bir ihtimal."

"Uçakta başkaları da var mıydı?"

"Efendim, yemin ederim bunu bilmeme imkân yok. Müşterilerimiz doğrudan hangarlarına gider ve uçaklarına istedikleri gibi binerler. Uçakta kimin olduğu, karşı taraftaki havaalanın gümrük yetkililerinin sorumluluğundadır."

Saatine bakan Fache, terminalin önünde duran jet uçaklarına göz attı. "Biggin Hill'e gidiyorlarsa, yere inmeleri ne kadar sürer?"

Kontrol memuru, kayıtlarını karıştırdı. "Kısa bir uçuş. Uçağı yaklaşık saat... altı buçukta iniş yapabilir. Yani on beş dakika sonra."

Fache kaşlarını çatarak adamlarından birine döndü. "Buraya bir araç getirtin. Ben Londra'ya gidiyorum. Ayrıca bana kent polisini bulun. İngiliz MI5'i olmasın. Bu işi sessiz halletmek istiyorum. *Yerel* kent polisi. Teabing uçağına iniş izni verilmesini istediğimi söyle. Sonra pistte etrafının sarılmasını istiyorum. Ben oraya varana kadar kimse uçaktan inmesin."

74

Hawker'ın kabininde Sophie'nin karşısında oturan Langdon, ona, "Sustun," dedi.

Sophie, "Sadece yorgunum," diye cevap verdi. "Ve şiir. Bilmiyorum."

Langdon da aynı şeyleri hissediyordu. Motorlardan gelen vınlama sesiyle, uçağın beşik gibi hafif sallanması insana uyku veriyordu, başında ayrıca keşişin vurduğu yer hâlâ zonkluyordu. Teabing hâlâ uçağın arka tarafında olduğundan Langdon, Sophie'yle baş başa kaldığı bu anı değerlendirerek, bir düşüncesini onunla paylaşmaya karar verdi. "Sanırım, büyükbabanın neden bir araya gelmemizi planladığını biliyorum. Galiba sana açıklamamı istediği bir şey vardı."

"Kutsal Kâse ve Magdalalı Meryem hikâyesi yeterli değil mi yani?"

Langdon nasıl devam edeceğine karar verememişti. "Aranızın açılması. Onunla on yıldır konuşmamanın sebebi. Sanırım sizi birbirinizden ayıran şeyin ne olduğunu açıklayabileceğimi ümit ediyordu."

Sophie koltuğunda kıpırdandı. "Bizi ayıran şeyin ne olduğunu sana anlatmadım."

Langdon dikkatle ona baktı. "Bir seks ayinine tanık oldun. Öyle değil mi?"

Sophie kendini geri çekti. "Bunu nereden biliyorsun?"

"Sophie, büyükbabanın gizli bir cemiyet üyesi olduğuna inanmanı sağlayacak bir olaya tanık olduğunu söylemiştin. Ve gördüğün şey, o günden itibaren onunla bir daha konuşmamana sebep oldu. Gizli cemiyetler hakkında az çok bilgim var. Gördüklerini tahmin etmek için Da Vinci olmaya gerek yok."

Sophie bakışlarını ona dikti.

Langdon, "Bahar ayları mıydı?" diye sordu. "Ekinoks zamanı olabilir mi? Mart ayı ortaları?"

Sophie pencereden dışarı baktı. "Üniversiteden bahar tatili için dönmüştüm. Birkaç gün erken gelmiştim."

"Bana anlatmak ister misin?"

"Anlatmasam daha iyi olur." Buğulanmış gözlerle birden Langdon'a döndü. "Ne diyeceğimi bilmiyorum."

"Hem kadınlar, hem erkekler mi vardı?"

Kısa bir duraksamadan sonra başını salladı.

"Beyazlar ve siyahlar giymişlerdi değil mi?"

Gözlerini sildikten sonra başını salladı. Biraz açılmışa benziyordu. "Kadınlar beyaz tül gecelikler giymişlerdi... altın ayakkabıları vardı. Ellerinde altın küreler tutuyorlardı. Erkekler siyah tunik ve siyah ayakkabı giymişlerdi."

Langdon duygularını belli etmemeye çalıştı ama yine de duyduklarına inanamıyordu. Sophie Neveu farkında olmadan, iki bin senelik kutsal bir törene tanık olmuştu. Soğukkanlı bir sesle konuşmaya çalışarak, "Peki maskeler?" diye sordu. "Androjen maskeler?"

"Evet. Herkeste vardı. Birbirinin aynı maskeler. Kadınlarda beyaz. Erkeklerde siyah."

Langdon bu törene dair birtakım tanımlamalar okumuştu ve mistik kökenlerini anlayabiliyordu. Yumuşak bir sesle, "Buna Hieros Gamos denir," dedi. "İki bin yıldan daha eskilere dayanır. Mısırlı rahipler ve rahibeler, dişinin üreme gücünü kutlamak için bu töreni aralıklarla tekrar ederlerdi." Durup, Sophie'ye doğru eğildi. "Ve tabii eğer manasını anlamaya hazır olmadan Hieros Gamos'a şahit olduysan, seni şok edeceğini tahmin edebiliyorum."

Sophie hiçbir şey söylemedi.

Langdon, "Hieros Gamos Yunancadır," diye devam etti. "*Kutsal evlilik* anlamına gelir."

"Benim gördüğüm, bir evlilik töreni değildi."

"*Birleşme* anlamındaki evlilik, Sophie."

"Yani seks gibi mi?"

"Hayır."

Yeşil gözleriyle onu sorgulayan Sophie, "Hayır mı?" diye sordu.

Langdon lafı çevirdi. "Şey... bir bakıma evet, ama bugün anladığımız gibi değil." Gördükleri bir seks ayinine *benzese* de, Hieros Gamos'un erotizmle bir ilgisi olmadığını açıkladı. Bu, dinsel bir ibadetti. Tarihte cinsel birleşim, dişi ile erkeğin Tanrı'yı deneyimlediği bir ibadetti. Eskiler, kutsal dişiyi cinsel açıdan tanımadığı müddetçe erkek ruhunun tamamlanmadığına inanırlardı. Dişi ile sağlanan fiziksel birleşim, erkeğin ruhani açıdan tamamlanmasının ve *gnosis*'e ulaşmasının -Tanrı bilinci- tek yoluydu. Seks ayinleri, İsis zamanından beri erkeğin dünyadan cennete uzanan tek köprüsü olduğuna inanılırdı. Langdon, "Erkek, kadınla birleşerek," dedi. "Zihninin tamamen boşaldığı ve Tanrı'yı anlayabildiği zirve anına ulaşabilirdi."

Sophie şüpheyle bakıyordu. "Yani orgazm dua gibi miydi?"

Aslında Sophie haklı olduğu halde, Langdon umarsızca omuzlarını silkti. Fiziksel açıdan bakılacak olursa, düşüncelerden tamamen soyutlanmış, kopuk bir an erkek orgazmına eşlik ediyordu. Kısa bir zihinsel boşluk. Tanrı'ya bakılabilecek bir dinginlik anı. Meditasyon guruları, düşüncelerden arınmış benzeri hallere seks yapmadan geçerler ve Nirvana'yı genellikle sonsuz bir ruhani orgazm olarak nitelendirirlerdi.

Langdon alçak bir sesle, "Sophie," dedi. "Eskilerin seks anlayışının günümüzdekinden tamamen farklı olduğunu anlaman çok önemli. Seks yeni hayata -en büyük mucize- can verirdi ve mucizelere sadece bir Tanrı sebep olabilirdi. Kadının rahminde bir hayat üretmesi onu kutsal kılıyordu. Bir Tanrı. Cinsel birleşme, insan ruhunun iki yarısının -erkek ve dişi- birleşmesi anlamına geliyordu, böylece erkek ruhani bütünlüğe ulaşıyor ve Tanrı'yı paylaşıyordu. Gördüğün şeyin seksle değil, dinle ilgisi vardı. Hieros Gamos ayini bir sapıklık değildir. Çok kutsal bir törendir."

Sözleri ona tesir etmiş gibiydi. Sophie gece boyunca mesafesini korumuştu ama Langdon şimdi ilk kez etrafına ördüğü duvarın çatırdamaya başladığını görüyordu. Gözlerinde yeniden yaşlar belirdi ve onları süveterinin koluyla kuruladı.

Langdon, ona biraz zaman tanıdı. Kabul etmek gerekirse, seksin Tanrı'ya ulaşmak için izlenen bir yol olduğu düşüncesi, ilk bakışta biraz akıl karıştırıcıydı. Langdon'ın Musevi öğrencileri, ilk Musevi geleneklerinin seks ayinleri içerdiğini öğrendiklerinde şaşkınlıktan küçük dillerini yutarlardı. *İbadethanede, asla olamaz.* Eski Museviler, Süleyman Mabedi'ndeki Kudsülakdas'ta Tanrı'yla birlikte, onun dişi dengi Shekinah'ın da oturduğuna inanırlardı. Ruhsal bütünlük arayan erkekler, sevişecekleri rahibeleri -veya *hierodules*- ziyaret etmek için mabete gelirler ve fiziksel birleşme sayesinde kutsallığı tecrübe ederlerdi. Musevilerin dört harfli YHWH kelimesi -Tanrı'nın kutsal adı- aslında Yehova kelimesinden türetilmişti. Erkek *Jah* kelimesi ile *Havva'*nın İbranilerden önceki adı olan Havah'ın androjen birleşimi.

Langdon yumuşak bir sesle, "Eski kilise için," dedi. "İnsanların Tanrı'ya ulaşmak adına seksi kullanması büyük bir tehdit oluşturuyordu. Kilisenin kendi kendine ilan ettiği Tanrı'ya giden tek yol düşüncesini gölgeliyordu. Belirli nedenlerden ötürü seksi kötü göstermek, iğrenç ve günahkâr bir davranış olduğuna inandırmak için ellerinden geleni yaptılar. Diğer büyük dinler de aynını yaptı."

Sophie susuyordu ama Langdon, onun büyükbabasını daha iyi anlamaya başladığını sezmişti. Langdon bu sömestr aynı konuya derslerinden birinde değinmişti. Öğrencilerine, "Seks hakkındaki düşüncelerimizin çelişkili olması şaşırtıcı mı?" diye sormuştu. "Eskiden gelen dürtülerimiz ve fizyolojimiz bize seksin doğal bir şey olduğunu söyler -ruhani bütünlüğe giden aziz bir yol- ama modern din, bunun utanç verici olduğunu aşılar ve şeytanın işi olan seks dürtülerimizden korkmamız gerektiğini öğretir.

Langdon dünyada bir düzineden fazla gizli cemiyetin -pek çokları hayli nüfuzlu- hâlâ seks ayinleri yaparak, eski gelenekleri sürdürdüğü gerçeğiyle öğrencilerini daha fazla korkutmak istememişti. *Gözleri Tamamen Kapalı* filminde Tom Cruise'un canlandırdığı karakter, son derece elit Manhattan'lıların özel bir toplantısına gizlice girerek, Hieros Gamos'a tanık olmuştu. Ne yazık ki film yapımcıları pek çok noktayı yanlış anlamıştı ama fikrin temeli mevcuttu... cinsel birleşmenin büyüsünü kutlamak için bir araya gelen gizli bir cemiyet.

"Profesör Langdon?" Arka sıralarda oturan bir erkek öğrenci umut dolu sesiyle elini kaldırmıştı. "Kiliseye gitmek yerine daha fazla seks yapmamız gerektiğini mi söylüyorsunuz?"

Langdon kıkırdamış fakat yemi yutmamıştı. Bu çocukların Harvard partilerinde seksten çok daha fazlasını yaptıklarını duymuştu. Tehlikeli bir bölgede olduğunun bilinciyle, "Baylar," demişti. "Hepinize bir teklifte bulunmak istiyorum. Evlilik öncesi sekse göz yummaya cüret etmeden ve hepinizin lekesiz melekler olduğunu düşünecek kadar saf olmadan, size seks hayatınız hakkında şu küçük tavsiyede bulunacağım."

Dinleyiciler arasındaki tüm erkekler, öne doğru eğilerek dikkatle dinlemişlerdi.

"Bir kadınla bir daha beraber olduğunuzda, kalbinize bakın ve sekse mistik, ruhani bir olgu olarak yaklaşmadığınızı anlayın. Erkeklerin sadece kutsal dişiyle birleşerek ulaşacakları o ilahi kıvılcımı bulmak için kendinize meydan okuyun."

Kadınlar başlarını sallayarak, bilmiş bir tebessüm takınmışlardı.

Erkeklerse garip bir şekilde kıkırdayarak birbirlerine açık saçık şakalar yapmışlardı.

Langdon içini çekmişti. Üniversitedeki erkekler hâlâ çocuktu.

Başını uçağın penceresine dayayıp boşluğa bakarken alnı üşüyen Sophie, Langdon'ın az önce anlattıklarını düşünüyordu. İçinde yeni bir pişmanlık hissediyordu. *On yıl.* Büyükbabasının, ona gönderdiği açılmamış mektup tomarlarını düşündü. *Robert'a her şeyi anlatacağım.* Sophie başını pencereden çevirmeden konuşmaya başladı. Yavaşça. Korkuyla.

O gece olanları yeniden anlatırken, zamanda geri gittiğini hissetti... büyükbabasının Normandiya'daki şatosunun yakınlarındaki ormanda dolaşıyordu... şaşkınlık içinde boş evi arıyordu... aşağıdan gelen sesler duyuyordu... sonra gizli kapıyı buluyordu. Taş merdivende, her adımda bir basamak inerek usulca bodrumdaki yeraltı odasına vardı. Toprak kokusunu alabiliyordu. Serinlik ve ışık. Mart ayıydı. Merdivende saklandığı gölgeler arasından, yabancıların sallanarak ellerindeki mumlarla ilahiler söylediğini duyuyordu.

Rüya görüyorum, dedi kendi kendine. *Bu bir rüya. Başka ne olabilir?*

Kadınlarla erkekler sıraya dizilmişlerdi, siyah, beyaz, siyah, beyaz. Kadınlar hep birlikte ellerindeki altın küreleri kaldırıp, her bir ağızdan, "*Başlangıçta seninle birlikteyim, kutsal olan her şey görünmeye başladığında, gün doğmadan önce seni rahmimden çıkarttım,*" diye seslenirlerken güzel gecelikleri dalgalanıyordu.

Kadınlar kürelerini indirdiğinde, herkes sanki vecit haline geçmiş gibi ileri geri sallandı. Çemberin ortasındaki bir şeye saygı gösteriyorlardı.

Neye bakıyorlar?

Sesler artık yükseliyordu. Daha yüksek. Daha hızlı.

Kadınlar kürelerini yeniden yükselterek, "*Gördüğün kadın sevgidir!*" diye bağırdılar.

Erkekler, "*O kadının meskeni sonsuzluktur!*" diye cevapladılar.

İlahiler yeniden başlamıştı. Arttı. Gürledi. Daha hızlı. Katılımcılar içeri doğru adım atarak, çömeldiler.

İşte o an Sophie, sonunda hepsinin neyi seyrettiğini görebilmişti.

Çemberin ortasındaki alçak, süslü bir sunağın üstünde bir adam yatıyordu. Çıplaktı, sırtüstü yatıyordu ve yüzünde siyah bir maske vardı. Sophie hemen adamın omzundaki doğum lekesinden, vücudu tanımıştı. Neredeyse bağıracaktı. *Grand-père!* Bu görüntü bile Sophie'yi şok etmeye veterdi ama fazlası vardı.

Gümüş renkli gür saçları arkasından sallanan, beyaz maskeli çıplak bir kadın, büyükbabasının üstüne çıkmıştı. Mükemmellikten çok uzak tombul bir vücudu vardı ve ilahilere ritim tutarak sallanıyordu -Sophie'nin büyükbabasıyla sevişiyordu.

Sophie dönüp kaçmak istedi ama yapamadı. İlahi sesleri yükselmeye başladığında, yeraltındaki odanın taş duvarları onu içeri hapsetmişti. Katılımcıların oluşturduğu çember şimdi adeta şarkı söylüyordu ve sesler yükselerek çılgın bir hal almıştı. Ani bir gürlemeyle tüm oda adeta doruk noktasında patladı. Sophie nefes alamıyordu. Sonra birden hıçkırarak sessizce ağladığını fark etti. Arkasını dönerek usulca merdivenlerden yukarı, evden dışarı çıktı ve titreyerek Paris'e geri döndü.

75

Aringarosa, Fache ile yaptığı ikinci telefon görüşmesini bitirirken, kiralık uçak Monaco'nun titrek ışıkları üstünde uçuyordu. Yeniden torbaya uzandı ama kendini kusamayacak kadar bitap hissediyordu.

Şu iş bir sona erse!

Fache'nin verdiği son haber anlaşılır gibi değildi ama bu gece artık her şey anlamını yitirmişti. *Neler oluyor?* Her şey kontrolden çıkmıştı. *Silas'ı nasıl bir işe bulaştırdım? Kendimi nasıl bir işe bulaştırdım!*

Aringarosa titreyen bacaklarıyla pilot kabinine yürüdü. "Varış noktamızı değiştirmem gerekiyor."

Omzunun üstünden bakan pilot güldü. "Şaka yapıyorsunuz, öyle değil mi?"

"Hayır. Derhal Londra'ya gitmem gerekiyor."

"Peder, bu kiralık bir uçak, taksi değil."

"Sana elbette daha fazla ödeme yapacağım. Ne kadar? Londra sadece bir saat kuzeyde ve yönümüzü değiştirmemiz gerekmiyor, bu yüzden..."

"Para meselesi değil peder, başka sorunlar var."

"On bin euro. Hemen şimdi."

Gözleri hayretle açılan pilot arkasını döndü. "Ne kadar? Nasıl bir rahip bu kadar parayı yanında taşır?"

Aringarosa siyah evrak çantasının yanına giderek, açtı ve bonolardan birini çıkardı. Bonoyu pilota uzattı.

Pilot, "Bu nedir?" diye sordu.

"Vatikan Bankası'ndan alınmış on bin euro değerinde bir bono."

Pilot kuşkuyla bakıyordu.

"Nakitle aynıdır."

Bonoyu geri uzatan pilot, "Sadece nakit nakittir," dedi.

Aringarosa pilot kabininin kapısına tutunurken kendini oldukça güçsüz hissediyordu. "Bu bir ölüm kalım meselesi. Bana yardım etmelisin. Londra'ya gitmeliyim."

Pilot, piskoposun altın yüzüğüne baktı. "Gerçek elmas mı?"

Aringarosa yüzüğüne baktı. "Bundan ayrılamam."

Omuzlarını silken pilot, arkasını dönüp dikkatini ön camdan dışarı verdi.

Aringarosa derin bir üzüntü hissetti. Yüzüğe baktı. Onun temsil ettiği her şeyi zaten kaybetmek üzereydi. Uzun bir süre sonra yüzüğü parmağından çıkararak, nazikçe kontrol panosunun üstüne bıraktı.

Pilot kabininden ağır aksak çıkan Aringarosa yeniden koltuğuna oturdu. On beş saniye sonra, pilotun kuzeye doğru birkaç derece döndüğünü hissetti.

Buna rağmen Aringarosa'nın zafer anı paramparça olmuştu.

Her şey kutsal bir dava olarak başlamıştı. Zekice hazırlanmış bir plan. Şimdi ise iskambil kâğıdından yapılan evler gibi kendi üstüne yıkılıyordu... ve sonunda hiçbir yer görünmüyordu.

76

Langdon, Sophie'nin kendi Hieros Gamos deneyimini hatırlamaktan dolayı sarsıntı geçirdiğini hissedebiliyordu. Kendi adına, bunu duyduğuna şaşırmıştı. Sophie tüm ayine şahit olmakla kalmamış, kendi büyükbabasının kutlandığını görmüştü... Sion Tarikatı'nın Büyük Üstat'ı. Çarpıcı bir topluluktu. *Da Vinci, Botticelli, Isaac Newton, Victor Hugo, Jean Cocteau... Jacques Saunière.*

Langdon yumuşak bir sesle, "Sana başka ne söyleyebilirim bilmiyorum," dedi.

Sophie'nin yaşlarla dolan gözleri, şimdi koyu yeşil görünüyordu. "Beni kendi kızı gibi büyüttü."

Konuşurlarken, Langdon, onun gözlerindeki duygusallığı fark etti. Vicdan azabı duyuyordu. Uzak ve derin. Sophie Neveu, büyükbabasından kaçmıştı ve şimdi onu tamamen farklı bir açıdan görüyordu.

Dışarıda şafak hızla söküyor, kızıl hareleri sancak tarafında toplanıyordu. Aşağıdaki dünya hâlâ siyahtı.

"Kumanyalar, sevgili dostlarım." Teabing, kutu kolalar ve krakerlerle yanlarına gelmişti. Yiyecekleri dağıtırken, az miktarda olduğu için bol bol özür diledi. Keşiş dostumuz henüz konuşmuyor," dedi. "Ama ona biraz zaman tanıyalım." Krakerini ısırarak, şiire göz attı. "Peki, hayatım, ilerleme kaydettiniz mi?" Sophie'ye baktı. "Büyükbaban burada bize ne anlatmaya çalışıyor? Bu mezar taşı hangi cehennemde? Tapınakçılar'ın kutsal saydığı şu mezar taşı."

Sophie başını iki yana sallayarak sessizliğini korudu.

Teabing bir kez daha başını mısralara gömerken, Langdon bir kutu kola açarak pencereye döndü. Zihni gizli ayin sahneleri ve çözülmemiş şifrelerle doluydu. *Tapınakçı kilit lahde tapar.* Kolasından büyük bir yudum aldı. *Tapınakçılar'ın kutsal saydığı bir mezar taşı.* Kola ılıktı.

Gecenin karanlık perdesi hızla çözülmeye başlamıştı. Langdon bu değişimi seyrederken, aşağıda parlayan bir okyanus gördü. *İngiliz Kanalı.* Artık fazla kalmamıştı.

Langdon gün ışığının ikinci bir aydınlanma getirmesini diledi ama dışarıda hava aydınlandıkça gerçekten daha da uzaklaştığını hissediyordu. Beş heceli ölçünün ve ilahilerin, Hieros Gamos ile kutsal ayinlerin, uçağın gümbürtüsüyle yankılanan ritimlerini duydu.

Tapınakçılar'ın kutsal saydığı bir mezar taşı.

Yüzüne ışık vurduğunda uçak yeniden kara parçasının üzerinde uçuyordu. Langdon elindeki kola kutusunu sertçe bıraktı. Diğerlerine dönerek, "Buna inanmayacaksınız," dedi. "Tapınakçı lahdi... buldum."

Teabing'in gözleri faltaşına dönmüştü. "Mezar taşının nerde olduğunu *biliyor musun?*"

Langdon gülümsedi. "*Nerede* olduğunu değil. *Ne* olduğunu."

Sophie daha iyi duyabilmek için eğildi.

Akademik buluşun verdiği o tanıdık heyecanın tadına vararak, "Sanırım aslında lahitten değil, *taş bir büstten* bahsediyor," diye açıkladı. "Yani mezar taşı değil."

Teabing, "Büst mü?" diye sordu.

Sophie de bir o kadar şaşırmış gibiydi.

Langdon dönerek, "Leigh," dedi. "Engizisyon sırasında kilise Tapınak Şövalyeleri'ni her türlü günahı işlemekle suçlamıştı, öyle değil mi?"

"Doğru. Her türlü suçlamada bulunmuşlardı. Şehvet düşkünlüğü, haça işemek, şeytana tapmak, kabarık bir liste."

"Ve bu listede *sahte putlara* tapmak da vardı öyle değil mi? Kilise, Tapınakçılar'ı özellikle bir taş büste ibadet ettikleri gizli ayinler yapmakla suçlamıştı... pagan tanrısı..."

Teabing, "Baphomet!" diye çığlık attı. "Tanrım, Robert, haklısın! Tapınakçılar'ın kutsal saydığı bir taş büst!"

Langdon çabucak Sophie'ye, Baphomet'in yaratıcı üreme gücüyle bağlantılı bir pagan bereket tanrısı olduğunu açıkladı. Baphomet'in başı, yaratı ve üreme sembolü olan bir koç ya da keçi başıyla temsil ediliyordu.

Tapınakçılar, taştan bir kopyasını yaptıkları Baphomet'in başının etrafında çember oluşturarak ilahiler söylüyorlardı.

Teabing, "Baphomet," diyerek kıkırdadı. "Törende aslında cinsel birleşimin yaratıcı büyüsü kutlanırdı ama Papa Clemet herkese, Baphomet'in başının aslında şeytan başı olduğuna inandırdı. Papa, Baphomet'in başını Tapınakçılar'a karşı başlattığı davada idam ipi gibi kullandı."

Langdon, onu doğruladı. Şeytan olduğuna inanılan *boynuzlu* şeytanın kökü Baphomet'e kadar gidiyordu. Kilise boynuzlu bereket tanrısını şeytanla değiştirmişti. Tamamen olmasa da kilisenin bu işi başardığı ortadaydı. Geleneksel Amerikan Şükran Günü masalarında hâlâ paganların boynuzlu bereket sembolleri vardı. Bereket küfesi ya da "bereket boynuzu", Baphomet'in verimliliğine atıfta bulunurdu ve boynuzu kırılan bir keçi tarafından emzirilen Zeus efsanelerine dayanırdı. Keçinin boynuzu sihirli bir şekilde meyvelerle dolmuştu. Baphomet ayrıca grup fotoğrafı çektiren arkadaşlardan şakacı biri, diğerinin arkasından parmaklarını V şeklinde havaya kaldırdığında da görünürdü; şakacılardan çok azı alay ettikleri kurbanlarının sperm sayısının bol olduğunu ilan ettiklerinin farkına varırdı.

Teabing heyecanla, "Evet, evet," dedi. "Şiirde bahsi geçen Baphomet olmalı. Tapınakçılar'ın kutsal saydığı taş."

Sophie, "Peki," dedi. "Ama Tapınakçılar'ın kutsal saydığı taş büst Baphomet ise, bir ikilem var demektir." Kripteksin üstündeki harfleri işaret etti. "Baphomet kelimesinde sekiz harf var. Burada ise sadece beş."

Teabing genişçe sırıttı. "Tatlım, Atbash Şifresi burada devreye giriyor."

77

Langdon oldukça etkilenmişti. Teabing yirmi iki harfli İbrani alfabesini *-alef-bet-* ezbere yazmıştı. İbrani karakterleri yerine Latin harflerini kullanarak yazmıştı ama buna rağmen, alfabeyi akıcı bir telaffuzla okuyordu.

A B G D H V Z Ch T Y K L M N S O P Tz Q R Sh Th

"Alef, Bet, Gimel, Dalet, Het, Vav, Zayın, Çet, Tet, Yod, Kaf, Lamed, Mem, Nun, Sameh, Ayın, Pe, Tsadik, Kof, Reş, Şın ve Tav."(*) Teabing alnının terini silerek, tekrar işe koyuldu. "İbrani dilinde sesli harfler yazılmaz. Bu yüzden Baphomet kelimesini İbrani alfabesiyle yazacak olursak, üç sesli harf düşer ve geriye..."

Sophie, "Beş harf kalır," diye atıldı.

Teabing başını sallayarak yeniden yazmaya koyuldu. "Tamam, işte İbrani alfabesiyle Baphomet kelimesi böyle yazılıyor. Daha açık anlaşılması için sesli harfleri de araya yazacağım."

B a P V o M e Th

"Elbette," diye ekledi. "İbranicenin tersten yazıldığını unutmamak gerekir ama Atbash'ı bu şekilde daha kolay kullanırız. Bundan sonra, yerine kullanma tablosunu oluşturmak için tüm alfabeyi orijinalinin tersinden yeniden yazmamız gerekiyor."

(*) Alfabe okunuşları sevivon.com adresindeki Türk Musevilerin İbrani okulundan alınmıştır.

Kalemi Teabing'in elinden alan Sophie, "Daha kolay bir yolu var," dedi. "Atbash da dahil, tüm yer değiştirmeli şifreler için geçerlidir. Royal Holloway'de öğrendiğim ufak bir hile." Sophie alfabenin ilk yarısını soldan sağa yazdıktan sonra altına ikinci yarısını sağdan sola doğru yazdı. "Kriptoloji analistleri buna katla-kıvır derler. Yarı yarıya karıştırılmış. Ama iki kat daha temiz."

A	B	G	D	H	V	Z	Ch	T	Y	K
Th	Sh	R	Q	Tz	P	O	S	N	M	L

Elişine bakan Teabing kıkırdadı. "Haklısın. Holloway'deki çocukların işlerini yaptıklarına sevindim."

Sophie'nin yer değiştirme matrisine bakan Langdon, eski alimlerin ünlü Şeşak Gizemi'ni(*) çözmek için Atbash Şifresi'ni ilk kullandıklarında hissettikleri dehşeti duydu. Din alimleri yıllarca İncil'de Şeşak diye bir şehirden bahsedildiğini görüp muallakta kalmışlardı. Bu şehir herhangi bir haritada ya da başka bir belgede görünmüyordu ama Yeremya Kitabı'nda sıkça bahsi geçiyordu, -Şeşak kralı, Şeşak şehri ve Şeşak halkı. Sonunda bir alim kelimeye Atbash Şifresi'ni uyguladığında sonuçları herkesi hayrete düşürmüştü. Şeşak kelimesinin aslında oldukça iyi bilinen başka bir şehrin şifrelenmiş hali olduğunu ortaya koymuştu. Şifre çözme işlemi oldukça basitti.

Şeşak kelimesi İbranicede Sh-Sh-K diye yazılıyordu.

Sh-Sh-K harfleri yer değiştirme tablosuna yerleştirildiğinde, B-B-L harflerini veriyordu.

B-B-L ise İbranicede *Babil* diye okunuyordu.

Gizemli Şeşak şehrinin aslında Babil şehri olduğu ortaya çıktıktan sonra, İnciller deli gibi araştırılmaya başlanmıştı. Birkaç hafta sonra Eski Ahit'te alimlerin farkında olmadıkları daha pek çok Atbash şifreli kelimenin bulunduğu keşfedilmişti.

Heyecanını bastırmakta güçlük çeken Langdon, "Yaklaşıyoruz," diye fısıldadı.

(*) İnternetten Türkçeye geçerken bu şekilde yazılıyor. Şeşak kralıyla ilgili bir efsane var.

Teabing, "Adım adım Robert," dedi. Sophie'ye bakarak gülümsedi. "Hazır mısın?"

Sophie başını salladı.

"Pekâlâ, Baphomet kelimesi ünlüleri indirgendiğinde İbranicede *B-P-V-M-Th* diye yazılıyor. Şimdi beş harfli şifremizi bulmak için Atbash yer değiştirme matrisine uygulayalım."

Langdon'ın kalbi hızla çarptı. *B-P-V-M-Th.* Şimdi güneş pencerelerden içeri doluyordu. Sophie'nin yer değiştirme matrisine bakarak, çeviriyi yapmaya başladı. *B* yerine *Sh... P* yerine *V...*

Teabing Noel zamanı gelen bir okul çocuğu gibi sırıtıyordu. "Ve Atbash Şifresi diyor ki..." Sesi kesilmişti. "Aman Tanrım!" yüzü bembeyaz olmuştu.

Langdon'ın kalbi tekledi.

Sophie, "Ne oldu?" diye sordu.

"Buna inanmayacaksın." Teabing, Sophie'ye baktı. "Özellikle sen."

"Ne demek istiyorsunuz?" diye sordu.

"Bu... gerçekten dâhice," diye fısıldadı. "Son derece zeki!" Teabing yeniden kâğıda yazdı. "Davullar lütfen. İşte şifreniz." Yazdıklarını onlara gösterdi.

Sh-V-P-Y-A

Sophie, "Bu ne böyle?" diye kaşlarını çattı.

Langdon da anlayamamıştı.

Teabing'in sesi huşuyla titriyordu. "Bu dostum, hikmet kelimesinin eski hali."

Langdon harfleri yeniden okudu. *Eski hikmet sözü çözer bunu.* Bir saniye sonra her şeyi anlamıştı. Bunu hiç tahmin etmemişti. "Eski hikmet kelimesi!"

Teabing kahkahalarla gülüyordu. "Harfi harfine!"

Sophie önce kelimeye, ardından kripteksteki harflere baktı. Langdon ile Teabing'in göremediği ciddi bir yanlışlığı fark etmişti. "Durun biraz! Şifre bu olamaz," diye karşı çıktı. "Kripteksin üstünde Sh harfi yok. Geleneksel Latin harfleri kullanılmış."

Langdon, "Kelimeyi *oku,*" diye ısrar etti. "İki şeyi aklından çıkarma. İbranicede Sh harfine karşı gelen sembol, vurgu işaretine bağlı olarak aynı zamanda S diye de okunabilir. P harfi de aynı şekilde F diye okunabilir."

Sophie'nin *SVFYA?* diye düşünürken aklı karışmıştı.

Teabing, "Dâhice!" dedi. "Vav harfi genellikle O seslisi yerine kullanılır."

Yeniden harflere bakan Sophie, yüksek sesle okumaya çalıştı.

"*S... o... f... y... a.*"

Kendi sesini duyduğunda, ağzından çıkanlara inanamamıştı. "Sophia mı? Bu Sophia diye mi okunuyor?"

Langdon hararetle başını sallıyordu. "Evet! *Sophia,* Yunancada *hikmet* demektir. İsminin kökeni Sophie, gerçekten 'eski hikmet sözüdür.'"

Sophie birden büyükbabasına karşı derin bir özlem duydu. *Tarikat kilit taşını benim ismimle şifrelemiş.* Boğazında bir yumru oluşmuştu. Her şey son derece mükemmeldi. Ama gözlerini kripteksin üstündeki harflere çevirdiğinde, hâlâ bir sorun olduğunu gördü. "Ama durun... Sophia kelimesinde altı harf var."

Teabing gülümsemeye devam ediyordu. "Şiire yeniden bak. Büyükbaban 'eski hikmet sözü,' demiş."

"Evet?"

Teabing göz kırptı. "Eski Yunancada, hikmet S-O-F-I-A diye yazılır."

78

Sophie kripteksi kucağına alıp harfleri çevirmeye başladığında korkunç bir heyecan duyuyordu. *Eski hikmet sözü çözer bunu.* Langdon ile Teabing, onu seyrederlerken nefes almayı unutmuş gibiydiler.

S... O... F...

Teabing, "Dikkatli ol," diye uyardı. "Çok çok dikkatli ol."

...I... A.

Sophie son harfi çevirmişti. Başını kaldırıp diğerlerine bakarken, "Tamam," diye fısıldadı. "Şimdi çekip çıkartacağım."

Langdon korkuyla karışık bir neşeyle, "Sirkeyi unutma," diye fısıldadı. "Dikkatli ol."

Sophie bununda çocukluğunda açtığı kripteksler gibi olduğunu biliyordu. Tek yapması gereken silindiri her iki ucundan sıkıca kavramak ve farklı yönlere doğru hafif bir basınç uygulayarak yavaşça çekmekti. Eğer harfler, şifreye göre doğru sıralanmışsa, uçlardan biri kayarak açılacak ve Sophie içerideki, sirke şişesinin etrafına sarılmış papirüs sayfaya ulaşacaktı. Bununla birlikte eğer yazdıkları şifre *yanlışsa, Sophie'nin dışarıdaki uçlara uyguladığı baskı içerideki manivelayı harekete geçirince alttaki boşluğa kayacaktı. Eğer Sophie silindirleri hızla çekecek olursa cam şişe parçalanacaktı.*

Yavaş çek, dedi kendi kendine.

Sophie avuç içleriyle silindirin uçlarını kavrarken, Teabing ile Langdon iyice eğildiler. Sophie şifre kelimeyi çözmenin verdiği heyecanla, neredeyse içeride bulmayı umduklarının ne olduğunu unutuyordu. *Bu tarikatın kilit taşı.* Teabing'e göre, Magdalalı Meryem'in ve Sangreal hazinesinin yerini gösteren, bir Kutsal Kâse haritası vardı... en büyük sahibi belirsiz gizli gerçek hazinesi.

Taş tüpü tutan Sophie, bir kez daha tüm harflerin ibre ile aynı hizada olduğunu kontrol etti. Ardından yavaşça çekti. Hiçbir şey olmamıştı. Biraz daha kuvvet verdi. Taş birden yerinden kayarak ayrıldı. Uçtaki ağır parça elinde kalmıştı. Langdon ile Teabing neredeyse ayağa fırlayacaklardı. Uçtaki kapağı masanın üstüne koyup, içindekini görmek için silindiri yana eğerken Sophie'nin kalbi yerinden fırlayacak gibi olmuştu.

Bir parşömen!

Sophie yuvarlanmış kâğıdın ortasına baktığında, silindir şeklindeki bir nesnenin etrafına sarılmış olduğunu gördü. Sirke şişesi olduğunu tahmin etti. Fakat sirkenin etrafına sarılan kâğıt alışıldık hassas papirüs değil, tirşeydi. *Bu garip,* diye düşündü Sophie, *sirke koyun derisinden yapılan tirşeyi eritmez.* Kâğıdın ortasına tekrar baktığında, merkezdeki nesnenin sirke şişesi olmadığını fark etti. Tamamen farklı bir şeydi.

Teabing, "Sorun nedir?" diye sordu. "Parşömeni çıkartsana."

Kaşlarını çatan Sophie yuvarlanmış tirşeyle birlikte etrafına sarıldığı nesneyi çekip, ikisini birlikte dışarı çıkardı.

Teabing, "Bu papirüs değil," dedi. "Çok ağır."

"Biliyorum. Bu dolgu maddesi."

"Ne için? Sirke şişesi için mi?"

"Hayır." Sophie kâğıdı açtığında, içine sarılan nesne ortaya çıkmıştı. "*Bunun* için."

Langdon tirşe kâğıdın içindeki nesneyi gördüğünde kalbi teklemişti.

Teabing yutkunarak, "Tanrı yardımcımız olsun," dedi. "Büyükbaban merhametsiz bir mimarmış."

Langdon hayretle bakıyordu. *Saunière'in işleri kolaylaştırmaya hiç niyeti olmadığını anlayabiliyorum.*

Masanın üstünde ikinci bir kripteks duruyordu. Daha küçük. Siyah oniksten yapılmıştı. Birincisinin içine yerleştirilmişti. Saunière'in çiftlere olan tutkusu. *İki kripteks.* Her şey çiftler halinde. *Çift anlamlar. Erkek dişi. Beyazın içinde siyah.* Langdon önünde duran sembol zincirini sezinleyebiliyordu. *Beyaz siyaha can verir.*

Her erkek bir kadından çıkar.

Beyaz-dişi.

Siyah-erkek.

Langdon uzanarak küçük kripteksi eline aldı. Birincisinin aynı gibiydi, sadece yarı ebadında ve siyahtı. O tanıdık çağıltı sesini duydu. Daha önce duydukları sıvı sesi bu küçük kripteksin içinden gelmiş olmalıydı.

Tirşe kâğıdını onun önüne iten Teabing, "E, Robert," dedi. "En azından doğru yönde uçtuğumuza sevineceğini düşünüyorum."

Langdon kalın tirşe kâğıdını inceledi. Süslü bir hat yazısıyla başka bir dört mısralı metin yazıyordu. Yine beş heceli ölçüyle yazılmıştı. Mısra şifreliydi ama Teabing'in İngiltere'ye gitme planının işe yarayacağını anlaması için ilk mısrayı okuması yeterli olmuştu.

PAPA ŞÖVALYE GÖMMÜŞ LONDRA'DA

Şiirin geri kalanında, ikinci kripteksi açarken kullanılacak şifrenin ancak bu şövalyenin şehrin bir yerindeki mezarında bulunabileceğini ima ediyordu.

Langdon heyecanla Teabing'e döndü. "Bu şiirde bahsi geçen şövalyenin ne olduğu hakkında fikrin var mı?"

Teabing sırıttı. "Hiç fikrim yok. Ama hangi şifreye bakmamız gerektiğini çok iyi biliyorum."

O sırada, en az beş kilometre önlerinde altı kent polis arabası, yağmurun ıslattığı sokaklardan Biggin Hill Özel Havaalanı'na doğru gidiyordu.

79

Teğmen Collet, Teabing'in buzdolabından bir Perrier aldıktan sonra, yeniden hızlı adımlarla kabul salonuna yürüdü. Asıl hareketin yaşandığı Londra'ya Fache ile birlikte gitmek yerine, burada Château Villette'e yayılan teknik bölüme çocuk bakıcılığı yapıyordu.

Şimdiye dek ele geçirdikleri ipuçlarının bir yardımı dokunmamıştı: yere saplanan bir tek mermi; *bıçak* ve *kadeh* sözcüklerinin yazıldığı sembollerle karalanmış bir kâğıt parçası; teknik bölümün Collet'ye muhafazakâr Katolik grubu Opus Dei ile bağlantısı olduğunu söylediği kanlı bir kemer. Yakın zaman önce bir haber programı onların Paris'te eleman toplamadaki saldırgan tutumlarını gün ışığına çıkarttığında ortalık hayli karışmıştı.

Collet içini çekti. *Umarım bu ümitsiz karışıklıktan bir anlam çıkar.*

Collet şatafatlı bir koridordan geçerek, teknik bölüm memurunun parmak izi topladığı geniş balo salonuna girdi. Pantolon askısı takan toplu bir adamdı.

İçeri giren Collet, "Herhangi bir şey var mı?" diye sordu.

Memur başını iki yana salladı. "Yeni bir şey yok. Evin geri kalanındakilerle uyuşan başka parmak izleri var o kadar."

"Ya *keçe* kemer üstündeki parmak izleri?"

"Interpol hâlâ üzerinde çalışıyor. Ben bulduğumuz her şeyi topluyorum."

Collet masanın üstündeki iki mühürlü torbayı işaret etti. "Peki bu ne?"

Adam omuzlarını silkti. "Alışkanlık. Tuhaf bulduğum her şeyi torbalarım."

Collet yanına gitti. *Tuhaf* mı?

Memur, "Şu İngiliz garip biriymiş," dedi. "Şuna bir bakın." Delil torbalarını karıştırarak, birini seçti ve Collet'ye uzattı.

Fotoğrafta bir Gotik katedralinin ana girişi görünüyordu... küçük bir kapı eşiğine doğru giderek daralan geleneksel kemerler.

Fotoğrafa dikkatle baktıktan sonra Collet, memura döndü. "Bu mu tuhaf?"

"Arkasını çevirin."

Collet arkasını çevirince, katedralin uzun nefinin paganlar tarafından kadın rahmine atfedildiğini anlatan İngilizce karalamalar buldu. Bu garipti. Onu şaşırtan, katedral *girişini* tasvir eden notlardı. "Dur biraz. Katedral girişinin bir kadının şeyini temsil ettiğini düşünüyor..."

Memur başını salladı. "Ayrıca dudaksı çatı sırtı ve girişin üstündeki küçük beşparmakotunun temsil ettiği bir klitoris." İçini çekti. "İnsan yeniden kiliseye gitmek istiyor."

Collet ikinci delil torbasını eline aldı. Plastiğin içinde, eski bir belgeye benzeyen büyük parlak bir fotoğraf durduğunu görebiliyordu. Başlıkta şöyle yazıyordu:

Les Dossiers Secrets-Sayı 4° lm^{1} *249*

Collet, "Bu ne?" diye sordu.

"Hiç fikrim yok. Her tarafta bunun kopyaları vardı, bu yüzden torbaya attım."

Collet belgeyi inceledi.

SION TARİKATINI YÖNETEN BÜYÜK ÜSTATLAR

JEAN DE GISORS	1188-1220
MARIE DE SAINT-CLAIR	1220-1266
GUILLAUME DE GISORS	1266-1307
EDOUARD DE BAR	1307-1336
JEANNE DE BAR	1336-1351
JEAN DE SAINT-CLAIR	1351-1366
BLANCE D'EVREUX	1366-1398
NICOLAS FLAMEL	1398-1418
RENE D'ANJOU	1418-1480
IOLANDE DE BAR	1480-1483

SANDRO BOTTICELLI	1483-1510
LEONARDO DA VINCI	1510-1519
CONNETABLE DE BOURBON	1519-1527
FERDINAND DE GONZAQUE	1527-1575
LOUIS DE NEVERS	1575-1595
ROBERT FLUDD	1595-1637
J. VALENTIN ANDREA	1637-1654
ROBERT BOYLE	1654-1691
ISAAC NEWTON	1691-1727
CHARLES RADCLYFFE	1727-1746
CHARLES DE LORRAINE	1746-1780
MAXIMILIAN DE LORRAINE	1780-1801
CHARLES NODIER	1801-1844
VICTOR HUGO	1844-1885
CLAUDE DEBUSSY	1885-1918
JEAN COCTEAU	1918-1963

Sion Tarikatı mı, diye düşündü Collet.

"Teğmenim?" Bir başka ajan başını içeri uzatmıştı. "Yüzbaşı Fache'ye acil bir çağrı var fakat ona ulaşamıyoruz. Siz görüşür müsünüz?"

Mutfağa giden Collet, telefona cevap verdi.

Arayan André Vernet idi.

Bankacının düzgün aksanı, sesindeki gerginliği saklamaya yetmiyordu. "Yüzbaşı Fache'nin beni arayacağını düşünüyordum ama henüz ondan haber alamadım."

Collet, "Yüzbaşı biraz meşgul," diye cevap verdi. "Ben yardımcı olabilir miyim?"

"Bana bu geceki gelişmelerden haberdar edileceğimin garantisi verilmişti."

Collet bir an için adamın ses tonunu tanır gibi oldu ama nereden tanıdığını çıkartamadı. "Monsieur Vernet, Paris'teki soruşturmadan şu an ben sorumluyum. İsmim Teğmen Collet."

Hatta uzun bir sessizlik oldu. "Teğmen, diğer hattan aranıyorum. İzin verirseniz kapatıyorum. Sizi daha sonra arayacağım." Telefonu kapattı.

Collet birkaç saniye sonra ahizeyi yerine koydu. Ardından hatırladı. *Bu sesi tanıdığımı biliyordum!* Yaptığı keşif soluğunu kesmişti.

Zırhlı aracın şoförü.

Sahte Rolex takan.

Şimdi Collet bankacının neden telefonu kapatmakta acele ettiğini anlayabiliyordu. Vernet, Teğmen Collet ismini hatırlamıştı... o akşam gözünün içine bakarak yalan söylediği memur oydu.

Collet bu garip gelişmenin sonuçlarını düşünmeye başladı. *Vernet işin içinde.* İçgüdüleri ona, Fache'yi aramasını söylüyordu. Bu şanslı gelişmenin onun yıldızının parladığı an olacağını hissedebiliyordu.

Hemen Interpol'ü arayarak, Zürih Emanet Bankası ve başkanı André Vernet hakkında bulabildikleri her türlü bilgiyi temin etmelerini istedi.

80

Hawker 731 kasvetli sabah yağmurunun içine dalarken Teabing'in pilotu, "Emniyet kemerleri lütfen, beş dakika sonra iniyoruz," diye anons yaptı.

Teabing alçalan uçağın altında uzanan kentin dumanlı tepelerini gördüğünde eve dönmenin keyfine vardı. İngiltere, Paris'e bir saatten daha yakın mesafedeydi ama arada dağlar kadar fark vardı. Bu sabah anavatanının nemli ve canlı yeşillikleri son derece konuksever görünüyordu. *Fransa'daki günlerim sona erdi. İngiltere'ye zaferle dönüyorum. Kilit taşı bulundu.* Ama elbette, kilit taşının *nerede* olduğu sorusu hâlâ gündemdeydi. *Birleşik Krallık'ta bir yerde.* Tam olarak nerede olduğunu hiç bilmemesine rağmen, zaferin tadını almaya başlamıştı.

Langdon ile Sophie bakmaya devam ederlerken Teabing ayağa kalkıp kabinin karşı tarafına geçti ve duvardaki bir panoyu yana kaydırarak, altında gizli kasayı ortaya çıkardı. Şifreyi tuşladıktan sonra kasayı açtı ve iki pasaport çıkarttı. "Rémy ve benim belgelerim." Ardından elli sterlinlik banknotlardan oluşan kalın bir deste çıkardı. "Ve sizin belgeleriniz."

Sophie şüpheyle bakıyordu. "Rüşvet mi?"

"Yaratıcı diplomasi. Özel havàalanları birtakım masraflar alırlar. Hangarda bir İngiliz gümrük memuru bizi karşılayacak ve uçağa binmek isteyecek. Onun girmesine izin vermek yerine, İngiltere'de bulunduğunu kimsenin bilmesini istemeyen -basın yüzünden, bilirsiniz- ünlü bir Fransız'la birlikte seyahat ettiğimi söyleyip, sağduyusu için ona bu cömert bahşişi vereceğim."

Langdon şaşırmış gibiydi. "Ve memur bunu *kabul* edecek mi?"

"*Herkesten* kabul etmezler, ama bu insanların hepsi beni tanıyor. Tanrı'ya şükür silah kaçakçısı değilim. Şövalye ilan edildim." Teabing gülümsedi. "Üyeliğin getirdiği bazı imtiyazlar var tabii."

Rémy elinde tuttuğu Heckler Koch silahıyla koridorda belirmişti. "Efendim, ben ne yapacağım?"

Teabing, uşağına baktı. "Biz dönene kadar senin misafirimizle birlikte uçakta kalmanı istiyorum. Londra'da her gittiğimiz yere onu peşimizden sürükleyemeyiz."

Sophie endişeli görünüyordu. "Leigh, biz dönene kadar Fransız polisinin uçağını bulacağı konusunda ciddiydim."

Teabing güldü. "Evet, uçağa binip Rémy'yi bulduklarını düşünsene."

Sophie, onun laubali tavrına şaşırmıştı. "Leigh, bağlı bir rehineyi uluslararası sınırdan geçirdin. Bu ciddi."

"Benim avukatlarım da öyle." Uçağın arkasındaki keşişe kaşlarını çatarak baktı. "Bu hayvan evime girdi ve az kalsın beni öldürüyordu. Bu bir gerçek ve Rémy bunu doğrulayacak."

Langdon, "Ama onu bağlayıp Londra'ya getirdin," dedi.

Teabing sağ elini kaldırarak, mahkemede yemin ediyormuş gibi yaptı. "Sayın yargıç, İngiliz mahkemelerini tercih ettiği için bu tuhaf yaşlı şövalyeyi mazur görün. Fransız yetkililerini aramam gerektiğini biliyorum ama ben bir züppeyim ve şu *geçiş izni kâğıdıyla* Fransızların davayı yürütebileceğine güvenmiyorum. Bu adam beni neredeyse öldürüyordu. Evet, onu İngiltere'ye getirmekte uşağımı bana yardım etmesi için zorlayarak aceleci bir karar verdim ama büyük bir baskı altındaydım. *Mea culpa. Mea culpa.*"

Langdon kuşkuyla bakıyordu. "Söyleyen sen olursan, belki işe yarar."

Pilot arkaya dönerek, "Efendim?" diye seslendi. "Kuleden telsizle bildirdiler. Sizin hangarınızın yanında bir bakım sorunu yaşıyorlarmış, uçağı doğrudan terminale indirmemi istediler."

Teabing Biggin Hill'e on yıldan fazladır uçuyordu ve bu ilk kez oluyordu. "Sorunun ne olduğunu söylediler mi?"

"Kontrol memuru belirsiz şeyler söyledi. Galiba benzin istasyonundaki benzin kaçağı gibi bir şeydi. Terminalin önüne park etmemi ve bir sonraki uyarıya kadar herkesin uçakta kalmasını istediler. Güvenlik tedbiriymiş. Havaalanı yetkililerinden onay almadan uçaktan inmeyecekmişiz."

Teabing şüphelenmişti. *Büyük bir benzin kaçağı olmalı.* Benzin istasyonu onun hangarından en az yarım kilometre uzaktaydı.

Rémy de kaygılanmışa benziyordu. "Efendim, alışılmışın hayli dışında."

Teabing, Sophie ile Langdon'a döndü. "Dostlarım, bir hoş geldin heyeti tarafından karşılanacağımıza dair tatsız şüphelerim var."

Langdon düşünceli bir tavırla içini çekti. "Sanırım Fache hâlâ aradığı kişinin ben olduğumu düşünüyor."

Sophie, "Ya öyle," dedi. "Ya da hata yaptığını itiraf edemeyecek kadar kendini kaptırdı."

Teabing onları dinlemiyordu. Fache'nin ne düşündüğünü bir yana bırakıp, bir an önce harekete geçmeleri gerekiyordu. *Asıl hedeften şaşma. Kâse. O kadar yaklaştık ki.* Altlarındaki iniş takımları ses çıkartarak açıldılar.

Langdon vicdan azabı dolu bir sesle, "Leigh," dedi. "Onlara teslim olup, bu işi yasal yoldan halledebilirim. Sizi de karıştırmamış olurum."

Teabing, "Oh, Tanrı aşkına Robert," diyerek savsakladı. "Gerçekten geri kalanımızın gitmesine izin vereceklerini mi düşünüyorsun? Sizi buraya yasaya aykırı bir şekilde getirdim. Bayan Neveu Louvre'dan kaçmana yardım etti ve uçağın arkasında bağlı bir adam var. Kendine gel! Hep birlikte işin içindeyiz."

Sophie, "Belki başka bir havaalanı deneyebiliriz," dedi.

Teabing başını iki yana salladı. "Eğer şimdi dönersek, başka bir yere indiğimiz anda bizi askeri tanklarla karşılarlar."

Sophie yutkundu.

Teabing, İngiliz yetkilileriyle karşılaşmayı, Kâse'yi bulmalarına yetecek kadar uzatmak için cesur bir karar vermesi gerektiğini anlamıştı. Pilot kabinine doğru aksayarak giderken, "Bana bir dakika izin verin," dedi.

Langdon, "Ne yapıyorsun?" diye sordu.

Teabing, "Satış toplantısı," derken, pilotu usulsüz bir manevra yapmaya ikna etmenin ne kadara mal olacağını düşünüyordu.

81

Hawker *son turunu atıyor.*

Kontrol kulesine hızla giren Simon Edwards -Biggin Hill Havaalanı Özel Hizmet Müdürü- yağmurun ıslattığı piste gözlerini kısarak bakıyordu. Cumartesi sabahları erken kaldırılmaktan hiç hoşlanmazdı, en zengin müşterilerinden birinin tutuklanmasını seyretmek üzere çağrılması onun için özellikle sinir bozucuydu. Sir Leigh Teabing, Biggin Hill'e sadece özel hangarı için değil, aynı zamanda sık iniş kalkışları için her seferinde ayrı bir varış ücreti ödüyordu. Genellikle havaalanının onun programından önceden haberi olur ve gelişi için sıkı bir protokol hazırlanırdı. Teabing böylesinden hoşlanırdı. Hangarında duran özel imalat Jaguar tam depo doldurulur, cilalanır ve o günün *London Times* gazetesi arka koltuğa bırakılırdı. Gerekli evrak işlemlerini ve valiz kontrolünü kolaylaştırmak için bir gümrük memuru uçak hangarında beklerdi. Bazı zamanlarda gümrük yetkilileri zararsız organiklere -genellikle lüks yiyecekler- göz yumarak Teabing'den büyük bahşişler alırlardı. Bunlar, Fransız salyangozları, işlenmemiş özel bir Roquefort peyniri ve bazı meyveler gibi yiyecekler olurdu. Zaten gümrük kurallarından pek çoğu saçmaydı ve Biggin Hill müşterilerine yardımcı olmayacaksa, bir başka havaalanı olabilirdi. Teabing'e, Biggin Hill'de istediği her şey sunulur ve çalışanlar karşılığını alırlardı.

Uçağın indiğini gören Edwards'ın sinirleri iyice gerilmişti. Teabing'in servetini harcama merakının bir şekilde başını derde soktuğunu düşünüyordu; Fransız yetkililer onu yakalamaya hayli niyetli görünüyorlardı. Henüz Edwards'a neyle suçlandığı söylenmemişti ama ciddi bir şeyler olduğu belliydi. Fransız yetkililerin isteği üzerine kent polisi Biggin Hill hava kontrolüne Hawker'ın pilotuyla temas kurmasını ve müşterinin hangarı yerine doğrudan terminale iniş yapmasını söylemesini emretmişti. Benzin sızıntısı hikâyesine inandığı anlaşılan pilot isteği kabul etmişti.

İngiliz polisi genelde silah taşımadığı halde, durumun vahameti silahlı bir kuvvetin çağrılmasını gerektirmişti. Şimdi sekiz silahlı polis terminal binasının içinde durmuş, uçağın motorlarını durduracağı o anı bekliyordu. Aynı anda bir pist görevlisi, bir daha hareket edememesi için uçağın tekerleklerinin altına güvenlik takozları yerleştirecekti. Ardından polisler içeri girip, Fransız polisi duruma müdahale etmek üzere gelinceye kadar içeridekileri zapt edecekti.

Sağ taraftaki ağaçların üstünde uçan Hawker, alçalmaya başlamıştı. Simon Edwards inişi pist seviyesinden görmek için aşağı kata indi. Kent polisi saklanmıştı, pist görevlisi ise elinde takozlarla bekliyordu. Piste iniş yapan Hawker'ın burnu hafifçe yukarı kalktı ve tekerlekleri toz kaldırarak yere değdi. Terminalin önünde sağdan sola doğru hareket eden uçağın beyaz gövdesi yağmurlu havada parlıyordu. Ama jet uçağı gaz kesip terminale döneceği yerde, geçiş şeridinden Teabing'in hangarına doğru yoluna devam etti.

Tüm polisler dönüp Edwards'a baktılar. "Pilotun terminale gelmeyi kabul ettiğini söylediğinizi sanmıştım!"

Edwards şaşkına dönmüştü. "Öyle dedi!"

Edwards birkaç saniye içinde, kendini uzaktaki hangara doğru hızla yol alan bir polis arabasının içinde buldu. Teabing'in Hawker'ı sakince özel hangara girip gözden kaybolurken, polis konvoyu hâlâ beş yüz metre uzaktaydı. Arabalar sonunda patinaj yaparak açık hangar kapısının önüne varınca, polisler silahlarını çekerek dışarı döküldüler.

Edwards da dışarı fırlamıştı.

Sesler sağır edecek kadar yüksekti.

Jet uçağı hangarda, bir sonraki kalkış için burnunu kapıya vererek, her zamanki manevrasını tamamlarken Hawker'ın motorları hâlâ gümbürdüyordu. Uçak, 180 derecelik dönüşünü tamamlayıp hangarın önüne doğru ilerlerken Edwards pilotun şaşkın ve polis barikatından dolayı korkulu yüzünü görmüştü.

Pilot uçağı durdurup, motorları susturdu. İçeri doluşan polis, jetin etrafını sardı. Edwards, uçağın kapısına doğru tedbirle yaklaşan kent polis müfettişine eşlik etti. Birkaç saniye sonra uçak kapısı dışarı doğru açıldı.

Uçağın elektronik merdivenleri aşağı doğru açılırken, Leigh Teabing kapıda belirdi. Kendisine doğrultulmuş silahlara bakarken, ağırlığını koltuk değneklerine vererek başını kaşıdı. "Simon, buralarda yokken polis piyangosunu mu kazandım?" Sesi endişeliden çok şaşırmış gibi çıkmıştı.

Boğazındaki düğümü yutan Edwards, bir adım öne çıktı. "Günaydın efendim. Karışıklık için özür dilerim. Benzin sızıntısı vardı ve pilotunuz terminale geleceğini söylemişti."

"Evet, evet, şey, ona buraya gelmesini ben söyledim. Randevuma geç kaldım. Bu hangara para ödüyorum ve benzin sızıntısı hakkındaki şu saçmalık bana abartılı bir tedbir gibi geldi."

"Korkarım buraya gelmekle bizi hazırlıksız yakaladınız efendim."

"Biliyorum. Programım dışında hareket ettim. Aramızda kalsın, yeni tedavi gıcırdamama sebep oluyor. Buraya motoru ayarlasınlar diye geldim."

Polisler birbirlerine baktılar. Edwards irkilerek yüzünü buruşturdu. "Çok güzel efendim."

Öne doğru adım atan kent başmüfettişi, "Efendim," dedi. "Yarım saat daha uçakta kalmanızı istemek zorundayım."

Teabing merdivenlerden inerken sözlerini dikkate almamış gibi davranıyordu. "Korkarım bu mümkün değil. Doktordan randevu aldım." Uçaktan inmişti. "Randevuyu kaçırmayı göze alamam."

Başmüfettiş, Teabing'in uçaktan uzaklaşmasını önleyecek şekilde yoluna çıktı. "Fransız Adli Polisi'nin emri üzerine buradayım. Bu uçakla kanun kaçaklarını taşıdığınızı iddia ediyorlar."

Uzun süre gözlerini başmüfettişe diken Teabing, sonunda kahkahalarla patladı. "Şu kamera şakalarından biri mi? Çok iyi!"

Başmüfettiş istifini bozmamıştı. "Bu iş ciddi efendim. Fransız polisi uçakta ayrıca bir rehine tuttuğunuzu iddia ediyor."

Teabing'in uşağı Rémy merdivenlerin başında belirmişti. "Kendimi, Sir Leigh için çalışan bir rehine gibi *hissediyorum* ama bana gidebileceğimin garantisini verdi." Rémy saatine baktı. "Efendim, gerçekten gecikiyoruz." Hangarın arkasında duran Jaguar limuzini gösterdi. Devasa arabanın içini göstermeyen camları ve beyazlı lastikleri vardı. "Arabayı getireyim." Rémy merdivenlerden inmeye başladı.

Başmüfettiş, "Korkarım gitmenize izin veremeyeceğiz," dedi. "Lütfen uçağınıza dönün. Her ikiniz de. Fransız polis temsilcileri kısa süre sonra burada olacaklar."

Teabing şimdi Simon Edwards'a bakıyordu. "Simon, Tanrı aşkına, bu çok saçma! Uçakta başka kimse yok. Her zamanki yolcular var, Rémy, pilotumuz ve ben. Belki sen arabuluculuk yapabilirsin. Uçağa binip, içeride başka kimsenin olmadığını teyit edebilir misin?"

Edwards kapana kısıldığını anlamıştı. "Evet efendim. Bakabilirim."

Teabing'in Biggin Hill müşterisi olarak kalması için, Simon Edwards gibi özel havaalanı müdürlerinin uçaktakiler hakkında yalan söyleyebileceğini bilen kent başmüfettişi, "Kesinlikle bakamazsın!" dedi. "Ben kendim bakarım."

Teabing başını iki yana salladı. "Hayır bakamazsınız müfettiş. Bu özel bir mülk ve arama emriniz olmadığı müddetçe uçağımdan uzak duracaksınız. Burada size mantıklı bir teklifte bulunuyorum. Teftişi Bay Edwards yapabilir."

"Kabul etmiyorum."

Teabing'in tavrı sertleşmişti. "Müfettiş, korkarım oyunlarınıza katılacak vaktim yok. Geciktim ve gidiyorum. Eğer bu şey beni durduracak kadar önemliyse, beni vurmak zorunda kalacaksınız." Bunu söyledikten sonra Teabing ile Rémy, başmüfettişin yanından geçip, limuzine doğru yürümeye başladılar.

Leigh Teabing'in meydan okuyarak yanından geçip gitmesi kent başmüfettişinin hiç hoşuna gitmemişti. İmtiyazlı kişiler daima kanunun üstünde olduklarını düşünürlerdi.

Ama değildiler. Başmüfettiş dönerek Teabing'in sırtına nişan aldı. "Durun! Ateş edeceğim!"

Teabing ne durdu, ne de arkasını dönüp baktı. "Devam edin," dedi. "Avukatlarım kahvaltı yerine testislerinizi yer. Ve arama emri olmadan uçağıma binmeye cüret ederseniz, ardından dalağınız gelir."

Güç oyunlarına yabancı olmayan başmüfettiş etkilenmemişti. Teabing teknik açıdan haklıydı ve polisin jet uçağına binmesi için arama emrine ihtiyacı vardı ama uçak Fransa'dan havalanmıştı ve nüfuzlu Bezu Fache yetki verdiği için kent başmüfettişi, Teabing'in uçağında saklamak için bunca çaba sarf ettiği şeyi bulmanın kariyeri bakımından çok daha iyi olacağına karar verdi.

Müfettiş, "Durdurun onları," diye emir verdi. "Uçağı arayacağım."

Adamları silahlarıyla Teabing ile uşağının limuzine giden yolunu kestiler.

Teabing şimdi arkasını dönmüştü. "Müfettiş, bu size son uyarım. O uçağa binmeyi aklınızdan bile geçirmeyin. Pişman olursunuz."

Tehdide aldırmayan başmüfettiş tabancasına sarıldı ve uçağın merdivenlerinden yukarı çıktı. Kapıya ulaştığında içeriye bir göz attı. Kısa bir süre sonra kabinden içeri girdi. *Nasıl yani?*

Pilot kabininde dehşet dolu bakışlarla oturan pilot dışında uçak bomboştu. İnsan hayatına dair en ufak belirti yoktu. Çabucak tuvaleti, koltukları, bagaj bölümünü aradılar ama müfettiş içeride saklanan hiç kimseyi bulamadı... hele birkaç kişiye dair hiçbir iz yoktu.

Bezu Fache hangi akla hizmet etti? Leigh Teabing galiba doğruyu söylüyordu.

Boş kabinde tek başına duran kent başmüfettişi güçlükle yutkundu. *Kahretsin.* Kızarmış bir yüzle yeniden merdivene döndü ve gözleriyle hangarı tarayarak, namlu altında limuzinin yanında bekleyen Leigh Teabing ile uşağına baktı. Müfettiş, "Bırakın gitsinler," diye emir verdi. "Yanlış tüyo almışız."

Hangarın uzak bir köşesinde olduğu halde Teabing'in gözlerinden alev püskürüyordu. "Avukatlarımın sizi arayacağından emin olabilirsiniz. Ve bir dahaki sefere Fransız polisine fazla güvenmeyin."

Bu sözlerin ardından Teabing'in uşağı limuzinin arka kapısını açarak, özürlü efendisinin arka koltuğa yerleşmesine yardım etti. Ardından uşak arabanın ön tarafına yürüyerek direksiyon başına geçti ve motoru çalıştırdı. Jaguar hangardan çıkarken, polisler açılarak yol verdiler.

Limuzin havaalanından hızla uzaklaşırken, arka koltuktaki Teabing, "Rolünü iyi oynadın vefakâr dostum," dedi. Ardından gözlerini geniş aracın loş ön koltuklarına çevirdi. "Herkesin rahatı yerinde mi?"

Langdon usulca başını salladı. Sophie ile birlikte elleri kolları bağlı Albino'nun yanında hâlâ yere çömelmiş vaziyette duruyorlardı.

Dakikalar önce, Hawker boş hangara girdiğinde, uçak yarım dönüşünü tamamlayıp yavaşladığında Rémy kapıyı açmıştı. Polis hızla yaklaşırken Sophie ile Langdon keşişi merdivenlerden sürükleyerek indirmişler ve limuzinin arkasında saklanmışlardı. Ardından jet uçağının motorları yeniden gümbürdeyerek uçağı döndürmeye başlamış ve polis arabaları hangarın önünde patinaj çekerken manevrasını tamamlamıştı.

Şimdi limuzin hızla kente doğru yaklaşırken Langdon ile Sophie, keşişi yerde bırakarak doğruldular ve Teabing'in karşısındaki uzun koltuğa oturdular. İngiliz her ikisine de muzip bir tebessümle bakarak, limuzinin bar dolabını açtı. "Size birer içki ikram edebilir miyim? Biraz çerez? Gevrek? Fındık? Seltzer?"

Sophie ve Langdon hayır anlamında başlarını saldılar.

Teabing sırıtarak barı kapattı. "Peki o halde, şu şövalyenin mezarına dönelim..."

82

Limuzinin arkasında Teabing'e bakan Langdon, "Fleet Caddesi mi?" diye sordu. *Mezar Fleet Caddesi'nde mi?* O ana kadar Leigh "şövalyenin mezarını" bulacaklarını düşündüğü yer hakkında oldukça kurnaz davranmıştı. Şiire göre bu mezar küçük kripteksi açmak için gerekli olan şifreyi verecekti.

Teabing sırıtarak Sophie'ye döndü. "Bayan Neveu, Harvard'lı çocuğun şiire bir daha bakmasına izin verir misiniz?"

Sophie cebini karıştırarak, tirşeye sarılı siyah kripteksi çıkardı. Gül ağacı kutuyla büyük kripteksi hep birlikte uçağın ufak kasasında bırakmaya ve yanlarında çok daha küçük ve taşınabilir boyutlarda olan siyah kripteksi getirmeye karar vermişlerdi. Sophie tirşeyi açarak, sayfayı Langdon'a uzattı.

Langdon şiiri uçaktayken defalarca okumuş olmasına rağmen, tam olarak nereden bahsettiğini anlayamamıştı. Şimdi kelimeleri yeniden yavaşça ve dikkatle okurken, beş heceli ritimlerin anlam çıkartmasına yardımcı olmasını diliyordu.

Papa şövalye gömmüş Londra'da.
Kutsal gazap cevap olmuş ona.
Ara, küreyi kabre aitti.
Güldü teni doluydu göbeği.

Lisan oldukça basit görünüyordu. Londra'da gömülü bir şövalye vardı. Kiliseyi kızdıracak bir şey yapmıştı. Bu şövalyenin mezarında bulunması gereken küre kayıptı. Şiirin son mısraları ise *-Güldü teni, doluydu* *göbeği-* kesinlikle İsa'nın tohumlarını taşıyan Magdalalı Meryem'e atıfta bulunuyordu.

Mısranın açık diline rağmen Langdon hâlâ bu şövalyenin *kim* olduğunu veya nereye gömüldüğünü çıkartamıyordu. Ayrıca mezarın yerini buldukları anda kayıp olan bir başka şeyi aramaları gerekecekti. *Ara küreyi kabre aitti?*

Teabing çaresizlik içinde, "Hiç fikrin yok mu?" diye sorarken, Langdon Kraliyet Tarihçisi'nin bir cevap bulduğunu hissedebiliyordu. "Bayan Neveu?"

Sophie başını hayır anlamında salladı.

Teabing, "Siz ikiniz ben olmasam ne yapacaktınız?" dedi. "Pekâlâ, size yardım edeceğim. Gerçekten çok kolay. İlk dize anahtar. Okur musunuz lütfen?"

Langdon yüksek sesle okudu. "Papa şövalye gömmüş Londra'da."

"Kesinlikle. *Papa*'nın gömdüğü bir şövalye." Langdon'a baktı. "Bu sana ne ifade ediyor?"

Langdon omuzlarını silkti. "Papa'nın gömdüğü bir şövalye mi? Cenazesini Papa'nın kaldırdığı bir şövalye."

Teabing yüksek sesle güldü. "Oh, bu çok komik. Her zaman iyimsersindir Robert. İkinci dizeye bak. Bu şövalye belli ki kilisenin kutsal gazabını çekecek bir şey yapmış. Tekrar düşün. Kilise ile Tapınak Şövalyeleri arasındaki bağı düşün. Papa'nın gömdüğü bir şövalye mi?"

Sophie, "Papa'nın *öldürdüğü* bir şövalye mi?" diye sordu.

Teabing gülümseyerek onun dizine hafifçe vurdu. "Aferin tatlım. Papa'nın *gömdüğü* bir şövalye. Ya da öldürdüğü."

Langdon 1307'deki dillere destan Tapınakçı avını -şanssız on üçüncü cuma- düşündü. Papa Clement yüzlerce Tapınak Şövalyesi'ni öldürüp gömmüştü. "Ama papalar tarafından öldürülen sonsuz şövalye mezarı olmalı."

Teabing, "Aha! Hiç de öyle değil!" dedi. "Pek çokları o anda yakıldı ve tören yapılmadan Tiber Nehri'ne atıldılar. Ama bu şiir bir *mezardan* bahsediyor. Londra'daki bir mezardan. Ve Londra'da gömülü çok az şövalye var." Işık çakmasını beklermiş gibi Langdon'a baktı. Sonunda öfkelenmişti. "Robert, Tanrı aşkına! Tarikatın askeri kolu tarafından Londra'da inşa edilen kilise... Tapınak Şövalyeleri'nin yaptığı!"

"Mabet Kilisesi mi?" Langdon kesik kesik nefes aldı. "Mezarlığı mı var?"

"Görüp görebileceğin en korkutucu on mezar."

Langdon, tarikat araştırması yaparken pek çok kereler ismine rastladıysa da, daha önce Mabet Kilisesi'ni hiç ziyaret etmemişti. Bir zamanlar Birleşik Krallık'taki tüm tapınakçı/tarikat faaliyetlerinin merkezi olan Mabet Kilisesi'ne Tapınak Şövalyeleri, Süleyman Mabedi'nin ve Roma'da sahip oldukları nüfuzu borçlu oldukları Sangreal Belgeleri'nin onuruna bu ismi vermişlerdi. Şövalyelerin Mabet Kilisesi'nin alışılmadık ortamında garip ve gizli ayinler gerçekleştirdiklerine dair pek çok hikâye anlatılırdı. "Mabet Kilisesi Fleet Caddesi'nde mi?"

"Aslına bakarsan Fleet Caddesi'nden sapılan Inner Temple Lane'de." Teabing haylaz bir çocuk gibi davranıyordu. "Yerini söylemeden önce biraz terlediğini görmek istedim."

"Teşekkürler."

"İkiniz de daha önce oraya hiç gitmediniz mi?"

Sophie ile Langdon başlarını salladılar.

Teabing, "Şaşırmadım," dedi. "Kilise büyük binaların arkasında kalır. Oradaki varlığını birkaç kişi bilir. Issız eski bir yer. Mimarisi pagan stilindedir."

Sophie şaşırdı. "Pagan mı?"

"Pagan abidesidir," dedi. "Kilisenin şekli yuvarlaktır. Tapınakçılar geleneksel Hıristiyan haç temeline aldırış etmeden, kiliseyi güneşin şerefine mükemmel bir daire biçiminde inşa ettiler." Kaşları şeytani bir ifadeyle yukarı kalkmıştı. "Roma'dakilerin canını çok fazla sıkacak bir mesele değildi. Stonehenge'i Londra'nın merkezinde yeniden diriltmiş olmalılar."

Sophie, Teabing'e baktı. "Peki şiirin geri kalanı?"

Tarihçinin neşeli havası bozulmuştu. "O kadar emin değilim. Şaşırtmalı. On mezarın her birini dikkatle incelemeliyiz. Şans yüzümüze gülerse, içlerinden birinin kayıp küresi gözümüze çarpacaktır."

Langdon gerçeğe ne kadar yaklaştıklarını fark etmişti. Eğer kayıp küre şifreyi açıklayacaksa, ikinci kripteksi açabileceklerdi. İçinde ne bulacaklarını tahmin etmeye çalıştı.

Langdon yeniden şiire göz attı. Başlangıçta var olan çapraz kelime bulmacalarına benziyordu. *Kâse'den bahseden beş harfli bir kelime mi?* Uçaktayken zaten muhtemel şifreleri denemişlerdi -KADEH, EVLAT, GÜNEŞ, VENÜS, MARIA, JESUS, SARAH- ama silindir açılmamıştı. *Çok bilindiktiler.* Gülün döllenmiş rahmini anlatan beş harfli başka bir kelime olmalıydı. Leigh Teabing gibi bir uzmanı bile zorlaması, Langdon'a bunun bilindik bir Kâse kelimesi olmadığının işaretini veriyordu.

Rémy omzunun üstünden, "Sir Leigh?" diye seslendi. Aradaki bölme açık olduğundan dikiz aynasından onları seyrediyordu. "Fleet Caddesi'nin Blackfriars Köprüsü yakınlarında olduğunu mu söylemiştiniz?"

"Evet, Victoria Embankment'tan dön."

"Üzgünüm. Nerede olduğundan emin değilim. Genelde sadece hastaneye gidiyoruz."

Langdon ve Sophie'ye bakarken gözlerini deviren Teabing homurdandı. "Yemin ederim bazen çocuk bakıcılığı yaptığımı hissediyorum. Bir saniye lütfen. Kendinize içecek ya da atıştıracak bir şeyler alın." Açık bölmeden Rémy ile konuşabilmek için yanlarından ayrılarak, ön tarafa gitti.

Sophie, Langdon'a dönerek alçak sesle konuşmaya başladı. "Robert, İngiltere'de olduğumuzu kimse bilmiyor."

Langdon, onun haklı olduğunu fark etmişti. Kent polisi Fache'ye uçağın boş olduğunu söyleyince Fache, onların hâlâ Fransa'da olduğunu düşünecekti. *Görünmez olduk.* Leigh'in küçük aldatmacası onlara bolca vakit kazandırmıştı.

Sophie, "Fache kolay vazgeçmeyecektir," dedi. "Bu tutuklamaya çok hevesli."

Langdon aklına Fache'yi getirmemeye çalışıyordu. Sophie bu iş bittikten sonra Langdon'ı temize çıkarmak için elinden geleni yapacağına söz vermişti, ama Langdon buna gerek kalmamasından korkuyordu. *Fache bu planın bir parçası olabilir.* Adli polisin Kutsal Kâse meselesiyle işi olacağını aklı almasa da Langdon bu gecenin, Fache'nin suç ortağı olabileceğini gözardı edemeyecek kadar fazla tesadüfle dolu olduğunu düşünüyordu. *Fache dindar biri, ayrıca bu cinayetleri benim üstüme yıkmaya kararlı.* Ayrıca bir de Sophie, Fache'nin bu tutuklamaya fazlasıyla hevesli olduğunu söylemişti. Her şeyin ötesinde Langdon aleyhinde sağlam deliller vardı. Louvre'da yerde ve Saunière'in not defterinde isminin yazmasının yanı sıra şimdi bir de yazdığı kitap konusunda yalan söylemiş ve kaçmıştı. *Sophie'nin teklifi üzerine.*

Elini onun bacağına koyan Sophie, "Robert, seni bunca derdin içine karıştırdığım için üzgünüm," dedi. "Ama burada olmana seviniyorum."

İltifatında romantik olmaktan çok pragmatik bir hava vardı, ama Langdon aralarında beklenmedik bir çekim oluştuğunu hissediyordu. Yorgun bir yüzle gülümsedi. "Uyuyabildiğim zamanlar çok daha eğlenceli oluyorum."

Sophie bir süre sessiz kaldı. "Büyükbabam sana güvenmemi istedi. Bir kez olsun onu dinlediğime memnunum."

"Büyükbaban beni tanımıyordu bile."

"Öyle bile olsa, onun isteyebileceği her şeyi yaptığını düşünmekten kendimi alamıyorum. Kilit taşını bulmama yardım ettin, Sangreal'i açıkladın, bodrum katındaki ayini anlattın." Durdu. "Bu gece kendimi büyükbabama bir şekilde geçen yıllardan daha yakın hissediyorum. Eminim buna sevinirdi."

Artık ufuktaki Londra manzarası seher vaktinin aydınlığıyla belirginleşmeye başlamıştı. Bir zamanlar Big Ben ile Tower Köprüsü'nün hâkim olduğu manzara şimdi Milenyum Kubbesi'ni selamlıyordu... yüz elli metre yüksekliğindeki ultramodern, dev Ferris dönme dolabından, şehrin nefes kesici manzarasını görmek mümkündü. Langdon bir kez binmeyi denemişti ama "kapsüller" ona mühürlü lahitleri hatırlattığından ayaklarını karada tutmayı ve manzaraya Thames Nehri'nin kıyısından bakmayı tercih etmişti.

Langdon birinin dizini sıkarak onu geri çektiğini hissetti. Sophie'nin yeşil gözleri ona bakıyordu. Kendisiyle konuştuğunu fark etti. "Eğer bulursak Sangreal Belgeleri'yle ne yapmamız gerektiğini düşünüyorsun?" diye fısıldadı.

Langdon, "Benim ne düşündüğüm önemsiz," dedi. "Büyükbaban kripteksi sana verdi ve içgüdülerin büyükbabanın ne yapmanı istediğini söylüyorsa onu yapacaksın."

"Ben senin fikrini soruyorum. Araştırma kitabında büyükbabamın güvenini uyandıracak bir şey yazdığın ortada. Seninle özel olarak görüşmek istemişti. Bunu çok nadir yapar."

"Belki de bana her şeyi yanlış anladığımı anlatacaktı."

"Fikirlerinden hoşlanmadıysa neden seni bulmamı istesin? Kitabında Sangreal Belgeleri'nin açıklanması gerektiğini mi söylüyordun yoksa gizlenmeye devam edilmesini mi?"

"İkisini de yazmadım. Araştırmam kutsal dişi sembolleriyle ilgiliydi... tarih boyunca yapılan ikonografilerin izini sürdüm. Kesinlikle ne Kâse'nin saklandığı yerle ilgili, ne de açıklanıp açıklanmamasıyla ilgili bir yorumda bulunmadım."

"Ama bu konuda bir kitap yazıyorsun, demek ki bilginin paylaşılması gerektiğini düşünüyorsun."

"İsa'nın farklı bir hikâyesi olduğunu teorik açıdan tartışmakla diğeri arasında dağlar kadar fark var..."

"Diğeri ne?"

"Dünyaya Yeni Ahit'in sahte olduğunu gösterecek binlerce eski belgeyi bilimsel ispat diye sunmak."

"Ama bana Yeni Ahit'in insan ürünü olduğunu söylemiştin?"

Langdon gülümsedi. "Sophie, dünyadaki *her* türlü inanç insan ürünüdür. *İnancın* tanımı budur... -doğru olduğunu düşündüğümüz ve ispatlayamadığımız şeyi kabul etmek. Eski Mısırlılardan modern kiliseye kadar her dinde Tanrı mecazlarla, alegoriyle ve abartıyla anlatılır. Mecazlar aklımızın almadığını anlamasına yardım eder. Sorunlar kendi mecazlarımıza kelime anlamıyla inanmaya başladığımız zaman ortaya çıkar."

"Yani Sangreal Belgeleri'nin sonsuza kadar saklı tutulmasından yanasın, öyle mi?"

"Ben bir tarihçiyim. Belgelerin yok edilmesine karşıyım ve ayrıca din alimlerinin İsa Mesih'in olağanüstü hayatı hakkında daha fazla bilgi sahibi olduğunu görmek isterim."

"Sorduğum soruya her şekilde karşı geliyorsun."

"Öyle mi yapıyorum? İncil, dünyadaki milyonlarca insan için bir rehber niteliğindedir. Aynı şekilde Kuran, Tevrat ve Pali, Kanon diğer dinlerdeki insanlara rehberlik ederler. Eğer sen ve ben İslam inancıyla, Yahudi inancıyla, Budist inancıyla ve pagan inancıyla çelişen belgeler bulsaydık, bunu yapmalı mıydık? Budistlere bayrak sallayıp, Buda'nın aslında nilüfer çiçeğinden doğmadığına dair kanıtlarımız olduğunu söylemeli miydik? Ya da İsa'nın *kelime anlamında* bir bakireden doğmadığını?

Dinlerini layıkıyla anlayanlar, bu hikâyelerin mecaz olduğunu zaten anlarlar."

Sophie kuşkuyla bakıyordu. "Ama benim dindar Hıristiyan arkadaşlarım kesinlikle İsa'nın suda yürüdüğüne, *gerçekten* suyu şaraba dönüştürdüğüne ve *gerçek* bir bakireden doğduğuna inanıyorlar."

Langdon, "Kesinlikle bundan bahsediyorum," dedi. "Dindeki alegoriler gerçeğin bir parçası oldular. Ve bu gerçeğe inanarak yaşamak milyonlarca insanın hayatla mücadele edip, daha iyi insanlar olmalarına yardımcı oluyor."

"Ama inandıkları gerçek yalan."

Langdon kendi kendine güldü. "Şifreleri çözmesine yardımcı olduğu için hayali '*i*' sayısına inanan matematikçi bir kriptograftan daha fazla değil."

Sophie kaşlarını çattı. "Bu hiç de adil değil."

Aradan biraz zaman geçti.

Langdon, "Ne sormuştun?" dedi.

"Hatırlayamıyorum."

Langdon gülümsedi. "Her seferinde işe yarar."

83

Sophie ve Teabing'le birlikte Inner Temple Lane'de Jaguar limuzinden inerken Langdon'ın Mickey Mouse saati yedi buçuğu gösteriyordu. Üçlü, binaların oluşturduğu bir labirentten, Mabet Kilisesi'nin dışındaki küçük bir avluya girmişlerdi. Kaba yontulmuş taş yağmurda parlıyor ve binanın tepesindeki kumrular kuğuruyorlardı.

Londra'nın eski Mabet Kilisesi tamamıyla Caen taşından yapılmıştı. Dramatik dairesel yapısı, insanın gözünü korkutan cephesi, ortadaki ufak kulesi ve tek taraftan çıkan nefiyle kilise, bir ibadet yerinden çok askeri kaleleri andırıyordu. On Şubat 1185'te, zamanın Kudüs Patriği Heraclius tarafından takdis edilen Mabet Kilisesi sekiz yüzyıl içinde, 1940 yılında ağır hasar aldığı Luftwaffe bombardımanı hariç, siyasi kargaşalardan, Büyük Londra Yangını'ndan, Birinci Dünya Savaşı'ndan sağ kurtulmuştu. Savaştan sonra sade görkemine yeniden kavuşturulacak şekilde onarılmıştı.

Çemberin basitliği, diye düşünen Langdon, ilk kez gördüğü binaya hayranlıkla bakıyordu. Sade ve basit mimari, incelik kazandırılmış Pantheon'dan çok Roma'daki kaba Castel Sant'Angelo'yu andırıyordu. Sağ taraftan çıkıntı yapan küçük müştemilat göz zevkini bozuyordu ama asıl yapının orijinal pagan biçimini bozmaya yetmemişti.

Girişe doğru aksayarak ilerleyen Teabing, "Cumartesi sabahının erken saatleri," dedi. "Yani uğraşmamız gereken hizmetlilerle karşılaşacağımızı sanmıyorum."

Kilisenin antresindeki taş nişin içinde geniş bir ahşap kapı vardı. Kapının sol tarafında konser programları ve kilise yardım ilanlarının asılı durduğu bir duyuru panosu yer alıyordu ve kesinlikle oraya yakışmıyordu.

Panoyu okuyan Teabing kaşlarını çattı. "Ziyaretçiler için kapılar birkaç saat sonra açılacak." Kapıya yaklaşıp açmayı denedi. Kapı yerinden oynamadı. Kulağını ahşaba dayayarak içeriyi dinledi. Bir süre sonra geri çekildiğinde yüzünde sinsi bir ifade vardı. Duyuru panosunu göstererek, "Robert yardım programına bakar mısın? Bu hafta kim başkanlık ediyormuş?" diye sordu.

Kapının vurulduğunu duyduğunda, içerideki papaz yardımcısı komünyon alanını süpürmeyi yeni bitirmişti. Duymazlıktan geldi. Peder Harvey Knowles'ın kendi anahtarları vardı ve daha birkaç saat gelmeyecekti. Kapıyı çalan meraklı bir turist ya da fakir olmalıydı. Papaz yardımcısı temizliğe devam etti kapının vurulması kesilmemişti. *Okumanız yok mu?* Kapıdaki panoda, kilisenin cumartesi günleri saat dokuz buçuktan önce açılmadığı yazıyordu. Papaz yardımcısı işine devam etti.

Birden kapıdaki yumruklama sesi, sanki biri metal bir tokmakla vuruyormuş gibi gürültülü bir hal aldı. Elektrikli süpürgeyi durduran papaz yardımcısı sinirli adımlarla kapıya yürüdü. İçerideki kilidi çevirerek, kapıyı açtı. Kapıda üç kişi duruyordu. *Turistler,* diye mırıldandı. "Saat dokuz buçukta açıyoruz."

Liderleri gibi görünen iri cüsseli adam koltuk değneklerini kullanarak bir adım öne çıktı. İngiliz Sakson aristokrat aksanıyla, "Ben Sir Leigh Teabing'im," dedi. "Şüphesiz farkında olduğun gibi, dördüncü kuşaktan Bay ve Bayan Christopher Wren'e eşlik ediyorum." Yana çekilerek, kolunu arkasındaki çekici çifte doğru uzattı. Kadının yumuşak yüz hatları ve gür kızıl saçları vardı. Adam ise uzun boylu, koyu renk saçlı ve fazlasıyla tanıdıktı.

Papaz yardımcısı nasıl karşılık vermesi gerektiğini bilmiyordu. Sir Christopher Wren, Mabet Kilisesi'ne bağışta bulunan en ünlü isimdi. Büyük Yangın'ın sebep olduğu hasarın onarılması için elinden geleni yapmıştı. Ayrıca on sekizinci yüzyıl başlarında ölmüştü. "Um... sizinle tanışmak bana şeref verdi."

Koltuk değnekli adam kaşlarını çattı. "Satış işiyle uğraşmadığın isabet olmuş genç adam, hiç ikna edici değilsin. Peder Knowles nerede?"

"Bugün cumartesi. Daha geç gelir."

Engelli adam yüzünü daha da buruşturmuştu. "Burada olacağını söylemişti ama öyle görünüyor ki, bu işi onsuz yapacağız. Fazla uzun sürmez."

Papaz yardımcısı hâlâ kapının önünde durarak, yolu kapatıyordu. "Affedersiniz, *ne* uzun sürmez?"

Ziyaretçinin gözleri kısıldı ve öne doğru eğilerek, kimseyi mahcup etmek istemiyormuş gibi fısıldadı. "Genç adam, burada yeni olduğun belli. Sir Christopher Wren'in torunları her yıl buraya gelir ve kiliseye küllerinden bir tutam serper. Bu onun son isteği ve mirasıydı. Bu geziden hiç kimse hoşlanmıyor ama elden ne gelir?"

Papaz yardımcısı birkaç yıldır burada çalıştığı halde bu geleneği daha önce hiç duymamıştı. "Saat dokuz buçuğa kadar beklerseniz iyi olacak. Kilise henüz açılmadı, ben de süpürmeyi bitirmedim."

Koltuk değnekli adam öfkeyle parladı. "Genç adam, bu binada senin süpürebileceğin herhangi bir şeyin kalmış olmasını, bu kadının cebindeki beyefendiye borçlusun."

"Affedersiniz anlayamadım?"

Koltuk değnekli adam, "Bayan Wren," dedi. "Acaba bu münasebetsiz genç adama külleri gösterebilir miydiniz?"

Kadın tereddüt ettikten sonra, adeta kendine gelmiş gibi elini süveterinin cebine götürdü ve koruyucu kumaşa sarılmış küçük bir silindir çıkardı.

Koltuk değnekli adam, "Oldu mu, gördün mü?" diye atıldı. "Şimdi ya onun son isteğine saygı gösterip, küllerini mabede serpiştirmemize izin verirsin ya da Peder Knowles'a bize nasıl davrandığını anlatırım."

Peder Knowles'ın kilise geleneğine bağlılığını... daha da önemlisi, bu tarihi mabede gölge düşürecek bir şey olduğunda ne kadar öfkeleneceğini çok iyi bilen genç adam tereddüt etti. Ama Peder Knowles bu aile bireylerinin geleceğini söylemeyi unutmuş olabilirdi. Eğer durum buysa, onları geri çevirmenin riski, içeri alma riskinden çok daha büyüktü. *Zaten, en fazla bir dakika alacağını söylediler. Ne kadar zarar verebilir ki?*

Papaz yardımcısı, üçlünün içeri girmesi için kenara çekildiğinde, olan bitene Bay ve Bayan Wren'in de en az kendisi kadar şaşırdığına yemin edebilirdi. Kararsız bir halde işine devam ederken bir yandan gözucuyla onları takip ediyordu.

Üçlü kilisenin içlerine ilerlerken Langdon kendini tutamadan gülümsedi. "Leigh," diye fısıldadı. "Çok güzel yalan söylüyorsun."

Teabing gözlerini kırpıştırdı. "Oxford Tiyatro Kulübü. Hâlâ benim oynadığım Julius Caesar'ı anlatırlar. Üçüncü perdenin ilk sahnesini kimsenin benden daha iyi oynadığını sanmıyorum."

Langdon, ona baktı. "Ben o sahnede Caesar'ın *öldüğünü* sanıyordum."

Teabing kendinden memnun bir şekilde sırıttı. "Evet ama yere düşünce benim ehramım yırtılmıştı. Bu yüzden yarım saat boyunca sahnede yerde yattım. Buna rağmen tek bir kasımı bile kıpırdatmadım. Muhteşemdim, inan bana."

Langdon yüzünü buruşturdu. *Kaçırdığıma üzüldüm.*

Grup halinde ek binadan, ana kiliseye giden kemerli yola girdiklerinde Langdon gösterişsiz sadeliğe şaşırdı. Sunak, düz bir Hıristiyan şapelini andırdığı halde, geleneksel süsleme izlerini taşımayan mobilyalar yalın ve soğuktu. "Kasvetli," diye fısıldadı.

Teabing sessizce güldü. "İngiltere kilisesi. Anglikanlar dinlerinde gösterişe kaçmazlar. Dikkatlerini acılarından uzaklaştıracak hiçbir şey göremezsin."

Sophie kilisenin dairesel bölümüne giden geniş açıklığı gösterdi. "Burası kaleye benziyor," diye fısıldadı.

Langdon, onunla aynı fikirdeydi. Duvarlar, bulundukları yerden bile oldukça sağlam görünüyordu.

Alüminyum koltuk değneklerinden çıkan sesler yankı yaparken Teabing, "Tapınak Şövalyeleri savaşçıydı," dedi. "Dini nefer topluluğu. Kiliseleri onların kaleleri ve bankalarıydı."

Leigh'e bakan Sophie, "Bankaları mı?" diye sordu.

"Elbette, evet. Modern bankacılık kavramını Tapınakçılar icat etti. Avrupalı asilzadelerin altınlarıyla birlikte yolculuk etmeleri tehlikeliydi, bu yüzden Tapınakçılar, onların altınlarını en yakın Mabet Kilisesi'ne emanet edip, Avrupa'daki *diğer* tapınak kiliselerinden çekmelerine imkân sağladılar. Tek ihtiyaçları olan şey, gerekli evrakları göstermeleriydi." Göz kırptı. "Ve tabii küçük bir komisyon. İlk ATM'ler bunlardı." Teabing, güneş ışığının kızıl renkli bir ata binen beyaz giysili şövalyeden süzüldüğü vitray pencereyi gösterdi. "Alanus Marcel," dedi. "Bin iki yüzlü yılların başında Tapınak Üstat'ıydı. O ve ondan sonra gelenler Primus Baro Angiae'de senatör koltuğuna oturdular."

Langdon şaşırmıştı. "Ülkenin ilk baronu mu?"

Teabing başını salladı. "Bazıları Tapınak Üstat'ının kraldan daha fazla nüfuza sahip olduğunu iddia eder." Daire şeklindeki bölüme vardıklarında Teabing uzakta hâlâ yerleri süpürmekte olan papaz yardımcısına baktı. Sophie'ye, "Biliyor musun?" diye fısıldadı. "Tapınakçılar bir yerden bir yere taşıyıp sakladıkları zamanlarda Kutsal Kâse'nin bir kez bu kiliseye yerleştirildiği söylenir. Dört sandık Sangreal Belgesi'yle Magdalalı Meryem'in lahdinin bu kilisede olduğunu hayal edebiliyor musun? Tüylerimi diken diken ediyor."

Dairesel bölüme girdiklerinde, Langdon'ın da tüyleri diken diken olmuştu. Gözlerini içerideki soluk taş duvarlarda gezdirerek, hepsi de iç tarafa doğru bakan gargoyle, şeytan, canavar ve acılı insan yüzü oymalarına baktı. Oymaların altında daire şeklindeki odayı çevreleyen tek bir oturma sırası vardı.

Langdon, "Yuvarlak tiyatro," diye fısıldadı.

Teabing koltuk değneklerinden birini kaldırarak, sol ve sağ arka köşeleri gösterdi. Langdon onları görmüştü bile.

On taş şövalye.

Beşi solda. Beşi sağda.

Yere meyilli yerleştirilmiş gerçek boyutlardaki oyma figürler, huzur içinde yatıyorlardı. Şövalyeler zırhlı giysileri, kalkanları ve kılıçlarıyla betimlenmişlerdi. Langdon mezarları görünce, onlar uyurken birisi içeri gizlice girmiş ve yüzlerine alçı dökmüş gibi tatsız bir hisse kapılmıştı. Hepsi de oldukça eskimişti ama birbirlerinden hayli farklıydılar, kol ve bacakları farklı pozisyonlarda duruyordu, farklı zırhları ve kalkanlarının üstünde farklı işaretler vardı.

Papa, şövalye gömmüş Londra'da.

Daire şeklindeki odada ilerlerken Langdon dizlerinin bağının çözüldüğünü hissetti.

Burası, orası olmalıydı.

84

Rémy Legaludec, Jaguar limuzini Mabet Kilisesi'nin yakınlarındaki pis bir sokağa çekerek, sanayi çöp tenekelerinin arkasında durdu. Motoru susturarak etrafı kolaçan etti. Boştu. Arabadan inerek, arka tarafa yürüdü ve keşişin bulunduğu orta bölmeye geçti.

Rémy'nin varlığını hissederek vecit halinden çıkan keşiş, kırmızı gözleriyle korkudan çok merakla bakıyordu. Rémy bu vefakâr adamın sakin kalabilmesinden oldukça etkilenmişti. Range Rover'daki ilk boğuşmadan sonra keşiş içinde bulunduğu durumu kabullenmiş ve kaderini daha yüksek bir güce teslim etmiş gibiydi.

Papyonunu gevşeten Rémy, kolalı yüksek yakasının düğmesini açtı ve kendini, yıllardır ilk kez nefes alıyormuş gibi hissetti. Limuzinin içki barından kendine bir Smirnoff votka doldurdu. Tek dikişte içkisini bitirdikten sonra biraz durdu.

Yakında zengin bir adam olacağım.

Bar dolabını arayan Rémy, bir şarap açacağı buldu ve küçük bıçağını dışarı çıkarttı. Bıçak genellikle şarap şişesinin mantarı etrafındaki yaldızı kesmek için kullanılırdı ama bu sabah çok daha farklı bir amaca hizmet edecekti. Rémy elinde tuttuğu bıçakla yüzünü Silas'a döndü.

Artık kırmızı gözlerden korku fışkırıyordu.

Rémy gülümseyerek limuzinin arka tarafına gitti. Bağlarıyla boğuşan keşiş kendini geri çekiyordu.

Bıçağı havada tutan Rémy, "Kıpırdama," diye fısıldadı.

Silas, Tanrı'nın onu terk ettiğine inanamıyordu. Silas kana susayan kaslarının zonklamasını bile İsa'nın çektiği acılarla bağdaştırarak, bağlanmanın verdiği fiziksel acıyı ruhani bir ibadete dönüştürmüştü. *Gece boyunca kurtuluş için dua ettim.* Bıçak aşağı inerken Silas gözlerini sıkıca kapadı.

Kürek kemiklerinde ani bir acı hissetti. Limuzinin arkasında, kendini savunmaktan aciz bir durumda öleceğine inanmayarak feryat etti. *Tanrı'nın işini yapıyordum. Öğretmen beni koruyacağını söylemişti.*

Silas sırtına ve omuzlarına yayılan yakıcı sıcaklığı hissettiğinde, kendi kanının derisinin üstüne yayıldığını hayal etti. Uyluklarının delinirken verdiği ağrıyı duyduğunda, hasara karşı verilen o tanıdık mücadelenin başladığını hissedebiliyordu... vücudun acıya karşı savunma mekanizması.

Yakıcı sıcaklık tüm kaslarına yayıldığında Silas gözlerini daha da sıkı kapadı ve ömrünün son dakikalarında göreceği kişinin katili olmaması gerektiğine karar verdi. İspanya'daki küçük kilisede duran genç Piskopos Aringarosa'yı hayal etti... Onun ve Silas'ın kendi elleriyle inşa ettiği o kilisede. *Hayatımın başlangıcı.*

Silas vücudunu alevler sarmış gibi hissediyordu.

Smokinli adam aksanlı Fransızcasıyla, "Bir içki al," dedi. "Kan dolaşımına yardım eder."

Silas'ın gözleri hayretle açıldı. Üzerine eğilen bulanık figür ona bir bardak içecek ikram ediyordu. Yerdeki kansız bıçağın yanında kullanılmış yapışkanlı bant duruyordu.

Adam, "İç bunu," diye yineledi. "Hissettiğin acı kaslarına hücum eden kandan kaynaklanıyor."

Silas duyduğu korkutucu zonklamanın karıncalanmaya dönüştüğünü hissediyordu. Votkanın tadı berbattı ama minnet duyarak içti. Kader bu gece Silas'a pek çok tuzak hazırlamıştı ama Tanrı mucizevi bir hareketle sorunların hepsini çözmüştü.

Tanrı beni terk etmedi.

Silas, Piskopos Aringarosa'nın buna ne diyeceğini biliyordu.

İlahi müdahale.

Uşak, "Seni daha önce kurtarmak isterdim," diye özür diledi. "Ama buna imkân yoktu. Polis önce Château Villette'e sonra da Biggin Hill Havaalanı'na geldi, ancak şimdi fırsat bulabildim. Anlıyorsun, değil mi Silas?"

Silas şaşkınlıkta geri çekildi. "Adımı biliyor musun?"

Uşak gülümsedi.

Silas doğrularak sertleşmiş kaslarını ovaladı. Kuşku, minnet ve şaşkınlık duyguları kabarmıştı. "Sen... Öğretmen misin?"

Soruyu komik bularak gülen Rémy, başını iki yana salladı. "Keşke o kadar gücüm olsaydı. Hayır, ben Öğretmen değilim. Senin gibi ben de ona hizmet ediyorum. Ama Öğretmen senden övgüyle bahsediyor. Benim adım Rémy."

Silas sersemlemişti. "Anlamıyorum. Öğretmen için çalışıyorsan, Langdon neden kilit taşını senin evine getirdi?"

"Benim evime getirmedi. Dünyanın en ünlü Kâse tarihçilerinden Sir Leigh Teabing' in evine getirdi."

"Ama *sen* orada yaşıyorsun. Garip..."

Langdon'ın sığınmak için yaptığı seçime şaşırmamış gibi görünen Rémy gülümsedi. "Her şeyi önceden tahmin etmek mümkündü. Kilit taşı Robert Langdon'daydı ve yardıma ihtiyacı vardı. Kaçmak için Leigh Teabing'in evinden daha mantıklı bir yer olur muydu? Benim orada yaşamam, Öğretmen'in beni yanına almasının ilk sebebiydi." Durdu. "Sence Öğretmen Kâse hakkında bu kadar çok şeyi nereden biliyor?"

Şimdi her şey açıklığa kavuşmuştu, Silas şaşkındı. Öğretmen, Sir Leigh Teabing'in tüm araştırmalarına ulaşabilecek bir uşağı yanına almıştı. Mükemmel bir plandı.

Silas'a dolu Heckler Koch silahını uzatan Rémy, "Sana anlatmam gereken başka şeyler de var," dedi. Ardından, açık bölmeden uzanarak torpido gözündeki küçük tabancayı çıkardı. "Ama önce seninle bir işimiz var."

Biggin Hill'de uçaktan inen Yüzbaşı Fache, Teabing'in hangarında olanları kent başmüfettişinden dinlerken, duyduklarına inanamıyordu.

Müfettiş, "Uçağı kendim teftiş ettim," diye ısrar etti. "İçerde kimse yoktu." Kibirli bir tonla konuşmaya başladı. "Ayrıca eklemeliyim ki, eğer Sir Leigh Teabing bana karşı suçlamalarda bulunursa..."

"Pilotu sorguladınız mı?"

"Elbette hayır. O bir Fransız ve bizim yetkimiz sadece..."

"Beni uçağa götürün."

Hangara vardığında, bir zamanlar limuzinin park ettiği yerin yanındaki şüpheli kan lekesini fark etmek Fache'nin yalnızca altmış saniyesini almıştı. Fache uçağın yanına giderek, gövdeye var gücüyle vurdu.

"Fransız Adli Polisi. Kapıyı açın!"

Dehşete düşen pilot, hemen kapıyı açıp, merdiveni indirdi.

Fache yukarı çıktı. Birkaç dakika sonra, tabancasının da yardımıyla, tutsak Albino keşişin tanımı da dahil olmak üzere dört dörtlük bir itiraf dinlemişti. Ayrıca pilot, Langdon ile Sophie'nin Teabing'in kasasına bir çeşit ahşap kutu bıraktıklarını görmüştü. Pilot kutunun içindekini bilmediğini söylediği halde, uçuş süresi boyunca Langdon'ın tüm dikkatini ona yoğunlaştırdığını itiraf etmişti.

Fache, "Kasayı aç," diye emretti.

Pilot korkuyla bakıyordu. "Şifreyi bilmiyorum!"

"Bu çok kötü. Sana pilot lisansının devam edebileceğini söyleyecektim."

Pilot ellerini sıktı. "Buradaki bakım işlerinde çalışan birkaç kişi tanıyorum. Belki onlar delebilir, olmaz mı?"

"Yarım saat süren var."

Pilot telsizine uzandı.

Uçağın arka tarafına sert adımlarla yürüyen Fache, kendine sert bir içki hazırladı. Sabahın erken saatleriydi ama o henüz uyumamıştı, bu yüzden akşamdan önce içmiş sayılmazdı. Pelüş koltukta oturarak gözlerini kapattı ve neler olduğunu anlamaya çalıştı. *Kent polisinin hatası bana pahalıya mal olabilirdi.* Şimdi herkes siyah Jaguar limuzini arıyordu.

Telefonu çaldığında Fache bir an olsun huzur bulmayı diledi. "Alo?"

"Londra'ya geliyorum." Arayan Piskopos Aringarosa idi. "Bir saate kadar orada olurum."

Fache oturduğu yerde doğruldu. "Paris'e gittiğinizi zannediyordum."

"Çok endişeliyim. Planlarımı değiştirdim."

"Yapmamalıydınız."

"Silas sizde mi?"

"Hayır. Ben gelmeden kaçaklar yerel polisi atlatmış."

Aringarosa birden öfkelenmişti. "Bana güvence vermiştin. Hani uçağı durduracaktın!"

Fache sesini alçalttı. "Piskopos, durumunuzu göz önünde bulundurarak, bugün benim sabrımı sınamamanızı öneririm. Silas ve diğerlerini mümkün olduğunca çabuk bulacağım. Nereye ineceksiniz?"

"Bir saniye." Aringarosa ahizeyi kapattı ve sonra yeniden konuşmaya başladı. "Pilot Heathrow'a iniş izni almaya çalışıyor. Tek yolcusu benim ama yeni rotamızı önceden bildirmemiştik."

"Ona kentteki Biggin Hill Havaalanı'na inmesini söyleyin. İniş iznini ben alırım. Siz geldiğinizde ben burada yoksam, bir araba sizi bekliyor olacak."

"Teşekkürler."

"İlk konuşmamızda belirttiğim gibi piskopos, her şeyi kaybetme tehlikesiyle karşı karşıya olan yalnız siz değilsiniz."

85

Ara, küreyi kabre aitti.

Mabet Kilisesi'ndeki her bir şövalye, başı taş bir yastığın üstünde, sırtüstü yatıyordu. Sophie bir ürperti hissetti. Şiirde bahsi geçen "küre", ona büyükbabasının bodrum katındaki akşam gördüğü sahneleri hatırlatıyordu.

Hieros Gamos. Küreler.

Sophie aynı ayinin bu mabette de uygulanıp uygulanmadığını düşündü. Daire şeklindeki oda, böylesi bir pagan ayini için özel yapılmış gibiydi. Ortadaki çıplak alanın etrafından taş bir oturma sırası geçiyordu. Robert'ın da söylediği gibi *yuvarlak bir tiyatro.* Bu mekânın akşamları, ellerinde mumlarla ilahiler söyleyen ve odanın ortasındaki "kutsal birleşmeye" şahit olan maskeli insanlarla dolu olduğunu hayal etti.

Bu sahneleri aklından uzaklaştırmaya çalışarak, Langdon ve Teabing'le birlikte ilk grup şövalyelerin yanına gitti. Teabing titiz bir inceleme yapmaları gerektiği konusunda ısrar etmiş olsa da Sophie sabırsızlanarak onların önüne geçti ve sol taraftaki beş şövalyeye doğru yürüdü.

Bu ilk lahitleri inceleyerek aralarındaki benzerlikleri ve farklılıkları gözlemledi. Şövalyelerin hepsi sırtüstü yatıyordu, ama üçünün bacakları dümdüz uzatılmışken, diğer ikisi bacak bacak üstüne atmıştı. Bu garipliğin kayıp küreyle ilgisi yok gibi görünüyordu. Sophie giysilerini incelediğinde, şövalyelerden ikisinin zırhları üstüne tünik, diğer üçünün ise bileklerine kadar uzanan pelerinler giydiğini fark etti. Bunun da hiçbir faydası dokunmayacaktı. Sophie dikkatini geri kalan tek farklılığa verdi ellerin duruşu. İki şövalye kılıçlarını tutmuştu, ikisi dua ediyordu, birinin ise kolları yanındaydı. Ellere uzun süre baktıktan sonra, kayıp küreye dair hiçbir ipucuna rastlayamayan Sophie, omuzlarını silkti.

Süveterinin cebindeki kripteksin ağırlığını hissederek Langdon ve Teabing'e baktı. Hâlâ üçüncü şövalyenin başında duran adamlar yavaş ilerliyor, fakat onlar da çaresiz görünüyorlardı. Beklemeye tahammül edemeden, ikinci grup şövalyenin yanına gitti. Açık alanda karşı tarafa doğru yürürken, defalarca okuduğu şiiri içinden tekrar etti.

Papa şövalye gömmüş Londra'da.
Kutsal gazap cevap olmuş ona.
Ara, küreyi kabre aitti.
Güldü teni, doluydu göbeği.

Sophie ikinci grup şövalyelerin yanına geldiğinde, bu ikinci grubun ilkiyle aynı olduğunu fark etti. Hepsi zırhları ve kılıçlarıyla, farklı pozisyonlarda yatıyorlardı.

Onuncu ve sonuncu lahit hariç.

Hemen yanına koşturarak, dikkatle baktı.

Yastık yok. Zırh yok. Tunik yok. Kılıç yok.

"Robert? Leigh?" diye seslenirken, sesi boş odada yankılanıyordu. "Burada eksik bir şeyler var."

Adamların her ikisi de başlarını kaldırarak, Sophie'nin yanına gitmek için diğer tarafa doğru yürümeye başladılar.

Teabing heyecanla, "Bir küre mi?" diye sordu. Aceleyle yürürken metal koltuk değnekleri tempolu bir ses çıkarıyordu. "Bir küre mi kayıp?"

Onuncu lahite bakarken yüzünü buruşturan Sophie, "Tam olarak değil," dedi. "Şövalye tamamıyla kayıp."

Yanına gelen iki adam hayretle onuncu lahde baktılar. Açıkta yatan bir şövalye yerine bu lahitte, mühürlü taş bir tabut vardı. Üstte bir kapağı olan bu tabut, ayaklara doğru inceliyor, yukarı çıktıkça genişliyordu.

Langdon, "Bu şövalye neden gösterilmemiş?" diye sordu.

Çenesine hafifçe vuran Teabing, "Büyüleyici," dedi. "Bu garip özelliği unutmuştum. Buraya geleli yıllar oluyor."

Sophie, "Bu tabut," dedi. "Diğer dokuz lahitle aynı zamanda ve aynı heykeltıraş tarafından oyulmuş gibi görünüyor. Peki açıkta bırakılmak yerine bu şövalye neden bir tabuta konulmuş?"

Teabing başını iki yana salladı. "Bu kilisenin gizemlerinden biri. Bildiğim kadarıyla kimse buna açıklama getiremedi."

Yüzünde rahatsız olmuş bir ifadeyle içeri giren papaz yardımcısı genç, "Merhaba?" diye seslendi. "Kabalık gibi görünüyorsa beni bağışlayın, ama külleri dağıtmak istediğinizi söylemiştiniz, fakat siz tur atıyorsunuz."

Gence bakıp kaşlarını çatan Teabing, Langdon'a döndü. "Bay Wren, anlaşılan ailenizin hayırseverliği size eskisi kadar vakit tanımıyor, belki külleri bir an evvel serpiştirip gitsek iyi olur." Teabing, Sophie'ye döndü. "Bayan Wren?"

Sophie tirşeye sarılı kripteksi cebinden çıkararak rolünü oynadı.

Teabing, gence dönerek, "O halde," dedi. "Şimdi bizi biraz yalnız bırakır mısın?"

Papaz yardımcısı genç yerinden kıpırdamadı. Langdon'ı dikkatle inceliyordu. "Yüzünüz tanıdık geliyor."

Teabing öfkelendi. "Belki de Bay Wren buraya her yıl geldiği içindir!"

Belki de geçen yılki Vatikan olayında Langdon'ı televizyonda görmüştür, diye endişelendi Sophie.

Genç, "Ben Bay Wren ile hiç karşılaşmadım," diye ısrar etti.

Langdon nezaketle, "Yanılıyorsunuz," dedi. "Geçen yıl ayaküstü karşılaşmıştık. Peder Knowles bizi resmen tanıştıramadı ama içeri girdiğimizde yüzünüzü hatırladım. Davetsiz geldiğimizin farkındayım ama bize birkaç dakika daha izin verebilirsiniz. Bu lahitlere külleri serpiştirmek için o kadar uzun bir yoldan geldim ki." Langdon cümleleri Teabing'e özgü bir inandırıcılıkla seslendirmişti.

Papaz yardımcısı gencin yüzünde daha da şüpheli bir ifade belirmişti. "Bunlar *lahit* değil."

Langdon, "Affedersin anlamadım?" dedi.

Teabing, "Elbette onlar birer lahit," diyerek karşı çıktı. "Neden bahsediyorsun sen?"

Papaz yardımcısı genç başını iki yana salladı. "Lahitlerde ceset olur. Bunlar anıt taşı. Gerçek kişilerin anısına yapılmış taşlar. Bu figürlerin altında ceset yok."

Teabing, "Bu bir mezar," dedi.

"Sadece modası geçmiş tarih kitaplarında öyle. 1950'de öyle bir şey olmadığı ispat edilene kadar bunun bir mezar olduğuna inanılıyordu." Langdon'a döndü. "Ve bunu Bay Wren'in *bileceğini* tahmin ediyordum. Gerçeği kendi ailesi ortaya çıkardığına göre..."

Rahatsızlık verici bir sessizlik hâkim oldu.

Antreden gelen kapı çarpması sesi, sükûneti bozdu.

Teabing, "Peder Knowles olmalı," dedi. "Gidip baksan iyi olmaz mı?"

Papaz yardımcısı kuşkulu göründüğü halde, antreye geri dönerek Langdon, Sophie ve Teabing'i yeni bir hüzünle baş başa bıraktı.

Langdon, "Leigh," diye fısıldadı. "Ceset yok mu? Neden bahsediyor?"

Teabing'in canı sıkılmış gibiydi. "Bilmiyorum. Hep düşündüm ki... burası *mutlaka* o yer olmalı. Neden bahsettiğini bildiğini sanmıyorum. Hiç anlamı yok!"

Langdon, "Şiiri yeniden görebilir miyim?" dedi.

Sophie kripteksi cebinden çıkararak, dikkatlice ona uzattı.

Langdon tirşeyi açarak, kripteksi elinde tutarken şiiri inceledi. "Evet, şiir kesinlikle bir *mezardan* bahsediyor. Anıttan değil."

Teabing, "Şiir yanlış olabilir mi?" diye sordu. "Jacques Saunière de benim yaptığım hataya düşmüş olabilir mi?"

Biraz düşünen Langdon başını iki yana salladı. "Leigh, kendin söyledin. Bu kiliseyi Tapınakçılar inşa etti, tarikatın askeri kolu. İçimden bir ses, eğer burada gömülmüş şövalyeler varsa, tarikatın Büyük Üstat'ının bunu bileceğini söylüyor."

Teabing iyice sersemlemiş gibiydi. "Ama burası mükemmel." Şövalyelere doğru döndü. "Bir şeyi atlıyor olmalıyız."

Antreye giren papaz yardımcısı genç, boş olduğunu görerek şaşırdı. "Peder Knowles?" Girişi iyice görebilmek için biraz daha ilerlerken, *kapıyı duyduğuma eminim,* diye düşünüyordu.

Kapının yanındaki smokinli adam başını kaşıyor ve yolunu şaşırmış gibi görünüyordu. Diğerlerini içeri alırken kapıyı kilitlemeyi unuttuğunu fark eden genç kendi kendine kızmıştı. Şimdi de görünüşünden bir nikâh yerini aradığı belli olan gülünç adam, sokaktan geçerken elini kolunu sallayarak gelmişti. Bir sütunun yanından geçerken, "Üzgünüm," diye seslendi. "Kapalıyız."

Arkasından gelen kumaş hışırtısını duyup, tam dönmek üzereyken başı geriye doğru çekildi ve güçlü bir el ağzını kapatarak, çığlığını bastırdı. Gencin ağzındaki el kar beyazıydı ve alkol kokuyordu.

Smokinli adam serinkanlılıkla çektiği küçük tabancayı doğrudan gencin alnına nişan aldı.

Papaz yardımcısı genç kasıklarının ısındığını hissedince, altını ıslattığını fark etti.

Smokinli adam, "Dikkatle dinle," dedi. "Bu kiliseden sessizce çıkacak ve koşarak uzaklaşacaksın. Durup oyalanmak yok. Anlaşıldı mı?"

Genç ağzında bir el varken elinden gelen en iyi şekilde başını salladı.

"Eğer polisi ararsan..." Smokinli adam silahı etine bastırdı. "Seni bulurum."

Gencin bundan sonra hatırladığı tek şey, bacaklarında derman kalmayıncaya kadar hiç durmadan dışarıdaki avluya koştuğuydu.

86

Silas bir hayalet gibi hedefinin arkasından yaklaştı. Sophie Neveu onun farkına çok geç varmıştı. Henüz arkasını dönemeden Silas tabancanın namlusunu onun sırtına dayayıp güçlü kolunu göğsünün etrafından dolayarak, onun vücudunu kendi hantal vücuduna doğru çekti. Sophie irkilerek haykırdı. Teabing ile Langdon bunun üzerine şaşkınlık ve korku dolu ifadelerle yüzlerini döndüler.

Teabing, "Ne?..." diye bağırdı. "Rémy'ye ne yaptın?"

Silas sakin bir sesle, "Seni tek ilgilendiren," dedi. "Benim buradan kilit taşıyla çıkacak olmam." Rémy'nin de anlattığı gibi bu görev temiz ve basit olacaktı: Kiliseye *gir, kilit taşını al ve dışarı çık; öldürmek yok, dövüşmek yok.*

Sophie'yi sıkıca tutan Silas elini göğsünden beline ve oradan ceplerine kaydırarak, içlerini aradı. Sophie'nin saçlarından kendi alkollü nefesine karışan hafif esans kokusunu alabiliyordu. "Nerede?" diye fısıldadı. *Kilit taşı daha önce onun cebindeydi. Peki şimdi nerede?*

Langdon'ın odanın karşı köşesinden yankılanan sesi, "Burada," dedi.

Silas döndüğünde, siyah kripteksi elinde tutan Langdon'ın onu aptal bir hayvanın karşısındaki matador gibi ileri geri salladığını gördü.

Silas, "Yere bırak," diye bağırdı.

Langdon, "Sophie ile Leigh'in kiliseden çıkmalarına izin ver," diye yanıtladı. "Bunu seninle aramızda halledebiliriz."

Sophie'yi kendisinden iterek uzaklaştıran Silas, silahını Langdon'a doğrultup, ona yaklaşmaya başladı.

Langdon, "Bir adım daha yaklaşma," dedi. "Onlar binadan çıkana kadar olmaz."

"Emir verecek pozisyonda değilsin."

"Sana katılmıyorum." Langdon kripteksi başının üstüne kaldırdı. "Bunu yere atıp içindeki şişeyi kırmakta hiç tereddüt etmem."

Silas tehdide dudak bükse de, korkuya kapılmıştı. Bu beklenmedik bir şeydi. Silahını Langdon'ın başına doğrultarak, eli kadar iyi hâkim olduğu sesiyle, "Kilit taşını kıramazsın. Sen de benim kadar Kâse'yi bulmak istiyorsun," dedi.

"Yanılıyorsun. Sen benden çok daha fazla istiyorsun. Bu iş için öldürebileceğini kanıtladın."

On metre ilerideki kemerli geçidin yanındaki ön sıralardan içeri bakan Rémy Legaludec, tehlikenin farkına varmıştı. İşler planladıkları gibi gitmiyordu ve bulunduğu yerden bile Silas'ın durumla başa çıkamadığını görebiliyordu. Öğretmen'in verdiği emirlere göre Silas'ın silahını kullanması yasaktı.

Kripteksi başının üstünde tutarken Silas'ın silahına bakan Langdon bir kez daha, "Bırak gitsinler," dedi.

Keşişin kırmızı gözleri öfke ve hüsranla parlıyordu, Rémy, onun kripteksi elinde tutan Langdon'ı vurabileceğinden endişe etti. *Kripteks yere düşemez!*

Kripteks Rémy'nin özgürlüğe ve zenginliğe giden biletiydi. Daha bir yıl önce, Château Villette'in duvarları arasında yaşayan ve çekilmez kötürüm Sir Leigh Teabing'in kaprislerini yerine getiren elli beş yaşında bir uşaktı. Ardından olağanüstü bir teklifle karşılaşmıştı. Rémy'nin Sir Leigh Teabing -dünyanın en seçkin Kâse tarihçisi- ile olan bağlantısı ona hayatı boyunca hayalini kurduğu her şeyi sağlayacaktı. O andan itibaren Château Villette'de geçirdiği her dakika onu bu ana yaklaştırmıştı.

Mabet Kilisesi'nin ibadet alanına ve Robert Langdon'ın elindeki kilit taşına bakan Rémy kendi kendine, *o kadar yakınım ki,* dedi. Eğer Langdon onu yere düşürürse, her şeyi kaybedecekti.

Yüzümü gösterecek miyim? Bu, Öğretmen'in kesinlikle yasakladığı bir şeydi. Öğretmen'in kimliğini bilen tek kişi Rémy idi.

Yarım saat kadar önce, kilit taşını çalma emrini aldığında Rémy, Öğretmen'e, "Bu görevi *Silas*'ın yerine getirmesini istediğinizden emin misiniz?" diye sormuştu. "Ben de yapabilirim."

Öğretmen kararlıydı. "Silas dört tarikat üyesi konusunda bize iyi hizmet verdi. Kilit taşını getirecektir. *Senin* ismin bilinmemeli. Diğerleri seni görürse, onların da öldürülmeleri gerekir ve bu gece yeterince cinayet işlendi. Yüzünü gösterme."

Yüzüm değişecek, diye düşündü Rémy. *Ödemeye söz verdiğin parayla, bambaşka biri olacağım.* Öğretmen, ona plastik cerrahinin parmak izlerini bile değiştirebileceğini söylemişti. Yakında özgür olacaktı plajda güneşlenen bir başka tanınmadık güzel yüz. Rémy, "Anlaşıldı," demişti. "Ben Silas'a perde arkasından yardımcı olacağım."

Öğretmen, ona, "Bilgin olsun Rémy," demişti. "Aradıkları mezar Mabet Kilisesi'nde değil. O yüzden korkma. Yanlış yerde arıyorlar."

Rémy hayrete düşmüştü. "Sen mezarın yerini biliyor musun?"

"Elbette. Sana daha sonra söylerim. Şimdi hızlı hareket etmelisin. Eğer diğerleri mezarın gerçek yerini keşfedip, sen kripteksi alamadan kiliseden ayrılırlarsa Kâse'yi sonsuza dek kaybetmiş olacağız."

Kâse Rémy'nin umurunda bile değildi ama Öğretmen, onun payını ancak Kâse bulunduktan sonra ödeyeceğini söylemişti. Yakında sahip olacağı parayı her düşündüğünde Rémy'nin başı dönüyordu. *Yirmi milyon euronun üçte biri. Sonsuza dek yok olmaya yeter de artar bile.* Rémy, güneşin altında uzanırken başkalarının bahşiş alabilmek için kendisine hizmet ettiği Côte d'Azur'daki sahil kasabalarının hayalini kurmuştu.

Ama şimdi burada Mabet Kilisesi'nde Langdon kilit taşını kırmakla tehdit ederken, Rémy'nin geleceği pamuk ipliğine bağlıydı. Bu kadar yaklaşıp da her şeyi kaybetmek fikrine katlanamayan Rémy, o cesur hamleyi yapmaya karar verdi. Elindeki silah küçük kalibreli J-gövdeli bir Medusa idi ama yakın mesafeden gereği kadar öldürücü olacaktı.

Gölgelerin arasından çıkan Rémy, dairesel bölüme girerek, silahını Teabing'in başına doğrulttu. "Uzun zamandır bunu yapmayı bekliyordum yaşlı adam."

Rémy'nin silahı kendisine doğrulttuğunu gören Sir Leigh Teabing'in kalbi teklemişti. *Ne yapıyor!* Teabing, Rémy'nin elinde tuttuğu Medusa'nın, kendi güvenliği için Jaguar'ın torpido gözünde sakladığı silah olduğunu fark etti.

Teabing hayretle, "Rémy?" diye titredi. "Neler oluyor?"

Langdon ile Sophie de bir o kadar sersemlemişlerdi.

Teabing'in arkasından dolanan Rémy, silahın namlusunu sırtının sol tarafından tam kalbine gelecek şekilde dayadı.

Teabing'in omzunun üstünden Langdon'a bakan Rémy, "Bu işi çok basit halledeceğim," dedi. "Kilit taşını yere bırak, yoksa silahı çekerim."

Langdon felç olmuş gibiydi. "Kilit taşının senin için bir önemi yok," dedi. "Kesinlikle açamazsın."

Rémy, "Kibirli budalalar," diye öfkelendi. "Bütün gece şiirleri tartışırken sizi dinlediğimin farkında değil miydiniz? Duyduğum her şeyi diğerleriyle paylaştım. Sizden daha fazlasını bilen diğerleriyle. Doğru yeri bile aramıyorsunuz. Aradığınız mezar tamamıyla farklı bir yerde!"

Teabing paniğe kapılmıştı. *Neler söylüyor!*

Langdon, "Kâse'yi neden istiyorsun?" diye sordu. "Yok etmek için mi? Zamanın Sonu gelmeden, öyle mi?"

Rémy, keşişi çağırdı. "Silas, kilit taşını Bay Langdon'dan al."

Keşiş ilerlerken Langdon geriye adım attı ve yere atmak için hazırlanarak kilit taşını iyice havaya kaldırdı.

Langdon, "Yanlış ellere gittiğini görmektense," dedi. "Kırmayı tercih ederim."

Şimdi Teabing dehşete kapılmıştı. Bir ömür verdiği emeğin gözlerinin önünde buharlaştığını görecekti. Tüm hayalleri yıkılmak üzereydi.

Teabing, "Robert, hayır!" diye çığlık attı. "Yapma! Elinde tuttuğun Kâse! Rémy bana asla ateş etmez. Birbirimizi on..."

Rémy tavana nişan alarak, Medusa'yı ateşledi. Ses, bu kadar küçük bir silah için muazzamdı. Silah sesi taş odada gök gürültüsü gibi yankı yapmıştı.

Herkes olduğu yerde dondu.

Rémy, "Oyun oynamıyorum," dedi. "Bundan sonraki sırtına saplanacak. Kilit taşını Silas'a ver."

Langdon isteksizce kripteksi uzattı. Öne adım atan Silas, kırmızı gözleri intikamın verdiği tatminle parlarken kripteksi aldı. Kilit taşını cüppesinin cebine yerleştiren Silas hâlâ Langdon ve Sophie'ye doğru tuttuğu tabancasıyla geri çekildi.

Uşak binadan çıkarken Teabing, Rémy'nin kolunu boğazına doladığını ve kendisini beraberinde sürüklediğini hissetti. Silahı sırtından ayırmamıştı.

Langdon, "Bırak onu," dedi.

Hâlâ geri çekilmekte olan Rémy, "Bay Teabing'i gezintiye çıkarıyoruz," dedi. "Polisi ararsanız o ölür. Engellemeye çalışacak herhangi bir şey yaparsanız ölür. Anlaşıldı mı?"

Sesi heyecandan çatallaşan Langdon, "Beni götür," dedi. "Leigh'i bırak."

Rémy kahkaha attı. "Sanmıyorum. Onunla öyle hoş vakit geçirdik ki. Ayrıca o hâlâ işimize yarayabilir."

Şimdi de silahını Langdon ve Sophie'den ayırmayan Silas geri çekilmeye başlamıştı. Rémy çıkışa doğru Leigh'i sürüklerken, koltuk değnekleri arkasından yere sürtüyordu.

Sophie kararlı bir sesle, "Kim için çalışıyorsun?" diye sordu.

Soru, ayrılmakta olan Rémy'yi güldürmüştü. "Bilseniz çok şaşırırdınız Mademoiselle Neveu."

87

Château Villette'in kabul salonundaki şömine soğuktu ama Collet Interpol'den gelen faksları okurken, önünde aşağı yukarı dolanıyordu.

Beklediği hiçbir şey yoktu.

Resmi kayıtlara göre André Vernet örnek bir vatandaştı. Poliste hiç kaydı yoktu, park cezası bile almamıştı. Özel okuldan sonra Sorbonne'da eğitim görmüş ve uluslararası bankacılık bölümünü *birincilikle* bitirmişti. Interpol, zaman zaman Vernet'nin isminin gazetelerde yer aldığını fakat hep olumlu yönde anıldığını söylemişti. Adamın Zürih Emanet Bankası güvenlik sistemlerini, ultramodern elektronik dünyasında bir numaraya taşıyacak hale getirdiği anlaşılıyordu. Vernet'nin kredi kartı kayıtları sanat kitaplarına, pahalı şaraba ve yıllar önce satın aldığı ileri teknoloji ürünü müzik setinde dinlediği klasik CD'lere -çoğunlukla Brahms- tutkunluğunu gösteriyordu.

Sonuç sıfır, diyerek içini çekti Collet.

Interpol'ün bu gece buldukları arasında şüphelendiği parmak izlerinin, Teabing'in uşağına ait olduğu anlaşılıyordu. Teknik bölümün başmüfettişi odanın karşısındaki rahat bir koltukta raporu okuyordu.

Collet, ona baktı. "Bir şey var mı?"

Adam omuzlarını silkti. "Parmak izleri Rémy Legaludec'e ait. Küçük suçlardan aranıyor. Ciddi bir şey yok. Bedava konuşmak için telefon hatlarını kendine bağladığı anlaşılınca üniversiteden atılmış... sonra birkaç basit hırsızlık. Zorla içeri girme. Bir keresinde acildeki nefes borusu ameliyatının hastane faturasını ödemeden kaçmış." Kıkırdayarak başını kaldırdı. "Fıstık alerjisi."

Collet bir restoranın mönüsündeki kırmızı biber sosunun içinde fıstık yağı olduğunu yazmadığı için yapılan polis soruşturmasını hatırlayarak başını salladı. Devamlı müşterilerden biri ilk lokmayı yuttuğunda anafilaktik(*) şok geçirerek ölmüştü.

"Herhalde Legaludec yakalanmamak için burada yatılı çalışıyordu." Müfettiş şaşırmış görünüyordu. "Şanslı gecesindeymiş."

Collet içini çekti. "Pekâlâ, bu bilgiyi Yüzbaşı Fache'ye iletsen iyi olacak."

Bir başka teknik ajan telaşla içeri girerken, müfettiş dışarı çıktı. "Teğmenim! Ambarda bir şey bulduk."

Ajanın yüzündeki heyecanlı ifadeden Collet'nin aklına tek bir ihtimal geliyordu. "Bir ceset."

"Hayır efendim. Bu daha..." Duraksadı. "Beklenmedik."

Collet gözlerini ovuşturarak ajanın peşinden ambara gitti. Küf kokulu, geniş alana girdiklerinde ajan odanın ortasındaki tahta merdiveni işaret etti. Çatı katına doğru uzanan merdiven, üstlerindeki samanlığın kenarına dayanmıştı.

Collet, "Merdiven daha önce orada değildi," dedi.

"Hayır efendim. Yerde duran merdiveni gördüğümde, Rolls Royce'un yanındaki izleri inceliyorduk. Basamakları aşınmış ve küflenmiş olmasaydı üstünde durmayacaktım. Bu merdiven sıkça kullanılıyormuş. Samanlığın yüksekliği merdivenin boyuyla uyuşuyordu, bu yüzden kaldırıp, bakmak için yukarı çıktım."

Collet gözleriyle merdiveni takip ederek samanlığa baktı. *Birisi oraya düzenli olarak mı çıkıyor?* Bulunduğu yerden samanlık boş bir alana benziyordu ama itiraf etmek gerekirse büyük kısmı arkada kaldığından görünmüyordu.

Merdivenin başında beliren kıdemli teknik ajanlardan biri aşağı bakıyordu. Lateks eldivenli elini Collet'ye sallarken, "Bunu kesinlikle görmek istersiniz teğmenim," dedi.

Eski merdivenin başına giden Collet, alttaki basamakları tuttu. Eski model merdiven Collet yukarı çıktıkça daralıyordu. Collet tepeye yaklaş-

---

(*) Yabancı bir proteine karşı aşırı duyarlılık hali. Ölümle sonuçlanabilir.

tığında ince basamaktan neredeyse ayağı kayıp düşecekti. Aşağıdaki ambar dönüyordu. Sonra dikkatle ilerledi ve sonunda tepeye ulaştı. Yukarıdaki ajan, ona bileğini uzattı. Onu yakalayan Collet tuhaf bir hamleyle yukarı çıktı.

Teknik ajan, tertemiz görünen samanlığın arkalarını işaret ederek, "Orada," dedi. "Burada sadece bir kişinin parmak izleri var. Kısa süre içinde kimlik tespitini yaparız."

Collet loş ışıkta gözlerini kısarak arka duvara baktı. *Bu da ne böyle?* Arka duvara son derece gelişmiş bir bilgisayar istasyonu yerleştirilmişti -iki dev CPU, hoparlörleri olan bir düz ekran, bir dizi ana sürücü, kendi güç kaynağına sahip olduğu anlaşılan çok kanallı bir ses konsolu.

İnsan çalışmak için ne diye ta buraya çıkar ki? Collet cihazın yanına yaklaştı. "Sistemi incelediniz mi?"

"Dinleme şebekesi."

Collet arkasını döndü. "Gizli kulak mı?"

Ajan başını salladı. "Çok gelişmiş bir gizli kulak." Elektronik parçalar, kılavuzlar, aletler, kablolar, havyalar ve diğer elektronik malzemelerle dolu uzun bir masayı gösterdi. "Her kimse işini çok iyi biliyor. Buradaki malzemelerin çoğu bizim kullandıklarımızdan. Minyatür mikrofonlar, fotoelektrik şarj pilleri, yüksek kapasiteli RAM çipleri. Şu yeni nano sürücülerden bile var."

Collet oldukça etkilenmişti.

Collet'ye hesap makinesinden daha büyük olmayan bir parça uzatan ajan, "Burada tam bir sistem var," dedi. Cihazdan otuz santim uzunluğunda, ucuna pul büyüklüğünde folyo tutturulmuş bir kablo sallanıyordu. "Şarj edilebilir pilleri olan yüksek kapasiteli hard disk ses kayıt sistemi. Kablonun ucundaki bu folyo, mikrofonla fotoelektrik şarj pilinin birleşimi."

Collet bunları iyi tanıyordu. Folyoya benzeyen bu fotosel mikrofonlar, birkaç sene öncesinin büyük buluşuydu. Artık folyo mikrofona mesela bir ampulün metal altıyla aynı şekil verilerek, ampulün arkasına hard disk yerleştirilebiliyordu. Mikrofon günde birkaç saat güneş ışığı alabilecek şekilde yerleştirildiği takdirde, fotoseller sistemi sürekli şarj ediyordu. Bunun gibi dinleme cihazlarıyla birisini sonsuza kadar dinlemek mümkündü.

Collet, "Yayın yapılıyor muymuş?" dedi.

Ajan, bilgisayarın arkasından dolaşarak, duvarı takip eden ve ambarın çatısındaki bir delikten çıkan izole kabloyu gösterdi. "Basit radyo dalgaları. Çatıda ufak bir anten var."

Collet bu kayıt sistemlerinin genellikle ofislere yerleştirildiğini, hard diskte yeterince boş yer bırakmak için sesle harekete geçtiğini ve gün içinde yapılan konuşmalardan kısa bölümler kaydederek, fark edilmemek için ses dosyalarını akşamları gönderdiğini biliyordu. Dosyalar gönderildikten sonra hard disk kendini temizliyor ve ertesi gün aynı işlemleri tekrarlamak için kendini hazırlıyordu.

Collet bakışlarını, üzerinde hepsi de numaralanmış ve tarihlenmiş yüzlerce ses kasetinin bulunduğu rafa çevirdi. *Birisinin işleri bayağı yoğunmuş.* Yeniden ajana döndü. "Hangi hedefin dinlendiğine dair fikriniz var mı?"

Bilgisayarın yanına gidip, bir bilgisayar yazılımını açan ajan, "Şey teğmenim," dedi. "En garibi de bu..."

88

Langdon, Sophie ile birlikte Temple metrosundaki turnikelerden atlayıp, tünellerin ve peronların oluşturduğu labirentin derinliklerine ilerlerken kendini son derece bitkin hissediyordu. Korkunç bir vicdan azabı duyuyordu.

Leigh'i bu işe bulaştırdım ve şimdi o büyük tehlikede.

Rémy'nin işin içinde olması şok edici olmakla beraber mantıklıydı. Kâse'nin peşindeki her kimse, içeriden birini yanına almıştı. *Benimle aynı sebepten ötürü Teabing'in peşine düştüler.* Kâse bilgisine sahip olan kişiler tarih boyunca, hırsızları ve benzeri alimlerine kendilerine çeken birer mıknatıs olmuşlardı. Teabing'in işin başından beri hedef olması yüzünden Langdon kendini suçlu hissetmemeliydi. Ama buna engel olamıyordu. *Leigh'i bulup ona yardım etmeliyiz. Hemen.*

Langdon batı bölümüne ve oradan Circle Line peronuna giden Sophie'yi takip etti. Sophie, Rémy'nin aksi yöndeki ihtarlarına rağmen polisi aramak için ankesörlü bir telefona doğru koştu. Langdon pişmanlıkla yakındaki bir banka oturdu.

Sophie numaraları tuşlarken, "Leigh'e yardımcı olmanın en iyi yolu," dedi. "Londra yetkililerini hemen işe karıştırmak. Güven bana."

Langdon ilk başta bu fikri onaylamamıştı ama planları geliştikçe, Sophie'nin düşüncesi mantıklı gelmeye başlamıştı. Teabing o an için güvendeydi. Rémy ile diğerleri şövalyenin mezarının yerini bilseler bile, küreyle ilgili şifreyi çözmek için Teabing'in yardımına ihtiyaç duyabilirlerdi. Langdon, Kâse haritası bulunduktan *sonra* olacaklardan endişe ediyordu. *Leigh onlara ayak bağı olacak.*

Langdon'ın Leigh'e yardım etmesinin ya da kilit taşını bir daha görmesinin bir yolu varsa, öncelikle mezarı bulması şarttı. *Ne yazık ki, Rémy benden çok daha önde.*

Rémy'yi yavaşlatmak Sophie'nin vazifesi olacaktı.

Mezarı bulmak ise Langdon'ın.

Sophie, Londra polisini Rémy ile Silas'ın kanun kaçakları olduğuna inandırarak, peşlerine düşmelerini ya da daha iyisi onları yakalamalarını sağlayacaktı. Langdon'ın planı ise henüz belirsizdi, dini bilgilerle ilgili geniş bir elektronik veri bankasına sahip olmasıyla ünlü King's College'a gitmeyi düşünüyordu. Langdon bu yerin *en iyi araştırma aracı* olduğunu duymuştu. *Dini tarihle ilgili herhangi bir soruya anında cevap alınabiliyor.* Veri bankasında "Papa'nın gömdüğü şövalyeyle" ilgili neler bulacağını tahmin etmeye çalıştı.

Trenin bir an önce gelmesini dileyerek ayağa kalkıp yürümeye başladı.

Sophie'nin ankesörlü telefondan yaptığı arama sonunda Londra polisine bağlanmıştı.

Santral memuru, "Snow Hill Birimi," diye açtı. "Çağrınızı nasıl yönlendirebilirim?"

"Bir kaçırma olayını bildireceğim." Sophie kısa ve özlü konuşmayı iyi biliyordu.

"İsminiz lütfen?"

Sophie duraksadı. "Fransız Adli Polisi'nden Ajan Sophie Neveu."

Rütbesi istenen etkiyi yaratmıştı. "Hemen efendim. Sizi bir dedektifle görüştüreceğim."

Telefon bağlanırken Sophie, polisin Teabing'i kaçıranlarla ilgili vereceği tarife inanıp inanmayacağını merak ediyordu. *Smokinli bir adam.* Bir şüpheli daha basit nasıl tespit edebilirdi ki? Rémy kıyafetlerini değiştirse bile, yanında bir Albino vardı. *Fark etmemek imkânsız.* Bunun dışında, yanlarında bir rehine vardı ve toplu taşıma araçlarını kullanamazlardı. Londra'da kaç tane Jaguar limuzin olabileceğini düşündü.

Sophie'nin dedektife bağlanması sonsuza dek sürecek gibiydi. *Hadisene!* Hattın, başka bir numaraya aktarılıyormuş gibi bipleyip cızırdadığını duyabiliyordu.

On beş saniye geçti.

Sonunda hattın ucunda bir adam konuşuyordu. "Ajan Neveu?"

Hayrete düşen Sophie, sevimsiz ses tonunu hemen tanımıştı.

Bezu Fache, "Ajan Neveu," dedi. "Hangi cehennemdesin?"

Sophie söyleyecek kelime bulamıyordu. Sophie aradığında santral memuruna kendisine haber vermesini tembihlediği anlaşılıyordu.

Fache onunla Fransızca konuşarak, "Dinle," dedi. "Bu akşam korkunç bir hata yaptım. Robert Langdon masum. Ona yönelik tüm suçlamalar düştü. Buna rağmen her ikiniz de tehlikedesiniz. Buraya gelmeniz gerekiyor."

Sophie'nin ağzı açık kalmıştı. Nasıl cevap vermesi gerektiğini bilmiyordu. Fache kolay özür dileyen biri değildi.

Fache, "Jacques Saunière'in," dedi. "Büyükbaban olduğunu bana söylemedin. Geçen akşam içinde bulunduğun duygusal gerilimi göz önünde bulundurarak, emirlere itaatsizlik etmene ses çıkarmayacağım. Buna rağmen şu anda senin ve Langdon'ın sığınmak için en yakın Londra polis karakoluna gitmeniz gerekiyor."

Londra'da olduğumu biliyor mu? Fache başka ne biliyor? Sophie arka fondan gelen matkap ya da delgi makinesine benzer sesler duydu. Ayrıca telefon hattında tuhaf bir bip sesi çıkmıştı. "Bu numarayı bulmaya mı çalışıyorsunuz yüzbaşı?"

Şimdi Fache'nin sesi sert çıkıyordu. "Sizinle işbirliği yapmamız gerek Ajan Neveu. Her ikimizin de kaybedecek çok şeyi var. Buna hasar kontrolü denir. Dün akşam yargılamamda hataya düştüm ve bu hata Amerikalı bir profesörle DCPJ kriptografının ölümüne sebep olursa kariyerim sona erer."

Tren hafif bir uğultu çıkartarak yaklaşırken istasyona ılık bir rüzgâr dolmuştu. Sophie o trene binmeye kesinlikle kararlıydı. Langdon'ın da aynı düşüncede olduğu belliydi; kendini toparlayarak Sophie'ye doğru yürümeye başlamıştı.

Sophie, "Aradığınız adam Rémy Legaludec," dedi. "Teabing'in uşağı. Mabet Kilisesi'nde Teabing'i kaçırdı ve..."

"Ajan Neveu!" Tren gürültüyle istasyona girerken, Fache bağırıyordu. "Bu açık bir telefon hattında görüşülecek mesele değil! Sen ve Langdon derhal buraya gelin. Kendi iyiliğiniz için! Bu kesin emirdir!"

Sophie telefonu kapatarak Langdon ile birlikte trene atladı.

89

Teabing'in Hawker'ının tertemiz kabini şimdi çelik parçacıklarıyla dolmuştu ve sıkıştırılmış havayla propan gazı kokuyordu. Bezu Fache herkesi göndermiş, Teabing'in kasasında bulduğu tahta kutu ve içkisiyle tek başına oturuyordu.

Parmaklarını gül kabartmasında gezdirerek, süslü kapağı kaldırdı. İçinde, harflerin dizilmiş olduğu dairelerden oluşan bir silindir buldu. Beş harf SOFIA yazacak şekilde dizilmişti. Bir süre kelimeye bakan Fache, silindiri yerinden alarak her bir santimini incelemeye başladı. Ardından, uçlarından yavaşça çekerek, bir tarafını diğerinden ayırdı. Silindirin içi boştu.

Fache onu kutuya geri yerleştirerek, jetin penceresinden hangara boş gözlerle baktı ve Sophie ile yaptığı kısa görüşmeyle birlikte Château Villette'deki teknik bölümden aldığı haberleri düşündü. Telefonundan gelen ses, onu kurduğu gündüz hülyalarından uyandırdı.

DCPJ santralından aranıyordu. Santral memuru özür diliyordu. Zürih Emanet Bankası'nın başkanı, kendisine yüzbaşının iş için Londra'da bulunduğu söylendiği halde sürekli arıyordu. Fache istemeyerek santral memuruna telefonu kendisine bağlamasını söyledi.

Adam konuşmaya başlamadan Fache, "Monsiur Vernet," dedi. "Sizi daha önce aramadığım için üzgünüm. Meşguldüm. Bankanızın ismi söz verdiğimiz gibi medyada duyurulmadı. Kaygınız nedir acaba?"

Vernet, ona, Langdon ile Sophie'nin bankadan küçük ahşap bir kutu aldıklarını ve onlara yardım etmesi için kendisini ikna ettiklerini anlatırken sesi oldukça gergindi. Vernet, "Sonra radyoda onların arandığını duyunca," dedi. "Kamyonu kenara çektim ve kutuyu geri istedim ama bana saldırıp aracı çaldılar."

Kapaktaki gül kabartmasına baktıktan sonra bır kez daha kapağı açıp beyaz silindire bakan Fache, "Ahşap bir kutu için endişeleniyorsunuz," dedi. "Kutunun içinde ne olduğunu bana söyleyebilir misiniz?"

Vernet, "İçindekilerin önemi yok," diye öfkeyle cevap verdi. "Ben bankamın ünü için endişeleniyorum. Şimdiye kadar hiç soyulmadık. *Asla.* Müşterim namına bu malı yerine koyamazsam bu bizi mahveder."

"Ajan Neveu ile Robert Langdon'da bir anahtar ve şifre olduğunu söylemiştiniz. Kutuyu çaldıklarını söylemenizin sebebi nedir?"

"Bu gece insanları *öldürdüler.* Bunlara Sophie Neveu'nun büyükbabası da dahil. Anahtarı ve şifreyi hileyle ele geçirdikleri belli."

"Bay Vernet, adamlarım geçmişiniz ve ilgi alanlarınız hakkında bir araştırma yaptı. Çok kültürlü ve ince zevklere sahip bir adam olduğunuz ortada. Aynı zamanda sizinle gurur duyulduğunu da tahmin edebiliyorum. Benim gibi. Bu sözlerin ardından, *adli polisin* yetkili bir memuru olarak bankanızın ismiyle birlikte kutunuzun da en emin ellerde olduğuna sizi temin ederim."

90

Château Villette'in samanlığında duran Collet hayretle bilgisayar ekranına bakıyordu. "Bu sistem *tüm* bu yerleri gizlice dinliyor muymuş?"

Ajan, "Evet," dedi. "Bir yıldan fazladır veri toplandığı anlaşılıyor."

Sesi soluğu kesilen Collet yeniden listeyi okudu.

COLBERT SOSTAQUE-Conseil Constitutionnel Başkanı (Anayasa Konseyi Başkanı)

JEAN CHAFFÉE-Musée du Jeu de Paume (Müzesi) Müdürü

EDOUARD DESROCHERS-Mitterand Kütüphanesi, Kıdemli Arşiv Memuru

JACQUES SAUNIÉRE-Musée du Louvre (Müzesi) Müdürü

MICHEL BRETON-DAS Şefi (Fransız İstihbaratı)

Ajan ekranı işaret etti. "Dört numara özellikle dikkat çekici."

Collet boş gözlerle başını salladı. Bakar bakmaz fark etmişti. *Jacques Saunière dinleniyormuş.* Listenin geri kalanına yeniden göz attı. *Herhangi biri bu ünlü insanları dinlemeyi nasıl başarabilir*? "Ses dosyalarından dinlediğin var mı?"

"Birkaç tane. En yenilerinden biri bu." Ajan birkaç bilgisayar tuşuna bastı. Hoparlörler cızırdayarak faaliyete geçti. "*Capitaine, un agent du Dé-*

partement de Cryptographie est arrivé." (*)

Collet duyduklarına inanamıyordu. "Bu benim. Bu benim sesim!" Saunière'in masasında otururken, Büyük Galeri'deki Fache'ye telsizle Sophie Neveu'nun geldiğini haber verdiğini hatırladı.

Ajan başını salladı. "İlgilenen biri olduysa bu akşam Louvre'daki soruşturmamızın büyük kısmı duyulmuştur."

"Dinleme cihazını araması için birini gönderdin mi?"

"Gerek yok. Tam olarak nerede olduğunu biliyorum." Ajan, çalışma masasının üstündeki eski notların ve kopya kâğıtlarının başına gitti. İçlerinden birini seçerek Collet'ye uzattı. "Tanıdık geliyor mu?"

Collet hayrete düşmüştü. Elinde ilkel bir makineye ait eski bir diyagramın fotokopisini tutuyordu. İtalyanca el yazısını okuyamıyordu ama neye baktığını biliyordu. Tam zırh kuşanmış bir ortaçağ Fransız şövalyesi.

Saunière'in masasındaki şövalye!

Collet'nin gözleri, birisinin kırmızı keçeli kalemle notlar karaladığı fotokopi kâğıdının kenarlarına kaydı. Fransızca yazılan notlarda, şövalyeye dinleme cihazının en iyi şekilde nasıl yerleştirileceği açıklanıyordu.

(*) Yüzbaşı, kriptoloji biriminden bir ajan geldi.

91

Silas Mabet Kilisesi'nin yanında park edilen Jaguar limuzinin içinde oturuyordu. Rémy'nin bagajda buldukları iplerle Teabing'i bağlayıp, arka tarafa tıkıştırmasını beklerken, kilit taşını tutan elleri terlemişti.

Sonunda Rémy limuzinin arkasından inerek etrafında dolaşmış ve Silas'ın yanındaki şoför koltuğuna oturmuştu.

Silas, "Güvenli mi?" diye sordu.

Üstündeki yağmur damlalarını silkeleyen ve omzunun üstünden arka taraftaki gölgeler arasında iki büklüm yatan Leigh Teabing'e göz atan Rémy kıkırdayarak güldü. "Hiçbir yere gidecek hali yok."

Teabing'in boğuk haykırışlarını duyan Silas, Rémy'nin yapışkanlı bandın bir kısmını ağzını kapamak için kullandığını anladı.

Rémy omzunun üstünden Teabing'e, "*Ferme ta guele!*"(*) diye bağırdı. Rémy karışık kontrol paneline uzanarak bir düğmeye bastı. Arkalarındaki ışık geçirmeyen bölme yukarı kalkarak iki bölümü birbirinden ayırdı. Teabing artık görünmüyor ve sesi duyulmuyordu. Rémy, Silas'a baktı. "Onun inleyen namelerini yeterince dinledim."

Dakikalar sonra, Jaguar limuzin sokaklarda hızla yol kat ederken, Silas'ın cep telefonu çaldı. *Öğretmen.* Heyecanla telefona cevap verdi. "Alo?"

Öğretmen, tanıdık Fransız aksanıyla, "Silas," dedi. "Sesini duymak beni rahatlattı. Bu, güvenlikte olduğunuz anlamına geliyor."

(*) Kapa çeneni.

Silas da Öğretmen'in sesini duyduğu için rahatlamıştı. Aradan saatler geçmişti ve operasyon garip bir boyut kazanmıştı. Şimdi sonunda her şey yeniden normale dönmüş gibıydi. "Kilit taşı bende."

Öğretmen, ona, "Bu harika bir haber," dedi. "Rémy seninle birlikte mi?"

Silas, Öğretmen'in Rémy'nin ismini kullanmasına şaşırmıştı. "Evet. Beni Rémy kurtardı."

"Aynen ona emrettiğim gibi. Yalnız senin bu kadar uzun süre bağlı kalmana üzüldüm."

"Fiziksel rahatsızlıkların önemi yok. Önemli olan kilit taşının bizde olması."

"Evet. Hemen bana gönderilmesi gerek. Zaman çok önemli."

Silas sonunda Öğretmen'le yüz yüze gelmek için sabırsızlanıyordu. "Evet efendim, şeref duyarım."

"Silas, onu bana *Rémy*'nin getirmesini istiyorum."

Rémy mi? Silas hayal kırıklığına uğramıştı. Öğretmen için yaptığı bunca şeyden sonra, ödülü ona kendisinin vereceğini zannediyordu. *Öğretmen Rémy'yi mi tercih ediyor?*

Öğretmen, "Hayal kırıklığını anlayabiliyorum," dedi. "Ama ne yapmak istediğimi tam olarak anlayamadığını görüyorum." Sesini alçaltarak fısıltıyla konuşmaya başladı. "Kilit taşını *senin* -bir suçlu yerine kendini Tanrı'ya adamış biri olarak- getirmeni çok daha fazla isteyeceğime inanmalısın ama Rémy'nin icabına bakılması lazım. Emirlerime itaatsizlik etti ve tüm çabalarımızı tehlikeye atacak büyük bir hata yaptı."

Tüyleri ürperen Silas, Rémy'ye göz attı. Teabing'i kaçırmak, planın bir parçası değildi ve onunla ne yapmaları gerektiği yeni bir sorun doğurmuştu.

Öğretmen, "Sen ve ben kendimizi Tanrı'ya adamışız," diye fısıldadı. "Hedefimizden ayrılamayız." Telefon hattında uğursuz bir sessizlik oldu. "İşte sadece bu sebepten ötürü, kilit taşını bana Rémy'nin getirmesini istiyorum. Anlıyor musun?"

Silas, Öğretmen'in sesindeki öfkeyi sezmiş ve daha anlayışlı olmayışına şaşırmıştı. *Yüzünü göstermekten kaçınamazdı,* diye düşündü. *Rémy yapması gerekeni yaptı. Kilit taşını kurtardı.* Silas, "Anlıyorum," diyebildi.

"Güzel. Kendi güvenliğin için, sokaklarda dolaşma. Polis yakında limuzini aramaya başlar ve yakalanmanı istemiyorum. Opus Dei'nin Londra'da bir konuk evi var, öyle değil mi?"

"Elbette var."

"Peki seni oraya kabul ederler mi?"

"Kardeş olarak kabul ederler."

"O halde oraya git ve ortalarda görünme. Kilit taşını elime geçirdiğimde ve yeni sorunumla ilgilenmeye başladığımda seni arayacağım."

"Londra'da mısınız?"

"Söylediklerimi yap, her şey yoluna girecek."

"Peki efendim."

Öğretmen şimdi yapması gerekenlerden üzüntü duyuyormuş gibi içini çekti. "Rémy ile konuşmamın vakti geldi."

Rémy Legaludec'in hayatındaki son telefon konuşması olabileceğini hisseden Silas, telefonu ona uzattı.

Rémy telefonu alırken, bu zavallı keşişin kendisini bekleyen kaderden haberi olmadığını biliyordu. Öğretmen'in amacına hizmet etmişti.

Öğretmen seni kullandı Silas.

Ve senin piskoposun bir piyondu.

Rémy yine de Öğretmen'in ikna gücüne hayrandı. Piskopos Aringarosa her şeye inanmıştı. Kendi hırsı gözlerini kör etmişti. *Aringarosa o kadar hırslıydı ki, her şeye inandı.* Rémy, Öğretmen'den pek fazla hoşlanmasa da, adamın güvenini kazandığı ve ona yardımcı olduğu için kendisiyle gurur duyuyordu. *Maaşımı alnımın teriyle kazandım.*

Öğretmen, "Dikkatle dinle," dedi. "Silas'ı Opus Dei konuk evine götür ve birkaç sokak ötede bırak. Oradan St. James's Parkı'na git. Parlamentonun ve Big Ben'in yanında. Limuzini Horse Guard Parade'de bırakabilirsin. Orada konuşuruz."

Bu sözlerin ardından bağlantı kesildi.

92

1829 yılında Kral IV. George tarafından yaptırılan King's College'ın, Parlamento'nun yanındaki İlahiyat Fakültesi, kraliyetin bağışladığı arazinin üstündeydi. King's College'ın İlahiyat Fakültesi eğitim ve araştırmada 150 yıllık deneyime sahip olmakla birlikte, 1982'de kurulan Sistematik Teoloji Araştırma Enstitüsü dünyadaki en gelişmiş ve elektronik açıdan en ileri düzeyde dini araştırma kütüphanelerinden birine sahipti.

Langdon, Sophie ile birlikte yağmurdan kurtulup, kütüphaneye girerken hâlâ titriyordu. Araştırma ana salonu tıpkı Teabing'in tarif ettiği gibiydi, on iki adet düz ekranlı bilgisayar birimi olmasaydı, Kral Arthur ile şövalyelerinin rahatça oturabileceği devasa bir yuvarlak masanın hâkim olduğu, sekizgen bir oda. Salonun arka tarafındaki danışman kütüphaneci, iş gününe hazırlanmadan önce kendine bir fincan çay yapıyordu.

Çayı bırakıp yanlarına doğru yürürken, neşeli bir sesle İngilizce, "Harika bir sabah," dedi. "Size yardımcı olabilir miyim?"

Langdon, "Teşekkürler, evet," diye cevapladı. "Benim adım..."

"Robert Langdon." Tatlı tatlı gülümsedi. "Sizi tanıyorum."

Langdon bir an için Fache'nin onu İngiliz televizyonlarında da göstermiş olmasından korktu ama kütüphanecinin tebessümü bunun tam tersini söylüyordu. Şöhretin getirdiği bu tür beklenmedik anlara hâlâ alışamamıştı. Ama yine de onun yüzünü yeryüzünde tanıyabilecek biri varsa, o da İlahiyat Fakültesi'ndeki kütüphaneci olabilirdi.

Elini uzatan kadın, "Pamela Gettum," dedi. Güleryüzlü ve akıcı bir sese sahip tatlı dilli bir kadındı. Boynundan sarkan çerçeveli gözlüğün camları oldukça kalındı.

Langdon, "Memnun oldum," dedi. "Bu benim arkadaşım Sophie Neveu."

İki kadın birbirlerini selamlar selamlamaz, Gettum hemen Langdon'a döndü. "Geleceğinizi bilmiyordum."

"Bunu biz de bilmiyorduk. Eğer sizin için fazla sorun yaratmazsa, bazı bilgilere erişmek için yardımınızı rica edeceğiz."

Gettum tereddüt ederek kımıldandı. "Genellikle dilekçe ve randevu üzerine hizmet veririz. Üniversiteden birinin misafiri olmadığınız müddetçe tabii."

Langdon başını iki yana salladı. "Korkarım haber vermeden geldik. Bir arkadaşım sizden övgüyle bahsediyor. Sir Leigh Teabing?" Langdon onun ismini telaffuz ederken hüzünlü bir acı hissetti. "İngiliz Kraliyet Tarihçisi."

Gettum şimdi anlamışa benziyordu. Güldü. "Aman Tanrım, evet. Şahsına münhasır biri. Fanatik! Buraya her gelişinde aynı arama kelimelerini kullanır. Kâse. Kâse. Kâse. Yemin ederim, bu adam ölse de arayışından vazgeçmez." Göz kırptı. "Zaman ve para imkânı insanın böyle lüksler edinmesine yardımcı oluyor, ne dersiniz? Tam bir Don Quixote."

Sophie, "Bize yardım etmeniz mümkün mü?" diye sordu. "Çok önemli."

Gettum boş kütüphaneye göz attıktan sonra, her ikisine birden göz kırptı. "Şey, çok meşgul olduğumu iddia edemem, öyle değil mi? Giriş yaptığınız müddetçe, kimsenin fazla kızacağını zannetmiyorum. Ne yapmayı düşünüyordunuz?"

"Londra'daki bir mezarı bulmaya çalışıyoruz."

Gettum kararsız görünüyordu. "Burada onlardan yaklaşık yirmi bin tane var. Daha belirleyici bir şeyler var mı?"

"Bir şövalye mezarı. Ama ismini bilmiyoruz."

"Bir *şövalye.* Bu, seçenekleri önemli ölçüde azaltıyor. Daha az rastlanan türden."

Sophie, "Aradığımız şövalye hakkında fazla bilgiye sahip değiliz," dedi. "Bildiklerimiz bundan ibaret." Şiirin yalnızca ilk iki satırını yazdığı kâğıt parçasını ona uzattı.

Dışarıdan birine şiirin tümünü göstermekte tereddüt eden Langdon ile Sophie, sadece şövalyeyi tarif eden ilk iki dizeyi paylaşmaya karar vermişlerdi. Sophie buna, *paylaştırılmış kriptoloji* diyordu. Bir istihbarat ajanı hassas veriler içeren bir şifre bulduğunda, kriptografların her biri şifrenin farklı bir bölümü üzerinde çalışırdı. Böylece şifre çözüldüğünde, kriptografların hiçbiri deşifre edilen mesajın tümünü bilmezdi.

Ama bu kez tedbir aşırıya kaçmış olabilirdi; bu kütüphaneci şiirin tümünü görse, şövalyenin mezarını bulsa ve hangi kürenin kayıp olduğunu bilse bile, ele geçirdiği bilgi kripteks olmadan değersizdi.

Gettum bu ünlü Amerikalı bilginin gözlerinden, çok önemli saydığı mezarı bir an evvel bulmak için acele ettiğini anlayabiliyordu. Yanındaki yeşil gözlü kadın da endişeli görünüyordu.

Şaşıran Gettum gözlüklerini takarak, kendisine uzattıkları kâğıdı inceledi.

P a p a ş ö v a l y e g ö m m ü ş L o n d r a ' d a.
K u t s a l g a z a p c e v a p o l m u ş o n a.

Kadın misafirlerine baktı. "Bu nedir? Bir çeşit Harvard leş avı mı?"

Langdon'ın attığı kahkahada zoraki bir hava vardı. "Evet, onun gibi bir şey."

Kendisine tüm hikâyenin anlatılmadığını hisseden Gettum durdu. Yine de merakını uyandırmıştı, dizeleri dikkatle düşündü. "Bu dizelere göre, şövalye Tanrı'yı öfkelendirecek bir şey yapmış ama bir Papa, onu Londra'ya gömme nezaketinde bulunmuş."

Langdon başını salladı. "Herhangi bir çağrışım yapıyor mu?"

Gettum bilgisayarlardan birine doğru ilerledi. "Hemen şimdi yapmıyor ama bakalım veri bankasından neler bulacağız."

Geçen yirmi yıl içinde King's College Sistematik Teoloji Araştırma Enstitüsü, muazzam bir metin koleksiyonunu -dini ansiklopediler, dini biyografiler, düzinelerce lisanda kutsal yazılar, hikâyeler, Vatikan mektupları, papazların günlükleri, insan dinine ait olarak nitelendirilebilecek her türlü yazı- dijital ortama taşımak ve kataloğunu hazırlamak için lisan çevirisi yöntemleriyle birlikte optik karakter tanıma yazılımını kullanmıştı. Artık bu geniş koleksiyon gerçek sayfalar yerine bitler ve baytlar formunda olduğu için verilerin tümüne birden ulaşmak çok daha kolaydı.

Bilgisayar istasyonlarından birinin önüne yerleşen Gettum, kâğıt parçasına göz attıktan sonra yazmaya başladı. "Başlangıç olarak belirgin anahtar kelimelerle Boolen taraması başlatacak ve ne olduğuna bakacağız."

"Teşekkürler."

Gettum birkaç kelime yazdı:

LONDRA, ŞÖVALYE, PAPA

ARA tuşuna bastığında aşağıdaki devasa ana bilgisayarın saniyede 500 MB hızla verileri tararken çıkardığı vınlamayı hissetmişti. "Sistemden, bu üç anahtar kelimeyi birden içeren tüm metinleri göstermesini istedim. İstediğimizden daha fazla sonuç çıkacaktır ama iyi bir başlangıç."

Ekranda ilk sonuçlar belirmeye başlamıştı bile.

Papayı resimlemek. Sir Joshua Reynolds'ın Toplu Portreleri.
Londra Üniversitesi Yayınevi.

Gettum başını iki yana salladı. "Aradığınızın bu olmadığı ortada." Sonraki sonuca indi.

Alexander Pope'un Londra Anıları.
Yazarı G. Wilson Knight.

Yine başını hayır anlamında salladı.

Sistem çalışmaya devam ederken, sonuçlar eskisinden daha hızlı dökülüyordu. Çoğu on sekizinci yüzyıl İngiliz yazarı Alexander Pope'dan bahseden düzinelerce metin belirmişti. Din karşıtı, alaycı epik şiirlerinde sıkça şövalyelerden ve Londra'dan bahsetmişti.

Gettum ekranın en altında yer alan nümerik kısma bir göz attı. Mevcut sonuçları ve taranmayan veri alanından çıkabilecek sonuçların yüzdesini hesapl yan bilgisayar, bulunacak sonuçlara dair kaba bir tahmin veriyordu. Bu amada fazlasıyla geniş bir veri ortaya çıkacağı anlaşılıyordu.

Toplam sonuçların tahmini sayısı: 2692

Aramayı durduran Gettum, "Parametreleri arttırmalıyız," dedi. "Mezarla ilgili sahip olduğunuz tek bilgi bu mu? Başka bir şey yok mu?"

Langdon kuşkulu gözlerle Sophie Neveu'ya baktı.

Gettum bunun bir *leş avı olmadığını* sezmişti. Robert Langdon'ın geçen yıl Roma'da yaptıklarıyla ilgili dedikodular kulağına gelmişti. Bu Amerikalı dünyadaki en güvenli kütüphaneye girmişti -Vatikan Gizli Arşivleri'ne. Langdon'ın içeride ne gibi sırlar öğrendiğini ve Londra'daki ümitsiz mezar arayışının, Vatikan'da edindiği bu bilgilerle ilgi olup olmadığını düşündü. Gettum, insanların Londra'da neden şövalye aradıklarını bilecek kadar tecrübeli bir kütüphaneciydi. Kâse.

Gettum gülümseyerek gözlüklerini düzeltti. "Leigh Teabing'in dostusunuz, İngiltere'desiniz ve bir şövalye arıyorsunuz." Ellerini kavuşturdu. "Kâse peşinde olduğunuzu tahmin ediyorum."

Langdon ile Sophie şaşkınlıkla birbirlerine baktılar.

Gettum güldü. "Dostlarım, bu kütüphane Kâse'yi arayanların merkez üssüdür. Leigh Teabing de onlardan biri. Keşke her gül, Magdalalı Meryem, Sangreal, Merovingian, Sion Tarikatı, vesaire, vesaire arayışımda ondan bir şilin alsaymışım. Komplolara herkes bayılır." Gözlüklerini çıkararak onlara baktı. "Daha fazla bilgiye ihtiyacım var."

Yaşanan sessizlikte Gettum misafirlerinin gizlilik arzusunun, çabuk sonuç alabilmek hırsına yenik düştüğünü anlamıştı.

Sophie, "İşte," diye atıldı. "Bildiğimiz her şey bu." Langdon'ın kalemini ödünç alarak kâğıda diğer iki dizeyi de yazdı ve Gettum'a uzattı.

Ara, küreyi kabre aitti.
Güldü teni, doluydu göbeği.

Gettum içinden güldü. Gül ve doluydu göbeği kelimelerini gördüğünde, *gerçekten Kâse'ymiş,* diye düşündü. Başını kâğıttan kaldırarak, "Size yardım edebilirim," dedi. "Bu şiirin nereden geldiğini sorabilir miyim? Ve neden bir küre aradığınızı?"

Langdon dostça bir tebessümle, "Sorabilirsiniz," dedi. "Ama çok uzun hikâye ve çok az vaktimiz var."

"Kendi işinize bakın demenin kibar yolu."

Langdon, "Bu şövalyenin kim ve nerede gömülü olduğunu bulabilirseniz," dedi. "Size sonsuza dek müteşekkir olacağız, Pamela."

Yeniden yazmaya başlayan Gettum, "Pekâlâ," dedi. "Ben devam edeyim. Eğer bu Kâse'yle ilgili bir meseleyse, Kâse'yle ilgili anahtar kelimeleri de aramaya dahil edelim. Başlık kısmını çıkarıp, yakınlık parametresi ekleyeceğim. Böylece çıkan sonuçlar sadece metindeki kelimeleri içeren ve Kâse'yle ilgili kelimelerin yanında belirenlerle sınırlanmış olur."

Ara:
ŞÖVALYE, LONDRA, PAPA, MEZAR

100 kelime yakınında:
KÂSE, GÜL, SANGREAL, KADEH

Sophie, "Bu ne kadar sürer?" diye sordu.

"Birkaç yüz terabayt içinde çok göndermeli sahayı aramak mı?" ARA tuşuna basarken Gettum'un gözleri hafifçe pırıldadı. "Yaklaşık on beş dakika."

Langdon ile Sophie hiçbir şey söylemedikleri halde, Gettum bunun onlara sonsuzluk gibi geldiğini hissetmişti.

Ayağa kalkıp, daha önce demlediği çaydanlığın yanına yürüyen Gettum, "Çay?" diye sordu. "Leigh benim çayıma bayılır."

93

Londra'daki Opus Dei Merkezi, Kensington Bahçeleri'nin kuzey parkuruna bakan 5 Orme Court adında gösterişsiz bir tuğla binaydı. Silas daha önce buraya hiç gelmemişti ama binaya yaya olarak yaklaşırken sığınma duygularının arttığını hissediyordu. Limuzini ana caddeden uzak tutmak için Rémy yağmura rağmen onu biraz uzakta bırakmıştı. Yürümek Silas'ın umurunda değildi. Yağmur onu temizliyordu.

Rémy'nin teklifi üzerine Silas silahını temizlemiş ve kanalizasyon ızgarasından aşağı atmıştı. Ondan kurtulduğuna memnundu. Kendini daha hafif hissediyordu. Bacakları uzun süre bağlı kalmaktan dolayı hâlâ ağrıyordu, ama Silas daha büyük acılara da katlanmıştı. Yine de Rémy'nin limuzinin arkasında bağlı bıraktığı Teabing'i düşünmeden edemedi. İngiliz acıyı hissetmeye başlamış olmalıydı.

Buraya gelirlerken Silas, Rémy'ye, "Ona ne yapacaksın?" diye sormuştu.

Rémy omuzlarını silkmişti. "Buna Öğretmen karar verecek." Sesinde tuhaf bir kararlılık vardı.

Şimdi Silas, Opus Dei binasına yaklaşırken yağmur şiddetini arttırmıştı ve sırılsıklam olan ağır cüppesi, bir gün öncesinin yaralarını sızlatmaya başlamıştı. Son yirmi dört saatin günahlarını ardında bırakmaya ve ruhunu arıtmaya hazırdı. İşi sona ermişti.

Ön kapıya giden küçük avludan geçen Silas kapının kilitli olmamasına şaşırmadı. Açarak, az eşyayla döşenmiş lobiye adım attı. Silas halıya bastığında, yukarıdaki elektronik zil çaldı. Sakinlerin günlerini odalarında dua ederek geçirdikleri bu gibi mekânlarda ziller sıkça kullanılan bir araçtı. Silas gıcırtılı parkeler üzerindeki hareketin sesini duyabiliyordu.

Pelerinli bir adam aşağı indi. "Size yardım edebilir miyim?" Silas'ın şaşırtıcı görüntüsüne dikkat etmeyecek kadar düşünceli gözlere sahipti.

"Teşekkürler. Benim adım Silas. Opus Dei üyesiyim."

"Amerikalı mısınız?"

Silas başını salladı. "Şehre sadece bir günlüğüne geldim. Burada dinlenebilir miyim?"

"Sormanıza bile gerek yok. Üçüncü katta iki boş oda var. Size çay ve ekmek getireyim mi?"

"Teşekkürler." Silas çok acıkmıştı.

Silas yukarıdaki tek pencereli odaya çıkarak, ıslak cüppesinden kurtuldu ve iç çamaşırlarıyla dua etmek için çömeldi. Görevlinin yukarı çıkıp, kapısının önüne tepsiyi bıraktığını duydu. Silas dua etmeyi bitirdi, yemeğini yedi ve uyumak üzere yattı.

Üç kat aşağıda bir telefon çalıyordu. Silas'ı karşılayan Opus Dei üyesi telefona cevap verdi.

Arayan kişi, "Londra polisi," dedi. "Albino bir keşiş bulmaya çalışıyoruz. Orada bulunabileceğine dair istihbarat aldık. Onu gördünüz mü?"

Adam şaşırmıştı. "Evet, o burada. Bir terslik mi var?"

"*Şimdi* orada mı?"

"Evet, yukarıda dua ediyor. Neler oluyor?"

Memur, "Onu olduğu yerde bırakın," diye emretti. "Kimseye tek kelime etmeyin. Hemen memur gönderiyorum."

94

Westminster, Buckingham ve St. James saraylarını çevreleyen St. James Parkı Londra'nın ortasında bir yeşillik deniziydi. Bir zamanlar Kral VIII. Henry'nin kapattığı ve içini avlanmak için geyikle doldurduğu park, artık halka açıktı. Londra'lılar güneşli günlerde söğütlerin altında piknik yapar ve Rus büyükelçisinin II. Charles'a hediye ettiği pelikanların gölde yaşayan torunlarına yem atarlardı.

Öğretmen o gün etrafta pelikan görememişti. Fırtınalı hava beraberinde okyanustaki martıları taşımıştı. Çimenler onlarla doluydu. Hepsi de aynı yöne bakan yüzlerce beyaz figür sabırla nemli rüzgârın geçmesini bekliyordu. Sabah sisine rağmen parktan Parlamento Binası'yla Big Ben'in muhteşem manzaraları görülebiliyordu. Meyilli çimenlerden, ördek havuzunun yanından ve su damlayan söğüt ağaçlarının ince siluetlerinin önünden geçen Öğretmen, şövalyenin mezarının bulunduğu binanın sivri kulelerini görebiliyordu. Rémy'ye buraya gelmesini söylemesinin asıl sebebi buydu.

Öğretmen, park etmiş limuzinin ön yolcu kapısına yaklaşırken Rémy uzanarak kapıyı açtı. Dışarıda biraz duran Öğretmen, yanında taşıdığı konyak matarasından bir yudum aldı. Ardından ağzını kurulayarak, Rémy'nin yanına geçti ve kapıyı kapattı.

Rémy kilit taşını bir ödül gibi tutuyordu. "Neredeyse kayboluyordu."

Öğretmen, "İyi iş çıkardın," dedi.

Kilit taşını Öğretmen'in sabırsız ellerine bırakan Rémy, "İyi iş çıkardık," diye yanıtladı.

Öğretmen uzun süre hayranlıkla bakarak gülümsedi. "Peki ya silah? Temizledin mi?"

"Bulduğum yere geri koydum, torpido gözünde."

"Mükemmel." Konyaktan bir yudum daha alan Öğretmen matarayı Rémy'ye uzattı. "Başarımızı kutlayalım. Sona yaklaştık."

Rémy şişeyi minnetle kabul etti. Konyağın tuzlu bir tadı vardı ama Rémy önemsemedi. O ve Öğretmen artık gerçekten ortak olmuşlardı. Hayatının daha yüksek bir konuma yükseldiğini hissedebiliyordu. *Bir daha asla uşak olmayacağım.* Rémy aşağıdaki ördek havuzuna bakarken Château Villette çok uzaklarda kalmış gibiydi.

Mataradan bir yudum daha alan Rémy, konyağın kanını ısıttığını hissetmeye başlamıştı. Bununla birlikte Rémy'nin boğazındaki sıcaklık, yerini rahatsızlık verici bir yanma hissine bıraktı. Papyonunu gevşeten Rémy ağzındaki kumluluk hissinden rahatsız olarak matarayı Öğretmen'e geri uzattı. Zayıf bir sesle, "Galiba yeterince içtim," diyebildi.

Öğretmen, "Rémy, senin de farkında olduğun gibi, yüzümü gören tek kişi sensin. Sana çok güvendim," dedi.

Papyonunu daha da gevşetirken ateşinin yükseldiğini hisseden Rémy, "Evet," dedi. "Ve kimliğin mezara kadar bende saklı kalacak."

Öğretmen bir süre sessiz kaldı. "Sana inanıyorum." Matarayla kilit taşını cebine atarak, torpido gözüne uzanan Öğretmen, küçük Medusa'yı çıkarttı. Rémy bir an için korkuya kapıldı ama Öğretmen onu da pantolonunun cebine soktu.

Ne yapıyor? Rémy aniden terlemeye başlamıştı.

Artık üzüntülü bir tonla konuşan Öğretmen, "Sana özgürlük vaat ettiğimi biliyorum," dedi. "Ama içinde bulunduğun şartları göz önüne aldığımda, yapabileceğimin en iyisi bu."

Boğazındaki şişkinlik Rémy'yi deprem gibi sarstı. Daralan soluk borusundaki kusmuk tadıyla, boğazını kavrayarak direksiyonun üstüne doğru sendeledi. Arabanın dışından duyulmaya yetmeyecek kadar kısık bir çığlık atabildi. Konyaktaki tuz tadı etkisini göstermişti.

Öldürülüyorum!

Rémy inanamayan gözlerle dönüp, yanında soğukkanlılıkla oturup ön camdan dışarıyı seyreden Öğretmen'e baktı. Rémy'nin görüşü bulanıklaştı ve nefes almakta zorlandı. *Onun için her şeyi yaptım! Bunu nasıl yapabilir!* Rémy, Öğretmen'in onu baştan beri mi öldürmeye niyetli olduğunu yoksa Mabet Kilisesi'ndeki davranışlarıyla güvenini sarstığı için mi öldürdüğünü asla bilemeyecekti. Şimdi dehşet ve intikam duygularıyla dolmuştu. Rémy, Öğretmen'e doğru hamle yapmak istedi ama sertleşen vücudunu hareket ettiremiyordu. *Sana her konuda güvendim!*

Rémy yumruk haline gelen ellerini kaldırıp kornayı çalmak istedi ama yana kayarak, Öğretmen'in koltuğuna düştü. Boğazını sıkan Öğretmen'in yanında yan yatıyordu. Yağmur daha da şiddetlenmişti. Rémy artık göremiyordu ama oksijensiz kalan beyninin son zayıf uyarıcı duyuları almaya zorlandığını hissedebiliyordu. Dünyası yavaşça kararırken Rémy, Riviera dalgalarının yumuşak sesini duyduğuna yemin edebilirdi.

Limuzinden inen Öğretmen, kimsenin kendinden tarafa bakmadığına memnun olmuştu. *Başka şansım yoktu,* diye düşünürken, az önce yaptıklarından ötürü ne kadar az pişmanlık duyduğuna kendisi de şaşırmıştı. *Rémy kendi kaderini çizdi.* Öğretmen görev tamamlandıktan sonra Rémynin ortadan kaldırılması gerekebileceğinden başından beri endişe etmişti, ama Mabet Kilisesi'nde kendini göstererek bu gerekliliği hızlandırmıştı. Robert Langdon'ın Château Villette'ye ani ziyareti Öğretmen'e hem beklenmedik bir hediye olmuş, hem de onu ikileme düşürmüştü. Langdon kilit taşını doğrudan operasyon merkezine getirmişti, bu hoş bir sürprizdi. Ama peşinden polisi de sürüklemişti. Tüm Château Villette'de ve samanlıktaki dinleme ünitesinde Rémy'nin parmak izleri vardı. Öğretmen, Rémy'nin faaliyetleriyle kendisininkiler arasında her türlü bağlantıyı engellediğine seviniyordu. Rémy konuşmadığı müddetçe Öğretmen'i hiç kimse teşhis edemezdi ve artık bu sorun da ortadan kalkmıştı.

Limuzinin arka kapısına doğru ilerleyen Öğretmen, *burada halletmemiz gereken tek bir sorun kaldı,* diye düşündü. *Yaşananlar hakkında polisin hiçbir fikri olmayacak... ve onlara anlatacak yaşayan hiçbir tanık kalmayacak.* Hiç kimsenin bakmadığından emin olmak için etrafı kolaçan ederek, kapıyı açtı ve geniş bölüme girdi.

Öğretmen dakikalar sonra St. James's Parkı'nı geride bırakıyordu. *Geriye iki kişi kaldı. Langdon ve Neveu.* Onların işi daha karmaşıktı. Ama üstesinden gelmek mümkündü. Ama şu anda Öğretmen'in öncelikle kripteksle ilgilenmesi gerekiyordu.

Parka zafer edasıyla göz gezdirerek, hedefini gördü. *Papa şövalye gömmüş Londra'da.* Öğretmen şiiri duyar duymaz, cevabı bulmuştu. Buna rağmen, diğerlerinin hâlâ bulamamış olması şaşırtıcıydı. *Adaletsiz bir avantaja sahibim.* Aylardır Saunière'in konuşmalarını dinlediğinden, Büyük Üstat'ın bir kez Da Vinci'ye beslediği kadar saygıyla bu şövalyeden bahsettiğini duymuştu. Bir kere gördükten sonra şiirin bahsettiği şövalyeyi anlamak son derece basitti -Saunière'in espritüelliğini kabul etmek gerekirdi- ama bu mezarın son şifreyi nasıl açıklayacağı hâlâ bir muammaydı.

Ara, küreyi kabre aitti.

Öğretmen, ünlü mezarın ve en ayırt edici özelliğinin fotoğraflarını belli belirsiz hatırladı. *Muhteşem bir küre.* Mezarın üstüne yerleştirilmiş dev küre, neredeyse mezar kadar büyüktü. Kürenin varlığı Öğretmen için hem cesaret vermiş, hem de sıkıntı yaratmıştı. Bir yandan yol gösteren bir levha gibiydi ama şiire bakılacak olursa, bulmacanın eksik parçası, şövalyenin mezarında bulunması *gereken* bir küreydi... zaten orada mevcut duran değil. Cevabı ortaya çıkarmak için mezarda yapacağı incelemeye güveniyordu.

Yağmur hızını arttırmıştı. Kripteksi nemden korumak için sağ cebinin iyice derinlerine itti. Küçük Medusa marka tabancayı sol cebine sakladı. Birkaç dakika sonra, Londra'nın dokuz yüz yıllık en eski binalarından biri olan sakin mabede giriyordu.

Öğretmen yağmurdan kaçıp içeri girdiği sırada Piskopos Aringarosa dışarı çıkıyordu. Aringarosa, Biggin Hill Havaalanı'nın ıslak pistinde uçağından indi ve soğuk rutubete karşı cüppesine sarındı. Yüzbaşı Fache tarafından karşılanmayı umut ediyordu. Onun yerine şemsiye tutan genç bir İngiliz polis memuru yaklaştı.

"Piskopos Aringarosa? Yüzbaşı Fache'nin gitmesi gerekiyordu. Sizinle ilgilenmemi söyledi. Sizi Scotland Yard'a götürmemi istedi. En güvenlisinin bu olacağını düşündü."

En güvenlisi mi? Aringarosa, elinde sıkıca tuttuğu Vatikan bonolarıyla dolu çantaya başını eğerek baktı. Neredeyse unutmuştu. "Evet, teşekkür ederim."

Silas'ın nerede olduğunu merak eden Aringarosa polis aracına bindi. Dakikalar sonra polis tarayıcısı bu sorunun cevabıyla cızırdadı.

5 Orme Court.

Aringarosa adresi hemen tanımıştı.

Londra'daki Opus Dei Merkezi.

Şoföre döndü. "Beni hemen oraya götür!"

95

Langdon'ın gözleri arama başladığından beri ekrandan ayrılmamıştı.

Beş dakika. Sadece iki sonuç. İkisi de birbiriyle alakasız.

Endişelenmeye başlıyordu.

Yan odadaki Pamela Gettum, sıcak içecekleri hazırlıyordu. Langdon ile Sophie, Gettum'un önerdiği çayın yanı sıra akılsızca kahve içip içemeyeceklerini sormuşlardı. Ama Langdon, yan odadaki mikrodalgadan gelen seslerden, isteklerinin hazır Nescafé ile ödüllendirileceğini anlayabiliyordu.

Sonunda bilgisayar neşeli bir bip sesi çıkardı.

Gettum içerideki odadan, "Yeni bir sonuç daha buldu galiba," diye seslendi. "Başlığı ne?"

Langdon ekrana göz attı.

Ortaçağ Edebiyatında Kâse Alegorileri:
Sir Gawain ve Yeşil Şövalye Üzerine İnceleme

"Yeşil Şövalye alegorileri," diye seslenerek cevap verdi.

Gettum, "İşe yaramaz," dedi. "Londra'da gömülü fazla mitolojik yeşil dev yoktur."

Ekranın önünde oturan Langdon ile Sophie, iki anlamsız sonucu daha sabırla beklediler. Bilgisayar bir kez daha biplediğinde, karşılarına beklenmedik bir öneri çıkmıştı.

DIE OPERN VON RICHARD WAGNER

Sophie, "Wagner'ın operaları mı?" diye sordu.

Elinde bir paket hazır kahve tutan Gettum, kapı eşiğinden bakıyordu. "Bu ilginç bir eşleşme olmuş. Wagner şövalye miydi?"

Aniden merakı uyanan Langdon, "Hayır," dedi. "Ama iyi tanınan bir Farmason'du." *Mozart, Beethoven, Shakespeare, Gershwin, Houdini ve Disney'in yanı sıra.* Masonlarla Tapınak Şövalyeleri, Sion Tarikatı ve Kutsal Kâse arasındaki bağı anlatan sayısız kitap yazılmıştı. "Buna bakmak istiyorum. Tam metni nasıl görebilirim?"

Gettum, "Tüm metni görmenize gerek yok," dedi. "Koyu renkli başlığa tıklayın. Bilgisayar, anahtar kelimelerinizi içeren tekli öncül kayıtları ve üçlü artçıl kayıtları gösterecektir."

Ne söylediği hakkında en ufak fikri olmamasına rağmen, Langdon yine de başlığa tıkladı.

Yeni bir pencere açılmıştı.

...mitolojik ***şövalye,*** Parsifal ismindeki bu...
...mecazi ***Kâse*** arayışı tartışmalı olarak...
...Rebecca ***Pope'***un opera antolojisi "Diva"nın...
...Wagner'in ***mezarı*** Almanya, Bayreuth'tadır...

Hayal kırıklığına uğrayan Langdon, "Yanlış papa," dedi. Buna rağmen sistemin kullanım kolaylığına hayran kalmıştı. Metindeki anahtar kelimelerle, Wagner'in *Parsifal* isimli operasının Magdalalı Meryem ve İsa Mesih'in çocuklarına değindiğini, gerçeği arayan genç bir şövalyenin hikâyesini anlattığını anlayabiliyordu.

Gettum, "Sabırlı olun," dedi. "Bu bir sayı oyunu. Bırakalım da makine çalışsın."

Sonraki birkaç dakika boyunca bilgisayar, *trubadorlarla* -Fransa'nın ünlü gezgin halk ozanları- ilgili bir metin de dahil olmak üzere Kâse'yle ilgili pek çok sonuç döktü. Langdon ozan *(minstrel)* ve papaz *(minister)* kelimelerinin ortak bir etimolojik kökene sahip olmasının tesadüf olmadığını biliyordu. Trubadorlar, Magdalalı Meryem Kilisesi'nin müziği kullanarak halka kutsal dişi hikâyesini yayan gezgin hizmetkârları ya da "papazlarıydılar".

Trubadorların söyledikleri "Hanımımızın" erdemlerini öven şarkılar günümüze dek gelmiştir. Kendilerini sonsuza dek adadıkları gizemli ve güzel bir kadın.

Kalın harflerle yazılı başlığa tıkladı ama hiçbir şey bulamadı.

Bilgisayar yeniden bipledi.

ŞÖVALYELER, VALELER, PAPALAR VE
BEŞ KÖŞELİ YILDIZLAR:
KUTSAL KÂSE'NİN TAROT TARİHİ

Langdon, Sophie'ye, "Hiç şaşırmadım," dedi. "Anahtar kelimelerimizden bazıları kartlarla aynı isimleri taşıyor." Fareye uzanarak, bağlantı adresini tıkladı. "Büyükbabanın Tarot oynadığınız zamanlarda bundan bahsettiğine emin değilim Sophie ama bu oyun, Kayıp Gelin ile ona eziyet eden kötü kilise hikâyesini anlatan 'kısa soru-cevap kartlarıydı'."

Sophie şüpheyle ona baktı. "Hiç fikrim yoktu."

"İşte asıl konu da bu. Kâse müritleri, mesajlarını mecazi bir oyun yoluyla öğreterek, kilisenin dikkatli gözlerinden saklamış oldular." Langdon modern kâğıt oyuncularından kaç tanesinin, oyun kartlarının üstündeki dört işaretin -kupa, maça, karo, sinek- aslında Tarot'un doğrudan Kâse'yle ilgili dört sembolünden -kılıçlar, kupalar, asalar ve tılsımlar- geldiğini bildiklerini merak etti.

Maçalar kılıçlardı -Bıçak. Erkek.
Kupalar kupalardı -Kadeh. Dişi.
Sinekleri Asalardı -Kraliyet Soyu. Filizlenen asa.
Karolar Tılsımlardı -Tanrıça. Kutsal dişi.

Dört dakika sonra, Langdon aradıklarını bulamayacaklarından endişe etmeye başladığı sırada, bilgisayar yeni bir sonuç gösterdi.

Dehanın *Cazibesi:*
Modern Bir Şövalye Biyografisi.

Langdon, Gettum'a, "*Dehanın Cazibesi mi?*" diye seslendi. "Modern bir şövalye biyografisi mi?"

Gettum başını köşeden uzattı. "Nasıl modern olur? Lütfen bana Sir Rudy Giuliani olduğunu söyleme. Şahsen ben bunun biraz yanlış bir seçim olduğunu düşünüyorum."

Langdon'ın, yeni şövalye ilan edilen Mick Jagger hakkında kendine ait bazı düşünceleri vardı ama modern İngiliz şövalyeleriyle ilgili politikaları tartışmanın sırası değildi. "Bir bakalım." Langdon dikkatini kalın harflerle yazılmış anahtar kelimelere verdi.

...şerefli ***şövalye,*** Sir Isaac Newton...
...1727'de ***Londra*** şehrinde ve ayrıca...
...onun ***mezarı*** Westminster Manastırı'nda...
...Alexander ***Pope,*** dostu ve meslektaşı...

Sophie, Gettum'a, "Sanırım modern göreceli bir kelime," dedi. "Bu eski bir kitap. Sir Isaac Newton hakkında."

Kapı eşiğinde duran Gettum başını iki yana salladı. "İşimize yaramaz. Newton'ın mezarı Westminster Manastırı'nda, orası İngiliz Protestanlarının mekânıdır. Katolik bir Papa'nın oraya gitmesine imkân yok. Krema ve şeker?"

Sophie başını salladı.

Gettum bekledi. "Robert?"

Langdon'ın kalbi hızla çarpıyordu. Gözlerini ekrandan ayırarak ayağa kalktı. "Aradığımız şövalye Sir Isaac Newton," dedi.

Sophie oturduğu yerde kaldı. "Neden bahsediyorsun?"

Langdon, "Newton'ın mezarı Londra'da," dedi. "Bilimdeki yeni keşfi, kilisenin hışmını üzerine çekmişti. Ayrıca Sion Tarikatı'nın Büyük Üstat'ıydı. Daha başka ne isteyebiliriz ki?"

"Daha başka ne mi?" Sophie şiiri gösterdi. "Peki Papa'nın gömdüğü şövalyeye ne diyeceksin? Bayan Gettum'u duydun. Newton'ı Katolik bir Papa gömmemiş."

Langdon fareye uzandı. "*Katolik* Papa'dan bahseden kim?" "Papa" yazan bağlantıyı tıkladığında, cümlenin tamamı ekranda belirdi.

Sir Isaac Newton'ın, kralların ve soyluların katıldığı cenazesine başkanlık eden Alexander Pope, dostu ve

meslektaşı olarak mezarına toprak serpiştirmeden
önce ona methiyeler yağdırdı.

Langdon, Sophie'ye baktı. "İkinci aramada gerçek Papa'yı bulduk. Alexander." Durdu. "Yani Alexander'ın Pope soyadı Papa anlamında kullanılmış."

Papa şövalye gömmüş Londra'da ya da *Pope şövalye gömmüş Londra'da.*

Aynı anlama geliyordu.

Sophie yüzündeki şaşkınlık ifadesiyle ayağa kalktı.

Çift anlamlı kelimelerin ustası olan Jacques Saunière bir kez daha korkunç zeki bir adam olduğunu kanıtlamıştı.

96

Silas sıçrayarak uyandı.

Onu neyin uyandırdığına ya da ne kadar süredir uyuduğuna dair fikri yoktu. *Rüya mı görüyordum?* Hasır kilimin üstünde doğrularak, Opus Dei konuk evinin koridorundan gelen sesleri dinledi. Sessizliği sadece aşağı katta, yüksek sesle dua eden birinin mırıltıları bozuyordu. Bunlar alışıldık seslerdi ve aslında ona huzur vermeliydi.

Buna rağmen şiddetli ve beklenmedik bir huzursuzluk hissediyordu.

Sadece iç çamaşırlarıyla ayağa kalkan Silas, pencerenin yanına yürüdü. *Takip mi edildim?* Aşağıdaki avlu boştu, tıpkı içeri girerken gördüğü haldeydi. Dinledi. Sessizlik. *Peki neden tedirginim?* Silas uzun zaman önce önsezilerine güvenmeyi öğrenmişti. Hapse girmeden çok önce, önsezileri onun Marsilya sokaklarında hayatta kalmasına yardımcı olmuştu... Piskopos Aringarosa'nın ellerinde yeniden hayat bulmadan çok önce. Pencereden dışarı baktığında, çitlerin arkasındaki bir arabanın bulanık siluetini fark etti. Arabanın tepesinde bir polis sireni vardı. Koridordaki parkelerden bir çatırtı sesi geldi. Bir kapı sürgüsü hareket etti.

İçgüdülerine göre hareket eden Silas odada hızla hareket ederek, açıldığında tam arkasında olacak şekilde kapının yanında durdu. İçeri fırtına gibi giren polis memuru, boş gibi görünen odada doğrulttuğu silahını sola ve sağa gezdirdi. O henüz Silas'ın yerini keşfedemeden, Silas atılarak omzuyla kapıyı içeri girmekte olan ikinci memurun yüzüne çarpmıştı. Polis ateş etmek üzere dönerken Silas, onun bacaklarına daldı. Silah ateş aldığında kurşun, polisin incik kemiğini kavrayan Silas'ın başının tam üstünden geçmişti. Bacaklarını aşağıdan çekerek, polisi yere yatırdı ve adam başını yere çarptı. Kapı eşiğinde sendeleyen ikinci polis memurunun kasıklarına Silas bir tekme indirdi ve kıvranan vücudunun üstünden atlayarak koridora koştu.

Silas neredeyse çıplak bir halde solgun vücuduyla merdivenlerden aşağı indi. Kendisine ihanet edildiğini biliyordu ama kim? Lobiye indiğinde, ön kapıda koşuşturan başka polisler olduğunu gördü. Silas diğer yöne dönerek, konuk evinin derinliklerinde ilerledi. *Kadınlara ayrılan kısmın girişi. Tüm Opus Dei binalarında bir tane var.* Dar koridorlarda kıvrılarak ilerlerken, bir mutfağa dalarak, tabakları ve çatal bıçakları deviren çıplak Albino'dan uzak durmayı yeğleyen, dehşet içindeki çalışanların yanından geçti. Silas kazan dairesinin yanındaki karanlık koridora koştu. Aradığı kapıyı bulmuştu. Çıkış tabelası, koridorun sonunda parlıyordu.

Kapıdan çıkarak vargücüyle yağmura doğru koşan Silas alçak banketten atlarken diğer yönden gelen memuru çok geç fark etti. İki adam çarpıştığında Silas'ın geniş ve çıplak omzu, diğer adamın göğüs kafesine ezici bir güçle çarptı. Polis memuru kaldırıma sırtüstü yığılırken, Silas onun üstüne düşmüştü. Memurun silahı takırtıyla yere düştü. Silas koridorda bağırarak koşan adamların sesini duyabiliyordu. Yuvarlandı ve diğer memurlar geldiği sırada yere düşen silahı kaptı. Merdivenlerden bir el silah sesi geldiğinde, Silas kaburgalarının altında yakıcı bir acı hissetti. İntikam hırsıyla diğer üç polise ateş açtı ve kanlarını etrafa yaydı.

Birdenbire arkasında karanlık bir figür belirmişti. Onun çıplak omuzlarını tutan öfkeli eller, gücünü sanki şeytanın kendisinden almıştı. Adam, onun kulağına doğru bağırdı. SILAS, HAYIR!

Silas dönerek ateş etti. Göz göze geldiler. Piskopos Aringarosa yere düşerken, Silas dehşet çığlıkları atmaya başladı.

97

Westminster Manastırı'nda üç binden fazla insanın mezarı ya da saygın bir yeri vardı. Dev taş yapının içi kralların, devlet adamlarının, bilim adamlarının, şairlerin ve müzisyenlerin hatıralarıyla doluydu. Mümkün olan her nişin ve duvar oyuğunun içine yerleştirilmiş mezarları, mozolelerin en şahanesinden -kubbeli lahdinde özel bir şapeli bulunan Kraliçe Elizabeth'in mezarı- aşağıda kimin kalıntılarının yattığını kişinin hayal gücüne bırakan, yüzyıllar boyunca üzerinde gezinilmekten aşınmış mütevazı yer karolarına kadar geniş bir yelpazeye yayılmıştı.

Amiens, Chartres ve Canterbury'deki büyük katedraller gibi tasarlanmış olan Westminster Manastırı, ne bir katedral, ne de kilise olarak kabul ediliyordu. Sadece kraliyete bağlı, *kraliyete özgü* bir sınıfa aitti. 1066 yılının Noel günü, Fatih William'ın taç giyme törenine ev sahipliği yaptığı günden bu yana, göz kamaştırıcı mabet, Günah Çıkartan Edward'ın azizlik mertebesine yükseltilmesi, Prens Andrew ile Sarah Ferguson'ın nikâhı, V. Henry, Kraliçe Elizabeth ve Lady Diana'nın cenaze törenleri gibi sayısız kraliyet ve devlet törenine şahit olmuştu.

Buna rağmen Robert Langdon bir olay hariç, manastırın tarihine hiç ilgi duymamıştı -İngiliz şövalyesi Sir Isaac Newton'ın cenazesi.

Papa şövalye gömmüş Londra'da.

Kuzey kanadındaki büyük revaktan aceleyle geçen Langdon ile Sophie'yi, nezaketle karşılayan muhafızlar onları, manastıra yeni ilave edilen ve şimdilerde Londra'nın birçok tarihi binasında bulunan geniş metal dedektörden geçirdiler. Her ikisi de alarmı çalıştırmadan altından geçtiler ve manastır girişine yöneldiler.

Langdon, Westminster Manastırı'na adımını atar atmaz, dış dünyayla bağların birden koptuğunu hissetti. Trafik gürültüsü yoktu. Yağmur sesi yoktu. Sadece, sanki bina kendi kendisiyle konuşuyormuş gibi ileri geri yankılanan sağır edici bir sessizlik hâkimdi.

Hemen her ziyaretçi gibi Langdon ile Sophie'nin gözleri de derhal, manastırın yukarıdaki gökyüzünü içine alıyormuş gibi görünen kubbesine kaydı. Gri taş kolonlar, gölgelerin arasına servi ağaçları gibi yükseliyor, baş döndürücü açıklığın üzerinde kavis çizerek, yeniden taş zemine geri dönüyordu. Önlerindeki geniş kuzey kanadı vadisi, dik kayalıklar ve vitraylı camlarla ayrılmış derin bir kanyon gibi uzanıyordu. Güneşli günlerde manastırın zemininde prizmatik bir ışık gösterisi oluşurdu. Bugün ise, yağmur ve karanlık bu heybetli boşluğa hayaletimsi bir hava vermişti... aslında daha çok dipsiz bir kuyuyu andırıyordu.

Sophie, "Tamamıyla boş," diye fısıldadı.

Langdon hayal kırıklığına uğramıştı. Çok daha fazla insan görmeyi umut ediyordu. *Halkın daha çok doluştuğu bir yer.* Langdon boş Mabet Kilisesi'ndeki önceki deneyimlerinin tekrar etmesini istemiyordu. Turistlerin uğrak yeri olduğundan bir güvenlik sistemini bekliyordu ama Langdon'ın hatırında kalan iyi aydınlatılmış manastırdaki kalabalık turistlerin geldiği yaz sezonunda oluşmuştu. Bugün ise yağmurlu bir nisan sabahıydı. Kalabalıkların ve parıldayan vitray camların yerine görebildiği tek şey, bomboş bir zemin ve karanlık boş duvar oyuklarıydı.

Langdon'ın kuruntularını sezinlediği belli olan Sophie, "Metal dedektörden geçtik," diye hatırlattı. "Burada birisi varsa bile silahlı olamaz."

Langdon başını salladı ama yine de temkinli davranması gerektiğini hissediyordu. Yanlarında Londra polisini getirmek istemişti ama Sophie'nin işe kimlerin karıştığına dair endişesi, onların yetkililerle bağlantı kurmasını engellemişti. Sophie, *kripteksi geri almalıyız,* diye ısrar etmişti. *Her şeyin anahtarı o.*

Elbette haklıydı.

Leigh'i canlı kurtarmanın anahtarıydı.

Kutsal Kâse'yi bulmanın anahtarıydı.

Bunun arkasında kimin olduğunu bulmanın anahtarıydı.

Ne yazık ki kilit taşını geri almaları sadece şimdi ve burada mümkündü... Isaac Newton'ın mezarında. Kripteksi elinde bulunduran kişi, son ipucunu çözmek için mezarı ziyaret etmek zorunda kalacaktı ve eğer şimdiye kadar gelip gitmemişse, Sophie ile Langdon, onunla karşılaşmaya kararlıydı.

Açıklığa çıkmak için sol taraftaki duvara doğru yürüyerek, bir dizi sütunun arkasındaki karanlık yan koridora geçtiler. Langdon kendi limuzininin arkasında büyük olasılıkla bağlı bir halde rehin tutulan Leigh Teabing'in görüntüsünü zihninden çıkaramıyordu. En üstteki tarikat üyelerinin öldürülmesini emreden kişi, yoluna çıkan diğerlerini de öldürmekte tereddüt etmeyecekti. Teabing'in -modern bir İngiliz şövalyesi- kendi vatandaşı Sir Isaac Newton'ı ararken rehin alınması acımasız bir ironiydi.

Etrafına bakınan Sophie, "Ne taraftan?" diye sordu.

Mezar. Langdon'ın hiç fikri yoktu. "Bir görevli bulup sormalıyız."

Langdon burada amaçsızca dolaşmamaları gerektiğini biliyordu. Westminster Manastırı, mozolelerden, kapalı bölmelerden ve gömü nişlerinden oluşan karmaşık bir dehlizdi. Louvre'un Büyük Galerisi gibi, buraya da tek bir noktadan giriliyordu -az önce geçtikleri kapı-. İçeri girişi bulmak kolay fakat çıkışı bulmak imkânsızdı. Langdon'ın meslektaşlarından biri buna *gerçek bir turist tuzağı,* demişti. Mimari geleneğe bağlı kalınarak, manastır dev bir haç biçiminde inşa edilmişti. Bununla birlikte, ana nefin bitimindeki koridordan geçilen arka taraftaki giriş yerine diğer kiliselerden farklı olarak, girişi yan taraftandı. Ayrıca manastıra bir dizi kemeraltı bağlanmıştı. Ziyaretçi yanlış kemerli geçide atacağı tek bir adımla, yüksek duvarlarla çevrili bir dış pasajlar labirentinde kaybolacaktı.

Kilisenin ortasına doğru yürüyen Langdon, "Görevliler koyu kırmızı binişler giyer," dedi. Güney kanadının en sonundaki yaldızlı yüksek sunağa bakan Langdon, ellerinin ve dizlerinin üstünde emekleyen insanlar gördü. Göründüğü kadar kutsal olmasa da, Şairler Köşesi'ndeki yere kapanma hacılığı alışıldık bir sahneydi. *Mezarlara sürtünen turistler.*

Sophie, "Ben gözetmen göremiyorum," dedi. "Mezarı belki kendimiz bulabiliriz, olmaz mı?"

Langdon tek kelime etmeden manastırın ortasına doğru birkaç adım daha attı ve sağ tarafı gösterdi.

Sophie manastırın ana nefinin uzunluğuna baktığında şaşırarak derin bir nefes aldı. Şimdi binanın ne kadar büyük olduğunu görebiliyordu. "Ah," dedi. "Hadi bir gözetmen bulalım."

O sırada ana nefin yüzlerce metre ötesinde, koro sahnesinin arkasında gözlerden uzakta kalan Sir Isaac Newton'ın mezarının tek bir ziyaretçisi vardı. Öğretmen bu anıtı on dakikadır inceliyordu.

Newton'ın mezarı, klasik kostümünün içindeki Sir Isaac Newton'ın, gururla kendi kitaplarına -*İlahiyat, Kronoloji, Optik ve Philosophiae Naturalis Principia Mathematica*- yaslandığı bir heykelinin üzerinde durduğu, büyük siyah mermer bir lahitti. Newton'ın ayaklarının dibinde, parşömen kâğıdı tutan iki kanatlı erkek çocuğu vardı. Newton'ın boylu boyunca yatan bedeninin arkasında gösterişsiz bir piramit yükseliyordu. Piramidin kendisi de tuhaf olduğu halde, Öğretmen'in en çok merakını uyandıran, piramidin ortasına yerleştirilmiş dev şekildi.

Bir küre.

Öğretmen, Saunière'in şaşırtmalı bilmecesini düşündü. *Ara, küreyi kabre aitti.* Piramidin ön yüzünden dışarı doğru çıkan dev küre, yarım kabartma şeklinde oyulmuştu ve tüm semavi betimlemeleri içeriyordu; takımyıldızlar, burçlar kuşağı, kuyruklu yıldızlar, yıldızlar ve gezegenler. Üstünde ise, yıldızlarla kaplı bir alanın altındaki Astroloji Tanrıçası simgesi vardı.

Sayısız küre.

Öğretmen mezarı bulduktan sonra kayıp küreyi bulmanın kolay olacağını zannetmişti. Ama artık o kadar emin değildi. Gökyüzünün karmaşık bir haritasına bakıyordu. Eksik bir gezegen mi vardı? Takımyıldızlardan astronomik bir küre mi çıkartılmıştı? Hiç fikri yoktu. Buna rağmen Öğretmen cevabın son derece basit olacağından şüpheleniyordu. "Papa'nın gömdüğü bir şövalye" gibi. *Hangi küreyi arıyorum?* Kutsal Kâse'yi bulmak için astrofizik uzmanı olmaya gerek yoktu elbette, yoksa öyle miydi?

Güldü teni doluydu göbeği

Bulunduğu yere yaklaşan turistler Öğretmen'in dikkatini dağıtmıştı. Kripteksi yeniden cebine attı ve yakınlardaki masaya giderek, kâseye bağış parası atan ve manastır tarafından ücretsiz dağıtılan mezara sürtünme gereçlerini yanlarına alan ziyaretçileri dikkatle izledi. Ellerindeki füzen kalemleri ve büyük kâğıtlarla, manastırın ön kısmına, büyük ihtimalle de Chaucer'e, Tennyson'a ve Dickens'a duydukları saygıyı mezarlarına sürtünerek gösterecekleri Şairler Köşesi'ne doğru ilerlediler.

Tekrar yalnız kalan Öğretmen mezara biraz daha yaklaşarak, onu tepeden tırnağa inceledi. Lahidin altındaki pençe ayaklarla başladı, oradan yukarı Newton'a, bilim kitaplarına, matematik parşömenleri tutan iki erkek çocuğuna, piramidin ön yüzeyine, takımyıldızlı küreye ve sonunda nişin yıldızlarla dolu kubbesine baktı.

Burada hangi kürenin olması gerekiyordu... hangisi kayıp? Sanki cevap Saunière'in oyma mermerinden vahiy gelecekmiş gibi, cebindeki kriptekse dokundu. *Kâse'yle aramda sadece beş harf var.*

Koro sahnesinin köşesine doğru adım atarken, derin bir nefes aldı ve başını kaldırarak uzaktaki ana sunağın uzun nefine baktı. Bakışları yaldızlı sunaktan parlak koyu kırmızı biniş giyen bir manastır gözetmenine kaymıştı. Onu el işaretiyle iki tanıdık sima yanlarına çağırıyordu.

Langdon ve Neveu.

Öğretmen sakince koro sahnesinin arkasına doğru iki adım attı. Bu çok hızlı oldu. Langdon ile Sophie'nin sonunda şiirin anlamını çözerek Newton'ın mezarına geleceklerini tahmin etmişti ama bu, onun tahmin ettiğinden çok daha erken gerçekleşmişti. Öğretmen derin bir nefes alarak ihtimalleri gözden geçirdi. Beklenmedik olaylarla baş etmeye alışmıştı.

Kripteksi elimde tutuyorum.

Elini cebine sokarak, ona güven veren ikinci nesneye dokundu: Medusa marka tabancası. Tahmin edileceği gibi, Öğretmen sakladığı silahıyla altından geçerken manastırın metal detektörü ötmüştü. Ama yine tahmin edileceği gibi, güvenlik görevlileri Öğretmen'in öfkeyle çıkarttığı kimlik kartını görünce geri çekilmişlerdi. Resmi rütbeler her zaman beklenen saygıyı uyandırırdı.

Öğretmen ilk başta kripteksi tek başına çözmeyi umut etmiş olsa da, şimdi Langdon ile Neveu'nun gelişinin iyi bir gelişme olduğunu sezinliyordu. Bahsedilen "küre" ile ilgili başarısızlığını göz önünde bulundurarak, onların uzmanlığından faydalanabilirdi. Zaten eğer Langdon şiirdeki şifreyi çözerek mezara kadar gelmişse, küreyle ilgili bir şeyler bilme olasılığı da vardı. Ve eğer Langdon şifreyi biliyorsa, doğru baskıyı uygulaması yeterli olacaktı.

Ama elbette burada değil.

Özel bir yerde.

Öğretmen manastıra gelirken yolda gördüğü küçük bir tabelayı anımsadı. O an onları çekeceği mükemmel yer kafasında oluşmuştu.

Şimdi tek sorun... yem olarak neyi kullanacağıydı.

98

Langdon ile Sophie kuzey koridorunda, onu açık neften ayıran geniş sütunların gölgelerinde yavaşça ilerlediler. Nefin yarısına kadar yol kat etmiş olmalarına karşın hâlâ Newton'ın mezarını göremiyorlardı. Bir nişe yerleştirilen lahit, bulundukları ters açıdan görünmüyordu.

Sophie, "En azından burada kimse yok," diye fısıldadı.

Rahatlamış olan Langdon başını salladı. Nefin Newton'ın mezarının yanındaki bölümü tamamen boştu. "Ben oraya gideyim," diye fısıldadı. "Sen burada kalıp saklan, bir gören..."

Sophie çoktan saklandığı yerden çıkmış, açık alanda ilerlemeye başlamıştı.

"...olursa diyecektim," diyen Langdon koşturarak yanına gitti.

Geniş nefi çaprazlama geçen Langdon ile Sophie, boş ümitler uyandıran niceliklerle dolu kabri gördüklerinde hiç konuşmadılar... siyah, mermer bir lahit... Newton'ın boylu boyunca yatan bir heykeli... kanatlı iki erkek çocuk... dev bir piramit... ve... *devasa bir küre.*

Sesi şaşırmış gibi gelen Sophie, "Bunu biliyor muydun?" dedi.

Aynı şekilde şaşırmış olan Langdon başını iki yana salladı.

Sophie, "Üzerine takımyıldızlar oyulmuş gibi duruyor," dedi.

Nişe yaklaştıklarında, Langdon yavaşça çöktüğünü hissetti. Newton'ın mezarı kürelerle *doluydu* -yıldızlar, kuyrukluyıldızlar, gezegenler. *Onun lahidinin üstündeki küreyi mi arayacaktı?* Bu iş samanlıkta iğne aramaya benzeyecekti.

Kaygılı görünen Sophie, "Astrolojik simgeler," dedi. "Ve sayıları çok fazla."

Langdon kaşlarını çattı. Kâse ile gezegenler arasında Langdon'ın aklına gelen tek bağ, Venüs'ün beş köşeli yıldızıydı. Ama Mabet Kilisesi'ne giderken zaten "Venüs" şifresini denemişti.

Sophie doğruca lahidin yanına yaklaştı ama Langdon birkaç adım geride durarak, manastırı kolaçan etmeyi yeğledi.

Başını eğerek Newton'ın yaslandığı kitapların kapaklarını okuyan Sophie, "*İlahiyat,*" dedi. "*Kronoloji. Optik. Philosophiae Naturalis Principia Mathematica?*" Ona döndü. "Çağrışım yapıyor mu?"

Langdon düşünerek yaklaştı. "Hatırladığım kadarıyla *Principia Mathematica,* gezegenlerin yerçekimiyle ilgili bir şeydi... bunlar kesinlikle küre ama ilgisiz görünüyor."

Kürenin üstündeki takımyıldızları gösteren Sophie, "Peki ya burçlar?" diye sordu. "Daha önce Balık'tan ve Kova'dan bahsetmiştiniz, öyle değil mi?"

Zamanın Sonu, diye düşündü Langdon. "Balık Burcu'nun sonu ve Kova Burcu'nun başlangıcının, tarikatın Sangreal Belgeleri'ni dünyaya duyurmayı planladığı tarih olduğu iddia ediliyordu." *Ama bin yıl sessiz sedasız gelip geçti ve tarihçiler gerçeğin ne zaman ortaya çıkacağı konusunda muallakta kaldı.*

Sophie, "Şiirin son dizesi," dedi. "Tarikatın gerçeği açıklamayı planlamasıyla ilgili olabilir."

Güldü teni doluydu göbeği diye. Langdon olasılığı düşündüğünde ürperdiğini hissetti. Dizeyi hiç bu şekilde düşünmemişti.

Sophie, "Bana daha önce," dedi. "Tarikatın 'gül'ü ve bereketli rahmini açıklamayı planladığı zamanın, doğrudan gezegenlerin -yani kürelerin- pozisyonlarına bağlı olduğunu söylemiştin."

İhtimalin giderek kuvvetlendiğini hisseden Langdon başını salladı. Buna rağmen, içgüdüleri ona anahtarın astronomide saklı olmadığını söylüyordu. Büyük Üstat'ın önceki cevapları hep kelime oyunlarına ve sembolik özelliklere sahiptiler -*Mona Lisa, Kayalıklar Bakiresi,* SOFIA. Bu kelime oyunu kavramı gezegen küreleri ve burçlara kesinlikle uymuyordu. Şu ana kadar Jacques Saunière çok titiz bir şifre yazarı olduğunu ispat etmişti ve Langdon son şifrenin... tarikatın en büyük sırrını koruyan beş harfin- sembolik açıdan uyum sağlamakla kalmayıp, kristal berraklığında olacağına inanıyordu. Bu cevap da diğerleri gibiyse, çözdüklerinde gün gibi ortada olduğunu anlayacaklardı.

Onu kolundan yakalayarak düşüncelerini bölen Sophie, "Bak!" diye heyecanlandı. Dokunuşundaki korkudan Langdon yanlarına birisinin geldiğini sandı ama Sophie'ye döndüğünde siyah mermer lahidin üstüne dehşetle baktığını gördü. Newton'ın sağ ayağının yanındaki bir noktayı işaret ederken, "Buraya biri gelmiş," diye fısıldadı.

Langdon, onun neden kaygılandığını anlayamamıştı. Dikkatsiz bir turist, mezarlara sürttüğü füzen kalemini Newton'ın ayağının yanındaki lahit kapağına bırakmıştı. Hiçbir şey demek değildi. Langdon, onu almak için uzandı ama lahide doğru eğildiği anda cilalı siyah mermer üzerindeki ışık değişti ve Langdon donakaldı. Sophie'nin neden korktuğunu o an anlamıştı.

Newton'ın ayağının dibindeki lahidin kapağına güçlükle görülen bir füzen kalemiyle yazılan mesaj okunabiliyordu:

Teabing elimde.
Papazlar Meclisi Binası'nda güney çıkışına gidin,
Oradan halka açık bostana çıkın.

Langdon kalbi hızla çarparken, yazılanları iki kez okudu.

Sophie başını çevirerek, nefi inceledi.

Kelimeleri gördükten sonra kapıldığı korkuya rağmen, Langdon kendi kendine bunun iyi haber olduğunu söylüyordu. *Leigh hâlâ yaşıyor.* Bunun bir anlamı daha vardı. "Şifreyi bilmiyorlar," diye fısıldadı.

Sophie başını salladı. Yoksa neden burada olduklarını bildirsinler?

"Şifreyle Leigh'i değiş tokuş yapmak isteyebilirler."

"Ya da bir tuzak."

Langdon başını iki yana salladı. "Sanmıyorum. Bostan, manastır duvarlarının *dışında.* Halka açık bir yer." Langdon bir kez manastırın, keşişlerin doğal farmakolojik ilaçlar yetiştirdiği günlerden kalma Fakülte Bostanı'nı ziyaret etmişti -küçük bir meyve ve şifalı ot bahçesi. Büyük Britanya'daki en eski meyve ağaçlarını barındıran Fakülte Bostanı, manastıra girmek zorunda kalmadan ziyaret edebildikleri uğrak bir mekândı. "Sanırım bizi dışarıda bir yere göndermek bir çeşit itimat gösterisi. Böylece kendimizi güvende hissedeceğiz."

Sophie şüpheli görünüyordu. "Yani dışarda, metal detektörlerin olmadığı bir yerde."

Langdon yüzünü buruşturdu. Söyledikleri mantıklıydı.

Kürelerle dolu mezara bir kez daha bakan Langdon kripteks şifresi hakkında keşke bir fikrim olsaydı, diye düşündü... pazarlık yapabilecek bir şeyi olurdu. *Bu işe Leigh'i ben bulaştırdım ve ona yardım etmek için ne gerekiyorsa yapacağım.*

Sophie, "Notta Papazlar Meclisi Binası'ndan güney çıkışına gidin, diye yazıyor," dedi. "Belki çıkıştan bostanı görebiliriz. Böylece dışarı çıkıp, kendimizi tehlikeye atmadan önce durumu değerlendirebiliriz."

İyi bir fikirdi. Langdon, Papazlar Meclisi Binası'nın, modern parlamento binasından önce orijinal İngiliz Parlamentosu'nun toplandığı sekizgen bir salon olduğunu hatırlıyordu. Oraya gideli yıllar olmuştu ama revaklı avludan çıkıldığını anımsayabiliyordu. Langdon geri birkaç adım atarak lahitten uzaklaştı ve geldikleri yönün aksi istikametinde nefin karşısında bulunan, sağ taraftaki koro sahnesine baktı.

Geniş bir tabelanın yanında tonozlu bir geçit vardı.

BU YOLDAN:
KEMERALTI
BAŞPAPAZIN EVİ
FAKÜLTE BİNASI
MÜZE
HAZİNE ODASI
AZİZ FAITH ŞAPELİ
PAPAZLAR MECLİSİ BİNASI

Langdon ile Sophie tabelanın altından koşarak geçerken, tadilat dolayısıyla bazı bölümlerin kapalı olduğunu yazan küçük ilanı göremediler.

Sabah yağmurunun ıslattığı, yüksek duvarlarla çevrili üstü açık bir avluya çıkmışlardı. Tepelerindeki rüzgâr, sanki birisi bir şişenin ağzına üflüyormuş gibi vızıldayarak esiyordu. Avluyu çevreleyen dar yürüyüş yoluna girdiklerinde Langdon, kapalı alanlarda hissettiği o tanıdık huzursuzluğu yaşamaya başladı. Bu yürüyüş yollarına kemeraltı deniyordu. Langdon bu *kemeraltı (cloister)* kelimesinin, Latincedeki *kapalı yer fobisi (claustrophobic)* kelimesiyle olan bağını iç sıkıntısıyla fark etti.

Dikkatini tünelin sonuna vererek Papazlar Meclisi Binası tabelalarını takip etti. Artık yağmur serpiştiriyordu. Yürüyüş yolu soğuk ve kemeraltının tek ışık kaynağı olan sütunlu duvarların arasından sızan yağmur damlaları yüzünden nemliydi. Kötüleşen havadan kaçarak diğer yönden gelen başka bir çift, yanlarından koşuşturarak geçti. Şimdi bomboş görünen kemeraltının, rüzgârda ve yağmurda manastırın en cazip yer olmadığını itiraf etmek gerekirdi.

Doğu kemeraltının kırk metre aşağısında sol tarafta, başka bir koridora bağlanan bir kemerli geçit belirmişti. Aradıkları giriş bu olduğu halde, giriş bir kordonla ve resmi görünüşlü bir tabelayla kapatılmıştı.

TADİLAT DOLAYISIYLA KAPALI

HAZİNE ODASI

AZİZ FAITH ŞAPELİ

PAPAZLAR MECLİSİ BİNASI

Kordonun arkasındaki boş ve uzun koridor, yapı iskeleleri ve örtülerle kaplanmıştı. Langdon kordonun hemen arkasında sağlı sollu yer alan Hazine Odası ve Aziz Faith Şapeli girişlerini görebiliyordu. Bununla birlikte Papazlar Meclisi Binası girişi koridorun sonunda, yani çok daha uzaktaydı. Langdon bulunduğu yerden bile, ağır ahşap kapının ardına kadar açık olduğunu ve Fakülte Bostanı'na bakan kocaman pencerelerden giren grimsi doğal ışıkla aydınlanan sekizgen iç mekânı görebiliyordu. *Papazlar Meclisi Binası'nın güney kapısına gidin, oradan halka açık bostana çıkın.*

Langdon, "Doğu kemeraltından az önce çıktık," dedi. "O halde bostana giden güney çıkışı orada ve sağda olmalı."

Sophie kordonun üstünden aşarak ileri gitmeye başlamıştı bile.

Karanlık koridorda aceleyle ilerlerken, arkalarında kalan rüzgâr ve yağmur sesleri giderek zayıflıyordu. Papazlar Meclisi Binası, bir çeşit uyduya benziyordu... Parlamento toplantılarının gizliliğini korumak için uzun koridorun sonunda tek başına duran ek bina.

Yaklaşırlarken Sophie, "Kocaman görünüyor," dedi.

Langdon bu odanın ne kadar büyük olduğunu unutmuştu. Girişin dışından bile geniş iç mekâna baktığında, sekizgenin arka tarafında tonozlu tavana kadar beş kat boyunca yükselen nefes kesici pencereleri görebiliyordu. İçeriden baktıklarında dışarıdaki bahçeyi gayet net görebildikleri ortadaydı.

Kapı eşiğinden adımını atan Langdon ve Sophie, gözlerini kısmak zorunda kaldılar. Karanlık kemeraltından sonra Papazlar Meclisi Binası, onlara solaryum gibi gelmişti. Güney duvarını ararken, onlara bahsedilen kapının mevcut olmadığını fark ettiklerinde odada üç metre kadar ilerlemişlerdi.

Kocaman bir çıkmazdaydılar.

Ağır kapının arkalarından çıkardığı gıcırtılı sesle döndüler. Bu sırada kapı gümbürtüyle kapandı ve sürgüsü yerine oturdu. Kapının önünde duran adam, küçük silahını onlara doğrulturken oldukça sakin görünüyordu. İri yapılı ve alüminyum koltuk değnekleri kullanan bir adamdı.

Langdon bir an için rüya gördüğünü sandı.

Bu Leigh Teabing idi.

99

Medusa marka tabancasının ardından Robert Langdon ve Sophie Neveu'ya bakan Sir Leigh Teabing hüzünlü görünüyordu. "Dostlarım," dedi. "Dün gece evimden içeri girdiğiniz andan itibaren, size zarar gelmesini önlemek için elimden geleni yaptım. Ama ısrarcılığınız artık beni zor duruma düşürüyor."

Langdon ile Sophie'nin yüzlerindeki şok ve ihanete uğramışlık ifadesini görebiliyordu, ama yakında her ikisinin de, yolların kesiştiği bu noktada onları buluşturan olaylar zincirini anlayacaklarından emindi.

Her ikinize de anlatmam gereken o kadar çok şey var ki... hâlâ anlayamadığınız o kadar çok şey var ki.

Teabing, "Bu işe karışmaya," dedi. "Aslında hiç niyetim olmadığına lütfen inanın. Evime *siz* geldiniz. *Beni* arayan siz oldunuz."

Langdon sonunda, "Leigh?" diyebildi. "Sen ne yapıyorsun Tanrı aşkına? Başının dertte olduğunu sanıyorduk. Buraya sana yardım etmeye geldik!"

"Ben de böyle yapacağınızdan emindim," dedi. "Konuşmamız gereken çok şey var."

Langdon ile Sophie, kendilerine yöneltilmiş tabancadan gözlerini alamıyorlardı.

Teabing, "Sadece dikkatinizi çekmek için," dedi. "Eğer size zarar vermek isteseydim, şimdiye kadar ölmüş olurdunuz. Dün akşam evime geldiğinizde, hayatlarınızı kurtarmak için her şeyi tehlikeye attım. Ben onurlu bir adamım ve sadece Sangreal'e ihanet edenleri kurban edeceğime tüm kalbimle ant içtim."

Langdon, "Sen neden bahsediyorsun?" dedi. "Sangreal'e ihanet etmek mi?"

Teabing içini çekerek, "Korkunç gerçeğin farkına vardım," dedi. "Sangreal Belgeleri'nin *neden* dünyaya açıklanmadığını öğrendim. Tarikatın gerçeği hiçbir şekilde açıklamamaya karar verdiğini öğrendim. Bin yılın aydınlanmadan geçip gitmesinin sebebi bu, Zamanın Sonu'na geldiğimizde hiçbir şey olmamasının sebebi bu."

Langdon itiraz edecekmiş gibi derin bir nefes aldı.

Teabing, "Tarikat," diyerek devam etti. "Gerçeği paylaşmak gibi kutsal bir görevi üstlenmişti. Zamanın Sonu geldiğinde Sangreal Belgeleri'ni açıklayacaklardı. Da Vinci, Botticelli ve Newton gibi adamlar yüzyıllar boyunca bu belgeleri korumak ve görevi devam ettirmek için her şeylerini tehlikeye attılar. Ve sonra, gerçeğin ortaya çıkacağı zaman, Jacques Saunière fikrini değiştirdi. Hıristiyanlık tarihindeki en büyük sorumlulukla onurlandırılan adam görevini yapmaktan kaçındı. Zamanın doğru olmadığına karar verdi." Teabing, Sophie'ye döndü. "Kâse'ye ihanet etti. Tarikata ihanet etti. Ve bu anı mümkün kılmak için uğraşan tüm nesillerin hatıralarına ihanet etti."

Sophie, "Sen?" diye sorarken farkına varmıştı. Başını kaldırıp hırs dolu yeşil gözleriyle ona baktı. "Büyükbabamın cinayetinden *sen* mi sorumlusun?"

Teabing alaycı bir tavırla konuşuyordu. "Büyükbaban ve onun *sénéchaux*'ları Kâse'ye ihanet eden kişilerdi."

Sophie içinde büyük bir öfkenin büyüdüğünü hissediyordu. *Yalan söylüyor!*

Teabing'in sesi acımasızdı. "Büyükbaban kendini kiliseye sattı. Gerçeği saklı tutması için ona baskı yaptıkları çok açık."

Sophie başını iki yana salladı. "Kilisenin büyükbabam üstünde hiçbir etkisi yoktu."

Teabing tuhaf şekilde güldü. "Tatlım, kilisenin yalanlarını açıklayacak olanlara baskı yapmakta iki bin yıllık tecrübesi var. Constantine zamanından beri kilise, Magdalalı Meryem ve İsa hakkındaki gerçeği başarıyla gizli tuttu. *Şimdi,* dünyayı karanlıkta tutmak için bir yol daha bulduklarına şaşırmamak gerekir. Artık kilise inanmayanları kıyımdan geçirecek Haçlılar bulamayabilir ama nüfuzu en az o zamanlardaki kadar ikna edici. Bir o kadar da fırsatçı." Bir sonraki fikrini iyice vurgulamak istiyormuş gibi duraksadı. "Bayan Neveu, büyükbabanız bir süredir size ailеniz hakkındaki gerçeği anlatmak istiyordu."

Sophie hayrete düşmüştü. "Bunu nasıl bilebilirsin?"

"Benim hangi yöntemleri kullandığımın önemi yok. Şu anda anlamanız gereken önemli şey ise şu." Derin bir nefes aldı. "Annenizin, babanızın, büyükannenizin ve erkek kardeşinizin ölümü kaza *değildi.*"

Kelimeler Sophie'nin duygularını altüst etmişti. Konuşmak için ağzını açtı ama yapamadı.

Langdon başını iki yana salladı. "Sen ne diyorsun?"

"Robert, bu her şeyi açıklıyor. Tüm parçalar yerine oturuyor. Tarih kendini tekrarlar. Sangreal Belgeleri'ni gizli tutmak meselesine gelindiğinde, cinayet işlemekte kilisenin üstüne yoktur. Zamanın Sonu yaklaştığında, Büyük Üstat için değerli olan kişileri öldürmekle ona açık bir mesaj göndermiş oldular. Sesini çıkarma, yoksa sıradaki Sophie ve sen olursunuz."

Çocukluk acılarının depreştiğini hisseden Sophie, "O bir trafik kazasıydı," diye kekeledi. "Bir *kazaydı!*"

Teabing, "Masumiyetini korumak için uykudan önce anlatılan masallar," dedi. "Aileden sadece iki kişiye -tarikatın Büyük Üstat'ı ve tek torunu- dokunulmadığını düşünsenize. Kilisenin kardeşlik üzerinde hâkimiyet sahibi olabilmesi için mükemmel bir çift. Kilisenin geçen yıllar boyunca büyükbabanı, Sangreal sırrını açıklamaya kalkarsa *seni* öldürmekle ve Saunière tarikatı eski yeminlerini tekrar gözden geçirmeye ikna etmezse, başladıkları işi bitirmekle tehdit ettiklerini hayal edebiliyorum."

Öfkesi tepesine sıçrayan Langdon, "Leigh," diye karşı çıktı. "Elinde, kilisenin bu ölümlerle ilgisi olduğunu ya da tarikatın kararını sessiz kalmak yönünde etkilediğini kanıtlayacak deliller olmadığı belli."

Teabing, "Delil mi?" diye püskürdü. "Tarikatın etkilendiğine dair kanıt mı istiyorsun? Yeni bin yıl geldi ama dünya hâlâ bilgisiz! Bu yeterli bir kanıt değil mi?"

Teabing'in kelimeleri kulaklarında yankılanırken, Sophie başka bir sesin konuştuğunu duydu. *Sophie, sana ailen hakkındaki gerçeği anlatma-*

lıyım. Titrediğini hissetti. Bu, büyükbabasının ona anlatmak istediği gerçek olabilir miydi? Ailesinin *öldürüldüğü* gerçeği? Ailesinin öldüğü trafik kazası hakkında tam olarak ne biliyordu? Sadece, yarım yamalak ayrıntılar. Gazetelerdeki hikâyeler bile belirsizdi. Kaza mı? Uykudan önceki masalları mı? Sophie aniden büyükbabasının gereğinden fazla korumacı olduğunu ve küçükken onu yalnız bırakmaktan hiç hoşlanmadığını hatırladı. Sophie büyüyüp, üniversiteye gittiğinde bile büyükbabasının onu izlediği hissine kapılırdı. Bütün hayatı boyunca, onu gölge gibi izleyen tarikat üyeleri olup olmadığını merak etti.

Langdon inanmaz gözlerle Teabing'e ters bir bakış fırlatarak, "Onun kullanıldığından mı şüphelendin," dedi. "Bu yüzden mi onu *öldürdün?*"

Teabing, "Tetiği ben çekmedim," dedi. "Saunière, kilise ailesini ondan çaldığında zaten yıllar önce ölmüştü. Şerefi tehlikeye atılmıştı. Şimdi bu acıdan ve kutsal görevini yerine getirmekteki yetersizliğinden kaynaklanan utancından kurtuldu. Diğer seçeneği düşün. Bir şey yapılması gerekiyordu. Dünya sonsuza kadar bilgisiz mi kalacaktı? Kilisenin sonsuza kadar tarih kitaplarımıza kendi yalanlarını sokmasına izin mi verilecekti? Kilisenin sonsuza kadar cinayet ve haraçla sözünü geçirmesine müsaade mi edilecekti? Hayır, bir şey yapılması gerekiyordu! Ve şimdi biz Saunière'nin mirasını yerine getirmeye hazırız ve son derece büyük bir yanlışı düzeltmeye." Duraksadı. "Üçümüz. Birlikte."

Sophie sadece kuşku duydu. "Bizim sana yardım edeceğimizi *nasıl* düşünebilirsin?"

"Çünkü, hayatım, tarikatın belgeleri ortaya çıkaramamasının sebebi *sensin.* Büyükbabanın sana olan sevgisi, kiliseye meydan okumasına engel oldu. Ailesinin geri kalan tek ferdine misilleme yapılması korkusu onu köstekledi. Gerçeği açıklama şansına hiç sahip olmadı çünkü sen onun ellerini bağlayarak ve onu bekleterek reddettin. Bunu, büyükbabanın hatırasına borçlusun."

Robert Langdon olayları anlamaya çalışmaktan vazgeçmişti. Aklından geçen soru seline rağmen, şimdi sadece tek bir şeyin önemli olduğunu biliyordu... Sophie'yi buradan canlı çıkarmak. Langdon'ın daha önce yanlışlıkla Teabing'i bu işe bulaştırmasından duyduğu suçluluk duygusu, şimdi Sophie'ye kaymıştı.

Onu Château Villette'ye ben götürdüm. Ben sorumluyum.

Langdon, Leigh Teabing'in onları burada, Papazlar Meclisi Binası'nda soğukkanlılıkla öldürebileceğine ve bu yolunu şaşırmış arayışında başkalarının öldürülmesi işine bulaştığına bir türlü inanamıyordu. Kalın duvarlı ve kuytu köşedeki bu odada, özellikle de yağmurda, silah seslerinin duyulmayacağı düşüncesi onu huzursuz etti. *Ve Leigh az önce suçunu bize itiraf etti.*

Langdon sarsılmış gibi görünen Sophie'ye baktı. *Kilise, Sophie'nin ailesini tarikatı susturmak için mi öldürttü?* Langdon modern kilisenin insanları öldürmediğine emindi. Bunun başka bir açıklaması olmalıydı.

Langdon, Leigh'e bakarak, "Sophie'yi bırak," dedi. "Bunu sen ve ben tartışmalıyız."

Teabing garip bir şekilde güldü. "Korkarım bu, benim güçümün yetmeyeceği bir güven gösterisi. Yine de, sana şunu önerebilirim." Silahını Sophie'ye çevrili tutarak, koltuk değneklerine dayandı ve cebinden kilit taşını çıkardı. Langdon'a uzatırken, biraz yana kaydı. "Bir güven sembolü Robert."

Robert tedbirli davrandı ve kıpırdamadı. *Leigh kilit taşını bize geri mi veriyor?*

Teabing, onu beceriksizce Langdon'a doğru uzatırken, "Al," dedi.

Langdon, Teabing'in onu geri vermesi için tek bir neden düşünebiliyordu. "Zaten açtın. Haritayı içinden aldın."

Teabing başını iki yana sallıyordu. "Robert, kilit taşını çözseydim, Kâse'yi tek başıma bulmak üzere çoktan ortadan kaybolmuş olurdum ve sizi de bu işe bulaştırmazdım. Hayır, cevabı bilmiyorum. Ve bunu rahatsızlık duymadan itiraf edebilirim. Gerçek bir şövalye, Kâse uğruna tevazu göstermeyi öğrenir. Kendisinden önce koyulan işaretlere uymayı öğrenir. Bunu, manastıra girdiğinizi gördüğümde anladım. Buraya gelmenizin bir nedeni vardı. Yardım etmek. Ben tek başıma zafer peşinde değilim. Kendi gururumdan çok daha büyük bir efendiye hizmet ediyorum. Gerçeğe. Gerçeği bilmek insanlığın hakkı. Kâse hepimizi buldu ve şimdi ortaya çıkarılmak için yalvarıyor. Birlikte çalışmalıyız."

İşbirliği ve güven ricalarına rağmen, Langdon ileri adım atıp, soğuk mermer silindiri kabul ederken, Teabing silahının namlusunu hâlâ Sophie'ye doğru tutuyordu. Langdon silindiri eline alıp, geri adım atarken içindeki sirke şişesi lıkırdadı. Üzerindeki harfler hâlâ karışık ve kripteks kilitliydi.

Langdon, Teabing'e göz attı. "Onu şu anda kırmayacağımdan nasıl emin olabiliyorsun?"

Teabing'in kahkahası ürkütücüydü. "Mabet Kilisesi'ndeki kırma tehdidin boş bir tehdit olduğunu fark etmiş olmalıyım. Robert Langdon kilit taşını asla kırmaz. Sen bir tarihçisin Robert. İki bin yıllık tarihin anahtarını elinde tutuyorsun... Sangreal'in kayıp anahtarını. Onun sırrını korumak için yakılan şövalyelerin ruhlarını hissediyor oimalısın. Onların boş yere ölmelerine izin mi vereceksin? Hayır, sen onları temize çıkaracaksın. Hayranı olduğun diğer büyük adamların saflarına katılacaksın -Da Vinci, Botticelli, Newton-. Onların her biri şu an senin yerinde olmayı şeref sayarlardı. Kilit taşının içindekiler şu an bize yalvarıyor. Özgür bırakılmayı bekliyorlar. Vakit geldi. Kader bizi bu ana getirdi."

"Sana yardım edemem Leigh. Bunu nasıl açacağıma dair en ufak fikrim yok. Newton'ın mezarını kısa bir süre için gördüm. Şifreyi bilsem bile..." Gereğinden fazla konuştuğunu fark eden Langdon sustu.

"Bana söylemez miydin?" Teabing içini çekti. "Bana borçlu olduğunu takdir etmemen karşısında hayal kırıklığına uğradım ve şaşırdım Robert. Château Villette'ye geldiğiniz anda, Rémy ile birlikte işinizi bitirmek benim için çok daha kolay olurdu. Ama ben daha saygın olanı yapmak için her şeyi tehlikeye attım."

Silaha bakan Langdon, "Bu *asilce* bir davranış mı?" diye sordu.

Teabing, "Saunière'in hatası," dedi. "O ve *sénéchaux*'ları Silas'a yalan söyledi. Öyle yapmasalardı kilit taşını güçlük çıkarmadan ele geçirmiş olacaktım. Büyük Üstat'ın beni aldatabileceğini ve kilit taşını arasının açık olduğu torununa bırakabileceğini nasıl tahmin edebilirdim?" Teabing aşağılayıcı gözlerle Sophie'ye baktı. "Bu bilgiye sahip olmaktan o kadar acizdi ki, simgebilimci bir bebek bakıcısına ihtiyacı vardı." Teabing yeniden Langdon'a baktı. "Neyse ki Robert, işin içine senin girmen benim önümü açtı. Kilit taşı emanet bankasında sonsuza dek kilitli kalacağı yerde, onu sen çıkartıp benim evime getirdin."

Başka nereye kaçabilirdim, diye düşündü Langdon *Kâse tarihçileri topluluğu küçüktür. Ayrıca Teabing'le benim ortak bir geçmişimiz var.*

Teabing şimdi halinden memnun görünüyordu. "Saunière'in ölmeden önce size bir mesaj bıraktığını öğrendiğimde, değerli tarikat bilgisinin sizde olduğunu anladım. Bu kilit taşının kendisi de olabilirdi, onu nerede bulacağınıza dair bir ipucu da, bundan emin değildim. Ama peşinizde polis varken, kapıma kadar ulaşacağınızdan şüpheleniyordum."

Langdon sinirle parladı. "Peki ya başaramasaydık?"

"Size yardım eli uzatmak için plan yapıyordum. Hangi yoldan olursa olsun kilit taşı Château Villette'ye gelecekti. Sizin onu kendi ellerinizle getirmeniz, benim davamın haklı olduğunun ispatıdır."

"Ne!" Langdon dehşete düşmüştü.

"Silas, Château Villette'ye girip kilit taşını sizden çalacaktı, böylece size zarar vermeden aradan çıkaracak, benim de ismimi şüpheliler arasına bulaştırmayacaktı. Ama Saunière'in notlarının karmaşıklığını gördüğümde her ikinizi de arayışıma bir süre daha dahil etmem gerektiğine karar verdim. Tek başına devam edebileceğime kanaat getirdikten sonra Silas onu tekrar çalabilirdi."

Sophie ihanete uğradığını yansıtan bir sesle, "Mabet Kilisesi," dedi.

Anlamaya başladılar, diye düşündü Teabing. Mabet Kilisesi, kilit taşını Robert ile Sophie'den çalmak için mükemmel bir yerdi, ayrıca şiirde geçen tarife uygun görüntüsü onu makul bir yem haline getiriyordu. Rémy'nin aldığı emirler açıktı... Silas kilit taşını alırken ortalarda görünme. Ne yazık ki Langdon'ın kilit taşını kırma tehdidi, Rémy'nin paniğe kapılmasına neden olmuştu. Kendi sahte kaçırılma sahnesi aklına gelen Teabing hüzünle, *keşke Rémy ortaya atılmasaydı,* diye düşündü. *Rémy benimle bağlantısı olan tek kişiydi ve yüzünü gösterdi!*

Neyse ki Silas, Teabing'in gerçek kimliğinden habersizdi ve onu kiliseden kaçırıp, Rémy'nin bağlayarak limuzinin arkasına atmasına kolayca kanmıştı. Ses geçirmeyen ara bölme yukarı kalktığında Teabing, sahte Fransız aksanını kullanarak ön koltukta oturan Silas'a telefon etmiş ve ona doğruca Opus Dei'ye gitmesini söylemişti. Polise verilen isimsiz bir ihbar, Silas'ı sahneden kaldırmaya yetmişti.

Sorunlardan biri halledildi.

Diğer sorun daha büyüktü. *Rémy.*

Teabing kararı vermekte zorlanmıştı ama sonunda Rémy büyük bir yük olduğunu ortaya koymuştu. Kâse'nin her aranışında bir kurban verilmesi gerekir. En açık çözüm, limuzinin içki barından Teabing'in yüzüne bakıyordu, bir matara, biraz konyak ve bir kutu fıstık. Kutunun dibindeki tozlar Rémy'nin alerjisini tetiklemek için yeterli olacaktı. Rémy limuzini Horse Guards Parade'e park ettiğinde, Teabing arka taraftan çıkmış, ön koltuğun kapısına doğru yürümüş ve Rémy'nin yanına oturmuştu. Teabing, dakikalar sonra arabadan inmiş, delilleri yok etmiş ve görevinin son evresini tamamlamak üzere yola çıkmıştı.

Westminster Manastırı kısa bir yürüyüş mesafesindeydi. Teabing'in bacak destekleri, koltuk değnekleri ve silahı metal detektörünü çalıştırmış olsa da, güvenlik görevlileri ne yapacaklarını şaşırmışlardı. *Bacak desteklerini çıkartıp, altından sürünerek geçmesini mi istesek? Engelli bedenini mi arasak?* Teabing heyecandan şaşıran görevlilere daha kolay bir çözüm sunmuştu -Kraliyet Şövalyesi olduğunu ispat eden kabartmalı kimliğini göstermişti. Zavallı adamlar onu içeri buyur etmek için neredeyse birbirlerini eziyorlardı.

Şimdi hayretler içindeki Langdon ile Neveu'ya bakan Teabing, yakında kilisenin çöküşüne neden olacak plana Opus Dei'yi ne kadar zekice alet ettiğini açıklama hevesine karşı koyuyordu. Bu konunun beklemesi gerekiyordu. Şu anda yapılması gereken işler vardı.

Teabing akıcı Fransızcayla, "Mes amis," dedi. "Vous ne trouvez pas le Saint-Graal, c'est le Saint-Graal qui vous trouve." Gülümsedi. "Birleşen yollarımız daha bariz olamazdı. Kâse bizi buldu."

Sessizlik.

Şimdi onlarla fısıltıyla konuşuyordu. "Dinleyin. Duyabiliyor musunuz? Kâse bize yüzyıllar öncesinden sesleniyor. Tarikatın budalalığından kurtulmak için yalvarıyor. Her ikinizin de bu fırsatı anlamanızı rica ediyorum. Şu anda son şifreyi çözmek ve kripteksi açmak için bir araya gelmiş daha ehil üç kişi olamazdı." Teabing susarken, gözleri ışıl ışıl parlıyordu. "Hep birlikte yemin etmemiz gerekiyor. Birbirimize güveneceğimize ant içelim. Gerçeği ortaya çıkaracağına ve açıklayacağına dair bir şövalye yemini."

Teabing'in gözlerinin derinliklerine bakan Sophie, sert bir sesle konuştu. "Büyükbabamın katiliyle asla yemin etmem. Ancak seni hapse göndermek için yemin edebilirim."

Teabing önce bozuldu sonra yeniden kararlılıkla konuştu. "Böyle düşündüğünüz için üzgünüm mademoiselle." Dönüp silahını Langdon'a çevirdi. "Peki ya sen Robert? Benimle misin, bana karşı mısın?"

100

Piskopos Aringarosa'nın bedeni pek çok acı çekmişti ama göğüs kafesindeki merminin yakıcı sıcaklığı ona tamamen yabancıydı. Derin ve ağır. Bu, bedenine değil... ruhuna aldığı bir yaraydı.

Görmeye çalışarak gözlerini açtı ama yüzündeki yağmur, görüşünü bulanıklaştırıyordu. *Neredeyim?* Siyah cüppesi dalgalanırken onun hantal vücudunu bir oyuncak gibi taşıyan güçlü kolları hissedebiliyordu.

Bitkin kolunu kaldırarak gözlerini sildi ve onu taşıyan adamın Silas olduğunu gördü. Sisli bir kaldırımda ilerlemeye çabalayan dev Albino, yürek parçalayıcı bir şekilde feryat ederek, hastane diye bağırıyordu. Kırmızı gözlerini önündeki yola dikmişti ve kana bulanmış solgun yüzünden aşağı gözyaşları akıyordu.

Aringarosa, "Oğlum," dedi. "Yaralanmışsın."

Silas ıstırapla buruşturduğu yüzünü eğip ona baktı. "Çok üzgünüm peder." Konuşamayacak kadar acılı görünüyordu.

Aringarosa, "Hayır Silas," diye yanıt verdi. "Üzgün olan benim. Bu benim hatam." *Öğretmen bana cinayet işlenmeyeceğini söylemişti ve ben de sana, ona itaat etmeni söyledim.* "Çok hırslıydım. Çok korkmuştum. Sen ve ben kandırıldık." *Öğretmen Kutsal Kâse'yi asla bize vermeyecekti.*

Yıllar önce himaye ettiği adamın kollarındaki Piskopos Aringarosa, zamanda geriye yolculuk yaptığını hissetti. İspanya'ya. Mütevazı başlangıcı, Oviedo'da Silas ile birlikte küçük bir Katolik Kilisesi inşa etmişti. Daha sonra, New York'a gelmiş ve Lexington Caddesi'ndeki Opus Dei Merkezi'nde Tanrı'nın zaferini ilan etmişti.

Aringarosa beş ay önce yıkıcı bir haber almıştı. Hayatı boyunca verdiği emek tehlikedeydi. Castel Gandolfo'da hayatını değiştiren toplantıyı tüm ayrıntılarıyla hatırladı... tüm bu felaketleri harekete geçiren haberi.

Aringarosa, Gandolfo'nun Astronomi Kütüphanesi'nden içeri başı dik girmişti. Amerika'da Katolikliği temsil ederken çıkardığı üstün işten ötürü sırtını sıvazlamak için sabırsızlanan bir kalabalık tarafından karşılanacağını ve övüleceğini düşünüyordu.

Ama orada yalnızca üç kişi vardı.

Vatikan sekreteri. Obez. Aksi.

İki yüksek rütbeli İtalyan kardinali. Sahte sofu. Ukala.

Aringarosa şaşkınlıkla, "Sekreter?" demişti.

Resmi işlerden sorumlu şişko denetçi Aringarosa'nın elini sıkmış ve karşısındaki sandalyeyi göstermişti. "Buyurun oturun lütfen."

Bir şeylerin ters gittiğini sezinleyen Aringarosa oturmuştu.

Sekreter, "Sohbet etmeyi pek iyi beceremem piskopos," demişti. "Bu yüzden ziyaretinizin asıl sebebine geleceğim."

"Lütfen. Açık konuşun." Aringarosa, kendilerini üstün görerek onu süzen iki kardinale bakmıştı.

Sekreter, "Sizin de farkında olduğunuz gibi," demişti. "Papa Hazretleri ve Roma'daki diğerleri son zamanlarda Opus Dei'nin tartışmalı uygulamalarının getirdiği siyasi sonuçlardan kaygılanıyor."

Aringarosa o anda tüylerinin ürperdiğini hissetmişti. Kilisede açık fikirli bir değişikliğe gidilmesini hararetle isteyen yeni Papa'yla bunu daha önce defalarca görüşmüştü.

Sekreter hemen ardından, "Papa Hazretleri'nin," diye ekledi. "Papazlığınızı yönetim şeklinizde herhangi bir değişikliğe gitmenizi hoş görmediğine sizi temin etmek isterim."

Umarım öyledir! "O halde neden buradayım?"

İri cüsseli adam içini çekmişti. "Piskopos, bunu daha ince bir şekilde nasıl anlatırım bilemiyorum o yüzden doğrudan söyleyeceğim. Sekreterlik Konseyi iki gün önce Vatikan'ın Opus Dei'ye verdiği onayı geri almayı oy birliğiyle kabul etti."

Aringarosa yanlış anladığına emindi. "Affedersiniz anlayamadım?"

"Çok açık bir şekilde ifade edildi, bugünden itibaren altı ay sonra, Opus Dei, Vatikan'ın piskoposluğu olarak kabul görmeyecek. Özerk ayrı bir kilise olacaksınız. Papalık kendini sizden ayrı tutacak. Papa Hazretleri onayladı, biz de yasal evrakları hazırlamaya başladık."

"Ama... bu imkânsız."

"Tam tersine, gayet mümkün. Ve gerekli. Papa Hazretleri yeni üye alma politikalarınızdan ve bedensel çile ibadetlerinizden rahatsızlık duymaya başladı." Durdu. "Ayrıca kadınlara yönelik uygulamalarınızdan. Samimi olmak gerekirse, Opus Dei yük ve utanç kaynağı oldu."

Piskopos Aringarosa serseme dönmüştü. "*Utanç kaynağı* mı?"

"Bu noktaya gelmesine şaşırmamanız gerekir."

"Sayısı giderek artan tek Katolik örgütü Opus Dei. Rahiplerimizin sayısı şu anda bin yüzün üzerinde!"

"Bu doğru. Hepimiz için can sıkıcı bir durum."

Aringarosa ayağını yere vurmuştu. "Papa Hazretleri'ne 1982'de Vatikan Bankası'na yardım ettiğimiz zaman da Opus Dei bir utanç kaynağı mıymış sorun bakalım."

Sekreter sakinleştirici bir ses tonuyla, "Vatikan bunun için daima müteşekkir kalacaktır," dedi. "Ama 1982'deki mali cömertliğinizin tek sebebinin ilk başta size piskoposluk mertebesi tanınması olduğunu düşünenler de var."

"Bu doğru değil!" Bu olumsuz ima Aringarosa'yı derinden yaralamıştı.

"Neden her ne olursa olsun, size iyi niyetli davranmayı düşünüyoruz. Yaptığınız bağışı da dahil ederek, size tazminat ödeyeceğiz. Beş taksitte ödenecek."

Aringarosa, "Beni satın mı alacaksınız?" diye sormuştu. "Sessiz sedasız gitmem için para mı ödeyeceksiniz? Opus Dei mantığın tek sesiyken öyle mi?"

Kardinallerden biri başını kaldırmıştı. "Affedersiniz, mantık mı dediniz?"

Aringarosa masaya doğru eğilerek, sesini yükseltmişti. "Katoliklerin kiliseyi neden terk ettiklerini gerçekten merak ediyor musunuz? Etrafınıza bakın kardinal. İnsanlar saygısını kaybetti. İmanın getirdiği zorluklar yok oldu. Öğreti açık büfeye dönüştü. Mahrum kalma, itiraf, komünyon, vaftiz, ayin -istediğinizi seçin- hangi bileşimi isterseniz onu alın ve gerisini boş verin. Kilise ne çeşit bir kılavuzluk sunuyor?"

İkinci kardinal, "Üçüncü yüzyıl kuralları," demişti. "İsa'nın çağdaş müritlerine uygulanamaz. Bu kurallar, bugünün toplumuyla uyuşmaz."

"Iyi ama, Opus Dei'dekilere uyuyor!"

Sekreter kararlı sesiyle, "Piskopos Aringarosa," demişti. "Örgütünüzün önceki Papa'yla olan ilişkisine hürmeten Papa Hazretleri Opus Dei'ye *kendi rızasıyla* Vatikan'dan ayrılmak için altı ay süre tanıdı. Size Papa Hazretleri ile olan görüş ayrılığınızı bir kenara bırakmanızı ve kendi Hıristiyan örgütünüzü kurmanızı tavsiye ederim."

Aringarosa, "İtiraz ediyorum!" diye karşı çıkmıştı. "Ve bunu kendim söyleyeceğim!"

"Korkarım Papa Hazretleri artık sizinle görüşmek istemiyor."

Aringarosa ayağa kalkmıştı. "Eski Papa tarafından kurulan özel piskoposluğu feshetmeye *cüret* edemez!"

"Üzgünüm." Sekreter gözünü bile kırpmamıştı. "Tanrı verir ve yine Tanrı alır."

Aringarosa bu toplantıdan şaşkınlık ve panik içinde ayrılmıştı. New York'a döndüğünde şehir manzarasını günlerce hayal kırıklığıyla seyretmiş, Hıristiyanlığın geleceği için kederlenmişti.

Her şeyi değiştiren o telefonu haftalar sonra almıştı. Arayan kişi Fransız aksanıyla konuşuyordu ve kendisini *Öğretmen* diye tanıtmıştı, bu piskoposlukta kullanılan bir lakaptı. Vatikan'ın Opus Dei'den desteğini çekmeyi planladığını bildiğini söylüyordu.

Bunu nasıl bilebilir, diye düşünmüştü Aringarosa. Opus Dei'nin yakın gelecekteki fesih kararından sadece Vatikan'ın birkaç kodamanının haberdar olduğunu sanıyordu. Haberlerin yayıldığı ortadaydı. Konu dedikoduları engellemeye gelince, dünyadaki hiçbir duvar Vatikan'ın etrafındakiler kadar gözenekli olamazdı.

Öğretmen, "Benim her yerde kulağım var," diye fısıldamıştı. "Ve bu kulaklar sayesinde önemli bilgiler edindim. Senin de yardımınla sana muhteşem bir güç kazandıracak olan kutsal bir mirasın saklandığı yeri bulabilirim... bu güç Vatikan'ın önünde eğilmesine yetecektir. İmanı kurtarmaya yetecektir." Durmuştu. "Sadece Opus Dei için değil. Hepimiz için."

Tanrı geri aldı... ve *Tanrı yine verdi.* Aringarosa bir umut ışığı görmüştü. "Bana planından bahset."

St. Mary's Hastanesi'nin kapıları tıslayarak açıldığında Aringarosa'nın bilinci yerinde değildi. Silas girişte, yorgunluktan bitap düşmüş bir halde sendeledi. Dizlerinin üstüne düşerek yardım için feryat etti. Resepsiyondaki herkes, kanlar içindeki bir din adamı için yardım isteyen yarı çıplak Albino'ya hayretle bakıyordu.

Silas'ın bitkin vaziyetteki piskoposu sedyeye kaldırmasına yardım eden doktor, Aringarosa'nın nabzını dinlerken hüzünlü görünüyordu. "Çok kan kaybetmiş. Ümitli değilim."

Aringarosa'nın gözleri kırpıştı ve bir an için bilinci geri geldi. Bakışlarını Silas'a çevirmişti. "Evladım..."

Silas'ın ruhunda pişmanlık ve intikam fırtınaları esiyordu. "Peder, tüm hayatımı harcayacak olsam da, bizi kimin aldattığını bulup onu öldüreceğim."

Aringarosa başını iki yana salladı. Onu götürmeye hazırlandıkları sırada oldukça üzgün görünüyordu. "Silas... benden hiçbir şey öğrenmediysen, lütfen... en azından şunu öğren." Silas'ın elini tutarak sıktı. "Bağışlamak Tanrı'nın en büyük hediyesidir."

"Ama peder..."

Aringarosa gözlerini kapadı. "Silas, dua etmelisin."

101

Issız Papazlar Meclisi Binası'ndaki ufak kubbenin altında duran Langdon, Leigh Teabing'in silahına bakıyordu.

Robert, benimle misin, bana karşı mısın? Kraliyet tarihçisinin sözleri Langdon'ın zihninde yankılanıyordu.

Langdon pratik bir cevap olmadığını biliyordu. *Evet* cevabıyla Sophie'yi satmış olacaktı. *Hayır* cevabını verirse, Teabing'in her ikisini de öldürmekten başka çaresi kalmayacaktı.

Langdon'ın sınıflarda geçirdiği yıllar, ona silah namlusunun karşısında ne yapması gerektiğiyle ilgili bir yetenek kazandırmamıştı ama sınıflarda öğrendiği bir şey varsa, o da çelişkili sorulara cevap vermekti. *Bir sorunun doğru cevabı yoksa, tek bir dürüst yanıt vardır.*

Evet ile hayır arasındaki gri bölge.

Sessizlik.

Langdon gözlerini elindeki kriptekse dikerek yürümeyi seçti.

Gözlerini kaldırmadan, geniş odada geriye doğru adım attı. *Tarafsız bölge.* Kriptekse odakladığı bakışlarının Teabing'e işbirliğinin bir ihtimal olduğu izlenimini vermesini, sessizliğinin ise Sophie'ye onu yüzüstü bırakmadığını anlatmasını umuyordu.

Bu sırada düşünmek için zaman kazanırım.

Langdon, Teabing'in de ondan tam olarak düşünmesini istediğini sanıyordu. *Kripteksi bu yüzden bana verdi. Bu sayede vereceğim kararın ağırlığını hissedeceğim.* İngiliz tarihçi, Büyük Üstat'ın kripteksinin Langdon'a içindekilerin büyüklüğünü fark ettirmesini, başka her şeyi bastıracak akademik merakını uyandırmasını, kilit taşını açamamalarının, tarihin kaybolacağı anlamına geldiğini anlamaya zorlamasını umut ediyordu.

Odanın karşı tarafında namlunun ucundaki Sophie'ye baktığında Langdon, onu kurtarmanın tek yolunun kripteksin zor şifresini çözmek olduğu düşüncesiyle irkildi. *Haritayı ortaya çıkarabilirsem, Teabing pazarlık yapacaktır.* Dikkatini bu kritik göreve vererek, yavaşça uzaktaki pencerelere yaklaştı... zihninde Newton'ın mezarındaki sayısız astronomik simgeyi canlandırdı.

A r a , k ü r e y i k a b r e a i t t i
G ü l d ü t e n i d o l u y d u g ö b e ğ i

Onlara arkasını dönerek, yüksek pencerelerin yanına giderken vitray camlarından ilham almayı umut ediyordu.

Dışarıdaki Fakülte Bostanı'na bakarken kendi kendine, *Saunière gibi düşünmeye çalış,* diyordu. *Newton'ın mezarında hangi kürenin olması gerektiğini düşünüyordu?* Yağan yağmurla birlikte yıldız, kuyrukluyıldız ve gezegen imgeleri yanıp söndü ama Langdon onları görmezden geldi. Saunière bir bilim adamı değildi. O, beşeri bilimler, sanat ve tarih adamıydı. *Kutsal dişi... kadeh... Gül... sürgüne giden Magdalalı Meryem... tanrıçanın düşüşü... Kutsal Kâse.*

Efsane, her zaman için Kutsal Kâse'yi, gözlerden uzaktaki karanlıkta dans eden, kulağına fısıldayarak insanı cazibesinin tuzağına düşüren ve sonra sislerin içinde kaybolan zalim bir metres gibi betimlemişti.

Fakülte Bostanı'nın hışırdayan ağaçlarına bakan Langdon, onun neşeli varlığını hissetti. İşaretleri her yerde görmek mümkündü. İngiltere'nin en eski elma ağacının dalları, sisin içinden fırlayan şakacı bir siluet gibi beş yapraklı tomurcuklarla bezenmişti ve hepsi de Venüs gibi parlıyordu. Tanrıça şimdi bahçedeydi. Yağmurda dans ediyor, asırlık şarkılar söylüyor, sanki Langdon'a bilgi meyvesinin elini uzatsa alabileceği mesafede olduğunu hatırlatmak istermişçesine tomurcuklu dalların arkasından bakıyordu.

Odanın karşı tarafındaki Teabing, büyülenmiş gibi pencereden dışarı bakan Langdon'ı, gönül rahatlığıyla seyrediyordu.

Tam beklediğim gibi, diye düşündü Teabing. *Dediğime gelecek.*

Teabing bir süredir, Langdon'ın Kâse'ye giden anahtara sahip olduğundan şüpheleniyordu. Langdon'ın Jacques Saunière ile buluşacağı gece Teabing'in planını başlatmış olması bir tesadüf değildi. Müze müdürünü dinlemeye alan Teabing, adamın Langdon ile özel olarak buluşmak için sabırsızlanmasının tek bir sebebi olduğuna emindi. *Langdon'ın gizemli çalışması tarikattakilerin damarına bastı. Langdon gerçeği tesadüfen buldu ve Saunière, onun açıklamasından korkuyor.* Teabing, Büyük Üstat'ın Langdon'ı susturmak için onunla buluşma ayarladığına emindi.

Gerçek yeteri kadar susturuldu!

Teabing hızlı davranması gerektiğini biliyordu. Silas'ın saldırısı iki amaca hizmet edecekti. Saunière'in Langdon'ı sessiz kalması yönünde ikna etmesini engelleyecek ve Teabing kilit taşını eline geçirdikten sonra ihtiyaç duyması halinde Langdon hâlâ Paris'te olacaktı.

Saunière ile Silas'ın ölümcül randevusunu ayarlamak fazlasıyla kolay olmuştu. *Saunière'in en büyük korkusu hakkında içeriden bilgi aldım.* Bir gün önce, akşamüstü Silas, müze müdürünü telefonla aramış ve çok endişeli bir papaz gibi davranmıştı. "Monsieur Saunière, beni bağışlayın ama sizinle hemen görüşmem gerekiyor. Asla günah çıkartmanın kutsallığını bozmamalıyım ama bu kez sanırım, bozmam gerekiyor. Ailenizin bireylerini öldürdüğünü iddia eden bir adam bana günah çıkarttı."

Saunière şaşırmış ve aynı zamanda endişelenmişti. "Benim ailem bir kazada öldü. Polis raporu yeterince açıktı."

Yemi elinden bırakmayan Silas, "Evet, bir *araba* kazasıydı," demişti. "Konuştuğum adam arabayı yolun dışına ve nehre doğru ittiğini söyledi."

Saunière'in sesi kesilmişti.

"Monsieur Saunière, bu adam şimdi sizin güvenliğiniz konusunda beni endişelendirmeseydi, bu telefonu size asla açmazdım." Durmuştu. "Adam aynı zamanda torununuz Sophie'den de bahsetti."

Sophie'nin adının geçmesi akan suları durdurmuştu. Müze müdürü hemen harekete geçmişti. Silas'a derhal, bildiği en emin yerde kendisini görmesini söylemişti... Louvre'daki ofisinde. Ardından tehlikede olabileceğini söylemek için Sophie'yi aramıştı. Robert Langdon'la içeceği içki o anda iptal olmuştu.

Şimdi Langdon, odanın diğer tarafındaki Sophie'den uzakta dururken, Teabing iki dostu birbirinden başarıyla uzaklaştırdığını hissediyordu. Sophie Neveu karşı koyuyordu, fakat Langdon'ın olaylara daha geniş açıdan baktığı belliydi. Şifreyi tahmin etmeye çalışıyordu. *Kâse'yi bulmanın ve onu esaretten kurtarmanın önemini biliyor.*

Sophie soğuk bir sesle, "Onu senin için açmayacak," dedi. "Açabilecek olsa bile."

Teabing elindeki tabancayı Sophie'ye doğrulturken Langdon'a gözucuyla baktı. Artık elindeki silahı kullanmak zorunda kalacağına emin gibiydi. Bu fikir onu rahatsız etse de, iş o noktaya geldikten sonra tereddüt etmeyeceğini biliyordu. *Ona doğru olanı yapma fırsatını tanıdım. Kâse her birimizden daha önemli.*

O sırada Langdon pencereye arkasını döndü. Aniden gözlerindeki umut ışığıyla onlara, "Mezar..." dedi. "Newton'ın mezarında nereye bakmamız gerektiğini biliyorum. Evet, sanırım şifreyi bulabilirim!"

Teabing'in kalbi yerinden oynadı. "Nereye Robert? Söyle bana!"

Sophie'nin sesi dehşet doluydu. "Robert, hayır! Ona yardım etmeyeceksin, değil mi?"

Langdon kripteksi önünde tutarak kararlı adımlarla yaklaştı. Leigh'e dönerken bakışları sertleşmişti. "Hayır," dedi. "Senin gitmene izin verene kadar etmeyeceğim."

Teabing'in olumlu düşünceleri kararmıştı. "Birbirimize çok yakınız Robert. Bana oyun oynamaya kalkışma!"

Langdon, "Oyun yok," dedi. "Seni Newton'ın mezarına götüreceğim. Kripteksi birlikte açacağız."

Gözlerini hırsla kısan Sophie, "Hiçbir yere gitmiyorum," dedi. "O kripteksi büyükbabam bana verdi. O sizin değil, siz açamazsınız."

Langdon korku dolu gözlerle döndü. "Sophie, lütfen! Tehlikedesin. Sana yardım etmeye çalışıyorum!"

"Nasıl? Büyükbabamın korumaya çalışırken öldüğü sırrı ortaya çıkartarak mı? O sana güvendi Robert. *Ben* de sana güvendim."

Langdon'ın mavi gözlerinde panik ifadesi vardı. Onları birbirine düşürmekten memnun olan Teabing gülümsemesine engel olamamıştı. Langdon'ın centilmenlik çabaları hayli gülünçtü. *Tarihin en büyük sırlarından biri açığa çıkacağı sırada, arayış yolunda değersiz olduğunu ispat eden bir kadın için kendini tehlikeye atıyor.*

Langdon, "Sophie," diye yalvardı. "Lütfen... gitmelisin."

Sophie başını iki yana salladı. "Sen kripteksi bana verene ya da yere atıp kırana kadar buradan bir yere gitmem."

Langdon, "Ne?" diye yutkundu.

"Robert, büyükbabam sırrını katilinin elinde göreceğine sonsuza dek kaybolmasını tercih ederdi." Sophie'nin gözleri yaşlarla dolacak gibiydi, ama öyle olmadı. Doğrudan Teabing'in gözlerine baktı. "Gerekiyorsa beni vur. Büyükbabamın mirasını sana bırakmayacağım."

Pekâlâ. Teabing silahıyla nişan aldı.

Kripteksi dikkatli bir şekilde yere doğru uzatan Langdon, "Hayır!" diye bağırdı. "Leigh, bunu aklından bile geçirirsen, yere atarım."

Teabing güldü. "Bu blöf Rémy'de işe yaradı. Bende işlemez. Seni gayet iyi tanıyorum."

"Öyle mi Leigh?"

Evet öyle. Pokerde ustalaşman gerek dostum. Birkaç saniyemi almasına karşın, artık yalan söylediğini anlayabiliyorum. Newton'ın mezarında cevabın nerede olduğuna dair hiç fikrin yok. "Söylesene Robert? Mezarın neresine bakman gerektiğini biliyor musun?"

"Biliyorum."

Langdon'ın gözlerinde bir anlık tereddüt yanıp söndü ama Leigh bunu görmüştü. Yalan söylüyordu. Sophie'yi kurtarmak için ümitsiz ve gülünç bir hile. Teabing, Robert Langdon konusunda derin bir hayal kırıklığı yaşıyordu.

Etrafı değersiz ruhlarla çevrili, yalnız bir şövalyeyim. Ve kilit taşını tek başıma deşifre etmek zorunda kalacağım.

Artık Langdon ile Neveu, Teabing için tehditten başka bir şey değildiler... ve de Kâse için. Çözüm her ne kadar acı olursa olsun, bu işi sağlam bir bilinçle yapabileceğini biliyordu. Tek sorun Langdon'ı, kilit taşını yere bırakmaya ikna etmekti, böylece Teabing tek kişilik oyununu sona erdirebilecekti.

Sophie'ye yönelttiği silahını indiren Teabing, "Bir güven göstergesi," dedi. "Kilit taşını yere bırak, konuşalım."

Langdon yalanının işe yaramadığını biliyordu.

Teabing'in yüzündeki kara maskeyi görebiliyor ve zamanın onların aleyhine işlediğini biliyordu. *Bunu yere bıraktığımda, her ikimizi de öldürecek.* Sophie'ye bakmadığı halde, kalbinin sessiz bir çaresizlikle kendisine seslendiğini duyabiliyordu. *Robert bu adam Kâse'ye layık değil. Lütfen ona verme. Bedeli ne olursa olsun.*

Langdon kararını, pencerenin yanından Fakülte Bostanı'na bakarken dakikalar önce vermişti bile.

Sophie'yi koru.

Kâse'yi koru.

Langdon neredeyse çaresizlik içinde bağıracaktı. *Ama nasıl yapacağımı bilmiyorum!*

Yaşadıkları hayal kırıklığı, şimdiye dek hiç duymadığı bir karar vermesine neden olmuştu. *Gerçek gözlerinin tam önünde duruyor Robert.* Bu izlenime nereden kapıldığını bilmiyordu. *Kâse seni küçümsemiyor, değerli bir ruha sesleniyor.*

Leigh Teabing'in birkaç metre önünde duran bir hedef gibi eğilerek, kripteksi yere iyice yaklaştırdı.

Silahını ona doğrultan Teabing, "Evet, Robert," dedi. "Yere bırak."

Langdon'ın gözleri yukarı, Papazlar Meclisi Binası'nın açık kubbesine çevrildi. Biraz daha çömelerek, bakışlarını doğruca kendisini hedef alan Teabing'in silahına indirdi.

"Üzgünüm Leigh."

Langdon seri bir hareketle kolunu yukarı doğru sallayarak sıçradı ve kripteksi başlarının üstündeki kubbeye fırlattı.

Leigh Teabing parmağının tetiğe dokunduğunu hissetmemişti ama Medusa gürültüyle patladı. Az önce çömelen Langdon'ın vücudu şimdi dimdik ayakta duruyordu ve kurşun onun ayaklarının tam dibine isabet etmişti. Teabing'in aklının bir yarısı yeniden nişan alıp ateşlemesini söylüyordu ama daha güçlü olan diğer yarısı gözlerini yukarıdaki kubbeye yöneltti.

Kilit taşı.

Teabing'in tüm dünyası ağır çekim bir rüyada uçan kilit taşıyla kaplanırken zaman durmuş gibiydi. Tırmanışının zirvesine ulaşmasını seyretti... boşlukta bir süre asılı kalmasını... ardından aşağı doğru taklalar atmasını, taş zemine kadar önce bir uç, sonra diğeri.

Teabing'in tüm ümitleri ve hayalleri yere doğru dikine düşüyordu. *Yere çarpamaz! Yakalayabilirim!* Teabing'in bedeni içgüdülerinden aldığı emirle hareket etti. Silahı bırakarak ileri atılırken, yumuşak ve bakımlı ellerinden koltuk değneklerini düşürdü. Kollarını ve parmaklarını iyice uzatarak, kilit taşını yere düşmeden yakaladı.

Zaferle elinde tuttuğu kilit taşıyla öne doğru sendelerken Teabing, hızla yere düştüğünü biliyordu. Düşüşüne engel olamadı ve yere ilk önce ileri uzattığı kolları çarptı. Kripteks taş zemine çarpmıştı.

İçinde kırılan camın korkunç sesi geldi.

Teabing'in nefesi kesilmişti. Soğuk zeminde uzanmış yatarken, çıplak elleriyle tuttuğu mermer silindire bakıyor ve içindeki cam şişenin kırılmamış olması için dua ediyordu. Ardından sirkenin keskin kokusu odaya doldu. Teabing silindirin yuvarlakları arasından avuçlarına akan soğuk sıvıyı hissetti.

Paniğe kapıldı. *HAYIR!* Sirke dışarı akarken, içindeki papirüsün çözüldüğünü hayal edebiliyordu. *Robert, seni ahmak! Sır yok oldu!*

Teabing hıçkırıklarına mani olamıyordu. *Kâse gitti. Her şey yok oldu.* Langdon'ın davranışlarına inanamayarak titreyen Teabing, kripteksi açmak için zorladı. Sonsuza dek yok olmadan önce tarihin kayıp giden satırlarına kısa bir an da olsa bakmak istiyordu. Ama kilit taşını uçlarından çektiğinde, silindirin açılmasına oldukça şaşırdı.

Hayretler içindeki Teabing kilit taşının arkasına bakınca ne olduğunu gördü. Artık harfler karışık düzende değillerdi. Beş harfli bir kelime oluşturmuştu: MEYVE

Langdon soğukkanlılıkla, "Havva'nın ısırık aldığı küre," dedi. "Tanrı'nın gazabını üzerine çekmişti. İlk günah. Kutsal dişinin düşüşün sembolü."

Gerçek Teabing'e dayanılmaz acılar veren sert bir darbe indirmişti. Newton'ın mezarında olması gereken küre, cennetten düşerek Newton'ın kafasına çarpan ve hayatının en büyük işini yapmasını sağlayan gül rengi elmadan başkası olamazdı. *Kutsal gazap! Güldü teni, doluydu göbeği!*

Teabing, "Robert," diye kekeledi. "Sen onu açtın. Peki... harita nerede?"

Langdon gözünü kırpmadan elini tüvit ceketinin üst cebine götürdü ve dikkatle, yuvarlanmış narin papirüsü çıkardı. Langdon, Teabing'in yattığı yerin sadece birkaç metre ötesinde papirüsü açıp baktı. Uzun bir aradan sonra, Langdon'ın yüzüne bilmiş bir tebessüm oturmuştu.

Biliyor! Teabing'in kalbi bu bilgi için can atıyordu. Hayatı boyunca kurduğu hayal tam önünde duruyordu. Teabing, "Söyle bana!" dedi. "Lütfen! Ah Tanrım, lütfen! Henüz çok geç değil!"

Koridordan Papazlar Meclisi Binası'na doğru ilerleyen ayak sesleri artarken, Langdon sessizce papirüsü kıvırıp, yeniden cebine yerleştirdi.

Boş yere ayağa kalkmak için debelenen Teabing, "Hayır!" diye bağırdı.

Kapılar aniden açıldığında, Bezu Fache hedefini -yerde çaresizce yatan Leigh Teabing- arayan vahşi gözleriyle içeri arenaya atılan bir boğa gibi girdi. Rahat bir nefes alan Fache, Manurhin marka tabancasını kılıfına sokarak Sophie'ye döndü. "Ajan Neveu. Senin ve Bay Langdon'ın güvende olmanız beni rahatlattı. Söylediğimde gelmeliydiniz."

Fache'nin ardından içeri giren İngiliz polisi elem içinde kıvranan tutsağı yakalayarak kelepçeledi.

Sophie, Fache'yi gördüğüne çok şaşırmış gibiydi. "Bizi nasıl buldunuz?"

Fache, Teabing'i gösterdi. "Manastıra girerken kimliğini göstermek gafletinde bulunmuş. Güvenlik görevlileri, onu aradığımıza dair yaptığımız polis yayınını duymuşlar."

"Langdon'ın cebinde!" Teabing deli gibi bağırıyordu. "Kutsal Kâse haritası!"

Polisler Teabing'i ayağa kaldırıp, dışarı taşırken başını geriye atıp adeta uludu. "Robert! Bana nerede saklı olduğunu söyle!"

Teabing uzaklaşırken Langdon, onun gözlerinin içine bakıyordu. "Sadece layık olan Kâse'yi bulur Leigh. Bunu bana sen öğrettin."

102

Silas sessiz bir boşlukta izini kaybettirmeye çalışarak topallarken, Kensington Bahçeleri'ne sis çökmüştü. Islak çimenlerin üstünde diz çöktüğünde, göğüs kafesinin altına aldığı kurşun yarasından akan kanın sıcaklığını hâlâ hissedebiliyordu.

Sis, buranın görünüşünü cennete çevirmişti.

Dua etmek için kanlı ellerini kaldırarak, yağmur damlalarının parmaklarını okşamasını ve onları yeniden beyazlatmasını seyretti. Yağmur damlaları sırtına ve omuzlarına daha şiddetli çarparken, vücudunun sisin içinde azar azar kaybolduğunu hissetti.

Ben bir hayaletim.

Yeni hayatın topraksı nemli kokusunu taşıyan bir rüzgâr onu yaladı. Silas harabeye dönmüş vücudunda kalan her hücreyle dua etti. Bağışlanmak için dua etti. Merhamet için dua etti. Ve her şeyden önemlisi, akıl hocası... Piskopos Aringarosa için dua etti... Tanrı'nın onu vaktinden önce almaması için. *Daha yapacak o kadar çok işi var ki.*

Şimdi sis, Silas'ın etrafında dönmeye başlamıştı. Kendini o kadar hafif hissediyordu ki, sis dalgalarının onu taşıyacağına emindi. Gözlerini kapayarak son bir dua okudu.

Sonra sisin derinliklerinden Manuel Aringarosa'nın sesi ona fısıldadı.

Bizim Tanrı'mız iyi ve merhametli bir Tanrı.

Sonunda Silas'ın acısı azalmaya başlamıştı ve piskoposun doğru söylediğini biliyordu.

103

Londra güneşi kendini gösterip yağmurun izlerini silmeye başladığında akşamüzeriydi. Bezu Fache sorgulama odasından çıkıp, taksiye seslendiğinde kendini çok yorgun hissediyordu. Sir Leigh Teabing gürültülü bir şekilde masum olduğunu ilan etmişti. Kutsal Kâse, gizli dökümanlar ve gizemli kardeşlik hakkındaki tutarsız konuşmalarına rağmen, Fache kurnaz tarihçinin avukatlarına cinnet savunması için ortam hazırladığından şüpheleniyordu.

Fache, *tabii,* diye düşündü. *Cinnet.* Teabing masumiyetini her yönden koruyan bir plan belirlemekte ustalık göstermişti. Tamamıyla masum oldukları ortaya çıkan iki grubu, Vatikan ve Opus Dei'yi kendi çıkarları için kullanmıştı. Kirli işi, fanatik bir keşiş ve ümitsiz bir piskopos tarafından farkında olmadan yürütülmüştü. Daha da akıllıca davranarak, Teabing elektronik dinleme üssünü, çocuk felci geçirmiş bir adamın ulaşamayacağı bir yere kurmuştu. Gerçek izleme, hizmetkârı Rémy tarafından yerine getirilmişti -Teabing'in gerçek kimliğinin tek sırdaşı- ve o alerjik reaksiyon yüzünden artık bir ölüydü.

Fache, *akli dengesi yerinde olmayan birinin işine pek benzemiyor,* diye düşündü.

Château Villette'den çıkan Collet'ten gelen bilgiye göre, Teabing o kadar kurnazdı ki, Fache bile bundan bir şey öğrenebilirdi. Paris'in en önemli ofislerinde başarıyla dinleme cihazları saklamış olan İngiliz tarihçi, Yunanlıların taktiğini uygulamıştı. *Truva atları.* Teabing'in amaçladığı hedeflerden bazıları, ondan aldıkları sanat eseri hediyelerine boğulmuş, diğerleri farkında olmadan Teabing'in belirli parçalar koyduğu müzayedelerde fiyat arttırmıştı. Saunière'in olayında, müze müdürü, Teabing'in Louvre'da yeni bir Da Vinci Kanadı'na para sağlaması ihtimalini tartışmak üzere Château Villette'te bir akşam yemeğine davet edilmişti. Saunère'in davetiyesinde, Saunière'in yaptığı söylenen robot şövalyenin büyüleyiciliğinden bahseden zararsız bir dipnot vardı. Teabing, *onu yemeğe getir,* diye teklifte bulunmuştu. Saunière görünüşe bakılırsa bunu yapmış ve şövalyeyi, Rémy'nin göze çarpmayan bir ekleme yapmasına yetecek kadar uzun bir süre başıboş bırakmıştı.

Şimdi taksinin arkasında otururken, Fache gözlerini kapadı. *Paris'e dönmeden önce yapacak son bir şey kaldı.*

St. Mary Hastanesi'nin hasta odası güneşliydi.

Hemşire, ona gülümseyerek, "Hepimizi etkilediniz," dedi. "Adeta bir mucize gerçekleştirdiniz."

Piskopos Aringarosa hafifçe gülümsedi. "Tanrı her zaman yanımdadır."

Hemşire işlerini bitirdi ve piskoposu yalnız bıraktı. Yüzüne vuran ılık güneş ışığından hoşlandı. Dün gece, hayatındaki en karanlık gece olmuştu.

Elemle, cesedi parkta bulunan Silas'ı düşündü.

Lütfen beni affet, oğlum.

Aringarosa, Silas'ın şerefli planının bir parçası olmasını istemişti. Bununla birlikte dün gece, Aringarosa, Saint-Sulpice'de öldürülen rahibeyle olan ilişkisi hakkında onu sorgulayan Bezu Fache'den bir telefon almıştı. Aringarosa gecenin korkutucu bir dönüş yaptığının farkına varmıştı. Dört yeni cinayet haberi, korkusunu ıstıraba dönüştürmüştü. *Silas, ne yaptın!* Öğretmen'e ulaşamayan piskopos, oyuna getirildiğini anlamıştı. *Kullanılmıştı.* Eyleme dönüşmesine yardımcı olduğu ürkütücü olaylar zincirini durdurmanın tek yolu, her şeyi Fache'ye itiraf etmekti ve bundan sonra Aringarosa ile Fache, Öğretmen, onu tekrar öldürmeye ikna etmeden önce Silas'a yetişeceklerdi.

Kemikleri ağrıyan Aringarosa gözlerini kapadı ve ünlü İngiliz şövalye, Sir Leigh Teabing'in tutuklanmasıyla ilgili televizyon haberini dinledi. *Öğretmen, halka açıklandı.* Teabing, Aringarosa'yı planında mükemmel bir piyon olarak seçmişti. *Sonuçta, Kutsal Kâse'nin arkasından kör gibi gidebilecek ve her şeyi kaybedebilecek benden başka kim vardı ki? Kâse ona sahip olan kişiye muazzam bir güç getirecekti.*

Leigh Teabing, kimliğini kurnazca korumuştu. Fransız aksanı ve dindar bir kalbi taklit ederek ve ihtiyacı olmayan şeyi maaş olarak talep ederek... parayı. Aringarosa şüphelenmeyecek kadar istekliydi. Yirmi milyon euroluk fiyat etiketi, Kâse'yi elde etme isteğiyle karşılaştırıldığında önemsizdi ve Vatikan'ın Opus Dei'ye ayırdığı ödemeyle, finansman sorunsuz işledi. *Körler, görmek istediklerini görürler.* Teabing'in son hakareti, tabii ki, Vatikan bonolarından ödeme talep etmesi olmuştu, böylece eğer bir terslik çıkarsa, soruşturma Roma'ya kayacaktı.

"Sizi iyi gördüğüme sevindim, efendim."

Aringarosa kapıdaki sert sesi tanıdı ama yüzünü bu şekilde tahmin etmiyordu... sert, güçlü yüz hatları, arkaya yapıştırılmış briyantinli saçlar ve siyah takım elbisesinden uzanan geniş bir boyun. Aringarosa, "Yüzbaşı Fache?" diye sordu. Yüzbaşının, Aringarosa'nın dün geceki kötü durumuna gösterdiği şefkat ve ilgi, daha narin bir fiziği çağrıştırmıştı.

Yüzbaşı yatağa yaklaştı ve tanıdık, ağır, siyah bir evrak çantasını sandalyenin üzerine koydu. "Sanırım, bu size ait."

Aringarosa, bonolarla dolu olan evrak çantasına baktı ve utanç hissederek, hemen gözlerini kaçırdı. "Evet... teşekkür ederim." Parmaklarını yatak örtüsünün dikişlerinin üzerinde gezdirirken, duraksadı ve sonra devam etti. "Yüzbaşı, bunu uzun zamandır düşünüyorum ve sizden bir iyilik isteyeceğim."

"Tabii ki."

"Silas'ın Paris'te öldürdüklerinin aileleri..." Duygularını bastırarak sustu. "Hiçbir tutarın zararı ödemeye yeterli olamayacağının farkındayım ama bu evrak çantasının içindekileri aralarında bölüştürebilirseniz... merhumların aileleri arasında."

Fache'nin koyu renk gözleri bir süre onu inceledi. "Erdemli bir jest, efendim. İsteğinizin yerine getirilmesini sağlayacağım."

Aralarında ağır bir sessizlik oldu.

Televizyonda, zayıf bir Fransız polisi geniş bir alana yayılmış malikânenin önünde basın toplantısı yapıyordu. Fache, onun kim olduğunu gördü ve dikkatini ekrana verdi.

Suçlayıcı bir ses tonuyla bir BBC muhabiri, "Teğmen Collet," dedi. "Dün gece, yüzbaşınız alenen iki masum kişiyi cinayetle suçladı. Robert Langdon ve Sophie Neveu şubenizden şikâyetçi olacak mı? Bu, Yüzbaşı Fache'nin işine mal olacak mı?"

Teğmen Collet'nin gülümseyişi yorgun ama sakindi. "Deneyimlerimden, Yüzbaşı Bezu Fache'nin nadiren hata yaptığını söyleyebilirim. Bu konu hakkında henüz kendisiyle görüşmedim ama nasıl çalıştığını bildiğim için, Ajan Neveu ve Bay Langdon'ı halka ilan edişinin, gerçek katili ortaya çıkarmak için bir hile olduğunu düşünüyorum."

Muhabirler şaşkın bakışlarla birbirlerine baktılar.

Collet devam etti. "Bay Langdon ve Ajan Neveu'nun bu kandırmacaya istekli katılıp, katılmadıklarını bilmiyorum. Yüzbaşı Fache yaratıcı metotlarını genellikle kendisine saklar. Bu noktada kesin olarak söyleyebileceğim, yüzbaşının sorumlu kişiyi başarılı bir şekilde tutukladığı ve Bay Langdon ile Ajan Neveu'nun masum ve güvende olduklarıdır."

Fache, Aringarosa'ya dönerken, dudaklarında belli belirsiz bir gülümseme vardı. "Şu Collet, iyi bir adam."

Birkaç dakika geçti. Sonunda, Fache elini alnında gezdirip, saçını arkaya yapıştırırken, Aringarosa'ya baktı. "Efendim, Paris'e dönmeden önce, konuşmak istediğim son bir konu var. Londra'ya hazırlıksız uçuşunuz. Rotayı değiştirmesi için bir pilota rüşvet verdiniz. Bunu yaparak, bir dizi uluslararası kanunu ihlal ettiniz."

Aringarosa çöktü. "Umutsuzdum."

"Evet. Adamlarım onu sorguya çektiklerinde pilot da öyleydi." Fache elini cebine götürdü ve üzerinde el işi bir piskoposluk arması bulunan mor renkli, tanıdık bir ametist yüzük çıkardı.

Aringarosa yüzüğü alıp, parmağına takarken, gözyaşlarının aktığını hissetti. "Çok kibarsınız." Elini uzatıp, Fache'nin elini tuttu. "Teşekkür ederim."

Fache yaptığının önemsiz olduğunu el işaretiyle ima ederek, pencereye yürüdü ve şehre baktı. Düşüncelerinin çok uzaklarda olduğu belliydi. Arkasını döndüğünde belirsizlik içinde kıvrandığı hissediliyordu. "Efendim, buradan nereye gideceksiniz?"

Aringarosa'ya aynı soru, bir gece önce Castel Gandolfo'dan ayrılırken de sorulmuştu. "Sanırım, benim yolum sizinki kadar belirsiz."

"Evet." Fache duraksadı. "Sanırım, ben erken emekliye ayrılacağım."

Aringarosa gülümsedi. "Biraz iman, harikalar yaratabilir, yüzbaşı. Biraz iman."

104

Çoğunlukla Şifre Katedrali denilen Rosslyn Şapeli, İskoçya'da Edinburgh'un on bir kilometre güneyinde, eski Mitras mabedinin bulunduğu tarafta yer alıyordu. 1446'da Tapınak Şövalyeleri tarafından inşa edilen şapel, Yahudi, Hıristiyan, Mısır, Mason ve pagan geleneklerinden gelen çeşitli sembollerle donatılmıştı.

Şapelin coğrafi koordinatları, Glastonbury'den geçen kuzey-güney meridyenine düşüyordu. Bu Gül Çizgisi boylamı, Kral Arthur'un Avalon Adası'nın geleneksel işaretiydi ve İngiltere'nin kutsal geometrisinin merkezi sayılıyordu. Rossyln -Roslin olarak okunuyor- adını bu kutsal Gül Çizgisi'nden almıştı.

Langdon ile Sophie kiraladıkları arabayı, şapelin kurulduğu kayalıkların dibindeki çimli park alanına çekerlerken, Rosslyn'in sivri kulelerinin gölgeleri uzuyordu. Onları bekleyen şeyin verdiği heyecanla her ikisi de uyuyamamış olsa da, Londra'dan Edinburgh'a rahat bir uçuş yapmışlardı. Başını kaldırarak bulutlarla dolu gökyüzünün önündeki gösterişsiz büyük yapıya bakan Langdon kendini tavşan deliğine baş aşağı düşen Alice gibi hissetti. *Bu bir rüya olmalı.* Bununla birlikte Saunière'in son mesajının daha açık olmayacağını biliyordu.

Kutsal Kâse Roslin'in altında

Langdon, Saunière'in "Kâse haritasının" bir diyagram -hazinenin X işaretiyle gösterildiği bir çizim- olacağını hayal etmişti ama tarikatın son sırrı da Saunière'in onlarla baştan beri konuştuğu şekilde açıklanmıştı.

Basit bir dize. Apaçık dizeler, şüpheye hiç yer bırakmadan aradıkları yerin burası olduğunu gösteriyordu. Rosslyn'den ismiyle bahsetmenin yanı sıra, dizeler şapelin mimarı çizgilerine de değiniyordu.

Saunière'in son açıklamasının açıklığına rağmen Langdon aydınlanmış olmaktan çok, şaşırmıştı. Ona göre Rosslyn Şapeli çok anlaşılır bir yerdi. Bu taş şapel yüzyıllar boyunca Kutsal Kâse'nin varlığından söz edilen fısıltılarla yankılanmıştı. Yeraltını tarayan radarlar yakın zaman önce, şapelin *altında* şaşırtıcı bir yapının -büyük bir yeraltı odası- var olduğunu ortaya çıkardığında bu fısıltılar, bağırışlara dönüşmüştü. Bu derin mahzen üstündeki şapeli gölgede bırakmakla birlikte, herhangi bir giriş ya da çıkışı yoktu. Arkeologlar gizemli odaya ulaşmak için kayalıkları delme talebinde bulunmuşlar fakat Rosslyn Vakfı kutsal alanda her türlü kazıyı açıkça yasaklamıştı. Elbette bu tavır, spekülasyonları arttırmaktan başka bir işe yaramamıştı. Rosslyn Vakfı neyi saklamaya çalışıyordu?

Rosslyn artık gizem arayıcılarının haccı haline gelmişti. Bir kısmı, bu koordinatlardan yayılan nedeni açıklanamaz güçlü bir manyetik alanın onları buraya çektiğini iddia ederken, bazıları kayalıklardan mahzene giden gizli girişi bulmak için geldiklerini söylüyordu ama çoğu, bu topraklarda yürümek ve Kutsal Kâse ilmini iyice içlerine sindirmek için geldiklerini itiraf ediyordu.

Langdon daha önce Rosslyn'e gelmemiş olmasına rağmen, şapelin Kutsal Kâse'nin yeni yuvası olduğunu her duyduğunda kendi kendine gülerdi. İtiraf etmek gerekirse, Rosslyn *bir zamanlar* Kâse'ye ev sahipliği yapmış olabilirdi, uzun zaman önce... ama kesinlikle şimdi değil. Son yıllarda Rosslyn'e çok fazla dikkat çekilmişti ve birisi er geç mahzene girişin yolunu bulacaktı.

Kâse uzmanları Rosslyn'in bir tuzak yemi olduğu konusunda birleşiyorlardı... tarikatın ustaca ördüğü dolambaçlı çıkmazlardan biri. Ama bu gece, tarikatın kilit taşı alenen bu noktadan bahsettiği için Langdon artık fazla ukalalık taslayamayacağını düşünüyordu. Gün boyunca aklından şaşırtıcı bir soru geçmişti:

Saunière bizi bu kadar aleni bilinen bir yere getirmek için neden bunca zahmete girdi?

Tek bir mantıklı cevabı olabilirdi.

Rosslyn hakkında henüz anlayamadığımız bir şey var.

"Robert?" Sophie arabanın dışında durmuş, ona bakıyordu. "Geliyor musun?" Yüzbaşı Fache'nin onlara iade ettiği gül ağacı kutuyu taşıyordu. Her iki kripteks de içinde, ilk bulduklarındaki gibi yatıyorlardı. Papirüsteki şiir ise ortasına yerleştirilerek kilitlenmişti... kırılan sirke şişesi artık yoktu.

Çakıllı uzun patikadan yürüyen Langdon ile Sophie, şapelin ünlü batı duvarını geçtiler. Sıradan ziyaretçiler çıkıntı yapan bu tuhaf duvarın, şapelin tamamlanamayan bir bölümü olduğunu sanırlardı. Langdon ise gerçeğin, daha ilgi çekici olduğunu hatırlıyordu.

Süleyman Mabedi'nin batı duvarı.

Tapınak Şövalyeleri, Rosslyn Şapeli'ni, Kudüs'teki Süleyman Mabedi'nin mimari bir kopyası gibi inşa etmişlerdi; dar dörtgen bir ibadethane, ilk dokuz şövalyenin paha biçilmez hazinelerini sakladığı Kudsülakdas gibi bir yeraltı mahzeni ve tüm bunları tamamlayan bir batı duvarı. Langdon, Tapınakçılar'ın modern Kâse bankasını, Kâse'nin ilk saklandığı yeri çağrıştıracak şekilde inşa etmeleri fikrinin ilginç olduğunu itiraf etmek zorundaydı.

Rosslyn Şapeli'nin girişi, Langdon'ın tahmin ettiğinden daha gösterişsizdi. Küçük ahşap kapının iki demir menteşesi ve meşeden basit bir tabelası vardı.

ROSLIN

Langdon, Sophie'ye, bu eski adın, şapelin üzerinde bulunduğu Gül Çizgisi meridyeninden geldiğini anlattı... ya da Kâse alimlerinin inanmayı tercih ettiği gibi, Magdalalı Meryem'den gelen soya ithafen "Gül Boyu" kelimesinden.

Şapel kısa süre sonra kapanacaktı. Langdon kapıyı açınca, eski büyük yapı, uzun bir günün sonunda yorgunlukla içini çekiyormuşçasına içeriden dışarıya sıcak bir hava akıntısı oluştu. Şapelin giriş kemerleri oymalı beşparmak otlarıyla süslenmişti.

Güller. Tanrıçanın göbeği.

Sophie ile birlikte içeri giren Langdon, gözleriyle tüm ibadethaneyi inceleyerek, her şeyi hafızasına kazımaya çalıştı. Daha önce Rosslyn'in ayrıntılı taş işlemelerini kitaplarda okumuş olmasına rağmen, kendi gözleriyle görmek büyüleyici bir tecrübeydi.

Langdon'ın meslektaşlarından biri buna, *semboller cenneti*, demişti.

Şapeldeki her bir yüzeye semboller kazınmıştı; Hıristiyan haçları, Yahudi yıldızları, Mason mühürleri, Tapınakçı haçları, boynuzlar, piramitler, astrolojık işaretler, bitkiler, sebzeler, beş köşeli yıldızlar ve güller. Tapınak Şövalyeleri, Avrupa'nın her bir yanına tapınak kiliseleri diken, usta birer taş duvarcısıydı, ama Rosslyn onların sevgi ve saygı ile harcadıkları emeğin en yüce ürünüydü. Duvar ustaları işlenmemiş tek bir taş bırakmamışlardı. Rosslyn Şapeli tüm inançların... tüm geleneklerin... ve her şeyden önemlisi, doğa ile tanrıçanın mabediydi.

Kilise, günün son turunu yaptıran genç bir adamı dinleyen birkaç ziyaretçi dışında boştu. Adam, onları, yerdeki çok iyi bilinen bir hattın üzerinden yürütüyordu... mabetteki altı anahtar mimari noktayı birbirine bağlayan görünmeyen bir patika. Ziyaretçiler yüzyıllar boyunca, noktaları birbirine bağlayan bu düz çizgiler üzerinden yürümüşlerdi ve onların ayak izleri yeri aşındırarak, kocaman bir sembol oluşturmuştu.

Davut'un yıldızı, diye düşündü Langdon. *Kesinlikle tesadüf değil.* Aynı zamanda Süleyman'ın mührü olarak bilinen bu altıgen, bir zamanlar yıldızları gözetleyen rahiplerin gizli sembolü olmuş ve daha sonradan İsrail kralları Davut ve Süleyman tarafından benimsenmişti.

Langdon ile Sophie'nin içeri girdiğini gören gözetmen kapanış vakti olmasına rağmen, tebessüm ederek etrafı diledikleri gibi gezebileceklerini işaret etti.

Langdon başını sallayarak teşekkür ettikten sonra, mabedin içinde ilerlemeye başladı. Bununla birlikte Sophie, yüzündeki şaşkın ifadeyle girişte kalakalmıştı.

Langdon, "Ne oldu?" diye sordu.

Sophie gözlerini dikmiş şapele bakıyordu. "Sanırım... buraya daha önce gelmiştim."

Langdon şaşırmıştı. "Ama Rosslyn'in adını bile *duymadığını* söylemiştin."

"Duymamıştım..." Emin olamayan bir ifadeyle, gözleriyle mabedi taradı. "Büyükbabam çok küçükken beni buraya getirmiş olmalı. Bilmiyorum. Tanıdık geliyor." İçeriyi incelerken, daha emin bir ifadeyle başını sallamaya başlamıştı. "Evet." Mabedin ön kısmını gösterdi. "İki sütun... bunları görmüştüm."

Langdon mabedin diğer tarafında titizlikle oyulmuş iki sütuna baktı. Günün son ışıkları batı tarafındaki pencereden kırmızımsı bir renkle süzülürken, sütunların işlemeleri alev almış gibi görünüyordu. Aslında sunağın olması gereken yerde duran iki sütun, uyumsuz garip bir çiftti. Sol taraftaki sütun çok basit, dik çizgilerle bezenmişken, sağ taraftaki sütunun süslü, devamlı dönen spiral hatları vardı.

Sophie onlara doğru yürümeye başlamıştı. Langdon, onun peşinden gitti. Sütunların yanına geldiklerinde Sophie hayretle başını sallıyordu. "Evet, bunları gördüğüme eminim."

Langdon, "Gördüğünden şüphe etmiyorum," dedi. "Ama *burada* olmaları gerekmez."

Sophie, ona döndü. "Ne demek istiyorsun?"

"Bu iki sütun, tarihte en çok kopyalanan mimari yapılardır. Tüm dünyada kopyaları var."

"Rosslyn'in kopyaları mı?" Sophie kuşkulu görünüyordu.

"Hayır. Sütunların kopyaları. Daha önce sana Rosslyn'in *kendisinin*, Süleyman Mabedi'nin bir kopyası olduğunu söylediğimi hatırlıyor musun? Bu iki sütun, Süleyman Mabedi'nin ön tarafında duran iki sütunun tıpatıp kopyaları." Langdon sol taraftaki sütunu işaret etti. "Buna *Boaz* denir... ya da Duvarcı Sütunu. Diğerinin ismi *Jachin'dir* ...ya da Çırak Sütunu." Durdu. "Aslına bakarsan dünyadaki tüm Mason tapınaklarında bunun gibi iki sütun vardır."

Langdon, ona daha önce, Tapınakçılar'ın modern Mason cemiyetleriyle olan güçlü tarihi bağlarını anlatmıştı. En önemli dereceleri olan Çırak Farmasonlar, Kalfa Farmasonlar ve Usta Farmasonlar, Tapınakçılar'dan kalma deyişlerdi. Sophie'nin büyükbabasının son şiiri, Rosslyn'i artistik becerileriyle donatan Usta Mason'lardan bahsediyordu. Ayrıca Rosslyn'in yıldız ve gezegen süslemeleriyle dolu tavanına da değinmişti.

Hâlâ sütunlara bakmakta olan Sophie, "Daha önce hiçbir Mason tapınağı görmemiştim," dedi. "Bunları burada gördüğüme memnunum." Yeniden gözlerini şapele çevirerek, hafızasını canlandıracak bir şey arıyormuş gibi etrafına baktı.

Şimdi son kalan ziyaretçiler de ayrılıyorlardı ve genç gözetmen şapelin karşı tarafından hoş bir tebessümle onlara doğru yürüyordu. Yirmili yaşlarının sonunda, İskoçya şivesiyle konuşan, açık sarı saçlı yakışıklı bir erkekti. "Kapatmak üzereyim. Aradığınızı bulmanıza yardımcı olabilir miyim?"

Kutsal Kâse'ye ne dersin, demek istedi Langdon.

Sophie ani bir ilhamla, "Şifre," diye atıldı. "Burada bir şifre var!"

Gözetmen onun duyduğu heyecandan memnun olmuşa benziyordu. "Evet efendim, var."

Sophie sağ taraftaki duvara dönerek, "Tavanda yazıyor," dedi. "Şuralarda... bir yerlerde."

Adam gülümsedi. "Gördüğüm kadarıyla Rosslyn'e ilk gelişiniz değil."

Şifre, diye düşündü Langdon. Bu bilgiyi unutmuştu. Rosslyn'in sayısız gizemleri arasında, yüzlerce taş blokun çıkıntı yaptığı, çok fasetalı bir yüzeyden aşağı uzanan kemerli bir geçit de vardı. Üzerine sembol işlenmiş her bir blok, anlaşılmaz bir düzende bir şifre oluşturacak şekilde, rast gele yerleştirilmişti. Kimileri, bu şifrenin, şapelin altındaki mahzene giriş yolunu açıkladığına inanıyordu. Bazıları ise gerçek Kâse efsanesini anlattığına. Önemi yoktu... kriptograflar, yüzyıllardır anlamını deşifre etmeye çalışıyorlardı. Rosslyn Vakfı, gizli anlamı çözen kişiye cömert bir ödül vereceğini açıklamıştı ama şifre günümüze kadar çözülememişti.

"Size göstermekten memnuniyet..."

Gözetmenin sesi geride kaldı.

Transa geçmiş bir halde, kemerli geçide doğru tek başına ilerleyen Sophie, *ilk şifrem,* diye düşündü. Gül ağacı kutuyu Langdon'a verdikten sonra Kutsal Kâse, Sion Tarikatı ve önceki günün esrarını unutmuş gibiydi. Şifreli tavanın altına gelip, başının üstündeki sembolleri gördüğünde hatıralar canlanmaya başlamıştı. Buraya yaptığı ilk ziyareti hatırlıyordu ve hatıralar onda beklenmedik bir üzüntü yaratmıştı.

Küçük bir kızdı... ailesinin ölümünün üstünden bir yıl kadar geçmişti. Büyükbabası kısa bir tatil için onu İskoçya'ya getirmişti. Paris'e dönmeden önce Rosslyn Şapeli'ni görmeye gelmişlerdi. Akşamın geç saatleriydi ve şapel kapanmak üzereydi. Ama onlar hâlâ içerideydi.

Kendini yorgun hisseden Sophie, "Eve dönebilir miyiz, *Grand-père?*" diye yalvarmıştı.

"Yakında hayatım, çok yakında." Melankolik bir sesi vardı. "Burada yapmam gereken son bir şey var. Arabada beklemeye ne dersin?"

"Yine sadece büyüklere özgü bir şey mi yapacaksın?"

Başını sallamıştı. "Çabuk olacağım. Söz veriyorum."

"Kemerli geçit şifresini yeniden deneyebilir miyim? Çok eğlenceliydi."

"Bilmiyorum. Ben dışarda olacağım. Burada tek başına korkmaz mısın?"

"Elbette hayır!" diyerek öfkelenmişti. "Hava henüz kararmadı bile!"

Büyükbabası gülümsemişti. "Peki o zaman." Sophie'yi daha önce gösterdiği kemerli geçide kadar götürmüştü.

Sophie hemen taş zemine sırtüstü yatarak, başının üstündeki bulmaca parçalarına bakmaya başlamıştı. "Bu şifreyi sen dönmeden çözeceğim!"

"Yarış yapalım o zaman." Eğilip, onu alnından öpmüş ve yan taraftaki kapıya doğru yürümüştü. "Ben dışarda olacağım. Kapıyı açık bırakıyorum. Bana ihtiyacın olursa seslen." Kapıdan çıkıp, akşamın zayıf ışıklarına yürümüştü.

Sophie bakışlarını şifreye dikerek orada yatmıştı. Gözleri uykuluydu. Semboller birkaç dakika sonra birbirine karışmıştı. Sonra da yok olmuşlardı.

Sophie uyandığında, yer ona çok soğuk gelmişti.

"*Grand-père?*"

Cevap veren yoktu. Ayağa kalkarak, üstünü silkeledi. Yan taraftaki kapı açıktı. Akşam karanlığı bastırıyordu. Dışarıya çıktığında, büyükbabasını kilisenin tam arkasındaki taş bir evin verandasında durduğunu gördü. Büyükbabası, tel kapının ardından belli belirsiz seçilebilen biriyle konuşuyordu.

"*Grand-père?*" diye seslenmişti.

Büyükbabası arkasını dönerek ona el sallamış ve biraz daha beklemesini işaret etmişti. Ardından, içerideki kişiye son sözlerini söyleyerek, kapıya doğru bir öpücük göndermişti. Sophie'nin yanına vardığında gözleri yaşlarla dolmuştu.

"Neden ağlıyorsun *Grand-père?*"

Sophie'yi kaldırıp, sıkıca kucaklamıştı. "Oh Sophie, sen ve ben bu yıl pek çok kişiye veda ettik. Bu çok zor."

Sophie kazayı, annesine, babasına, büyükannesine ve bebek yaştaki erkek kardeşine veda edişini düşünmüştü. "*Başka* birine mi veda ediyordun?"

Sesi duygularla titrerken, "Çok sevdiğim bir dostuma," diye cevap vermişti. "Ve korkarım o kadını uzun süre bir daha göremeyeceğim."

Gözetmen ile yan yana duran Langdon şapel duvarlarını incelerken, bir çıkmaza gireceklerinden endişeleniyordu. Sophie şifreye bakmak üzere gitmiş ve görünüşe göre artık hiç yardımı olmayacak Kâse haritasını içeren gül ağacı kutuyla Langdon'ı baş başa bırakmıştı. Saunière'in şiiri Rosslyn'inden açıkça bahsettiği halde, Langdon geldiklerinden beri ne yapacaklarını bilemiyordu. Şiir, "bıçak ve kadehten" söz ediyordu ama Langdon onları hiçbir yerde göremiyordu.

Kutsal Kâse Roslin'in altında
Bıçak ve kadeh bekçidir ona

Langdon bir kez daha bu gizemin henüz açıklanmamış bir yanı olduğunu hissediyordu.

Gözetmen, Langdon'ın elindeki gül ağacı kutuya bakarak, "İnsanların özeline girmekten nefret ederim ama," dedi. "Bunu nereden aldığınızı... sorabilir miyim?"

Langdon yorgun bir kahkaha attı. "Bu gerçekten çok uzun bir hikaye."

Gözlerini bir kez daha kutuya çeviren genç adam tereddüt etti. "Bu çok garip -büyükannemde de bunun tıpatıp eşi bir kutu var, bir mücevher kutusu. Aynı şekilde cilalanmış gül ağacı, aynı gül kabartması hatta menteşeleri bile aynı."

Langdon, genç adamın yanıldığına emindi. Eğer dünyada eşi benzeri olmayan bir kutu varsa, o da *buydu*... tarikatın kilit taşı için özel imal edilmiş bu kutu. "İki kutu birbirine benzeyebilir ama..."

Yan taraftaki kapının çarpmasıyla, her ikisi de bakışlarını o yöne çevirdi. Sophie tek kelime etmeden dışarı çıkmıştı ve yakınlardaki taş eve doğru kayalıklarda yürüyordu. Langdon, onun arkasından bakakaldı. *Nereye gidiyor?* Binaya girdiklerinden beri garip davranıyordu. Gözetmene döndü. "Bu evin ne olduğunu biliyor musunuz?"

Sophie'nin oraya gitmesine şaşırmış olan genç adam başını salladı. "Orası şapelin rektörlüğüdür. Şapel müdürü orada yaşar. Aynı zamanda Rosslyn Vakfı'nın başkanıdır." Durdu. "Ve benim büyükannemdir."

"Büyükanneniz Rosslyn Vakfı'nın başkanı mı?"

Genç adam başını salladı. "Onunla birlikte rektörlükte yaşıyorum. Şapeli idare etmesine yardım edip, tur rehberliği yapıyorum." Omuzlarını silkti. "Hayatım boyunca burada yaşadım. Büyükannem beni o evde büyüttü."

Sophie için endişelenen Langdon, seslenmek için şapelin kapısına doğru yürüdü. Yarı yola geldiğinde durdu. Genç adamın söylediği bir şeyin yeni farkına varmıştı.

Beni büyükannem büyüttü.

Langdon önce kayalıklarda yürüyen Sophie'ye, sonra elindeki gül ağacı kutuya baktı. "*İmkânsız.*" Langdon yavaşça yeniden genç adama döndü. "Büyükannenizde bunun gibi bir kutu olduğunu söylediniz değil mi?"

"Tıpatıp aynı."

"Onu nereden almış?"

"Büyükbabam onun için yapmış. Ben henüz bir bebekken ölmüş ama büyükannem hâlâ ondan bahseder. Elleriyle harikalar yarattığını söyler. Her şeyi yapabilirmiş."

Langdon hayal edilmesi imkânsız bağlantıların ortaya çıktığını hissediyordu. "Sizi büyükannenizin büyüttüğünü söylüyorsunuz. Ailenize ne olduğunu sormamın sakıncası var mı?"

Genç adam şaşırmış gibi görünüyordu. "Ben küçükken ölmüşler." Durdu. "Büyükbabamla aynı gün."

Langdon'ın kalbi teklemişti. "Bir araba kazasında mı?"

Gözetmen, zeytin yeşili gözlerindeki hayret ifadesiyle geri çekildi. "Evet, bir araba kazası. Bütün ailem o gün öldü. Büyükbabamı, ailemi ve..." Gözlerini kapıya çevirerek durdu.

Langdon, "Ve kız kardeşinizi," dedi.

Kayalıkların üstündeki taş ev, tıpkı Sophie'nin hatırladığı gibiydi. Akşam karanlığı çöküyordu, evin sıcak ve davetkâr bir havası vardı. Kapının açık kafeslerinden dışarı ekmek kokusu yayılıyor ve pencerelerde altın rengi bir ışık parlıyordu. Sophie yaklaşırken içeriden gelen hıçkırık seslerini duydu.

Tel kapıdan içeri baktığında, koridorda yaşlı bir kadının ağlamakta olduğunu gördü. Kadının uzun, gür, gümüş rengi saçları onun hafızasındaki anıları canlandırmıştı. Sophie kendisinin o yöne doğru çekildiğini hissederek, verandanın merdivenlerine adımını attı. Yaşlı kadın bir adamın çerçeveli fotoğrafına sarılmış sevgi dolu bir üzüntüyle parmaklarını adamın yüzünde gezdiriyordu.

Bu, Sophie'nin çok yakından tanıdığı bir yüzdü.

Grand-père.

Kadın dün gece, büyükbabasının üzücü ölüm haberini almış olmalıydı.

Sophie'nin ayağının altındaki tahtalardan biri gıcırdayınca kadın yavaşça döndü ve üzüntülü gözleri Sophie'yle karşılaştı. Sophie kaçıp gitmek istedi ama olduğu yerde çakılı kalmıştı. Fotoğrafı bırakıp kapıya doğru yaklaşırken, kadın ateşli gözlerini hiç kırpmamıştı. İki kadın ince telin arkasından birbirlerine bakıncaya kadar sanki bir sonsuzluk yaşanmıştı. Ardından, kabaran bir okyanus dalgası gibi kadının görüntüsü belirsizlikten... inanmayışa... umuda... ve sonunda neşeye dönüşmüştü.

Kadın kapıyı iterek açtı ve dışarı çıktı. Sophie'nin şoka uğramış yüzünü yumuşak ellerinin arasına aldı. "Oh, benim sevgili yavrum... haline bak!"

Sophie, onu hatırlayamadığı halde, bu kadının kim olduğunu biliyordu. Konuşmaya çalıştı ama nefes bile alamıyordu.

Kadın, onun alnını öpüp, hıçkırarak ağlarken, "Sophie," dedi.

Sophie ancak fısıltı halinde konuşabiliyordu. "Ama... *Grand-père* senin..."

"Biliyorum." Kadın nazik ellerini Sophie'nin omuzlarına koydu ve ona tanıdık gözlerle baktı. "Büyükbaban ve ben çok fazla şey söylemek zorunda kaldık. Doğru olduğunu düşündüğümüz şeyi yaptık. Çok üzgünüm. Bu senin kendi güvenliğin içindi prenses."

Sophie, onun son sözlerini duyduğunda aklına hemen, onu yıllarca prenses diye çağıran büyükbabası geldi. Şimdi büyükbabasının sesi Rosslyn'in eski taşlarında yankılanıyor, toprağın üstüne konarak, aşağıdaki bilinmeyen boşluklarda çınlıyor gibiydi.

Kollarını Sophie'ye dolayan kadının gözyaşları daha hızlı akıyordu. "Büyükbaban sana her şeyi anlatmayı öylesine çok istedi ki. Ama ikinizin arası pek iyi değildi. Çok uğraştı. Açıklanacak çok şey var. Açıklanması gereken o kadar çok şey var ki." Sophie'nin alnını bir kez daha öptü. "Artık sır yok prenses. Ailen hakkındaki gerçeği öğrenmenin zamanı geldi."

Genç gözetmen gözlerindeki umut ışıltısıyla bahçeden hızla koşarak gelirken, gözyaşları içinde birbirlerine sarılan Sophie ile büyükannesi, verandanın merdivenlerinde oturuyorlardı.

"Sophie?"

Sophie gözyaşlarıyla ayağa kalkarak başını salladı. Genç adamın yüzünü tanımıyordu ama kucaklaşırken, damarlarında dolaşan kanın gücünü hissedebiliyordu... artık ortak olduğunu anladığı kanın.

Langdon, onlara katılmak üzere çimenlerden yürürken, Sophie daha dün kendisini dünyada yapayalnız hissettiğine inanamıyordu. Ve şimdi, bir şekilde bu yabancı yerde, fazla tanımadığı üç kişinin eşliğinde, sonunda kendini evinde hissediyordu.

105

Rosslyn'de akşam olmuştu.

Taş evin verandasında tek başına ayakta duran Robert Langdon arkasındaki tel kapıdan gelen kahkaha ve birbirlerine kavuşmanın getirdiği mutluluk seslerinin tadını çıkarıyordu. Elinde tuttuğu Brezilya kahvesi ile dolu fincan yorgunluğunu alırken, bu dinlencenin fazla sürmeyeceğini biliyordu. Artık vücudu dayanamayacak kadar bitkin düşmüştü.

Arkasından gelen bir ses, "Dışarı çok sessiz çıktınız," dedi.

Arkasını döndü. Saçları akşamın ışıklarıyla pırıldayan, Sophie'nin büyükannesi dışarı çıkmıştı. İsmi, en azından son yirmi sekiz yıldır Marie Chauvel idi.

Langdon yorgun bir ifadeyle tebessüm etti. "Ailenizi biraz baş başa bırakmak istedim." Pencereden bakınca Sophie'nin erkek kardeşiyle konuşmakta olduğunu gördü.

Marie gelip, yanında durdu. "Bay Langdon, Jacques'ın öldürüldüğünü ilk duyduğumda Sophie'nin güvenliği konusunda dehşete düşmüştüm. Hayatım boyunca, bu akşam onu kapımın önünde görmek kadar rahatlatan bir şey olmadı. Size ne kadar teşekkür etsem azdır."

Langdon nasıl cevap vereceğini bilemiyordu. Sophie ile büyükannesine özel konuşmalarını teklif etmiş olmasına karşın, Marie, onun da gelip dinlemesini istemişti. *Eşimin size güvendiği belli Bay Langdon, ben de öyle yapacağım.*

Böylece Langdon, Sophie'nin yanında kalmış ve Marie'nin, ailesi hakkında Sophie'ye anlattıklarını sessiz bir şaşkınlık içinde dinlemişti. Her ikisinin de Merovingian ailelerinden olması inanılmazdı -Magdalalı

Meryem ve İsa Mesih'in torunları. Sophie'nin ailesi ve ataları, korunmak amacıyla soyadlarını Plantard ve Saint-Clair olarak değiştirmişlerdi. Onların çocukları bu kanbağının doğrudan vârisleriydiler ve bu yüzden tarikat tarafından dikkatle korunmuşlardı. Sophie'nin ailesi sebebi belirsiz bir araba kazasında öldüğünde, tarikat asil soyun kimliğinin keşfedilmesinden korkmuştu.

Marie acıyla titreyen bir sesle, "Büyükbaban ve ben," diye açıkladı. "O telefonu aldığımızda derhal bir karar vermek zorundaydık. Ailenin arabası nehirde bulunmuştu." Gözlerindeki yaşları kuruladı. "Altımız -siz iki torunumuz da dahil- o gece aynı arabada seyahat edecektik. Son anda planlarımızı değiştirmiştik, annen ve baban arabada yalnızdılar. Kazayı duyduğumuzda Jacques ve benim gerçekte olanları bilmemizin imkânı yoktu... ya da bunun gerçekten bir *kaza* olup olmadığını." Marie, Sophie'ye baktı. "Torunlarımızı korumamız gerektiğini biliyorduk ve en iyisi olduğunu düşündüğümüz şeyi yaptık. Jacques polise benim ve erkek kardeşinin de o arabada olduğumuzu söyledi... ikimizin cesedi akıntıya kapılmış olmalıydı. Daha sonra erkek kardeşinle ben tarikatla birlikte saklandık. Ünlü bir kişi olduğundan Jacques saklanmak gibi bir lükse sahip değildi. Çocuklardan büyük olan Sophie'nin Paris'te kalıp Jacques tarafından yetiştirilmesi daha mantıklıydı, tarikatın kalbine ve korumasına daha yakın olarak." Sesi fısıltıya dönüşmüştü. "Yapmamız gereken en zor şey, aileyi bölmekti. Jacques ile ben birbirimizi nadiren gördük, tabii en gizli toplantılarda... tarikatın koruması altında. Kardeşliğin sadık kaldığı bazı törenler vardır."

Langdon hikâyenin daha derinlere gideceğini, fakat geri kalanını duymaması gerektiğini hissetmişti. Bu yüzden dışarı çıkmıştı. Şimdi Rosslyn'in sivri tepelerine bakarken, onun çözülmemiş sırrını düşünmekten kendini alamıyordu. *Kâse gerçekten burada Rosslyn'de mi? Eğer öyleyse, Saunière'in şiirinde bahsettiği bıçak ve kadeh neredeler?*

Langdon'ın elini işaret eden Marie, "Onu ben alırım," dedi.

"Oh, teşekkürler." Langdon boşalan kahve fincanını geri uzattı.

Marie, ona baktı. "*Diğer* elinizdekinden bahsediyordum Bay Langdon."

Bakışlarını indiren Langdon, Saunière'in papirüsünü tuttuğunu fark etti. Daha önce gözden kaçırdığı bir şeyi görmek umuduyla onu yeniden kripteksin içinden çıkarmıştı. "Elbette, affedersiniz."

Marie kâğıdı alırken neşeli görünüyordu. "Paris'te, bu gül ağacı kutunun geri döndüğünü görmekten son derece memnun olacağını bildiğim bir bankacı var. André Vernet, Jacques'ın çok yakın bir arkadaşıydı ve Jacques, ona son derece güveniyordu. André, Jacques'ın bu kutunun korunması ricasını yerine getirmek için her şeyi yapardı."

Buna beni vurmak da dahil, diye düşünen Langdon, adamcağızın burnunu kırmış olabileceğini hatırlayarak, bu konuya değinmemeye karar verdi. Langdon Paris'i düşündüğünde aklına aynı gece öldürülen diğer üç *sénéchaux* gelmişti. "Peki ya tarikat? Şimdi ne olacak?"

"Çarklar dönmeye başladı bile Bay Langdon. Kardeşlik yüzyıllardır ayakta, bunu da atlatacaktır. Üst kademeye geçmek ve yeniden yapılanmak için sırada bekleyenler var."

Langdon gece boyunca Sophie'nin büyükannesinin tarikat faaliyetleriyle yakın bağları olduğundan şüphelenmişti. Her şeyden önce, tarikatın her zaman kadın üyeleri olmuştu. Dört Büyük Üstat kadındı. *Sénéchaux'lar* geleneksel olarak erkeklerden -muhafızlar- seçiliyordu ama tarikatta kadınların daha yüce bir statüsü vardı ve herhangi bir kademeden en üst kademeye geçebilirlerdi.

Langdon, Leigh Teabing'i ve Westminster Manastırı'nı düşündü. Aradan yıllar geçmiş gibi geliyordu. "Kilise eşinize Zamanın Sonu geldiğinde Sangreal Belgeleri'ni açıklamaması yolunda baskı yapıyor muydu?"

"Aman Tanrım hayır. Zamanın Sonu paranoyak zihinlerin uydurması. Tarikat öğretilerinde, Kâse'nin açıklanması gereken tarihe değinen hiçbir şey yoktur. Tam aksine, tarikat her zaman Kâse'nin *asla* açıklanmaması gerektiğine inanmıştır."

Langdon şaşırmıştı. "Asla mı?"

"Ruhlarımızı ayakta tutan gizem ve meraktır, Kâse'nin kendisi değil. Kâse'nin güzelliği onun semavi doğasındadır." Marie Chauvel şimdi Rosslyn'e bakıyordu. "Bazıları için Kâse, onlara sonsuz hayatı getirecek olan kadehtir. Bazıları için ise, kayıp belgelerin ve gizli tarihin arayışı. Ve pek çokları için sanırım Kutsal Kâse sadece muhteşem bir fikirdir... günümüzün kaos içindeki dünyasında bile bizlere ilham verecek ulaşılmaz bir hazine."

"Peki ama Sangreal Belgeleri gizli kalırsa, Magdalalı Meryem hikâyesi sonsuza dek yok olmayacak mı?"

"Öyle mi olacak? Etrafınıza bakın. Onun hikâyesi resimde, müzikte ve kitaplarda anlatılıyor. Her gün biraz daha fazla. Sarkaç sallanıyor. Tarihimizin tehlikelerini anlamaya başlıyoruz... ve yıkıcı yollarımızı. Kutsal dişiyi yeniden canlandırmamız gerektiğinin farkına varıyoruz." Durdu. "Kutsal dişi sembolleri hakkında bir araştırma yazdığınızı söylemiştiniz, öyle değil mi?"

"Evet."

Gülümsedi. "Onu bitirin Bay Langdon. Onun şarkısını söyleyin. Dünyanın modern ozanlara ihtiyacı var."

Verdiği mesajın üzerinde yarattığı ağırlığı hisseden Langdon sustu. İlerideki açık arazide ay, ağaçların üstünde yükseliyordu. Gözlerini Rosslyn'e çeviren Langdon, onun sırrını öğrenmek için çocuksu bir heves duydu. *Sorma,* dedi kendi kendine. *Zamanı uygun değil.* Marie'nin elindeki papirüse, sonra da Rosslyn'e baktı.

Neşeli görünen Marie, "Soruyu sorun Bay Langdon," dedi. "Doğruyu duymayı hak ettiniz."

Langdon yüzünün kızardığını hissetti.

"Kâse'nin burada, Rosslyn'de olup olmadığını bilmek istiyorsunuz."

"Bana söyleyebilir misiniz?"

Marie öfkelenmiş gibi içini çekti. "Şu insanlar neden Kâse'nin huzur içinde yatmasına izin *vermiyorlar?*" Sonra güldü, eğlendiği belli oluyordu. "Neden burada olduğunu düşünüyorsunuz?"

Langdon, onun elindeki papirüsü işaret etti. "Eşinizin şiiri açıkça Rosslyn'den bahsediyor ama bir de Kâse'ye bekçilik eden bıçak ile kadeh var. Orada bıçak ve kadeh sembollerini göremedim."

Marie, "Bıçak ve kadeh mi?" diye sordu. "Tam olarak neye benziyorlar?"

Langdon, onun kendisiyle dalga geçtiğini anlamıştı ama oyuna katılarak, sembolleri çabucak tasvir etti.

Marie'nin yüzünden belli belirsiz bır hatırlama ıfadesi geçtı. "Ah, evet, elbette. Bıçak, erkek olan her şeyi temsil eder. Şu şekilde çiziliyor, öyle değil mi?" İşaret parmağını kullanarak, avuç içine bir şekil çizdi.

△

"Evet," dedi Langdon. Marie, şeklin daha az kullanılan kapalı biçimini çizmişti ama Langdon sembolün her iki kullanılışını da önceden görmüştü.

Yine avuç içine çizerek, "Ve tersi ise," dedi. "Dişiyi temsil eden kadeh."

▽

"Doğru," dedi Langdon.

"Ve siz bana burada, Rosslyn Şapeli'nde var olan yüzlerce sembol arasında bu iki şeklin yer almadığını söylüyorsunuz, öyle mi?"

"Onları görmedim."

"Peki ben size gösterirsem, uyuyabilecek misiniz?"

Langdon cevap vermeye fırsat bulamadan, Marie Chauvel verandadan indi ve şapele doğru yürümeye başladı. Langdon, onun arkasından koşturdu. Eski binaya girdiklerinde, Marie ışıkları açtı ve mabedin ortasında, yerde duran sembolü gösterdi. "İşte burada Bay Langdon. Bıçak ve kadeh."

Langdon aşınmış zemine baktı. Boştu. "Burada hiçbir şey..."

İçini çeken Marie, şapelin o ünlü aşınmış yolu üzerinde adım atmaya başladı. Langdon'ın akşamüstü gördüğü ziyaretçilerin yürüdüğü aynı yolda. Gözleri dev sembolün farkına vardığında, hâlâ bir şey anlamıyordu. "Ama bu Davut'un..."

Langdon sonunda hayrete düşerek anladığında, konuşmayı kesti.

✡

Bıçak ve kadeh.

Birbirinin içine geçmiş.

Davut'un yıldızı... erkek ile dişinin mükemmel birleşimi... Süleyman'ın Mührü... erkek ile dişi ilahların -Yahweh ile Shekinah- oturduğuna inanılan Kudsülakdas'ın işareti.

Langdon söyleyeceklerini toparlayabilmek için bir dakikaya ihtiyacı vardı. "Şiir burayı, Rosslyn'i gösteriyor. Kesinlikle. Mükemmel bir biçimde."

Marie gülümsedi. "Öyle görünüyor."

Aklına gelenler tüylerini ürpertmişti. "Demek ki Kutsal Kâse altımızdaki mahzende, öyle mi?"

Marie güldü. "Sadece ruhu. Tarikatın en eski vazifelerinden biri de Kâse'yi, sonsuza dek huzur içinde yatacağı anavatanı Fransa'ya geri götürmekti. Onun güvenliğini korumak için yüzyıllar boyunca bir ülkeden diğerine taşıdılar. Bu şerefini zedeliyordu. Büyük Üstat olduğunda Jacques'ın görevi, onu Fransa'ya geri getirip, kraliçeye uygun bir dinlenme yeri inşa ederek şerefini onarmaktı."

"Peki bunu başardı mı?"

Şimdi yüzü ciddileşmişti. "Bay Langdon, bu gece benim için yaptıklarınızı göz önünde bulundurarak, Rosslyn Vakfı'nın başkanı olarak, size Kâse'nin artık burada olmadığını söyleyebilirim."

Langdon ısrar etmeye kararlıydı. "Ama kilit taşı, Kutsal Kâse'nin *şimdi* saklı olduğu yerden bahsetmeli. Neden Rosslyn'i işaret etsin?"

"Belki de okuduğunuzdan yanlış anlam çıkartıyorsunuzdur. Unutmayın, Kâse yanıltıcı olabilir. Merhum eşimin olduğu gibi."

"Ama daha ne kadar açık olabilir ki?" diye sordu. "Bıçak ve kadehle işaretlenmiş bir yeraltı mahzeninin üstünde duruyoruz, Usta Masonların sanatıyla süslenmiş, yıldızlı bir tavanın altındayız. Her şey Rosslyn'i anlatıyor."

"Pekâlâ, şu gizemli şiire bir bakayım." Papirüsü açarak, şiiri yüksek sesle okudu.

Kutsal Kâse Roslin'in altında
Bıçak ve kadeh bekçidir ona
Şaheserler süsler yatağını
Seyrederken yıldızlı semayı

Okumayı bitirdikten sonra, yüzüne bilmiş bir tebessüm oturması biraz zamanını almıştı. "Aah, Jacques."

Langdon ümitle onu seyrediyordu. "Bunu *anlıyor musunuz?*"

"Şapelin yerinde de şahit olduğunuz gibi Bay Langdon, basit şeyleri görmenin pek çok yolu vardır."

Langdon anlamak için kendini zorladı. Jacques Saunière ile ilgili her şeyin çift anlamı var gibiydi ve Langdon daha ötesini göremiyordu.

Marie yorgunlukla esnedi. "Bay Langdon, size bir itirafta bulunacağım. Kâse'nin şu an bulunduğu yeri hiç görmedim. Ama elbette, son derece nüfuzlu bir erkekle evliydim... ve kadınlık içgüdülerim kuvvetlidir." Langdon konuşmak üzereyken Marie devam etti. "Bunca emeğin ardından, Rosslyn'den gerçek cevaplarla ayrılamayacak olmanıza gerçekten üzgünüm. Ama bir şey bana, sonunda aradığınızı bulacağınızı söylüyor. Bir gün anlayacaksınız." Gülümsedi. "Bu gerçekleştiğinde, sırrı saklayabileceğiniz konusunda size, herkesten daha fazla güveniyorum."

Kapıya gelen birinin sesi duyuldu. "Her ikiniz de yok oldunuz," dedi Sophie.

Kapıda duran Sophie'ye doğru yürüyen büyükannesi, "Gitmek üzereydim," dedi. "İyi geceler, prenses." Sophie'nin alnını öptü. "Bay Langdon'ı geç vakitlere kadar ayakta tutma."

Langdon ile Sophie, büyükannesinin taş eve doğru yürümesini seyrettiler. Sophie, Langdon'a döndüğünde, gözleri duyguluydu. "Tam olarak beklediğim son bu değildi."

İki kişi olduk, diye düşündü Langdon. Sophie'nin duygularına yenik düştüğünü görebiliyordu. Bu akşam aldığı haberler, tüm hayatını değiştirmişti. "İyi misin? Kabullenmesi zor bir durum."

Sophie sessizce gülümsedi. "Bir ailem var. İşe buradan başlayacağım. Kim olduğumuz ve nereden geldiğimiz biraz vakit alacak."

Langdon sessizliğini bozmadı.

Sophie, "Bu geceden sonra da bizimle kalacak mısın?" diye sordu. "En azından birkaç gün için."

Bundan daha fazlasını istemeyen Langdon içini çekti. "Burada ailenle biraz baş başa kalman gerek Sophie. Sabah Paris'e geri dönüyorum."

Hayal kırıklığına uğramış, fakat yapılması gerekenin bu olduğunu biliyormuş gibi görünüyordu. Bir süre her ikisi de konuşmadı. Sonunda Sophie uzanarak onun elini tuttu ve şapelden dışarı çıkardı. Kayalıklardaki küçük bir çıkıntıya doğru yürüdüler. Önlerinde uzanan İskoçya kır manzarası, aralanan bulutların arasından sızan ay ışığıyla kaplanmıştı. El ele tutuşarak, üzerlerine çöken yorgunluğun verdiği sessizlik içinde durdular.

Şimdi yıldızlar parlamaya başlamıştı ama doğu tarafındaki bir nokta hepsinden daha parlaktı. Onu görünce Langdon gülümsedi. Bu Venüs'tü. Eski tanrıça, sabit ve sabırlı ışığıyla gökyüzünde parlıyordu.

Akşam serinlemeye başlamıştı, aşağıdaki ovalardan soğuk bir rüzgâr esiyordu. Bir süre sonra Langdon, Sophie'ye baktı. Gözlerini kapatmıştı, dudaklarında halinden memnun bir gülümseme vardı. Langdon kendi gözlerinin ağırlaşmaya başladığını hissedebiliyordu. İstemeden onun elini sıktı. "Sophie?"

Sophie gözlerini yavaşça açarak ona döndü. Yüzü ay ışığında çok güzel görünüyordu. Uykulu bir ifadeyle ona gülümsedi. "Merhaba."

Langdon, Paris'e onsuz döneceği için beklenmedik bir üzüntü duyduğunu fark etti. "Sen uyanmadan gitmiş olabilirim." Durdu, boğazında bir yumru düğümlenmişti. "Üzgünüm, bu şeyde pek iyi değilim..."

Sophie uzanarak, yumuşak elini onun yüzüne götürdü. Sonra öne doğru eğilerek, yanağından hafifçe öptü. "Seni bir daha ne zaman görebilirim?"

Onun gözlerinde kaybolan Langdon'ın bir an için başı döndü. "Ne zaman mı?" Durdu, aynı şeyi kendisinin de ne kadar istediğini acaba biliyor mu, diye düşündü. "Şey, aslında gelecek hafta Floransa'da bir konferans vereceğim. Bir hafta kadar orada olacağım ve yapacak fazla işim olmayacak."

"Bu bir davet mi?"

"Lüks içinde yaşayacağız. Bana Brunelleschi'de bir oda ayırdılar."

Sophie muzip bir edayla gülümsedi. "Çok şey bekliyorsunuz Bay Langdon."

Kulağa nasıl geldiğini anladığında lafı çevirmeye çalıştı. "Ben aslında şey demek..."

"Sizinle Floransa'da buluşmak kadar çok istediğim bir şey olamaz Bay Langdon. Ama *bir* şartım var." Ciddi bir tonla konuşmaya başladı. "Müze yok, kilise yok, mezar yok, sanat yok, kutsal emanet yok."

"Floransa'da mı? Bir hafta boyunca mı? Yapacak başka bir şey yok."

Sophie uzanarak onu bir kez daha öptü, bu kez dudaklarından. Vücutları bir araya geldi, önce nazikçe, sonra tamamen. Sophie kendini geri çektiğinde, gözleri umut doluydu.

"Evet," diyebildi Langdon. "Bu bir randevu."

Sonuç

Robert Langdon sıçrayarak uyandı. Rüya görüyordu. Yatağının yanında duran bornozun üstünde HOTEL RITZ PARIS arması işliydi. Stor perdelerin arasından süzülen loş ışığı gördü. *Akşam karanlığı mı seher vakti mi*, diye düşündü.

Langdon'ın vücudu sıcak ve halinden oldukça memnundu. Son iki gündür uykusuzluğun acısını çıkartıyordu. Yatakta yavaşça doğrulduğunda, onu neyin uyandırdığını fark etti... şu garip düşünce. Günlerdir bir bilgi yağmurunu çözümlemeye çalışıyordu ama şimdi daha önce hiç düşünmediği bir şeyin üzerine yoğunlaşmıştı.

Olabilir mi?

Uzun süre kıpırdamadan durdu.

Yataktan çıkarak, mermer duşa ilerledi. İçine girdiğinde, güçlü fıskıyelerden fışkıran su omuzlarına masaj yaptı. Ama aklındaki düşünce onu hâlâ büyülüyordu.

İmkânsız.

Langdon yirmi dakika sonra Ritz Otel'den Vendôme Meydanı'na çıkmıştı. Akşam olmak üzereydi. Günlerce uyumak, geceyle gündüzü birbirine karıştırmasına neden olmuştu... bununla birlikte aklı tuhaf bir şekilde başındaydı. Düşüncelerinden arınmak için otel lobisinde durup bir sütlü kahve içmeye kendi kendine söz vermişti ama bacakları onu doğruca ön kapıya, canlanmaya başlayan Paris akşamına taşımışlardı.

Rue des Petits Champs'dan doğuya yürüyen Langdon giderek heyecanlanıyordu. Rue Richelieu'den, Palais Royal bahçelerinden gelen yasemin kokularının havayı yumuşattığı güneye döndü.

Aradığını görünceye kadar güneye doğru yürümeye devam etti. Cilalı siyah mermerden yapılmış, pırıl pırıl parlayan ünlü sırakemer. Üzerine giderek, ayaklarının altındaki yüzeyi gözleriyle taradı. Birkaç saniye sonra, orada olduğunu bildiği şeyi bulmuştu... mükemmel bir düz çizgi oluşturacak şekilde yere gömülmüş bronz madalyonlar. Her bir yuvarlağın çapı bir santimdi ve üzerlerine N ile S harfleri işlenmişti.

Nord. Sud.(*)

Madalyonların oluşturduğu düz çizgiyi gözleriyle takip ederek tam güneye döndü. İzleri takip ederek yeniden hareketlendi, yürürken kaldırıma bakıyordu. Comédie-Française'nin köşesine geldiğinde, ayağının altında başka bir bronz madalyon belirdi. *Evet!*

Langdon yıllar önce Paris sokaklarının bu bronz işaretlerden 135'iyle donatıldığını öğrenmişti. Şehrin kuzey-güney ekseni üzerinde kaldırımlara, avlulara ve sokaklara gömülerek yerleştirilmişlerdi. Bir keresinde çizgiyi Sacré-Coeur'dan başlayarak, Seine üzerinden kuzeye doğru takip etmiş ve sonunda Paris Rasathanesi'ne varmıştı. İşte orada izlediği kutsal yolun önemini keşfetmişti.

Dünyanın orijinal başlangıç meridyeni.

Dünyanın ilk sıfır boylamı.

Paris'in eski Gül Çizgisi

Şimdi Langdon Rue de Rivol'de koşuştururken, varış noktasının uzanabileceği kadar yakında olduğunu hissediyordu. Bir bloktan az kalmıştı.

Kutsal Kâse Roslin'in altında

Şimdi dalgalar halinde algılamaya başlıyordu. Saunière'in Roslin kelimesinin eski okunuşunu yazması... bıçak ve kadeh... ustaların eserleriyle süslü mezar.

Saunière bu yüzden mi benimle konuşması gerektiğini düşünüyordu? Farkında olmadan gerçeği tahmin mi etmiştim?

Ayaklarının altındaki Gül Çizgisi'ni hissederek, onun rehberliğini izleyerek, götürdüğü yere doğru koşuyordu. Uzun Richelieu Geçidi'ne girdiğinde, aklına gelenler yüzünden ensesindeki tüyler ürperdi. Bu tünelin

---

(*) Kuzey-Güney.

sonunda, en gizemli Paris anıtlarından birinin durduğunu biliyordu... 1980'lerde Sfenks'in kendisi, gizli çevrelere dahil olduğu fısıldanan bir adam, François Mitterand tarafından ısmarlanan ve masrafları ödenen anıt. Paris'e bıraktığı son mirası Langdon birkaç gün önce ziyaret etmişti.

Başka bir ömür.

Langdon son kalan enerjisiyle geçitten fırlayarak o tanıdık avluya çıktı ve durdu. Nefes nefese kalmış bir halde yavaşça gözlerini kaldırdı ve hayretler içinde önünde duran parıltılı yapıya baktı.

Louvre Piramidi.

Karanlıkta parlıyordu.

Hayranlıkla izleyişi kısa sürdü. Sağ tarafında olan şeyle daha çok ilgileniyordu. Döndüğünde, ayaklarının yeniden eski Gül Çizgisi'nin görünmez patikasını takip ettiğini hissetti. Ayakları onu avludan çıkararak Carrousel de Louvre'a götürdü... düzgün çitlerle çevrili devasa dairesel çimenlik. Tarih öncesi çağlarda Paris'teki doğaya tapma festivalleri burada kutlanırdı... verimliliği ve tanrıçayı kutlamak için düzenlenen neşeli ayinler.

Langdon taflanları aşarak, çimenlikli alana girerken, bir başka dünyaya adımını attığını hissediyordu. Bu kutsal toprak şimdi şehrin en alışılmadık anıtlarından biriyle işaretlenmişti. Tam ortada, toprağa kristal bir yarık gibi dalan camdan yapılmış dev ters piramidi birkaç gece önce Louvre'un bodrum katındaki antresinde görmüştü.

La Pyramide Inversée.

Langdon ürkek adımlarla kenara kadar yürüdü ve Louvre'un kehribar rengi ışıkla aydınlatılmış yeraltı tesisine baktı. Gözleriyle sadece devasa ters piramide değil, aynı zamanda onun tam altında yatan şeye bakıyordu. Aşağıdaki odanın zemininde, en minik yapılardan biri duruyordu... Langdon'ın çalışmasında bahsettiği yapı.

Langdon akla hayale gelmeyecek ihtimalin verdiği dehşetle ürpermişti. Bakışlarını kaldırıp yeniden Louvre'a bakarken, müzenin dev kanatlarının kendisini kucakladığını hissetti... dünyanın en güzel sanat eserleriyle süslü koridorlar.

Da Vinci... Botticelli...

Şaheserler süsler yatağını

Bir kez daha merakla bakışlarını cama indirerek, aşağıdaki minik yapıya baktı.

Oraya inmeliyim!

Adacıktan çıkarak, avludan Louvre'un yüksek piramit girişine doğru koşturmaya başladı. Günün son ziyaretçileri müzeden azar azar çıkıyorlardı.

Döner kapıyı iterek içeri giren Langdon, merdivenden piramidin aşağısına doğru inmeye başladı. Havanın giderek serinlediğini hissedebiliyordu. En alta ulaştığında, Louvre'un avlusunun altından *La Pyramide Inversée*'ye doğru uzanan uzun tünele girdi.

Tünelin sonunda geniş bir odaya ulaşmıştı. Tavandan sarkan ters piramit tam önünde duruyordu... nefes kesici bir V şeklindeki cam.

Kadeh.

Langdon gözleriyle aşağı doğru daralan formunu takip ederek, yerden iki metre yukarıda duran ucuna baktı. İşte onun tam altında, o minik yapı duruyordu.

Minyatür bir piramit. Sadece doksan santim boyundaydı. Bu devasa tesiste, küçük boyutlarda inşa edilmiş tek yapı oydu.

Langdon'ın çalışması, Louvre'daki tanrıça sanatı koleksiyonunu anlatmakla beraber, bu mütevazı piramitten de bahsetmişti. "*Minyatür yapı, sanki bir buzdağının tepesiymiş gibi, yerden yukarı doğru çıkıntı yapar... aşağıya gizli bir oda gibi saklanmış, piramit şeklindeki devasa bir mahzenin zirvesi.*"

Boş antrenin yumuşak ışıklarıyla aydınlatılmış iki piramidin uçları birbirlerine bakıyordu. Gövdeleri mükemmelce yerleştirilmişti, uçları neredeyse birbirine değiyordu.

Kadeh yukarıda. Bıçak aşağıda.

Bıçak ve kadeh kapısı üstünde bekçilik eder

Langdon, Marie Chauvel'in sözlerini duyuyordu. *Bir gün her şeyi anlayacaksın.*

Ustaların eserleriyle çevrili eski Gül Çizgisi'nin altında duruyordu. *Saunière'in gözetleyebileceği daha iyi bir yer olabilir miydi?* Şimdi artık en sonunda, Büyük Üstat'ın dizelerinin gerçek manasını anlayabiliyordu. Gözlerini gökyüzüne çevirerek, camın üstündeki yıldızlarla dolu geceye baktı.

Altında uyur yıldızlı semanın

Unutulmuş sözler, karanlıkta hayalet mırıltıları gibi yankılanıyordu. *Kutsal* Kâse *arayışı, Magdalalı Meryem'in kemikleri önünde diz çökme arayışıdır. Dışlanan kadının ayakları dibinde dua etmek için çıkılan bir yolculuktur.*

Robert Langdon içinde uyanan ani bir saygı dürtüsüyle dizlerinin üstüne çöktü.

Bir an için bir kadın sesi duyduğunu sandı... yüzyılların getirdiği bilgelik... toprağın derinliklerinden yukarı doğru fısıldıyordu.